BASTEI
LÜBBE
TASCHENBUCH

Weitere Titel des Autors:

Der Feind in mir

Titel in der Regel auch als E-Book erhältlich

Über den Autor:

Kevin O'Brien wuchs in Chicago auf und studierte Journalismus an der Marquette-Universität in Milwaukee. Fast zwanzig Jahre lang reiste er tagsüber als Gleis-Inspektor einer Eisenbahngesellschaft quer durchs ganze Land, während er nachts seine ersten Romane schrieb. Inzwischen ist er Bestsellerautor und seine Thriller erscheinen in mehr als vierzehn Ländern. Kevin O'Brien lebt in Seattle.

Kevin O'Brien

UND IN DIR DIE FINSTERNIS

Psychothriller

Aus dem amerikanischen Englisch von
Diana Beate Hellmann

BASTEI LÜBBE
TASCHENBUCH

BASTEI LÜBBE TASCHENBUCH
Band 17 538

Dieser Titel ist auch als E-Book erschienen

MIX
Papier aus verantwortungsvollen Quellen
FSC® C083411

Vollständige Taschenbuchausgabe

Deutsche Erstausgabe

Titel der amerikanischen Originalausgabe: »Terrified«

Dieses Werk wurde im Auftrag der Jane Rotrosen Agency LLC
vermittelt durch die Literarische Agentur Thomas Schlück GmbH,
30827 Garbsen

Lektorat: Judith Mandt
Textredaktion: Werner Bauer, Berlin
Titelillustration: © shutterstock/Dmitriev Lidiya;
© shutterstock/komkrit Preechachanwate;
© shutterstock/chuyuss; © shutterstock/Lukrecja
Umschlaggestaltung: Massimo Peter-Bille
Satz: Urban SatzKonzept, Düsseldorf
Gesetzt aus der Garamond
Druck und Verarbeitung: CPI books GmbH, Leck – Germany
Printed in Germany
ISBN 978-3-404-17538-3

5 4 3 2 1

Dieses Buch ist für meinen guten Freund und Autorenkollegen Garth Stein.

Kapitel eins

Glenview, Illinois – 25. Oktober 1996

Ihr Sohn war plötzlich so auffallend still.

Maggie hatte es sich auf einer der Parkbänke des kleinen Spielplatzes gemütlich gemacht und verbrachte die Zeit damit, eine Einkaufsliste zu erstellen und gleichzeitig ihren vierjährigen Sohn Mark zu beaufsichtigen, der auf dem Klettergerüst spielte.

BBQ Kartoffelchips schrieb sie auf den personalisierten Notizblock, dessen Zettel jeweils am Oberrand mit *Ms. Margaret Farris* und der kitschigen Abbildung eines Kürbisfeldes bedruckt waren. Bekommen hatte sie den Block entweder von der American Cancer Society, der March of Dimes oder irgendeiner dieser anderen Wohltätigkeitsorganisationen, die einen ständig mit Postwurfsendungen und Werbebriefen bombardierten. Ein bisschen hatte sie immer ein schlechtes Gewissen, wenn sie ihr »persönliches Geschenk« behielt und den Rest wegwarf. Aber nur ein bisschen – im Büro spendete sie dem Netzwerk United Way.

Maggie arbeitete halbtags und verkaufte Werbeflächen in der *Pioneer Press*, einem Nachrichtenmagazin für die Metropolregion Chicago, das jede Woche in mehreren Städten des North Shore District erschien. Sie liebte es, freitags nicht arbeiten zu müssen, und verbrachte den Tag immer mit Mark. Nach dem Spielplatz würden sie bei Dominic's ihre Lebensmitteleinkäufe tätigen. Wie sie die Freitagabende verbrachten, hatte inzwischen Tradition: Sie und Mark holten ihren Ehemann Ed in Glenview vom Bahnhof ab und gingen anschließend zum Abendessen ins The Willow Inn.

Wie sie so auf dieser Parkbank saß, eingemummt in eine doppelreihige Jacke aus festem Tuch, und ihr hellbraunes Haar im Wind flatterte, hatte Maggie keine Ahnung, dass das hier keiner ihrer normalen Freitagabende werden würde. Der Supermarktbesuch würde heute ausfallen.

Sie schrieb *Reis* auf ihre Einkaufsliste und dann *Kmart-Riegel.* So nannte Mark die *Special-K*-Müsliriegel. Maggie war es gelungen, ihn dazu zu verleiten, gesunde Snacks zu essen, aber sie arbeitete noch daran, ihm beizubringen, diese bei ihrem richtigen Namen zu nennen. Folglich hießen sie im Farris-Haushalt Kmart-Riegel, nach der Ladenkette Kmart, die für ihre großen Spielzeugabteilungen bekannt war. Und wenn man zu viele von denen aß, bekam man unter Umständen Bauchschmerzen und musste dann nicht Pepto-Bismol, sondern *Pepsi Mussmal* trinken – eine weitere Mark'sche Wortkreation.

Bekleidet mit Jeans, roten Tennisschuhen und seiner blauen Jacke der Chicago Bears mit dem orangefarbenen C-Logo auf dem Rücken, rannte er auf die Rutsche zu. Das Licht der Sonne traf ihn aus einem ganz bestimmten Winkel und sorgte so dafür, dass sein lockiges, dunkelbraunes Haar golden strahlte.

Es war ein traumschöner, kühler und klarer Herbstnachmittag. Die Bäume waren ein Tumult aus Farben, und abgefallene Blätter tanzten über das Gras. Der Spielplatz befand sich am äußeren Ende einer großen Grünfläche. Ein paar Büsche in der Nähe des Klettergerüsts bildeten eine natürliche Barriere zu einem Abwasserkanal, der an Eisenbahnschienen entlangführte. Es roch, als würde irgendwo jemand Laub verbrennen.

Sie beobachtete, wie Mark die Rutsche runterschlitterte –

ohne dabei einen Mucks von sich zu geben. Er spielte, wie manche Menschen lernten – still und konzentriert. Beim Fernsehen und beim Essen, selbst wenn er im Bett lag, war er indes eine regelrechte Quasselstrippe. Dann unterhielt er sich sogar mit sich selbst. Jetzt jedoch nicht. Er konzentrierte sich auf die anstehende Aufgabe, die darin bestand, die Rutsche runterzurutschen.

Maggie war froh, dass es so war. Die Stille war herrlich – kein Verkehrslärm, nur hin und wieder das Zwitschern irgendwelcher Vögel. Sie beschäftigte sich wieder mit ihrer Einkaufsliste. Es musste unbedingt etwas her für die Halloween-Süßigkeitensammler, aber was? Eigentlich egal, denn wem wollte sie hier etwas vormachen? Sie würde sich ja doch wieder an allem »vergehen«. Verdammt, vermutlich würde sie vor Halloween noch einmal das ganze Zeug neu kaufen müssen. Sie verschenkte wohl mal besser Süßigkeiten, die nicht so verlockend waren – vielleicht Fruchtdrops von Mike & Ike oder *Hot Tamales*, diese Zimtbonbons. Nein, auch die würde sie wegfuttern. Maggie notierte sich noch ein paar andere Süßigkeiten, die als Kandidaten infrage kamen, strich dann alles wieder durch und kritzelte auf den Block: *Halloween-Kacke – was halt gerade im Angebot ist.*

In der Ferne hörte sie das laute Dröhnen eines Zughorns. Automatisch blickte sie auf. Mark war nicht mehr auf der Rutsche. Sie schaute auf das leere Klettergerüst – und dann auf die Schaukeln. Die leeren Sitze wiegten sich in der Brise. Die Ketten, an denen sie hingen, quietschten leise.

»Mark?«, rief sie. Maggie sprang auf. Notizblock und Kugelschreiber fielen auf den Boden. »Mark, Schatz, wo bist du?«, brüllte sie. Mit den Augen suchte sie die Parkanlage ab und hatte plötzlich dieses entsetzliche Gefühl in der Magengrube. Auf den Eisenbahnschienen hinter den Büschen sah sie ihn nicht, und er spielte auch nicht auf dem Rasen. Wie konnte er einfach verschwunden sein?

Noch hoffte sie, ihn jeden Moment lachen zu hören. Vielleicht spielte er Verstecken mit ihr? Doch das Einzige, was sie hörte, war das Zughorn, das mit jeder Sekunde lauter wurde. Verängstigt schaute sie noch einmal auf die Eisenbahnschienen. Nach wie vor fehlte jede Spur von Mark.

Die Straße befand sich auf der anderen Seite der Grünfläche, und sie sah weder Fahrzeuge kommen noch welche wegfahren. Niemand konnte ihn in den Wagen geladen und mit ihm weggefahren sein. Sie hatte doch nur für wenige Sekunden den Blick abgewandt. Unschlüssig griff sie sich mit der Hand an die Stirn, irrte durch den kleinen Park und rief immer wieder seinen Namen.

Warum, in Gottes Namen, antwortete er ihr nicht?

Donnernd raste der Zug vorüber und übertönte ihre Rufe. Mit jedem Meter, den er sich alsbald wieder entfernte, wurde das Dröhnen leiser – und stattdessen hörte sie die Schreie ihres Sohnes. Panik erfasste Maggie, denn ihres Erachtens konnte das nur eines bedeuten: dass der Zug ihn überrollt und ihm womöglich einen Fuß oder einen Arm abgefahren hatte.

Maggie quetschte sich an den Büschen vorbei und raste auf die Eisenbahnschienen zu. Als sie auf den Abwasserkanal neben den Schienensträngen schaute, erblickte sie Mark. »Schätzchen?«, hauchte sie.

Ihr kleiner Junge stand am Fuß der Wasserrinne – inmitten dorniger Büsche, Gestrüpp und wuchernden Grases. Gerade hatte er etwas aus einem schwarzen Plastik-Müllsack gezogen. Wie erstarrt hielt er es in seiner zitternden Hand und schrie. Das Etwas war der Arm eines Menschen.

Er schien sich nicht rühren, das verstümmelte Ding aber

auch nicht loslassen zu können. Und er konnte nicht aufhören zu schreien.

Entsetzt rannte Maggie zu ihm. Sie musste ihm den abgetrennten Arm förmlich aus der Hand schlagen, so fest hielt er ihn. Die leere schwarze Plastiktüte tanzte im Wind. Maggie schloss ihren kleinen Sohn fest in die Arme, doch er hörte nicht auf zu schreien. Sie spürte, wie sein kleiner Körper zitterte und bebte.

Maggie starrte auf das blau-weiß verfärbte Körperteil, das neben ihr im Gras lag. Die Fingerkuppen der Hand waren abgeschnitten worden, und Ameisen krabbelten darüber – zu Hunderten.

Die Schlagzeile und der Untertitel standen ganz oben auf Seite drei der Samstagsausgabe der *Chicago Tribune*:

Ein weiterer grausiger Fund im »Müllsack«-Mord

Unweit des Glenviewer Spielplatzes wurde ein Arm gefunden

Er saß auf einem Barhocker am Fenster der Starbucks-Filiale im Einkaufszentrum Plaza del Lago in Wilmette und achtete weder auf den Verkehr auf der Sheridan Road noch auf den Blick, den man von hier auf den Michigansee hatte. Er nippte an seinem Caffè Americano und brütete über dem Zeitungsartikel. Dass die Story es nicht auf die Titelseite geschafft hatte, enttäuschte ihn ein wenig.

Dem Artikel war kein Foto beigefügt, wohl aber eine Landkarte mit den Vororten des Chicago North Shore District. Darauf war jede Stelle markiert, an der man einen Müllsack mit einem Körperteil gefunden hatte. Bisher gab es auf dieser Karte drei Stellen, die alle nur ein paar Meilen voneinander entfernt waren.

Der jüngste Fund war der rechte Arm gewesen, den er in Glenview in der Nähe eines Spielplatzes neben Eisenbahnschienen in einen Graben geworfen hatte. Er hatte den Sack ordentlich verschlossen, aber das garantierte nicht, dass sich keine Waschbären oder Vögel daran zu schaffen machten. Zum Glück war denen ein vierjähriger Junge aus Glenview – sein Name wurde in der Zeitung nicht genannt – zuvorgekommen. Der Artikel deutete darauf hin, dass seiner Hände Werk noch intakt gewesen war – nichts war abgenagt worden, und es verschandelten keine Bisswunden die sauberen chirurgischen Schnitte, die er gleich unter ihr Schulterblatt gesetzt hatte.

Mit dem ersten Fund hatte er nicht so viel Glück gehabt. Waldbewohner hatten das linke Bein entdeckt, und die Opossums oder Waschbären hatten den Müllsack – mitsamt der halb aufgefressenen Gliedmaße – an den Rand eines Waldweges gezerrt, wo er erst Stunden später zufällig von Schulkindern gefunden wurde, die an diesem Montagmorgen mit ihrer Klasse einen Ausflug in die Glencoe Turnbull Woods unternahmen.

Ein anderes Tier, ein Collie namens Tippin, hatte den linken Arm zutage gefördert, der eingewickelt in einen Müllsack in Winnetka vor ein paar Büschen am Außenrand des Tower Road Beach gelegen hatte. Bradley Rice, ein pensionierter Englischlehrer, hatte Tippin in den späten Nachmittagsstunden des Donnerstags ohne Leine am Strand laufen lassen, als der Hund die Entdeckung machte. »Dennis Gottlieb, der Gerichtsmediziner von Cook County, hat bestätigt, dass die Arme und das Bein von dem gleichen, noch nicht identifizierten weiblichen Opfer stammen«, hieß es in dem Artikel. »An beiden Händen wurden die Fingerkuppen entfernt. Gottlieb gab an, das Opfer sei innerhalb der letzten zwei Wochen ermordet worden.«

Präzise gesagt, vor neun Tagen, dachte der Mann, der sich am Fenster über seine Zeitung beugte. Erwürgt hatte er sie am vergangenen Donnerstag. Eine Nacht der Versöhnung hatte es werden sollen, das hatte sie zumindest geglaubt. Er hatte sie mit einer Flasche Champagner überrascht und mit einem Becher Erdbeereiscreme von Ben & Jerry's. Sie hatte nicht die Gelegenheit bekommen, das erste Glas Champagner zu leeren.

Drei Müllsäcke mit sterblichen Überresten von ihr waren immer noch da draußen, an verschiedenen Stellen des North Shore. Ein Kälteeinbruch hatte dazu beigetragen, die Gliedmaßen relativ frisch zu halten. Noch nicht gefunden hatten sie das rechte Bein, ihren Unterkörper und ihren Oberkörper. Sie würden sie aber finden – schon bald.

Dass sie ihren Kopf jemals finden würden, glaubte er nicht. Den hatte er sehr sorgfältig vergraben.

Wie aus dem Zeitungsartikel hervorging, hatte am Donnerstag einer der Detectives am Tower Road Beach den Fund als Teil des Müllsack-Mordes bezeichnet. Der Mann, der in dem Starbucks saß, hoffte, dass dieser Spitzname sich durchsetzte. Ihm gefiel, wie das klang.

»Wenn ich dir ein Geheimnis anvertrauen würde – ich meine, ein echt total ernstes Geheimnis –, würdest du mir versprechen, niemandem davon zu erzählen?«

Die siebzehnjährige Candy Kruger konnte es nicht länger

für sich behalten. Sie musste mit irgendjemandem reden. Nervös fuhr sich sich mit der Hand durch ihr hellbraunes Haar – das genauso frisiert war wie das von Rachel in *Friends*. Der aufwendige Schnitt passte nicht so recht zu ihrer St.-Regina-High-School-Schuluniform: weiße Bluse mit Bubikragen, karierter Schottenrock und Kniestrümpfe.

Ihre beste Freundin, Trish Scanlin, sah sie durch die Gläser einer etwas unweiblichen Brille an. Sie hatte krauses rotes Haar, das heute nach hinten gebürstet und geflochten war. Sie blinzelte ein paarmal mit den Augen. »Gott«, flüsterte sie, »was ist es denn?«

»Candice und Patricia!«, tadelte ihre Biologielehrerin Ms. Trotter die beiden. Vielleicht lag es an dem Foto von Präsident Clinton neben der Tafel – gleich unter dem Foto von Papst Johannes Paul II. –, dass Ms. Trotter wegen Candy immer an Hillary Clinton erinnert wurde. Sie war zwar ein Rotschopf, trug ihr Haar aber genau wie die First Lady – und legte auch das gleiche nüchtern-sachliche und intelligenzbestienhafte Benehmen an den Tag. »Konzentrieren Sie sich auf Ihre Arbeit, und ziehen Sie bitte Ihre Handschuhe an«, verlangte Ms. Trotter.

Automatisch setzte Candy sich kerzengerade auf ihren Stuhl. Seufzend zog sie ein Paar Latexhandschuhe über, die man vor ihr auf den Arbeitstisch gelegt hatte. Sie schaute Trish an und verdrehte dabei die Augen, dann musterte sie das schrumpelige, gräulich rosafarbene tote Ding in der Schale und die zusammengerollte Plastiktüte, die daneben lag. Candy spitzte die Lippen. Ein Teil der Nabelschnur hing immer noch an dem Schweinefötus, den sie im Unterricht sezieren mussten. Sie und Trish arbeiteten jetzt seit drei Tagen an dem ungeborenen Ferkel, und Candy hatte sich immer noch nicht daran gewöhnen können. Das Schneiden übernahm vorwiegend

Trish. Sie hatten das arme Ding Boris getauft, nach ihrem lahmarschigen Trigonometrielehrer, der immer stank, weil er zu viel billiges Aftershave auftrug. Ihr kleiner Boris stank ebenfalls – nach Formaldehyd oder wie immer die Lösung hieß, die ihn konservierte.

Laut Aussage von Ms. Trotter waren die Eingeweide eines Schweines denen eines Menschen sehr ähnlich, was der Grund dafür war, dass dieses Tier sich ideal zum Sezieren eignete. Und es wurden für diese Biologiestunden keine Schweineföten ermordet – zumindest nicht direkt. Es handelte sich bei den Tieren um die ungeborenen Ferkel von Säuen, die von der fleischverarbeitenden Industrie abgeschlachtet wurden; sie wurden dem Uterus der toten Sau entnommen.

Diese Information machte es Candy keineswegs leichter, in das arme Ding hineinzuschneiden. Das Ganze hatte zur Folge gehabt, dass sie gebratenem Speck abgeschworen hatte – zumindest bis zum Ende des Semesters.

Nach wie vor starrte sie auf Boris und auf die Plastiktüte, in der sie ihn zwischen den Unterrichtsstunden aufbewahrten. Sie stellte sich vor, in ihn hineinzuschneiden, und musste unwillkürlich an den jüngsten Fund im Müllsack-Mord denken.

Tags zuvor hatte man den Oberkörper der Frau entdeckt. Er hatte in einem schwarzen Müllsack gesteckt, der auf einer Baustelle gelegen hatte – einer halbfertigen neuen Villa in Hubbard Woods, nicht weit entfernt von dem Haus, in dem sie *»KEVIN-ALLEIN-ZU-HAUS«* gedreht hatten. Als würde jetzt noch jemand in dieser neuen Villa wohnen wollen, da konnte sie noch so schön sein, und dass sie in diesem stinkvornehmen Reichenviertel stand, nützte da auch nichts.

Wie in den Fernsehnachrichten behauptet wurde, wies der Oberkörper ein paar besondere Merkmale auf.

…so – was ist das große Geheimnis?«, wisperte Trish. Sie …gte sich über Boris, hielt einen chirurgischen Faden in der behandschuhten Hand, aber ihr Blick ruhte auf Candy.

Ms. Trotter war gerade damit beschäftigt, Barbie Ray zu helfen, die sich total dämlich anstellte, also ging Candy davon aus, dass es okay war zu reden. »Du weißt doch, dass sie gestern einen weiteren Teil dieser Frau gefunden haben, die ermordet wurde«, sagte sie im Flüsterton. »Und du weißt, dass meine Tante sich angeblich das Leben genommen hat.«

Mit finsterer Miene sah Trish sie an. »Was meinst du denn mit *angeblich?*«

»Damit meine ich, ich glaube nicht daran, dass sie Selbstmord begangen hat«, gab Candy leise zur Antwort. Sie hielt den Kopf gesenkt und tat so, als konzentriere sie sich auf den Schweinefötus, der vor ihr lag. »Ich glaube, dass sie diejenige ist, deren Leichenteile sie jetzt überall finden.«

»Machst du Witze?«, erwiderte Trish, und das laut.

Automatisch blickte Candy zu Ms. Trotter hinüber, die sie zornig anblitzte. »Patricia, Candice? Sind Sie zu irgendeiner Erkenntnis gelangt, die Sie gern mit den anderen in der Klasse teilen möchten? Und hat das Ganze etwas mit dem Verdauungsapparat unseres Präparats zu tun?«

Candy und Trish saßen beide mit offenem Mund da und schüttelten rasch die Köpfe. Im nächsten Moment taten sie so, als würden sie weiter an Boris arbeiten. Candy starrte auf die inneren Organe des ungeborenen Wesens. Sie dachte an ihre Tante Lisa – und an den Körperteil, den man jetzt auf dieser Baustelle gefunden hatte.

Candy wurde übel. Sie erinnerte sich daran, wie schön ihre Tante Lisa war. Altersmäßig waren sie nicht allzu weit auseinander. Lisa war gerade mal fünfundzwanzig. Sie hatte welliges, schulterlanges, kastanienbraunes Haar und große blaue

Augen mit langen, dichten Wimpern. Candy hatte sie schon mal ohne Make-up gesehen, und sie war immer noch umwerfend schön. Candy hatte sie auch nackt gesehen. Während des Sommermonate hatte ihre Tante sie mehrmals in den Country Club mitgenommen, und einmal hatte Candy nach dem Schwimmen im Pool in der Umkleidekabine einen neugierigen Blick auf sie riskiert. Als sie ihre Tante nackt sah, fühlte sie sich selbst klobig und käsig. Lisa hatte lange, braun gebrannte, wohlgeformte Beine, eine Wespentaille und einen kleinen, perfekten Busen. Sie schien makellos zu sein – bis Candy den violett verfärbten Bluterguss an Lisas Kreuz erblickte. Sie hatte auch eine hässliche Narbe auf der linken Seite ihres Brustkorbs – drei untereinander liegende, hochrote Flecke, die jeweils so groß waren wie eine Fünf-Cent-Münze.

Lisa schien sie dabei zu ertappen, wie sie daraufstarrte, und schlang sich hastig ein Handtuch um. Vorher, während des Schwimmens, hatte Candy sich gefragt, warum ihre Tante – mit diesem Killer-Body! – einen derart langweiligen einteiligen Badeanzug trug. Jetzt wusste sie es. »Gott, Tante Lisa, was ist passiert?«, fragte Candy. »Das sieht aus, als hättest du dich da verbrannt, und auf deinem Rücken …«

Ihre Tante schüttelte nur den Kopf, was Candy als Aufforderung deutete, nur ja nicht weiterzusprechen. Draußen kreischten Kinder, lachten und plantschten im Pool. Derweil starrte Candy ihre Tante Lisa in der kleinen Nische im Umkleideraum einfach nur weiter an.

Lisa stieß einen nervösen Lacher aus. »Ach, ich bin so tollpatschig. Ich … ich hatte einen Unfall mit dem Grill, Süße. Das war die Strafe dafür, dass ich an Geräten herumhantiert habe, die nur dein Onkel Glenn bedienen kann. Ich bin gefallen – und plötzlich lag überall auf der Terrasse glühende

Holzkohle und ich mittendrin ...« Sie machte eine abwinkende Bewegung mit der Hand, als wolle sie das Thema damit beenden. »Das ist mir dermaßen peinlich. Ich mag nicht einmal darüber reden. Weißt du was? Ich glaube, wir sollten zur Old Orchard Mall fahren und ein bisschen einkaufen gehen. Der Herbst naht, Süße, und du brauchst Garderobe für all die vielen Verabredungen, die du haben wirst ...«

Tante Lisa hielt das Handtuch um ihren Körper fest umschlungen und bewegte sich in den Duschbereich. Candy runzelte die Stirn, als sie sah, wie sie sich in die hinterste Ecke des gefliesten Raums verkroch. Schon da hatte sie gewusst, dass diese Geschichte über den Holzkohlegrill vermutlich eine Lüge war.

Glenn war Candys Onkel – der jüngere Bruder ihrer Mom und ein megamäßig erfolgreicher Chirurg. Seit einem Jahr waren er und Lisa verheiratet. Lisa hatte einen Bruder, der Krebs hatte oder irgendetwas in der Art und ständig im Krankenhaus lag. So hatte Lisa Glenn kennengelernt – während eines Krankenhausbesuchs bei ihrem Bruder. Weitere Familie hatte sie im Grunde nicht. Was Freundinnen anging, hatte Lisa es so erklärt, dass sie sich, als sie Glenn heiratete, einfach anders weiterentwickelt hätte als die meisten ihrer Freundinnen. Sie wurde so etwas wie Candys große Schwester – eine große Schwester, die Geld hatte, ihr neue Dinge zeigte und ihr Sachen kaufte. Außerdem war sie lustig und lieb und konnte gut zuhören. Candy hatte Vertrauen zu ihr. Sie glaubte nicht, dass es etwas gab, was sie ihrer Tante Lisa nicht erzählen konnte.

Und dennoch, an diesem Nachmittag in der Damenumkleidekabine neben dem Pool des Country Clubs hatte sie begriffen, dass es ein paar Dinge gab, die Lisa vor ihr geheim hielt.

Candy sollte erst erfassen, was es mit dem Bluterguss und den Brandwunden auf sich hatte, nachdem Tante Lisa verschwunden war.

Inzwischen wurde sie seit fast drei Wochen vermisst. Man vermutete, dass sie sich ertränkt hatte. Die Polizei hatte Lisas blaugrünen Honda Civic auf einer einsam gelegenen Brücke in Iowa gefunden – ausgerechnet. Sie musste einen halben Tag gefahren sein, um dorthin zu gelangen. Im Inneren des Wagens fanden sie einen Liter Bourbon, eine Schachtel Valium, ihre Handtasche und einen Zettel, auf dem nichts weiter stand als:

An meine Hinterbliebenen, denen ich etwas bedeutet habe – es tut mir leid.

So offenkundig auch war, dass der Mississippi Lisas Körper verschluckt hatte, meldete Candys Onkel Glenn seine Frau als vermisst. Er schien der Einzige zu sein, der sich weigerte zu glauben, dass Lisa sich umgebracht hatte.

Aufgrund von Tante Lisas – vermeintlichem oder echtem – Selbstmord war Candy einige Tage nicht zur Schule gegangen. Sie war am Boden zerstört gewesen und hatte sich immerzu gefragt, warum Tante Lisa sich das Leben genommen hatte – bis sie eine Woche später eine Unterhaltung ihrer Eltern belauschte.

Während sie versuchte, den versäumten Unterrichtsstoff aufzuholen, setzte sie sich zum Lernen immer wieder an andere Stellen im Haus, damit das Ganze nicht allzu langweilig wurde. An jenem Abend saß sie auf dem oberen Absatz der Hintertreppe – gleich über der Küche. Die Eltern wussten nicht, dass sie dort war. Ihre Mutter kochte das Abendessen.

Candy konnte hören, wie Eiswürfel in Gläsern klirrten und Mutter und Vater sich im Flüsterton unterhielten.

»Ich glaube, Glenn leidet im Moment so unter Schuldgefühlen, dass er das Ganze nicht wahrhaben will«, sagte ihre Mutter.

»Der ist nur sauer, weil Lisa ihm zuvorgekommen ist«, knurrte Candys Vater. »Wir hätten etwas unternehmen müssen, Audrey. Wie dein Bruder dieses arme Mädchen verprügelt hat, dann all diese geheimen Fahrten ins Krankenhaus, um sie wieder zusammenzuflicken – ich dachte wirklich, dieser Hurensohn würde sie irgendwann umbringen.«

Mit einem Textmarker in der Hand und einer Ausgabe von »BEOWULF« auf dem Schoß, saß sie auf dem oberen Absatz der Treppe. Candy konnte sich absolut nicht erinnern, ihren Onkel Glenn jemals etwas kochen gesehen zu haben – weder auf dem Grill noch auf dem Herd oder im Tischbackofen. Das Kochen hatte immer Tante Lisa übernommen, während Onkel Glenn sich mit einem schicken, aus Deutschland importierten Bier und einer dicken Zigarre aus Kuba zurückgelehnt und entspannt hatte. Candy erinnerte sich allerdings daran, wie er an dieser Zigarre gezogen hatte, und wie die Glut geglüht hatte – wie ein orangefarbener Kreis aus Asche, der in etwa so groß gewesen war wie eine 5-Cent-Münze!

Abrupt stand Candy auf. Ihr Buch fiel ihr vom Schoß und polternd die Stufen hinunter. Sie nahm sich zusammen und lief schnellen Schrittes die Treppe hinunter, um das Buch aufzuheben, klemmte es sich vor die Brust und lief dann durch die Küche, ohne ihre Eltern anzuschauen. Sie marschierte einfach immer weiter – bis ins Arbeitszimmer ihres Vaters im vorderen Teil des Hauses. Ihre Mutter rief ihr nach, das Abendessen sei in etwa zehn Minuten fertig. »Okay!«, gab sie zur Antwort und setzte sich mit hochgezogenen Beinen auf das Ledersofa in dem holzgetäfelten Raum.

Sie erzählte ihren Eltern nicht, was sie gehört hatte – und sie erzählte ihnen nichts von dem Bluterguss und den Brandwunden, die außer ihr niemand gesehen hatte.

Candy hatte nie den Verdacht gehegt, dass ihre Tante misshandelt wurde. Jetzt machten gewisse Dinge plötzlich Sinn. Ihr Onkel hatte von jeher etwas an sich gehabt, was sie nicht leiden konnte. Er war großzügig und machte ihr zu Weihnachten und zum Geburtstag immer die besten Geschenke. Doch als sie ins Highschool-Alter kam, fiel ihr auf, dass er immer so von oben herab mit ihr redete, als sei sie blöde oder so. Und er konnte verdammt taktlos sein. Niemals würde sie den Tag vergessen, an dem er anfing, die Pickel in ihrem Gesicht zu zählen – und meinte, sie bräuchte einen guten Hautarzt. An jenem Abend weinte sie sich in den Schlaf. Mit ihrer Mutter und mit Tante Lisa sprach er aber genauso – immer so kritisch. Er benahm sich, als würde seine Kacke nicht stinken – wohl aber die jedes anderen.

So wenig sie Onkel Glenn leiden konnte, so sehr hatte sie seine junge Ehefrau vergöttert.

Manchmal hatte Lisa ihre Verabredungen mit ihr verschieben müssen und als Gründe immer nur so ganz vage Erklärungen abgegeben. In der Folge hatte man sich dann tagelang nicht mit ihr treffen können. Jetzt fragte Candy sich, ob Lisa sich in diesen Phasen vielleicht versteckt hatte, weil sie sich von einer weiteren Runde mit Glenn erholen musste. Candy erinnerte sich an den Wutanfall, den sie an ihrem letzten Geburtstag bekommen hatte, weil Lisa am späten Vormittag angerufen und versucht hatte, das gemeinsame Mittagessen abzusagen, das sie geplant hatten. Es war ihr gelungen, ihre Tante dazu zu überreden, ihre Verabredung bei Hackney's doch noch einzuhalten. An einem Tisch am Fenster hatten sie gesessen, und Candy hatte es aufregend gefunden, wie eine Erwachsene mit einer Freundin beim Lunch zu sitzen; es war ihr gar nicht richtig aufgefallen, dass Lisa irgendwie anders war als sonst. Sie sprach nicht viel, und wenn sie etwas sagte, klang das irgendwie lustig, ganz so, als würde sie lallen. Lisa hatte Suppe bestellt, aber kaum davon gegessen. Candy fand, dass ihr Cheeseburger schlichtweg köstlich schmeckte, und versuchte, Tante Lisa dazu zu bewegen, davon zu probieren. Sie musste ihr den Burger mehr oder weniger zwischen die Zähne schieben, damit sie es tat.

Candy fiel auf, dass sich die Augen ihrer Tante mit Tränen füllten, als sie anfing zu kauen. Schließlich stieß sie einen wimmernden Laut aus und spuckte den Bissen in ihre Serviette. Der Klumpen war voller Blut. Candy schnappte nach Luft, als sie das sah.

Sofort trank Lisa ein paar Schlucke Wasser. Als sie das Glas wieder abstellte, sah Candy, dass das Wasser jetzt einen ganz leichten rosafarbenen Stich hatte. »Es blutet in deinem Mund«, flüsterte Candy.

Lisa nickte. »Ich hatte einen schlimmen Morgen beim Zahnarzt«, sagte sie mit dieser schleppenden Stimme. Sie fing an zu weinen. »Ich hätte dir das eher sagen müssen, aber ich wollte dir dein Geburtstagsessen nicht vermiesen. Und genau das habe ich jetzt getan. Es tut mir so leid, Süße ...«

Danach blieben sie nicht mehr lange. Candy ließ sich den Rest ihres Burgers einpacken. Als Lisa sie in ihrem blaugrünen Honda Civic nach Hause fuhr, waren sie ungewöhnlich still. Die Sonne strahlte durch die Windschutzscheibe, und in dem harten Licht fiel Candy auf, dass ihre Tante sehr viel Make-up trug, vor allem Grundierung. Doch komplett verdeckte die den Bluterguss an ihrem Kinn nicht.

Candy erinnerte sich auch, sie zum Abschied vorsichtig auf die Wange geküsst zu haben. Nie hatte sie es gewagt, sich selbst die Frage zu stellen, was ihr wohl wirklich passiert war. Sie hatte Lisa die Zahnarztgeschichte abgenommen – als würde irgendein Zahnarzt, der bei Verstand war, eine Patientin mit blutendem Mund nach Hause schicken.

An dem Abend, an dem Candy ihre Eltern in der Küche hatte reden hören, fing plötzlich alles an, Sinn zu machen. Nur zwei Wochen vor ihrem Sprung von dieser hohen Brücke in Iowa war Lisas Bruder gestorben. Vielleicht hatte sein Tod sie an den Rand der Verzweiflung getrieben. Einen zusätzlichen Stups hatte ihr aber ganz bestimmt dieses Arschloch von Ehemann verpasst, der sie misshandelt hatte.

Nichtsdestoweniger fragte Candy sich, warum Tante Lisa ihr nicht gesagt hatte, wie sehr sie litt. Hätte Candy davon gewusst, hätte sie darauf bestehen können, dass ihre Eltern etwas unternahmen – oder sie hätte selbst die Polizei alarmiert. Sie wäre unter Umständen in der Lage gewesen, ihr zu helfen. Candy vermisste ihre Tante Lisa, konnte aber dennoch nicht umhin, ihr gegenüber auch Wut und Groll zu empfinden.

Dann passierte etwas, und ihr ging auf, dass ihre Tante sich vielleicht gar nicht umgebracht hatte: Auf einer Baustelle in Hubbard Woods fand man in einem Müllsack den Oberkörper einer Frau.

Candy starrte auf den Ferkelfötus in der Sezierschale – und auf die zusammengerollte Plastiktüte, die gleich danebenlag. Sie konnte einfach nicht aufhören, an ihre Tante Lisa zu denken.

»Was redest du denn da?«, fragte Trish mit gedämpfter Stimme. Mit zusammengekniffenen Augen sah sie Candy an. »Deine Tante ist von einer Brücke gesprungen und hat sich ertränkt. Das stand in sämtlichen Zeitungen, war im Fernsehen und …«

Zur Vorsicht schaute Candy kurz zu Ms. Trotter hinüber, die gerade einer anderen Schülerin half. Dicht lehnte sie sich zu ihrer Freundin rüber. »Sie haben ihre Leiche nie gefunden«, wisperte sie. »Mein Onkel hat sie ständig geschlagen. Letzten Sommer habe ich die Blutergüsse überall an ihrem Körper gesehen – und diese Brandwunden an ihrem Oberkörper. Ich wusste nicht, was das war – bis ich durch Zufall gehört habe, wie meine Eltern sich darüber unterhielten, dass er sie misshandelt hat. Mein Onkel Glenn. Ich bin ziemlich sicher, dass er seine Zigarre auf ihr ausgedrückt hat …«

Trish verzog das Gesicht und legte den chirurgischen Faden hin. »Gott, das ist ja fürchterlich«, gab sie im Flüsterton von sich. »Er hat ihr Brandwunden beigebracht?«

Candy schossen Tränen in die Augen, und sie nickte. »Ich glaube, er hat sie umgebracht. Der Oberkörper, den sie gestern gefunden haben … in der Zeitung hieß es, an dem seien besondere Merkmale gewesen – drei Brandwunden an der Seite.«

Trish hörte, wie auf der anderen Seite der Schlafzimmertür *»It's The End Of The World As We Know It«* von R. E. M. erklang. Sie klopfte und drückte die Tür im nächsten Moment auf.

Ihre zweiundzwanzigjährige Schwester Mary Ellen, die im vergangenen Jahr ihren Collegeabschluss gemacht hatte, saß im Schlafanzug auf ihrem Zottelteppich auf dem Boden. Der Rekorder stand neben ihr, und drumherum lagen mehrere CDs – einige in ihren Schutzhüllen, andere nicht. Ihr rotbraunes Haar hatte sie sich zu einem Pferdeschwanz zusammengebunden. Mit finsterem Blick sah sie ihre Schwester an. »Trish, ich muss doch sehr bitten. Ich bin beschäftigt! Ich mache gerade eine Mixkassette für Greg ...«

Trish blieb zögerlich im Türrahmen stehen. Sie schaute hinter sich, um sich zu vergewissern, dass ihre Eltern nicht in Hörweite waren. »Sag mal«, meinte sie dann und biss sich auf die Lippe, »wenn ich dir ein Geheimnis anvertrauen würde – ich meine, ein ganz, ganz ernstes Geheimnis –, würdest du mir versprechen, es nicht weiterzuerzählen?«

Mit einem Griff schaltete Trishs Schwester den Rekorder ab und brachte R.E.M. mitten im Song zum Schweigen. Sie starrte sie an und fragte: »Wovon redest du?«

Kapitel zwei

SEATTLE, WASHINGTON – 14. NOVEMBER 1996

Sie konnte einen Arztbesuch nicht noch länger vor sich herschieben. Mindestens zwei Wochen litt sie nun schon an Müdigkeit, Schwindelgefühlen und Brechreiz. Sie konnte noch so viele Rolaids kauen, das ständige Sodbrennen und die Magenschmerzen gingen einfach nicht weg. Mehrmals hatte sie sich sogar erbrochen, was dem Aufruhr in ihrem Magen nur auch keine Erleichterung verschafft hatte. Sie betete, dass es nur irgendein Grippevirus war.

Eine Krankenversicherung hatte sie nicht, und dieser Dr. Christopher Amato war ein wildfremder Mensch für sie. Wahrscheinlich würde er ihr eine Menge Fragen stellen. Nun, im Hinblick auf gewisse Dinge würde sie ihn belügen müssen. Sie versuchte, nicht an den Termin zu denken, weil ihre Magenschmerzen dadurch nur noch schlimmer wurden.

Da sie etwas zu früh dran war, setzte sie sich draußen vor dem dreistöckigen Ärztehaus aus Beton und Glas, das sich gleich neben dem Swedish Medical Center von Ballard befand, auf eine Parkbank. Es war ein klarer, kalter, sonniger Tag. Warm eingepackt in ihren Trenchcoat, überflog sie die *CHICAGO TRIBUNE*, die sie gekauft hatte, bevor sie sich auf den Weg zur Praxis des Arztes gemacht hatte. Die Seiten der Zeitung flatterten im Novemberwind.

Sie konnte sich allerdings nicht auf den Text konzentrieren, den sie las. Immerzu dachte sie, dass Dr. Amato bestimmt ihre Krankenakte würde sehen wollen, und sie besaß keine. Das Einzige, was sie besaß, war ihr in Wisconsin ausgestellter

Führerschein, auf der ihr Name stand: *Keeslar, Megan Anne*. Laut diesem Führerschein hatte sie vor ihrem unlängst erfolgten Umzug nach Seattle auf dem West Moreland Boulevard in Waukesha, Wisconsin, gewohnt. Ihr Geburtsdatum machte sie zu einem fünfundzwanzigjährigen Zwilling. Die Angaben zu ihrer Körpergröße, ihrem Gewicht und der Farbe ihrer Augen und Haare beschrieben sie korrekt als eine einhundertfünfundsiebzig Zentimeter große und vierundfünfzig Kilogramm schwere Frau mit blauen Augen und blonden Haaren. Sie schätzte, dass Dr. Amato, wenn er sie erst einmal untersucht hatte, wissen würde, dass das nicht ihre wirkliche Haarfarbe war. Jeder, der ihr auf der Straße begegnete, nahm indes als gegeben hin, dass sie eine Blondine war.

Im Moment schien sie auf der Straße überhaupt niemand wahrzunehmen. Einige Menschen – hauptsächlich ältere Leute – waren an ihr vorbei- und durch die doppelten Glastüren in das Ärztehaus gelaufen. Eine blasse, rothaarige Frau, die wohl in den Dreißigern war, trat nach draußen, um eine Zigarette zu rauchen. Gleich gegenüber, auf der anderen Seite der verkehrsreichen Straße, waren Geschäfte und eine Taverne mit einer irischen Flagge neben der großen Holztür. Sie sah nichts – und niemanden – Verdächtiges. Vielleicht litt sie an Verfolgungswahn, aber in letzter Zeit dachte sie jedes Mal, wenn sie bemerkte, dass ein Mann sie auf der Straße anstarrte oder sie eine undurchsichtige Gestalt erblickte, die allein in einem geparkten Wagen saß, unwillkürlich, man würde sie beobachten. Sie musste sich selbst darauf aufmerksam machen, dass einige dieser Männer, die sie auf der Straße anschauten, vielleicht einfach nur fanden, dass sie hübsch war. Und nicht jeder, der allein in einem geparkten Wagen saß, war ein Spion oder ein Privatdetektiv.

Seufzend wandte sie sich wieder ihrer *Chicago Tribune*

zu. Sie kaufte die auswärtige Zeitung zwei- oder dreimal in der Woche, um sich über das zu informieren, was im Mittleren Westen vorging. Zuerst las sie immer den Lokalteil. Dieses Mal sah sie jedoch ganz oben auf Seite zwei des vorderen Teils etwas, und für einen kurzen Moment hatte sie das Gefühl, ihr Herz habe aufgehört zu schlagen.

Prominenter Winnetka-Chirurg
als Müllsack-Mörder verhaftet

ZERSTÜCKELTE LEICHE WIRD FÜR »VERMISSTE« EHEFRAU GEHALTEN

Berichte über den Müllsack-Mord standen in allen Chicagoer Zeitungen. Die Details waren jedoch dermaßen schaurig, dass Megan aufgehört hatte, die Artikel zu lesen, nachdem man einen weiteren schwarzen Müllsack mit dem Arm gefunden hatte. Es hatte geheißen, sämtliche Fingerkuppen seien abgeschnitten worden – um es nur noch schwieriger zu gestalten, das Opfer zu identifizieren. Sie hatte gewusst, dass sie den Kopf der Frau immer noch nicht gefunden hatten – und ebenso wenig ihren Mörder. Und sie hatte keinerlei Bedürfnis verspürt, noch mehr darüber zu lesen – nicht bis zu diesem Moment.

Jetzt musste sie genauestens in Erfahrung bringen, was passiert war.

Die Seite der Zeitung flatterte weiter im Wind, und ihre Hände zitterten. Ihr war, als müsse sie sich jeden Moment übergeben, gleich vor der Tür des Ärztehauses. Sie konnte immer nur kurze Bruchstücke des Artikels lesen, weil ihr im Kopf ganz schummrig wurde, wenn sie sich auf die gedruckten Worte konzentrierte:

Am Mittwochabend wurde der in Winnetka wohnhafte Dr. Glenn Swann, 33, Chirurg am Evanston-Northwest Hospital, wegen des Mordes an seiner Ehefrau, Lisa Densmore Swann, 25, verhaftet. Es wird davon ausgegangen, dass Mrs. Swann, die seit dem 9. Oktober vermisst und für tot gehalten wird, das Opfer des berüchtigten »Müllsack«-Mörders ist …

Das machte überhaupt keinen Sinn. Erst vor wenigen Wochen war in der *Tribune* berichtet worden, dass die Behörden glaubten, Lisa Swann habe Selbstmord begangen. Sie war ihrer Ansicht nach im Wasser des Mississippi ertrunken – sofern sie nicht bereits durch den Sturz von einer der höchsten Brücken Iowas zu Tode gekommen war.

Megan überflog ein paar Informationen über den Müllsack-Mord, die ihr schon bekannt waren. Dann sah sie wieder seinen Namen:

Am Dienstag identifizierte Dr. Swanns 17-jährige Nichte drei Brandmale an der linken Seite des abgetrennten Oberkörpers des Opfers als die Narben, die sie zu einem früheren Zeitpunkt an ihrer Tante gesehen hatte. Der obere Teil des Rumpfes, den man auf einer Baustelle in einem Wohnviertel von Winnetka in einem Müllsack gefunden hatte, war der vierte aufgefundene Körperteil innerhalb von drei Tagen …

Megan musste das zweimal lesen. Sie sagte sich, dass das nicht möglich war. Doch der Zeitungsartikel wartete mit weiterem Beweismaterial gegen den prominenten Chirurgen auf. Mehrere Bekannte des Ehepaares gaben zu, gewusst zu haben, dass Swann seine Frau körperlich misshandelt hatte. Eine ungenannte Quelle im Evanston-Northwest Hospital wies darauf hin, Mrs. Swann sei mehrmals in der Notaufnahme behandelt worden, nachdem ihr Ehemann sie verprügelt hatte. Die Quelle sagte, das Ganze sei innerhalb des Krankenhauses ein »offenes Geheimnis« gewesen, und zog Vergleiche zu der erbarmungslosen häuslichen Gewalt, über die im Jahr zuvor im Zuge des Simpson-Goldman-Mordprozesses berichtet worden war.

Megan zitterte am ganzen Körper und stellte fest, dass ihr die Nase lief. Für einen Moment ließ sie die Zeitung los, um sich ein Papiertaschentuch aus der Manteltasche zu ziehen. Sie putzte sich die Nase, dann las sie weiter:

> Lisa Swann und das zerstückelte Opfer hatten die gleiche Blutgruppe, und Spuren dieses Blutes fand die Kriminalpolizei im Kofferraum von Dr. Swanns BMW. Winzige Stücke schwarzen Plastikmaterials, das mit dem der Müllsäcke übereinstimmt, mit denen die abgetrennten Gliedmaßen und die beiden Rumpf-Teile des Opfers umwickelt waren, wurden ebenfalls im Kofferraum von Dr. Swanns Wagen gefunden …

Laut Aussage des Gerichtsmediziners von Cook County sahen die Schnitte, mit denen die tote Frau zerstückelt wurde, ganz so aus, als seien sie von einem sachkundigen Chirurgen ausgeführtt worden. Dr. Swann hatte für den Zeitpunkt des Verschwindens seiner Ehefrau kein Alibi. Er hatte sich bei den Behörden in Clinton, Iowa, keine Freunde gemacht, als er öffentlich Kritik an ihren Ermittlungen zu Lisa Swanns scheinbarem Selbstmord übte. Einer der Kriminalbeamten, der vor Ort gewesen war, führte an, alles an der Stelle – der verlassene Wagen neben der Brücke, der Schnaps, die Tabletten und ein ambivalenter Abschiedsbrief – habe inszeniert gewirkt.

Dass der reiche, aufgeblasene Chirurg nach Ansicht der Presse und der Polizei kein sympathischer Tatverdächtiger war, war augenfällig. Viele Leute hatten ihre Meinung wahrscheinlich schon gefällt und hielten Dr. Glenn Swann für schuldig.

Megan, die immer noch auf der Bank vor dem Ärztehaus saß, schlug die Zeitung zu und rollte sie zusammen. Ihre Hände zitterten. Sie wusste genau, dass Dr. Glenn Swann seine Frau körperlich misshandelt hatte, aber ermordet hatte er sie nicht.

Ein einziger Anruf von ihr würde genügen, und man würde sämtliche Anklagepunkte gegen ihn fallen lassen. Im Moment konnte sie das nur nicht riskieren. Außerdem ... Sosehr sie es auch verabscheute, dass hier jemandem Unrecht getan wurde, hatte sie diese Stimme im Kopf, die immerzu sagte: *Er hat es nicht anders verdient ... der Dreckskerl hat es nicht anders verdient ...*

Besser fühlte sie sich dadurch aber nicht.

Sie stopfte die zusammengefaltete *Chicago Tribune* in ihre Handtasche, stand auf und machte sich auf den Weg in das Ärztehaus; dabei war ihr die ganze Zeit schwindlig. Nur mühsam unterdrückte sie den Drang, sich zu übergeben.

Ende letzter Woche hatte sie einen dieser Heim-Schwangerschaftstests gemacht, und der war negativ gewesen. Sie wusste, dass einige dieser Tests nicht zuverlässig waren. Sie hatte nach wie vor das Gefühl, schwanger zu sein, hoffte aber bei Gott, dass es nur die Grippe war.

Im Wartezimmer des Arztes belog Megan Keeslar das pummelige, etwa zwanzigjährige brünette Mädchen mit dem netten Lächeln, das am Empfang saß. Sie behauptete, ihr letzter Hausarzt zöge im Moment mit seiner Praxis nach Phoenix um. Sie versprach, ihn in den nächsten paar Tagen anzusprechen und zu veranlassen, dass er Dr. Amato ihre Krankenakte schickte. Sie erwähnte ebenfalls, dass sie gerade ihre Krankenversicherung wechseln würde. Als das Mädchen am Empfang das hörte, schwand ihr nettes Lächeln für einen Moment, doch dann nickte sie und reichte Megan einen Kugelschreiber und ein Klemmbrett mit einem leeren Formblatt.

Sie setzte sich auf einen bordeauxroten gepolsterten Stuhl, der gleich neben einem riesigen Aquarium mit tropischen Fischen stand, und fing an, das Formular auszufüllen. Als sie zu der Stelle kam, an der es um ihren Familienstand ging, zögerte sie zunächst. Im Endeffekt kreuzte sie das Kästchen VERWITWET/GESCHIEDEN an. Wenn sie wirklich schwanger war, hätte sich ihre altmodische katholische Mutter im Grab umgedreht, falls sie sich hier als ledig ausgewiesen hätte. Außerdem gefiel ihr im Grunde die Vorstellung, Witwe zu sein. Und gewissermaßen war es die Wahrheit. Sie hatte einen entsetzlichen Ehemann überlebt.

Bei ihren bisherigen gesundheitlichen Problemen kreuzte sie alle zutreffenden Kästchen an. Auf dem Couchtisch, der vor ihr stand, fiel ihr inmitten vieler anderer Illustrierten eine Ausgabe des *INSTYLE*-Magazins auf, dessen Cover Gloria Estefan zierte. Unter die Frage, wer im Notfall zu benachrichtigen sei, schrieb sie *Gloria Styler* zusammen mit einer frei erfundenen Telefonnummer mit der Vorwahl von Portland: 503. Ihre Beziehung zu der Person, die im Notfall zu benachrichtigen war, erklärte sie mit *Freundin*.

Die Wahrheit war, dass sie weder Freunde noch Familie in

Portland hatte und hier in Seattle keine Menschenseele kannte – davon ging sie zumindest aus. Dr. Amatos Namen hatte sie aus dem Telefonbuch; es kam nicht von ungefähr, dass sein Name mit A begann. Während der letzten drei Wochen hatte sie in einem winzigen einräumigen Apartment gewohnt – sich dort *versteckt*, das traf es wohl eher. Die Miete war günstig – das, was sie sich leisten konnte. Etwas Geld hatte sie gebunkert, musste aber zusehen, dass sie möglichst lange damit auskam. Möbliert hatte sie die Wohnung mit einem Gemisch aus Sachen, die sie entweder bei Ikea oder auf privaten Flohmärkten gefunden hatte. Das Bücherregal bestand aus Ziegelsteinen und Brettern – und in dem verzweifelten Versuch, die Wohnung etwas freundlicher zu gestalten, hatte sie sie mit Weihnachts-Lichterketten dekoriert. Das Apartment sah aus, als würde eine Collegestudentin darin leben, die bestenfalls im zweiten Studienjahr war. Von sieben Uhr morgens bis zweiundzwanzig Uhr abends donnerte alle dreißig Minuten die Einschienenbahn an ihrem Wohnzimmerfenster vorbei. Sie lebte auf der vierten Etage eines kalten und nichtssagenden, sechsstöckigen, modernen Wohnhauses im Seattler Stadtteil Belltown. Die Mieter des Hauses schienen einander überhaupt nicht zu kennen. Es war einfach, dort anonym zu bleiben. Letzte Woche hatte sich jemand in dem Fahrstuhl aus Edelstahl übergeben, und das war tagelang nicht weggeputzt worden. Es stank noch immer widerlich darin. Also hatte sie die Treppe genommen – einen gruseligen Betonschalen-Schacht, in dem jedes Geräusch schallte – vier Etagen nach oben zu ihrer Wohnung.

Nicht, dass sie sich groß nach draußen traute. Sie hatte Angst davor, die Wohnung zu verlassen, Angst davor, es könnte irgendjemand sie erkennen. Trotzdem hatte sie diese paar Ausflüge zu Ikea und den privaten Flohmärkten unternommen. Wenn sie ihren Wagen aus der Tiefgarage des Gebäudes fuhr, hatte sie jedes Mal das Gefühl, ihr Glück herauszufordern. Das Auto hatte immer noch das Nummernschild von Wisconsin, und das Letzte, was sie wollte, war, dass irgendein Polizist sie an den Straßenrand winkte. Folglich ging sie, wann immer das möglich war, zu Fuß. Manchmal rannte sie wie eine Verrückte zum Vine Street Gourmet, einem Minimarkt, der ganz in der Nähe war, lächerlich niedrige Preise und eine Feinkosttheke mit frischen Sachen hatte. Und dann kaufte sie sich an dem Zeitungsstand am Pike Place Market auch immer eine Ausgabe der *Chicago Tribune*.

Anfang der Woche hatte sie sich getraut, den ganzen Block hinunterzulaufen und ins Cinerama zu gehen, um sich *Der englische Patient* anzusehen, der gerade angelaufen war. Obwohl es dunkel und rappelvoll in dem Kino gewesen war, hatte sie nicht damit aufhören können, sich darum zu sorgen, dass irgendjemand aus ihrer Vergangenheit hier sein und sie ihm auffallen könnte. Dann war ihr plötzlich übel geworden. Während des Spielfilms war sie gegangen und hatte sich, als sie durch den Mittelgang zum Ausgang lief, die Stirn gerieben, um ihr Gesicht zu verbergen.

Jedes Mal, wenn sie diese deprimierende kleine Wohnung verließ, hatte sie das Gefühl, von jemandem beobachtet zu werden. Der Ausflug zu Dr. Amato war ganz besonders nervenaufreibend. Und dann sah sie diese Story in der *Tribune*. Ein Foto des Opfers, Lisa Densmore Swann, war dem Tribune-Artikel nicht beigefügt, aber die Story war grausig genug, um landesweit Aufmerksamkeit zu erregen. Und da war es nicht allzu weit hergeholt, sich vorzustellen, dass Fotos von Lisa Swann bald schon in allen möglichen Zeitungen auftauchen würden, im ganzen Land – auch in Seattle.

Bei dem Gedanken meldete sich ihr Magen gleich noch einmal.

Mit dem Klemmbrett auf dem Schoß blickte sie auf den Absatz vor der Zeile für ihre Unterschrift: *Ich bestätige, dass alle von mir gemachten Angaben nach bestem Wissen gemacht wurden und korrekt sind …*

Sie brauchte nur noch zu unterschreiben, zögerte aber. Dann atmete sie tief durch und kritzelte mit zitternder Hand: *Megan Anne Keeslar – 14. 11. 1996.* Als sie aufstand, um dem Mädchen am Empfang das Formular, den Kugelschreiber und das Klemmbrett zurückzugeben, war ihr ganz schummrig im Kopf.

Die Brünette schaute kurz zu ihr auf, nahm ihr das Klemmbrett aus der Hand und fragte sie besorgt: »Geht es Ihnen gut?«

Sie klammerte sich an die Kante des Tresens und konnte nur noch mit dem Kopf schütteln.

Das Mädchen am Empfang sagte irgendetwas davon, dass man sie in einen Untersuchungsraum schaffen würde, damit sie sich hinlegen könne. Dann rief sie eine der Arzthelferinnen.

Megan ließ sich von der älteren, robust aussehenden Krankenschwester mit der ebenholzfarbenen Haut in den hinteren Bereich führen. Der enge Korridor schien sich zu drehen. Die Krankenschwester brachte sie in einen der kleinen Räume und sorgte dafür, dass sie sich auf den Untersuchungstisch setzte. Sie gab ihr ein Glas Wasser, und das half. Die Krankenschwester hatte ein liebes verhärmtes Gesicht und tiefschwarzes Haar, das aussah, als habe man es lackiert.

»Danke«, flüsterte Megan. »Es … es tut mir leid, dass ich Ihnen solche Mühe mache. Ich weiß nicht, was mit mir los ist. Es könnte sein, dass … es könnte sein, dass ich schwanger bin.«

»Nun, wir werden sehen, was Dr. Amato sagt«, gab die Krankenschwester zur Antwort. Sie öffnete die Schublade eines Schränkchens und zog einen zusammengefalteten hellblauen Kittel heraus. »Machen wir Sie mal fertig, damit er Sie untersuchen kann. Sie kommen mir immer noch etwas zittrig vor. Brauchen Sie Hilfe beim Ausziehen?«

Verlegen nickte Megan. Die Krankenschwester hängte jedes Kleidungsstück, das Megan ihr reichte, sofort auf. Zwischendurch erhaschte sie einen Blick in den Spiegel, der über dem Waschbecken hing, und auf ihr Spiegelbild. Sie saß auf einem gepolsterten Tisch und trug nur noch ihre Unterwäsche.

Sie sah die drei Narben von der Größe eines 5-Cent-Stücks auf der linken Seite ihres Brustkorbs. Schnell entledigte sie sich ihres Büstenhalters und zog den blauen Kittel über, um sich zu bedecken – und die Narben. Dann schlängelte sie sich aus ihrem Höschen.

Die Krankenschwester maß ihren Blutdruck und verkündete, der sei normal. Das erstaunte Megan – angesichts der Tatsache, wie krank sie sich fühlte und wie verängstigt sie war.

»Ich werde Dr. Amato holen«, sagte die Krankenschwester. »Sollten Sie sich neuerlich schlecht fühlen, rufen Sie mich bitte sofort. Ich heiße Loretta.«

»Danke, Loretta«, antwortete sie und legte sich auf den Tisch. Der war an einem Ende etwas höher, sodass ihr Kopf leicht erhöht lag. Sie konnte den Spiegel über dem Waschbecken sehen. Darin spiegelten sich ihre Sachen, die aufgereiht an Haken an der Wand hinter ihr hingen. Sie starrte auf ihre Handtasche zwischen den Kleidungsstücken – und auf die zusammengerollte Zeitung, die daraus herausragte.

Sie dachte an das Opfer des Müllsack-Mordes – und an diesen Teil des Rumpfes, den sie gefunden hatten, der an einer Seite die Brandmale aufwies.

Dann spürte sie, wie eine weitere Woge Übelkeit sie überkam, und legte sich die Hand auf den Magen.

So lag sie dort auf dem Tisch und wartete auf den Arzt. Die Frau, die den ärztlichen Fragebogen mit dem Namen *Megan Anne Keeslar* unterzeichnet hatte, starrte auf den hellblauen Kittel, den sie trug. Sie wollte nicht schwanger sein – sie konnte nicht schwanger sein.

Und trotzdem fragte sie sich, ob das Hellblau bedeutete, dass es ein kleiner Junge wurde.

Kapitel drei

Seattle – 14. Juli 1997

»Hör bitte auf«, flüsterte sie. Megan hatte Tränen in den müden, geröteten Augen. »Bitte, Gott! Mach, dass er aufhört …«

Doch Josh schrie unermüdlich weiter. Megan nahm ihn ganz fest in die Arme, wiegte ihn hin und her, und so lief sie mit ihrem neun Wochen alten, von Koliken geplagten Sohn in der Wohnung auf und ab. Es war spät – 23:44 Uhr laut der digitalen Uhr in ihrem Videorekorder. Die Einschienenbahn fuhr heute Nacht nicht mehr.

Sie trug ein T-Shirt und eine karierte Pyjama-Hose mit Tunnelzug und ließ sich vom Ventilator die Luft auf den Körper pusten, während sie barfuß durch ihr kleines Wohnzimmer tigerte. Die Arme taten ihr davon weh, ihn ständig herumtragen und schaukeln zu müssen. Diese Schreiorgien fanden jetzt jede Nacht statt. Gegen Mitternacht wachte Josh immer auf und schrie sich die kleinen Lungen aus dem Leib. Und er war überhaupt nicht hungrig, nur knatschig. Megan tat alles, was ihr Kinderarzt und die Bücher ihr rieten, aber das schien alles nicht zu funktionieren. Sie wusste nicht, ob er es lieber hell oder dunkel im Raum hatte – oder ob er vielleicht wollte, dass nur diese eine Lampe in der Ecke des Zimmers eingeschaltet blieb. Hatte das Fernsehen eine beruhigende Wirkung auf ihn, oder machten diese Geräusche ihn nur noch unruhiger? Das hatte sie immer noch nicht herausgefunden. In einer Nacht hatte es den Anschein erweckt, als würde ihn ihre Interpretation von »Old MacDonald hatte eine Farm« beruhigen, doch war er nicht eingeschlafen, sondern noch hellwach gewesen, als ihr die Farmtiere schon längst ausgegangen waren: *»Old MacDonald hatte 'nen Leguan …«* Als sie ihm in der nächsten Nacht das gleiche Ständchen brachte, hatte ihn das veranlasst, Zeter und Mordio zu schreien. Durch das viele Schreien spuckte er auch viel. Megan war sich bewusst, dass sie die Hälfte der Zeit nach Babykotze roch.

In den Büchern hieß es, wenn sie mit ihrer Weisheit am Ende sei, solle sie das Baby einfach in sein Bettchen legen und schreien lassen – bis sie sich wieder besser fühlte. Doch wie sollte ihr Befinden sich bessern, wenn er so laut schrie? Und sie musste ja auch an ihre Nachbarn denken. Die hassten sie. Als sie in dieses Haus gezogen war, hatte sie sich zum Ziel gesetzt, anonym zu bleiben. Nun, das war sie jetzt nicht mehr. Dank Josh und seiner nächtlichen »Schrei-a-thons« konnte keiner die Frau in 4-E ausstehen.

Sie hatte sich daran gewöhnt, Dinge mit einer Hand zu tun, während sie ihn herumtrug. Also stellte sie den Ventilator auf höchste Stufe, weil sie hoffte, das weiße Rauschen würde ihn beruhigen, griff nach seiner gelben Babydecke mit der Cartoon-Giraffe und deckte ihn damit zu. Megan ließ sich auf ihr Ikea-Sofa plumpsen und fing an, das kreischende, schwitzende und sich windende Bündel in den Armen zu wiegen, und dabei betete sie: »Bitte, Gott! Mach, dass er aufhört. Bitte …«

Das Geld für den Heimschwangerschaftstest, den sie acht Monate zuvor gemacht hatte und der negativ gewesen war, hätten sie ihr eigentlich zurückzahlen müssen. Ihre Vorahnung beim Anblick des blauen Kittels in Dr. Amatos Praxis war erheblich akkurater gewesen. Sie hatte tatsächlich ein Kind erwartet, einen Jungen – das hatte sich bei der dritten Ultraschall-Untersuchung herausgestellt.

Zuerst hatte ihr vor der Vorstellung, möglicherweise schwanger zu sein, gegraust. Als Megan jedoch bewusst geworden war, dass ein neues Leben in ihr heranwuchs, hatte das alles verändert. Plötzlich fühlte sie sich nicht mehr so völlig allein in ihrer schäbigen Einzimmerwohnung neben der Einschienenbahn. Da war auf einmal noch jemand, um den sie sich kümmern musste – ein Grund, noch einmal ganz von vorn anzufangen.

Selbst mit einem Ehemann, einem wunderschönen großen Haus und all ihren Freunden an Chicagos North Shore hatte sich Mrs. Glenn Swann zumeist sehr viel einsamer und ziellos gefühlt. Es war ihr erheblich schlechter gegangen.

Ein Foto von Mrs. Swann schaffte es am 16. November 1996 – zwei Tage nach Megans erstem Besuch bei Dr. Amato – auf Seite drei des *Seattle Post-Intelligencer.* Das Foto erschien neben einem Bericht über den Chicagoer Müllsack-Mord. Alle waren sicher, dass Glenn Swann seine Ehefrau ermordet hatte.

Am gleichen Abend wurde landesweit in den Nachrichten über den Fall berichtet, und dabei zeigten sie das gleiche Foto der verstorbenen Mrs. Swann. Megan sah sich die Sendung an und hielt sich dabei die ganze Zeit entsetzt die Hand vor den Mund. Automatisch schaute sie aus dem Fenster und sah hinter den Scheiben der Wohnhäuser auf der gegenüberliegenden Straßenseite das Licht der Fernsehapparate flimmern. Sie fragte sich, ob sich diese Leute die gleiche Sendung ansahen.

In den nächsten paar Tagen hatte Megan Angst davor, einen Fuß vor die Tür ihrer Wohnung zu setzen. Sie stellte sich vor, wie Dr. Amato, seine Krankenschwester oder das Mädchen am Empfang das Foto in der Seattler Zeitung erblickten. Sie dachte an ihre Nachbarn im Haus und an die Menschen im Vine Street Gourmet, die möglicherweise meinten, die tote Mrs. Glenn Swann käme ihnen schrecklich bekannt vor. Jedes Mal, wenn sie hörte, dass sich am Ende des Korridors auf ihrer Etage die Fahrstuhltür öffnete, dachte sie, dass das vielleicht die Polizei wäre, die kam, um sie abzuholen. Jedes Mal, wenn das Telefon läutete, meinte sie, ihr würde das Herz stehen bleiben.

Megans Ansicht nach war die Story genau die Art von Geschichte, die Leuten über geraume Zeit Gesprächsstoff liefern würde: Ein prominenter Chirurg wurde beschuldigt, die Ehefrau ermordet zu haben, die er über ein Jahr lang misshandelt hatte; ihr fingierter Selbstmord auf einer hohen Brücke über dem Mississippi; der Arzt, der sie als vermisst gemeldet hatte, obwohl offenkundig zu sein schien, dass er sie zerstückelt und die Leichenteile dann an verschiedenen Stellen von Chicagos North Shore entsorgt hatte. Megan hatte damit gerechnet, monatelang wie ein völliger Einsiedler leben zu müssen.

Doch so sensationell die Geschichte auch war, gab es dafür keinen Platz mehr im Leben der Einwohner von Seattle, die bereits so bedient waren von dem immer noch laufenden Zivilprozess gegen O. J. Simpson, dass sie sich nicht auch noch um einen in gewisser Hinsicht ähnlichen Fall scheren konnten, zu dem es in Chicago gekommen war und der in den Medien sehr viel weniger Beachtung fand. Während in der *Chicago Tribune*, die Megan immer noch am Zeitungsstand am Pike Place Market kaufte, über jede neue Entwicklung im Müllsack-Mord berichtet wurde, war in den Seattler Zeitungen nicht mehr viel darüber zu lesen.

Mrs. Glenn Swanns Kopf fanden sie nie. Und den würden sie natürlich auch niemals finden.

Hatte bislang im Hinblick auf die Frage, ob sie Dr. Glenn Swann für den Mord an seiner Frau ins Gefängnis wandern lassen sollte, zwei Herzen in ihrer Brust geschlagen, so bestärkte das Baby sie jetzt in ihrem Entschluss, nichts zu tun. So groß war der Unterschied zwischen einem Frauenschläger und einem Kinderschänder schließlich nicht, oder? Es wäre töricht von ihr gewesen, einen kleinen Jungen einem Menschen auszusetzen, der zu derartiger Gewalt fähig war. Glenn war reich, und sein Anwalt konnte ihm aller Wahrscheinlichkeit nach Besuchsrecht verschaffen – vielleicht sogar das alleinige Sorgerecht. Sie konnte nicht zulassen, dass das geschah. Die Zeiten, dass sie nur sich selbst beschützen musste, waren vorbei.

Derzeit verbüßte Dr. Swann den dritten Monat einer lebenslangen Haftstrafe im Illinois Stateville Prison. Nach wie vor behauptete er beharrlich, seine Ehefrau nicht ermordet zu haben. Megan wusste, dass das der Wahrheit entsprach. Sie wusste indes nicht, wer die Frau war, die man fälschlicherweise für Lisa Densmore Swann hielt. Das Opfer des Müllsack-Mordes hatte offenbar die gleiche Blutgruppe, die gleiche Hautfarbe und die gleichen Brandmale auf der linken Seite ihres Brustkorbs.

Unwillkürlich stellte Maggie sich die Frage, ob Dr. Swann eine seine Freundinnen vielleicht genauso *gebrandmarkt* hatte wie seine beklagenswerte Frau. Vielleicht hatte er auch auf diesem armen Wesen seine dicke, stinkende kubanische Zigarre ausgedrückt. Und es war durchaus möglich, dass er diese namenlose Frau ermordet hatte.

Es verging keine Woche, in der Megan sich nicht vorbeten musste, welche Vernunftgründe dafür sprachen, dass sie Glenn Swann im Gefängnis verrotten ließ. Ihr Sohn Josh war immer der beste Grund. Sie versuchte sich vorzustellen, wie der brutale und jähzornige Dr. Swann sich in Gegenwart eines Babys aufgeführt hätte, das ununterbrochen schrie, weil es an Koliken litt. Das hätte er sich nicht bieten lassen.

»Nun komm, mein Schatz«, flüsterte sie und wiegte ihn in den Armen. »Bitte! Mama braucht mal eine Auszeit ...«

Er schrie und trampelte mit solcher Wucht mit den Beinchen, dass er blutrot anlief.

Megan versuchte es mit Vorsingen ... Irgendwann läutete das Telefon, und sie fuhr zusammen. Josh stieß ein lautes Wehklagen aus. »Ach, Scheiße«, murmelte sie, als sie auf die Uhr des Videorekorders schaute: 00:09 Uhr. Das war bestimmt irgendein Nachbar. Sie starrte auf das Telefon und den Anrufbeantworter am anderen Ende des Raums, wiegte Josh in ihren Armen und betete, der Anrufer möge auflegen. Der Anrufbeantworter schaltete sich ein.

»Hier spricht 4-D«, verkündete die Frau. »Ich weiß, dass Sie zu Hause sind, weil ich Ihr Baby schreien höre. Tatsache ist, dass ich Ihr Baby seit ich-weiß-nicht-wie-vielen Tagen jede verfluchte Nacht schreien höre. Ich weiß nicht, was für eine Art von Mutter Sie sind, aber ...«

Seufzend nahm Megan den Telefonhörer von der Gabel. »Es tut mir leid«, sagte sie. »Ich hatte ihn jetzt fast zur Ruhe gebracht. Er hat Koliken. Er ...«

»Verdammt noch mal, ich versuche zu schlafen«, fiel die Frau ihr ins Wort. »Wenn Sie dieses Baby nicht zum Schweigen bringen können, rufe ich die Polizei – oder das Jugendamt. Das sage ich nicht nur so dahin. Es ist lächerlich, es ist fahrlässig, ich habe diesen Lärm satt. Irgendein Gesetz muss es da geben. Ich rufe die Polizei, wenn das so weitergeht.«

»Es tut mir leid«, wiederholte Megan in gereiztem Ton. Die Hand, mit der sie den Telefonhörer festhielt, zitterte.

Josh weinte ihr in das andere Ohr. »Ich tue, was ich kann …«

»Wissen Sie was?«, fiel die Frau ihr neuerlich ins Wort. »Wenn ich in fünfeinhalb Stunden aufstehe, weil ich zur Arbeit muss, und Sie schlafen, werde ich gegen die Wand hämmern und mal sehen, wie Ihnen das gefällt.«

Megan hörte das Klicken am anderen Ende der Leitung.

Josh weinte immer noch.

Sie fing ebenfalls an zu weinen. Erschöpft und niedergeschlagen setzte sie sich wieder aufs Sofa, legte Josh bäuchlings auf ihren Schoß und massierte ihm den Rücken. In der Vergangenheit hatte sie damit manchmal Erfolg gehabt – bis vor etwa einer Woche, als er dadurch nur noch knatschiger geworden war. Sie versuchte, ihm etwas vorzusummen, verschluckte sich aber immer wieder an ihren Tränen.

Würde die Frau in 4-D tatsächlich so weit gehen, ihr die Polizei auf den Hals zu hetzen? Megan war inzwischen seit fast einem Jahr in Seattle, fühlte sich aber immer noch, als wäre sie auf der Flucht. Es war zwar äußerst selten vorgekommen, doch jedes Mal, wenn sie sah, dass ein Streifenwagen vor dem Haus hielt, versetzte sie das in Panik – bis sie hundertprozentig wusste, dass die Polizei nicht ihretwegen gekommen war. Bei der Vorstellung, sie könnten an ihre Tür klopfen, wurde ihr jedes Mal angst und bange.

Zu ihrer grenzenlosen Erleichterung fing Josh an, sich zu beruhigen. Summend massierte sie ihm weiter den Rücken.

Sie dachte über die Frau in 4-D nach. Das war vermutlich die gleiche Schlampe, die vor einigen Monaten in den Fahrstuhl gekotzt hatte. Megan hatte mehrmals mitbekommen, wie sie betrunken nach Hause gewankt war – mit schleppender Stimme in ihr Handy gelallt und allen möglichen Rabatz veranstaltet hatte. Aber hatte sie jemals damit gedroht, 4-D die Polizei auf den Hals zu hetzen?

Hätte die Frau nicht etwas geduldiger sein, sich nicht etwas mehr wie eine gute Nachbarin benehmen können – wäre das zu viel verlangt gewesen?

Megan wurde klar, dass ihr der Versuch, in diesem Haus anonym zu bleiben, nicht länger zum Vorteil gereichte. Tatsache war, dass sie sich so sehr bemüht hatte, unkenntlich und unauffällig zu sein, dass sie sich gar nicht mehr erkannte, wenn sie in den Spiegel schaute. Sie musste abnehmen, um wieder auf das Gewicht zu kommen, das sie vor der Schwangerschaft gehabt hatte. Früher war sie Expertin darin gewesen, Blutergüsse und blaue Augen zu überschminken, und jetzt hatte sie weder die Zeit noch die Energie, irgendetwas gegen die aufgrund von Schlafmangel entstehenden dunklen Ringe unter ihren Augen zu unternehmen oder gegen den braun herauswachsenden Haaransatz ihrer schulterlangen blonden Haare. Sie kannte diese Frau im Spiegel nicht – ebenso wenig wie ihre Nachbarn sie kannten.

Sie hielt es für das Beste, Miss 4-D mit moralischem Anstand zu begegnen. Am nächsten Morgen schnallte Megan Josh in der Babytrage fest, und sie marschierten zum Vine Street Gourmet, wo sie für $ 16,99 eine Flasche Merlot erstand. Die hinterließ sie vor 4-D mit einem Kärtchen:

Hi, Nachbarin,
es tut mir so leid, dass das Schreien meines Babys Sie letzte Nacht wach gehalten hat. Glauben Sie mir bitte: Ich tue, was ich kann, um den Kleinen zu beruhigen, wenn er knatschig wird. Er hat nur leider Koliken und dagegen ist man machtlos. Mir gefällt das auch nicht, wenn er schreit. Die Wahrheit ist, dass es mir in der

Seele wehtut, mitansehen zu müssen, dass er so leidet. In jedem Fall hoffe ich, dass Sie diese Flasche Wein als Entschuldigung für den Lärm annehmen.

Vielen Dank,
Ihre Nachbarin Megan Keeslar (Joshs Mom)

Megan sagte sich, dass die Menschen im Hinblick auf Lärm sehr viel geduldiger waren, wenn sie ihre Nachbarn kannten und mochten. Also würde Miss 4-D nach dem freundlichen Kärtchen mit ihrer Entschuldigung und dem Trostpflaster vielleicht etwas nachsichtiger mit ihr sein. Vielleicht würden sie und 4-D im Endeffekt sogar Freundinnen werden! Sie erging sich in Fantasien von einer transformierten, warmherzigen und freundlichen Miss 4-D, die ihr anbot, ein paar Stunden in der Woche das Baby zu sitten: *»Warum legst du dich nicht mal ein Stündchen hin, Megan, oder machst einen Spaziergang? Du brauchst eine Auszeit. Ich werde auf ihn aufpassen ...«*

4-D kontaktierte sie jedoch nie, um ihr zu sagen, dass sie das Entschuldigungsgeschenk an sich genommen hatte. Dass sie es bekommen hatte, wusste Megan, weil sie gehört hatte, wie sie draußen auf dem Korridor in ihr Handy sprach und meinte: »Oh, jemand hat mir was vor die Tür gestellt ...« Dann hörte sie, wie die Tür geschlossen wurde. Und danach nichts mehr, das war's.

Als Josh das nächste Mal schrie, rief die Schlampe wenigstens nicht die Polizei.

Trotzdem, die Sorge, dass es passieren könnte, die schleichende Angst, dass die Polizei jeden Moment an ihre Tür trommeln könnte, war immer da. Das Gescheiteste, was sie tun konnte, war, zu niemandem eine enge Beziehung aufzubauen.

Es gab nur sie und ihren kleinen Jungen. Es gab niemanden, den sie anrufen konnte, wenn sie sich Sorgen um ihn machte – oder wenn er irgendetwas Verblüffendes tat. Megan schoss Unmengen Fotos von ihm, konnte sie aber niemandem zeigen. Eigentlich hatte Josh keine Großeltern oder Onkel und Tanten. Sie war seine einzige Familie.

Sie konnte das Gefühl nicht abschütteln, dass man ihr den Jungen eines Tages, und zwar bald, wegnehmen würde. Megan sagte sich, dass das vermutlich eine Angst war, die alle Eltern tief in ihrem Inneren plagte, konnte sich dieser Vorahnung aber trotzdem nicht erwehren.

Kapitel vier

SEATTLE – 18. MAI 2000

Die hübsche, etwa zwanzigjährige Barista, die ihr hellbraunes Haar mit einem mit Stoff überzogenen Gummiband im Nacken zusammengebunden hatte, trug heute zu viel Makeup. Obwohl in der Warteschlange noch zwei Leute vor ihr standen, die sich Kaffee holen wollten, konnte Megan sehen, dass die junge Frau versucht hatte, ein blaues Auge und einen Bluterguss am Kinn zu überschminken. Menschen, die sich mit solchen Dingen nicht auskannten, fiel das wahrscheinlich gar nicht so auf. Die wollten einfach nur ihre morgendliche Koffein-Dröhnung.

Café Z war ein Espressostand in der Eingangshalle eines modernen, vierunddreißigstöckigen Gebäudes in der Seattler Innenstadt. Ein paar Cafétische mit Stühlen standen unmittelbar vor dem Tresen, hinter dem die überarbeitete Barista nicht nur Kaffee und Espresso servierte, sondern auch Sandwiches, Süßspeisen und Snacks, die, wie das Schild behauptete, »täglich frisch geliefert« wurden. Der kleine Stand befand sich genau zwischen einer Filiale des Copyshops Kinko's und dem grauenhaften Minimarkt, den Megan boykottierte, seit man ihr dort für eine lausige 350-Milliliter-Dose Cola Light $ 1,91 abgeknöpft hatte.

Sie arbeitete als Büroangestellte bei Camper, George and White Law Partners, einer kleinen Anwaltskanzlei in der siebzehnten Etage. Seit fast zwei Jahren war sie jetzt schon dort, nahm Telefonate entgegen, machte Fotokopien und erledigte jede Menge Botengänge, zu denen unter anderem gehörte, der Belegschaft Kaffee aus dem Café Z in der Lobby zu holen. Dann hatte sie den Geistesblitz gehabt, ihren kleinen Pausenraum mit einer Kaffeemaschine der Marke Mr. Coffee zu bestücken. Sobald sie morgens um 8:30 Uhr zur Arbeit erschien, sorgte sie dafür, dass stets für jeden in der Firma frischer Kaffee aufgebrüht war. Nur Megan – und hin und wieder schon mal jemand, der vor allen anderen im Büro war – tankte morgens nach wie vor bei Café Z. Bei der letzten Mitarbeiterversammlung hatte Mr. Camper gemeint, ohne sie würde die Kanzlei »eingehen«. Es hatte sie gefreut, das zu hören, denn es bedeutete, dass sie einen sicheren Arbeitsplatz hatte. Außerdem war das Lob fast so etwas wie eine Entschädigung für die viele Zeit, die sie aufgrund langer Arbeitstage und gelegentlicher abendlicher Überstunden nicht mit Josh verbringen konnte. *Aber nur fast.*

Megan hasste es, von Cara, Beth, Lilly oder irgendeinem anderen Mitarbeiter der Kindertagesstätte Alphabet Junction Daycare von den kleinen Meilensteinen in Joshs Leben zu erfahren. Im Alter von fünfzehn Monaten war Josh zum ersten Mal gelaufen – für Lilly. Er wartete noch einmal zwei Wochen, bis er für sie seine ersten Schritte tat. Es war Beth, die ihm beibrachte, als Antwort auf die Frage »Wie groß ist Josh?« die Händchen über den Kopf zu heben. Megan sah Beth dabei zu, als sie ihr vorführte, wie schön er das machte. Josh war so niedlich, als er da auf seinem Hochstuhl der Alphabet Junction Daycare saß und auf Beths Stichwort zu kichern begann und die pummeligen Ärmchen hob. Megan lachte und weinte gleichzeitig.

Am gleichen Abend, ein paar Stunden später, weinte sie nur noch.

Das »Wie groß ist Josh?«-Spielchen war lediglich eine weitere Sache, die vor ihr ein anderer Mensch mit Josh geteilt hatte. Megan spielte das auch mit ihm, und sie liebte seine fröhliche Reaktion. Das Miteinander fühlte sich jedoch an, als habe sie es sich von der Angestellten der Kindertagesstätte, die es ins Leben gerufen hatte, ausgeliehen. *Die Rolle von Beth in »Wie groß ist Josh?« spielt heute ausnahmsweise Joshs Mutter, Megan.*

Nichtsdestoweniger war sie dankbar für die Alphabet Junction Daycare – und die Mitarbeiter, die Josh einer wie der andere vergötterten. Um seinen ersten Geburtstag herum war Megan klar geworden, dass ihr das Geld, das sie zur Seite geschafft hatte, allmählich ausging. Sie musste sich einen Job suchen. Und sie musste einen Babysitter für Josh finden. Sie lud etwa zwanzig Kandidaten zu einem Vorstellungsgespräch ein und entschied sich für Hildy, eine stabile Russin, die wenig Englisch sprach und nur fünf Straßen entfernt wohnte. Ihre Wohnung roch nach gekochtem Kohl und Schweiß, und irgendwie sah es immer unordentlich darin aus. Außerdem hatte sie die Angewohnheit, Josh nach dem Windelnwechseln fast immer die Sachen verkehrt herum anzuziehen – entweder mit der Innenseite noch außen oder mit dem Rückenteil nach vorn. Megan kam nie dahinter, warum. Josh schien sie aber zu mögen. Hildy blieb ihr fünf Wochen erhalten – bis man sie wegen irgendeines Lebensmittelmarken-Betrugs verhaftete. Kurz danach fand Megan die Alphabet Junction Daycare.

Eine neue Bleibe fand sie ebenfalls: eine kurz zuvor renovierte, dreiräumige Kellerwohnung in einer großen, alten, mit weißen Schindeln gedeckten Villa in Capitol Hill, in der sich noch vier weitere Wohneinheiten befanden. Ihr Apartment war entzückend und erstaunlich hell für eine Kellerwohnung. Und Josh hatte endlich ein eigenes Zimmer. Das Haus war drei Straßen vom Group Health Hospital, einem Safeway-Supermarkt und der Bushaltestelle entfernt. Megan war mit all ihren Nachbarn flüchtig bekannt: dem lesbischen Paar, dem älteren Witwer, der jedes Mal gewissermaßen über Josh herfiel, wenn er ihn sah, dem jungvermählten Ehepaar, die beide Jura studierten, und dem alleinstehenden Mann, der um die dreißig war, genau über Megan wohnte und häufig verreiste.

Ihre Wohnung war die einzige im Kellergeschoss. Die Waschküche und die Abstellräume befanden sich auf der gegenüberliegenden Seite des Korridors. Megan hatte sich immer noch nicht daran gewöhnt, dass ihre Nachbarn die Kellertür benutzten, wenn sie ihre Wäsche wuschen. Das Geräusch, das es verursachte, wenn jemand die Außentür aufschloss, die in den Keller führte, versetzte sie jedes Mal in Panik. Sie dachte dann automatisch, das sei die Polizei, ein Privatdetektiv oder – so abwegig das auch erscheinen mochte – vielleicht sogar ein Auftragsmörder, den man hergeschickt hatte, damit er eine alte Rechnung beglich.

Megan vergaß nie, dass sie auf der Flucht war. Und sie rechnete immer mit dem Schlimmsten. Hin und wieder kam es vor, dass jemand an ihre Wohnungstür klopfte, um sich ein paar 25-Cent-Münzen für die Waschmaschine zu borgen, und jedes Mal zuckte sie zusammen – bis sie feststellte, dass es ja nur ein Nachbar war.

Sie und Josh waren Besucher nicht gewohnt.

Zu gewissen Arbeitskollegen hatte sie ein freundschaftliches Verhältnis, lud diese Menschen aber nie zu sich nach Hause ein. Es war nicht so, als würde ein Gast in der Wohnung Hinweise auf ihre persönliche Vergangenheit finden können. Nein, sämtliche Fotos und Erinnerungsstücke aus ihrem Leben davor waren gut versteckt – in der hintersten Ecke ihres Kleiderschranks, in einem alten Karton der Kaufhauskette Nordstrom. Es behagte Megan trotzdem nicht, Menschen in ihr Heim zu lassen.

Was das anging, würde sie jetzt gleich jedoch eine Ausnahme machen.

Sie wusste, wie die hübsche Barista im Café Z hieß. Es war nicht das erste Mal, dass Jade mit schlecht überschminkten Blutergüssen zur Arbeit gekommen war. Sie waren heute nur deutlicher zu sehen, weil sie sich die hängenden, ungewaschenen Haare mit einem Gummi nach hinten gebunden hatte. Megan erinnerte sich an diese Nächte, in denen ihr Kopf von den Schlägen dermaßen geschmerzt hatte, dass sie sich die Haare nicht nur nicht hatte waschen, sondern nicht einmal hatte bürsten können. Sie nahm an, dies war der Grund dafür, dass Jade heute Morgen dieses mit pinkfarbenem Stoff überzogene Haargummi trug.

In ihren kurzen Unterhaltungen mit Jade hatte Megan von Wes gehört: ›Wes hat an diesem Wochenende ein Baseball-Spiel‹ und ›Ich konnte die ganze letzte Woche nicht arbeiten, weil Wes krank war, der arme Schatz‹ und ›Wes hat sich mit dem Sohn des Nachbarn geprügelt.‹ Eine ganze Weile hatte Megan geglaubt, Wes sei Jades Sohn und dass er in einer Mannschaft der Little League Baseball spiele. Aber nein, er war ein großer Junge, ihr Freund und Lebensgefährte – und ein totaler Dreckskerl, wie Megan folgerte. Der Sohn des Nachbarn war im College-Alter, und allem Anschein nach war Wes betrunken oder high gewesen, als es zu der Prügelei gekommen war.

Megan hatte keine Ahnung, in was für einem Zustand Wes war, wenn er auf Jade losging – ob er in diesen Fällen betrunken oder wütend sein musste oder ob bereits ausreichte, dass er sich langweilte. Sie wusste aus eigener Erfahrung, dass alles der Auslöser für eine Prügelorgie sein konnte, wusste aber ebenfalls, dass Jade nicht darüber sprechen wollte. Sie hatte gehört, wie andere Kunden Jade auf ihre blauen Flecke angesprochen hatten – manchmal waren die violett verfärbten Male in ihrem Gesicht, manchmal an ihren Armen, weil sie versucht hatte sich zu wehren. Jade erzählte dann immer die gleichen Lügengeschichten, die Mrs. Glenn Swann in diesen Fällen erzählt hatte, dass sie über irgendetwas gestolpert oder gegen einen Türpfosten gerannt war.

Megan war als Nächste an der Reihe. Sie beobachtete Jade bei der Arbeit hinter dem Tresen, die sie so langsam wie eine Schnecke verrichtete, so zumindest hatte ihre Mutter das immer formuliert. Jade bewegte sich schwerfällig an den Tagen, an denen sie bunt und blau war. Und sie war dann auch nicht so quirlig, mitteilsam und kokett wie sonst. Die Hälfte der Männer in der Firma waren scharf auf Jade. Sie war in der Tat recht hübsch, hatte seidige Haut, blaue Augen mit langen Wimpern und – sofern sie sauber waren – wellige, glänzende, hellbraune, schulterlange Haare. Die burgunderrote Schürze, die sie trug, konnte ihre tolle Figur nicht ganz verstecken. Jedes Mal, wenn Megan hörte, dass jemand behauptete, sie sähe aus wie Jade, betrachtete sie das als Kompliment. Jade hatte ihr irgendwann sogar erzählt, dass ein Kunde sie gefragt habe, ob sie eine Schwester hätte, die in der Anwaltskanzlei auf der siebzehnten Etage arbeiten würde. Megan hätte sich geschmeichelt fühlen können, doch die Vorstellung, dass irgendein Fremder Fragen nach ihr stellte – selbst wenn es sich dabei um derart harmlose Fragen handelte –, beunruhigte sie.

Der Mann vor Megan stopfte einen Ein-Dollar-Schein in Jades Trinkgeld-Glas und zog mit seinem Caffè Latte ab. Jade sah sie mit einem schiefen Lächeln an. »Hi, Meg, das Übliche?«

Sie lehnte sich gegen den Tresen und nickte. »Danke.«

»Könnten Sie mir einen Gefallen tun?«, fragte Jade, während sie die Espressomaschine bediente. »Könnten Sie einen Anruf tätigen und behaupten, es wäre eine Bombe im Haus versteckt – damit sie das Gebäude evakuieren? Dann könnte ich vielleicht Feierabend machen und nach Hause gehen. Heute wäre ich am liebsten gar nicht hier.«

»Schlimmen Abend gehabt?«

»So könnte man es ausdrücken.« Jade seufzte, untermalt vom Fauchen der Espressomaschine.

»Hat Wes Ihnen wieder Ärger gemacht?«, bedrängte sie die junge Frau weiter.

Jade gab ihr keine Antwort darauf. Megan nahm an, dass sie nur so tat, als habe sie die Frage nicht gehört. Sie durchwühlte ihre Handtasche, förderte einen Fünf-Dollar-Schein und einen Kugelschreiber zutage, und dann kritzelte sie ihre Telefonnummer auf eine Serviette. Als Jade ihr ihren Kaffee auf den Tresen stellte, reichte Megan ihr die Serviette. »Das ist meine Telefonnummer«, flüsterte sie. Sie warf einen Blick über die Schulter, um sich zu vergewissern, dass niemand hinter ihr stand. »Wenn es zu Hause richtig schlimm wird, machen Sie, dass Sie dort wegkommen, und rufen Sie mich an. Sie können so lange wie nötig bei mir wohnen. Sie sollten an einen Ort flüchten können, an dem er Sie unmöglich finden kann.«

Mit gerunzelter Stirn sah Jade sie an und legte die Serviette aus der Hand. »Ich weiß nicht, wovon Sie reden – und Sie wissen das auch nicht.« Sie drehte sich zur Kasse, schob den Fünf-Dollar-Schein ins Geldfach und zählte Megans Wechselgeld aus. Sie schob es ihr über den Tresen. »Aber trotzdem vielen Dank«, brummte sie.

Megan rollte ihren Ärmel hoch, sodass drei inzwischen verblasste weiße Kratzwunden auf ihrem Unterarm sichtbar wurden. »Ich war über ein Jahr mit so jemandem zusammen.

Die hier hat er mir mit einer Gürtelschnalle beigebracht. Ich habe auch noch andere Narben. Ich weiß, wovon ich rede, Jade – und Sie wissen das auch.« Megan zog den Ärmel wieder herunter. Sie steckte das Wechselgeld in das Trinkgeld-Glas, nahm den Becher mit ihrem Espresso in die Hand und nickte mit dem Kopf in Richtung der Serviette auf dem Tresen. »Verstecken Sie diese Telefonnummer trotzdem an einem sicheren Ort, für die nächste schlimme Nacht.«

Nach wie vor sah Jade sie mit mürrischer Miene an. »Ich brauche Ihre Hilfe nicht, und ich brauche auch keine guten Ratschläge.«

»Doch, die brauchen Sie«, entgegnete Megan. »Wenn Sie sich schon nicht helfen lassen wollen, wechseln Sie wenigstens das Make-up, und benutzen Sie in Zukunft das Cover FX mit dem Schwämmchen-Applikator. Damit lassen sich die Blutergüsse besser überschminken. Auf das Zeug habe ich früher geschworen.« Sie rang sich ein Lächeln ab. »Es tut mir leid, Sie hier in Verlegenheit zu bringen. Ich bin jetzt still.«

Mit einem lauten Seufzer griff Jade nach der Serviette und zerdrückte sie in ihrer Faust. »Ich wünsche Ihnen einen schönen Tag«, sagte sie mit tonloser Stimme.

Megan nickte. Sie drehte sich um und lief mit ihrem Espresso in Richtung der Fahrstühle. Sie wusste genau, was Jade im Moment durchmachte. Sie kannte das Gefühl der Demütigung und der Scham, dieses Gefühl, versagt zu haben – weil jemand die Lügen durchschaut hatte. Ein anderer sah die blauen Flecke unter dem sorgfältig aufgetragenen Make-up. Sie wusste, dass Jade sich im Moment über sie ärgerte. Das arme Mädchen hatte jetzt aber zumindest einen Ausweg – einen Menschen, an den sie sich wenden konnte, wenn es allzu schlimm wurde.

In der Schlussphase hatte Mrs. Glenn Swann niemanden dieser Art gehabt.

Die Fahrstuhlglocke gongte, und das Lämpchen über der letzten Tür auf der rechten Seite leuchtete auf. Megan drehte sich noch einmal um und schaute auf den Stand des Café Z. Sie sah, dass Jade die zusammengeknüllte Serviette widerwillig in die Tasche ihrer burgunderfarbenen Schürze stopfte. Megan fühlte sich besser – für so etwa eine Sekunde. Dann ging ihr plötzlich siedend heiß auf, dass sie sich unter Umständen mit ihrer gut gemeinten Einmischung Schwierigkeiten einhandelte. Was, wenn Jade von ihrem Angebot Gebrauch machte – und irgendwie die Polizei ins Spiel kam? Konnte sie das riskieren?

Mit dem Gesetzgeber in Konflikt zu geraten – selbst wenn man nur ganz am Rand in einen Fall von häuslicher Gewalt verstrickt wurde – war gefährlich für sie. Und sie kannte Jade nicht gerade gut. Die Barista konnte eine total unzuverlässige Person sein. Megan malte sich aus, wie Jade ihrem Grobian von Freund von der Frau in der Anwaltskanzlei erzählte, die ihr Asyl angeboten hatte. Megan konnte bildhaft vor sich sehen, wie er stocksauer wurde und ihr die Hölle heißmachte – und Josh. Brachte sie ihren kleinen Sohn ebenfalls in Gefahr?

Als Megan mit ihrem Espresso die Fahrstuhlkabine betrat, hatte sie ein entsetzliches Gefühl in der Magengrube. Sie drückte auf den Knopf mit der 17. Als die Türen sich schlossen, schaute sie noch einmal auf das Café Z – und auf Jade hinter dem Tresen. Für einen kurzen Moment sah sie den Rücken eines Mannes, der einen roten Pullover trug und auf den Kaffeestand zusteuerte. Dann schlossen sich die Fahrstuhltüren.

Megan hatte den Mann in dem roten Pullover nicht erkannt.

Sie hätte ihn aber mal besser erkannt, denn das wäre für alle – außer vielleicht diesen Burschen selbst – viel, viel besser gewesen.

Der Serviettenspender war aus Metall, das glänzte wie ein Spiegel. Jade beugte sich über den Tresen und schaute hinein. Sie konnte nicht nur ihr Spiegelbild in dem Metall sehen, sondern auch das, wovon Megan gesprochen hatte. Sie hatte die blauen Flecke unter ihrem Auge und am Kinn nicht gerade gut abgeschminkt, und sie schmerzten auch immer noch – trotz der vier Ibuprofen, die sie am Morgen geschluckt hatte.

Sie hätte Megan gegenüber nicht so schnippisch sein und nicht so in die Defensive gehen sollen. Die arme Frau versuchte ja nur, ihr zu helfen. Jade beschloss, die Telefonnummer aufzuheben – nur für alle Fälle.

Als sie wieder von dem Serviettenspender aufblickte, sah sie, dass einer ihrer nervigen Stammkunden auf den Tresen zustolzierte. Es gab nette Stammkunden wie Megan, es gab aber auch solche Loser wie Lyle, bei dessen Anblick sie innerlich immer zusammenzuckte. Auf den ersten Blick hätte sie Lyle vielleicht für ein hübsches Kerlchen gehalten. Er schien viel Geld zu haben, denn früher hatte er immer einen Fünf- oder Zehn-Dollar-Schein in ihr Trinkgeld-Glas gesteckt, als sei das gar nichts. Zudem trug er immer diese leicht schrillen, teuer aussehenden Pullover. Heute Morgen war es dieses rote Teil – dessen Vorderteil ein gelb- und violettfarbenes Wirbelmuster zierte. Sie starrte ihn an und dachte dabei: *Hi, Lyle. Bill Cosby hat gerade angerufen. Er will seinen Pullover zurückhaben.*

Jade verzog den Mund zu einem angedeuteten Schmunzeln. Da Lyle das offenbar als ein Lächeln interpretierte, grinste er sie plötzlich dreist an. »Hallo, wie geht es Seattles schönster Barista?«

Das Schmunzeln verging ihr. Dieser Mann war ihr nicht geheuer. Zweimal hatte er sie schon gefragt, ob sie mit ihm ausgehen würde, und beide Male hatte Jade verneint und ihm erklärt, sie habe einen festen Freund. Seither waren die Trinkgelder nicht mehr so großzügig. Außerdem fing er an, Kommentare zu den blauen Flecken abzugeben, die sie nicht ganz überschminken konnte. Ein anderer Stammkunde hätte vielleicht gefragt: »Oh, haben Sie sich wehgetan?« Doch Lyle war so taktlos – und neugierig. »Was ist denn mit deinem Gesicht passiert?«, fragte er sie eines Morgens vor ein paar Wochen. »Hat dich jemand geschlagen? War das dein Freund? Warum bist du mit so jemandem zusammen? Du hast etwas Besseres verdient …«

Meinst du damit jemanden wie dich? Einen Loser?, hätte sie ihn gern gefragt. Stattdessen hatte Jade ihm einfach eine Lügengeschichte über einen Unfall beim Tennisspielen aufgetischt und ihn dann gefragt, womit sie ihm dienen könne.

Im Moment begutachtete er ihr Gesicht, das konnte sie sehen. Genau wie Megan schien er die blauen Flecke unter der Lage CoverGirl zu entdecken. Jade sah ihm nicht direkt in die Augen. »Womit kann ich Ihnen dienen?«, fragte sie ihn.

Er bestellte immer das Gleiche: einen großen Americano mit Platz für einen großen Schuss Kaffeesahne. Doch seit er angefangen hatte, sie mit Fragen nach ihrem Freund zu piesacken und ihr nicht mehr so übermäßige Trinkgelder gab, tat Jade immer so, als könne sie sich nicht erinnern, was er normalerweise bestellte.

Lyle beugte sich leicht über den Tresen. »Nun komm aber, Jade, du weißt doch, was ich will. Versuch einfach zu raten.«

Er stieß einen langen Seufzer aus. »Und dann versuche ich vielleicht zu raten, wie du dir dieses blaue Auge eingehandelt hast.«

Jade wandte sich der Kaffeemaschine zu. »Ein großer Americano mit Platz für einen Schuss Kaffeesahne«, sagte sie und fing an, das Getränk zuzubereiten. Das Scheußliche an der Arbeit im Gaststättengewerbe war, dass ein Mensch wie sie einen unverfrorenen Zeitgenossen wie diesen Lyle Wie-immer-er-auch-mit-Nachnamen-hieß ertragen musste.

»Jade, wann wirst du endlich gescheit und verlässt ihn?«, fragte Lyle. »Eines schönen Tages wird er dich wieder mal verprügeln, und du fällst und schlägst mit dem Kopf auf eine Tischkante oder irgendetwas anderes – und bist tot. Und dein Freund wird der Polizei erzählen: ›Oh, das war ein Unfall, das habe ich nicht mit Absicht getan.‹ Manchmal reicht ein einziger Schlag in die Nieren, um einen Menschen umzubringen – oder ein Blutgerinnsel, das sich nach einer seiner Prügelorgien bildet …«

Jade bediente den Hebel der Maschine und starrte auf den Kaffeestrom, der sich in die hohe Tasse ergoss. Ihre Eingeweide krampften sich zusammen. Sie mochte keine Konfrontation, aber hier hatte man sie jetzt zu sehr provoziert. »Was Sie hier tun, geht entschieden zu weit«, erklärte sie schließlich mit leicht bebender Stimme. »Mein Privatleben geht Sie absolut nichts an.«

Er stieß einen verhaltenen Lacher aus. »Komm, Jade, ich weiß, dass dir das vielleicht alles ein bisschen unangenehm ist, weil ich dich gefragt habe, ob du mit mir ausgehen willst, und du Nein gesagt hast. Aber das bedeutet ja nicht, dass ich aufgehört habe, dich zu mögen. Und es bedeutet nicht, dass wir nicht Freunde bleiben können.«

Mit einem tiefen Seufzer stellte sie den Becher mit dem

Kaffee auf den Tresen zwischen ihnen. Ihre Hand zitterte. Schließlich zwang sie sich, ihn anzusehen. »Genau da irren Sie sich. Wir sind nicht miteinander befreundet, Lyle. Wir sind niemals Freunde gewesen. Ich serviere Ihnen Kaffee, und Sie bezahlen für den Kaffee, und ich versuche, höflich und zuvorkommend zu Ihnen zu sein. Aber Freunde sind wir nicht. Machen Sie sich das klar, okay? Wenn Sie das nicht als Tatsache respektieren können, sollten Sie sich Ihren Kaffee in Zukunft woanders holen.«

Seine Augen wurden zu schmalen Schlitzen, und er blitzte sie böse an, sagte aber nichts.

Jade trat einen Schritt zurück.

Er schaute auf den Becher mit Kaffee, den sie vor ihm auf den Tresen gestellt hatte. Eine Sekunde fürchtete Jade, er würde ihn in die Hand nehmen und ihr den heißen Kaffee ins Gesicht schütten. Er sah so zornig aus. Im Endeffekt griff er aber überhaupt nicht danach. Er drehte sich um und ging.

Jade sah ihm nach. Ihre Eingeweide krampften sich nach wie vor zusammen.

Auf einmal drehte er sich um, sah sie an, und im nächsten Moment grinste er.

Jade sagte sich, dass dieses unheimliche Kerlchen nichts weiter war als ein Loser, aber trotzdem lief es ihr kalt über den Rücken.

Sie beobachtete, wie er die Lobby verließ und nach draußen trat. Als sie den Americano in den Ausguss schüttete und den Becher in den Mülleimer warf, zitterte ihre Hand immer noch.

Sie wollte nur noch nach Hause in die warme Badewanne und sich einen kalten Waschlappen auf ihr lädiertes Gesicht legen.

Es war aber nichts zu essen im Haus. Das hatte gestern Abend den Streit mit Wes ausgelöst. Sie hatte ihnen das Abendessen vom Chinesen mitgebracht, und obwohl er sich damit vollgestopft hatte, wollte er später noch einen Snack. Er war total sauer geworden, weil er keine Chips oder irgendwelches Salzgebäck hatte, die er zu seinem Bier futtern konnte. Sie hatte den Fehler begangen, etwas von sich zu geben wie: »Mensch, das tut mir leid, dass ich heute keine Zeit hatte, dir all die vielen Fresswaren zu besorgen, die du so gern isst. Ich habe nur leider dieses Ding, das man einen Job nennt ...«

Wes arbeitete derzeit nur als Teilzeitkraft in der Autoreparatur-Werkstatt, nur noch zwei Tage in der Woche. Das zerstörte sein Selbstwertgefühl. Er hatte bisher aber keinen Finger gerührt, um sich woanders einen Vollzeitjob zu suchen. Sie zu kritisieren und zu schikanieren war das Einzige, was er tat. Sie waren seit Weihnachten 1997 zusammen, seit fast drei Jahren, und seit achtzehn Monaten ›kriselte‹ es bei ihnen. Oft dachte Jade: *Jetzt ist das Maß voll*, doch Wes hatte keine einfache Kindheit und Jugend gehabt. Sein Vater und seine beiden Stiefväter waren ihm gegenüber entsetzlich gewalttätig gewesen. Häufig sagte Wes zu ihr, sie sei das erste wirklich Gute, was ihm in diesem Leben passiere. Meist weinte er, wenn er das sagte, weil er sich gerade dafür entschuldigte, ihr wieder mal mit der Faust ins Gesicht geschlagen zu haben. Er brauchte sie. Sie konnte ihn nicht einfach verlassen, weil es im Moment nicht gut bei ihnen lief.

Also tat Jade ihr Möglichstes, um die Blutergüsse zu überschminken und so zu tun, als sei alles in bester Ordnung. Sie versuchte, verständnisvoll zu sein. Von Zeit zu Zeit konnte sie es allerdings nicht lassen, ihn darauf hinzuweisen, dass sie diejenige war, die ihnen die Miete finanzierte, für ihre Lebensmittel aufkam, sämtliche Rechnungen beglich und einen äußerst hohen Preis für seinen Mangel an Selbstwertgefühl zahlte.

Jade schob einen ganzen Einkaufswagen voller Lebensmittel – einschließlich Bier, Salzgebäck und Kartoffelchips für Wes – vor sich her, als sie in ihrem Supermarkt durch die Kosmetikabteilung stapfte. Cover FX hieß das Make-up, das Megan ihr am Morgen empfohlen hatte. Obwohl sie für einen kurzen Moment die Sonnenbrille abnahm, die ihr allzu klar erkennbares blaues Auge verdeckte, konnte Jade die Marke, auf die Megan früher geschworen hatte, nirgendwo entdecken.

Sie nahm an, dass Cover FX eine dieser kostspieligen Serien war, die es nur bei Nordstrom oder im The Bon Marché gab. Obwohl sie nie einen auf Schau machte, hatte Megan Stil, als würde sie aus reichen Verhältnissen stammen. Irgendein Billig-Make-up hätte sie ihr nicht empfohlen.

Seufzend schob Jade ihren Einkaufswagen Richtung Kassenbereich. In der Warteschlange neben ihr schrie ein im Kindersitz des Einkaufswagens sitzendes Kleinkind gegen Fleetwood Macs *»Go Your Own Way«* an, das aus der Beschallungsanlage dröhnte. Bruce Willis sprang ihr ins Auge, er war auf dem Cover des neuen *PEOPLE*-Magazins. Anscheinend war er jetzt mit einem spanischen Model liiert, das so ähnlich aussah wie Demi. Jade schwärmte seit *»MODEL UND DER SCHNÜFFLER«* für Bruce, und das wusste Wes. Sie hätte jetzt lediglich »gutes Geld für irgendein Klatschblatt« verplempern müssen, und schon wäre heute Abend bei ihnen zu Hause die Fortsetzung von *»DIE FAUST DES RÄCHERS«* gelaufen. Sie konnte sich im Moment keine weiteren Blutergüsse erlauben, also würde sie sich das Magazin zu einem späteren Zeitpunkt kaufen und es auf der Arbeit deponieren. Sie schaute nicht einmal darauf, als sie jetzt in der

Warteschlange stand. Vielmehr schob sie ihren Einkaufswagen ein Stückchen weiter in den Gang, als die Kassiererin anfing, der Kundin vor ihr zu helfen.

Jade schaute nach oben und sah, dass etwas unterhalb der Decke ein runder Beobachtungs- und Kontrollspiegel hing. In diesem Spiegel sah alles ein wenig verzerrt aus. Trotzdem konnte sie nicht nur all die Kunden sehen, die in ihrem Umfeld hinter ihr standen, sondern auch drei der Gänge des Geschäfts. Am Anfang eines dieser Gänge sah sie jemanden stehen, der weder einen Einkaufswagen noch einen Einkaufskorb mit sich führte. Es war ein Mann in einem roten Pullover.

Für den Bruchteil einer Sekunde dachte sie sich nichts dabei. Doch dann erinnerte sie sich plötzlich an die Konfrontation, zu der es am Morgen zwischen ihr und Lyle gekommen war. Sie erinnerte sich an sein unheimliches Grinsen.

Ruckartig drehte Jade sich um. Sie suchte in dem Gang mit der Tiefkühlkost nach dem Mann mit dem roten Pullover. Aber dort war niemand. Sie trat sogar aus der Warteschlange, um das zu überprüfen – für den Fall, dass er sich irgendwo auf dem Gang versteckt hatte. Ihr fiel jedoch niemand auf. Rasch stellte sie sich wieder in die Schlange.

Während sie ihre Lebensmittel auf das Band legte, drehte Jade sich immer wieder nach hinten um. Doch sie sah Lyle nicht – oder sonst jemanden in einem roten Pullover. Trotzdem wusste sie ganz genau, dass sie sich den Knaben nicht eingebildet hatte.

Draußen erwarteten sie ein wolkenverhangener Himmel und Nieselregen; auf dem Parkplatz hatten sich die Laternen eingeschaltet. Auf dem Weg zum Auto kämpfte sie mit dem Einkaufswagen. Eines der beiden Vorderräder fing an zu wackeln und quietschte die ganze Zeit. Jade sah sich auf dem rappelvollen Parkplatz um, entdeckte aber niemanden in einem roten Pullover. Während sie ihre schweren Tüten in den Kofferraum wuchtete, beäugte sie die anderen Wagen, die in der Nähe parkten. Sie sahen alle leer aus. Trotzdem wurde sie das Gefühl nicht los, von jemandem beobachtet zu werden.

Bevor sie sich in ihren Wagen setzte, kontrollierte sie den Rücksitz. Niemand.

Gott, Jade, hör auf, dich in solchen Wahnvorstellungen zu ergehen.

Seufzend rutschte sie hinter das Steuer und ließ den Motor an. Dann schaltete sie die Scheinwerfer ein und die Scheibenwischer und ermahnte sich selbst, ruhig zu bleiben. Sie hatte sich von einem verzerrten roten Farbklecks im Überwachungsspiegel des Geschäfts in helllichte Panik versetzen lassen. Ganz bestimmt machte sie sich hier völlig unnötig Sorgen.

Trotzdem verriegelte Jade von innen die Türen, bevor sie vom Parkplatz fuhr – und schaute immer und immer wieder in den Rückspiegel. Im Grunde wusste sie gar nicht, wonach sie suchte, doch es schien ihr niemand nach Hause zu folgen.

Zu Hause: ein dreiräumiger, etwas schäbiger, gemieteter Bungalow, in dem sie seit zwei – vorwiegend unglücklichen – Jahren mit Wes zusammenlebte. In ihrer Straße in einer eher weniger begehrten Wohnlage von Nord-Seattle gab es keine Bürgersteige und nur wenige Garagenzufahrten. Die meisten Leute stellten ihre Fahrzeuge auf den bekiesten Parkbuchten vor ihren Häusern ab – nur zwei Häuser weiter unten war das anders, da stand auf der Garagenzufahrt ein ramponierter alter Lincoln Continental. Das Teil besaß keine Reifen und war, solange Jade zurückdenken konnte, auf Ziegelsteine aufgebockt. Sie hasste diese Gegend.

Jade hörte, wie der Kies unter ihren Reifen knirschte, als sie vor dem Haus vorfuhr. Der Vorgarten, dessen Rasen an manchen Stellen kahl war, wurde von einer großen Tanne beherrscht, die über der kleinen, flachen, mit grauen Schindeln gedeckten Bruchbude in den Himmel ragte. Sie hatte versucht, neben die Eingangstür ein paar Blumen zu pflanzen, doch im Schatten dieses großen Baumes schien alles einzugehen.

Sie öffnete den Kofferraum, schnappte sich die beiden ersten der insgesamt fünf prallvollen Einkaufstüten aus Doppelplastik und schleppte sie zum Haus. Den Kofferraum hatte sie offen gelassen. Sah nicht so aus, als sei Wes zu Hause. Es brannte zumindest nirgendwo Licht. Sie stellte eine der Tüten ab, schloss die Haustür auf und öffnete sie. »Wes?«, rief sie, griff dabei um den Türpfosten herum und schaltete das Licht im Wohnzimmer ein. Die Vorhängekette, mit der die Tür sich von innen sichern ließ, schlug klappernd gegen den Türrahmen, als sie versehentlich mit der Hand dagegenstieß. Sie wartete und horchte auf eine Reaktion von Wes, bekam aber keine Antwort.

Jade hob die zweite Einkaufstüte vom Boden vor der Haustür und trug beide durchs Wohnzimmer in die Küche. Mit dem Ellbogen schaltete sie das Licht in der Küche ein, bevor sie die Tüten auf den Frühstückstisch stellte. Eine der beiden war fürchterlich schwer, und so nahm sie ein paar Artikel heraus, damit die Tüte nicht umfiel.

Wieder hörte sie die Sicherheitskette an der Haustür klappern. Jade erstarrte. »Wes?«

Keine Antwort.

Sie biss sich auf die Unterlippe und lief zurück ins Wohnzimmer. Es war leer. Sie hatte die Haustür offen gelassen, weil noch drei weitere Tüten mit Lebensmitteln im Auto waren.

Die Kette baumelte an der Halterung des Türrahmens. Sie schwang von einer Seite zur anderen wie das Pendel einer Uhr. Tat sie das immer noch, weil sie vor einer Minute mit der Hand darangekommen war? Oder hatte gerade ein anderer ebenso versehentlich dagegengestoßen?

Jade starrte in den im Dunkel liegenden Korridor, der von ihrem Wohnzimmer abging. Er führte in ihr Schlafzimmer, ins Gästezimmer und ins Bad. »Wes?«, rief sie erneut. »Bist du zu Hause, Schatz?« Sie wusste, dass er nicht da war. Er hätte Licht gemacht. Von der Stelle, an der sie stand, konnte sie sehen, dass die Badezimmertür einen Spaltbreit offen stand, und es brannte keine Lampe darin.

Du führst dich schon wieder auf, als littest du an Verfolgungswahn, sagte sie sich.

Nichtsdestoweniger warf Jade, als sie nach draußen ging, um die restlichen Lebensmitteltüten zu holen, einen weiteren argwöhnischen Blick auf diese am Türrahmen schaukelnde Kette. Sie spürte, wie die feuchte kühle Luft durch die Tür ins Haus strömte. »Albern«, murmelte sie. »Das ist bestimmt nur der Wind …«

Sie hielt sich die Hände über den Kopf, um sich gegen den Regen zu schützen, und hastete zurück zum Wagen. Leise trommelten die Tropfen auf das Autodach. Da sie sich ihr Haar mit einem mit Stoff überzogenen Gummi hochgebunden hatte, spürte sie, wie ihr das kalte Wasser den Nacken hinunterrann. Sie schnappte sich zwei weitere Einkaufstüten und eilte zum Haus zurück. *Nur noch einmal, und nur noch eine Tüte*, sagte sie sich, als sie die Haustür erreichte.

Wieder lief Jade in die Küche und stellte die Tüten auf den Frühstückstisch – neben die anderen. Sie hörte die Bodendielen im Wohnzimmer knarren und drehte sich rasch um. Das Wohnzimmer sah aus, als sei es leer. Allerdings konnte Jade durch die Küchentür nur einen Teil des Raums sehen.

Im nächsten Moment wurde plötzlich die Haustür ins Schloss geworfen.

Wieder klapperte die Vorhängekette. Dieses Mal wusste sie, dass das nicht nur einfach der Wind war.

Jade schaute auf die Scheibe des Panoramafensters, aus dem man auf die Straße blickte, und sah, dass jemand in ihrem Wohnzimmer war – ein Mann in einem roten Pullover. Schlagartig war sie wie gelähmt. Sie stand da und beobachtete in der verdunkelten Scheibe, wie er sich Richtung Küchentür bewegte.

Von draußen konnte ihn niemand sehen, denn der Baum versperrte die Sicht. Niemand konnte sehen, was ihr jetzt gleich passieren würde.

Lyle trat in den Türrahmen der Küche. Er hielt einen kleinen Baseballschläger in der Hand. Das Teil sah aus wie eines dieser Souvenirs, die man bei Baseballspielen kaufen konnte. Er grinste ebenso bösartig wie heute Morgen.

Instinktiv wich Jade zurück und warf dabei eine der Einkaufstüten um. Ein großes Glas rollte heraus, schlug auf dem Boden auf, zerbrach und bespritzte die Fliesen mit Tomatensoße.

Lyle zuckte nicht mit der Wimper. Keine Sekunde ließ er sie aus den Augen.

»Was machen Sie hier?«, fragte Jade mit zitternder Stimme. Sie konnte kaum atmen. Sie starrte auf den kleinen Schläger in seiner Hand. »Wissen Sie, mein Freund wird jeden Moment nach Hause kommen …«

»Dann kann er ja diese Sauerei beseitigen, die du da gerade angerichtet hast«, gab Lyle immer noch grinsend zur Antwort. »Wes wird lernen müssen, in Zukunft sehr viele Dinge selbst zu tun.«

Kopfschüttelnd starrte sie ihn an. »Wovon reden Sie? Was – was wollen Sie?«

»Ich werde ab jetzt für dich sorgen, Jade«, wisperte er.

Sie schaute auf eine Dose mit Pfirsichen, die auf dem Tisch stand. Sie griff sie sich und warf damit nach ihm. Die Dose schlug gegen den Türrahmen der Küche. Er hörte auf zu grinsen. Wutentbrannt stürzte er auf sie zu und hob den Baseballschläger.

»Warum tun Sie mir das an?«, kreischte sie und taumelte zurück.

Ganz plötzlich ging der Schläger auf sie nieder. Jade spürte, wie er ihren Schädel traf. Dann riss es ihr die Beine unter dem Körper weg. Sie spürte, dass sie stürzte; mit einem dumpfen Aufprall schlug sie auf dem Boden auf.

Sie roch Tomatensoße – und sie wusste, dass ihr Kopf blutete. Benommen und unfähig, sich zu rühren, versuchte Jade, mit den Augen zu blinzeln, konnte aber nichts sehen.

Sie spürte, dass er sich über sie beugte. Sie war hilflos.

»Ich tue das«, hörte sie ihn sagen, »weil du aussiehst wie sie.«

Kapitel fünf

Sie hörte einen Schrei.

Megan war im Bad und wusch gerade im Waschbecken eine Strumpfhose aus. Zwei weitere trockneten bereits an der Duschvorhangstange. Sie hatte sich ihr blondes Haar zu einem Pferdeschwanz zusammengebunden und trug ein T-Shirt, das voller Traubensaftflecke war, und eine Jogginghose. Es war kurz nach dreiundzwanzig Uhr.

Vor etwa zwanzig Minuten hatte jemand angerufen. Sie hatte gedacht, dass das vielleicht Jade sei, die Barista vom Café Z, die von ihrem heute Morgen gemachten Angebot Gebrauch machen wollte. Megan war sonst niemand eingefallen, der zu dieser Uhrzeit bei ihr anrufen würde. Es musste sich um einen Notruf handeln.

Es hatte sich jedoch niemand gemeldet, als sie das Gespräch entgegengenommen hatte. »Wer ist da?«, hatte sie gefragt.

Sie hatte am anderen Ende ein Klicken gehört. Dann war die Leitung tot gewesen.

Dann hatte sie kurz bei Josh reingeschaut, weil sie Sorge hatte, das Telefon könne ihn geweckt haben. Hatte es nicht.

Dafür hatte das jetzt offenbar etwas anderes getan. Der Schrei war aus Joshs Zimmer gekommen.

Megan warf die nasse Strumpfhose ins Waschbecken und rannte in den Korridor. Sie konnte ihn wimmern hören. Als sie die Tür erreichte, stieß er gerade den nächsten schrillen Schrei aus.

»Was ist denn, mein Schätzchen?«, fragte Megan mit lauter Stimme, damit es sein Kreischen übertönte. Sie wischte sich die nassen Hände an ihrer Jogginghose ab, bevor sie das Licht einschaltete. »Josh, Liebling, ich bin ja bei dir ...«

Er saß aufrecht im Bett, umklammerte seinen Stoff-Teletubby Dipsy und hatte sich seine *Sesamstraße*-Decke halb vom Körper gestrampelt. Er war ein hübscher kleiner Bursche. Seinem Vater sah er nicht sehr ähnlich – Gott sei Dank! Seine braunen Locken waren völlig zerzaust, und seine großen, grünen Augen waren weit aufgerissen. Er starrte sie an, warf Dipsy neben sich und streckte seine kleinen Arme nach ihr aus.

»Josh, mein Süßer, es ist alles okay.« Megan setzte sich auf die Bettkante und nahm ihn fest in die Arme. Sein kleiner Körper zitterte. »Ganz ruhig«, flüsterte sie, »schschsch.«

Doch er löste sich von ihr und zeigte mit dem Finger auf das Fenster. »Da ist ein Mann!«, sagte er weinerlich. »Der versucht, hier einzubrechen ...«

Megan drehte sich zu dem kleinen Fenster um, konnte in der Scheibe aber nur den Widerschein seiner Schlafzimmerlampe sehen. Nervös griff sie hinüber und schaltete die Nachttischlampe aus, deren Schirm von Big Bird gehalten wurde. Josh fing an zu wimmern und klammerte sich in der Dunkelheit nur noch fester an sie.

»Sieh selbst, mein Schatz, da ist niemand – nur der alte Rosenbusch, der da schon immer steht«, erklärte sie ihm – und sich selbst.

Mitunter erwachte er aus irgendeinem Albtraum und schrie, es wäre ein Mann in seinem Zimmer, und in diesen Fällen musste Megan sich immer ins Gedächtnis rufen, dass Josh ja nicht nur behauptete, fremde Männer zu sehen, sondern auch Ungeheuer, Löwen, eine Hexe und eine Schlange, die sich in sein Zimmer schlichen. Erst letzte Woche war er überzeugt gewesen, es sei ein »Nalagator« in ihrem Bad, weil Danny Riech, sein Freund in der Kindertagesstätte, ihm erzählt hatte, ein Nalagator könne durch ein Abflussrohr in den Toilettentopf und ins Badezimmer von Menschen kriechen.

Megan begutachtete den Rosenbusch vor dem Kellerfenster, der vom Licht einer Straßenlaterne angeleuchtet wurde. Er raschelte im Wind und kratzte gegen die Scheibe.

Sie drückte Josh kurz an sich. »Komm, Kleiner, schau selbst. Da draußen ist niemand. Ich kann aber die Vorhänge zuziehen und im Wohnzimmer eine Lampe für dich anlassen. Wäre das okay?«

Er biss sich auf die Unterlippe und nickte. »'kay«

Megan gab ihm einen Schmatzer auf sein Köpfchen, das nach Babyshampoo und Spucke roch. Dann stand sie auf, lief zum Fenster, ließ noch einmal mit Bedacht ihren Blick schweifen, und dann zog sie die Vorhänge zu. Sie drehte sich um und sah, dass er sich an den Schlitz seiner Schlafanzughose griff und sich dabei wand. »Musst du Pipi?«, fragte sie.

Seufzend schüttelte Josh den Kopf.

»Warum versuchst du nicht deiner lieben alten Mom zuliebe trotzdem mal zu gehen?«

Megan lief hinter ihm her, als er sich auf den Weg ins Badezimmer machte. Als sie an dem gerahmten Foto vorbeikamen, das neben ihrem Wohnzimmersofa auf dem Beistelltischchen stand, blieb Josh stehen. Das Bild stand seit Monaten dort, aber er betrachtete es, als sei es brandneu. Das Foto zeigte eine dunkelhaarige Megan mit einem von der Sonne gebräunten Mann, der dreißig Jahre alt, sportlich gebaut, attraktiv und blond war. Sie trug ein ärmelloses lavendelfarbenes Sommerkleid, das sie geliebt hatte, und er einen Blazer und ein weißes Hemd mit einer gelben Krawatte. Sie standen bei

Sonnenuntergang vor der Reling eines Kreuzfahrtschiffes. Auf dem Wasser hinter ihnen spiegelten sich rosa-, orange- und silberfarbene Splitter.

In ihrem Fotoalbum gab es noch ein paar andere Bilder von ihr und diesem gut aussehenden blonden Mann – und zu Dutzenden Aufnahmen von Josh. Auf einem dieser Fotos posierten Megan und der Mann – sie blinzelten mit geröteten Wangen in die Sonne – vor dem Sessellift eines Skiorts. Sie hatte Josh erzählt, der Mann auf diesen Fotos sei sein Vater, und der war bei einem Skiunfall ums Leben gekommen. Das war ihre offizielle und total erfundene Paul-Keeslar-Story.

In Wahrheit war der Mann, der auf diesen Fotos zu sehen war, äußerst lebendig. Sein Name war Sean Hurley. Megan besaß noch andere Bilder von ihm – auf denen er mit ihrem Bruder abgelichtet war –, die alle in dem Nordstrom-Karton versteckt waren, der in der hintersten Ecke ihres Kleiderschranks deponiert war. Im gleichen Karton lagen auch Schnappschüsse, die sie mit Cliff zeigten – und Fotos von ihrer Mutter, bei deren Anblick Megan immer noch jedes Mal weinen musste, wenn sie heimlich einen Blick darauf riskierte.

Und sie hatte ein paar Zeitungsausschnitte aus der *Chicago Tribune* aufbewahrt, die aus der Zeit stammten, da Lisa Swann verschwunden war.

Fotos von Dr. Glenn Swann gab es indes nicht. Von denen hatte sie kein einziges mitgenommen.

Megan benutzte das Foto von Sean, um die Rolle ihres fiktiven, verstorbenen Ehemannes zu besetzen, weil sie und Sean auf diesen Bildern so glücklich aussahen – wer es nicht besser wusste, hätte sie sogar für Verliebte halten können. In Wahrheit hatte sie Sean und ihren Bruder Cliff auf diese Urlaubsreisen begleitet – und sich die ganze Zeit ein bisschen wie das dritte Rad am Wagen gefühlt.

Bei der Karibik-Kreuzfahrt, bei der das gerahmte Foto entstanden war, hatten Cliff und Sean ihr die Kabine bezahlt und sogar versucht, sie mit einem anderen Passagier zu verkuppeln – es hatte bei ihr nur nicht gefunkt. Cliff und Sean waren Partner, sowohl Geschäfts- als auch Lebenspartner. Das Geschäft war eine erfolgreiche Internetfirma.

Am Ende war ein dicker Batzen Geld, den eigentlich Sean nach Cliffs Tod geerbt hätte, heimlich an Mrs. Glenn Swann geflossen.

Dieses Geld hatte Megan Keeslar ermöglicht, in Seattle ein neues Leben zu beginnen und sich und ihren Sohn zwei Jahre über die Runden zu bringen. In ihrer Beziehung zu Sean hatte es kurz vor dem Ende leichte Spannungen gegeben. Jetzt, da es der Internetbranche schlecht ging, fragte sie sich, ob er von dem Geld wusste und bedauerte, dass es ihm durch die Lappen gegangen war. Vielleicht verübelte er ihr, es genommen zu haben. Sie fragte sich einfach, wie viel ihr verstorbener Bruder seinem Lebensgefährten erzählt hatte.

Da Sean Hurleys Foto in ihrem Wohnzimmer stand und sie immerzu daraufschaute, hörte Megan nie auf, sich diese Fragen zu stellen. Trotzdem gefiel es ihr, das Bild dort stehen zu haben. Es war ein Bindeglied zu ihrer Vergangenheit – und sie erinnerte sich immer noch an die Witze, die ihr Bruder gerissen, und an den Frankie-Ford-Hit *»Sea Cruise«*, den er gesungen hatte, als er das Foto schoss.

»Habt ihr viele Fische gefangen, als du mit Daddy auf dem Boot warst?«, fragte Josh und zeigte dabei mit dem Finger auf das Bild.

Megan schob ihn Richtung Bad. »So ein Boot war das nicht, mein Schatz«, erwiderte sie. »Das war ein ganz, ganz großes Kreuzfahrtschiff – das war so groß wie unser gesamter Häuserblock …«

Sie stand im Türrahmen des Badezimmers und erzählte ihm von dem Luxusliner – seinem Swimmingpool, dem Kino und dem Spielkasino. In dem Moment, als er mit dem Pipimachen fertig war, hörte er auf, ihr zuzuhören; das war augenscheinlich. Er war in letzter Zeit so sehr fasziniert von der Toilettenspülung – und betätigte den Hebel, als sei es der Arm eines Glücksspielautomaten. Gebannt sah er dabei zu, wie die Toilette spülte und die Schüssel sich mit neuem Wasser füllte.

Megan brachte ihn wieder ins Bett und deckte ihn zu. Dann schaltete sie die Big-Bird-Lampe aus.

Gähnend umklammerte er seinen Teletubby. »Mommy? Kannst du noch mal aus dem Fenster gucken?«, bat er sie mit leiser Stimme.

Megan küsste ihn auf die Stirn. »Klar doch, mein Kleiner.« Sie wollte zum Fenster laufen, doch als sie auf den geschlossenen roten Vorhang blickte, zögerte sie zunächst einen Moment. Aus irgendeinem Grund bildete sie sich ein, draußen vor dem Fenster einen Fremden kauern zu sehen!

Megan sagte sich, dass sie sich albern aufführte. Sie atmete tief durch, und dann zog sie den Vorhang zur Seite.

»Siehst du?« quetschte sie hervor. »Niemand da, nur der alte Rosenbusch, wie immer. Der wird jetzt bald blühen, weißt du?« Sie zog den Vorhang wieder vor. »So, und jetzt wird geschlafen, okay?«

»'kay«, murmelte er.

Megan gab ihm noch einen Kuss auf die Stirn. Sie ließ die Tür zu seinem Zimmer halb offen, damit er etwas Licht aus dem Wohnzimmer bekam. Draußen im Korridor blieb sie einen Moment stehen und hörte, wie er schlaftrunken mit sich selbst sprach: »Mommy und Daddy haben auf dem Boot einen Film geguckt und sind im Pool geschwimmt, aber sie haben keinen Fisch gefangen. Daddy ist jetzt im Himmel, aber er passt immer noch auf uns auf ...«

Mit vor der Brust verschränkten Armen stand Megan vor seiner Zimmertür und lauschte. Sie konnte hören, dass Josh in den Schlaf glitt. Sie warf einen Blick auf das Foto von ihr und Sean auf dem Wohnzimmertischchen. Sie fragte sich, was aus ihm geworden war – und was aus diesem lavendelfarbenen Kleid geworden war. Seufzend ging sie zurück ins Badezimmer.

Sie spülte die letzte Strumpfhose aus und hängte sie gerade an die Stange des Duschvorhangs, als sie etwas hörte – ein Klicken. Es klang, als würde die Außentür, die in den Keller führte, geöffnet.

Unwillkürlich beschlich sie das Gefühl, dass da etwas nicht stimmte. Nach 22:00 Uhr durfte die Waschküche von niemandem mehr benutzt werden. Und sie hatte vorhin diesen seltsamen Anruf erhalten, bei dem der Anrufer einfach aufgelegt hatte.

Eilig wischte sie sich die Hände an ihrer Jogginghose trocken und lief auf leisen Sohlen durchs Wohnzimmer – an Joshs Zimmer und dem Wandschrank im Korridor vorbei – zur Wohnungstür. Sie starrte auf die Vorhängekette, die an der Tür installiert war. Für den Bruchteil einer Sekunde meinte sie, der Türknauf würde sich bewegen. Oder sah das nur so aus, weil das Licht daraufschien? Es war nicht zu überhören, dass draußen auf dem Flur jemand war.

Megan hielt den Atem an und lugte durch den Spion. Durch die Weitwinkellinse im Guckloch wirkte alles in dem spärlich beleuchteten Flur leicht verzerrt und weiter entfernt, als es in Wirklichkeit war. Sie sah, wie jemand Richtung Waschküche schlich. Ein Mann in einem roten Pullover.

Megan wartete, weil sie wissen wollte, ob in der Waschküche Licht gemacht wurde, aber das passierte nicht.

Mike, der Nachbar, der in der Wohnung über ihrer wohnte, war verreist. Wenn er wieder da gewesen wäre, hätte sie ihn oben herumlaufen hören. Folglich musste das gerade Bill gewesen sein – der Bill von Bill und Laura, den jungverheirateten Jurastudenten aus dem dritten Stock.

Nach wie vor fragte sie sich, warum Bill in der Waschküche immer noch nicht das Licht eingeschaltet hatte.

Irgendetwas stimmte nicht, das konnte sie spüren. Vielleicht hatte Josh ja tatsächlich gesehen, dass ein Fremder in sein Fenster gelugt hatte.

Megan schaute nach hinten in Richtung von Joshs Zimmer. Sie bewegte sich von der Tür weg und schlich durchs Wohnzimmer in die Küche. Ihr Herz raste. Sie nahm das schnurlose Telefon von der Arbeitsplatte und lief dann hastig wieder zur Tür, die letzten Meter auf Zehenspitzen. Wieder lugte sie durch den Spion.

In diesem Augenblick erhaschte sie einen Blick auf den Mann im roten Pullover, als der aus der Kellertür nach draußen auf die Straße trat. Als die Tür hinter ihm ins Schloss fiel, zuckte sie zusammen. Auf dem Flur war es jetzt heller. Sie konnte sehen, dass das Licht aus der Waschküche kam. Megan fragte sich, warum Bill nach unten gekommen war. Sie hörte weder die Waschmaschine noch den Trockner laufen.

Aufgeregt biss sie sich auf die Unterlippe und löste die Sicherheitskette, entriegelte das Schloss und öffnete dann langsam die Tür. Mit der anderen Hand umklammerte sie das schnurlose Telefon – für den Fall, dass sie den Notruf aktivieren musste. Die Vorstellung, es in irgendeiner Form mit der Polizei zu tun zu bekommen, machte sie immer noch nervös. Im Moment brauchte sie jedoch das Gefühl, dass sie nur einen

Anruf entfernt waren, falls sie ihre Hilfe brauchen sollte. Sie trat auf den Flur, schaute vorsichtig Richtung Waschküche und dann auf die Kellertür, die nach draußen führte. In der Tür war ein kleines Fenster, dessen mit Draht durchzogene Glasscheibe beschlagen war. Keine Schatten auf der anderen Seite, nichts, was sich bewegte. Sie fragte sich, ob die Tür zugesperrt war. Oder hatte sich hier gerade einfach ein Fremder hereingeschlichen?

Ängstlich öffnete sie die Kellertür und versuchte, den Außenknauf zu drehen. Die kühle Nachtluft strich über ihre nackten Arme und Füße, und sie bekam eine Gänsehaut. Der Außenknauf ließ sich nicht bewegen. Die Tür war zugesperrt.

Megan redete sich ein, dass der Mann in dem roten Pullover Bill aus dem dritten Stock gewesen sein musste, der aus welchem Grund auch immer nach unten gekommen war.

Sie schloss die Tür wieder und horchte auf das Klicken des Schlosses. Dann blickte sie Richtung Waschküche. Darin befanden sich eine Waschmaschine und ein Trockner, ein Tisch, ein Klappstuhl und zwei lange Wäscheleinen – die jetzt leer waren. Aufgrund der weiß gekalkten Wände und des grauen Betonbodens hatte der Raum eine leicht bedrückende Atmosphäre. In dem verzweifelten Bestreben, das Ganze etwas aufzulockern, hatte irgendjemand – aller Wahrscheinlichkeit nach vor mindestens zehn Jahren – einen künstlichen Philodendron auf den Sims des einzigen, vergitterten Fensterchens im Raum gestellt. Seine Plastikblätter waren ausgebleicht und lagen unter dicken Lagen Staub. Die gleiche wohlmeinende Seele hatte vermutlich diese gerahmten Drucke an die Wand über Waschmaschine und Trockner gehängt, diese beiden entsetzlichen Clowndrucke. Der eine zeigte eine Art Clown wie Bozo mit roten Büschelhaaren, der andere einen traurigen Clown im Stil von Emmett Kelly, der eine verzogene und verschlissene Melone auf dem Kopf trug. Da Bozos rot bemalter Mund wie der eines Wahnsinnigen grinste, machte Josh das Bild Angst – und zwar so viel Angst, dass er sich immer weigerte, sie in die Waschküche zu begleiten.

Megan stellte sich in den Türrahmen der leeren Waschküche. Dass Josh sich von diesem Clownbild Angst einjagen ließ, konnte sie ihm nicht verdenken. Sie hasste es auch. Waschmaschine und Trockner waren beide ausgeschaltet, und ihre Türen hatte man offen gelassen. Es sah alles aus wie immer.

Sie knipste das Licht aus, drehte sich um und wollte wieder in ihre Wohnung gehen, deren Tür sie einen Spaltbreit offen gelassen hatte. Sie war nur noch wenige Schritte davon entfernt, als Megan plötzlich mit dem Fuß gegen etwas stieß. Sie schaute nach unten auf den beigefarbenen Teppichboden.

Zum wiederholten Mal sagte sie sich, dass das gerade tatsächlich Bill gewesen sein musste, der eine Maschine Wäsche aus dem Trockner geholt hatte. Und das hier musste ihm aus dem Stapel mit Lauras Sachen herausgefallen sein.

Sie hob es vom Boden, ging noch einmal in die nunmehr im Dunkel liegende Waschküche und warf das herrenlose Teil auf den Tisch. Dann lief sie schnellen Schrittes in die sichere Geborgenheit ihrer Wohnung zurück, wo Josh nach wie vor schlief.

Megan legte die Sicherheitskette und den Riegel vor. Anrufen würde sie Bill und Laura nicht wegen des Teils, das sie draußen auf dem Flur vor ihrer Wohnungstür gefunden hatte. Sie würden es irgendwann an der Stelle finden, wo sie es gerade hingelegt hatte.

Doch Megan irrte sich. Niemand sollte je Anspruch auf das

pinkfarbene, mit Stoff bezogene Haargummi erheben. Es gehörte niemandem im Haus. Und es war nicht zufällig vor ihrer Wohnungstür gelandet.

Man hatte es absichtlich dorthin gelegt, damit sie es fand.

Der etwa dreißig Jahre alte, mürrisch dreinblickende Mann hinter dem Tresen des Café Z hatte schütteres Haar und einen Kinnbart und trug die dunkelrote Schürze eines Barista. Schon am Freitagmorgen hatte Megan ihren Kaffee von ihm bekommen und ihn gefragt, wo Jade sei.

»Das würde ich auch gern wissen«, hatte er geknurrt. »Die ist heute Morgen einfach nicht aufgetaucht, hat sich aber auch nicht krankgemeldet oder so. Also – was möchten Sie haben?«

Und jetzt war Montag, und Jade war wieder nicht da. Megan stand als Zweite in der Warteschlange vor dem Café Z. Sie heftete ihren Blick auf den unwirschen kinnbärtigen Knaben hinter dem Tresen. War Jade wieder nicht aufgetaucht? Vielleicht musste sie sich erst von einer weiteren Tracht Prügel erholen, die sie von ihrem Freund Wes bezogen hatte.

Megan kam an die Reihe und trat vor den Tresen. Desinteressiert sah der Barista sie an. Sie versuchte zu lächeln. »Einen großen Caffè Latte, bitte«, sagte sie. Sie sah ihm dabei zu, wie er anfing, ihr den zu machen. »Also – ist Jade heute wieder krank?«

Während er die Espressomaschine bediente, sah er sie für einen kurzen Moment an. »Sie wissen nicht, was ihr passiert ist«, sagte er. »Die Cops rätseln noch. Sie meinen, es habe sie jemand entführt ...«

»Was?«, flüsterte Megan. »Sie machen ja wohl Witze ...«

»So stand das am Freitag oder Samstag in der Zeitung«, erwiderte der Barista in einer Lautstärke, dass es das Fauchen der Espressomaschine übertönte. »Sie sind sich nicht sicher, ob es eine Entführung war oder sonst was. Ich schätze aber, dass jemand in ihr Haus eingedrungen ist und sie sich gekrallt hat. Es hieß, man hätte dort Spuren gefunden, die auf einen Kampf hindeuten.«

»Was ist denn mit diesem Freund, Wes?«, fragte Megan ängstlich. Das Einzige, was sie denken konnte, als sie hörte, dass man Spuren gefunden hatte, ›die auf einen Kampf hindeuten‹, war, dass es jetzt passiert war: dass Wes sie ermordet, ihre Leiche anschließend versteckt hatte und dann vielleicht untergetaucht war. »Haben sie ihn aufgespürt? Haben sie sich schon mit dem unterhalten?«

Der Barista stellte ihren Caffè Latte auf den Tresen. »Er ist derjenige, der den Cops das Ganze gemeldet hat. Sie reden, als wären Sie mit den beiden befreundet.«

Sie schüttelte den Kopf. »Nein, ich kenne Jade nur von hier.«

»Das macht drei neunundzwanzig.«

Megan starrte ihn an. »Ach so, entschuldigen Sie bitte, natürlich ...« Nervös fing sie an, ihn ihrer Handtasche zu wühlen. »Haben sie ihn verhört?«, fragte sie.

Der Barista zuckte mit den Achseln. »Das weiß ich nicht. Vielleicht steht darüber heute was in der Zeitung. Da müssen Sie selbst nachschauen.« Er streckte die Hand aus, damit sie ihm das Geld gab. »Drei neunundzwanzig ...«

Der Mann, der hinter ihr in der Warteschlange stand, räusperte sich.

Megan gab dem Barista vier Dollar und nahm ihren Kaffee in die Hand. »Der Rest ist für Sie«, sagte sie. Dann machte sie sich auf den Weg zu den Fahrstühlen.

In der Anwaltskanzlei Camper, George and White im siebzehnten Stock machte sie sich auf den Weg in die kleine Küche alias Pausenraum. Sie konnte nicht aufhören, an Jade zu denken, und wünschte, sie hätte eine Zeitung vom Wochenende gehabt. In Mr. Campers Büro brannte Licht, und sie hörte, dass er telefonierte. Er rief nach ihr. »Megan, Sie kommen genau im richtigen Moment. Dürfte ich Sie wohl wegen einer Tasse Kaffee belästigen? Ich brauche Treibstoff!«

»Kommt sofort!«, rief sie zurück und legte einen Zahn zu.

Sie verzog sich in die Küche und schaltete die Neonröhre unter der Decke ein. In dem kleinen, fensterlosen Raum gab es eine Mikrowelle, einen Mini-Kühlschrank, eine Spüle mit einem Abtropfgestell für Geschirr, und auf der Arbeitsplatte aus grünem Resopal stand die Kaffeemaschine von Mr. Coffee. Der Raum wirkte etwas beengt aufgrund des billigen braunen Plastiktisches und der dazu passenden Stühle. Am Anschlagbrett an der Wand hingen Menüs diverser in der Nähe gelegener Restaurants, die abends lange geöffnet hatten, damit Angestellte, die Überstunden machten, sich dort ihr Abendessen bestellen konnten. Dafür hatte Megan gesorgt – wie auch für das Schild, auf dem es hieß: HELFEN SIE BITTE MIT, DIESEN BEREICH SAUBER ZU HALTEN. VIELEN DANK!

Die Mitarbeiter, die an den Wochenenden Überstunden machten, achteten nicht groß auf dieses Schild. Megan starrte auf die schmutzigen Gläser und Kaffeetassen, die sich neben der Spüle stapelten – und auf Teile bereits gelesener Ausgaben der *Seattle Times* und des *Seattle Post-Intelligencer*, die man einfach auf den Stühlen und auf dem Tisch hatte liegen lassen.

So stand das also am Freitag oder Samstag in der Zeitung: Sie sind sich nicht sicher, ob es eine Entführung war oder sonst was.

Megan nahm ein paar große Schlucke von ihrem Caffè Latte und fing an, für ihre Mitarbeiter Kaffee aufzubrühen. Während die Mr. Coffee-Maschine vor sich hin brodelte, setzte sie sich hastig an den Tisch und blätterte die Zeitungen durch. Sie fand, wonach sie suchte, in der Samstagsausgabe des *Post-Intelligencers*, im vorderen Teil. Die Schlagzeile erstreckte sich auf Seite 4 oben über drei Spalten:

Polizei ratlos wegen Verschwinden von Frau aus Nord-Seattle

Spuren im Haus deuten auf tätlichen Überfall hin

BLUTSPUREN AUF DEM KÜCHENBODEN

Unter dieser Schlagzeile war eine leicht verschwommene Nahaufnahme von Jade zu sehen. Auf dem Bild lächelte sie, als würde sie jeden Moment in schallendes Gelächter ausbrechen. Allem Anschein nach war noch jemand auf diesem Bild gewesen – der ihr seinen Arm um die Schultern gelegt hatte, aus dem Zeitungsfoto aber herausgeschnitten worden war. Megan fragte sich, ob der abgetrennte Arm Wes gehörte.

In der Bildunterschrift hieß es: *Die Polizei geht davon aus, dass ein Einbrecher Jade Honeycutt, 27 (oben), am Dienstagabend aus dem gemieteten Haus in Crown Hill entführt hat, das sie gemeinsam mit ihrem Freund bewohnte.*

Megan hörte, dass die Mr.-Coffee-Maschine zu fauchen begann. Sie drehte sich nach hinten um und sah, dass die Glaskanne nahezu voll war. Noch einmal vertiefte Megan sich in den Artikel. Wie es aussah, war Wes Coulter am Abend gegen neunzehn Uhr mit einem Freund nach Hause gekommen und hatte Jades Wagen vor dem Haus vorgefunden – mit offen stehendem Kofferraum, in dem eine Tüte mit Lebensmitteln stand, die vom Regen völlig durchnässt war. Er war ins Haus gegangen und über den Inhalt einer weiteren Einkaufstüte gestolpert, der auf dem Küchenboden verstreut lag. Dort war auch das Blut gewesen.

Es sah nicht so aus, als habe Wes ihr etwas angetan – dieses Mal nicht. Er sagte, er sei den ganzen Tag mit seinem Freund zusammen gewesen, und der Zeitstempel auf dem Kassenbeleg in einer der Einkaufstüten bewies, dass Jade kurz vor 18:00 Uhr im Safeway-Supermarkt gewesen war.

Allmählich zog der Duft von frisch gebrühtem Kaffee durch den Pausenraum. Der Kaffee war fertig, und der Boss brauchte Treibstoff, wie er es genannt hatte. Trotzdem musste Megan weiterlesen. Jades Nachbarn hatten nichts Ungewöhnliches gesehen. Niemand hatte Schreie gehört.

Unwillkürlich fragte Maggie sich, ob Jade ihre Entführung selbst inszeniert hatte – um der Gewalt zu Hause zu entkommen. An dem Morgen, an dem sie Jade eine Bleibe angeboten hatte … hatte die Barista da bereits geplant gehabt, noch am gleichen Abend zu fliehen? Mrs. Lisa Swann hatte schließlich kein Patent darauf gehabt, ein Täuschungsmanöver zu inszenieren, das ein Verschwinden erklärte.

Sie fragte sich, ob Jade Honeycutt bereits in einer anderen Stadt war, eine andere Haarfarbe hatte und über ihre Entführung in der Zeitung las.

»Megan!«, hörte sie Mr. Camper brüllen. »Ich brauche wirklich einen Kaffee!«

»Ist fast fertig!«, rief sie zurück. Doch sie rührte sich keinen Zentimeter vom Tisch weg.

Megan hatte gehört – sowohl von einem der hier arbeitenden Rechtsanwälte, einem der Partner, als auch von Jade selbst –, dass sie einander ähnlich sahen. Irgendjemand hatte Jade sogar mal gefragt, ob sie Schwestern wären. Als sie jetzt auf das Zeitungsbild der hübschen Barista schaute, sah Megan, was die Leute meinten.

Wenn sie mit zusammengekniffenen Augen auf das Foto schaute, war die Ähnlichkeit mit der seit Langem als tot geltenden Lisa Swann geradezu unheimlich.

Kapitel sechs

Das Bild, das Megan Keeslar dabei zeigte, wie sie ihren dreijährigen Sohn festhielt, der hoch oben auf der Spielplatzrutsche saß, hätte als Ausstellungsstück im Schaufenster eines Fotostudios stehen können. Der glückliche Ausdruck auf ihren Gesichtern war schlichtweg perfekt. Die rosafarbenen Blüten des Rhododendronbusches hinter ihnen verliehen der Bildkomposition nur noch weitere Schönheit. Megan Keeslar wusste nicht einmal, dass dieses Bild existierte. Sie hatte keine Ahnung, dass jemand diesen Moment mit Josh auf dem Kinderspielplatz festgehalten hatte. Dieser gewisse *Jemand* hatte das Foto von der gegenüberliegenden Straßenseite aus dem Inneren eines Wagens aufgenommen und dazu eine Kamera mit leistungsstarkem Teleobjektiv benutzt.

Er saß im Wohnzimmer an seinem großen antiken Mahagoni-Schreibtisch vor dem Erkerfenster. Während er den Klängen eines Bach-Konzertes aus seiner CD-Sammlung lauschte, schlürfte er seinen Merlot und sah sich das Bild genauestens an. Er hatte das Foto selbst entwickelt – in dem geräumigen Wandschrank unter der Treppe seines Farmhauses. Den begehbaren Schrank hatte er in eine Dunkelkammer umfunktioniert – eine der ersten Veränderungen, die er nach seinem Einzug hier vorgenommen hatte.

Er hatte noch zig weitere Fotos von Megan und Josh Keeslar geschossen, und viele davon lagen jetzt auf seinem Schreibtisch: Fotos aus der Zeit, in der sie schwanger gewesen war und nur sehr selten einen Fuß vor die Tür dieses winzigen Apartments neben der Einschienenbahn gesetzt hatte; Aufnahmen von ihr und Baby Josh, auf denen sie sich den Kleinen entweder auf den Rücken geschnallt hatte oder in einem Sportwagen vor sich herschob; und Bilder von Megan, die allein durch die Innenstadt lief. So weit er es beurteilen konnte, war Megan nie aufgefallen, dass sie von jemandem beobachtet wurde, der diese Momente einfing.

Unwillkürlich musste er daran denken, dass es Kulturen gab, in denen die Menschen nicht bereit waren, sich fotografieren zu lassen, weil sie glaubten, man würde ihnen dabei jedes Mal ein Stück ihrer Seele stehlen. Falls das der Wahrheit entsprach, hatte Megan Keeslar keine Ahnung, dass er ihr bereits einen riesigen Brocken ihrer Seele gestohlen hatte.

Und er legte ja jetzt erst richtig los.

Sein Lieblingsbild war das auf der Spielplatzrutsche mit Josh. Hätte Megan von dem Foto gewusst, hätte sie es vermutlich rahmen lassen. Er konnte es sich auf dem Bücherregal im Wohnzimmer vorstellen, wo sie diese blaue Kristallvase stehen hatte und ihre dürftig bestückte Video-Sammlung – vorwiegend Klassiker mit Schwerpunkt auf den Hepburns, Kate und Audrey. Vielleicht hätte sie das Foto aber auch auf die Kommode in ihrem Schlafzimmer gestellt und dafür das weggenommen, das Josh an seinem ersten Geburtstag zeigte. Das war ein irgendwie mitleiderregendes Bild – das Baby saß in einem Hochstuhl und starrte verdattert auf den Kuchen mit der einsamen Kerze, weitere Gratulanten waren nicht abgelichtet. Offenbar war außer seiner Mutter niemand dabei gewesen.

Als der Mann das letzte Mal in ihrem Schlafzimmer gewesen war, hatte er einen champagnerfarbenen Slip aus der obersten Schublade dieser Kommode gestohlen. Er fragte sich, ob Megan ihn vermisste. Vermutlich vermisste sie nicht mehr als das Taschentuch, den Lippenstift (*Scharlachrote*

Dämmerung) und den schwarzen Büstenhalter, alles Sachen, die er während seiner vielen unbemerkten Einbrüche im Verlauf der letzten achtzehn Monate hatte mitgehen lassen.

Das *Brandenburgische Konzert Nr. 3* endete. Er nahm einen weiteren Schluck von seinem Merlot, und dann erhob er sich, um eine andere CD einzulegen.

Doch genau in dem Moment vernahm er ein Geräusch – und erstarrte. Er schaute nach draußen in die Dunkelheit jenseits des Erkerfensters, konnte aber nur sein eigenes verdutztes Spiegelbild sehen. Da hörte er es wieder – ein leises Klopfen. Schnellen Schrittes lief er zur Haustür und schaltete draußen das Flutlicht ein. Die Lampen beleuchteten die Frontfassade und die Seiten des Hauses.

Er hatte vorgehabt, vor der Scheune und entlang der vierhundert Meter langen Zufahrt zum Haus Überwachungskameras anzubringen. Auch hatte er erwogen, irgendeine Art von Alarmanlage zu installieren, die ihm signalisierte, ob jemand auf dem Grundstück war. Er war nur noch nicht dazu gekommen.

Da hörte er es wieder, das gleiche Pochen.

Er starrte aus dem Vorderfenster – und dann wieder aus dem Erkerfenster. Er sah nichts, nicht einmal, dass sich dort draußen ein Waschbär herumdrückte. Er eilte in die Küche – mit der abblätternden, ausgeblichenen, grün karierten Tapete und den herbstgoldenen Elektrogeräten aus den Siebzigerjahren. Er schaute aus dem Fenster in der Hintertür, sah aber nichts, nur die alte, kaputte Schaukel und die verrosteten Gartenmöbel, die schon dort gestanden hatten, als er das Anwesen gekauft hatte.

Wieder hörte er das Geräusch – dieses Mal deutlicher, ein Hämmern. Es kam von irgendwo hinter ihm. Ruckartig drehte er sich um und starrte auf die Kellertür.

Ein angedeutetes Lächeln flackerte über sein Gesicht.

Er lief zu der Tür, öffnete sie und lauschte dem Getöse – das jetzt ganz deutlich zu hören war. Er schaltete das Licht ein. Die alte Holztreppe knarrte, als er in den unverputzten Keller hinunterlief. Er konnte nicht aufhören zu grinsen. In dem feuchten, düsteren, grauen Keller kam er an einem großen Badezimmer vorbei, das sich gleich neben der Treppe befand. Darin stand eine frei stehende Badewanne mit Löwenfüßchen, und darüber war ein Gestell, das er installiert hatte. Es war unter der Decke angebracht, und daran hingen diverse Sägen, Hackbeile und Fleischermesser.

Doch er schaute jetzt nicht in das Badezimmer. Sein Blick war auf die Betonwand fixiert, die sich direkt vor ihm auftat – in deren Mitte die geschlossenen Vorhänge hingen. An der Stelle, an der die schweren Vorhänge sich trafen, war eine Ritze, durch die er Licht strahlen sah.

Das hämmernde Geräusch kam von der anderen Seite dieser Vorhänge. Er griff hinter die Außenkante des einen Vorhanges und zog an der Schnur. Mit einem zischenden Geräusch öffneten sich die Vorhänge, und auf einmal war es heller in dem düsteren Keller. Er starrte auf das einseitige Fenster, dessen Glas auf der anderen Seite verspiegelt war.

Grelles Licht erhellte den kahlen Raum jenseits des Fensters, in dem eine Matratze auf dem Fußboden lag, die zur Hälfte von einer zerwühlten Wolldecke verdeckt wurde. Ein paar leere Wasserflaschen lagen auf dem nackten Zementboden verstreut.

Und da war Jade, die immer und immer wieder mit den Fäusten gegen das verspiegelte Fenster schlug. Sie weinte und schrie etwas, doch was sie sagte, konnte er nicht hören.

Ihr hellbraunes Haar war nur noch ein verfilztes Wirrwarr, weil sie es schon seit einigen Tagen nicht mehr gewaschen, geschweige denn gekämmt hatte. Der in der Lobby von Megan Keeslars Bürogebäude arbeitenden Barista strömten die Tränen über die Wangen. Sie war beinahe nackt, trug lediglich einen schwarzen Büstenhalter und einen champagnerfarbenen Slip – Dinge, die ihr beide nicht gehörten. Der Lippenstift war um den ganzen Mund herum verschmiert.

Scharlachrote Dämmerung.

An Megan sah die Farbe gut aus, an ihr jedoch nicht. Wusste sie, wie albern sie aussah, wenn sie mit dem verschmierten Gesicht so um sich schlug?

Sie erinnerte ihn an das Clownporträt, das in der Waschküche des Hauses hing, in dem Megan wohnte.

Sie erinnerte ihn jedoch nicht mehr an Megan.

Er kniff die Augen zusammen in der Hoffnung, seinen Blick damit ausreichend zu trüben, um doch noch eine Ähnlichkeit erkennen zu können. Sie war aber einfach nicht mehr da für ihn. Seufzend schloss er die Vorhänge und ging zurück zur Treppe.

Im Vorübergehen warf er einen Blick in das Badezimmer – und auf das Gestell mit den Schneideinstrumenten über der frei stehenden Badewanne mit den Löwenfüßchen. Schon sehr bald würde Jade diesen Raum mit Beschlag belegen. Und dann würde sie keinen Lärm mehr machen.

Seine Mutter hatte immer behauptet, seine Weihnachtsgeschenke seien ihm als Kind so schnell langweilig geworden, dass er sie schon lange vor dem Neujahrstag kaputt gemacht habe.

Jade hatte er noch keine Woche gehabt.

Sie hielt es für in Ordnung, Josh ein paar Minuten allein zu lassen. Die *»SESAMSTRASSE«*, die im Fernsehen lief, und mehrere Pop-up-Bilderbücher würden ihn davon abhalten, Blödsinn zu machen, während sie eben den Flur hinunterlief, um eine Ladung Wäsche in die Waschmaschine zu füllen. *Ein weiterer aufregender Samstagabend im Leben der unternehmungslustigen, alleinerziehenden Mutter Megan Keeslar,* dachte sie und eilte mit dem Korb voller Schmutzwäsche und einer Flasche mit Flüssigwaschmittel durch den Korridor im Keller. Sie hatte ihre Wohnungstür offen gelassen und konnte die Stimmen aus dem Fernsehapparat leise reden hören, als sie die Waschküche betrat. Sie knipste mit dem Ellbogen den Schalter für die Deckenbeleuchtung an und stellte den Korb auf die Waschmaschine. Während sie die Wäsche in die Trommel füllte, fiel ihr Blick auf das verloren gegangene, mit Stoff überzogene Haargummi, das sie letzte Woche auf den Tisch gelegt hatte. Bisher hatte es noch niemand an sich genommen.

Das Porträt des an Bozo erinnernden Clowns, dem man das Grinsen eines Wahnsinnigen aufgemalt hatte, starrte auf sie nieder, als sie sich wieder dem Füllen der Waschmaschine zuwandte. Sie hatte sich heute Nachmittag *»MY FAIR LADY«* geliehen. Wenn sie Glück hatte, würde Josh frühzeitig einschlafen, und sie würde sich den Film einlegen, ein bisschen Popcorn poppen und lange genug wach bleiben, um die erste Hälfte zu genießen – immerhin.

Sie war heute mit Josh im Park gewesen, und es hatte sie ein wenig enttäuscht, dass Kate nicht gekommen war. Kates Tochter Caroline war im gleichen Alter wie Josh. Beim Zusehen, wie ihre Kinder miteinander spielten, war Kate ihre Spielplatz-Freundin geworden. Während der Wochenenden, die sie ausschließlich mit Josh und mit sonst niemandem verbrachte, freute Megan sich immer auf die zwei Stunden in Gesellschaft eines Erwachsenen. Vor zwei Wochen hatte Kate sie und Josh zum Abendessen zu sich nach Hause eingeladen.

Sie hatte zugegeben, dass es ein arrangiertes Dinner sein würde – der ältere Bruder ihres Mannes würde ebenfalls dazukommen. Megan hatte höflich abgelehnt. Sie war noch nicht bereit dazu, mit irgendjemandem eine engere Verbindung einzugehen. Selbst ihre Freundschaft mit Kate, die sie wirklich mochte, musste sie auf diese Parkbank begrenzen.

Mit ihren Freunden im Büro war es die gleiche Geschichte. Von denen war noch niemals jemand bei ihr zu Hause gewesen. Sie hatte Josh im letzten Jahr zum Firmenpicknick mitgenommen. Abgesehen davon hatte sie mit keinem ihrer Arbeitskollegen außerhalb der Kanzlei gesellschaftlich verkehrt. Auch nicht mit dem gut aussehenden, geschiedenen, frühzeitig ergrauten neuen Partner, Tim Curtis. Seit er vor vier Monaten in die Firma eingetreten war, hatte Megan sehr viel an ihn denken müssen. Es gab Zeiten, in denen sie einfach die Nähe eines Mannes spüren wollte – irgendeines Mannes. Sie wollte die Arme eines Mannes um sich spüren. Tim hatte diesen Fantasien ein Gesicht gegeben. Sie verbrachte ganze Nächte und ganze Wochenenden damit, jede kurze Unterhaltung, die sie im Büro geführt hatten, zu Tode zu analysieren, jedes Lächeln, das er ihr geschenkt hatte, jeden einzelnen Blick.

Im vergangenen Monat hatte er sie zum Abendessen eingeladen. »Meinen Sie so was wie … ein Rendezvous?«, hatte sie ihn wie eine Blöde gefragt.

»Ja, so was wie ein Rendezvous«, hatte Tim mit einem schiefen Grinsen zur Antwort gegeben. »Sie wissen schon, außerhalb des Büros? Ich finde Sie sehr nett und würde Sie gern besser kennenlernen. Es kann Ihnen doch nicht entgangen sein, dass ich mich ein wenig in Sie verguckt habe …«

In einem Anflug von bizarrer, selbstzerstörerischer Panik hatte Megan sich antworten und mit der lahmen Ausrede rüberkommen hören, dass es ja so außerordentlich schwierig sei, einen Babysitter zu finden, und dass sie ihre so kostbare Freizeit unbedingt mit ihrem kleinen Sohn verbringen müsse. Und derweil hatte sie die ganze Zeit die Enttäuschung in Tims schönem Gesicht gesehen. Am liebsten hätte sie sich in den Hintern gebissen. Sie hatte jedoch die möglichen Konsequenzen dessen, was er gerade gesagt hatte, bedenken müssen: *Ich würde Sie gern besser kennenlernen.*

Das konnte sie nicht riskieren. Würde er verstehen, was sie getan hatte, um ihre letzte Beziehung zu überleben? Wie konnte sie ihn in ihr Leben lassen, ohne ihm gegenüber ehrlich zu sein? Außerdem hatte sie Angst davor, sich wieder auf jemanden einzulassen. Tim schien unglaublich rücksichtsvoll und nett zu sein – neben all seinen anderen positiven Attributen. Sie traute nur ihrem Geschmack nicht, wenn es um Männer ging …

Gestern war seine neue Freundin Adele, die süß und reizend war, ins Büro gekommen, um ihn zum Abendessen abzuholen. Sie machten einen total verknallten Eindruck.

Sie goss etwas Waschmittel in das Fach der Waschmaschine, steckte drei 25-Cent-Münzen in die dafür vorgesehenen Schlitze und lauschte dem Brummen des Motors. Es übertönte die Geräusche des Fernsehapparats aus ihrem Wohnzimmer. Sie ließ den Korb auf dem Fußboden stehen und ging mit der Waschmittelflasche in der Hand zur Tür. Nach einem letzten Blick auf das verloren gegangene Haargummi auf dem Klapptisch lief sie wieder in den Flur. Sie hörte keinen Bert, auch nicht Ernie oder das Krümelmonster. Sie hörte den Fernseher überhaupt nicht mehr.

Mit großen Schritten hastete Megan zu ihrer Wohnung.

Als sie ins Wohnzimmer kam, sah sie den Bildschirm des Fernsehapparats flackern, der von einem Kanal in den anderen geschaltet wurde. Josh spielte mit der Fernbedienung.

Megan rollte mit den Augen und stellte die Waschmittelflasche ab. »Wie jeder Mann musst du die Fernbedienung haben, na klar«, murmelte sie. Sie marschierte los und wollte sie ihm aus der Hand nehmen.

Er musste jedoch auf den Knopf gedrückt haben, der die Lautstärke regulierte, denn plötzlich donnerte die Stimme einer Nachrichtensprecherin durch den Raum: *»… nachdem bereits gestern in einem Müllsack im Washington Park Arboretum ein Arm und ein Bein gefunden worden waren …«*

Josh schaffte es, auf einen anderen Kanal umzuschalten, bevor sie ihm die Fernbedienung aus der kleinen Hand ziehen konnte. Er stieß einen Protestschrei aus, aber den nahm Megan kaum wahr. Sie versuchte, mit dem Verstand zu erfassen, was diese Nachrichtensprecherin da gerade gesagt hatte. Sie stellte sich vor den Fernsehapparat und suchte fieberhaft nach dem Sender, den Josh versehentlich eingeschaltet hatte. Von dieser Geschichte und den wenigen Worten, die sie die Moderatorin der Nachrichtensendung hatte sprechen hören, war ihr fast das Herz stehen geblieben.

Sie fand den Sender – und die etwa dreißigjährige hübsche Asiatin, die an ihrem Schreibtisch in der Nachrichtenredaktion saß. Sie hatte einen Pony und trug eine seidig glänzende, dunkelblaue Bluse. Auf einer Leinwand hinter ihr war ein Foto von Jade zu sehen, das gleiche, das in der Zeitung gewesen war – das, auf dem sie aussah, als würde sie jeden Moment loslachen.

»Das Opfer wurde inzwischen als die siebenundzwanzigjährige Jade Honeycutt aus Nord-Seattle identifiziert, die seit dem vergangenen Donnerstag vermisst wurde«, sagte die

Nachrichtensprecherin. *»Die Polizei geht davon aus, dass ihr jemand vom Supermarkt nach Hause gefolgt, in das Haus eingebrochen ist und sie entführt hat.«*

Für einen Moment konnte Megan nicht atmen. Sie trat einen Schritt zurück, griff ohne hinzusehen nach dem Sofa und ließ sich in die Polster fallen. Josh fing an zu knatschen, und sie mahnte ihn, still zu sein.

Im Fernsehen zeigten sie den Anfang eines Wanderweges, in dessen Büschen und Bäumen wie Wimpel gelbes Absperrband der Polizei flatterte. Ein paar Leute trieben sich dort herum, doch Seattles Finest hielten sie sich mittels der Absperrung vom Leib. *»Zwei Jogger, die heute Morgen auf einem Waldweg des Seward Parks unterwegs waren, fanden den Müllsack, der Honeycutts Kopf und einen Teil ihres Rumpfes enthielt«*, verkündete die Stimme der Nachrichtensprecherin aus dem Off. *»Nachdem gestern bereits Leichenteile in einem Müllsack im Arboretum gefunden worden waren, macht die Polizei sich auf weitere Funde gefasst …«* Das Bild wechselte und zeigte jetzt einen untersetzten, gut aussehenden, sehr männlich wirkenden Polizeibeamten von etwa Mitte vierzig. Jemand hielt ihm ein Mikrofon unter die Nase. Im Bildtext am Unterrand des Bildschirms hieß es: *»In den siebzehn Jahren, in denen ich jetzt bei der Mordkommission tätig bin, habe ich noch nie etwas Vergleichbares gesehen. Und ich hoffe, dass ich es auch nie wieder sehen muss.«* Dann wandte Sergeant Kenner dem Mikro den Rücken zu.

Wie benommen starrte Megan auf den Bildschirm. Für den erfahrenen Seattler Polizeibeamten mochte das, was Jade passiert war, ein Schock gewesen sein, doch ihr war diese Nachrichtenstory nur zu vertraut. Tatsache war, dass sie sich für einen Moment an die unwirkliche Hoffnung klammerte, was hier passiert war, sei eine Wiederholung dessen, was sich vor fast vier Jahren an Chicagos North Shore zugetragen hatte. Bestand die Hoffnung, dass Jade ihre eigene Entführung fingiert hatte? War sie noch am Leben – und lebte unter einer neuen Identität in einer anderen Stadt oder in einem anderen Bundesstaat? Vielleicht hatte man hier die zerstückelten Körperteile irgendeiner anderen Frau gefunden.

Nein, sagte Megan sich. *Das hier war kein Fehler. Dieses Mal nicht.*

Dieses Mal hatten sie den Kopf gefunden.

Kapitel sieben

SEATTLE – SAMSTAG, 30. JUNI 2001

»He, Lisa!«

Automatisch drehte sie sich nach hinten um. Sie erkannte die Stimme nicht. Die Stimme gehörte jemandem hinter ihr in der Fireworks Gallery, einem Geschäft im Westlake Center in der Innenstadt, das vollgestopft war mit auf Kunst getrimmtem, kitschigem Wohnzubehör, Grußkarten und Schmuck. Ihr Magen krampfte sich zusammen.

Ab und an kam das immer noch mal wieder vor. Selbst nach viereinhalb Jahren hatte sie sich noch nicht gänzlich anerzogen, nicht auf diesen Namen zu reagieren. Sie drückte Joshs Hand und ließ nervös ihre Blicke schweifen – bis sie sah, dass die Stimme zu einem jungen Mann gehörte, der nach einem hübschen Mädchen rief, das hinter der Ladentheke stand.

»Aua, Mommy, du tust mir weh«, quengelte Josh. Er zog seine Hand weg und griff im nächsten Moment nach einem Briefbeschwerer aus Marmor, der auf einem Glasregal ausgestellt war.

»Was habe ich dir gerade gesagt?«, flüsterte sie und zog ihn am Arm davon weg. »Ich habe gesagt, dass du hier nichts anfassen sollst.«

Er wand sich aus ihrem Griff und stach ihr alsdann mehrmals mit dem Zeigefinger in den Oberschenkel. »Du bist da drin, und ich fasse dich an.«

»Kluger Junge«, murmelte sie und nahm ihn wieder an die Hand.

»Du hast gesagt, wir würden ein Feuerwerk sehen!«, beklagte er sich lautstark.

»Ich habe gesagt, dass wir zu Fireworks gehen«, flüsterte sie. »Das ist der Name dieses Geschäfts. Und hatten wir nicht vereinbart, dass du leise sprichst, solange wir in diesem Laden sind? Wenn du dich nicht benehmen kannst ... na ja, dann bist du vielleicht noch nicht reif genug, um am Mittwochabend lange aufzubleiben und dir das echte Feuerwerk zum 4. Juli über der Space Needle anzusehen. Mach dir das klar.«

Er zog eine Schnute und schwieg. Josh war ein so niedlicher kleiner Junge und im Allgemeinen auch ein liebes Kind. Heute Morgen hatte sie ihm ein grünes Polohemd angezogen, karierte Shorts und marineblaue Tennisschuhe. Seine Gemütslage passte heute nur so gar nicht zu seiner entzückenden Erscheinung. Er war knatschig gewesen, als sie ihm bei Bon-Macy's neue Schuhe gekauft hatte; ein paar neue Anziehsachen hatte sie ihm auch gekauft. Später, als sie sich am Linique-Stand ein paar Kosmetikartikel geleistet hatte, war er die ganze Zeit zappelig gewesen und hatte Gesicht und Nase gegen das Glas der Auslage gepresst. Und er hatte gejammert, dass er Hunger habe, als sie sich danach auf den Weg in das gleich nebenan liegende Einkaufszentrum machten, um bei Fireworks nach einer Lichterkette zu suchen, die aussah, als bestünde sie aus vielen kleinen Cayenneschoten, um damit ihre Küche etwas aufzupeppen.

Jetzt starrte sie auf ein solches Teil – es war rot leuchtend neben weiteren Neuheiten aus dem Bereich Lichterketten am anderen Ende des Ladens ausgestellt. Die Lichtchen hingen an einem Regal, das sich ganz in der Nähe des Eingangs befand, durch den man aus dem Einkaufszentrum in das Geschäft gelangte. Megan versuchte gar nicht erst, sich das Teil genauer anzusehen, weil gleich neben diesem Eingang ein uniformierter Polizist stand. Er machte einen freundlichen Eindruck – ein attraktiver Mann um die dreißig mit zimtfarbener Haut und kahl geschorenem Schädel. Er hielt seine Schirmmütze in der Hand und plauderte nett mit dem stämmigen, blonden, milchgesichtigen Sicherheitsbeamten.

Das war noch so etwas, woran Megan sich nach viereinhalb Jahren immer noch nicht gewöhnt hatte. Wenn Polizisten in der Nähe waren, wurde sie nach wie vor nervös. Sie fuhr permanent langsamer, als sie fahren durfte, aus Furcht, von der Polizei angehalten zu werden. Saß sie am Steuer und hörte eine Polizeisirene, geriet sie jedes Mal in Panik. Sie hatte nichts mit der Polizei zu tun gehabt, seit sie nach Seattle gezogen war, und sie hatte vor, es auch weiterhin dabei zu belassen.

Sie dachte wieder mal an Jade, die inzwischen seit über einem Jahr tot war – der Mord an ihr immer noch ungelöst. Den Zeitungen nach hatte man ihren Freund der Tat verdächtigt, allerdings nur kurze Zeit. Megan hatte bei der Polizei anrufen und ihnen erzählen wollen, dass es nur vier Jahre zuvor im Raum Chicago einen ähnlichen – für sie persönlich viel zu ähnlichen – Mordfall gegeben hatte, bei dem die Leiche anschließend zerstückelt worden war.

Die Polizei hätte jedoch wissen wollen, wer sie war. Selbst wenn sie aus irgendeiner Telefonzelle am anderen Ende der Stadt einen anonymen Anruf getätigt hätte, wüssten sie, dass es in Seattle eine Frau gab, die offensichtlich Hinweise zu dem Mord an Mrs. Lisa Swann geben konnte. Sie konnte nicht riskieren, dass dieser Name mit einer Person in Seattle in Verbindung gebracht wurde – nicht einmal mit der anonymsten aller anonymen. Was, wenn Glenn irgendwie davon erfuhr?

Das Ganze war so nervenaufreibend gewesen, weil sie gerade erst angefangen hatte, sich sicher zu fühlen. Soweit sie das beurteilen konnte, wusste niemand, wer sie in Wirklichkeit war. Niemand suchte hier nach ihr. Sie hatte einen bildschönen kleinen Jungen, einen anständigen Job, eine entzückende Kellerwohnung und einen netten Bekanntenkreis. Ganz bewusst hatte sie dafür gesorgt, dass ihr keiner dieser Menschen je zu nahe kam. Für Josh und sich selbst hatte sie diese anonyme, distanzierte, angenehme und sichere Existenz aufgebaut.

Dann wurde einer der Menschen aus diesem Bekanntenkreis ermordet – und seine zerstückelte Leiche auf verschiedene Müllsäcke verteilt. Unwillkürlich dachte Megan, dass die arme Jade auf diese Art und Weise ermordet worden war, weil ihr Mörder wollte, dass die vermeintlich tote Lisa Swann erfuhr, wer ihr dicht auf den Fersen war.

Es fiel ihr schwer, sich nicht vorzustellen, dass Glenn irgendwie hinter dem Ganzen steckte.

Sie hatte sich ins Internet eingeloggt und auf Google.com eine Suche nach Dr. Glenn Swann gestartet. Diese Suchmaschine hatte sie bis dahin gar nicht gekannt. Soweit Megan es beurteilen konnte, war Glenn nach wie vor im Stateville Prison in Illinois inhaftiert.

Sie startete eine weitere Google-Suche und tippte die Wörter:

MÜLLSACK-MORD, ZERSTÜCKELUNG.

Die erste Seite der Suchergebnisse schockte sie regelrecht. Die Berichte bezogen sich fast ausschließlich auf einen Serienmörder aus dem Jahr 1977, der weit über zwanzig homosexuelle Teenager und Soldaten umgebracht hatte. Er erschoss seine Opfer und deponierte ihre zerstückelten Leichen in Müllsäcken entlang der Highways beziehungsweise in den Wüsten Kaliforniens. 1992 hatte es im kalifornischen Costa Mesa eine Frau gegeben, die ihren Gatten zerhackt und seine Einzelteile in Müllsäcken entsorgt hatte. Megan las über zwei junge Mädchen, Teenager, deren Leichen man im Jahr 2000 zerstückelt in Müllsäcken in einem Park in Tampa, Florida, aufgefunden hatte. Und zu guter Letzt war da noch der Fall der siebzehnjährigen Becky Mae Palin aus Federal Way, Washington, deren zerstückelte Leiche man 1995 in zwei Müllsäcken in einem Graben am Highway 410 in der Nähe des Mount Rainier National Parks entdeckt hatte. Jade war also nicht der erste Mensch im Raum Seattle gewesen, der ein solches Ende gefunden hatte.

Drei Links zu Berichten über Jades Tod waren auf Seite zwei der Google-Suchergebnisse gewesen – und in nur einem Suchergebnis ging es um die scheinbare Ermordung von Mrs. Glenn Swann Jahre zuvor. Es hatte noch seitenweise weitere Fälle gegeben, die Megan lediglich den Beweis dafür lieferten, dass das, was »Lisa Swann« und Jade Honeycutt widerfahren war, keine Seltenheit war.

Konnte es sein, dass Jades Tod ein tragischer Zufall gewesen war?

Wenn auch mit einer gewissen Unsicherheit hatte Megan die Entscheidung getroffen, zu glauben, dass er genau das gewesen war.

Sie hatte aufgehört, sich ihren Kaffee im Café Z zu holen – aus Sorge, die Polizei würde mit ihr sprechen wollen, wenn sie dahinterkam, dass sie sich an dem Tag mit Jade unterhalten hatte, an dem man sie entführt hatte. Megan fragte sich, was aus dieser Serviette mit ihrem Namen und ihrer Telefonnummer geworden war, die sie Jade gegeben hatte. Bei ihrem letzten Blick auf Jade hatte die hübsche Barista diese Serviette in die Tasche ihrer Schürze gesteckt. Warum hatte die Polizei sie nicht gefunden?

Vielleicht hatte Jade sie weggeworfen, bevor ihre Schicht an diesem Tag endete. Megan konnte sich da jedoch nicht sicher sein. Sie konnte sich im Hinblick auf nichts sicher sein. In einem Zustand chronischer Unsicherheit drehte sie sich ständig ängstlich um. Sogar heute Morgen, als sie mit dem Bus in die Innenstadt fuhren, hatte sie die ganze Zeit die anderen Fahrgäste beobachtet. Es war zwar nichts weiter als Intuition, aber sie hatte ständig das Gefühl, dass Josh und sie von irgendjemandem beobachtet wurden.

Diese gleiche Unsicherheit hielt sie jetzt davon ab, sich den ausgestellten Lichterketten-Neuheiten auch nur zu nähern – und dem nett aussehenden Polizisten, der am Eingang stand.

»Wann gehen wir endlich?«, fragte Josh – praktisch jeden in dem rappelvollen Geschäft. »Ich habe Hunger!« Er trat einen Schritt nach hinten, stieß dabei gegen ein Regal voller Bilderrahmen und warf es um Haaresbreite um.

Schnell zog Megan ihn in ihre Richtung. »Du bewegst dich hier auf dünnem Eis, Mister«, knurrte sie. »Was ist überhaupt heute mit dir los? Du bist normalerweise ein so lieber Junge. Ich bin wirklich enttäuscht von dir, Josh.«

Er steckte den Daumen in den Mund und starrte sie verlegen an.

Megan seufzte und schaute erneut zum Eingang. Der Polizist war nicht mehr da. Sie war so erleichtert und so darauf aus, zu gehen – sie machte sich gar nicht mehr die Mühe, einen Blick auf die Lichterketten zu werfen. Zielstrebig zog sie Josh an der Hand hinter sich her und eilte aus dem Laden hinaus und hinein in das Gewühl des Einkaufszentrums.

»Schätzchen, dreh dich wieder zu mir und iss deine Chicken-Nuggets«, sagte sie – und musste dabei gegen den Essenslärm und das Plappern der Leute anreden. Neil Diamonds *»Cherry, Cherry«* tönte aus der Beschallungsanlage des Food-Courts auf der dritten Etage des Westlake Centers. Der aus Ganzglasscheiben bestehende Pavillon hätte die Illusion vermitteln können, dass man sich im Freien befand – wenn es nicht so laut darin geschallt hätte. Damit die Atmosphäre in dem von hektischer Betriebsamkeit erfüllten und zum Bersten vollen Innenhof an diesem heißen Sommernachmittag noch mehr an die einer Zirkusmanege erinnerte, führten drei Jongleure in der Nähe der Rolltreppen ihre Kunststücke vor. Die gut aussehenden jungen Männer im College-Alter trugen alle die gleichen blauen T-Shirts und kakifarbene Shorts. Der erste jonglierte mit verschiedenen Früchten; der zweite arbeitete mit unterschiedlich großen Flaschen, während der dritte mit einem Schuh, einem Baseball-Handschuh und einem Wecker jonglierte. Dann fingen sie an, die Gegenstände untereinander auszutauschen und sie einander in einem Wahnsinnstempo zuzuwerfen. Ein riesiger Menschenpulk hatte sich um sie versammelt, unter anderem Josh – bis Megan ihren Mister Ich-habe-Hunger weggezerrt hatte, damit er etwas zwischen die Kiemen kriegte.

Die kürzeste Warteschlange hatte vor dem Verkaufsstand eines Ladens gestanden, der Hobo's hieß. Die Leuchtreklame zeigte die Karikatur eines Landstreichers, der selig einen Hobo-Burger verzehrte. Der anscheinend gelangweilte pickelige Teenager hinter dem Tresen hatte Josh Nuggets und Pommes auf einen Pappteller gehäuft, während Megan sich selbst bedient und sich einen Plastikbehälter mit Salat aus dem Kühlregal genommen hatte. Auf einem Plastiktablett hatte sie alles zu einem ganz in der Nähe stehenden orangefarbenen Resopaltisch getragen – an den die schalenartigen Sitze angeschweißt waren.

Ihr großer Fehler war gewesen zu glauben, dass Josh, weil er die McNuggets von McDonald's so liebte, ganz verrückt auf das Hähnchengeschnetzelte sein würde. Den größten Teil seines Schokoladen-Milchshakes hatte er schnell in sich hineingeschüttet und kurz in seinen Fritten herumgestochert, das Hähnchenfleisch aber nicht einmal probiert.

»Das sind keine McNuggets!«, protestierte er und knurrte die knusprig braunen Hähnchenstücke an, die gut die Hälfte seines Papptellers bedeckten. »Die sind nicht in der Box, also sind das keine McNuggets!«

»Um Himmels willen, das sieht doch alles gleich aus und schmeckt auch gleich«, widersprach sie. In letzter Zeit war jede Mahlzeit mit ihm wie eine Debatte in der Talkshow The View. »Komm, Kind«, flehte Megan. »Iss jetzt ein paar von deinen Chicken-Nuggets, und dann gehen wir wieder zu den Jongleuren, okay?«

Er machte eine große Sache daraus, nahm seufzend eines der Hähnchenstücke in die Hand, führte es zum Mund, bis es seine Lippen berührte, im nächsten Moment zuckte er zusammen. »Ekelig«, brummte er und warf das Hähnchenteil wieder auf seinen Teller. Dann schob er den Teller mit Wucht in ihre Richtung und stieß dabei ihre Cola light um. Der Softdrink ergoss sich über die Hälfte des Tisches.

Megan sprang auf die Füße. »Um Gottes willen …« Sie warf ein paar Servietten auf die Cola-light-Lache und blitzte ihn wütend an. »Das war's. Die Jongleure sind gestrichen.«

»Aber das war ein Unfall!«, greinte er und trat dabei von unten gegen die Tischplatte.

»Das interessiert mich nicht«, schimpfte sie und griff nach ihrer Handtasche. »Ich hole noch ein paar Servietten. Was für eine Schweinerei! Rühr dich hier nicht vom Fleck, hast du mich verstanden? Wenn das hier erledigt ist, fahren wir nach Hause, und da wirst du erst mal eine Weile in dein Zimmer gehen.«

Wütend schaute er zu ihr auf. Seine Unterlippe fing jedoch an zu zittern, und seine Augen füllten sich mit Tränen.

Megan drehte sich um und lief schnellen Schrittes zu dem Stand mit den Gewürzen und Soßen, wo sie einen Stapel Servietten aus dem Spender zog. Dann schlängelte sie sich an den voll besetzten Tischen vorbei zum Wasserautomaten und machte einige der Servietten nass. Megan wollte wieder zu ihrem Tisch zurück, blieb aber plötzlich wie angewurzelt stehen.

Hatte sie sich irgendwie gedreht?

Sie sah ihren Tisch nicht. Sie sah Josh nicht.

Megan ließ ihre Blicke schweifen, um sich davon zu überzeugen, dass sie an der richtigen Stelle stand. Ja, dort drüben war Orange Julius, die Ladenkette, die Fruchtsäfte und Smoothies verkaufte. Ihr Tisch stand ganz in der Nähe. Warum konnte sie Josh nicht sehen? Auf einmal verspürte sie diesen stechenden Schmerz in ihrem Bauch. Das Atmen fiel ihr schwer.

Sie erblickte ihren Tisch – das Tablett, den Pappteller mit den Chicken-Nuggets, den halb aufgegessenen Salat und die von brauner Flüssigkeit durchweichten Servietten auf der Tischplatte. Auf dem Sitz neben ihrem standen immer noch die Einkaufstüten von Bon-Macy's. Die beiden Sitze auf der anderen Seite des Tisches waren leer.

Auf einem davon hatte noch vor wenigen Sekunden Josh gesessen.

Von panischer Angst erfasst, sah Megan sich um. »Josh?«, rief sie, dann lauter: »JOSH!« Sie sah, dass an einem der

Nebentische zwei junge Mädchen saßen. Die beiden Teenager saßen einander gegenüber, hatten jede einen riesigen Kübel mit irgendeinem Softdrink vor sich stehen und hingen beide an ihren Handys.

»Entschuldigen Sie«, sprach Megan sie mit Tränen in den Augen an. »Ist einer von Ihnen der kleine Junge aufgefallen, der gerade hier an diesem Tisch gesessen hat?«

Das eine Mädchen drehte ihr den Rücken zu und sprach weiter in ihr Telefon. Die andere trank ihren Softdrink durch einen Strohhalm, während sie sich das Telefon gegen das Ohr presste. Sie schaute nur flüchtig zu Megan auf und schüttelte den Kopf.

»Warum frage ich euch überhaupt?«, brummte Megan. »Danke für rein gar nichts ...« Sie wischte sich über die Augen und sah sich erneut ängstlich um. »JOSH!«, brüllte sie. »JOSH KEESLAR!«

Sie sah, dass an mehreren Tischen Leute verärgert aufblickten. Kunden, die an ihr vorüberliefen, sahen sie schief an, als wäre sie verrückt. Megan schaute in Richtung der Rolltreppen, wo die Jongleure nach wie vor von Zuschauern umringt waren. Vorhin war Josh von ihrer Darbietung ganz hingerissen gewesen. War er dorthin gelaufen?

Sie schnappte sich ihre Einkaufstüten und eilte auf die Jongleure zu. Dabei hoffte sie die ganze Zeit, ihn gleich inmitten des Menschenpulks stehen zu sehen, der sich um die Künstler versammelt hatte. Wohin hätte er sonst gehen sollen?

»JOSH?«, schrie sie. »JOSH KEESLAR! JOSH, SCHÄTZCHEN?« Verzweifelt bahnte sie sich ihren Weg durch die Menge – auf die Jongleure zu. Den Knaben, der mit den Früchten jonglierte, lenkte sie damit offenbar ab, denn er griff daneben und eine Cantaloupe-Melone fiel auf den Boden.

Mehrere Leute stöhnten enttäuscht auf. Die beiden anderen Männer hörten auf zu jonglieren. Auf einmal starrten alle sie an.

»Mein Sohn ist verschwunden«, hörte sie sich selbst sagen – mit zittriger Stimme.

»Josh?«, rief einer der Jongleure. »Komm, Josh, deine Mom sucht dich!«

Megan rief wieder seinen Namen. Sie sah, dass einige Leute in der Menge tatsächlich Ausschau nach ihm hielten und zu helfen versuchten. Sie hörte auch jemanden kichern: »Das dämliche Luder kann ihr Blag wohl nicht im Auge behalten ...«

Genau so kam sie sich vor. Dämlich. Sie hatte ihm gesagt, wie wütend sie auf ihn war, und ihn dann allein an diesem Tisch zurückgelassen. Es war nur für wenige Sekunden gewesen, doch die Zeit hatte ihm gereicht, um wegzulaufen – oder jemand anderem gereicht, um ihn zu entführen?

Falls Josh irgendwo in der Nähe war, reagierte er vielleicht gar nicht auf die Rufe seiner gemeinen Mutter. Er hätte jedoch mit Sicherheit auf die Rufe eines dieser Jongleure reagiert, von denen er so fasziniert gewesen war. Megan wurde klar, dass er hier nirgendwo in der Nähe war – und dass sie ihren kleinen Jungen vielleicht niemals wiedersehen würde.

Sie wusste nicht mehr, wie viele Male sie im Westlake Center mit den Rolltreppen auf und ab gefahren war – vom Untergeschoss bis ganz nach oben in die dritte Etage, auf der sie zuletzt mit Josh im Food-Court gewesen war. Ihre Stimme war heiser vom Weinen – und davon, dass sie alle paar Sekunden seinen Namen brüllte. Auf jeder Etage irrte sie durch die Horden von Kunden, suchte nach ihm und betete, ihn jeden

Moment nach ihr rufen zu hören. Sie lief in mehrere Geschäfte, entdeckte aber nirgends eine Spur von ihm.

Im dritten Stock, auf der anderen Seite des Food-Courts, fragte sie die Leute, die in der Schlange auf die Bahn warteten, ob sie einen vierjährigen Jungen mit braunen Haaren in einem grünen, kurzärmeligen Hemd und karierten Shorts gesehen hätten. Sie zuckten alle nur mit den Achseln oder starrten sie an.

Sie wusste, dass sie sich aufführte wie eine Verrückte, aber sie konnte einfach nicht aufhören zu weinen und zu zittern.

Sie wagte sich in den unterirdischen Bustunnel vor, zu dem es im Erdgeschoss einen Zugang gab. War es möglich, dass ihn sich hier unten jemand geschnappt und ihn dann in einen Bus gezerrt hatte? Ihre Stimme schallte durch den langen Tunnel, als sie erneut begann, immer und immer wieder nach ihm zu rufen.

Wieder fuhr sie mit der Rolltreppe nach oben, warf dabei einen Blick auf ihre Armbanduhr. Es war inzwischen eine halbe Stunde her, dass sie Josh als vermisst gemeldet hatte. Der gut aussehende Polizist, dem sie kurz zuvor aus dem Weg gegangen war, hatte es sofort über Funk durchgegeben. Jetzt standen drei Streifenwagen vor dem Haupteingang des Westlake Centers. Megan hatte plötzlich keine Angst vor der Polizei – nicht mehr. Die Vorstellung, Josh zu verlieren, war sehr viel schrecklicher als alles, was die Polizei ihr antun konnte.

Alle paar Minuten – für Megan nicht häufig genug – unterbrachen sie die Musikbeschallung des Einkaufszentrums für die Durchsage, dass ein kleiner Junge vermisst wurde: »Josh Keeslar, deine Mutter wartet an der Rolltreppe im ersten Stock auf dich«, sagte die Frau in diesen Fällen – zweimal hintereinander, um dem Ganzen noch mehr Nachdruck zu verleihen. Dann beschrieb sie Joshs Aussehen. »Als Josh zuletzt gesehen wurde, war er mit einem grünen Polohemd, karierten Shorts und blauen Sportschuhen bekleidet ...«

Megan hatte das grässliche Gefühl, dass Josh nicht mehr in der Nähe war, um diese Durchsage hören zu können. Denn mit jeder Minute, die verging, nahm die Übelkeit zu, die sie verspürte – und die Angst, ihn für immer verloren zu haben, wurde größer und größer.

Oben im dritten Stock hörte sie zufällig mit an, wie einer der Jongleure zwischen zwei Darbietungen verkündete: »Sie haben sicherlich die Lautsprecherdurchsage gehört, dass ein kleiner Junge verschwunden ist. Josh, wenn du hier irgendwo in der Nähe bist, melde dich bitte bei einem von uns! Deine Mom macht sich Sorgen um dich ...«

Auf einmal verstummte die Musikbeschallung, und Megan wartete auf die Durchsage der Frau, dass ein kleiner Junge vermisst wurde. Stattdessen vernahm sie aus dem Lautsprecher die Stimme eines Mannes: »Mrs. Keeslar, begeben Sie sich bitte zu Officer Williams. Er erwartet Sie an der Rolltreppe im dritten Stock ...« Für einen kurzen Moment konnte Megan sich nicht von der Stelle rühren. Sie war wie gelähmt. Hatten sie ihn gefunden?

Als die Durchsage wiederholt wurde, drehte Megan sich um und lief schnellen Schrittes auf die Rolltreppen zu. Sie hoffte, nun gleich diesen gut aussehenden, kahlköpfigen Polizeibeamten neben Josh stehen zu sehen. Sie stellte sich vor, wie der Polizist voller Vorfreude auf die bevorstehende Wiedervereinigung von Mutter und Sohn lächelte.

Doch sie erblickte lediglich den Beamten, und der lächelte nicht.

»Was ist passiert?«, fragte sie ihn außer Atem. Sie wischte sich die Tränen aus den Augen. »Hat man ihn gefunden? Haben Sie meinen kleinen Jungen gefunden?«

»Nicht so ganz«, gab er zur Antwort und zuckte leicht dabei. »Sie möchten sich mit Ihnen unterhalten, Mrs. Keeslar. Würden Sie mir bitte folgen?«

»Was ist passiert?«, fragte sie noch einmal. Ängstlich folgte sie ihm in Richtung des Korridors, in dem sich die öffentlichen Toiletten befanden. »Können Sie mir nicht sagen, was passiert ist?«

»Ich weiß nicht, was da vorgeht«, erwiderte er, wandte ihr dabei den Rücken zu. Dann drückte er eine Tür auf, die mit den Worten ZUTRITT VERBOTEN – NUR FÜR PERSONAL gekennzeichnet war.

Megan folgte ihm durch einen Flur mit weißen Wänden in das, was offenbar der Pausenraum für die Angestellten war. Vier Polizeibeamte hielten sich in dem Räumchen auf, das mit billig aussehenden weißen Plastiktischen und Klappstühlen möbliert war. Zwei der Polizisten saßen. Ein dritter stand vor dem Getränkeautomaten. Der vierte trug im Gegensatz zu den anderen keine Uniform, doch der attraktive, etwa fünfzig Jahre alte Mann mit dem silbergrauen Haar sah in seinem grauen Anzug mit der hässlichen Krawatte aus wie ein Detective. Er stand vor dem Waschbecken und schlürfte Wasser aus dem Hahn, als Megan mit Officer Williams zur Tür hereinkam.

Der Mann mit dem silbergrauen Haar wischte sich mit der Hand den Mund trocken und trat ihr entgegen. Die zwei Polizeibeamten erhoben sich. Auf den Tisch hinter ihnen hatte man eine weiße Mülltüte aus Plastik gelegt, und auf der lag etwas. Was das war, konnte Megan nicht sehen.

»Mrs. Keeslar?«, redete der Beamte in Zivil sie an und runzelte leicht die Stirn dabei.

Megan nickte. Sie konnte weder sprechen – noch atmen.

»Wir haben diese Gegenstände auf der Herrentoilette

neben dem Food-Court gefunden«, sagte er. »Im Müllcontainer.«

Einer der Polizeibeamten trat zur Seite, damit Megan sehen konnte, was auf dem Tisch hinter ihm lag.

»Könnten Sie die Sachen identifizieren?«, hörte sie den Beamten in Zivil fragen.

Megan rang nach Luft. Auf der weißen Plastiktüte lagen ein kleines grünes Polohemd und karierte Shorts.

»Werden die eine … eine Noperation bei ihr machen, damit sie wieder gesund wird?«, fragte der kleine Junge.

»Ja, aber wir müssen zusehen, dass wir schnell ins Krankenhaus kommen, wenn du sie sehen möchtest«, antwortete der Mann und zog ihn an der Hand hinter sich her. »Komm schon, beeil dich …«

Sie liefen im Parkhaus von Bon-Macy's die Treppe hinunter, um zu der Parkebene zu gelangen, auf der er seinen Wagen abgestellt hatte. Er war heute Nachmittag im Westlake Center auf der Jagd gewesen und hatte deshalb auf der gegenüberliegenden Straßenseite im Parkhaus von Bon-Macy's geparkt. Er parkte nicht in der Garage des Geschäfts, aus dem er ein Kind entführte, nicht mehr. Selbst wenn seine Beute chloroformiert war und gut versteckt unter einer Wolldecke auf dem Fußboden vor dem Rücksitz lag, konnte ihm passieren, dass er an der Garagenausfahrt von einem Cop angehalten wurde – vor allem, wenn die Garage zu dem Geschäft gehörte, in dem das Kind vermisst wurde. Diesen Fehler hatte er nur einmal gemacht und Lehrgeld dafür bezahlt. Man hatte ihn in Spokane in der Tiefgarage eines Einkaufszentrums verhaftet, wo man auf dem Rücksitz seines Wagens ein bewusstloses sechsjähriges Mädchen gefunden hatte. Nach seiner

Verhaftung hatten sie versucht, ihm die Fälle von noch drei weiteren vermissten Kindern anzuhängen, konnten ihm aber nichts nachweisen. Dabei hätten sie nur die Wälder im Umkreis von Post Falls, Idaho, durchkämmen müssen und mehr gefunden, als ihnen lieb war. Trotzdem hatte er zwei Jahre im Gefängnis verbracht, weil er in der Tiefgarage des Einkaufszentrums in Spokane diesen Fehler begangen hatte.

Die Kleidungsstücke, die er dem Jungen angezogen hatte, waren alle eine Nummer zu groß. Also hatte er die Hosenbeine der kleinen Jeans aufgerollt und die Ärmel des rot karierten Hemdes nach oben geschoben. Die blaue Baseballkappe hatte die Leute daran gehindert, auf Anhieb die Farbe seiner Haare zu sehen. Das Kind hörte nicht auf zu wimmern, aber damit war zu rechnen gewesen, da er dem Jungen erzählt hatte, seine Mutter habe einen Unfall gehabt und sei auf dem Weg ins Krankenhaus. Es war seltsam, dass Kinder gewisse Dinge wie »Du musst dich umziehen, bevor ich dich zu ihr bringen kann« niemals hinterfragten.

Die Mutter schien nicht lange gefackelt zu haben, bis sie sich einen Polizisten oder Sicherheitsbeamten krallte, denn die erste Lautsprecherdurchsage war erfolgt, als er das Kind in Richtung des Hinterausgangs zog, durch den man auf die Fourth Street gelangte. Daraufhin hatte er angefangen, sich mit dem Jungen zu unterhalten – deshalb hatte der Kleine nicht gehört, dass sein Name durchgegeben wurde.

Sie waren hinter dem Westlake Center um das Gebäude herum und dann über die Straße ins Bon-Macy's gegangen, wo er auf einen leeren Fahrstuhl gewartet hatte, der sie nach oben zur Skybridge brachte. Es machte keinen Sinn zu riskieren, dass ihn später jemand identifizieren konnte, der mit ihm im Fahrstuhl gewesen war. Der Kleine hatte für ein paar Sekunden mit dem Weinen aufgehört, weil er offenbar fasziniert war von der Skybridge, über die man in das Parkhaus von Bon-Macy's gelangte – fünf Etagen über der belebten Straße.

Aber jetzt schluchzte er wieder – und hatte Probleme damit, die viel zu weite Jeans festzuhalten, damit sie ihm nicht herunterrutschte, und zugleich die Stufen in dem grauen und düsteren Treppenhaus hinunterzusteigen.

»Nun komm schon, beweg dich«, fauchte er. »Willst du, dass wir erst im Krankenhaus ankommen, wenn deine Mutter schon tot ist?«

Daraufhin weinte der kleine Junge nur noch heftiger.

»Halt den Rand!«, knurrte er. Er blieb auf dem Treppenabsatz der dritten Parkebene stehen, auf der er seinen Wagen abgestellt hatte. Als er über ihnen Schritte hörte, hielt er dem Kind mit der Hand den Mund zu. Er hatte die Treppe genommen, weil er annahm, dass die meisten Leute den Fahrstuhl benutzten. Obwohl die Entführung reibungslos gelaufen war, konnte er sich des Gefühls nicht erwehren, dass ihn jemand dabei beobachtet hatte und ihn jetzt verfolgte. Dass er sich mit so etwas verrückt machte, passierte ihm nicht zum ersten Mal. Die Schritte über ihnen schienen näher zu kommen.

Während er dem kleinen Jungen mit der einen Hand immer noch den Mund zuhielt, drückte er mit der anderen die Tür auf, die auf die Parkebene führte. Als er Reifen quietschen hörte, blieb er wie angewurzelt stehen. Im nächsten Moment vernahm er Rap-Musik, und dann lief der Motor eines Wagens kurz im Leerlauf, bevor er abgeschaltet wurde. Vorsichtig machte er sich auf den Weg, zog den Jungen dabei hinter sich her. »Wirst du wohl endlich den Mund halten?«, zischte er.

Furchtsam nickte der Kleine. Seine Tränen benetzten die Hand des Mannes.

Jetzt hörte man aus dem Treppenhaus hinter ihnen keine Schritte mehr.

Als der Mann sich umdrehte, sah er niemanden. Langsam nahm er die Hand vom Mund des Jungen. Der Kleine schniefte, gab ansonsten aber keinen Laut von sich. Er zitterte. Sie blieben in einer im Dunkel liegenden Mauernische stehen, während zwei Frauen aus einem demolierten Chevrolet Monte Carlo stiegen, der nur wenige Parklücken von seinem grünen Buick LeSabre entfernt stand. Die Frauen lachten über irgendetwas. Ihr Gegacker war fast ebenso laut wie die aus nicht allzu großer Entfernung herüberschallenden Geräusche sich auf Beton drehender Reifen und der Lärm der Autotüren, die auf anderen Parkebenen geschlagen wurden.

Er wartete hinter einem dicken Pfeiler, denn er wollte nicht, dass irgendjemand sah, wie er das Kind in seinen Wagen schaffte. Er beobachtete, wie die Frauen den Fahrstuhl betraten und sich die Tür hinter ihnen schloss.

Er zog den kleinen Jungen am Arm hinter sich her, als er sich endlich auf den Weg zu seinem Wagen machte, in dessen Handschuhfach er ein Fläschchen Chloroform aufbewahrte sowie einen Waschlappen und eine Rolle Klebeband. Auf dem Rücksitz lag eine Wolldecke. Im Kofferraum lag ein großer Müllsack, der mit Kinderkleidung verschiedener Größen vollgestopft war. Manche hatte er in Secondhandläden gekauft, und manche wurden wiederverwertet, nachdem sie Kindern gehört hatten, die genau in diesem Wagen zum letzten Mal in ihrem Leben mit einem Auto gefahren waren. Er hatte vergessen, woher die Jeans, das karierte Hemd und die Baseballkappe, die der Junge jetzt trug, ursprünglich stammten.

Der kleine Junge begann, Widerstand zu leisten, als sie sich dem LeSabre näherten. Er fing neuerlich an zu wimmern.

Hinter ihnen quietschte eine Tür. »Josh?«

Der Mann blieb wie angewurzelt stehen und drehte sich nach hinten um. Er spürte plötzlich, wie der Junge zog, um von ihm wegzukommen. Richtig sehen konnte er den anderen Mann nicht, der neben der Tür zum Treppenhaus in der dunklen Mauernische stand. Sein Gesicht war in Dunkelheit gehüllt. Wie ein Cop sah der Kerl nicht aus. Er sah überhaupt nicht wie jemand aus.

»He, Josh«, sagte der gesichtslose Fremde. »Deine Mutter sucht nach dir ...«

Megan konnte sich nicht erinnern, in Ohnmacht gefallen zu sein, erinnerte sich seltsamerweise aber an ein polterndes Geräusch, das sie gehört hatte, als sie über einen Plastikstuhl stolperte und auf dem Fußboden der Personal-Cafeteria zusammenbrach. Als sie wieder zu sich kam, wusste sie nicht, wie viel Zeit inzwischen vergangen war. Es kam ihr so vor, als sei sie nur einen kurzen Moment bewusstlos gewesen.

Sie starrte auf Joshs Anziehsachen, die man im Müll gefunden hatte, und konnte nicht mehr aufhören zu weinen. Die Polizeibeamten hatten sie vermutlich auf die frische Mülltüte aus Plastik gelegt, damit die Beweismittel nicht schmutzig wurden. Doch Megan konnte bei dem Anblick nur an diese Mordfälle denken, bei denen man die zerstückelten Körperteile der Opfer in Müllsäcken wie diesem gefunden hatte.

Irgendwann hörte sie den Beamten mit dem silbergrauen Haar sagen, dass man einen Arzt für sie rufen solle. Sie konnte kaum hören, was er sagte. Und sie nahm auch kaum wahr, dass Officer Williams im Türrahmen des Pausenraums für die Angestellten stand. Doch dann fiel Megan plötzlich auf, dass er sie anlächelte. Und zwar mit genau dem Lächeln, das sie vorhin zu sehen gehofft hatte, diesem Lächeln, aus dem die Vorfreude auf eine Wiedervereinigung von Mutter und Sohn sprach. Er betrat den Pausenraum.

Gleich hinter ihm schlurfte Josh zur Tür herein, an der Hand des Polizisten.

»Mommy!«, heulte er auf. Er riss sich von dem Beamten los und warf sich ihr in die ausgebreiteten Arme. Die Baseballkappe flog ihm vom Gesicht, als sie einander umklammerten. Beide weinten sie.

Nach ein paar Minuten schwand Megans Euphorie wegen des muffigen Gestanks der seltsamen, schlecht sitzenden Kleidungsstücke, die er trug. Die Vorstellung, dass jemand ihren Sohn umgezogen hatte, war ihr widerlich. Die Jeans waren viel zu weit, doch dankbar stellte sie dann fest, dass er immer noch die gleiche Unterwäsche trug wie am Morgen.

Mit zitterten Händen fing sie an, die Knöpfe des karierten Hemdes zu öffnen. Sie zog ihn bis auf die Unterwäsche aus und durchwühlte dann die Einkaufstüte von Bon-Macy's, die die Polizei für sie aufbewahrt hatte. Schnell zog Megan ihm die Sachen an, die sie gerade erst im Sonderangebot gekauft hatte. Josh zappelte ein wenig, hatte jedoch dermaßen große Ehrfurcht vor den Polizisten, dass er sich entgegenkommend zeigte und keinen Widerstand bot.

Am liebsten wäre sie jetzt einfach mit ihm nach Hause gefahren, um ihn dort in die Badewanne zu setzen und gründlich zu schrubben – herunterzuwaschen, was immer ihm passiert war, diesen ganzen Nachmittag wegzuwaschen.

Zugleich wollte sie, dass die Polizei das Ungeheuer fand, das versucht hatte, ihr ihren kleinen Jungen zu stehlen. Die Polizei befragte Josh, der währenddessen auf ihrem Schoß saß, und wie es sich darstellte, hatte ihn unmittelbar nachdem Megan ihren Tisch im Food-Court verlassen hatte, ein Mann angesprochen. Die einzigen Anhaltspunkte, die er ihnen im Hinblick auf dessen äußere Erscheinung liefern konnte, waren, dass er eine Brille trug und dunkles Haar und einen Bart hatte. »Hier und da«, wie Josh sagte und dabei über seine Oberlippe und auf sein Kinn zeigte. Dieser Mann mit der Brille und dem Kinnbart – möglicherweise eine Maskierung – hatte Josh erklärt, seine Mutter sei gestürzt und auf den Kopf gefallen und dass man sie ins Krankenhaus brächte. Er hatte Josh in die Herrentoilette geführt, die sich gleich am Ende des Korridors befand, auf dem sie sich derzeit aufhielten. Er hatte ihm die anderen Kleidungsstücke gegeben, damit er sich für ihren »Ausflug ins Krankenhaus« umziehen konnte.

Die Polizeibeamten versuchten, Josh durch die Blume zu fragen, ob man ihn an diesem Punkt sexuell belästigt habe. Aber ihre Fragen verwirrten ihn nur.

»Josh, Schätzchen«, fragte sie ihn schließlich, »sie möchten wissen, ob er dir die Unterhose ausgezogen oder deinen Penis angefasst hat oder irgendetwas in der Art«

Er ließ sich die Frage einen Moment durch den Kopf gehen und schüttelte dann den Kopf.

Wie sie Joshs lückenhafter Berichterstattung entnahm, hatte der Übeltäter ihn über die Straße ins Bon-Macy's gebracht, wo sie über die Skybridge ins Parkhaus gelangt waren. Doch bevor sie in den Wagen des Mannes einsteigen konnten, war noch jemand in dem Parkhaus aufgetaucht. An dieser Stelle wurde das Ganze verwirrend. Megan wusste nicht, ob es sich bei dieser anderen Person um den Komplizen des Kindesentführers handelte – oder ob es jemand war, der den beiden bis zu dieser Stelle gefolgt war. Offenbar kannte er Joshs Namen. Den konnte er aber in den vielen Durchsagen im Westlake Center gehört haben, in denen darauf hingewiesen wurde, dass ein Junge vermisst wurde.

Die Polizei bat Josh, den Fremden zu beschreiben, der plötzlich dort aufgetaucht war – scheinbar aus dem Nichts. »Der sah aus wie der andere Mann, nur größer«, sagte Josh. »Aber er hatte keinen komischen Bart und auch keine Brille ...« Viel konnten die Cops mit dieser Beschreibung nicht anfangen.

Der neue Mann hatte Josh gesagt, er solle an der Tür zum Treppenhaus warten, und war dann mit dem Mann mit dem Kinnbart in dessen Wagen gestiegen. Um was für eine Art von Fahrzeug es sich gehandelt hatte, konnte Josh ihnen nicht verraten, er erinnerte sich aber, dass der Wagen »glün« gewesen war. Nach einer Weile war der zweite Mann offenbar allein wieder aus dem Wagen gestiegen. Er hatte Josh an die Hand genommen und war mit ihm »ganz viele Treppen« nach unten gelaufen, bis ins Erdgeschoss. Er hatte Josh erklärt, das Ganze sei ein Spiel gewesen und dass es seiner Mutter gut gehe und sie nach ihm suche. »Wir haben zuerst nach rechts und dann nach links geguckt und sind dann über die Straße gegangen und zu diesem Haus hier«, berichtete Josh, »und dann hat er gesagt, ich soll reingehen und mit der Rolltreppe nach oben fahren und auf Mommy warten ...«

Die restlichen Lücken füllte Officer Williams. Einer der Jongleure hatte den Zuschauern neuerlich erklärt, es würde ein kleiner Junge vermisst – und dieses Mal hatte Josh die Hand gehoben und sich gemeldet. Dann hatten sie Officer Williams herbeigewinkt.

Megan nahm an, dass der zweite Mann zumindest eine Mitschuld an dem trug, was passiert war – andernfalls hätte er Josh persönlich zurückgebracht. In jedem Fall waren die beiden Männer vermutlich schon lange weg, davongebraust mit ihrem »glünen« Auto. Megan war noch mehr als der Polizei daran gelegen, die beiden zu finden. Doch nachdem sie Josh eine Stunde lang immer und immer wieder die gleichen Fragen gestellt hatten, wurde sie des Ganzen überdrüssig – und wollte ihren Sohn nur noch schützen. Er fing an, sich bei jeder seiner Antworten, die immer die gleichen waren, zu krümmen und zu winden und dabei zu wimmern. Megan wollte ihn nur noch nach Hause bringen.

Bis das passierte, sollten allerdings noch vier weitere strapaziöse Stunden vergehen, die sie zum größten Teil in einem Verhörraum des Polizeireviers East verbrachten. Immer und immer wieder stellten sie dem Jungen die gleichen Fragen. Sie hatten Josh zwar einen Softdrink gekauft und auch ein paar Snacks aus dem Automaten, aber trotzdem schlauchte es ihn, dass die Detectives ihn so in die Mangel nahmen. Der Reiz des Neuen, in einem Polizeirevier und von all diesen – bewaffneten – Polizisten umringt zu sein, war nach der ersten Stunde dahin. Sie zeigten ihm drei dicke Wälzer mit seitenweise Fotos von vorbestraften Sexualstraftätern und Pädophilen – ohne Erfolg. Josh fand niemanden, der einem der beiden Männer ähnlich sah. Mehrmals stand er kurz davor, in Tränen auszubrechen. Die Polizei hatte auch Megan an die Grenzen dessen gebracht, was sie ertragen konnte. Sie war dieses leere Versprechen so leid: »Nur noch ein, zwei Fragen, dann lassen wir Sie gehen.«

In der letzten Stunde der Vernehmung zerrte das Ganze dann noch mehr an ihren Nerven, weil die Presse von dem Vorfall im Westlake Center erfahren hatte. Allem Anschein nach campierten mehrere Reporter und die Nachrichtenteams zweier Fernsehstationen vor dem Haupteingang des Polizeireviers und warteten darauf, mit Josh und ihr zu sprechen. Dem konnte sie Josh nicht aussetzen. Und sich selbst konnte sie dem auch nicht aussetzen. Ihr Foto in den Zeitungen, Bildmaterial von ihr in den Fernsehnachrichten – das war der Stoff, aus dem ihre Albträume waren.

Um Haaresbreite hatte sie Josh heute verloren. Ein einziges Foto von ihr in den Zeitungen konnte zur Folge haben, dass sie ihn für immer verlor. Dazu bedurfte es nur eines einzigen Menschen, der sie wiedererkannte.

Der Detective mit dem silbergrauen Haar versuchte, sie dazu zu überreden, mit der Presse zu sprechen. Es konnte sein, dass er das für eine gute Publicity für die Seattler Polizei hielt, da die ja dazu beigetragen hatte, ein entführtes Kind wieder mit seiner Mutter zusammenzuführen.

»Es tut mir sehr leid«, sagte Megan zu ihm. »Ich werde keine Erklärung abgeben. Sie können sagen ›Die Mutter war dankbar für die Hilfe der Seattler Polizei‹, aber das ist alles. Respektieren Sie bitte unsere Privatsphäre.«

Am Ende lud man sie und Josh in den Fond eines Streifenwagens, und sie verließen das Revier durch die Tiefgarage und gingen der Presse damit ganz aus dem Weg. Josh lümmelte sich neben ihr auf dem Sitz, und Megan drehte sich nach hinten um und schaute aus der Heckscheibe nach draußen. Sie sah dabei zu, wie die Journalistentraube und die beiden Übertragungswagen der Fernsehstationen in der Ferne kleiner und kleiner wurden. Dann drehte sie sich wieder nach vorn, zog Josh noch fester an sich und küsste ihn auf den Kopf.

Sie badete Josh und kochte ihnen zum Abendessen etwas für die Seele: Käsetoast und Tomatensuppe mit Kartoffelchips als Beilage. Sie hatte Josh vor dem Fernsehapparat geparkt. Dort sah er sich jetzt zum zigsten Mal Disneys Tarzan an, den sie auf Video hatten. Derweil stand Megan vor dem Ofen, und als ihr der Duft des grillenden Brotes in die Nase stach, wollte sie nur noch weinen. Sie fühlte sich, als habe sie an einem einzigen Tag ein ganzes Menschenleben gelebt. Sie war so dankbar dafür, in diesem Moment hier zu sein. Die letzten sechs Stunden hatte sie sich nach diesem Augenblick verzehrt: mit Josh zu Hause zu sein – sicher und zufrieden. Es war wie ein Wunder. Der langweilige Samstagabend zu Hause war für Megan etwas Kostbares.

Immer wieder musste sie an den zweiten Mann denken, der auf so mysteriöse Weise in dem Parkhaus aufgetaucht und dann mit Josh zurück zum Einkaufszentrum gelaufen war. War er ein Komplize von Joshs Entführer gewesen? Oder war er etwas ganz anderes, irgendein barmherziger Samariter, der sich nicht erlauben konnte, in die Angelegenheit verwickelt zu werden. Vielleicht war er ein Mensch, der eine Vergangenheit hatte und Angst vor der Polizei – ein Mensch wie sie.

Tage später, am 5. Juli, entdeckte Megan etwas in der Zeitung – einen kleinen Artikel im unteren Teil von Seite sieben:

VORBESTRAFTER SEXUALSTRAFTÄTER ERMORDET AUFGEFUNDEN

Centralia, Wash. – Die Leiche des bis zu seinem Tod in Cle Elum wohnhaften Lionel A. Schreiber, 34, wurde am Mittwochnachmittag im Kofferraum seines Wagens neben einer Bahnstrecke in Centralia aufgefunden. Man hatte ihm die Kehle durchgeschnitten.
Drei Teenager, die in der Nähe der Gleise der Burlington Northern Railroad Feuerwerkskörper zündeten, sagten aus, sie hätten geglaubt, jemand habe den grünen 1998er LeSabre dort stehen lassen. Sie stellten fest, dass der Kofferraum nicht verschlossen war, und entdeckten Schreibers Leiche darin. David Renner, der Gerichtsmediziner von Lewis County, gab an, Schreiber

sei zu diesem Zeitpunkt schon mindestens drei Tage tot gewesen.
Schreiber, ein vorbestrafter Sexualstraftäter, war zum ersten Mal im Alter von 19 Jahren wegen Exhibitionismus und sexueller Belästigung der achtjährigen Tochter eines Nachbarn in Pasco, Wash., verhaftet worden. Er verbüßte eine achtmonatige Haftstrafe. 1994 wurde er erneut verhaftet, als er versuchte, ein sechsjähriges Mädchen aus dem River Park Square in Spokane, Wash., zu entführen. Er saß zwei Jahre im Staatsgefängnis. Die Polizei von Spokane hat versucht, ihn mit dem Verschwinden mehrerer Kinder im östlichen Teil Washingtons in Verbindung zu bringen, doch mangelte es ihnen an stichhaltigen Beweisen. Seit 1997 hatte Schreiber eine Festanstellung als Schreiner und wohnte in Cle Elum, Wash. …

Es wurde nicht erwähnt, wer der mutmaßliche Täter war. Und es gehörte kein Foto des Verstorbenen zu dem Artikel. Megan fragte sich, ob Schreiber eine Brille und einen Kinnbart getragen hatte. War es an diesem Tag ein paar Stunden vorher zwischen ihm und seinem Mörder zu einem Streit über die Entführung eines vierjährigen Jungen aus dem Westlake Center in Seattle gekommen? Waren die beiden erst gute 100 Meilen Richtung Süden nach Centralia gefahren, bevor der eine dem anderen die Gurgel durchgeschnitten und ihn in den Kofferraum dieses »glünen« Wagens gestopft hatte?

Megan startete eine Google-Suche nach Bildmaterial von Lionel A. Schreiber und fand das Verhaftungsfoto eines geistig beschränkt aussehenden, dunkelhaarigen Mannes, der weder eine Brille noch einen Bart trug. Möglich, dass das gleiche Foto unter den Hunderten von Verhaftungsfotos gewesen war, die man Josh und ihr vor fünf Tagen auf dem Polizeirevier gezeigt hatte, aber Megan konnte sich nicht daran erinnern.

Nachdem sie den Artikel gelesen hatte, wartete sie unablässig darauf, dass die Polizei bei ihr anrief oder ihr einen Besuch abstattete. Sie rechnete damit, dass sie eine Verbindung zwischen der Ermordung des Sexualstraftäters in Centralia und dem, was Josh in Seattle passiert war, herstellen würden. Schließlich hatte er vor einigen Jahren versucht, ein kleines Mädchen aus einem Einkaufszentrum in Spokane zu entführen.

Megan fühlte sich den ganzen Tag über wie zerschlagen – und weitgehend auch am nächsten Tag. Würde der Mord an diesem Sexualstraftäter sie und Josh bei Polizei und Presse ins Rampenlicht rücken? Josh war jetzt in Sicherheit, und wenn der Mann, der ihn hatte entführen wollen, tot war – in Ordnung, dann waren sie den los. Sie wollte nur wieder zurück in ihre Anonymität und ein unauffälliges Leben führen.

Zu ihrem Erstaunen meldete die Polizei sich nicht bei ihr. Megan sagte sich, dass die Polizei mehr Ahnung hatte als sie. Vielleicht wussten sie, dass Schreiber ausschließlich kleinen Mädchen nachgestellt hatte – und keinen kleinen Jungen. Vielleicht achteten sie aber auch einfach nicht auf Dinge, die in einem anderen County passierten und in einer Stadt, die fast 100 Meilen entfernt war.

Megan konnte die Angelegenheit trotzdem nicht auf sich beruhen lassen. Während ihrer Arbeitszeit lud sie sich das Foto von Schreiber auf ihren Computer herunter und druckte es aus. Sie malte dem Mann auf dem Verhaftungsfoto eine Brille und einen Kinnbart auf, und am gleichen Abend zeigte sie Josh das Bild. Sie fragte ihn, ob das der Mann sei, der am vergangenen Samstag im Westlake Center versucht hatte, ihn dazu zu bringen, in seinen grünen Wagen zu steigen.

Doch Josh erinnerte sich nicht mehr an den Mann, und er kicherte über die Art, wie sie ihm die Brille und das Bärtchen aufgemalt hatte. Tatsache war, dass er sich trotz ihrer Nachbohrerei kaum noch an den eigentlichen Vorfall erinnerte. Er erinnerte sich an die Polizisten und an die Jongleure. An den Mann, der ihn ihr um Haaresbreite weggenommen hatte, konnte er sich indes kaum noch erinnern.

Auf den anderen Mann konnte er sich auch nicht besinnen, auf den, der Joshs Namen gekannt, ihn gerettet, aller Wahrscheinlichkeit nach sogar für ihn gemordet hatte.

Eine Woche war eine lange Zeit für das Erinnerungsvermögen eines kleinen Jungen.

Megan wusste jedoch, dass sie niemals vergessen würde.

Kapitel acht

19. August 2011

Er stieg aus der SLUT – der South Lake Union Trolley. Die Straßenbahn bediente den am Ufer des Lake Union liegenden Stadtteil South Lake Union, in dem Amazon.com seinen neuen Hauptsitz hatte und der deshalb als angesagt galt und rasant wuchs. Josh hatte während der Sommermonate einen Ferienjob als Hilfskellner in einem der zahlreichen Restaurants in der Gegend, dem Flying Fish, in dem er während der Mittagszeit die Tische abräumte.

Dadurch, dass er seinen ersten Job hatte, fühlte er sich äußerst erwachsen und cool. Außer dem einen Kellner, der süffisant und hochnäsig war, und dem ein oder anderen Gast, der sich wie ein A-loch aufführte, mochte er jeden in dem Restaurant. Mehr als fünfhundert Dollar hatte er sich in diesem Sommer zusammengespart. Und die Arbeitszeit von 10:30 Uhr bis 14:30 Uhr war mehr als günstig, denn das ließ ihm trotzdem noch Zeit, an den Strand zu gehen oder sich am Spätnachmittag mit Freunden zu treffen. Zudem war der Weg zur Arbeit ein Kinderspiel – mit dem Fahrrad waren es zehn Minuten von ihrer Doppelhaushälfte in einer Seitenstraße der Eastlake Avenue. Wenn es regnete, schnappte er sich einen Schirm, lief ein paar Querstraßen weiter und fuhr mit der SLUT zur Arbeit. Josh liebte die SLUT – weil er dabei Leute beobachten konnte.

Josh war vierzehn Jahre alt.

Er war groß und dünn, hatte welliges braunes Haar, grüne Augen – und dank der Nachmittage an der frischen Luft eine makellose, sonnengebräunte Haut. Er fand, dass er in seiner aus schwarzer Hose, weißem Hemd und schwarzer Krawatte bestehenden Arbeitskleidung wie ein Profi aussah. Ja, er schätzte sich glücklich, denn er hätte einer dieser armen Trottel sein können, die bei Orange Julius arbeiteten und gezwungen waren, diese hässliche Uniform und das idiotische Käppchen zu tragen.

Er bildete sich immer noch schwer was auf die Sache ein, die am Vortag passiert war, als ein weiblicher Gast – einer der Kellner nannte sie einen »Cougar« – ihn anlächelte und meinte: »Bist du aber ein hübscher junger Mann! Du musst sie dir bestimmt mit einem Stock vom Leib halten.« Josh war sich nicht hundertprozentig sicher, was das bedeutete, doch es klang wie ein Kompliment und überdies irgendwie zotig.

Was ihn an seinem äußeren Erscheinungsbild störte, war die Tatsache, dass er seinem Vater so gar nicht ähnlich sah. Er war ganz anders als der blonde Mann, der mit seiner Mutter auf den Fotos abgebildet war – zumindest was das Aussehen betraf. Und darüber hinaus wusste er nur äußerst wenig über ihn. Diese wenigen Bilder waren Joshs einzige Verbindung zu seinem Vater. Seine Mom hatte nichts behalten, was seinem Dad gehört hatte, keine alten Kleidungsstücke, keine Souvenirs, nichts. Und ein Grab gab es auch nicht. Nachdem sein Dad bei diesem Skiunfall ums Leben gekommen war, hatte man seine Leiche offenbar eingeäschert.

Sobald er seine Mutter nach seinem Vater fragte, wurde ihr unbehaglich zumute. Sie beantworte seine Frage zwar, wechselte danach aber immer sofort das Thema. Er hasste es, sie traurig oder melancholisch zu machen, war aber neugierig. Wer wäre das in seiner Situation nicht gewesen? Er wünschte, es hätte noch andere Menschen gegeben, die ihm etwas über seinen Vater hätten erzählen können. Er hatte aber niemanden – keine Tanten, keine Onkel, keine Cousins und auch keine Großeltern. Seit er denken konnte, hatte es immer nur seine Mom und ihn gegeben.

Seine Mom hatte keine Freunde, die seinen Dad gekannt hatten. Hin und wieder erhielt sie einen Anruf oder eine E-Mail von einem der ehemaligen Kollegen, mit denen sie in ihrem alten Job in der Anwaltskanzlei zusammengearbeitet hatte, aber die waren seinem Vater nie begegnet. Sie war in Portland aufgewachsen, und dort hatte sie seinen Dad kennengelernt. Aus diesen Portland-Zeiten war aber noch niemals jemand aufgetaucht; Josh wusste zumindest nichts davon.

Kürzlich hatte er eines Nachts versucht, Paul Keeslar zu googeln, weil er dachte, es existiere vielleicht ein alter Bericht, in dem geschildert wurde, wie er auf dieser Skipiste zu Tode gekommen war. Doch die Suchergebnisse bezogen sich alle auf diverse Geschäftsleute, die bei LinkedIn, Facebook und MySpace gelistet waren. Und sein Vater war schon lange tot gewesen, als diese Netzwerke im Internet entstanden.

Manchmal hatte es den Anschein, als habe es Paul Keeslar nie wirklich gegeben. Josh musste sich immer wieder vor Augen führen, dass es nichts bedeuten musste, dass sein Vater nicht im Internet zu finden war. Er hatte sechs Seiten mit Megan Keeslars durchkämmt, bis er endlich einen Google-Link fand, der sich auf seine Mutter bezog. Sie wurde auf den Personalseiten der Innenstadt-Filiale der Seattler Autovermietung Destination Rent-a-Car geführt. Letztes Jahr war sie zur Filialleiterin befördert wurden. Seltsam war, dass neben den Mini-Lebensläufen der sechs anderen Angestellten unter *Unsere Mitarbeiter* kleine Porträts abgebildet waren – auf denen sie alle einen grünen Destination Rent-a-Car-Blazer und ein freundliches Lächeln auf den Lippen trugen, während neben Megan Keeslars Kurzbiografie die schemenhafte Illustration einer Silhouette zu sehen war, auf der *Kein Bild verfügbar* geschrieben stand.

Josh sprach zwar nie mit jemandem darüber, aber manchmal stellte er sich vor, dass Paul Keeslar eine erfundene Person war – und sein wirklicher Dad immer noch lebte, irgendwo da draußen. Er sah schon mal, wie Väter und Söhne im Volunteer Park – ganz in der Nähe des alten Hauses, in dem er und seine Mom in der Kellerwohnung gewohnt hatten – mit dem Baseball Werfen und Fangen übten. Dann beneidete er diese Jungen um ihre Väter. Es gab viele Dad-Dinge, die seine Mom einfach nicht tun konnte. So war er beispielsweise der vermutlich einzige Junge im Basketballteam der Neuntklässler, mit dem die Mutter loszog, um ihm sein Suspensorium zu kaufen. Entwürdigender ging es ja wohl kaum noch. Sie war aber wenigstens bereit gewesen, in einer anderen Abteilung zu warten, während er das verfluchte Ding erstand. Wenn sie ein Spiel hatten, wurden seine Mannschaftskollegen von ihren Vätern angefeuert, die auf der Tribüne in der ersten oder zweiten Reihe saßen. Derweil saß seine Mutter immer ganz weit hinten und war still. Darüber beklagte er sich keineswegs. Das war wesentlich besser, als sie vorn in der ersten Reihe sitzen zu haben, wo sie auf und nieder sprang, ihm alles Mögliche zubrüllte und sich zum Narren machte. Konnte sein, dass er da sexistisch war oder so, aber wenn er einen Dad gehabt hätte, der diese Dinge für ihn getan hätte, wäre das wirklich schön gewesen.

Jedes Mal, wenn Josh durch die Innenstadt spazierte, begutachtete er die Männer in den Business-Anzügen, die so ungefähr im Alter seiner Mutter waren, und dann fragte er sich: *Hat der Ähnlichkeit mit meinem Dad? Könnte das mein Vater sein?* Er wusste, dass das verrückt war. Doch er wollte, dass sein Vater mehr war als ein toter Mann auf ein paar Fotos, die fünfzehn Jahre alt waren. Wenn sich im Flying Fish ein sportlich aussehender Gast, der in den Vierzigern war, freundlich mit ihm unterhielt oder ihm einfach nur dafür dankte, ihm Wasser nachgeschenkt zu haben, stellte Josh sich oft vor, dieser Mann sei sein lange verschollener Vater. Deshalb fuhr er auch so gern mit der SLUT. Da musste er das Spiel einfach spielen. Welcher der Fahrgäste könnte sein Dad sein?

Komplette Fantasterei war das Ganze aber nun auch wieder nicht. Josh hatte häufig das Gefühl, dass jemand über ihn wachte. Er hätte es nicht genau beschreiben können, spürte es aber seit der Zeit, da er ein kleiner Junge gewesen war.

Auch heute Nachmittag in der SLUT hatte er es gespürt, inmitten der anderen Fahrgäste aber keinen Kandidaten finden können, der als Fantasievater erstrebenswert gewesen wäre.

Es war ein verregneter, beschissener Morgen gewesen, doch als Josh aus der Straßenbahn stieg, schien die Sonne. Er lockerte seine Krawatte und zog sein Handy aus der Hosentasche. Um die Telefonnummer der Innenstadt-Filiale von Destination Rent-a-Car zu wählen, brauchte er nur eine Kurzwahltaste zu drücken. Mit dem Telefon am Ohr lief er die Eastlake Avenue hinunter.

Er ging davon aus, dass er den Nachmittag mit seinem besten Freund Darren Willingham verbringen würde. Vielleicht fuhren sie mit dem Fahrrad durch den Gas Works Park – ein riesiges hügeliges Gelände im Norden des Lake Union, in dem es neben Wanderwegen und einem unglaublichen Blick auf die Stadt einen Bereich gab, in dem verrostete Maschinen, Rohre und Türme standen, die einstmals zum alten Gaswerk, Seattle Gas Works, gehört hatten. Dort waren immer jede

Menge hübsche Mädchen – die sich sonnten, joggten oder einfach nur dort aufhielten wie Darren und er. Er brachte natürlich nie den Mut auf, eines der Mädchen anzusprechen. Darren, ein schlaksiger, dürrer Junge mit widerspenstigen blonden Haaren und blassem Gesicht, das immer nervös in die Welt blickte, tat das auch nicht. Sie hatten aber trotzdem jedes Mal, wenn sie dort waren, einen Heidenspaß. Vielleicht konnte er hinterher mit Darren bei Northlake Pizza essen gehen und bei Darren übernachten. Er musste morgen Vormittag nicht arbeiten.

»Hast du vergessen, dass wir Pläne hatten?«, erinnerte ihn seine Mutter am anderen Ende der Leitung.

»Hatten wir die?«, fragte Josh in sein Handy. Dabei presste er einen Finger auf das andere Ohr, damit der Verkehrslärm nicht alles übertönte.

»Ja«, erwiderte sie mit leicht gereiztem Ton. »Wir wollten zu Northgate, um uns fürs Wohnzimmer einen neuen Teppich zu kaufen, und danach wollten wir Pizza essen gehen.«

»Also ... Gott, Mom, kannst du das nicht allein machen?«

Es herrschte Stille am anderen Ende der Leitung.

»Mom?«

»Wenn ich mich recht besinne, wohnst du im gleichen Haus wie ich. Mit dem Teppich, den ich aussuche, musst du leben. Ist dir egal, wie der aussieht?«

»Im Grunde schon«, gab er zu. Schon als er noch ein kleiner Junge gewesen war, hatte sie ihm immer erklärt, er sei der Mann im Haus. Aber mit dem hier trieb sie es jetzt zu weit. »Und außerdem«, fuhr er fort, »ich soll an einem Freitagabend mit meiner *Mutter* Pizza essen gehen? Warum trage ich nicht gleich ein Schild mit der Aufschrift ›Loser‹ mit mir herum?«

»Ich dachte, du wärst ein eigenständiger Mensch mit einer

eigenen Meinung, Josh«, entgegnete sie. »Ich hätte nie gedacht, dass du dich davon beeinflussen lässt, was manche Leute *cool* oder *uncool* finden.«

»Du meine Güte, Mom, wie kommst du denn auf so eine schräge Idee?«

Sie stieß einen lang gezogenen Seufzer aus. »Also gut, in Ordnung ...«

Bevor sie auflegte, stellte sie die handelsüblichen Mom-Bedingungen: sie später noch einmal anzurufen, vorsichtig zu sein, Darrens Mutter nochmals zu fragen, ob das auch wirklich in Ordnung war, dass er heute dort übernachtete, und so weiter und so fort. Dass sie enttäuscht war, weil er nicht den Wunsch verspürte, mit ihr einkaufen zu gehen, konnte Josh an ihrem Ton hören. Er hätte ihr gern gesagt, dass das Aussuchen eines neuen Wohnzimmerteppichs zu den langweiligen Dingen gehörte, die Frauen mit ihren Ehemännern taten – nicht mit ihren Söhnen. Aber das hätte ihre Gefühle nur noch mehr verletzt.

Nachdem er das Telefonat mit seiner Mutter beendet hatte, hinterließ er Darren eine Nachricht, in der er ihn fragte, ob er sich mit ihm treffen wolle. Er schob das Handy in seine Hosentasche und lief weiter den Bürgersteig der Eastlake Avenue hinunter. In der Ferne sah er die Starbucks-Filiale, die ganz in der Nähe seines Hauses war, ein paar Restaurants und den Eastlake Market, ein Geschäft, das durchgehend geöffnet war.

Er dachte darüber nach, dass seine Mutter ihr eigenes Leben brauchte. Sie schien nur ihre Arbeit und ihn zu haben. Und echt: Wie spannend konnte es sein, Leiterin der Innenstadt-Filiale von Destination Rent-a-Car zu sein? Abgesehen von ihren Kollegen hatte seine Mom nicht viele Freunde. Sie ging nie mit Männern aus – was ziemlich irritierend war, weil er wusste, dass sie einsam war. Und das hätte sie nicht sein müssen. Sie ging jeden Tag in der Mittagspause ins Fitnessstudio, um im Form zu bleiben, und trotzdem lernte sie dort niemanden kennen, der es wert gewesen wäre, eine Beziehung mit ihm einzugehen. Einer der Jungen in seiner Basketball-Mannschaft beschrieb sie als die ultimative MILF, was Josh nun wirklich nicht zu hören brauchte. Er sah aber, dass sie hübsch war. Und im Vergleich zu einigen anderen Müttern, die dort draußen herumliefen, lag seine Mom um Längen vorn.

Er überlegte, ob er ihre technischen Daten hinter ihrem Rücken auf irgendeiner Heiratsvermittlungs-Website listen sollte, und vielleicht hatte sie ja dann mal ein paar Verabredungen mit Männern. Sie würde bestimmt massiv ausrasten, wenn sie dahinterkam. Im Grunde tat er ihr aber einen Gefallen damit. Und es tat ihm leid, dass sie so einsam war. Andererseits ... was, wenn sie wirklich jemanden kennenlernte und daraus etwas Ernstes wurde? Was, wenn er einen Idioten zum Stiefvater bekam?

Sein Telefon läutete. Josh nahm an, dass es Darren war, der ihn zurückrief. Als er auf sein Handy schaute, sah er, dass die Anruferkennung blockiert war – wahrscheinlich also irgendjemand, der ihm etwas verkaufen wollte. Josh nahm das Gespräch aber trotzdem entgegen. »Ja, hallo?«, meldete er sich, während er die Straße überquerte.

»Hallo«, erwiderte der Mann. »Habe ich die Keeslars erreicht?«

»Sie haben einen von ihnen erreicht«, gab Josh zur Antwort. *Es war also jemand, der ihm was verkaufen wollte.*

»Könnte ich bitte mit Ihrem Vater sprechen?«

»Nein, das können Sie leider nicht«, gab Josh in forschem Ton zurück. »Er ist tot.« Er wollte das Gespräch schon wegdrücken – hörte dann aber, was der Typ darauf erwiderte.

»Nein, das ist er nicht, Josh«, sagte der Mann.

Wie angewurzelt blieb er stehen. »Was? Was haben Sie da gerade gesagt?«

Im nächsten Moment hörte er am anderen Ende der Leitung ein Klicken.

Josh stand mitten auf dem Bürgersteig. Der Typ kannte seinen Namen. Was hatte das zu bedeuten, verdammt noch mal? Wieder hatte er dieses Gefühl, von jemandem beobachtet zu werden.

Er sah sich um – sah sich die anderen Fußgänger ringsum an und die Fahrzeuge, die auf der Eastlake Avenue parkten. War der Anruf von jemandem gekommen, der in einem dieser Wagen saß? An der nahe gelegenen Kreuzung herrschte dichter Verkehr. Er sah nichts Ungewöhnliches, nicht auf Anhieb.

Deshalb sagte er sich, dass ihm hier einer seiner Teamkollegen aus der Basketballmannschaft einen Streich spielte.

Josh hielt immer noch nach jemandem Ausschau, der als Anrufer infrage kam, als er etwa eine Querstraße weiter einen Mann auf dem Bürgersteig liegen sah. Der Fremde lag am Rand eines kleinen Parkplatzes vor einem dreistöckigen Bürogebäude. Wie vom Donner gerührt sah Josh mit an, wie zwei Leute an ihm vorbeiliefen, ohne ihn groß eines Blickes zu würdigen.

Er lief auf den am Boden liegenden Mann zu, und je dichter Josh an ihn herankam, desto deutlicher sah er, dass es sich bei dem Mann nicht um einen Penner handelte. Josh fing an zu rennen. Der dunkelhaarige Mann, der mit dem Gesicht nach unten auf dem Asphalt lag, trug ein blaues, langärmeliges Hemd, eine schwarze Hose und schwarze Lederschuhe – mit

Quasten. Einer der Schuhe war ihm vom Fuß gerutscht. Im ersten Moment sah der Mann aus, als sei er tot, doch dann konnte Josh sehen, dass er atmete – und sein unbeschuhter Fuß zuckte.

Mit zitternder Hand drückte Josh die Tasten 911 auf seinem Mobiltelefon. Doch nichts geschah. »Dämliches Billig-Handy!«, schimpfte er. Dann wählte er die Nummer noch einmal.

Er kniete sich auf den Boden und tippte dem Mann nervös mit dem Finger auf die Schulter in der Hoffnung, ihn damit aufzuwecken. »Hey, Mister? Mister, sind Sie okay?«

Der bewusstlose Mann rührte sich nicht. Untermalt vom Verkehrslärm hörte Josh ein Freizeichen und dann eine dünne Stimme in seinem Handy. »Nine-one-one Operator. Hallo? Haben Sie einen Notfall zu melden?«

»Ja, hallo«, rief er ganz außer Atem. Sein Herz raste. »Ich bin hier an der Ecke der Eastlake Avenue und – und, und – Lynn … äh … in der Nähe vom Eastlake Market. Dieser Mann sieht aus, als sei er ohnmächtig geworden oder so. Er liegt hier auf dem Bürgersteig. Er ist kein … kein … Obdachloser oder so. Ich weiß nicht, was mit ihm passiert ist, aber ich glaube, er muss ins Krankenhaus. Können Sie einen Krankenwagen schicken oder so? Ich glaube, er ist ernsthaf…«

»Sagen Sie mir bitte Ihren Namen?«, unterbrach ihn der 911-Operator.

Er schluckte. »Josh – Josh Keeslar …«

Von diesem Augenblick an redete die Lady in der Notrufzentrale ihn mit Namen an. »Legen Sie nicht auf, Josh …« und »Können Sie mir noch einmal durchgeben, wo Sie sind, Josh?« und »Josh, haben Sie versucht, mit dem Mann zu reden? Ist er ansprechbar?«

Sie sagte ihm, in fünf Minuten wäre ein Streifenwagen da. Josh kam die Wartezeit allerdings sehr viel länger vor. Er blieb bei dem Mann. Zunächst hatte er Angst, ihn zu bewegen, aber schließlich drehte er ihn auf den Rücken. Der Mann war einwandfrei kein Obdachloser. Er war sauber rasiert, schätzungsweise Ende fünfzig, und an der Stirn hatte er eine klaffende, blutende Wunde. Man hatte ihn entweder überfallen, oder aber er hatte sich den Kopf beim Sturz auf den Asphalt aufgeschlagen.

»Halten Sie durch, Mister«, sagte Josh zu ihm und rieb dem Mann dabei die Schulter. »Es wird jeden Moment Hilfe kommen ...« Er wich nicht von seiner Seite und redete weiter auf den Bewusstlosen ein. Ob das etwas nützte, wusste er nicht. Er rechnete jeden Moment damit, dass er aufhörte zu atmen.

Ein paar Passanten blieben stehen, um sie anzustarren. Josh hörte, wie einer der Schaulustigen ihn fragte: »Ist Ihr Vater Epileptiker?«

In der Ferne hörte er eine Sirene heulen. Er schüttelte den Kopf. »Das ist nicht mein Vater«, sagte er. »Ich weiß nicht, wer das ist ...«

Sein Name war Parnell Hewitt, und er war ein neunundfünfzig Jahre alter Professor für Wirtschaftswissenschaften an der University of Washington mit gleich mehreren Doktortiteln. Nach Verlassen der Kanzlei seines Rechtsanwalts hatte er auf dem Weg zu seinem Wagen einen Schlaganfall erlitten. Das erfuhr Josh von Mrs. Hewitt, die am folgenden Montagabend bei ihnen zu Hause anrief, als seine Mutter Spätschicht hatte. Mrs. Hewitt sagte, die Genesung ihres Mannes sei verblüffend. Er habe bereits angefangen, wieder zu laufen, und könne allmählich auch wieder sprechen.

Als Polizei und Rettungssanitäter endlich am Unglücksort eingetroffen waren, hatte Josh geglaubt, der bewusstlose Mann würde sterben, bevor sie ihn ins Krankenhaus schaffen konnten.

»Wenn Sie nicht stehen geblieben wären und geholfen und die Polizei verständigt hätten«, sagte Mrs. Hewitt mit weinerlicher Stimme zu Josh, »wäre er gestorben – oder zumindest in einem erheblich schlechteren Zustand als jetzt. Die Polizei hat gesagt, Sie wären die ganze Zeit bei ihm geblieben. Mein Mann und ich wissen gar nicht, wie wir Ihnen danken sollen, junger Mann ...«

»Also habe ich ihr dahingehend auf die Sprünge geholfen«, erklärte Josh später seiner Mutter, »und gesagt, dass ein iPad 2 für den Anfang schon mal ganz nett wäre.«

Er war sofort aus dem Haus gekommen, als er ihren Wagen gehört hatte, denn er konnte es gar nicht erwarten, ihr zu erzählen, was passiert war.

Bekleidet mit ihrer schwarzen Stoffhose und dem grünen Blazer von Destination Rent-a-Car stand seine Mom auf der Garageneinfahrt neben ihrem Wagen. Fassungslos starrte sie ihn an. Sie hielt ihre Handtasche in der einen Hand und in der anderen eine Tüte mit thailändischem Essen vom Restaurant Siam auf der Eastlake Avenue. Wenn sie Spätschicht hatte, holte seine Mutter ihnen das Abendessen immer in irgendeinem Restaurant. »Sag mir bitte, dass du das nicht wirklich zu ihr gesagt hast«, flehte sie ihn an, »nicht einmal im Scherz. Deinen Humor versteht nicht jeder, Josh.«

Er verdrehte die Augen und lachte. »Gott, Mom, wofür hältst du mich?« Er griff nach der Tüte mit ihrem Abendessen und stieg die Stufen hinauf, die zu ihrer Haustür führten, die er offen gelassen hatte. Neben ihrem schmalen, zweistöckigen, mit weißem Stuck verzierten Haus stand ein zweites, das genauso aussah wie ihres. Die Auffahrt endete vor einer vorgebauten Garage und einer bogenförmigen Treppe aus Zement, über die man zur Haustür gelangte. Auf dem Treppenabsatz hatte seine Mom mehrere blühende Topfpflanzen stehen.

Mit dem kleinen Gerät, das an ihrer Schlüsselkette hing, verriegelte sie – *pieps!* – ihren Wagen. Der Wagen war ein gebrauchter blauer Dodge Neon, den sie der Autovermietung abgekauft hatte.

Josh lief voraus und trug die Tüte ins Haus – vorüber an der Treppe, die in den zweiten Stock führte, die zu seiner Rechten war, und dem Wohnzimmer zu seiner Linken. Das Wohnzimmer war mit einem offenen Kamin ausgestattet und hatte Fenster, die vom Fußboden bis zur Decke reichten. Seine Mom schloss am Abend generell die Vorhänge, damit niemand hereinschauen konnte. Sie verbrachte sehr viel Zeit in diesem Zimmer, entweder an ihrem Schreibtisch in der Ecke, auf dem ihr Computer stand, oder mit Fernsehen vor ihrem 40-Zoll-Gerät – oder um es präziser zu formulieren, mit dem Einschlafen vor diesem Fernseher. Sie verstand unter einem wilden und verrückten Samstagabend, Popcorn zu machen und sich eine der DVDs aus ihrer stetig größer werdenden Sammlung anzusehen. Sie füllten die Bücherregale, die auf der anderen Seite des Kamins standen – zusammen mit Büchern, die sie gelesen hatte, und einem Haufen Fotos von ihm, von denen einige aus der Zeit stammten, als er noch ein Baby gewesen war, andere erst ein paar Monate alt waren. Er hatte es schon immer eigenartig gefunden, dass sie zwar zigtausend Fotos von ihm hatte – aber nur ganz wenige Bilder von seinem Dad.

In der Küche stellte Josh die Tüte mit ihrem Abendessen auf die Kücheninsel. Bisher war ihm gar nicht aufgefallen, wie warm es im Haus war. Er schaltete den Deckenventilator ein und lief dann in den kleinen Korridor hinter der Küche. Von dem gelangte man auf der einen Seite in eine Toilette; auf der anderen ging es in den Haushaltsraum, an dessen Wand der Sicherungskasten war und neben Waschmaschine und Trockner zwei Öko-Tonnen standen. Am Ende des kurzen Korridors war die Hintertür. Josh öffnete sie. Die von außen vorgesetzte Fliegengittertür ließ das Ungeziefer draußen und die frische Luft herein. Er lief wieder in die Küche und öffnete die Tüte, die ihr Abendessen enthielt. »Ich habe der Dame gesagt, wie froh ich wäre, dass es ihrem Mann besser geht, solche Sachen«, sagte er, während er den ersten Behälter ausleerte. »Sie war wirklich nett. Ich konnte hören, dass sie versuchte, nicht zu weinen oder so. Sie hat gesagt, er käme vielleicht Ende der Woche aus dem Krankenhaus.«

Seine Mutter stellte ihre Handtasche ab, zog den Blazer aus und fuhr ihm dann liebevoll durch die Haare, bis es völlig verstrubbelt war. »Du bist ein Held, das bist du wirklich«, sagte sie mit leicht kieksender Stimme. »Ich bin so stolz auf dich, Josh.«

Etwa eine Minute lang dachte er, *sie* würde jetzt losweinen. Sie hatte ihm am Wochenende mehrmals erklärt, wie sehr sie sich darüber freue, dass er stehen geblieben sei, um jemandem zu helfen, der in Not war – und dabei waren ihr jedes Mal die Tränen gekommen. Josh hatte dann immer einen klugscheißerischen Kommentar von sich gegeben oder einen Witz gerissen, um die Atmosphäre wieder etwas zu lockern und zu verhindern, dass das Ganze zu sehr ins Schwelgerische abrutschte. Insgeheim gefiel es ihm aber, sie so stolz gemacht zu haben, dass sie am liebsten geweint hätte.

Einen Moment standen sie da, und peinliche Stille machte sich in der Küche breit. Seine Mutter beschrieb sie als eine Küche, *wie man sie in den Neunzigerjahren hatte*. Das lag vielleicht an den weißen Elektrogeräten, den dunklen Holzschränken, den grünen Arbeitsplatten aus Resopal und dem eingebauten Weinregal, das sie nie benutzte. Josh hob zusammengerollte Illustrierten und Kataloge darin auf. Vor der einen Seite der Kücheninsel standen zwei Barhocker. Dort frühstückten sie, und er machte seine Hausaufgaben. Im angrenzenden Esszimmer aßen sie so gut wie nie. Das Abendessen fand im Allgemeinen vor dem Fernsehapparat im Wohnzimmer statt. Dorthin würden sie sich bald begeben. Normalerweise setzte er sich am Montagabend durch, und es wurde *Monday Night Football* geschaut, doch bis die neue Saison begann, sahen sie sich meist *House Hunters* an und *House Hunters International*.

»Wie auch immer«, meinte Josh schließlich und öffnete den Behälter mit dem Hühnchen in Orangensoße, »sobald sie den Professor aus dem Krankenhaus lassen, hau ich ihn auf den iPad 2 an – und vielleicht auf ein Pony.«

»Gut, wenn du gerade schon mal dabei bist, sieh zu, dass du für deine liebe alte Mutter auch gleich noch einen Tag in einer dieser Luxus-Wellness-Einrichtungen herausschlägst«, ging seine Mom auf den Scherz ein. Sie griff nach den Tellern im Schrank.

»Weißt du, so abgedroschen das auch klingt – ich hatte echt das Gefühl, etwas zu tun, was Bedeutung hatte«, gab Josh zu. »Richtig Angst hatte ich nicht, und das Blut hat mich nicht groß gestört. Ich denke, dass ich das vielleicht studieren sollte, wenn ich zum College gehe. Hat es in deiner oder Dads Familie irgendjemanden gegeben, der Arzt war?«

Er hörte, wie die Teller klappernd auf die Arbeitsplatte fielen, und drehte sich ruckartig um. Seine Mutter schüttelte den Kopf. »Alles okay«, sagte sie. »Ich habe sie nur zu schnell abgestellt. Es ist nichts kaputtgegangen.« Ohne ihn anzusehen, lief sie zur Schublade und holte die Messer und Gabeln heraus. »Äh ... nein ... ich ... Arzt war, glaube ich, keiner bei uns – oder Krankenschwester – auf beiden Seiten der Familie nicht, niemand hatte einen medizinischen Beruf. Um den Rest werde ich mich kümmern. Warum holst du dir nicht etwas zu trinken und stellst die Tabletttische auf?«

Mit zusammengekniffenen Augen starrte Josh sie an. Da stand er und eröffnete ihr, dass er unter Umständen Arzt werden wollte, was für seine Begriffe eine ziemlich große Sache war. Und sie führte sich auf, als wäre das überhaupt nichts. Im Grunde wirkte sie sogar ein wenig beunruhigt – als sei es das Letzte, worüber sie sich unterhalten wolle.

Sie zog einen Vorlegelöffel aus dem Besteckfach. Mit gerunzelter Stirn schob Josh ihr einen Behälter mit Naturreis über die Arbeitsplatte. Sie schaute ihm immer noch nicht ins Gesicht. Er wollte sie fragen, was falsch daran war, Arzt werden zu wollen. Verdammt noch mal, im Film und im Fernsehen ging damit für die meisten Moms ein Traum in Erfüllung.

Doch Josh ließ die Sache laufen. Er sagte nichts, nahm sich eine Cola aus dem Kühlschrank und machte sich auf den Weg ins Wohnzimmer.

Manchmal war das Benehmen seiner Mutter total unlogisch.

Eindeutig war es das am folgenden Freitag, nachdem er einen Anruf des Bürgermeisteramts erhalten hatte. Er verschwendete keine Sekunde und rief anschließend sofort seine Mutter auf der Arbeit an. »Kannst du dir am nächsten Dienstag den Nachmittag freinehmen?«, fragte er sie, kaum dass er sie am Apparat hatte.

»Warum? Was ist los?«

»Das erzähle ich dir, wenn du nach Hause kommst«, gab er

zur Antwort. »Du wirst es nicht glauben, Mom. Das ist dermaßen cool. Versprich mir einfach, dafür zu sorgen, dass dich am Dienstagnachmittag jemand vertritt.«

»Gut, okay, ich werde sehen, was ich tun kann«, erwiderte sie verdutzt.

Nachdem er das Gespräch mit ihr beendet hatte, rief er Darren an, um dem die Neuigkeiten zu berichten. Sein Freund war total hin und weg, und sie vereinbarten, sich zu treffen und zu feiern – vielleicht bei Northlake oder irgendwo auf dem Capitol Hill eine Pizza essen zu gehen. Er erwog, ein paar Freunde aus seiner Basketball-Mannschaft anzurufen, hatte aber zu keinem von denen eine so enge Beziehung, nicht wie zu Darren. Er ging zwar zu ihren Partys und unternahm mit einigen von ihnen auch schon mal was, aber immer im Rudel. Darren hielt die meisten seiner Basketball-Kumpel für Arschlöcher – und wenn ein Haufen dieser Jungs zusammenkam, um sich abzureagieren, konnten sie das auch einwandfrei sein. Josh beschloss, keinen von ihnen anzurufen.

Er konnte nicht warten, bis seine Mutter von der Arbeit nach Hause kam. Also marschierte Josh um 17:15 Uhr zur Haltestelle der SLUT und fuhr mit der Straßenbahn zu Destination Rent-a-Car auf der Westlake Avenue. Ein grünes Neonschild hing über dem schmalen einstöckigen Gebäude mit den großen Panoramafenstern. In den Glasscheiben spiegelten sich schräg nebeneinander geparkte, glänzende neue Mietwagen verschiedener Automarken, Modelle und Farben. Sie vor dem Gebäude aufzureihen war gute Werbung. Die meisten Fahrzeuge der Mietwagen-Flotte kamen jedoch aus der überdachten Garage hinter dem Haus.

Josh betrat das Geschäft, in dessen Verkaufsraum zwei mit dem grünen Vinylmaterial Naugahyde gepolsterte Bänke, ein Cola-Automat und ein Automat mit Snacks standen. Auf dem langen Tresen geradeaus standen strategisch gut verteilt alle ein bis anderthalb Meter durchsichtige Plastikständer mit Broschüren von Destination Rent-a-Car. Genutzt wurde dieser Tresen von drei Computerbildschirmen und Druckern – und den stets lächelnden, stets freundlichen und stets höflichen Angestellten in den grünen Blazern. Eine dieser Angestellten war Teresa Johnson, die sexy und unkompliziert, geschieden und Ende dreißig war, eine blassbraune Hautfarbe und exotische Augen hatte und mit dem Firmenblazer eine dralle Figur verpackte. Sie war die stellvertretende Filialleiterin und für seine Mutter das, was einer besten Freundin am nächsten kam.

Teresa telefonierte gerade, und John, der neue Knabe, half einem Kunden. Als Josh sich dem Tresen näherte, legte Teresa den Telefonhörer auf und grinste ihn an. »Hallo, schöner Junge«, sagte sie, und stützte sich mit den Ellbogen auf den Tresen. »Hast du heute schon jemandem das Leben gerettet?«

»Noch nicht, aber der Abend ist ja noch jung«, gab Josh zur Antwort und fand, dass er das äußerst clever formuliert hatte.

»Oh, deine Mom brüstet sich mit dir, Josh. Und verdenken kann ich ihr das nicht. Was du da getan hast, war echt unglaublich.«

Er spürte, dass er rot wurde. »Na ja, danke.«

»Was ist denn am Dienstag los, dass ich deine Mom vertreten muss?«, wollte sie wissen.

»Das erzähle ich Ihnen später«, erwiderte er mit einem geheimnisvollen Grinsen. Er nickte mit dem Kopf in Richtung eines Büros jenseits des Tresen. Es verfügte über ein Fenster, durch das man in den Verkaufsraum des Geschäfts schauen konnte, doch die Jalousien waren unten und geschlossen. »Ist sie in ihrem Büro?«

Teresa nickte. »Erledigt die letzten Kleinigkeiten, bevor sie Feierabend macht. Tu mir einen Gefallen. Vielleicht hört sie ja auf dich. Rede ihr gut zu, morgen Abend mit mir auszugehen. Ich habe sie zum Tanzen in diese fantastische griechische Bar eingeladen. Das macht wahnsinnigen Spaß. Grundgütiger! Das Mädel muss einfach mal raus und sich amüsieren, vielleicht sogar einen Mann kennenlernen.«

»Das wird ganz bestimmt passieren«, entgegnete Josh und verdrehte dabei die Augen. »Auf mich hört sie auch nicht. Ich werde es aber versuchen, Teresa.«

Er lief um den Tresen in den hinteren Bereich der Filiale – und in einen Korridor, durch den man in den Pausenraum, in die Toilette und in das winzige Büro seiner Mutter gelangte. Ihre Tür stand offen. Josh steckte den Kopf hinein.

Seine Mom stand auf einer kleinen Trittleiter und wässerte den Philodendron, der auf dem obersten Brett ihres Bücherregales stand, das vollgepackt war mit Aktenordnern und Broschüren – und zwei gerahmten Fotos von ihm. Die Blätter der Grünpflanze rankten sich an Haken an zwei Wänden unter der Decke entlang und erinnerten Josh immer an diese menschenfressende Pflanze aus *»DER KLEINE HORRORLADEN«*. Der Raum verfügte nur über ein kleines Fenster – aus dem man in ein Gässchen schaute. Auf ihrem Schreibtisch standen ein Computerbildschirm und eine Tastatur, und durch den mit grünem Kunstleder gepolsterten Besucherstuhl, der davorstand, blieb nur wenig Platz, um sich zu bewegen. Heute war es nur noch voller in dem Räumchen, weil sie neben ihren Schreibtisch ein sich drehendes Kühlturmgebläse gestellt hatte.

»Ich gehe morgen nicht griechische Tänze tanzen«, verkündete seine Mutter, die mit dem Rücken zu ihm stand. Josh nahm an, dass sie gehört hatte, worüber Teresa und er sich unterhalten hatten. »Warum nicht?«, fragte er. »Teresa hat recht. Du müsstest mal raus und dich zur Abwechslung mal amüsieren.«

Sie stieg von der kleinen, zusammenklappbaren Leiter und stellte das Wasserglas auf ihren Schreibtisch. Dann klappte sie die Leiter zusammen und lehnte sie seitlich gegen das Bücherregal. »Mir steht nur einfach nicht der Sinn danach, irgendwohin zu gehen, wo es rappelvoll und laut ist und verrückt zugeht, das ist alles.«

Josh lehnte sich gegen den Türrahmen. »Was willst du denn morgen Abend machen? Popcorn essen und dir *»EIN HERZ UND EINE KRONE«* ansehen oder irgendeinen der anderen Filme mit Katharine Hepburn, die du schon fünfzigmal gesehen hast?«

»*Audrey* Hepburn«, berichtigte seine Mutter und schaltete den Ventilator aus. Sie griff nach ihrer Handtasche. »Und eigentlich dachte ich an *»DER LANGE HEISSE SOMMER«* mit Paul Newman und Joanne Woodward. Den habe ich erst zwanzigmal gesehen.« Sie schaltete die Deckenbeleuchtung aus und gab ihm einen Kuss auf die Wange. »Was für eine nette Überraschung, dass du ins Büro kommst, um mich abzuholen. Hat das irgendwie mit dieser mysteriösen Sache am Dienstagnachmittag zu tun?«

»In gewisser Weise«, erwiderte er lächelnd.

Sie tätschelte ihm die Schulter. »Nun, du bist im Hinblick darauf sehr wortkarg. Was ist los?«

»Er wollte es mir nicht verraten«, meinte Teresa, die gerade aus dem Geschäftsraum in den Korridor kam. »Und dabei mag er mich doch so sehr viel lieber als dich. Ich wette, Josh würde griechische Tänze mit mir tanzen. Stimmt's, mein Lieber?«

Er nickte. »Die ganze Nacht.«

Seine Mom legte sich den Gurt ihrer Handtasche über die Schulter. »Also, was ist am Dienstag?«

Josh sah zuerst Teresa an, dann seine Mutter und fing an, über das ganze Gesicht zu grinsen. »Da werde ich im Fernsehen sein! Nein, Richtigstellung: Da werden *wir* im Fernsehen sein. Vor einer Stunde hat jemand vom Bürgermeisteramt angerufen, und sie wollen mir einen Orden oder irgendeine Auszeichnung dafür geben, dass ich diesem Mann geholfen habe – dem Professor, Dr. Hewitt. Die beiden Polizeibeamten, die zum Unglücksort gekommen sind, werden auch ausgezeichnet. Dafür veranstalten sie diese riesige, schicke Zeremonie in der Innenstadt mit Reportern und Fernsehkameras der Nachrichtensender und allem ...«

Teresa kreischte laut auf und fing an, auf und nieder zu hüpfen. »O mein Gott! Das ist fantastisch! Ich glaube es nicht ...«

Seine Mutter sagte kein Wort. Sie stand neben ihrer Bürotür mit einem eigenartigen, fassungslosen Lächeln auf dem Gesicht.

»Sie wollen natürlich, dass du mitkommst, Mom«, plapperte Josh aufgeregt weiter. »Sie werden uns beide für die Abendnachrichten interviewen. Dr. und Mrs. Hewitt werden dort sein. Ich schätze, dass sie sich persönlich bei uns bedanken wollen – und im Fernsehen. Ist das nicht toll?«

»Das ist wunderbar, Josh«, sagte seine Mutter. Wie sie es sagte, wirkte jedoch ebenso gezwungen wie ihr Lächeln. Es war, als *versuchte* sie, sich für ihn zu freuen.

Teresa konnte ihre Begeisterung indes nicht zügeln. Sie führte ein Tänzchen auf, stieß einen weiteren Freudenschrei aus und umarmte ihn. »Du bist ein Superstar!«, verkündete sie und gab ihm einen Kuss auf die Wange. Dann drehte sie sich zu seiner Mom und griff nach deren Hand. »Oh, Meg, du musst dir für diese Sache ein neues Kleid kaufen. Ich gehe jede Wette mit dir ein – nachdem du im Fernsehen warst, werden die Männer in Scharen mit dir ausgehen wollen. Ich sage euch, das nehme ich alles auf Video auf!« Mit Tränen in den Augen sah sie ihn an. »Josh, ich kann dir gar nicht sagen, wie stolz ich auf dich bin …«

Teresa benahm sich weiterhin so, wie er es von seiner Mom erwartet hatte. Derweil stand seine Mutter einfach nur mit diesem aufgesetzten Lächeln da und presste sich die Handtasche gegen den Körper.

»Ist das nicht cool?«, fragte er sie. »Bist du nicht begeistert?«

Sie nickte und strich ihm über den Arm. »Natürlich bin ich das! Das … das ist … das ist einfach total toll.« Sie küsste ihn. »Weißt du was? Wir werden am Wochenende einen neuen Blazer für dich kaufen müssen, denn aus dem alten bist du herausgewachsen. Du musst vor diesen Fernsehkameras gut aussehen …« Ihr Blick glitt in den Verkaufsraum. »Oh, da ist noch ein zweiter Kunde gekommen, Teresa, könntest du John helfen? Wir nehmen die Hintertür …«

Nach wie vor hatte Josh den Eindruck, als fühle seine Mutter sich von seinen Neuigkeiten eher belästigt als beglückt. Teresa umarmte ihn und gratulierte ihm noch einmal und begab sich dann in den Verkaufsraum. Seine Mutter und er verließen das Gebäude durch den Hinterausgang. Der führte auf einen kleinen Parkplatz und zur Tiefgarage der Autovermietung.

Im Wagen saß Josh schweigend neben ihr auf dem Beifahrersitz. Als er so aus dem offenen Fenster starrte und der Wind ihm durch sein braunes Haar fuhr, wurde er langsam, aber sicher sauer. Seine Mutter begegnete seinem Schweigen, indem sie sich weiter darüber ausließ, dass sie ihm für den

Anlass einen neuen Blazer kaufen müssten, vielleicht aber auch einen Anzug, bei Macy's oder im Men's Warehouse. Oh, wenn sie einen Anzug kauften, würden an dem nur sicher ein paar Veränderungen vorgenommen werden müssen, damit er richtig saß, und das wurde dann vielleicht bis Dienstag nicht mehr rechtzeitig fertig und bla-bla-bla.

An der zweiten roten Ampel drehte Josh sich zu ihr und sah sie mit finsterem Blick an. »Du bist *alles andere* als begeistert von der Sache«, knurrte er sie an.

»Was meinst du?«, fragte sie ihn mit Unschuldsmiene.

»Der Bürgermeister verleiht mir eine Auszeichnung, und das wird im Fernsehen sein und in den Zeitungen – und das Einzige, was dir dazu einfällt, ist, dass ich einen neuen Blazer brauche.«

»Josh, Liebling, ich bin total begeistert.« Während sie darauf wartete, dass die Ampel umsprang, trommelte sie nervös mit den Fingern auf das Lenkrad. Sie lächelte ihn an und stieß einen leisen Lacher aus, wirkte aber nach wie vor verkrampft. »Ich halte es einfach für wichtig, dass du bei deinem Fernseh-Debüt nett aussiehst. Du willst ja nicht dorthin gehen und aussehen wie Jethro Bodine.«

»Ich habe keine Ahnung, wer das ist«, brummte er.

»Das war eine Figur in einer alten Fernsehserie, *»THE BEVERLY HILLBILLIES«*. Ein großer, strammer Kerl, der immer Sachen trug, die ihm viel zu klein waren.«

»Es ist grün«, seufzte er.

Seine Mutter fuhr wieder los. »Ich bin sehr stolz auf dich«, sagte sie mit starrem Blick auf die Straße. »Ich ... ich weiß nur noch nicht, ob ich an dem Nachmittag wirklich frei bekomme. Und ich will nich...«

»Was?«, fiel er ihr ins Wort. »Was redest du da? Teresa hat mir gerade gesagt, dass sie dich vertreten wird!«

»Nun, das war voreilig von Teresa«, erwiderte seine Mutter. »Es ist sehr gut möglich, dass wir Besuch von zwei großen Tieren aus unserer Hauptverwaltung in San Francisco bekommen. Falls es dazu kommen sollte, kann ich mir den Nachmittag schlecht freinehmen. Ich bin die Filialleiterin. Ich meine, wie würde das aussehen?«

»Ich werde dir sagen, wie das aussieht«, kläffte Josh sie wütend an. »Es sieht so aus, als würde der Bürgermeister von Seattle deinem Sohn eine Auszeichnung verleihen, und du bist schlichtweg zu beschäftigt mit *Defäkation* Rent-a-Car, um der Zeremonie beizuwohnen! Gott, ich kann nicht fassen, dass du dir so etwas entgehen lassen würdest.«

»Meinst du etwa, ich würde es mir entgehen lassen *wollen?*«, hielt seine Mutter dagegen. »Ich fühle mich schrecklich, Josh.«

»Ich werde also allein zu dieser Sache gehen, großartig, das ist einfach großartig.« Er schüttelte den Kopf. »Diese beiden Clowns aus San Francisco sind dir wichtiger als ich.«

»Du weißt, dass das nicht stimmt«, hauchte sie. »Mir ist wegen der Sache ganz übel, Schatz.«

»Na ja, mich kotzt es an«, brummte er und verschränkte die Arme vor der Brust.

Sie schwieg eine Weile. Als sie in ihre Straße einbogen, stieß sie einen lang gezogenen Seufzer aus. »Meist findest du es in letzter Zeit peinlich, mit mir gesehen zu werden. Und jetzt ist es auf einmal unheimlich wichtig, dass ich dich zu dieser Sache da begleite …«

»Diese *Sache* ist eine große Ehre, Mom. Und es ist Scheiße, dass du das offenbar nicht kapierst.«

»Ich kapiere das. Ich verstehe das«, gab sie leise zur Antwort. Ihre Stimme klang, als sei sie den Tränen nahe.

Sie fuhr zur Garageneinfahrt. Noch bevor sie das Automatikgetriebe auf Parken schaltete, hatte Josh seinen Sicherheitsgurt gelöst und die Beifahrertür geöffnet. »Tu mir einen Gefallen«, sagte er. »Ich will nichts mehr davon hören, dass du mir für diese *Sache* einen neuen Blazer kaufen musst. Wenn ich allein hingehe, werde ich auch allein entscheiden, was ich anziehe. Ich will jetzt gar nicht mehr, dass du mitkommst.«

»Josh, bitte ...«

Missmutig stieg er aus dem Wagen. »Ich würde dich selbst dann nicht dabeihaben wollen, wenn du darum betteln würdest«, brummte er und schlug die Tür zu.

Er lief in Richtung Straße. Er war dermaßen wütend, dass er seine Mutter im Moment nicht um sich haben wollte. Er musste jetzt erst einmal ein Stück laufen, um sich abzureagieren, und er wusste noch nicht, wann er zurückkommen würde.

Als er die Straße erreichte, drehte Josh sich noch einmal kurz zu ihrer Doppelhaushälfte um.

Seine Mutter war immer noch nicht aus dem Wagen gestiegen. Er sah die Umrisse ihres Körpers, sah, dass sie zusammengesackt über dem Lenkrad hing, das sie mit den Händen umklammerte. Er meinte, ein leises Weinen zu hören.

Josh spürte einen stechenden Schmerz in der Magengrube. Trotzdem drehte er sich wieder um und lief die Straße hinunter.

Seine Mutter hatte vor, die Abendnachrichten an jenem Dienstag auf Band aufzunehmen. Ihre Angestellten hatten sich alle einverstanden erklären müssen, die Nachrichten verschiedener Sender aufzunehmen – damit sie die gesamte Berichterstattung bekamen.

Sie hatte ihm angeboten, eine Limousine für ihn zu bestellen, die ihn abholte und zum Rathaus fuhr, wo die Zeremonie stattfand. Sie schlug Josh vor, Darren aufzufordern, ihn zu begleiten. Nach der Zeremonie wollte sie eine Party für ihn veranstalten. Bis dahin wäre sie mit der Arbeit fertig. Falls er die Party nicht zu Hause feiern wollte, konnte sie für ihn und seine Freunde in einer seiner Lieblings-Pizzerien einen großen Tisch bestellen.

Josh hielt es für eine doofe Idee, Leute zu einer Party einzuladen, die zu seinen Ehren gegeben wurde: *He, schaut mich an, ich bin ein Held. Und ich habe einen Orden vom Bürgermeister, der das beweist.*

Er ging allein zu der Veranstaltung – in einer Leinenhose, einem weißen Hemd und einer blau-weiß gestreiften Krawatte. Kein Blazer. Er marschierte zur SLUT und stieg in der Innenstadt in einen Bus um, der genau vor dem Rathaus hielt.

Trotz allem, was er gesagt hatte, hoffte er bis zuletzt, seine Mutter würde ihn überraschen und doch noch auftauchen. Aber das tat sie nicht.

Nach der Veranstaltung fuhr er auf die gleiche Art wieder nach Hause – mit einer kunstvoll gerahmten Urkunde unter dem Arm und von Fremden umringt.

Und in der Menge suchte er nach seinem Vater.

»Der vierzehnjährige Josh Keeslar kam einem Mann zu Hilfe, der nach einem Schlaganfall im Seattler Stadtteil Eastlake bewusstlos auf dem Bürgersteig lag«, verkündete der attraktive blonde Nachrichtensprecher lächelnd. *»Josh hält sich selbst nicht für einen Helden. Seattles Bürgermeister Mike McGinn und der Polizeichef der Stadt, John Diaz, erlaubten sich jedoch heute bei einer*

festlichen Veranstaltung in der Innenstadt, anderer Meinung zu sein als der junge Mann, der meinte, das Leben eines anderen Menschen gerettet zu haben, mache ihn nicht zu etwas Besonderem. Es berichtet Emily Cantrell ...«

Das TV-Gerät mit dem 26-Zoll-Bildschirm stand auf dem Fußboden seiner kargen Zweizimmerwohnung in einer Seitenstraße der Eastlake Avenue. Mit Ausnahme von Küche und Bad war das Apartment mit einem sauberen, beigefarbenen Teppichboden ausgelegt. Das war ideal, um auf dem Boden zu sitzen, was er die meiste Zeit tat. Neben dem Fernsehgerät standen in dem Wohnzimmer nur noch ein Fernrohr auf einem Stativ, ein paar Teile seiner Kamera-Ausrüstung, eine Stehlampe, ein Klappstuhl und ein dazu passender Tisch. Manchmal aß er an diesem Tisch, schrieb in sein Tagebuch oder arbeitete daran auf seinem Laptop. Im Schlafzimmer beanspruchte den meisten Platz ein Futon – dessen Laken völlig verrutscht waren. Daneben auf dem Boden standen ein Wecker und eine billige Lampe. Weitere Möbel gab es in der Wohnung nicht, an den Wänden hingen keine Bilder, vor dem Fenster nur die hellbraunen Vorhänge, die er beim Einzug übernommen hatte. Wie es in der Wohnung aussah, interessierte ihn nicht. Ihn interessierte ausschließlich, welchen Ausblick man aus dieser Wohnung hatte.

Der Baustil des Gebäudes war typisch für die Architektur der frühen Achtzigerjahre. Die Lobby wurde rund um die Uhr von Sicherheitsbeamten bewacht, und in die einzelnen Wohneinheiten gelangte man über Außenbalkone. Sein Apartment im vierten Stock verfügte im Wohnzimmer über eine große Fensterfront. Durch die hatte man einen unverbauten Blick auf den Lake Union – und über die Dächer kleinerer Bauten mit Eigentumswohnungen auf die weiße, mit Stuck verzierte Doppelhaushälfte, die Megan Keeslar und der junge Mann bewohnten, über den gerade im Fernsehen berichtet wurde.

Im Moment stand das auf ein Stativ montierte Fernrohr hinter dem halb geschlossenen hellbraunen Vorhang. Wenn er es an die korrekte Stelle stellte, hatte er indes ein perfektes Bullauge mit Blick in Megans Wohnzimmer. An manchen Abenden hatte er fast das Gefühl, mit ihr im Raum zu sein, ganz so, als würde er sich mit ihr einen Film anschauen oder im Internet surfen – bis sie die Vorhänge zuzog. Zu schade, dass er nicht in ihr Schlafzimmer linsen konnte. Vor Jahren, als sie in dieser Kellerwohnung lebte, hatte er sehr oft gelinst – und auch ein paar gute Fotos geschossen. Häufig war ihm auch gelungen, unbemerkt dort einzubrechen.

Auch in diese Doppelhaushälfte war er schon mehrmals eingedrungen. Er hatte jeden Zentimeter inspiziert. Er hatte in ihrer Küche eine Kleinigkeit gegessen und ihren Computer benutzt. Er hatte sogar einen Nordstrom-Karton gefunden, der vollgepackt war mit Fotos, Zeitungsausschnitten und Andenken an ihre Zeit in Chicago. Megan versteckte ihn im hintersten Winkel ihres Kleiderschranks. Ja, er hatte ihr auch immer mal wieder Kleidungsstücke gestohlen, zwischen den einzelnen Diebstählen aber stets ein paar Monate gewartet, damit die Wahrscheinlichkeit stieg, dass sie glaubte, die Sachen verlegt zu haben, statt auf die Idee zu kommen, man habe sie ihr geklaut.

Eine pinkfarbene Baumwollbluse, ein Paar Jeans, ein blau gestreiftes T-Shirt, diverse Unterwäsche – alles hing jetzt im Gästezimmerschrank seines Farmhauses. Oft brachte er mehrere leere Plastikflaschen mit, wenn er in ihr Haus einbrach, und füllte sich etwas von ihrem Duschgel ab, von ihrer Bodylotion, von ihrem Shampoo und von ihrer Haarspülung. In den letzten Jahren waren sehr viele der Produkte, die sie benutzte, von Kiehl's, und diese Sachen hätte er aller Wahrscheinlichkeit nach auch bei Nordstrom kaufen können. Es war aber wichtig, dass es *ihre* Bade- und Körperprodukte waren. Er füllte sich auch jede Menge von ihrem Parfüm ab.

Erst vor zwei Tagen hatte er dieses Parfüm in der Nacht an Paula Conlon gerochen, einer geschiedenen Siebenunddreißigjährigen, die Empfangsdame bei einer Werbeagentur in der Innenstadt gewesen war. Sie hatte das gleiche Fitnessstudio besucht wie Megan – auch so ziemlich zur gleichen Uhrzeit, obwohl er bezweifelte, dass die beiden Frauen einander kannten. Dort hatte er Paula zum ersten Mal gesehen. Ihr Gesicht war auch so hübsch wie Megans, nur war sie brünett – wie die *verstorbene* Lisa Swann.

Seit vier Monaten hatte man Paula nicht mehr im Fitnessstudio gesehen, nicht mehr seit jenem Mittwochabend, an dem sie in der Nähe ihrer Wohnung in Magnolia bei einem 7-Eleven haltgemacht hatte. Sie war rasch in den Laden gelaufen und hatte sich anschließend aus dem Redbox-Automaten vor der Tür einen Film ausgeliehen. Sie hatte versäumt, ihren Wagen zu verriegeln. Diese paar Sekunden, in denen sie im Laden und ansonsten weit und breit niemand gewesen war, hatten ihm gereicht.

Er hatte Paula länger behalten als irgendeine der anderen – fünf Frauen innerhalb von zehn Jahren, ein sehr exklusives Klübchen, das seinen Anfang mit dieser Barista genommen hatte, Jade. Ebenso wie die anderen hatte Paula sich ihm zigmal willig hingegeben, denn sie hatte gewusst, wenn sie es nicht tat, hätte ihre Verköstigung wieder aus Wasser und Katzenfutter bestanden. Er hatte auch zahllose Fotos von ihr gemacht – unter anderem mehrere Nacktaufnahmen.

Vor etwa zwei Wochen hatte Paula für seine Augen dann plötzlich keinerlei Ähnlichkeit mehr mit Megan oder Lisa gehabt. Die parfümierten Lotionen und Parfüms, das blaugestreifte T-Shirt, die pinkfarbene Bluse, Megans Unterhöschen – nichts hatte geholfen. Nichts hatte die Illusion wiederherstellen können, dass sie Megan war, und er war ihrer überdrüssig geworden.

Er hatte sämtliche Fotos, die er von ihr geschossen hatte, im Reißwolf vernichtet und Paula erklärt, er würde sie gehen lassen. Er war nach wie vor im Besitz der Sachen, die sie getragen hatte, als er sie Monate zuvor vor dem 7-Eleven entführt hatte. Er hatte sie für sie waschen lassen. Sie hatte in seiner Obhut ein paar Pfund abgenommen, aber Paula war begeistert gewesen, wieder ihre eigenen Sachen tragen zu dürfen. Er hatte sich damit in die Brust geworfen, ihr tausend Dollar in die Handtasche zu stecken. »Geld fürs Taxi, damit du von dem Ort, an dem ich dich absetze, nach Hause kommst«, hatte er ihr erklärt. »Ich gebe dir eine Pille, von der du das Bewusstsein verlierst, und ehe du dich versiehst, wachst du allein in einem hübschen Hotelzimmer auf.«

Er bestand jedoch darauf, dass sie vor Verabreichen der Droge und der langen Autofahrt ein bisschen Erdbeereis der Marke Ben & Jerry's aßen und ein Glas Champagner miteinander tranken.

Wie gewöhnlich kam es am Ende anders, als er versprochen hatte.

Mit gemischten Gefühlen begutachtete er die noch frische Bisswunde am fleischigen Teil seiner Handfläche.

Er hatte den Fernsehapparat eingeschaltet, um zu schauen, ob in den Nachrichten über drei Müllsäcke berichtet wurde, die er an verschiedenen Stellen in den Wäldern von Seattles Discovery Park entsorgt hatte. Jeder der Säcke enthielt andere Körperteile. Paula Conlons Kopf und ihr linker Unterarm befanden sich in einem vierten Müllsack hinter einem alten Teriyaki-Restaurant in einer stillgelegten Ladenzeile in Lynnwood.

Wie es aussah, waren alle vier Säcke immer noch an den Stellen, an denen er sie gestern am späten Abend deponiert hatte.

Josh Keeslar in den Nachrichten zu sehen – wow, das hatte er nicht erwartet. Das kam völlig überraschend.

Sie zeigten den Bürgermeister, der inmitten eines Blitzlichtgewitters Megans hoch aufgeschossenem, braunhaarigem Jungen sowie zwei Polizeibeamten in voller Uniform eine gerahmte Urkunde überreichte. Sie zeigten, wie Josh mit den Polizisten für ein Foto posierte – und mit dem Mann, dem er das Leben gerettet hatte. Der Professor der University of Washington stützte sich auf einen Stock und machte einen etwas schlappen Eindruck. Er lächelte aber für die vielen Kameras und schüttelte Josh die Hand. Sie zeigten einen Pulk, der aus etwa dreißig jubelnden Leuten bestand.

Überhaupt nicht überraschend war das Fehlen von Joshs Mutter. Dass sie nicht im Fernsehen gesehen werden oder ihr Foto in der Zeitung entdecken wollte, das war ihm klar. Er fragte sich, welche Ausrede sie ihrem Sohn gegenüber benutzt hatte, um der Zeremonie nicht beizuwohnen.

Die hübsche Journalistin mit den langen, haselnussbraunen Haaren führte ein ganz kurzes Interview mit Josh. »Ich habe diesen Mann mit dem Gesicht nach unten auf dem Bürgersteig liegen sehen«, sagte Josh in das Mikrofon, das sie ihm unter die Nase hielt. »Die Leute sind einfach an ihm vorbeigegangen, und ich dachte: ›Also, das ist nicht richtig.‹ Deshalb bin ich zu ihm rüber, um zu schauen, ob ich helfen konnte. Ich halte mich deshalb nicht für einen Helden oder so ...«

Er musste lächeln, als er Josh im Fernsehen sah. Er nahm an, dass Megans Sohn seit dem Tag vor zehn Jahren, an dem man ihn um Haaresbreite im Westlake Center entführt hatte, nicht mehr von so vielen Polizisten umringt gewesen war. Wenn Josh ihn heute sähe ... würde er ihn als den Mann wiedererkennen, der ihn damals vor diesem Perversen gerettet hatte?

Das fragte er sich. Im nächsten Moment sagte er sich, dass er das schon sehr bald herausfinden würde.

Joshs Mutter konnte sich vor der Presse verstecken – und sogar vor der Polizei. Vor ihm konnte sie das allerdings nicht. Wirklich nicht.

Seit fünfzehn Jahren beobachtete er sie inzwischen und schlich sich, wann immer er konnte, unbemerkt in ihre Welt. Und trotzdem hatte er sie in der ganzen Zeit kein einziges Mal berührt.

Ihm blieb jedoch keine Zeit mehr. Alles würde sich ändern. Seine Tage, da er Lisa einfach nur beobachtet und von ihr fantasiert hatte, waren gezählt.

Jahrelang hatte er sich mit Ersatz begnügt – fünfmal.

Damit war jetzt Schluss.

Kapitel neun

Sie musste ihm heute Abend auf seine E-Mail antworten. Seit zwei Tagen schob sie das vor sich her, und unhöflich wollte sie nicht sein. Es war Samstagabend, einundzwanzig Uhr, und Megan saß im Wohnzimmer vor dem Bildschirm ihres Computers und trank sich mit einem Schluck Pinot Grigio Mut an. Noch einmal las sie seine Mail:

Hi, Megan,

Dich am Dienstagabend persönlich kennengelernt zu haben, das war großartig. Ich wage zu behaupten, dass wir ausgesprochen gut zueinander passen. Wie ich bei unserem eher mittelmäßigen Abendessen erwähnte (in dieses Restaurant werde ich Dich nie wieder ausführen), bist Du völlig anders als so viele andere Frauen, denen man dort draußen begegnet. Du bist eine äußerst elegante Dame, die Klasse hat. Ich weiß, dass manche Frauen den Begriff ›Dame‹ für altmodisch halten, aber ich bin wohl ein eher ... altmodischer Mann, die Art von Mann, die einer Frau wie dir viel zu bieten hat.
Bei unserem zweiten Date würde ich gern mit Dir segeln gehen. Ich bin ein erfahrener Segler. Falls Dir nicht nach nautischen Vergnügungen zumute sein sollte, könnten wir einen langen Spaziergang unternehmen (vielleicht durch den Myrtle Edwards Park oder am Alki Beach in West Seattle). Wir sollten das wunderschöne September-

Wetter ausnutzen. Und Du musst mir ermöglichen, Arm in Arm mit Dir zu gehen, damit ich mit Dir angeben kann. Ich weiß, dass mich jeder Mann beneiden wird, der uns sieht, und ich bin sicher, dass viele Frauen auch Dich beneiden werden.
Für hinterher schwebt mir ein Abendessen in einem hübschen Bistro vor. Und dann werden wir sehen, wie sich der Abend weiterentwickelt und wohin die Nacht uns führt
...

»Geradewegs in die geschlossene Psychiatrie«, murmelte Megan und starrte mit finsterem Blick auf den Bildschirm.

Duncan Cassidy war ihr sechstes Date via Matefinder.com gewesen – und zweifellos das übelste. Mit dem welligen dunklen Haar, dem massiven Bartschatten und der Brille hatte der Mann die Attraktivität eines Gelehrten und war mit seinen vierunddreißig Jahren ein paar Jahre jünger als sie. Überdies war er ein Wichtigtuer und Langweiler – und sein Benehmen gegenüber ihrer Kellnerin im Wild Ginger war unverschämt gewesen. Außerdem hatte er unter einem Kompliment verstanden, Megan zu erklären, sie sei nicht wie andere Frauen – und alsdann eine mehrere Minuten dauernde frauenverachtende Hetzrede gehalten. Da sie sich in dem Restaurant getroffen hatten, behauptete Megan noch vor dem Dessert, plötzlich Kopfschmerzen bekommen zu haben, um hastig den Rückzug anzutreten. Sie hatte darauf bestanden, selbst für ihr Essen zu bezahlen, ihm die Hand geschüttelt und gesagt: »Tut mir leid, dass das heute Abend nicht so recht funktioniert hat, Duncan. Ich wünsche Ihnen viel Glück.«

Nach ein paar fehlgeschlagenen ersten Dates durch Matefinder.com hatte sie schon Übung darin, eine Verabredung zum Ende zu bringen und einer zweiten den Riegel vorzuschieben. Megan konnte spüren, dass dieses Bedürfnis bei einigen Männern auf Gegenseitigkeit beruhte, und zwar bei denen, die offenkundig das Interesse an ihr verloren, als ihnen aufging, dass Megan sie bei ihrem ersten Treffen nicht gleich ranlassen würde. Die Kandidaten, die dort draußen für eine Frau ihres Alters zur Auswahl standen, waren nicht gerade ideal – es sei denn, sie wollte Männer daten, die Ende fünfzig waren, oder Männer, die in einem anderen Bundesstaat lebten, oder Männer, die im Gefängnis saßen.

Diese Anwärter hatte sie bereits in der Vorauswahl aussortiert.

Sie hatte einen rundum herrlichen Abend mit einem reizenden strohblonden Lehrer namens Dan Lahart im *The Tin Table* verbracht. Nach einem Gutenachtkuss auf die Wange hatte er gesagt, er würde sie gern wiedersehen, doch das war vor über einer Woche gewesen, und er hatte immer noch nicht angerufen oder gemailt. Verdammt.

Matefinder.com hatte Josh angezettelt. Frauen konnten sich dort kostenlos registrieren, also hatte er sich einfach eingeloggt, ein Passwort für sie kreiert und ein Foto von ihr eingestellt. Dazu hatte Josh einen der Schnappschüsse eingescannt und zurechtgeschnitten, der sie zusammen mit seinem »Dad« zeigte. Er hatte den folgenden Bildtext verfasst – mit ein wenig Hilfe von Teresa:

Tolle Eastlake-Blondine, 39, hübsch, in körperlicher Topform, sucht Nichtraucher (so attraktiv, dass es qualmt, ist okay) in gleicher Altersgruppe mit geregeltem Einkommen, der Sport, Spaß, gutes Essen und Faulenzen liebt.

Vielleicht können wir irgendwann mal Griechisch tanzen gehen.

Als Josh ihr die Anzeige zeigte, entfernte Megan als Allererstes das Foto. Er hatte keine Ahnung, welches Risiko damit verbunden war, irgendwo ein Bild von ihr zu zeigen – ob im Fernsehen, in der Zeitung oder im Internet. Nicht umsonst hatte sie die letzten vierzehn Jahre vermieden, dass man sie fotografierte. Das war der Grund gewesen, warum sie der Zeremonie nicht hatte beiwohnen können, bei der Josh und diese beiden Polizeibeamten geehrt worden waren. Aber das konnte sie ihm natürlich nicht erzählen. Es hatte ihr in der Seele wehgetan, das zu verpassen. Josh hatte es ebenfalls Seelenqualen bereitet. Er hatte diese Woche weitgehend damit zugebracht, wütend auf sie zu sein, und sie hauptsächlich mit Schweigen gestraft. Megans einziger Trost hatte darin bestanden, Josh so wütend wie noch nie zu erleben und zu begreifen, dass er überhaupt nicht war wie sein Vater.

Das *Good Citizen Certificate*, das ihm bescheinigte, ein guter Bürger zu sein, hing jetzt in Joshs Zimmer an der Wand, und auf dem Bücherregal im Wohnzimmer stand ein gerahmtes Foto, das Josh in dem Moment zeigte, in dem der Bürgermeister ihm die Auszeichnung überreichte.

Als Megan dahinterkam, dass Josh sie bei Matefinder.com registriert hatte, begriff sie, was das bedeutete: dass er ihr endlich verziehen hatte, ihn nicht zu der Zeremonie begleitet zu haben. Mithin konnte sie nicht allzu lange sauer auf ihn bleiben, weil er sich in ihre Angelegenheiten eingemischt hatte. In Wahrheit musste sie sich sogar endlich der Männerwelt stellen. Viele, viele Jahre lang hatte sie zu große Angst gehabt, sich mit irgendjemandem einzulassen. Es war zu riskant. Außerdem hatte sie, wenn es um Männer ging, immer ein katastrophales Händchen bewiesen.

Das zeigte auch der Fall Ron Dahlquist, ein Rechtsanwalt in der Kanzlei, in der sie gearbeitet hatte, mit dem sie sechs Wochen lang eine heimliche, schmutzige Affäre gehabt hatte. Ihr Typ war er nicht gerade gewesen mit seinem schütter werdenden Haar und den zwanzig Pfund Übergewicht. Der Teufelskerl von Anwalt hatte jedoch jede Menge Charisma besessen. Und eine Ehefrau sowie ein dreijähriges Kind.

Zuerst hatte es sich großartig angefühlt, einen Mann zu haben, der ihr Aufmerksamkeit schenkte – und sonst nichts. Megan hatte das gierig aufgesaugt und sich dabei stur an ihren Vorsatz gehalten, sich nicht mit ihm einzulassen. Ron hatte sich drei Monate um sie bemüht, bis sie schließlich doch nachgab. So pervers das Ganze auch war, war die Beziehung ideal für sie. Allzu ernst konnte es zwischen ihnen nicht werden, und er gab ihr das Gefühl, unbeschreiblich begehrenswert zu sein. Fast war das die Reue und den Selbsthass wert, die sie jedes Mal empfand, nachdem sie sich in der Mittagspause oder an einem Wochenendnachmittag in irgendeinem billigen Motel mit ihm getroffen hatte.

Sie konnte sich auch gewisser Wahnvorstellungen nicht erwehren. Megan hätte schwören können, dass sie von jemandem verfolgt wurde, wenn sie sich heimlich mit Ron traf. Ob der Verfolger seine Frau, ein Privatdetektiv oder sonst jemand war, wusste sie nicht. Vielleicht war er ja auch nur die Manifestation ihrer Schuldgefühle, doch sie konnte das Gefühl nicht abschütteln, dass jedes Rendezvous überwacht wurde.

Als er sagte, dass er anfinge, sich in sie zu verlieben, geriet Megan seelisch ins Trudeln. Seine Ehe zu zerstören war das

Letzte, was sie wollte. Manchmal rief er sie zu Hause an. Dann erklärte er ihr im Flüsterton, dass er in seinem Keller oder in seiner Garage war – weit weg von seiner Frau, in einem anderen Teil des Hauses. In diesem Fällen stellte sie sich vor, wie er irgendwo in einer finsteren Ecke kauerte, verzweifelt und von Liebeskummer gepeinigt. Er sagte dann, dass sie das einzig Gute in seinem Leben sei und dass er sich danach sehne, mit ihr zusammen zu sein. Die Gefahr und die Leidenschaft einer derart verbotenen Liebe waren berauschend. Sie lebte für diese Anrufe.

Megan fing ihrerseits an, sich in ihn zu verlieben. Eines Tages, als Josh bei einer Geburtstagsparty war, warf sie sich in ein Sweatshirt mit Kapuze und fuhr zu Rons Haus – einem imposanten, im Tudorstil erbauten Eckhaus – im Seattler Stadtteil Queen Anne. Rons BMW parkte auf der Garageneinfahrt. Genau in dem Moment, in dem Megan zwei Häuser weiter unten auf der gegenüberliegenden Straßenseite parkte, fuhr ein SUV an ihr vorbei und auf Rons Auffahrt. Dem Fahrzeug entstieg seine schlanke, rotblonde Gattin. Sie öffnete die Hintertür, um ihren kleinen Sohn Austin aus dem Kindersitz zu befreien, und alsdann begann der Kleine, auf dem gut gepflegten Rasen des Vorgartens im Kreis zu rennen. Nur Sekunden später trat Ron aus der Tudor-Villa, um seiner Frau dabei zu helfen, die Einkaufstaschen voller Lebensmittel ins Haus zu tragen.

Und während all dieser Zeit fühlte Megan sich ganz schrecklich in ihrer Rolle, mit der sie diese herzige, idyllische Szene heimlich untergrub. Zugleich war sie eifersüchtig auf Mrs. Dahlquist, die alles zu haben schien.

Nachdem sie sämtliche Lebensmittel ins Haus geschafft hatten, blieb Ron eine Weile mit seinem kleinen Sohn draußen im Vorgarten. Sie spielten mit einem gelben Wasserball, warfen ihn hin und her. Megan beobachtete ihn und stellte sich vor, wie Ron mit Josh interagieren würde, der zum damaligen Zeitpunkt zehn Jahre alt war – und dringend einer Vaterfigur bedurfte. Sie hasste die Vorstellung, Ron aufzugeben, aber genau das musste sie tun.

Irgendwann hörte Ron auf, den Ball zu werfen und zog ein Handy aus seiner Hosentasche. Von diesem Augenblick an trat er den Ball nur noch in Richtung seines Sohnes, der ihn jedes Mal aufhob und weiterhin zurückwarf.

Megans Handy klingelte in ihrer Handtasche – und ihr ging auf, dass er sie anrief. Sie griff nach dem Telefon und nahm das Gespräch entgegen. »Hi«, sagte sie. »Ron?« Sie sah ihm dabei zu, wie er ein letztes Mal nach dem Ball trat. Dann winkte er desinteressiert mit der Hand ab, als wolle er seinem Sohn sagen: »Stör Daddy nicht«. Mit dem Handy am Ohr wandte er dem Jungen den Rücken zu und spazierte auf seinen BMW zu.

»Hey, Baby, ich bin's«, hörte sie ihn sagen. »Ich vermisse dich im Moment so sehr. Ich habe mich gerade nach draußen auf den Hinterhof geschlichen. Meine Frau ist im Haus und hält mal wieder eines ihrer Schläfchen. Ich habe den ganzen Nachmittag mit ihr und meinem Sohn verbracht und dabei die ganze Zeit an nichts anderes denken können als an dich. Ich bin so unglücklich ohne dich ...«

Megan sah ihn neben seinem BMW stehen. Er zog ein Papiertaschentuch aus seiner Hosentasche und wischte irgendetwas von der Windschutzscheibe – vermutlich Vogelscheiße. Trotz der Entfernung konnte Megan seinen leicht ungehaltenen Gesichtsausdruck sehen.

»Tja, ich vermisse dich auch«, presste sie hervor. Dabei kam sie sich nur dumm vor und war desillusioniert. Warum log er ihr vor, wo er war und was er den ganzen Nachmittag über getan hatte? Natürlich, seine Frau belog er jetzt schon seit mehreren Wochen. Das Lügen fiel ihm vermutlich leicht. Dass er so zärtlich auf sie einredete, während er an seinem Auto herumwischte, hatte etwas, das sie maßlos ärgerte. Es zeigte ihr, was für ein unaufrichtiger Mensch er war.

»Im Moment verstecke ich mich mehr oder weniger auf dem Hinterhof und hoffe, dass Vicki nicht aufwacht, damit ich diese paar Minuten mit dir habe.« Das sagte er und bearbeitete dabei mit dem gleichen Papiertaschentuch den Außenspiegel. »Also – was machst du denn so, Sweetheart? Es hilft mir, wenn ich mir beim Telefonieren vorstellen kann, was du gerade tust.«

Sie atmete tief durch. »Nun, Ron, dann stell dir vor, dass ich dich in diesem Moment ansehe ...«

»Was?«

Sie sah, dass er plötzlich anfing sich umzuschauen. »Und ich sehe einen verlogenen Drecksack, der in seinem Vorgarten steht und seinem dämlichen BMW mehr Aufmerksamkeit schenkt als seinem eigenen Sohn.«

Mit dem Telefon am Ohr sah er sie mit zusammengekniffenen Augen an. »Moment mal«, meinte er. »Bist du das in dem schwarzen Wagen? *Spionierst* du etwa hinter mir her?«

»Ja«, gab sie zu. »Und ich habe genug gesehen, Ron. Tatsache ist, dass ich dich niemals wiedersehen möchte.«

Sie drückte das Gespräch weg, ließ den Motor an und fuhr mit überhöhter Geschwindigkeit die Straße hinunter.

Leider ging es damit nicht einfach zu Ende. Er stellte ihr weiterhin bei der Arbeit nach, und Megan wehrte seine Annäherungsversuche regelmäßig ab. Sie konnte wirklich nicht verstehen, was sie je in ihm gesehen hatte. Als Ron zu kapieren schien, dass sie sich niemals wieder mit ihm einlassen würde, begann er, sich bei anderen Leuten im Büro über ihre Arbeitsleistung zu beschweren. Er gab ihr an allem die Schuld, was in der Firma schiefging, auch dann, wenn sie gar nichts damit zu tun gehabt hatte.

Megan kündigte, nachdem sie sich bei Destination Rent-a-Car eine Stellung als Geschäftsführungsassistentin gesichert hatte. Ihr Jahreseinkommen lag ein paar tausend Dollar unter dem, was sie bei Camper, George und White verdient hatte, doch hier hatte sie die Aussicht auf Beförderung und bekam nach zwei Jahren eine Gehaltserhöhung. Genauso lange brauchte sie, um Filialleiterin zu werden.

Das Letzte, was sie von Ron Dahlquist gehört hatte, war, dass man ihn aus der Kanzlei geworfen hatte und die Anwaltskammer des Bundesstaates Washington gegen ihn ermittelte – in welcher Sache, wusste sie nicht, vermutlich, weil er ein Arschloch war. Die Erfahrung mit Ron hatte ihr so gereicht, dass sie den Männern in den folgenden vier Jahren abschwor.

Und hier versuchte sie jetzt – dank einer Verschwörung und auf Drängen ihres Sohnes und ihrer Kollegin – neuerlich ihr Glück. Bevor sie allerdings nach weiteren Kandidaten auf Matefinder.com suchte, musste sie Duncan Cassidy eine höfliche Abfuhr erteilen.

Sie rutschte auf ihrem Schreibtischstuhl hin und her, nahm einen weiteren Schluck Pinot Grigio, klickte auf ANTWORTEN und fing an zu tippen:

Hi, Duncan,

hab Dank für Deine aufmerksame Mail und die Einladung zu einem zweiten Date. Leider glaube ich nicht, dass wir gut zueinander passen. Ich wünsche Dir viel Glück bei Deiner Suche nach der richtigen Partnerin.

Sie starrte mehrere Minuten darauf und überlegte, ob das so reichte. Sollte sie noch irgendetwas dazuschreiben wie *Wir treffen uns sicher irgendwann wieder* oder *Ich wünsche Dir einen schönen Herbst* oder irgendetwas Freundliches in der Art? War *viel Glück* zu herablassend? Gott, sie hasste das. Dieser Kerl war ein Saftsack. Ihm eine Abfuhr zu erteilen sollte wirklich nicht derart viel Zeit und Ärger mit sich bringen. Die meisten Frauen hätten sich nicht einmal die Mühe gemacht, ihm auf seine E-Mail zu antworten, aber andererseits war sie ja laut Duncan Cassidy nicht wie die meisten Frauen.

Seufzend schrieb sie noch dazu: *Mit besten Grüßen, Megan*, dann klickte sie auf SENDEN.

Ein plötzlicher lauter Knall im Obergeschoss schien durch das gesamte Wohnzimmer zu schallen. Megan zuckte zusammen – bis sie begriff, dass das Josh und Darren waren. Josh lief niemals einfach die Treppe herunter. Er stampfte, sprang oder rannte nach unten. Plötzlicher Lärm ging Joshs Auftauchen im Erdgeschoss ihres Hauses also immer voraus.

Heute Abend raste er diese Treppe hinunter in einem Sweatshirt der Seattle Mariners, Jeans und Sneakers der Marke Converse All Stars und einem Rucksack an der Hand. Hinter ihm lief Darren Willingham, der seit der vierten Klasse sein bester Freund war. Josh war sein einziger Freund. Zusammengeführt hatte sie die Faszination, die Dinosaurier auf sie ausgeübt hatten, und dann waren es Kung-Fu-Filme gewesen (als sie in der sechsten Klasse gewesen waren, hatten sie mindestens hundertmal die Gräber von Bruce und Brandon Lee auf dem Lake View Cemetery besucht), anschließend hatten sie etwa einen Monat lang Briefmarken gesammelt, sich beide für den Zweiten Weltkrieg interessiert, und jetzt standen sie auf Xbox und Mädchen.

»Wir sind dann jetzt weg!«, verkündete Josh und kam ins Wohnzimmer gesaust. »Was machst du da?«

»Ich breche jemandem das Herz«, erwiderte Megan und bewegte den Kopf dabei Richtung Computerbildschirm. »Und das ist deine Schuld. Mein Albtraum-Date vom Dienstagabend möchte sich neuerlich mit mir treffen und mich noch mehr foltern. Ich habe dankend abgelehnt. Brauchst du noch Geld?«

»Nee, alles cool bei mir«, meinte er und gab ihr einen Kuss auf die Wange. »Bis morgen.«

»Es ist nach einundzwanzig Uhr«, wandte sie ein. »Bist du sicher, dass ich euch nicht fahren soll?«

»Wir haben unsere Räder ... und unsere Sicherheitsleuchten ... und unsere Helme. Alles cool, Mom.«

»Gute Nacht, Mrs. Keeslar«, sagte Darren, der neben der Haustür wartete.

»Nacht, Darren«, rief sie und erhob sich von ihrem Stuhl vor dem Computer. »Sag deiner Mutter vielen Dank von mir. Ihr Jungs seid bitte vorsichtig ...«

Sie stand vor der Haustür und spürte, wie ihr der Nachtwind das Haar zerzauste, als sie dabei zusah, wie Josh und sein Freund auf ihre Fahrräder stiegen. Sie schalteten die roten Sicherheitsleuchten an der Rückseite ihrer Sitze ein, setzten ihre Helme auf und fuhren davon in die Dunkelheit.

Josh liebte es, bei Darren zu übernachten, dessen geschiedene Mutter in Wallingford ein Haus besaß. Offenbar war Darrens Zimmer im Keller – weit weg von den Zimmern seiner Mutter und seiner kleinen Schwester, die im zweiten Stock schliefen. Der Freizeitraum mit dem Großbildfernseher und der Xbox befand sich gleich neben seinem Zimmer. Für Joshs Begriffe war das Ganze also gleichzusetzen mit der

Villa in *Entourage* – nur dass hier keine Mädchen ein und aus gingen. Von so etwas träumte jeder Teenager in seinem Alter.

Megan hätte sich keinen besseren besten Freund für Josh wünschen können. Darren war ein vernünftiger Junge, und Josh geriet nie in Schwierigkeiten, wenn sie Zeit miteinander verbrachten. Sie brauchte sich keine Sorgen um ihn zu machen, wenn er mit Darren etwas unternahm. Doch wenn er über Nacht fortblieb, war sie immer diejenige, die sich einsam fühlte und Heimweh hatte.

Megan ging wieder ins Haus und legte beide Riegel vor. Das Telefon läutete, und sie eilte in die Küche, um das Gespräch entgegenzunehmen, bevor es zur Mailbox weitergeleitet wurde. Erhoffte sie sich zu viel, wenn sie sich wünschte, dass das jetzt Dan Lahart war, der reizende strohblonde Lehrer, mit dem sie in der vergangenen Woche die Verabredung gehabt hatte?

Beim dritten Läuten nahm sie das schnurlose Telefon in der Küche in die Hand. »Hallo?«, rief sie atemlos in die Sprechmuschel. Wer immer dort anrief, antwortete nicht sofort. »Hallo?«, meldete sie sich noch einmal.

»Ist Lisa da?«, fragte der Mann.

Für einen kurzen Moment hatte sie das Gefühl, ihr würde das Herz stehen bleiben. Sie schluckte. »Nein, Sie – Sie haben sich verwählt.«

Sie hörte ein seltsames Kichern am anderen Ende der Leitung. »Entschuldigung«, sagte er.

Dann legte er auf.

Sie schenkte sich ein weiteres Glas Pinot Grigio ein, schaltete den Fernsehapparat aus und sagte sich einmal mehr, dass

Lisa ein ziemlich gängiger Name war. Es war das erste Mal in fünfzehn Jahren, dass so etwas passierte. Es hatten in der Vergangenheit alle möglichen Leute bei ihr angerufen, weil sie sich verwählt hatten. Irgendwann hatte dabei einer nach Lisa fragen müssen. Ja, es war äußerst merkwürdig, dass der Mann gekichert hatte, bevor er auflegte; aber manche Menschen lachten aus Nervosität, wenn sie etwas falsch gemacht hatten.

Megan hatte das alles analysiert und dabei vor dem Fernsehapparat gehockt und sich mit einem Auge Goldie Hawn in *»OVERBOARD – EIN GOLDFISCH FÄLLT INS WASSER«* angeschaut, ein Spielfilm, den der Pay-TV-Sender Starz in diesem Monat schon zum siebenundneunzigsten Mal zeigte.

Sie hatte den Anruf vor mehr als einer Stunde erhalten, und seither hatte das Telefon nicht wieder geklingelt. Wenn irgendjemand versuchte, sie einzuschüchtern, hätte er inzwischen noch einmal angerufen. Es war vermutlich nur, was es oberflächlich betrachtet zu sein schien – eine falsche Nummer, das war alles.

Mit dem Weinglas in der Hand lief sie wieder zu ihrem Schreibtisch mit dem Computer, und dann schaute sie aus dem großen Fenster in ihrem Wohnzimmer, sah jedoch nur ihr eigenes Spiegelbild in dem abgedunkelten Glas. Sie sah traurig aus – und verängstigt.

Unwillkürlich musste Megan an den jüngsten Müllsack-Mord denken. Das Letzte, was sie sich im Moment ansehen musste, war dieser Artikel, der vor drei Wochen in der *Seattle Times* erschienen war. Trotzdem ging Megan auf Google.com. Sie zögerte einen Moment, bis sie den Begriff in die Suchzeile eingab. Sie konnte sich auf Anhieb nicht an den Namen der Frau erinnern. Ja, sie waren in das gleiche Fitnessstudio gegangen, doch Megan hatte sie nicht persönlich gekannt. Wenn sie im Sound Mind and Body war, hatte sie normalerweise ihre iPod-Stöpsel in den Ohren, lauschte einer Auswahl von Hits aus den Achtzigerjahren, die sie sich für ihr Training zusammengestellt hatte, und bekam sonst nichts mit. Vor drei Wochen hatte sie jedoch in einer Mittagspause zufällig gehört, wie in der Umkleidekabine jemand sagte: »Hast du in den Nachrichten das über diese Frau gesehen, die sie zerstückelt in den Hefty-Säcken gefunden haben? Die hat hier trainiert. Sie hieß Paula Conlon. Die war in meinem Yogakurs ...«

Megan hatte über den Mord gelesen und Albträume davon bekommen. Noch beunruhigender war der Umstand, dass zwischen ihr und dem Opfer eine Verbindung bestanden hatte – so entfernt die auch war. Zuerst vor zehn Jahren Jade und jetzt diese Frau aus ihrem Fitnessstudio – wie groß war die Wahrscheinlichkeit, dass das nur ein Zufall war?

Es gab aber auch noch andere Opfer.

Megan tippte in die Suchzeile: Paula Conlon, Serienmörder, Seattle Times. Dann drückte sie die Eingabetaste. Das erste der Suchergebnisse war die Schlagzeile, an die sie sich erinnerte:

Hat Seattle einen neuen Serienmörder? – Grausiger Fund der zerstückelten Leiche der aus Magnolia stammenden Paula Conlon, 37, die seit mehr als drei Monaten vermisst wurde ...
www.theseattletimes.com/news/082011/seattle-serial-killer.html

Sie klickte auf den Link, und es dauerte einen Moment, bis die Seite geladen wurde. Obwohl sie das Ganze schon einmal gesehen hatte, erschauerte Megan, als die Schlagzeile, Fotos und Landkarte auf ihrem Bildschirm sichtbar wurden:

Hat Seattle einen neuen Serienmörder?

Nach 16 Jahren und 6 Opfern zeichnet sich ein grausiges Muster ab

Unter der Schlagzeile waren nebeneinander sechs Fotos abgebildet. Es waren Porträtaufnahmen der Frauen, die zunächst entführt worden waren und deren Leichen man später säuberlich zerstückelt in Müllsäcken aus Plastik gefunden hatte, die an verschiedenen Stellen im Umkreis von Seattle entsorgt worden waren. Unter jedem einzelnen Bild waren jeweils der Name, das Alter und Angaben zur Person des jeweiligen Opfers vermerkt. Das erste war 1995 Becky Mae Palin, die siebzehnjährige Brünette aus Federal Way, deren Leiche man in zwei Müllsäcken an dem Highway in der Nähe des Mount Rainier National Park gefunden hatte, das letzte Paula Conlon, siebenunddreißig, Telefonistin bei einer Werbeagentur, deren zerstückelte Leiche in vier Müllsäcke gestopft worden war – von denen man drei Wochen zuvor drei in Seattles Discovery Park gefunden hatte, den vierten im gut 20 Meilen entfernten Lynnwood. Jade Honeycutt war im Juni 2001 das scheinbar zweite Opfer gewesen. Megan erinnerte sich, dass sie fast so etwas wie Erleichterung empfunden hatte, als sie erfuhr, dass Becky Mae sechs Jahre vorher ermordet worden war – lange bevor sie nach Seattle gezogen war. So schrecklich sie es auch gefunden hatte, dass Jade ermordet worden war, hatte Megan sich doch zumindest einreden können, dass der Tod der Barista nichts mit ihr zu tun gehabt hatte.

Vornübergebeugt saß sie vor dem Bildschirm ihres Computers und studierte die Landkarte von Seattle. Ein Piktogramm, das eine Frau in einem Kleid zeigte – das gleiche, mit dem an den Flughäfen die Toiletten gekennzeichnet waren – wies die Stellen aus, an denen jedes der sechs Opfer entführt worden war. Ein X markierte, wo man ihre zerstückelten Leichen gefunden hatte. Es war mindestens zwanzigmal ein X auf der Landkarte – für die sechs Opfer.

J. T. Rooth, eine dreißigjährige Blondine aus Sumner, hatte fünf verschiedene X auf der Karte. Die Säcke, die ihre Leichenteile enthielten, waren am elften und zwölften September 2001 an mehreren entlegenen Stellen aufgefunden worden – vorwiegend in Waldgebieten. Doch nur wenige Menschen lasen darüber. Es gab an diesen beiden Tagen nicht viele Menschen, die sich für den Tod einer blonden Kassiererin interessierten, die für die Großhandelskette Sam's Club gearbeitet hatte und seit drei Wochen vermisst wurde. Megan hatte erst Jahre später von J.T. Rooth erfahren.

Im November 2007 hatte sie gerade angefangen, bei Destination Rent-a-Car zu arbeiten, als die sterblichen Überreste der fünfunddreißigjährigen, alleinerziehenden Mutter Taylor Dalton in zwei Müllsäcken am Golden Gardens Beach in Ballard aufgefunden wurden – und in zwei weiteren im fast 70 Meilen entfernten Evergreen State College Forest Reserve. Taylor war seit einem Monat vermisst gemeldet und hinterließ eine zwölfjährige Tochter.

Megan biss sich auf die Unterlippe und las den Artikel

noch einmal. Man bezog sich darin auf andere Serienmörder, die in der Vergangenheit in Seattle ihr Unwesen getrieben hatten, insbesondere auf Ted Bundy und Gary Ridgway, den Green River Killer. *Obwohl er nicht so tödlich produktiv ist wie seine Vorgänger*, hieß es in dem Artikel, *hat dieser Mörder Geduld, Schläue und Ausdauer bewiesen. Und er könnte erst noch so richtig in Fahrt kommen.* Im Gegensatz zu Bundy und Ridgway entführte der Müllsack-Mörder seine Opfer und hielt sie wochen- oder monatelang gefangen, bevor er sie abschlachtete.

Cheryl Hardee hatte über zwei Monate als vermisst gegolten, als man ihre eingetüteten Leichenteile in drei verschiedenen Gassen in Pioneer Square, einer zur Innenstadt von Seattle gehörenden Gegend, fand.

Zwei Tage vor ihrem Verschwinden im September 2009 hatte Cheryl mit ihrem Ehemann und ihren beiden Kindern die Washington State Fair in Puyallup besucht, wo, wie sie sagte, ein Mann, der sich Lyle nannte, versuchte, sie »abzuschleppen«, als sie die Damentoilette verließ. Sie hatte ihrem Mann erzählt, der aufdringliche Kerl habe gut ausgesehen, sei Anfang dreißig gewesen und habe einen wild gemusterten Pullover getragen, und sie hatte erwähnt, dass sie ihn tags darauf noch einmal in der Bank gesehen hatte.

Am nächsten Abend hatte Cheryl ihre Tochter zu einer Freundin gebracht, bei der das Kind die Nacht verbringen wollte, und war danach verschwunden. Ihren verwaisten Station Wagon hatte man etwa eine halbe Meile von ihrem Zuhause in Kent in einer Sackgasse gefunden. Der rechte Hinterreifen hatte einen Platten gehabt.

Die Polizei von Puyallup hatte Lyle in dem Fall als eine Person von Interesse benannt, ihn aber nie identifizieren oder finden können.

Megan trank einen weiteren Schluck Pinot Grigio und sah sich die Fotos der Frauen ganz genau an. Der mollige, brünette Teenager Becky Mae, die auf dem freizügigen Foto viel zu viel Make-up trug (vielleicht, um älter zu wirken), passte nicht so recht zu den anderen Opfern. Die anderen waren alle erwachsene Frauen, und sie waren alle schlank, hatten alle blonde Haare – außer Paula, die aber die gleichen feinen, ebenmäßigen Gesichtszüge hatte wie die anderen. Megan unterzog die Fotos einer eingehenden Prüfung, und dadurch bestätigte sich ihr nur, was sie bereits beim ersten Mal gedacht hatte, als sie diesen Artikel gelesen hatte – mit Ausnahme von Becky Mae sahen alle Opfer aus wie sie.

Ted Bundy hatte einen bestimmten Frauentyp bevorzugt, dem er nachgestellt hatte: hübsch, mit langen, dunklen, in der Mitte gescheitelten Haaren, im Collegealter oder unwesentlich älter. Dieser neue Serienmörder hatte einwandfrei auch Präferenzen, und sein Typ war sie.

Megan fragte sich, ob solche Serientäter hinter Frauen her waren, die in einem bestimmten Alter waren. Und blieb das Alter der Opfer nicht immer das gleiche, auch wenn die Mörder älter wurden? Bei diesem Mann war das nicht so. Die Frauen, die er abschlachtete, waren jedes Mal älter. Und sie waren, wenn sie starben, immer ungefähr im gleichen Alter wie Megan.

Bestand die Möglichkeit, dass Becky Mae von einem anderen ermordet worden war und nicht von diesem Lyle, nach dem die Polizei suchte?

Wenn Becky Maes Tod nicht das Werk dieses Mörders gewesen war, überstieg das Ganze Megans Vorstellungskraft. Es bedeutete, dass sämtliche Opfer ausgesehen hatten wie sie und so ungefähr in ihrem Alter gewesen waren. Eines hatte ihr Kaffee verkauft, und ein anderes hatte in dem gleichen Fitnessstudio trainiert wie sie. Es bedeutete, dass das Morden begonnen hatte, *nachdem* sie nach Seattle gezogen war.

Ohne Becky Mae in der Bilanz bekamen die Morde einen entsetzlich persönlichen Aspekt.

Doch wenn irgendeine Verbindung zwischen ihr und diesen Morden bestand … wer steckte dann dahinter? Glenn war im Gefängnis. Es musste jemand sein, der Lisa Swann in Chicago gekannt hatte, jemand, der ihr nach Seattle gefolgt war.

Für die Polizei und die SEATTLE TIMES war Becky Mae eines der Opfer. Bildete Megan sich ein, mehr zu wissen als die Polizei? Sie hatten Zugriff auf alle möglichen Fotos, Beweisstücke und zahllose Computerdateien über ähnliche Morde. Und das Einzige, was sie hatte, war eine Ahnung.

Dieses Mal nahm sie einen großen Schluck Wein und leerte das Glas. »Es hat nichts mit dir zu tun«, sagte sie zu ihrem Spiegelbild in dem abgedunkelten Fenster.

Trotzdem konnte sie sich des Gefühls nicht erwehren, dass sie genau in diesem Moment von jemandem beobachtet wurde.

Seufzend stand Megan auf, lief zum Fenster und zog die Vorhänge vor. Wenn sie mehr an ihrem Liebesleben arbeiten würde – statt sich auf diese Morde zu konzentrieren, mit denen sie nichts zu tun hatte –, würde sie in Zukunft vielleicht nicht so viele Nächte allein verbringen müssen.

Sie setzte sich wieder vor ihren Computer und loggte sich bei Matefinder.com ein. Dort suchte sie nach dem Profil von Dan Lahart, dem reizenden Lehrer, der sie noch immer nicht angerufen hatte. Sie klickte auf Kontakt und schrieb ihm rasch eine Nachricht:

Hi, Dan,

Ich habe es sehr genossen, dich letzte Woche kennenzulernen. Du erwähntest, dass wir uns wiedersehen sollten. Ich bin sehr dafür. Ich finde dich nett und würde dich gern besser kennenlernen. Wenn das Gefühl auf Gegenseitigkeit beruht, ruf mich an.

Danke für den schönen Abend.

Alles Liebe,
Megan
206/555-5490

Sie klickte auf SENDEN, bevor sie Gelegenheit hatte, jeden einzelnen Satz zu Tode zu analysieren. Es war alles richtig buchstabiert, und das war das Einzige, was zählte.

Sie las zwei weitere Antworten auf ihr Matefinder.com-Posting. Der eine Mann war zweiundsiebzig, »aber ich bin äußerst aktiv & werde häufig auf weit unter sechzig geschätzt«, behauptete er. Etwas mehr in ihrem Alter war der nächste Kandidat, der neunundvierzig Jahre alt, noch nie verheiratet gewesen war und sich fragte, ob sie vielleicht irgendwelche Allergien gegen Frettchen habe.

»Damit will ich mich gar nicht erst befassen«, murmelte sie kopfschüttelnd den Bildschirm an. Sie loggte sich aus.

Für einen Abend reichte es ihr an unheimlichen Neuigkeiten.

In dem dunklen, nahezu unwirtlichen Wohnzimmer stand er an seinem Fenster und beobachtete Megan. Sie saß an ihrem

Computer, und vorher hatte sie ferngesehen. Jedes Mal, wenn sie sich ein weiteres Glas Wein einschenkte, hatte er das Gleiche getan. Er trug kein Hemd, und während er sie heimlich beobachtete, strich er gedankenverloren mit der Hand über seinen straffen, durchtrainierten Bauch.

Er fragte sich, ob sie wohl gerade auf Matefinder.com war. Er hatte sie bei einigen dieser Verabredungen beschattet. Keiner der Kerle war ihrer würdig gewesen. Das musste sie auch gewusst haben, denn keiner von ihnen hatte einen Gutenachtkuss bekommen.

Es war wie eine Erleichterung für ihn, dass sie inzwischen mehr Besonnenheit an den Tag legte. Als sie vor zwei Jahren die Affäre mit diesem plumpen, verheirateten Rechtsanwalt hatte, war seine hohe Meinung von Lisa ein Stück gesunken. Er hatte nie nachvollziehen können, was sie an diesem Mann gefunden hatte. Seiner Ansicht nach hatte das mit ihm niemals etwas Ernstes werden können, und vielleicht hatte genau darin der Reiz für sie gelegen. Trotzdem – er konnte nicht fassen, dass sie diesem Kerl erlaubt hatte, sie zu ficken. Das hatte ihn dermaßen empört, dass er ernsthaft erwogen hatte, die beiden während einer ihrer koitalen Zusammenkünfte in irgendeinem Best Western-Hotel zu ermorden. Sie war jedoch rasch zur Vernunft gekommen und hatte den Mistkerl abserviert.

Er hatte zwar eine Weile gebraucht, ihr letzten Endes aber vergeben können.

Die Sache hatte ihm einfach bewiesen, dass sie eine stark sexuell orientierte Frau war und dass das, was sie wirklich brauchte, ein Mann wie er war.

Während er sie jetzt beobachtete, rieb er sich den Hosenstall. Er wollte gerade seine Gürtelschnalle öffnen, als sie aufstand und die Vorhänge zuzog. Er rührte sich indes nicht von der Stelle. Er sah, wie ihr Schatten hinter den Vorhängen durch den Raum wanderte. Er sah, wie sie mit der Hand nach der Lampe griff. Dann war es auch in ihrem Wohnzimmer dunkel. Beide standen sie da, in der Dunkelheit.

Sie war auf dem Weg nach oben ins Bett.

Er dachte darüber nach, wie es sein würde, wenn er neben ihr lag.

»Bald«, flüsterte er sich selbst zu.

Laut Aussage der digitalen Uhr, die auf ihrem Nachttisch stand, war es 1:17 Uhr. Sie hatte immer Einschlafprobleme, wenn sie allein im Haus war. Wie hatte sie nur glauben können, dass das heute Nacht anders sein würde?

Megan schlug ihre Bettdecke zurück, knipste die Nachttischlampe an und griff nach dem Morgenmantel, der über dem Fußteil ihres Messingbettes hing. Vielleicht brachte ja ein weiteres Glas Pinot Grigio den gewünschten Erfolg. Dann hatte sie morgen früh wahrscheinlich einen Kater, aber das interessierte sie im Moment nicht.

Megan machte Licht im Haus und schlurfte ins Untergeschoss.

Mit einem vollen Glas Wein auf dem Schreibtisch warf sie den Computer an und ging wieder auf Google.com. Alle zwei, drei Wochen befragte sie das Internet nach irgendwelchen Neuigkeiten über *Dr. Glenn Swann*. Manchmal suchte sie unter *Bilder* nach einem neuen Foto von ihm. Der jüngste Schnappschuss, den sie von ihm gefunden hatte, war bei einem Interview entstanden, das er vor vier Jahren im Gefängnis gegeben hatte. Er hatte weiterhin darauf beharrt, seine Frau nicht ermordet zu haben. Glenn war durch das Leben hinter Gittern zwar stark gealtert, aber immer noch ein attraktiver Mann. Die grauen Strähnen an seinen Schläfen verliehen ihm ein vornehmes Aussehen, und der orangefarbene Overall des Illinois State Department of Corrections mit dem V-Ausschnitt am Oberteil sah so ähnlich aus wie die OP-Kleidung, die er früher getragen hatte.

Der jüngste Bericht, den sie über Glenn gelesen hatte, war vor einem Jahr erschienen, ein kurzer Artikel in der *CHICAGO TRIBUNE*, in dem erläutert wurde, dass Dr. Glenn Swann zusammen mit seinem Rechtsanwalt daran arbeitete, DNA-Beweismittel sammeln und testen zu lassen, damit man seinen Fall wieder aufrollen konnte. Darum bemühte er sich bereits seit einigen Jahren.

Auf Google nach Dr. Glenn Swann zu suchen war inzwischen Routine für sie geworden – die aber auch so einige Mühe mit sich brachte. Jedes Mal, wenn Megan nachschaute, – um dann doch immer nur herauszufinden, dass es nichts Neues gab –, musste sie hinterher in die Systemsteuerung ihres Computers gehen und ihren Browserverlauf löschen. Wenn sie ihren Computer dann das nächste Mal benutzte, musste sie sämtliche Passwörter neu eingeben. Trotzdem, es war die Mühe wert – weil sie damit sicherstellte, dass Josh niemals über diesen Namen stolperte, wenn er an ihrem Computer herumspielte.

Sie tippte *Dr. Glenn Swann* in die Google-Suchzeile, klickte dann auf *Nachrichten* und drückte die Eingabetaste. Megan wartete darauf, dass die Ergebnisse auf dem Bildschirm angezeigt wurden. Bei denen ging es in der Regel entweder um eine neue Inszenierung des Balletts *»SWAN LAKE«* oder um irgendetwas, was der Talkradio- und Fernsehmoderator Glenn Beck gerade getan hatte.

»O mein Gott«, hauchte sie, als sie auf das oberste Ergebnis schaute:

DNA beweist Unschuld eines seit 14 Jahren für den Mord an seiner Ehefrau inhaftierten Arztes
Chicago Tribune – vor fünf Tagen
... unter Beweis gestellt, dass der 44-jährige Chirurg Dr. Glenn Swann, der für den Mord an seiner Ehefrau Lisa Densmore Swann 14 Jahre Haft im Illinois State Prison verbüßt hat, unschuldig ist ...

Dr. Glenn Swann, 14 Jahre unschuldig im Gefängnis – NBC Chicago

Verurteilter Gattinnen-Mörder Dr. Glenn Swann – Unschuld erwiesen – wgntv.com
Alle 127 Artikel

Sie starrte auf den Bildschirm und schüttelte dabei immer und immer wieder den Kopf. Die Liste der zahllosen Artikel, die online und im ganzen Land in den Zeitungen erschienen waren, füllte den restlichen Bildschirm. Ihr wurde übel.

Sie klickte auf den Artikel in der *Chicago Tribune*.

DNA beweist Unschuld eines seit 14 Jahren für den Mord an seiner Ehefrau inhaftierten Arztes

---

Winnetka-Chirurg eindeutig der falsche Mann in berüchtigtem Müllsack-Mord

---

Tests zeigen, dass seine vermisste Ehefrau nicht das Mordopfer ist

Unter der Schlagzeile und den beiden Untertiteln war ein aktuelles Foto von Glenn, auf dem er Jackett, Hemd und eine Leinenhose trug; er wurde von zwei Männern in Straßenanzügen flankiert und von Journalisten und Fotografen umringt. Jeder andere Mann hätte vielleicht so ausgesehen, als sei er glücklich darüber, aus dem Gefängnis entlassen worden zu sein, doch Glenn schaute mit finsterer Miene in die Kamera. In der Bildunterschrift hieß es: *EIN FREIER MANN: Der Begnadigungsausschuss des Bundesstaates Illinois stimmte einstimmig für die Haftentlassung von Dr. Glenn Swann (Mitte, zwischen seinen Rechtsanwälten), der 14 Jahre einer lebenslangen Haftstrafe verbüßte, nachdem man ihn fälschlich für den Mord an seiner Ehefrau verurteilt hatte.*

Neben diesem Foto war so ungefähr das Letzte abgebildet, was Megan irgendwo sehen wollte: ein Bild von Lisa Densmore Swann. Sie erinnerte sich an den Wohltätigkeitsball, bei dem es aufgenommen worden war. Sie lächelte, sah aber ein wenig schwermütig aus. Andererseits ... vielleicht sah nur sie die Traurigkeit auf dem Foto, weil sie sich daran erinnerte, was für ein Leben sie in jener Zeit gefristet hatte. Der Text unter dem Bild lautete: *TOTGEGLAUBT: Lisa Densmore Swann verschwand zwei Wochen bevor eine zerstückelte Frauenleiche, die man für ihre hielt, in mehreren Müllsäcken an verschiedenen Stellen des Chicago North Shore District aufgefunden wurde. Unlängst vorgenommene DNA-Tests haben erwiesen, dass es sich um die Leiche einer anderen Frau handelte, und die Illinois State Police rollt den Fall neu auf.*

Der Artikel war von vergangenem Montag, was bedeutete, dass Glenn jetzt seit fünf Tagen ein freier Mann war. *Nachdem er während seiner Haftzeit im Gefängniskrankenhaus gearbeitet hat, ließ der einstmals angesehene Chirurg durchblicken, dass er die Absicht habe, wieder als Arzt zu praktizie-*

ren und eine Privatpraxis zu eröffnen, hieß es in der Story. Alsdann wurde in dem Artikel ausgeführt, die DNA-Tests hätten bewiesen, dass seine vermisste Ehefrau nicht das Opfer des Müllsackmordes war – trotz der übereinstimmenden Brandmale und der gleichen Blutgruppe. Die Polizei versuchte jetzt, die wahre Identität der zerstückelten Frau in Erfahrung zu bringen. Irgendwelche Detectives, die sich 1996 mit dem Verschwinden von Lisa Densmore Swann befasst hatten, behaupteten, alles an der Stelle, an der sie augenscheinlich auf einer Brücke in Iowa Selbstmord begangen hatte, habe »inszeniert« gewirkt. Die State Police von Illinois und Iowa beabsichtigten, die Ermittlungen im Hinblick auf das Verschwinden von Mrs. Swann neu aufzunehmen.

Ängstlich schaute Megan sich einige der anderen Artikel an. Alle zeigten sie das gleiche Foto von *Lisa Densmore Swann*. Sie sah immer noch aus wie diese Frau. Wie viele tausend Menschen hatten dieses Foto Anfang der Woche gesehen?

Megan spürte, wie ihr Magen rebellierte. Im nächsten Moment sprang sie auf und warf dabei ihren Schreibtischstuhl um. Sie rannte ins Bad, ging vor dem Toilettentopf auf die Knie und erbrach sich. Nachdem sie abgezogen hatte, sank sie auf den gefliesten Boden und lehnte sich mit dem Rücken gegen die Wand. In ihrem Hals brannte es. Die Tränen strömten ihr übers Gesicht.

Sie schloss die Augen, sah vor ihrem geistigen Auge aber weiterhin das Foto von Lisa Densmore Swann. Es war online auf zahllosen Nachrichten-Websites und in zig Zeitungen.

Megan hockte kauernd auf dem Fußboden des Badezimmers und atmete mehrmals hintereinander tief durch. Sie dachte an den Anrufer, der vor gerade mal anderthalb Stunden die falsche Nummer gewählt hatte, an diesen Mann, der nach Lisa gefragt hatte. Sie konnte ihn immer noch kichern hören.

Kapitel zehn

WILMETTE, ILLINOIS

In einem dunkelblauen Anzug von Perry Ellis und einem weißen Hemd, dessen Kragen lässig offen stand, saß er auf dem Oberdeck des Metra Trains, der zwischen Chicago und den umliegenden Ortschaften pendelte. Dr. Glenn Swann war in der Stadt gewesen, um sich dort mit einem hochpreisigen PR-Berater, Alan Goldman, zu treffen. Mitten in der Besprechung war Glenn jedoch aus dem Büro gestürmt.

Der Zug ruckelte ein wenig, und er hielt seinen Laptop fest, damit er ihm nicht vom Schoß rutschte. Er war online und suchte nach anderen Public-Relations-Firmen.

Es war 12:30 Uhr am Nachmittag, und es waren nicht viele Fahrgäste im Zug, was ihm nur recht war. Es behagte ihm nicht, mit irgendwelchem Gesindel eingepfercht zu sein. Vierzehn Jahre lang hatte er das hinnehmen müssen, jetzt musste er das nicht mehr.

Glenn blickte aus dem Fenster auf die Bäume, deren Blätter sich färbten. Hinter dem prächtigen Laub erhaschte er einen Blick auf die Parkanlagen, die malerischen Geschäfte und Restaurants und die traumschönen Häuser, die es in der Gegend gab, in der er wohnte, an Chicagos North Shore. In dem Moment als der Oberste Gerichtshof des Bundesstaates Illinois angeordnet hatte, DNA von Haarproben seiner verstorbenen Frau mit forensischem Beweismaterial der sterblichen Überreste zu vergleichen, die man aus diesen Müllsäcken gefischt hatte, war Glenn klar gewesen, dass man seine Verurteilung aufheben würde. Am gleichen Tag, an dem die

DNA-Tests angefordert wurden, hatte er seinen Steuerberater angewiesen, einen Immobilienmakler einzuschalten und nach einer Eigentumswohnung am See für ihn zu suchen. Noch während er in Haft war, hatte er sich für 1,1 Millionen eine Luxusbleibe auf der Sheridan Road gekauft. Die Wohnung befand sich im siebzehnten Stock – in der zweitobersten Etage – und verfügte über drei Schlafzimmer, drei Bäder, ein Medienzimmer und Seeblick. Via Internet hatte er mit einer Innenarchitektin zusammengearbeitet – einigermaßen sexy war die Schlampe auch –, und somit war die Wohnung komplett eingerichtet und bezugsfertig gewesen, als er begnadigt wurde. Er hatte eine persönliche Assistentin engagiert, damit gewährleistet war, dass auf seinem Parkplatz ein Mercedes stand, Garderobe in seinem Schrank hing und in seinem Kühlschrank Lebensmittel und in seiner Speisekammer alkoholische Getränke lagerten. Selbst das Kabelfernsehen war vorzeitig angeschlossen worden.

Nachdem er im Gefängniskrankenhaus so viele Jahre unter Scharen inkompetenter Ärzte hatte arbeiten müssen, hatte er sich geschworen, eine eigene Praxis zu eröffnen, um niemals wieder die Befehle irgendwelcher Idioten befolgen zu müssen. In Wilmette hatte er bereits Räumlichkeiten für eine Praxis gefunden, und die scharfe Innenarchitektin unterzog diese gerade einer Renovierung, die auch höchsten Ansprüchen genügen würde.

Ungefähr zu dem Zeitpunkt, da sich der Begnadigungsausschuss von Illinois eingefunden hatte, um Einblick in die Ergebnisse der DNA-Tests zu nehmen, war Glenn klar geworden, dass er ein PR-Genie anheuern musste, damit der ihm ein paar Patienten/Kunden anwarb. Dieses Arschloch Goldman, das gerade zwei Stunden seiner Zeit verschwendet hatte, war ihm in den höchsten Tönen empfohlen worden.

Dabei hatte der Kerl das Gleiche gelabert wie sein Rechtsanwalt.

»Dr. Swann, haben Sie die Möglichkeit in Betracht gezogen, dass es für die Eröffnung einer Praxis noch ein bisschen zu früh sein könnte?«, hatte er wissen wollen. Sie hatten auf dem schwarzen Ledersofa in Goldmans Büro gesessen, und vor ihnen auf dem Sofatisch aus Mahagoni hatten Silberschalen mit Obst, Muffins und Scones gestanden und zwei Tassen mit Kaffee. Das Büro des Knaben hatte Fenster, die vom Fußboden bis zur Decke reichten und einen Wahnsinnsblick auf die Michigan Avenue boten.

»Wollen Sie nicht warten, bis alles vollständig geregelt ist?«, fuhr Goldman fort. Er war um die dreißig, mager, trug einen hellgrauen Anzug, der seinen olivfarbenen Hautton vorteilhaft zur Geltung brachte, und balancierte ein iPad auf seinen Oberschenkeln. Immer wenn ihm unbehaglich zumute zu sein schien, blickte er darauf. »Dass Sie Ihre Ehefrau nicht ermordet haben, ist geklärt«, hatte er gesagt und dabei auf sein iPad geschaut. »Man könnte Sie aber immer noch mit dem Tod dieser Frau in Verbindung bringen, die zerstückelt wurde. Während wir auf die Ergebnisse dieser Ermittlungen warten, kann ich Ihnen dabei helfen, sich eine immer größer werdende Klientel aufzubauen – und einen Ruf, der Ihnen wieder zu gutem Ansehen bei den Bewohnern des North Shore District verhelfen würde …«

Goldman wollte positive Artikel über ihn in die Zeitungen und Illustrierten Chicagos setzen – und vor allem in die monatlich erscheinenden Hochglanzmagazine, die auf die Interessen der reichen Mitglieder der diversen Country Clubs ausgerichtet waren. Doch dann besaß dieser Hurensohn die Frechheit, vorzuschlagen, er solle ein paar Monate ehrenamtlich in einem Frauenhaus in der Innenstadt tätig werden.

»Was?«, fragte Glenn aufgebracht. Seine Kaffeetasse und die Untertasse schepperten, als er sie auf den Tisch knallte. »Machen Sie Witze?«

»Unter dem Strich sieht es wie folgt aus, Dr. Swann«, sagte Goldman und schaute dabei wieder auf sein iPad. »Vom Mord an Ihrer Frau hat man Sie zwar freigesprochen, aber in der Erinnerung der Leute sind Sie trotzdem nach wie vor ein – äh, Frauenschläger …«

Glenn blitzte ihn zornig an und schüttelte dabei immer und immer wieder den Kopf.

»Es tut mir leid«, fuhr Goldman fort. »Aber die Leute werden nichts mit Ihnen zu tun haben wollen – es sei denn, sie denken, dass Sie Wiedergutmachung leisten. Es würde ihnen helfen, ihre Meinung über Sie zu ändern, wenn Sie ehrenamtlich in einem Frauenhaus …«

»Darauf scheiße ich!«, kläffte Glenn. Mit einer heftigen Bewegung schlug er Goldman das iPad aus der Hand. Das Teil segelte quer durch den Raum und knallte gegen den Mahagoni-Schreibtisch.

»Jesus«, murmelte der magere Mann.

»Ich habe meine Buße bereits getan, Sie Arschloch!« Glenn sprang auf die Füße. »Ich habe bereits für alles bezahlt, was ich diesem Miststück je angetan habe, mit vierzehn Jahren meines Lebens habe ich dafür bezahlt! Ich brauche mich bei niemandem zu entschuldigen! Wenn Sie sich einbilden, dass ich in irgendeinem verdreckten stinkenden Frauenhaus arbeiten würde, um irgendwelche Leute zu beeindrucken, die mich einen Scheißdreck interessieren, müssen Sie sich Ihr Hirn dringend aus dem Arsch rausziehen …«

Er hatte noch ein paar andere Dinge gesagt, bevor er aus dem Büro gestampft war, aber an die konnte er sich wirklich nicht erinnern.

»Wilmette, nächster Halt, Wilmette!«, verkündete der Schaffner, der durch den Mittelgang schlenderte und Fahrscheine einsammelte.

Glenn klappte seinen Laptop zu, steckte ihn in seinen Aktenkoffer, und dann stand er auf. Er lief am Geländer des Oberdecks entlang und über die schmale Wendeltreppe nach unten. Sein Handy läutete. Er blieb auf der untersten Treppenstufe stehen, um es aus der Tasche seines Jacketts zu ziehen. Er dachte, dass der Anrufer vielleicht Goldman war, der ihm noch einen weiteren behämmerten Vorschlag unterbreiten wollte. Doch der Anrufer war unbekannt und schickte ihm eine SMS.

Zischend öffneten sich die Zugtüren. Ungehalten steckte Glenn das Telefon wieder in die Jackentasche und eilte zum Ausgang. Vom Bahnsteig lief er auf direktem Weg zum Parkplatz. Dabei zog er wieder das Telefon hervor, konnte die SMS im grellen Licht der Sonne aber nicht lesen.

Er nahm seine Wagenschlüssel heraus und öffnete per Fernbedienung seinen Mercedes. Dann zog er den Kopf ein, setzte sich auf den Fahrersitz, warf seinen Aktenkoffer auf den Beifahrersitz, und dann schaute er noch einmal auf die SMS, die einen Bildanhang hatte.

»Was zum Teufel …?«, brummte er.

LISA IST HÜBSCHER DENN JE, NICHT WAHR?, hieß es darin.

Ein Foto wurde auf dem Bildschirm seines Telefons sichtbar. Es zeigte seine vermisste Ehefrau. Sie war jetzt blond. Sie stand an einer Straßenecke und hielt einen Kaffee zum Mitnehmen in der Hand. Allem Anschein nach hatte sie keine Ahnung gehabt, dass sie in diesem Moment von jemandem fotografiert wurde. Sie trug einen Trenchcoat, der in der Taille mit einem Gürtel zusammengehalten wurde. Älter sah sie natürlich aus, aber wunderschön war das Miststück immer noch.

Mit zusammengekniffenen Augen schaute Glenn auf das Bild und fragte sich, ob er es wohl vergrößern lassen konnte, um den Namen eines Cafés auf dem Kaffeebecher zu entdecken, das Nummernschild eines der Autos im Hintergrund zu entziffern oder die Skyline der Stadt zu erkennen, die sich in einer der Windschutzscheiben spiegelte. Es musste einen Weg geben herauszufinden, wo sie war.

Wieder klingelte das Telefon, und sofort nahm Glenn das Gespräch entgegen. »Ja, hallo?«

»Wie funktioniert das bei einer Begnadigung?«, fragte der Mann am anderen Ende der Leitung.

Glenn, der hinter dem Steuer seines geparkten Mercedes saß, presste das Telefon fest ans Ohr. »Wer spricht da, verdammt noch mal?«, knurrte er.

»Du hast für den Mord an ihr bereits eine Haftstrafe verbüßt«, erwiderte der Mann. »Gilt in einem solchen Fall das Verbot der Doppelbestrafung? Wäre das nicht herrlich, Glenn? Wenn du sie erst einmal gefunden hast, könntest du sie umbringen, und die Polizei wäre nicht in der Lage, dich dafür zur Rechenschaft zu ziehen.«

»Wer spricht da? Verflucht noch mal!«

Es folgte eine Pause. »Ich werde dich zu ihr bringen«, sagte der Mann schließlich, »für den richtigen Preis. Hast du Interesse?«

Glenn dachte an die vierzehn Jahre, die sie ihn im Gefängnis hatte verrotten lassen.

»Ja«, erklärte er dem Mann. »Ja, ich habe großes Interesse.«

»Was ist los?«, wollte er wissen.

Megan saß auf einer Bank auf dem Vorplatz des Einkaufszentrums hinter dem Bio-Supermarkt *Whole Foods*, der nur eine Querstraße von Destination Rent-a-Car entfernt war. An schönen Tagen kaufte Megan sich dort einen Salat und aß ihn anschließend draußen. Sie trug ihren grünen Firmen-Blazer und hatte ihr Haar zu einem Pferdeschwanz zusammengebunden. Der Behälter mit dem zur Hälfte aufgegessenen Salat stand neben ihr auf der Bank.

Sie hatte Josh, der in der Schule war, vor einer halben Stunde angerufen und ihm auf der Mailbox eine Nachricht hinterlassen. Jetzt rief er sie zurück.

»Ich wollte mich nur davon überzeugen, dass bei dir alles okay ist«, sagte sie in ihr Handy, »und fragen, wann du nach Hause kommst.«

»Du wolltest dich davon überzeugen, dass bei mir alles okay ist?«, wiederholte er am anderen Ende der Leitung. Im Hintergrund unterhielten sich Kinder, lachten. »Es geht mir gut, und ich habe Basketball-Training, also werde ich voraussichtlich gegen Viertel vor sechs zu Hause sein – genau wie immer. Was ist los? Du rufst mich nie in der Schule an. Ist bei *dir* alles okay?«

»Ja, wunderbar«, antwortete sie. »Ich wollte nur hören ...«

»Mom, du benimmst dich äußerst seltsam, seit ich gestern von Darren gekommen bin. Ist am Samstagabend irgendetwas passiert?«

Megan zögerte. Sie wollte ihm nichts von dem Ganzen sagen. Nur hatte sie instinktiv das Gefühl, dass Josh in Gefahr war. Wenn Glenn sie tatsächlich im Visier hatte, würde er sich zwangsläufig auch Josh schnappen. Sie traute ihm durchaus zu, dass er Josh etwas antun würde – einfach nur, um sich an ihr zu rächen.

»Mom, bist du noch dran?«

»Ja«, seufzte sie. »Es ist nur so, dass – na ja, ich hatte einen merkwürdigen Anruf, als du am Samstagabend nicht da warst ...«

»Was heißt das? Dass dich irgendein Perverser angerufen hat?«

»Es hatte vermutlich gar nichts zu bedeuten, aber es hat mich beunruhigt. Dir ist nicht zufällig aufgefallen, dass dir heute jemand gefolgt ist, oder?«

»Hat dich dieser Kerl bedroht?«, fragte Josh und klang plötzlich besorgt.

»Nein, Schatz, hat er nicht. Aber er – na ja, ich bin einfach nur vorsichtig, das ist alles. Wie ich schon sagte, es hat vermutlich rein gar nichts zu bedeuten ...«

»Meinst du, dass es einer der Kerle von Matefinder ist, mit denen du ausgegangen bist?«, fragte er.

»Das bezweifle ich«, erwiderte sie. »Du hast mir meine Frage noch nicht beantwortet. Ist dir in den letzten paar Tagen irgendetwas Merkwürdiges aufgefallen – dass dir jemand gefolgt ist oder du seltsame Anrufe erhalten hast?«

Sie hörte, wie einer von Joshs Freunden ihm im Hintergrund etwas zubrüllte.

»Ja, gleich, ich bin in einer Sekunde da!«, brüllte er zurück.

»Josh?«, rief sie, denn sie wartete immer noch auf seine Antwort.

»Ja, Mom, ich bin hier«, sagte er. »Mir ist nichts Seltsames aufgefallen. Weißt du, wenn dieser Kerl seit Samstag nicht wieder angerufen hat, hat es wahrscheinlich nichts zu bedeuten. Pass auf, ich muss los ...«

»Okay, Josh. Ich sehe dich heute Abend.«

»Bye, Mom«, sagte er.

Megan drückte die Verbindung weg. Besser fühlte sie sich nicht. Josh dachte jetzt sicher, dass sie den Verstand verlor. Und das zu denken, nun, war nicht so ganz abwegig.

Sie hatte in der Nacht von Samstag auf Sonntag überhaupt nicht geschlafen. Zweimal hatte sie ihren Kleiderschrank im Schlafzimmer geöffnet und ihren Koffer vom obersten Regal genommen – nur um ihn anschließend wieder dort zu verstauen. Wenn jemand wusste, wo sie war, war es für Josh und sie zu spät, um noch davonzulaufen. Außerdem ... was sollte sie Josh erzählen? Wie wollte sie ihm erklären, warum sie sich plötzlich mitten in der Nacht davonschleichen mussten und nur mitnehmen konnten, was in ihr Auto passte? Wie konnte sie ihm erklären, dass sie anderswo ein neues Leben beginnen und eine neue Identität annehmen mussten? Wie konnte sie ihm die Wahrheit über seinen Vater erzählen?

Sie hatte sich wieder an ihren Computer gesetzt und im Internet mindestens dreißig weitere Artikel über Dr. Glenn Swanns Haftentlassung durchforstet. Sie wollte so viel wie möglich in Erfahrung bringen: was für Pläne er hatte, wo er wohnte, die Namen seiner Rechtsanwälte – alles, was darauf hindeuten konnte, was er als Nächstes tun würde. Sie hatte auf Google nach seiner Adresse gesucht und sogar die Telefonauskunft von Chicago und den umliegenden Ortschaften angerufen, und nach einem neuen Eintrag für Dr. Glenn Swann gefragt. Dem Ganzen am ehesten nahegekommen war ein in Lake Forest residierender Zahnarzt namens Dr. Glenn Swann. Sie hätte wissen müssen, dass Glenn nicht im Telefonbuch stand! Wie denn auch?

Am Sonntag war sie den ganzen Tag über total fertig gewesen, weil sie nicht geschlafen hatte, sich um Josh sorgte und darauf wartete, dass er endlich nach Hause kam. Als er dann um fünf Uhr nachmittags angeradelt kam, war sie ihm gegenüber gereizt und fahrig gewesen, der arme Junge. Zweimal hatte das Telefon geklingelt, und beide Male hatte sie sich beinahe zu Tode erschreckt. Die Anrufer waren Darren und einer seiner Basketball-Kumpel gewesen, Pat Hannah, die beide mit Josh hatten sprechen wollen.

Heute Morgen auf dem Weg zur Arbeit hatte sie wiederholt in den Rückspiegel geschaut, um zu überprüfen, ob ihr jemand folgte. Und jetzt, da sie auf dem Vorplatz des Einkaufszentrums saß und neben ihr auf der Bank der Behälter mit dem nur zur Hälfte aufgegessenen Salat stand, starrte sie mit prüfendem Blick auf jeden Mann, der an ihr vorüberlief oder aus einem der Geschäfte kam. Die Vorstellung, dass Glenn – oder irgendjemand, der für ihn arbeitete – sie beobachtete, möglicherweise auch Josh nachstellte, drängte sich ihr einfach auf.

Megan sagte sich, dass sie überreagierte. Sie hatte gewusst, dass man Glenn eines Tages aus der Haft entlassen würde – es sei denn, sein grauenvolles Temperament hatte ihn im Gefängnis das Leben gekostet. Das hätte aber an den Fakten nichts geändert. Denn wie konnte Glenn wissen, dass sie hier war? Sie war so vorsichtig gewesen. Niemand wusste, dass sie in Seattle war.

Niemand.

Nicht einmal ihr Vater, der nach wie vor am Leben war. Sie hatte Josh erzählt, seine Großeltern seien alle vier tot. Dabei lebte Glenns Mutter auch noch, soweit Megan wusste. Und das Gleiche galt für seine Schwester und seinen Schwager, Audrey und Jim Kruger, und deren Tochter Candy, die inzwischen einunddreißig oder zweiunddreißig Jahre alt war. Es war seltsam, sich ihre Nichte, den Teenager, als eine erwachsene Frau vorzustellen.

Josh hatte sie erzählt, sein Dad und sie seien beide Einzelkinder gewesen. Sie hatte sich eine komplex gestrickte Geschichte ausgedacht, nach der praktisch alle alten Familienfotos und Negative – einschließlich der Bilder von ihrer Hochzeit – durch die Schuld der Umzugsleute verloren gegangen waren, als sein Dad und sie von Portland nach Seattle umgesiedelt waren. »Und die einzige Entschädigung, die wir für die verlorenen Bilder bekommen haben, war ein popeliger Preisnachlass von zweihundert Dollar auf unsere Umzugsrechnung«, hatte sie gelogen.

Es belastete sie maßlos, dass sie Josh nicht die Fotos von ihrer Mom und ihrem Bruder zeigen konnte, die nach wie vor in dem Nordstrom-Karton lagen, der im hintersten Eck ihres Kleiderschrankes versteckt war. In ihrem einsamen ersten Jahr in Seattle war Megan versucht gewesen, die Fotos in ihrem Wohnzimmer aufzustellen. Doch im Endeffekt war es ihr zu gefährlich vorgekommen, an irgendetwas aus ihrem alten Leben festzuhalten – und es so zur Schau zu stellen, dass jeder es sehen konnte.

Sie hatte Josh Geschichten über ihre Mom erzählt, weil die ihr ungefährlich vorkamen, denn ihre Mutter war bereits tot gewesen, als Glenn Swann in ihr Leben trat. Jedes Jahr im November erzählte sie ihm also von dem Thanksgiving-Fest, zu dem ihre Mom einen großen, wunderschönen Apfelkuchen für das Familientreffen gebacken hatte. Sie stellte ihn im Auto zwischen ihre Füße auf den Fußboden vor dem Beifahrersitz, als sie zu ihren Großeltern fuhren. Als sie dort ankamen, trat ihre Mutter versehentlich mit dem Fuß auf den Kuchen – servierte ihn aber trotzdem, kaschierte den Schaden mit einer großen Portion Eiscreme. Ihr Schwiegervater war ein derart pingeliger und wählerischer Esser – das ging so weit, dass er vor jedem Essen sein Besteck polierte. Und jetzt saß der alte Mann am Kopf des Tisches und schaufelte diesen Kuchen in sich hinein. »Gloria, das ist der beste Apfelkuchen, den ich je gegessen habe«, tönte er. »Da ist irgendetwas Besonderes drin, nicht wahr?«

»Nur Liebe«, gab ihre Mutter zur Antwort.

Ihr älterer Bruder Cliff und sie hatten Mühe, nicht loszuprusten, und deshalb Tränen in den Augen. Als ihre Mutter sie sah, lachte auch sie sich halb schlapp und musste aufstehen und das Esszimmer verlassen.

Gloria Densmore starb im Alter von zweiundfünfzig Jahren nach einem langwierigen Kampf gegen eine Krebserkrankung. Lisa war sechzehn. Cliff war einundzwanzig und auf dem College, wohnte also nicht mehr zu Hause. Folglich war Lisa ganz allein mit ihrem Vater, der immer ein wenig gefühlskalt und unnahbar war. Sie nahm an, dass ihre Mutter ihn geheiratet hatte, weil er so gut aussah. Darüber hinaus hatte er nicht viel zu bieten. Er war immerzu mit seinen geschäftlichen Unternehmungen beschäftigt, die nicht übermäßig erfolgreich waren. Er verschwendete keine Zeit, um sich neuerlich zu verheiraten – mit einer reichen, herrischen Witwe mit Pferdegesicht, die Nora hieß. Sie zogen in Noras Haus in Deerfield, und wenn man ihr zuhörte, war das eine regelrechte Villa. Lisa war nicht beeindruckt. Pferdegesicht war verrückt auf Schottenkaros, und über jedem Sofa und den meisten Stühlen waren Schutzbezüge aus Plastik – und Plastikläufer lagen auf den Teppichen. Lisa und Cliff pflegten das Haus den Plastikpalast zu nennen. Lisa hatte aber wenigstens ein eigenes Zimmer, in dem sie das Gros ihrer Zeit verbrachte und die Tage zählte, bis sie zum College gehen konnte. Nora und sie hassten einander.

Andererseits vergötterte Nora Cliff, aber das tat wiederum jeder. Mit seinen dichten, welligen, kastanienbraunen Haaren, den blauen Augen und dem schlanken, athletischen Körperbau war Cliff nicht nur ein wunderschöner Mann – er war auch ein wahrer Charmeur. Lisas Freundinnen waren alle verknallt in ihn. Als Lisa daheim auszog und zur Indiana University ging, wurde er ihre Stütze. Ihre Ferien und die Wochenenden verbrachte sie immer in seinem Apartment auf dem Diversey Parkway. Das Sofa bei ihm war ihr lieber als das Bett im Plastikpalast. Außerdem hatte sie dort kein eigenes Zimmer mehr. Kaum dass Lisa zum College gegangen war, hatte Nora es in einen Näh- und Bastelraum verwandelt.

Nach ihrem Collegeabschluss bezog sie eine schäbige kleine Einzimmerwohnung in Evanston und unterrichtete behinderte Kinder. Damit verdiente sie einen Hungerlohn. Wenn sie verzweifelt war, lieh Cliff ihr immer Geld. Der war inzwischen aus seiner Zweieinhalb-Zimmer-Wohnung auf Diversey in eine fünfräumige Wohnung in einem Hochhaus auf dem Lake Shore Drive umgezogen. Er war mit einer Dotcom-Firma reich geworden, die er zusammen mit seinem Partner Sean Hurley betrieb. Megan nahm an, dass die beiden nicht nur Geschäfts-, sondern auch Lebenspartner waren, fragte Cliff aber nie danach. Sie ging davon aus, dass er es ihr von sich aus erzählen würde, wenn er so weit war.

Im Endeffekt war es nicht Cliff, der es ihr erzählte. Es war Dr. Joel Siler, ein kleiner Mann, der vom Körperbau her aussah wie ein Ringer, immer einen Gesichtsausdruck hatte, als wolle er im nächsten Moment die Zähne fletschen, und dessen braunes Haar bürstenkurz geschnitten war. Lisa nahm an, dass er wie ein Schlägertyp daherstolzierte, um damit seine geringe Körpergröße zu kompensieren. Er war der Arzt, der bei Cliff die Diagnose stellte, nachdem man ihn mit vierzig Grad Fieber und Symptomen, die auf Lungenentzündung hindeuteten, ins Evanston-Northwest eingeliefert hatte.

Lisa saß mit ihrem Vater, Nora und Cliffs Partner Sean im Wartebereich des Krankenhauses. Sie hatte ihren Bruder zwei Wochen zuvor besucht, und da hatte er müde ausgesehen – und war viel zu dünn gewesen. Ihn an diesem Tag in der Notaufnahme zu sehen war jedoch ein Schock gewesen. Er war dermaßen bleich und ausgemergelt, dass sie ihn fast nicht erkannte. Die Wartezeit, bis man sie über seinen Zustand informierte, schien sich endlos hinzuziehen.

Nach zwei Stunden kam Dr. Siler endlich in seinem weißen Arztkittel mit dem Stethoskop um den Hals durch die Doppeltüren geschritten. »Also, ich bin sicher, Sie wissen, dass so eine Sache bei diesen Aids-Patienten der Norm entspricht«, sagte er.

Wie er das verkündete, war dermaßen taktlos, dass es Lisa aus der Fassung brachte.

Sean sprang auf. Immer und immer wieder schüttelte er den Kopf. »Das ist unmöglich. Cliff kann kein Aids haben. Wir sind so vorsichtig gewesen. Wir haben uns beide testen lassen ...«

Derweil schüttelte ihr Vater ebenfalls den Kopf. »Mein Sohn ist kein Homosexueller. Sie müssen sich irren ...«

Später gelang es Lisa und Cliff, sich ein Lachen abzuringen, als sie ihm die absurde Szene beschrieb: sein ahnungsloser Dad, der nicht wahrhaben wollte, dass sein Sohn schwul war, während der Liebhaber des Sohnes dem Arzt erklärte, wie sie geschützten Geschlechtsverkehr praktiziert hatten. Dabei war das Ganze im Grunde alles andere als lustig. Als ihrem Vater und Nora bewusst wurde, dass Cliff homosexuell war, wollten sie nichts mehr mit ihm zu tun haben. Sie kamen nie wieder ins Krankenhaus, um ihn zu besuchen. Im Gegenzug verbannte Lisa sie aus ihrem Leben – was ihr nicht übermäßig schwerfiel.

Seans Reaktion zu verkraften fiel ihr schwerer. Die Möglichkeit, dass sein Partner Aids hatte, versetzte ihn total in Panik. Selbst als Dr. Siler seine ursprüngliche Diagnose in nicht auf Aids zurückführbares Non-Hodgkin-Lymphom revidierte, konnte Sean nicht damit umgehen. Er führte die Dotcom-Firma weiter, hielt sich jedoch vom Krankenhaus und seinem Partner fern. Um die Pflege ihres Bruders musste Lisa sich kümmern.

Vier Tage nach Cliffs Einlieferung stand sie nur wenige Schritte vom Zimmer ihres Bruders entfernt mit Dr. Siler auf dem Krankenhausflur und sprach ihn auf seine Fehldiagnose an. Siler starrte sie so durchdringend an, dass eigentlich nur noch ein im Mundwinkel hängender Zahnstocher fehlte, um das Bild vom knallharten Burschen perfekt zu machen. Er zuckte mit den Achseln. »Er hatte Nachtschweiß, Fieber, Gewichtsverlust, litt unter Erschöpfung und geschwollenen Lymphknoten. So ist das weitgehend immer bei diesen Leuten. In Anbetracht seiner Lebensführung und diesbezüglichen Umtriebigkeit ist durchaus verständlich, dass meine erste Diagnose Aids lautete ...«

»Sie wissen einen Scheißdreck über seine Umtriebigkeit«, zischte Lisa und blitzte ihn dabei zornig an.

Cliff war seit einer Woche im Krankenhaus und das Fieber inzwischen auf achtunddreißig Grad gesunken, als Lisa von einer der Krankenschwestern erfuhr, dass Dr. Siler vorhatte, am nächsten Tag mit einer aggressiven Chemotherapie zu beginnen.

»Er ist aber doch immer noch schwach und hat Fieber«, sagte Lisa zu Dr. Siler, nachdem sie ihn in der Krankenhaus-Cafeteria aufgespürt hatte. Er stand von dem Tisch auf, an dem noch einige andere Ärzte und Krankenschwestern saßen. »Meinen Sie nicht, dass es noch zu früh für eine

Chemo ist? Es tut mir leid, aber können Sie ihm nicht wenigstens die Chance geben, sich ein paar Tage normal zu fühlen, bevor Sie seinen Körper mit Gift vollpumpen?«

Er trug das Tablett mit seinen schmutzigen Tellern zur Abräumstation. »An welcher Universität haben Sie Medizin studiert, Miss Densmore?«, knurrte er. Es schepperte erschreckend laut, als er sein Tablett und alles, was daraufstand, in den Plastikeimer für die schmutzigen Teller und das Geschirr warf. Einige der Leute, die im näheren Umfeld an ihren Tischen saßen, hörten auf zu reden und schauten zu ihnen herüber. Dr. Siler rieb sich die Hände, als wische er Staub von ihnen ab. Im nächsten Moment wollte er sich an ihr vorbeischieben. »Ich glaube, dass ich weiß, was ich tue ...«

»Das bezweifele ich sehr«, entgegnete sie mit lauter Stimme. »Die erste Diagnose, die Sie bei meinem Bruder gestellt haben, war völlig daneben – und beruhte auf Vorurteilen. Dass Sie ein Arschloch sind, ist eigentlich schon schlimm genug, Dr. Siler, aber müssen Sie zudem auch noch ein inkompetentes Arschloch sein?«

Er sah sie mit finsterer Miene an, und kurzfristig dachte Lisa, er würde ausholen und sie schlagen. »Was haben Sie da gerade zu mir gesagt?«, fragte er gefährlich leise.

»Sie hat gesagt, dass du ein Arschloch bist – und inkompetent«, flötete ein anderer Arzt – an einem Tisch, der gleich hinter Lisa stand.

Sie drehte sich um und erblickte einen großgewachsenen, gut aussehenden Mann in OP-Kleidung, der sich gerade erhob. Er hatte schwarzes Haar, das an der Seite gescheitelt war, und einen Bartschatten, der ihm ein sexy-verschlafenes Aussehen verlieh. Er hatte auch wunderschöne grüne Augen – die Dr. Siler anstarrten. »Ich stimme völlig mit ihr überein, Joel. Also – warum entschuldigst du dich nicht bei dieser netten jungen Frau?«

Siler grinste ihn spöttisch an, im nächsten Moment stieß er unvermittelt einen trotzigen Lacher aus, dann stapfte er aus der Cafeteria.

Der Mann in der OP-Kleidung lächelte sie an und streckte ihr seine Hand entgegen. Seine nackten Arme waren muskulös und behaart. Auf seinem linken Unterarm war eine kleine Tätowierung – das Symbol für Medizin: eine Schlange, die sich um einen Stab wand. Nachdem er ihre Hand ergriffen hatte, hielt er sie für ein paar Sekunden fest. »Ich bin Glenn Swann, einer der leitenden Chirurgen hier«, stellte er sich vor. »Ich habe zufällig gehört, was Sie über Ihren Bruder gesagt haben – und wie Dr. Siler seine Behandlung handhabt. Ich fürchte, Joel stand gerade hinter der Küchentür, als Anteilnahme und die Fähigkeit, mit Kranken umzugehen, verteilt wurden. Er schuldet Ihnen eine Entschuldigung, Miss ...«

»Lisa«, erwiderte sie, und dabei lag ihre Hand immer noch in seiner. »Lisa Densmore.«

Er nickte. »Ich habe etwas Einfluss in diesem Haus, Lisa. Wenn Sie möchten, kann ich dafür sorgen, dass Ihr Bruder fortan von einem anderen Arzt behandelt wird.«

Cliffs neuer Arzt war Dr. Nancy Abbe, eine brillante Onkologin, die großartig mit Kranken umgehen konnte. Dr. Abbe wollte, dass Cliff erst mal wieder zu Kräften kam, für zwei Wochen nach Hause ging, und danach wollten sie dann mit seiner Chemotherapie beginnen. Sie war zuversichtlich, dass bei seiner Krebserkrankung eine Remission zu erreichen war.

Was Megan wie karmische Vergeltung vorkam, war, dass Dr. Siler, wie sie hörte, nur zwei Tage nachdem sie ihn in der Krankenhaus-Cafeteria zur Rede gestellt hatte, vor seinem

Haus in Lincolnwood überfallen wurde. Genau genommen empfand sie Mitleid mit ihm, als er einige Tage danach in Cliffs Zimmer gehumpelt kam, während sie gerade ihren Bruder besuchte. »Ich wollte nur kurz vorbeischauen und mich davon überzeugen, dass Sie mit Dr. Abbe glücklich sind«, sagte er im Türrahmen stehend. Er hatte ein blaues Auge. Das Pflaster auf seiner Stirn verbarg die Fleischwunde darunter nicht ganz, und auf seiner linken Wange prangte ein grauenvoller, violett verfärbter Bluterguss. Mühsam stützte er sich auf einen Stock. Er sah zu übel zugerichtet aus, um arbeiten zu können, und trug Straßenkleidung – einen Pullover und eine Leinenhose. Lisa fragte sich, ob er nur hergekommen war, um sie zu besuchen.

»Sie ist ganz wunderbar«, sagte Cliff aus seinem Krankenhausbett. »Danke, Dr. Siler.«

»Gut.« Er nickte, und dann sah er Lisa an. »Sollte ich mich Ihnen gegenüber zu irgendeinem Zeitpunkt unhöflich benommen haben, tut mir das sehr leid.«

Lisa, die neben Cliffs Bett auf einem Stuhl saß, zuckte mit den Achseln. »Das ist schon in Ordnung«, erwiderte sie. Er machte einen derart mitleiderregenden Eindruck. »Vergessen Sie es. Ich hoffe, dass es Ihnen bald wieder gut geht.«

Dr. Siler nickte nur, dann drehte er sich um und humpelte von dannen – von seinem Macho-Stolziergehabe war nichts mehr zu sehen.

»Ich kann nicht fassen, dass er sich wirklich entschuldigt hat«, flüsterte sie ihrem Bruder zu. »Das ist äußerst seltsam, findest du nicht?«

»Der will wahrscheinlich seinen Arsch absichern, dafür sorgen, dass wir ihn nicht verklagen«, gab Cliff zur Antwort. »Immerhin hat er bei mir eine falsche Diagnose gestellt. Und außerdem hat er mich bei meiner ganzen Familie geoutet.«

»Na ja, für mich war das nicht gerade ein Schock«, meinte Lisa. »Wie viele Live-Übertragungen der Tony-Verleihung haben wir uns zusammen angesehen?« Sie legte ihre Hand auf das Gitter seines Bettes. »Möchtest du, dass ich Dad und Pferdegesicht anrufe und ihnen sage, wie es dir geht?«

Cliff schüttelte den Kopf. »Nein. Wenn sie würden wissen wollen, wie es mir geht, hätte inzwischen einer von ihnen angerufen.«

Als Lisa an dem Abend nach Hause ging, kam sie am Schwesternzimmer vorbei. Dienst hatte Stacey, eine dünne Frau mit krausen, brünetten Haaren. Lisa hatte sie von Anfang an nicht leiden können. Als Lisa Cliff zum ersten Mal besucht hatte, war sie ins Schwesternzimmer gegangen, um zu fragen, ob sie Cliff etwas Gebäck von seiner Lieblingskonditorei ins Zimmer schmuggeln dürfe. Stacey hatte sie über fünf Minuten warten lassen, weil sie gerade mit ihrem Freund telefonierte. Als sie endlich auflegte und Lisa sie wegen des Gebäcks fragte, hatte Stacey Nein gesagt. Wie sich herausstellte, hatte von den anderen Krankenschwestern keine ein Problem damit gehabt. Cliff hatte bestätigt, dass Stacey eine Nervensäge war – und noch dazu eine lausige Krankenschwester. Besiegelt hatte die Abneigung, dass Lisa ein paar Tage später mitbekam, wie Stacey sich mit einer anderen Krankenschwester über Cliff unterhielt und ihn dabei »den Schwuli in 308« nannte.

Also ignorierte Lisa sie einfach, als sie Stacey jetzt hinter dem Schreibtisch sitzen sah. Sie richtete ihren Blick auf den gefliesten Fußboden und lief auf die Fahrstühle zu.

»Das mit Dr. Siler ist ein Jammer, nicht wahr?«, rief Stacey.

Lisa blieb stehen und schaute zu ihr hinüber. »Wie bitte?«

Mit einem merkwürdigen Grinsen auf dem Gesicht beugte

Stacey sich über ihren Schreibtisch. »Ich habe gesagt, dass das, was Dr. Siler passiert ist, ein Jammer ist.«

Stacey schien zu glauben, dass Siler übers Wasser laufen konnte, was ein weiterer Grund dafür war, dass Lisa sie nicht leiden konnte. Sie nickte. »Ja, es ist – es ist sehr traurig.«

»Hat er sich bei Ihnen und Ihrem Bruder entschuldigt?«

Lisa zögerte einen Moment, bevor sie die Frage beantwortete. »Er – äh, er hat heute Nachmittag bei uns hereingeschaut um zu fragen, wie es uns geht, ja.«

»Hat er sich in ausreichendem Maße reuig gezeigt – wie hoch droben von Dr. Swann befohlen? Mich erstaunt, dass Glenns Schläger Dr. Siler nicht die Zähne ausgeschlagen hat.«

Mit zusammengekniffenen Augen sah Lisa sie an. »Es tut mir leid. Ich weiß nicht, wovon Sie reden.«

»Dr. Glenn Swann«, sagte sie. »Seine Familie ist reich. Seine Eltern spenden dem Krankenhaus Riesenbeträge. Deshalb hören alle zu, wenn Glenn vom Gipfel des Berges spricht. Im Krankenhaus weiß jeder, dass Sie und Ihr Bruder behandelt werden müssen wie königliche Hoheiten, die uns einen Besuch abstatten – nur das Schokolädchen darf am Abend auf seinem Kopfkissen fehlen. Alle, die nicht mitspielen, werden vermutlich so enden wie Dr. Siler. Obwohl Glenn sich natürlich nicht an ihm vergriffen hat. Um irgendeinen *Mann* fertigzumachen, würde der sich nie die Fäuste blutig schlagen. Solche Jobs überlässt er seinem Kumpel JJ.«

Kopfschüttelnd sah Lisa sie an. »Ich weiß immer noch nicht, wovon Sie reden.« Ihr fielen zwei weitere Krankenschwestern auf. Sie standen am Fenster eines Büroraums, der sich gleich hinter dem Schwesternzimmer befand, und hatten ihre Arbeit unterbrochen, um Stacey und sie anzustarren.

Das Telefon des Schwesternzimmers läutete, und Stacey griff nach dem Hörer. Sie bedachte Lisa abschließend mit einem spöttisches Grinsen und meinte: »Fragen Sie herum.« Dann sprach sie ins Telefon und drehte ihr den Rücken zu: »Evanston-Northwest, dritte Etage, Schwester Wagner ...«

Lisa wusste nicht, was sie denken sollte, mahnte sich aber, nicht zu vergessen, wer diese Dinge gesagt hatte. Sie lief weiter in Richtung der Fahrstühle.

Stacey hatte ihr geraten herumzufragen, und genau das tat Lisa – als sie Dr. Swann am nächsten Tag auf dem Korridor der dritten Etage in die Arme lief. Er kam gerade aus Cliffs Zimmer. Von Zeit zu Zeit schaute er bei Cliff herein, um sich nach seinem Befinden zu erkundigen. Wie immer, wenn sie einander trafen, schüttelte Dr. Swann ihr zur Begrüßung die Hand und ließ sie danach nicht los, während er mit ihr sprach. Er sagte, dass man Cliff vermutlich innerhalb der nächsten zwei Tage entlassen würde.

Lisa konnte nicht dagegen an: Sie bekam in seiner Gegenwart immer nur schwer ein Wort heraus. Er war so attraktiv, und es ging Cliff dank seiner Hilfe so sehr viel besser. Für sie war Dr. Swann eine Art Held. Sie bedankte sich bei ihm für die guten Neuigkeiten. »Und danke für alles, was Sie für Cliff getan haben«, fuhr sie fort. »Ich hoffe, Sie mussten sich deshalb nicht allzu viel Mühe machen oder – oder irgendjemanden durch Reifen springen lassen.«

Er ließ ihre Hand los und bedachte sie mit einem verdutzten Lächeln. »Was meinen Sie damit?«

»Ich – na ja, ich will nicht, dass wir irgendeine Sonderbehandlung bekommen, wenn das zur Folge hat, dass sich Krankenhausangestellte oder andere Patienten darüber ärgern«, erklärte sie ihm. »Sie haben gesagt, Sie hätten hier im Haus etwas Einfluss, und ich habe gehört, dass Ihre Eltern der Klinik große Beträge spenden.«

Er legte die Stirn in Falten. »Wo haben Sie das gehört?«

»Meinen Sie das über Ihre Familie?« Sie zuckte mit den Achseln. »Ich habe zufällig eine Krankenschwester darüber reden hören.«

Er strich ihr über den Arm – oben, gleich unter ihrer Schulter. »Mit dem, was in diesem Krankenhaus vorgeht, haben meine Eltern nichts zu tun, Lisa. Den Einfluss, über den ich hier verfüge, habe ich mir verdient. Und für Menschen wie Sie und Ihren Bruder fordere ich mit Freuden die eine oder andere Gefälligkeit ein.«

Sie lächelte ihn an und nickte. Sie fühlte sich erleichtert. Was ihr indes keine Ruhe ließ, war Staceys Behauptung, Glenn habe irgendeinen »Schläger« angeheuert, um Dr. Siler zu verprügeln.

»Übrigens«, sagte sie, »ist Dr. Siler gestern vorbeigekommen, um sich zu erkundigen, wie es Cliff geht. Er hat sich entschuldigt, falls es irgendwelche Missverständnisse gegeben hätte. Ich nehme aber an, dass Sie das bereits wissen ...«

Er schüttelte den Kopf. »Nein, aber das ist eine enorm große Leistung für den kleinen Burschen.«

»Haben Sie gehört, dass man ihn auf offener Straße überfallen hat? Er war übel zugerichtet.«

Dr. Swann kratzte sich an der Oberlippe. »Ja, davon habe ich gehört. Einige von unserer Belegschaft haben zusammengelegt und ihm Blumen geschickt ...« Er lachte leise vor sich hin. »*Joel* haben wir die geschickt, nicht dem Kerl, der ihn überfallen hat.«

Lisa stieß einen nervösen Lacher aus.

»Wir haben innerhalb der Belegschaft zwar unsere kleinen Querelen, aber trotz des Eindrucks, der letzte Woche in der Cafeteria vielleicht entstanden ist, kommen wir recht gut miteinander aus. Wie ich höre, wird er wieder ganz in Ordnung kommen.« Erneut strich er ihr mit der Hand über den Arm und schaute ihr dabei in die Augen. »Ich liebe das, wenn Sie lächeln, Lisa. Ihr Lächeln wird mich durch den Rest dieses langen Arbeitstages tragen.«

Dann lief er den Korridor hinunter und sie blieb sprachlos zurück und stand kurz davor, ihn Ohnmacht zu fallen.

Lisa wollte Stacey sagen, dass sie, verdammt noch mal, keine Ahnung hatte, wovon sie redete. Doch Stacey hatte an jenem Abend keinen Dienst – und auch nicht am nächsten und übernächsten Tag, an dem Cliff entlassen wurde. Also löste Lisa die Sache anders. Nachdem sie alles in den Wagen geladen hatte, was sich bei Cliff im Verlauf der letzten drei Wochen angesammelt hatte, und während der Pfleger Cliff in seinen Rollstuhl verfrachtete, kritzelte Lisa eine Nachricht auf einen Notizblock des Evanston-Northwest Hospitals:

Liebe Stacey,

mein Bruder wird heute entlassen. Alle Mitglieder der Belegschaft waren so nett und rücksichtsvoll – nur Sie nicht. Sie sind eine lausige Krankenschwester. Und was Sie über Dr. Swann gesagt haben, ist alles nicht wahr.

Hochachtungsvoll
Die Schwester »des Schwuli in 308«

Sie wusste, dass das Ganze kindisch und albern war, doch sie hatte das dringende Bedürfnis, Dr. Swann, der so gut zu ihnen gewesen war, zu verteidigen. Und Stacey war wirklich eine schlechte Krankenschwester. Irgendjemand musste ihr das mal sagen.

Als sie mit dem Pfleger und Cliff zu den Fahrstühlen ging,

schaute sie kurz ins Schwesterzimmer und bat um einen Briefumschlag. Die diensthabende Krankenschwester gehörte zu den netten und rücksichtsvollen: Mira war eine zierliche Inderin, die Mitte zwanzig war und stets sehr leise sprach. Sie war bereits in Cliffs Zimmer gewesen, um sich von ihm zu verabschieden. Jetzt griff sie in ihre Schreibtischschublade und zog einen leeren Briefumschlag heraus. »Wir werden Sie und Cliff vermissen«, sagte sie mit ihrer leisen Stimme – und mit einem ganz leichten Akzent.

»Danke, Mira«, erwiderte Lisa. Sie schrieb *Krankenschwester Stacey Wagner* auf das Kuvert, steckte den Zettel hinein, und reichte ihr den Briefumschlag. »Könnten Sie dafür sorgen, dass Stacey das bekommt?«

Mira machte einen verwirrten Eindruck. »Es tut mir leid«, flüsterte sie. »Schwester Stacey arbeitet nicht mehr hier.«

»Was?«, murmelte Lisa. »Was ist passiert?«

»Sie hat vorgestern gekündigt.«

»Hat sie gesagt, warum sie gekündigt hat?«

Mira schüttelte den Kopf und gab ihr das Kuvert zurück. »Es tut mir leid, das kann ich nicht sagen. Leben Sie wohl, Lisa.« Steif drehte sie sich um und begann, auf die Tastatur ihres Computers einzutrommeln.

»Nun, trotzdem vielen Dank, Mira«, rang sie sich ab.

Die Krankenschwester nickte nur, schaute sie aber nicht an.

Lisa zerknüllte den Umschlag mit dem Zettel und warf das Ganze in den Papierkorb am Ende des Korridors. Dann rollten sie und der Pfleger Cliff in den Fahrstuhl. Auf der Fahrt nach unten dachte sie darüber nach, wieso Stacey so plötzlich gekündigt hatte. Und sie dachte darüber nach, dass Mira ihr nicht so recht in die Augen hatte sehen können. Sie hatte ausgesehen, als sei ihr äußerst unwohl in ihrer Haut gewesen.

Mehr noch, sie hatte verängstigt gewirkt.

Das waren die ersten Warnsignale gewesen, und Lisa hätte sie sehen sollen. Sie war aber so glücklich darüber, dass ihr Bruder gesund aussah und das Krankenhaus verließ. Und sie war Glenn zu diesem Zeitpunkt so dankbar, dass darüber hinaus nichts eine Rolle spielte. Außerdem hatte sie sich ganz schrecklich in ihn verliebt.

Sie hatte nicht geahnt, dass sie eine Beziehung miteinander anfangen würden. Und sie hatte keine Ahnung gehabt, was ihr bevorstand.

Ein eisiger Wind kam auf, und Megan griff mechanisch nach Ihrem Salat-Behälter, damit er nicht fortgeweht wurde. Sie warf ihn in einen Abfalleimer, der gleich neben ihr stand – zusammen mit ihrer halb leeren Dose Cola light. Noch einmal ließ sie ihren Blick über den Vorplatz des Einkaufszentrums schweifen – nur um sich davon zu überzeugen, dass sie von niemandem beobachtet wurde. Sie konnte nicht dagegen an: Solange sie wusste, dass Glenn Swann ein freier Mann war, musste sie auf der Hut sein.

Wieder läutete ihr Handy, und sie zuckte zusammen. Sie zog es aus der Tasche ihres Blazers und schaute mit zusammengekniffenen Augen auf den kleinen Bildschirmteil mit der Rufnummernanzeige. Das grelle Sonnenlicht machte das Lesen jedoch unmöglich. Sie seufzte und nahm das Gespräch mit einem Knopfdruck entgegen. »Hallo?«, meldete sie sich in verhaltenem Ton.

»Hallo? Megan?«

»Ja?«

»Hier spricht Dan Lahart«, sagte er. »Erinnerst du dich? Dein Matefinder-Date von letzter Woche. Wir waren zum Abendessen im The Tin Table ...«

»Oh ... hi, Dan«, erwiderte sie. »Es ... es ist schön, deine Stimme zu hören.«

»Ich habe deine E-Mail bekommen. Vielen Dank dafür. Ich wollte dir nur sagen, dass das Gefühl auf Gegenseitigkeit beruht.«

Sie musste einen Moment überlegen. Es schien so viel Zeit vergangen zu sein, seit sie ihm die Mail geschickt hatte. Nur wenige Minuten nach Abschicken der E-Mail hatte sie herausgefunden, dass Glenn begnadigt worden war. Das Ganze hätte ebenso gut Monate her sein können. Derart viel hatte sich in derart kurzer Zeit verändert.

»Hättest du in dieser Woche vielleicht einen Abend Zeit, um mit mir zum Essen auszugehen?«, fuhr er fort. »Ich habe für Samstagabend noch gar keine Pläne ...«

Megan zögerte. Sie erinnerte sich, wie perfekt ihr Dr. Glenn Swann zu Anfang ihrer Beziehung vorgekommen war.

»Es tut mir wirklich leid, Dan«, sagte sie schließlich. »Aber es ist mir etwas dazwischengekommen, und in dieser Woche passt es mir nicht gut. Tatsache ist, dass ich eine ganze Weile beschäftigt sein werde. Aber vielen Dank, Dan. Ich freue mich wirklich sehr über deinen Anruf.«

»Oh ... na ja ... okay«, meinte er. »Äh ... falls du deine Meinung änderst, hast du ja meine Nummer. Bye, Megan.« Sie hörte ihn auflegen.

»Leb wohl«, sagte sie zu niemandem.

Kapitel elf

Sein Coach hatte gesagt, er müsse seinen Hakenwurf verbessern, also blieb Josh nach dem Training noch ein bisschen in der Halle, um daran zu arbeiten. Ein paar Jungen alberten am anderen Ende des Spielfeldes herum und warfen Körbe, doch denen schenkte Josh keinerlei Beachtung. Er war vollauf damit beschäftigt, so zu tun, als werde er von einem Defender gedeckt, der größer war als er, und versuchte, seinen Körper zwischen seinem unsichtbaren Gegenspieler und dem Basketball zu halten. *Ball auf die Fingerspitzen, über den Kopf und werfen*, sagte er zu sich selbst – immer und immer wieder. Trotzdem verfehlte er zumeist den Korb. Mist, bei einigen Versuchen verfehlte er sogar das verdammte Korbbrett.

Als die anderen Jungen gingen, fiel ihm das nicht auf. Was ihm auffiel, war, dass plötzlich jeder Laut, den er in der großen, leeren Sporthalle verursachte, lauter und heftiger wirkte. Jedes Aufspringen des Balls und jedes Quietschen seiner Schuhsohlen auf dem glänzenden Holzboden schallte. Die unteren Zuschauertribünen hatte man zusammengeklappt und an der Wand verstaut. Die oberen Tribünen, die sich um drei Viertel der Sporthalle wanden, waren leer. Die Vorstellung, dass hier niemand war, der ihn dabei beobachtete, wie er Mist baute, gefiel Josh irgendwie.

Auf die Uhrzeit hatte er nicht geachtet. Er war aber inzwischen an einem Punkt, an dem er es immer und immer wieder vermasselte, und sich deshalb sagte, dass er erst gehen würde, nachdem er den Ball einmal im Korb versenkt hatte. Er wollte sich den Ball gerade nach einem weiteren jämmerlich gescheiterten Versuch zurückholen, als er aus dem Augenwinkel heraus sah, dass jemand auf der Tribüne war – ganz oben, in der Sitzreihe unter dem Dach. Josh blieb wie angewurzelt stehen und drehte sich um, weil er wissen wollte, wer das war. Das Geräusch, das der aufspringende Basketball verursachte, wurde leiser und leiser, dann rollte er weg, und es war totenstill in der Halle.

Die Zuschauertribüne sah leer aus.

»Ist da jemand?«, durchbohrte Joshs Stimme die Stille. Mit starrem Blick schaute er auf die oberen Tribünenreihen. Hinter der obersten waren horizontal nebeneinander Fenster, durch die er die Schatten der Baumäste sehen konnte, die sich draußen im Wind wiegten. Es fing allmählich an, dunkel zu werden. Er schaute auf die Uhr in der Mitte der Anzeigetafel: 17:50 Uhr. Er hatte seiner Mutter gesagt, er würde um diese Zeit zu Hause sein.

»Ist da jemand?«, rief er noch einmal.

Keine Antwort. Josh spürte, wie sich ihm die Nackenhaare aufstellten. Er hätte schwören können, dass er jemanden gesehen hatte, entschied aber, dass das Ganze nichts zu bedeuten hatte.

Er brachte den Basketball ins Büro des Coachs, schloss dann hinter sich die Tür. Nach einem letzten Blick auf die oberen Tribünenplätze verließ Josh die Sporthalle. Er lief durch einen nur spärlich beleuchteten Korridor, der weitgehend nur von den Lampen in den an der Wand hängenden Trophäenkästen erleuchtet wurde. Von diesem Korridor ging es in ein Treppenhaus aus Beton, durch das man schnell nach unten in den Umkleideraum der Auswahlspieler gelangte. Die einzigen Neuntklässler, die hier unten einen Spind hatten, waren in der Basketball- oder in der Football-Mannschaft. Die restlichen Spinde gehörten Jungen aus den oberen Klassen, die zu den Schul-Auswahlmannschaften gehörten.

Die Schwingtür gab einen Ton von sich, der wie ein Gähnen klang, als er sie aufstieß und den Umkleideraum betrat. Josh schlug der vertraute Mief von Körpergeruch, Schweißsocken und Bleichmittel entgegen. Als er zu seinem Spind lief, hörte er ein paar Jungen lachen. Etwas weiter hinten im Umkleideraum standen drei Jungen aus den oberen Klassen vor ihren Spinden; sie zogen sich gerade ihre Straßenkleidung an und schienen ihn gar nicht wahrzunehmen.

Er zog sich vor seinem Spind aus und schlang sich ein Handtuch um die Lenden. Als er sich auf den Weg zu den Duschen machte, konnte er hören, wie das Lachen der anderen Jungen leiser wurde. Es hörte sich an, als würden sie gerade gehen. Er hörte, wie sich die Schwingtür ächzend öffnete, dann war Stille.

Der Duschbereich war eine große, geflieste Fläche, die gemeinschaftlich genutzt wurde. An zwölf verschiedenen Stangen waren jeweils fünf kleine Duschköpfe installiert. Josh war froh, den Raum ganz für sich allein zu haben. Ihm sprossen gerade die ersten Schamhaare – endlich. Dennoch fühlte er sich nach wie vor unsicher und gehemmt, wenn er mit den älteren Jungen, die zu den Schul-Auswahlmannschaften gehörten, duschen musste. Einige von denen hatten sogar Haare auf der Brust und auf dem Rücken, manche hatten – heilige Scheiße! – sogar welche auf dem Arsch.

In diesem Moment brauchte ihn das nicht zu scheren, denn außer ihm war niemand hier. Er hängte sein Handtuch an einen der Haken, die an der Seite des Duschbereichs nebeneinander an der Wand angebracht waren, und dann tapste er über die kalten, nassen Fliesen zu einer der Stangen. Er drehte das Wasser auf; es dauerte ein paar Sekunden, bis es heiß wurde. Die Seife, die aus dem Spender an der Stange kam, hatte die Kraft eines Industrie-Reinigers und roch ein bisschen wie Scheuerpulver, aber er seifte sich trotzdem damit ein. Er schamponierte sich sogar das Haar damit.

Josh wollte sich den Kopf gerade abspülen, als ihm auffiel, dass am äußersten Ende des Umkleideraums – in der Nähe des Eingangs – eine Reihe der Deckenbeleuchtung ausgeschaltet wurde.

»He, hier ist jemand drin!«, rief er.

Die Seife rann ihm über die Stirn in die Augen. Das brannte. Schnell hielt er seinen Kopf unter den Wasserstrahl. Dann rieb er sich die Augen und schaute danach sofort wieder auf das äußerste Ende des Umkleideraums, das immer noch im Dunkeln lag.

Da wurden noch zwei Reihen der Deckenbeleuchtung ausgeschaltet. Jetzt war die Hälfte des Umkleideraums in Finsternis gehüllt.

»Hallo?«, brüllte Josh. »He, hier ist noch jemand drin! Macht das Licht wieder an!« Panik machte sich in ihm breit. Hektisch spülte er sich so viel von der Seife vom Körper, wie er eben konnte, dann drehte er den Wasserhahn zu. Die Rohre quittierten es mit einem Quietschen.

Im gleichen Moment wurde es in einem weiteren Bereich des Umkleideraums dunkel.

»He, lasst den Quatsch!«, brüllte Josh so laut, dass seine Stimme schallte. Er schüttelte seine Arme und wischte sich das überschüssige Wasser mit den Händen vom Körper. Irgendwie ging er davon aus, dass diese Jungen aus den oberen Klassen zurückgekommen waren und beschlossen hatten, dem dürren, so gut wie unbehaarten Neuntklässler einen Streich zu spielen. Er hörte aber weder Schritte noch Geläch‑

ter – lediglich das kontinuierliche Tropfen des Duschkopfs, den er gerade benutzt hatte.

Plötzlich gingen die Lampen über ihm aus, und er konnte gar nichts mehr sehen.

»Verdammt, macht das Licht wieder an!«, kreischte er. »Kommt schon, das ist nicht lustig!« Er hatte Sorge, sie könnten sein Handtuch mitgehen lassen – oder seine Anziehsachen. Er wusste nicht mehr, ob er seinen Spind zugesperrt hatte.

Nackt, nass und bibbernd bahnte er sich seinen Weg durch die Dunkelheit. Er konnte absolut nichts sehen und musste sich an den Stangen im Duschbereich entlangtasten. Seine Füße rutschten auf den nassen Fliesen, und entsprechend unsicher fühlte er sich auf den Beinen. Er rechnete jetzt jeden Moment damit, dass ihn jemand packte. Da er nichts sehen konnte, war es durchaus möglich, dass er geradewegs jemandem in die Arme lief – jemandem mit einem Messer oder einer Rasierklinge. Er erinnerte sich, dass seine Mutter ihn heute Mittag angerufen hatte aus Sorge, irgendein Widerling könnte ihn verfolgen. Hatte sie vor so etwas wie dem hier Angst gehabt?

Im nächsten Moment lief er mit Wucht gegen eine der Stangen. »Scheiße!«, schimpfte er. Eigentlich prallte nur seine Schulter gegen einen der Drehknöpfe, aber wehtat es trotzdem. Er blieb einen Moment stehen und versuchte sich zurechtzufinden, versuchte, irgendetwas in der Finsternis zu erkennen. Ganz oben in einer der Wände waren ein paar kleine, beschlagene Fenster, durch die das Licht einer Straßenlaterne in den Raum fiel. Dadurch konnte Josh aber nur die Oberseiten der Spinde ausmachen, sonst nichts.

Plötzlich hörte er etwas, was das kontinuierliche Tropfen des Duschkopfs übertönte. Er hörte einen Mann seufzen und dann leise kichern.

Josh erstarrte.

Es klang, als wäre der Mann ihm ganz nah.

»Wer ist da?«, hauchte Josh.

Er zitterte am ganzen Leib, während er versuchte, sich zu der Stelle vorzuarbeiten, an der er sein Handtuch deponiert hatte. Er wedelte die ganze Zeit mit der Hand vor seinem Gesicht herum – bis er die Haken fand, die nebeneinander an der Wand waren. »Das ist nicht witzig, du Arschloch!«, brüllte er, bemüht, möglichst verärgert dabei zu klingen. Doch das Zittern in seiner Stimme verriet ihn. Er hatte fürchterliche Angst. »Gott, habt ihr nichts Besseres zu tun?«

Wenn er doch nur sein Handtuch hätte finden können! Er fasste jeden einzelnen Haken an und arbeitete sich dabei mit der anderen Hand an der Wand entlang. Als er ein Stück entfernt zunächst ein Quietschen und dann ein Klappern vernahm, hielt er einen Moment inne. Die Geräusche kamen nicht aus dem Umkleideraum, sondern aus dem davorliegenden Korridor.

Er stieß mit dem Fuß gegen etwas auf dem Fußboden und begriff, dass es sich dabei um sein Handtuch handelte. Josh hob es auf und schlang es sich um den Körper.

Irgendjemand öffnete die Tür des Umkleideraums. Er konnte sie ächzen hören. Im nächsten Moment sah er einen Lichtstrahl, der aus dem Korridor in den Raum fiel. Und dann hörte er wieder ein Geräusch, dieses Mal ein Quietschen.

Auf einmal wurde die Deckenbeleuchtung eingeschaltet.

»Hallo?«, rief Josh ängstlich. Er hatte nach wie vor Herzrasen.

Mit dem Handtuch um den Körper betrat er den Umkleideraum und blickte mit starrem Blick in den Gang. Ein schon älterer, stämmiger, weißhaariger Hausmeister stand mitten in der Schwingtür. Er schob einen Wischmopp vor sich her, der in einem Metalleimer steckte, und der Eimer stand auf Rollen. Der Hausmeister starrte ihn seinerseits an, und dabei spiegelte sich das Licht der Lampen in seinen Brillengläsern.

Josh drehte sich um und sah, dass das Licht im Duschbereich nach wie vor ausgeschaltet war. Dann fiel ihm der Lichtschalter an der Wand auf; er war gleich neben den Handtuchhaken. Wer immer versucht hatte, ihn zu verarschen, hatte genau dort gestanden.

Er schaltete das Licht im Duschbereich wieder ein.

Dann sah er neuerlich den Hausmeister an. »Entschuldigen Sie bitte«, rief er. »Haben Sie gerade irgendjemanden hier rausrennen sehen?«

Der Mann stützte sich auf seinen Wischmopp und schüttelte den Kopf.

»Okay«, erwiderte Josh leicht atemlos. »Vielen Dank.«

Der Hausmeister fing an, den Fußboden zu wischen.

Josh umklammerte die Zipfel des Handtuchs, das er sich um die Taille geschlungen hatte, schlich durch mehrere Reihen mit Spinden, sah aber niemanden. Er richtete seinen Blick auf den Toilettenbereich – mit den Urinalen, den Kabinen und Waschbecken. Er fragte sich, ob sich dort vielleicht jemand versteckte.

Er stellte sich vor, wie der Übeltäter – irgendein Raufbold aus den oberen Klassen – ihm sein Handtuch herunterriss, ihn niederschlug und dann lachend davonlief.

Plötzlich machte Josh sich mehr Sorgen um seine Garderobe. Hatte man ihm die gestohlen? Gehörte das mit zu diesem Streich? Schnellen Schrittes lief er zu seinem Spind. Er stand halb offen, aber seine Sachen waren immer noch drin – einschließlich seiner geliebten leichten Zipperjacke. Sie war aus orangefarbenem Stoff, und auf dem Rücken stand *Sunset*

Bowl, und darunter war ein Kegel. Er hatte sie in diesem Sommer für dreißig Dollar in einem Secondhandladen gekauft und hinterher online gelesen, dass irgendein Sammler behauptete, sie sei mehr als dreihundertfünfzig Dollar wert. Das hatte Joshs Mutter nicht davon abgehalten, die Jacke zu hassen und sie »potthässlich« zu nennen. Josh liebte sie trotzdem, und er war froh, als er feststellte, dass die Jacke nach wie vor in seinem Spind hing. Und seine Brieftasche steckte in der Gesäßtasche seiner Jeans – Gott sei Dank. Rasch zog er sich an.

Josh zitterte immer noch, als er in seiner Jacke und mit dem Rucksack an der Hand sein Fahrrad erreichte – das hinter der Schule in der Fahrradabstellanlage parkte. Es standen noch ein paar Fahrzeuge auf dem Lehrerparkplatz, aber sein Fahrrad war das einzige, das noch an einem der Anlehnbügel angekettet war. Josh war dermaßen durch den Wind, dass er drei Versuche brauchte, bis er endlich die richtige Zahlenkombination in das Schloss eingab.

»He, du da!«, rief eine Frau.

Erschrocken schaute Josh auf den Lehrerparkplatz. Er erblickte eine Lehrerin, die er nicht kannte; sie stand neben einem silberfarbenen SUV, dessen Heckklappe offen stand. Sie war etwa dreißig Jahre alt, mager und hatte langes, gelocktes, dunkelbraunes Haar. Sie trug Jeans und eine violettfarbene Jacke. »Könntest du mir dabei helfen, etwas aus dem Wagen zu heben?«, rief sie ihm zu. »Ich habe hier eine Kiste mit Büchern, die entsetzlich schwer ist. Du siehst aus wie ein kräftiger junger Mann …«

Josh zögerte. Er ließ sein Fahrradschloss in seinen Rucksack gleiten und lehnte ihn gegen sein Rad. Als er auf sie zulief und sie mit jedem Schritt besser sehen konnte, kam sie ihm gar nicht vor wie eine Lehrerin. Sie trug einen sehr dunklen

Lippenstift, wie ihn ein Mädchen tragen mochte, das auf Grufti-Look stand. Und als sie lächelte, konnte er sehen, dass sie schlechte Zähne hatte.

Das SUV hinter ihr schaukelte leicht.

Josh blieb wie angewurzelt stehen. Das Einzige, was er in diesem Moment denken konnte, war, dass jemand in diesem Wagen war.

»Du rettest mir das Leben«, meinte die Frau und strahlte ihn an. Sie trat einen Schritt zurück und zog die Heckklappe des SUV dabei noch weiter auf.

»Es – es tut mir leid«, hörte Josh sich sagen. Er trat einen Schritt zurück, dann noch einen. Und noch einen. »Ich kann Ihnen nicht helfen. Ich habe mir heute die Hand verletzt ...«

»He, komm zurück«, rief die Frau. »Heißt du nicht Josh? Warst du nicht vor einiger Zeit im Fernsehen in den Nachrichten? Haben Sie dir nicht einen Orden oder so was Ähnliches verliehen?«

Hastig lief er zu seinem Fahrrad, griff nach seinem Rucksack und schnallte ihn sich auf den Rücken. »Es tut mir leid!«, rief er laut. »Ich bin sehr spät dran! Ich muss los ...«

»Bist du nicht so was wie ein Held?«, keifte sie weiter. »Nun komm schon, Josh, komm zurück. Willst du einem Fräulein in Not nicht helfen?«

»Es tut mir leid!«, brüllte er und sprang auf sein Rad.

Er fing, in die Pedale zu treten. Dabei fühlte sich das Fahrrad zunächst wackelig an. Dann fiel ihm auf, dass er viel zu stark zitterte, um das Lenkrad gerade zu halten. Es dauerte ein paar Sekunden, bis er aufhörte zu schwanken. Als er die Straße hinunterraste, konnte er immer noch hören, dass sie hinter ihm her rief.

Er machte sich schleunigst auf den Heimweg und schaute dabei immer und immer wieder hinter sich, um sicherzustellen, dass das SUV ihm nicht folgte. Sein Haar war nach wie vor feucht, und an einigen Stellen klebten seine Sachen an den Armen und auf dem Rücken, weil er sich nicht richtig abgetrocknet hatte und die Haut noch nass war. Er war gar nicht in den Toilettenbereich hinter den Duschen gegangen, um zu überprüfen, ob sich dort jemand versteckte. Und er hatte sich dem SUV nicht in ausreichendem Maße genähert, um sehen zu können, ob wirklich jemand in dem Wagen gewesen war.

Immer schneller trat er in die Pedale. Die kühle frische Abendluft fühlte sich gut an – nahezu beruhigend. Er hatte aber immer noch den penetranten Geruch der Seife in der Nase, die er sich nicht richtig vom Körper gewaschen hatte. Und dann dachte er darüber nach, wie sehr er sich in diesen wenigen Minuten in der Finsternis gefürchtet hatte.

Zwar wusste er nicht, warum, aber er hatte das Gefühl, als sei das hier erst der Anfang von etwas gewesen.

Kapitel zwölf

»Ist wirklich alles in Ordnung mit dir?«, fragte Megan und drehte sich dabei zu ihm um. Sie schob gerade das Knoblauchbrot in den Backofen. Es gab bei ihnen heute Abend Spaghetti mit Truthahn-Fleischbällchen.

Wie Josh wenige Minuten zuvor ins Haus gestürzt war – außer Atem und mit hochrotem Kopf und einem nahezu *traumatisiert* wirkenden Gesichtsausdruck –, hatte sie erschreckt. Er hatte zwar behauptet, es sei alles okay, ihr dabei aber nicht in die Augen gesehen. Im nächsten Moment hatte er seinen Rucksack und seine Jacke auf einen der Esszimmerstühle geschmissen, und das war eine Angewohnheit von ihm, die sie in den Wahnsinn trieb. Jetzt nahm er sich gerade eine Cola aus dem Kühlschrank.

»Es geht mir gut«, sagte er noch einmal und öffnete die Dose. »Ich hatte nur nicht mitbekommen, wie spät es schon war, weil ich trainiert habe, Körbe zu werfen.« Er stellte sich auf die andere Seite der Kücheninsel und nahm gierig einen Schluck von seiner Cola. »Äh … dieser … dieser Spinner, der dich da angerufen hat, der, von dem du meintest, dass er mich vielleicht verfolgen würde … hat der heute noch einmal angerufen?«

Sie schloss die Backofentür und starrte ihn an. »Warum? Was ist passiert?«

Rasch schüttelte er den Kopf. »Nein, nichts. Ich frage nur.«

Megan zuckte mit den Achseln. »Nein, er hat sich seit

Samstag nicht wieder gemeldet. Du hattest wahrscheinlich recht mit dem, was du heute Mittag gesagt hast, dass das Ganze nichts zu bedeuten hatte.«

Nachdenklich nickte er vor sich hin, dann trank er in kleinen Schlucken weiter seine Cola. »Willst du hier zu Abend essen oder vor dem Fernseher? Ich glaube, es läuft *House Hunters*.«

Sie griff nach ihrem Glas mit Pinot Grigio. »Ich bin der *House Hunterei* irgendwie überdrüssig. Wenn ich auch nur noch einer Frau dabei zuhören muss, wie sie erzählt, dass sie eine in jeder Hinsicht entzückende Küche herausreißen lassen muss, nur weil die Elektrogeräte nicht aus Edelstahl und die Arbeitsplatten nicht aus Granit sind, muss ich kotzen. Heute Abend darfst du aussuchen.«

»Ich stelle die Tablett-Tische auf und schaue mal, was läuft.« Er lief ins Wohnzimmer.

»Danke, Schatz«, rief sie. Sie wartete darauf zu hören, dass der Fernsehapparat eingeschaltet wurde, aber eine Minute lang blieb es merkwürdig still.

»He, Mom?«, rief er.

Mit einem Topflappen in der Hand lief Megan von der Küche ins Wohnzimmer. Er hielt das gerahmte Foto in der Hand, das sie und seinen »Vater« auf dem Deck des Kreuzfahrtschiffes zeigte. Intensiv schaute er darauf und verzog dabei den Mund zu einer Seite. »War Dad in der Highschool beliebt?«, wollte er wissen.

»Nun, als er zur Highschool ging, habe ich ihn noch nicht gekannt. Aber … nach dem zu urteilen, was er mir erzählt hat, ist er, glaube ich, gern zur Highschool gegangen.«

»Hat er irgendeine Sportart betrieben? War er so was wie eine Sportskanone oder so?«

Sie erinnerte sich, dass Glenn zum Football-Team gehört

hatte. Er hatte ihr diverse Geschichten über seine glorreichen Taten auf dem Footballfeld erzählt. »Genau wie du hat er Basketball gespielt«, log sie. »Ich glaube, er war ein Center. Warum nimmst du mich plötzlich wegen deines Vaters ins Kreuzverhör? Ist in der Schule heute irgendwas passiert?«

Josh warf einen weiteren Blick auf das Foto, dann stellte er es wieder an seinen Platz. »Nein, ich habe nur so überlegt, das ist alles.«

»Also, das Abendessen müsste in etwa fünf Minuten fertig sein«, verkündete sie und verzog sich wieder in die Küche.

Sie rührte die Spaghettisoße noch einmal um und versuchte, sich wegen Joshs Fragerei nicht zu voreiligen Schlüssen verleiten zu lassen. Er musste sich schon längst mal gefragt haben, warum er so überhaupt nicht aussah wie der Mann, der angeblich sein Vater gewesen war. Tatsache war, wenn er überhaupt jemandem ähnlich sah, dann dem Onkel, von dem er gar nicht wusste, dass er ihn gehabt hatte.

Sie erinnerte sich an den Augenblick, in dem Cliff dieses Foto von ihr und Sean auf der Kreuzfahrt durch die Karibik gemacht hatte. Eines der wenigen Dinge, die sie aus ihrem alten Leben behalten hatte, war ein gerahmter Druck des Gemäldes *»Palm Tree, Nassau«* von Winslow Homer. Nach ihrer Kreuzfahrt hatte Cliff ihr das hübsche, etwas melancholische Bild geschenkt, das eine Palme zeigte, die dem Wind trotzte. Sie hatte den Druck mit nach Seattle genommen und ihn später rahmen lassen. Er hing über ihrem Messingbett. So manchem Seelenklempner würde es vermutlich einen Heidenspaß bereiten, das zu analysieren, doch die Grüntöne des Druckes passten perfekt zu ihrer salbeigrünen Tagesdecke.

Diese Kreuzfahrt war die erste Reise gewesen, die sie mit ihrem Bruder und seinem Lebensgefährten gemacht hatte. Cliffs Haare fingen nach der Chemotherapie gerade wieder an zu wachsen, als Sean zurückkehrte. Nachdem sie ihren Bruder durch drei Wochen Krankenhausaufenthalt und zwei Monate Chemo begleitet hatte, hätte sie am liebsten zu seinem ehemaligen Partner gesagt: *Es ist schrecklich edel von dir, jetzt, da Cliff in Remission ist, hier aufzutauchen.* Da Cliff aber so glücklich gewesen war, ihn wieder in seinem Leben zu haben, hatte sie ihre große Klappe gehalten. Nichtsdestoweniger hatte sie Sean nie ganz verziehen, dass er ihren Bruder während seiner schweren Krankheit im Stich gelassen hatte.

In dieser Zeit, in der Cliffs Krebs unter Kontrolle gewesen war, hatten sie zu dritt mehrere Reisen unternommen. Cliff und Sean versuchten immer wieder, sie mit verschiedenen Männern zu verkuppeln, doch sie war nach wie vor unsterblich in Dr. Glenn Swann verliebt. Sie und Glenn waren kein einziges Mal miteinander ausgegangen, trotzdem musste sie unaufhörlich an ihn denken. Während sie mit ihrem Bruder und Sean all diese Orte besuchte, wünschte sie sich die ganze Zeit, sie wäre mit Glenn dort. Cliff wusste, dass sie Liebeskummer hatte, und zog sie damit auf. »Ich weiß, mit wem du lieber hier wärst. Eine Kreuzfahrt mit deinem Bruder und seinem Boyfriend … ist nur ein Trostpreis, so was wie ein Jahresvorrat an Rice-A-Roni, den sie manchmal den Kandidaten von Gameshows mitgeben, damit die nicht ganz mit leeren Händen nach Hause gehen.«

Lisa lächelte. »Oh, ihr Jungs seid besser als Rice-A-Roni.«

Er puffte ihr mit dem Ellbogen in die Seite. »Na ja, wenn du denkst, dass ich wieder mit Krebs im Krankenhaus lande – nur damit du dich wieder mit Dr. Grünauge treffen kannst –, irrst du dich gewaltig, Schwesterlein.«

Aber genau das passierte.

Nach fünf Monaten, im Juli 1995, trat bei Cliff ein Rückfall auf – nur war Dr. Swann zunächst nicht im Krankenhaus. Er war gerade unterwegs, auf einem Kongress. Lisa fragte jeden Tag nach ihm und tat das nicht nur, weil sie ihn gernhatte. Dr. Swann schenkte ihr auch Hoffnung im Hinblick auf ihren Bruder.

Dieses Mal lief Sean nicht davon. Sie verabreichten Cliff hohe Dosen Chemotherapie und wollten es bei ihm mit einer Stammzelltransplantation versuchen. Das machte einen langen Krankenhausaufenthalt erforderlich, und sie kam als Knochenmarkspenderin nicht infrage. Mehrmals rief sie ihren Vater an, um ihn zu bitten, ins Krankenhaus zu kommen, damit sie testen konnten, ob er als Spender infrage kam. Jedes Mal bekam sie Nora oder den Anrufbeantworter an die Strippe. Er rief nie zurück.

Das war Lisas letzter Versuch, mit ihrem Vater zu reden.

Da Cliff nun wieder im Krankenhaus war, schloss Lisa neuerlich Freundschaft mit einigen aus der Belegschaft – unter anderem mit einer Krankenschwester namens Melissa Gable, die während Cliffs erstem Krankenhausaufenthalt auf einer anderen Station gearbeitet hatte. Melissa wurde schnell Cliffs Lieblingsschwester. Sie war einen Meter zweiundachtzig groß und sehr, sehr schlank, und sie hatte welliges schwarzes Haar und ein entzückendes Lächeln. Sie brachte Cliff und Sean häufiger schon mal selbst gebackene Zimtplätzchen mit. Lisa lernte auch einige andere Patienten und deren Familien kennen. Einer dieser Angehörigen war ein magerer, ständig sinnierender und ausgesprochen gut aussehender Teenager, dessen dunkelbraunes Haar immer zerzaust aussah. In ihren Augen sah er aus wie eine hagere Version von James Dean. Sie traf ihn auf dem Flur, im Warteraum oder in der Cafeteria, lächelte ihn in diesen Fällen höflich an und nickte ihm reserviert zu. Er erwiderte den Gruß immer nur mit einem Nicken und schaute sofort wieder weg. Er erweckte immer den

Eindruck, als sei er mürrisch und bekomme nicht genug Schlaf.

Eines Nachmittags, als der Arzt ihren Bruder gerade untersuchte, saß Lisa zufällig mit dem jungen Mann im Wartebereich – sie auf einem Stuhl, er gegenüber von ihr auf dem beigefarbenen Sofa. Sie versuchte zwar, sich auf den *People Magazine*-Artikel über Hugh Grant und Elizabeth Hurley zu konzentrieren, schaffte es aber nicht. Schließlich ließ sie die Illustrierte sinken und seufzte. »Mein Bruder hat Krebs, Non-Hodgkin-Lymphom«, verkündete sie.

Er sah sie an. »Bei meiner Schwester Cassie sind die Nieren kaputt. Nierenversagen nennen sie das.« Im nächsten Moment fing er an zu weinen.

Eine Weile sah Lisa ihm hilflos beim Schluchzen zu. Dann legte sie ihre Zeitschrift zur Seite, stand auf und setzte sich neben ihn auf das Sofa. »Schsch, schsch«, war das Einzige, was sie über die Lippen brachte, und dabei streichelte sie seinen Arm. Da schlang er plötzlich seine Arme um ihren Hals und weinte sich alsdann an ihrer Schulter aus. Ein Teil von ihr hätte auch gern geweint – um diesen Jungen, um Cliff und um sich selbst. Doch sie hielt die Tränen zurück, schaukelte ihn und tätschelte ihm den Rücken.

Sein Name war Travis McClaren. Seine ältere Schwester war die einzige Familie, die er noch hatte. Sie war während des vergangenen Jahres immer wieder krank geworden. Travis erzählte Lisa, dass er sich an sie erinnerte, weil sie im Februar jeden Tag ins Krankenhaus gekommen war. Da hatte seine Schwester in einem anderen Flügel gelegen, aber er hatte Lisa immer in der Cafeteria und in der Eingangshalle gesehen.

Lisa begegnete Travis in den folgenden Tagen im Krankenhaus. Jedes Mal hatte er etwas für sie – eine Tüte Lakritz aus dem Warenautomaten, ein Paket Kaugummi aus dem Geschenkartikelladen, einen Becher Kaffee von dem Verkaufsstand in der Eingangshalle. Ganz offensichtlich hatte er sich in sie verliebt, und sie begrüßte die Aufmerksamkeit. Sie brauchte eine Ablenkung von den permanent schlechten Nachrichten im Hinblick auf Cliff. Sie konnten keinen passenden Knochenmarkspender finden, und die Chemotherapie machte ihn kränker und kränker.

Eines Nachmittags war sie dermaßen ausgelaugt und deprimiert, dass sie sich nur ein schwaches Lächeln abringen konnte, als sie Travis mit einem Blumenstrauß in der Hand den Korridor entlangkommen sah. »Die sind hübsch«, murmelte sie. »Die werden Cassie gefallen.«

Travis hielt ihr den Strauß geradewegs unter die Nase. »Die sind nicht für Cassie. Die sind für dich.«

»Oh, das ist zwar sehr nett, vielen Dank, aber nein. Wirklich, die solltest du deiner Schwester schenken.«

Grinsend schüttelte er den Kopf. »Nö.«

»Gut, dann schenk sie deiner Freundin«, schlug sie vor.

»Das versuche ich ja gerade zu tun«, gab er zur Antwort.

Sie zwang sich zu einem Lächeln. »Das schmeichelt mir sehr, Travis, nur sind wir nicht …« Sie holte tief Luft. »Wir sind Freunde, und ich habe dich sehr gern. Du bist ein toller Junge. Aber diese Art von Beziehung haben wir nicht. Du bist siebzehn. Ich könnte nicht einmal mit dir ausgehen, wenn ich das wollte.« Sie schaute auf den Fußboden. »Es tut mir leid. Ich bin in einer echt schlimmen Verfassung. Wir unterhalten uns später darüber, okay? Warum bringst du jetzt nicht erst einmal diese Blumen zu Cassie?«

Er trat einen Schritt zurück. »Die kann mich am Arsch lecken.«

Lisa starrte ihn an. »Was?«

»Ich hasse sie«, führte er das weiter aus und warf dabei einen angewiderten Blick in Richtung des Zimmers, in dem seine Schwester lag. »Cassie hat sich das selbst angetan. Sie hat sehr viele falsche Entscheidungen getroffen. Sie wollte überhaupt nicht auf mich hören, und ich habe das alles kommen sehen. Ich habe sie gewarnt. Ich habe versucht, ihr zu helfen. Wenn sie gleich zu Anfang, als sie krank wurde, zum Arzt gegangen wäre, läge sie jetzt nicht hier. Dann würde das dämliche Luder jetzt nicht sterben …«

Lisa, die sich mit dem Rücken gegen die Wand gelehnt hatte, starrte ihn wie benommen an. »Was du da sagst, meinst du nicht so. Sie ist die einzige Familie, die du noch hast, das hast du mir erzählt und …«

»Und sie wird bald sterben. Und dein Bruder auch. Dann gibt es nur noch dich und mich.«

Entgeistert sah Lisa ihn an und schüttelte den Kopf.

»Du bist der einzige Grund, warum ich überhaupt noch herkomme«, redete er weiter. »Cassie ist für mich gestorben. Und auch du musst der Tatsache ins Auge sehen, dass dein Bruder sterben wird. Wenn er das hier durch irgendein Wunder überlebt, wird er in Kürze wieder im Krankenhaus liegen mit Aids – wie so viele von denen. Ich finde das toll, wie du ihm zur Seite gestanden hast. Das war mit ein Grund dafür, dass ich mich in dich verliebt habe. Aber da er ist, was er ist, wird er den Preis für seine Lebensführung zahlen müssen, und er wird sterben …«

»Das ist schwer homophob«, knurrte sie. »Und du redest hier über meinen Bruder.« Sie schob ihn von sich weg und lief schnellen Schrittes durch den Korridor zu den Toiletten.

Travis warf die Blumen auf den Boden und folgte ihr. »Wenn er stirbt, werde ich für dich da sein. Ich kann für dich sorgen, Lisa. Du weißt das nicht über mich, aber in ein paar

Jahren, wenn ich zwanzig werde, bekomme ich haufenweise Geld …«

Sie flüchtete in die Damentoilette und hielt die Tür hinter sich zu. »Lass mich in Ruhe!«, brüllte sie.

Lisa versteckte sich eine Viertelstunde dort. Sie verzog sich in eine der Kabinen, brach in Tränen aus und ließ sie fließen, doch das Weinen hatte nicht einmal eine befreiende Wirkung, es bescherte ihr vielmehr eine Triefnase und hämmernde Kopfschmerzen. Sie lief zum Waschbecken, spritzte sich etwas kaltes Wasser ins Gesicht; erst danach fühlte sie sich besser. Sie war maßlos erleichtert, als sie beim Verlassen der Damentoilette feststellte, dass Travis draußen nicht auf sie wartete.

Trotzdem rechnete sie auf dem ganzen Weg zu Cliffs Zimmer damit, dass Travis gleich aus einem der anderen Räume stürzen würde. Als sie in Cliffs Zimmer trat, blieb sie wie angewurzelt stehen.

Dr. Swann stand am Brett ihres Bruders. Er war braun gebrannt und trug einen weißen Kittel über einem Polohemd und Jeans. Cliff schien nur im Halbschlaf mitzubekommen, dass Dr. Swann ihm mit einem feuchten Waschlappen über die Stirn wischte. Sie hatte das häufig für ihren Bruder getan und auch einige Krankenschwestern dabei beobachtet. Sie hatte jedoch noch nie gesehen, dass ein *Arzt* diese liebevolle, fürsorgliche Aufgabe übernahm.

»Sie sind hier, Sie sind wieder da«, hauchte Lisa. »Gott sei Dank.«

Sie konnte nicht anders: Ihr schossen die Tränen in die Augen, und sie fing wieder an zu weinen.

Er hängte den Waschlappen an einen Haken hinter dem Nachtkasten, kam zu ihr und legte seinen Arm um sie. Dann führte er sie aus dem Zimmer. Allein schon seine Hand auf ihrer Schulter zu spüren entlockte ihr ein dankbares Schaudern. »Seit Cliff letzten Montag hier eingeliefert wurde, habe ich jeden Tag nach Ihnen gefragt«, sagte sie. »Ich dachte schon, ich würde Sie niemals wiedersehen. Ich hatte solche Angst, Cliff könnte vor Ihrer Rückkehr sterben ...«

Dr. Swann zog sie in ein leer stehendes Zimmer. Er schloss die Tür und nahm sie in die Arme. »Alles ist gut, Lisa«, sagte er. »Jetzt bin ich da. Ich werde mich um alles kümmern ...«

Sie schlang ihre Arme um seinen Körper und presste ihr Gesicht gegen seinen Hals. Die Bartstoppeln an seinem Kinn kratzten, doch das gefiel ihr. Sie wagte, ihm einen Kuss auf den Hals zu geben.

Er wich leicht zurück, und ihr wurde ganz bang ums Herz. Sie hatte solche Angst, ihn damit jetzt vergrault zu haben. Sie wollte sich gerade entschuldigen, als er sich wieder vorbeugte und ihre Wange küsste. Dann glitten seine Lippen tiefer zu ihrem Mund ...

»Ich werde mich um alles kümmern«, flüsterte er noch einmal.

Und das tat er auch. Cliff stand plötzlich ganz oben auf der Liste derer, die für eine Knochenmarkstransplantation anstanden, und sie testeten täglich mögliche Spender. Lisa wusste, dass Glenn »die eine oder andere Gefälligkeit einforderte«, doch das machte ihr nichts aus. Hilfreich war, dass keiner vom Personal Cliff oder ihr grollte – Leute wie Schwester Stacey gab es dieses Mal nicht. Sie sprach Glenn niemals darauf an, aber Travis' Schwester wurde in einen anderen Flügel verlegt. Wenn Lisa mit Glenn in die Cafeteria ging, sah sie Travis gelegentlich. Sie grüßte ihn dann wieder wie zu Anfang – mit einem Kopfnicken und einem höflichen Lächeln; und Travis erwiderte den Gruß mit zornigen Blicken. Dadurch fühlte sie sich immer ein wenig unwohl in ihrer Haut, doch wenn Glenn an ihrer Seite war, schien sonst nichts zu zählen.

Nachdem er das erste Mal in ihrem Apartment übernachtet hatte, ließ Glenn verlauten, es nicht ertragen zu können, dass seine Freundin in einer kleinen, heruntergekommenen und von Kakerlaken verseuchten Einzimmerwohnung lebe. Innerhalb von vier Tagen fand er für sie in Evanston eine traumschöne Zweieinhalb-Zimmer-Wohnung, die viel altmodischen Charme und in jedem Raum eine Klimaanlage hatte. Er hatte ein Umzugsunternehmen bestellt, vorab für die ersten sechs Monate die Miete bezahlt und ihr sogar ein neues Sofa und einen neuen Fernsehapparat gekauft.

Lisas Freundin Belinda, die an der gleichen Schule unterrichtete wie sie, verwies darauf, dass Glenn offenbar »ein totaler Kontrollfreak« sei, weil er so über ihr Leben bestimmte. Doch Lisa machte das nichts aus. Durch ihn wurde alles besser für sie – und für Cliff.

Das Einzige, was sie an dem Umzug störte, war der Mann, den Glenn mitgeschickt hatte, damit er das Ganze organisierte. Trotz seines leicht pockennarbigen Gesichts und der Glatze, auf der nur hinten und an den Seiten ein Schatten aus braunen Stoppeln zu sehen war, hatte er so eine ganz bestimmte Ausstrahlung, die sowohl gefährlich als auch sexy wirkte. Am Tag des Umzugs waren draußen dreißig Grad, aber er trug trotzdem eine schwarze Lederjacke, ein schwarzes T-Shirt und enge Jeans. Sein Name war Jimmy Jordan, und er behauptete, Glenn sei sein bester Freund. »Ich kann sehen, warum Glenn so verrückt nach dir ist«, meinte er und taxierte sie dabei vom Scheitel bis zur Sohle. Seine Blicke waren regelrecht anzüglich. Und er war dermaßen aufgedreht und zappelig, dass sie sich fragte, ob er auf Koks war. »Aus diesem Drecksloch hole ich dich raus«, versprach er ihr.

Als er seine Jacke ablegte, fielen ihr sein sehniger Körperbau auf und die komplexen Tätowierungen, von denen seine muskulösen Oberarme übersät waren. Er erwähnte, dass Glenn ihm vor Jahren das Leben gerettet hatte, als er nach einem üblen Autounfall in die Notaufnahme eingeliefert worden war. »Glenn ist der Beste«, meinte er.

Die armen Umzugsleute tyrannisierte er. »He, ihr Arschlöcher, könnt ihr nicht noch langsamer arbeiten? Versucht ihr, Zeit zu schinden, weil man euch pro Stunde bezahlt? Keine Chance, ihr Loser! Hast du mich da gerade angegafft? Was für ein Blick war das? Glotzt du mich etwa blöde an?«

Sie rief Glenn mittendrin an und erklärte ihm, sie billige die Methoden seines Freundes nicht. »Ich würde dem Ganzen ein Ende machen«, wisperte sie ins Telefon, »aber ehrlich gesagt, habe ich wahnsinnige Angst vor ihm.«

Sie hörte Glenn am anderen Ende der Leitung gackern. »Na ja, das ist JJ, der erledigt, was erledigt werden muss. Lass ihn sein Ding durchziehen. Die Umzugsleute werden gut bezahlt, mach dir also keine Sorgen ...«

Jimmy Jordan hatte die Wahrheit gesagt. Er hatte ihren gesamten Umzug im Handumdrehen hinbekommen. Lisa konnte ihn aber trotzdem nicht leiden. Sie erinnerte sich, seinen Namen Monate zuvor schon mal gehört zu haben, als Stacey sich darüber ausgelassen hatte, dass Dr. Siler auf offener Straße überfallen worden war. *Obwohl Glenn sich natürlich nicht an ihm vergriffen hat. Um irgendeinen Mann fertigzumachen, würde der sich nie die Fäuste blutig schlagen. Solche Jobs überlässt er seinem Kumpel JJ.*

Aus Neugier hatte Lisa, kurz nachdem Cliff neuerlich ins Krankenhaus eingeliefert worden war, ihre Krankenschwester-Freundin Melissa nach Dr. Siler gefragt. Wie es aussah, war er nach dem Überfall nie wieder zur Arbeit gekommen.

Er hatte in einem anderen Krankenhaus eine Stellung angenommen.

Lisa führte sich vor Augen, dass Stacey eine dumme Tussi war. Und sie hatte Glenn ja auch schon im Hinblick auf Siler befragt, und er hatte nichts mit diesem Überfall zu tun gehabt. Es fiel ihr leicht, Dinge, die sie nicht hören wollte, zu ignorieren, wenn sie bedachte, wer ihr diese Dinge erzählt hatte.

Eines Abends im Krankenhaus, kurz nachdem sie ihre neue Wohnung bezogen hatte, sichtete Lisa Travis am Ende des Korridors der dritten Etage. Es war nicht das erste Mal, dass sie ihn auf dem Flur herumschleichen sah, seit seine Schwester in einen anderen Flügel verlegt worden war. *»›And They Call It Puppy Love‹«*, hatte Melissa trocken die Zeile aus dem Paul-Anka-Hit über die erste große Liebe zitiert, nachdem sie ein paar Tage zuvor einen mürrisch dreinschauenden Travis dabei beobachtet hatte, wie er sich auf der dritten Etage herumdrückte. »Ich würde es indes ein Verhalten nennen, das an das eines Stalkers grenzt. Ich glaube, Süße, er ist nach wie vor auf dich fixiert.«

Das nahm Lisa auch an. An jenem Abend beschloss sie schließlich, etwas dagegen zu unternehmen. Sie lief auf Travis zu, der am Ende des Korridors stand. Er trug Cargoshorts, ein T-Shirt der *Chicago Cubs* und Sandalen. Er lehnte mit dem Rücken an der Wand, hatte die Hände in den Hosentaschen vergraben und blitzte sie wütend an.

»Hi, Travis«, hob sie an. »Es tut mir leid, dass ich dir – aus dem Weg gegangen bin. Ich habe ein schlechtes Gewissen wegen unserer letzten Unterhaltung, aber du musst verstehen, dass einige der Dinge, die du über meinen Bruder gesagt hast, sehr verletzend waren. Und er wird nicht sterben. Er bekommt die bestmögliche Pflege. Ich bin sehr optimistisch im Hinblick auf seine Chancen.«

»Wie schön für dich«, murmelte er.

Sie nickte. »Das ist es. Ich habe mich bei Melissa erkundigt – du erinnerst dich doch sicher an Melissa, sie war eine Weile auch Cassies Krankenschwester –, ich habe sic gefragt, wie es deiner Schwester inzwischen geht. Es tut mir leid, dass sich Cassies Zustand nicht gebessert hat.«

»Vielleicht kannst du deinen Doktor-Boyfriend darauf ansprechen«, meinte Travis, »und ihn dazu bringen, ein paar Beziehungen spielen zu lassen.«

Forschend blickte sie ihm in die Augen. »Wenn du das wirklich möchtest, tue ich das.«

»Bemüh dich nicht«, knurrte er. »Er ist ein Scheißkerl. Verlass dich drauf: es wird dir leidtun, dich jemals mit ihm eingelassen zu haben …«

»Ist das eine Drohung?«, fragte sie ihn.

Er schüttelte den Kopf. »Das ist ein Faktum. Du meinst im Moment vielleicht, Dr. Swann wäre so ein richtig toller Kerl, aber warte nur ab. Er wird dir wehtun, Lisa.«

»Du kennst ihn doch gar nicht«, wandte sie ein.

Travis erwiderte nichts. Sein Blick glitt von ihrem Gesicht auf etwas über ihrer Schulter. Sie drehte sich um und sah, dass Dr. Glenn Swann gerade aus dem Fahrstuhl am Ende des Korridors trat. Lisa wollte ihm zuwinken, spürte aber, dass Travis sich plötzlich bewegte. Als sie sich daraufhin wieder umdrehte, sah sie, dass er sich ins Treppenhaus verzog.

Seufzend lief sie Glenn entgegen. Sie gab ihm einen Kuss – ein flüchtiges Küsschen. Glenn hielt nichts von der öffentlichen Zurschaustellung von Zuneigung am Arbeitsplatz. Er nahm aber ihre Hand und nickte mit dem Kopf in Richtung der Tür, die ins Treppenhaus führte. »Was war das denn da?«

»Ein ehemaliger heimlicher Bewunderer«, erwiderte sie und rang sich dabei ein Lächeln ab. »Er ist sehr eifersüchtig auf dich. Er sagt, dass du mir wehtun wirst. Du wirst mir nicht wehtun, oder? Bitte, sag mir, dass du mir nicht das Herz brechen wirst.«

Drei Wochen später heirateten sie, in bescheidenem Rahmen in der Krankenhaus-Kapelle. Cliff saß in einem Rollstuhl und fungierte als Glenns Trauzeuge. Ihre Trauzeugin war ihre Freundin Belinda – mit der Maßgabe, dass sie eine Woche lang die Klappe hielt und sich nicht dazu äußerte, weil das alles viel zu schnell ging; dass Glenn ein Kontrollfreak war, der ihre anderen Freunde vergraulte, und was für eine schreckliche Verschwendung es war, diese entzückende Wohnung ein halbes Jahr im Voraus bezahlt zu haben.

Sie machten keine Hochzeitsreise, aber Glenn kaufte recht impulsiv in Winnetka ein Haus für sie. Es war im Tudorstil erbaut, hatte zwei Etagen und drei Schlafzimmer. JJ kümmerte sich um den Umzug. Lisa bekam nicht mit, wie er die armen Umzugsleute beschimpfte, denn am gleichen Tag bekam Cliff endlich seine Knochenmarkstransplantation.

Zwei Wochen später fanden sie heraus, dass sein Krebs nicht in Remission gegangen war. Am gleichen Abend waren Glenn und sie zu einer Party im North Shore Country Club eingeladen, die von einem Ehepaar gegeben wurde, das dem Krankenhaus regelmäßig große Beträge spendete, Thomas und Elizabeth Noll. Lisa hatte die beiden bereits kennengelernt, und sie waren wirklich nette Leute, nur war sie deprimiert und erschöpft – und nicht in der Stimmung für eine Party.

Sie war jedoch im Verlauf der wenigen Wochen, die sie und Glenn inzwischen verheiratet waren, dahintergekommen, dass er von ihr erwartete, ihren Pflichten als elegante und charmante Gattin des Doktors nachzukommen. Manchmal schrieb er ihr sogar vor, welches Kleid sie bei einem Anlass zu tragen hatte. Das war etwas, was sie an diesem speziellen Abend nicht brauchte.

Sie standen in ihrem geschmackvoll eingerichteten neuen Schlafzimmer, er in der Unterhose, sie in Büstenhalter und Höschen, aber bereits mit geschminktem Gesicht und frisiertem Haar. Er legte ihr ein Kleid aufs Bett und mahnte sie, sich zu beeilen, da sie andernfalls zu spät zu der Party kommen würden.

»Du bist doch derjenige, der ewig lange unter der Dusche gestanden hat«, erwiderte sie in schroffem Ton und schaute verärgert auf das Cocktailkleid von J.Crew, das er für sie ausgesucht hatte. »Himmel, Schatz, es ist schlimm genug, dass du mich zwingst, zu dieser Party zu gehen, musst du mich da auch noch herausputzen wie eines dieser Püppchen, die eine Schule für höhere Töchter besucht haben?«

Sie drehte sich zu ihm um, und im gleichen Moment schlug ihr mit Wucht etwas gegen die Wange. Die Wucht seines Schlages traf sie völlig unvorbereitet. Sie taumelte nach hinten und fiel gegen den Nachttisch. Die Lampe ging mit ihr zu Boden. Für einen kurzen Moment konnte sie außer greller Helligkeit nichts sehen. Ein durchdringendes Geräusch hallte in ihrem linken Ohr wider. Sie bekam keine Luft.

Lisa lag auf dem Fußboden des Schlafzimmers, in ihrer Unterwäsche und neben einer zerbrochenen Lampe, und es dauerte einen Moment, bis sie begriff, was geschehen war. Glenn beugte sich über sie und entschuldigte sich. War sie verletzt? Er hatte das nicht gewollt. Er hatte nicht gewusst, was er tat.

Er machte ihr einen Eisbeutel für ihr Gesicht und untersuchte ihre linke Seite, um sicherzustellen, dass sie sich keine Rippe gebrochen hatte, als sie gegen den Nachttisch geprallt war. Er sagte, es sei nur ein Bluterguss. Immer und immer wieder entschuldigte er sich – und er fing sogar an zu weinen. Er rief die Nolls an und sagte ab.

Obwohl ihr Gesicht am nächsten Tag immer noch schmerzempfindlich war und sie einen hässlichen blauen Fleck auf den Rippen hatte, gelang es Lisa, ihm zu vergeben. Sie sagte sich, dass Glenn einen stressigen Job hatte, einen harten Job mit vielen Überstunden. Er verlangte nicht viel von ihr, und er hatte für Cliff und sie *alles* getan. Der Rückschlag bei Cliffs Behandlung ging ihm, verdammt noch mal, fast ebenso nah wie ihr. Er hatte sich wortreich dafür entschuldigt, sie geschlagen zu haben. Er sagte, es würde nie wieder vorkommen.

Glenn hielt Wort – vier Monate lang. Lisa vergaß, welche Äußerung von ihr der Auslöser gewesen war, doch es passierte in der Küche, als sie gerade das Abendessen zubereitete. Dieses Mal sah sie, wie er ausholte, und fast gelang es ihr, dem Faustschlag auszuweichen. Er streifte ihr Ohr. Der stechende Schmerz war entsetzlich, aber sie stand immer noch auf den Füßen. Und dieses Mal schlug sie zurück, verpasste ihm zornig eine Ohrfeige. »Du Dreckskerl!«, kreischte sie. »Das hat wehgetan, verdammt noch mal! Du hast versprochen, mich nie wieder zu schlagen, und du …«

Weiter kam sie nicht. Ein Fausthieb auf ihr linkes Auge ließ sie verstummen und sorgte dafür, dass sie auf dem Küchenboden aufschlug. Sie konnte durch den Sturz auch gar nicht mehr richtig atmen. Der Fußboden war hart – teure Fliesen, aus Mexiko importiert.

Dieses Mal entschuldigte Glenn sich nicht. Sie lag immer noch zusammengekrümmt auf den kalten Fliesen, als er begann, ihr in den Rücken zu treten. Dann griff er nach dem Topf mit der Hühnerbrühe, die sie gerade erhitzt hatte, um Soße zu machen. Er warf damit nach ihr. Der Topf schlug gegen den Unterschrank hinter ihr. Lisa hielt sich schützend die Hände vors Gesicht, doch die heiße Flüssigkeit verbrannte ihr die Arme und die Handrücken. Der leere Topf fiel klappernd auf den gefliesten Boden.

Glenn ließ sie so liegen und stürmte aus dem Haus.

Bis Lisa aufstehen konnte und in den Badezimmerspiegel schaute, fing ihr linkes Auge bereits an zuzuschwellen. Damit konnte sie nicht Auto fahren. Also rief sie ihre Schwägerin Audrey an, damit die sie ins Krankenhaus fuhr. Ihrer Meinung nach sollte Glenns ältere Schwester sehen, zu was er fähig war. Während Lisa auf sie wartete, spritzte sie sich kaltes Wasser auf die Arme. Die Verbrennungen waren nicht allzu schlimm, die Hühnerbrühe hatte gottlob nicht gekocht. Sie rieb Aloe auf die geröteten Stellen, und das linderte die Schmerzen.

Lisa nahm an, dass sie doch nicht in die Notaufnahme musste. Vielmehr musste sie für ein paar Nächte in ein Hotel, in dem Glenn sie nicht finden konnte. War sie erst einmal dort, würde sie sich schon darüber klar werden, was sie seinetwegen unternehmen musste. Sie fing an, eine Reisetasche zu packen.

»Du kannst ebenso gut heute Nacht hierbleiben«, meinte Audrey und blickte dabei mit gerunzelter Stirn auf Lisas Reisetasche neben der Küchentür.

Sie war eine magere, sportlich aussehende Brünette mit kurz geschnittenen Haaren und tiefen Falten im Gesicht – vermutlich von zu viel Sonne. Sie trug Jeans und einen Pullover mit Rautenmuster. Sie hatte Lisa an den Küchentisch gesetzt und jeder von ihnen ein Glas Bourbon eingeschenkt. Dann hatte sie eine Tüte Erbsen aus dem Gefrierschrank genommen und einen großen Druckverschlussbeutel mit Eiswürfeln gefüllt. Audrey schien genau zu wissen, was zu tun war – als habe sie das alles schon mal getan, für jemand anderen.

Lisa saß am Küchentisch, roch wie Hühnerbrühe und presste artig die Tüte Tiefkühlerbsen gegen das Auge. Der große Eisbeutel klemmte zwischen ihrem Rücken und der Lehne des Küchenstuhls. In kleinen Schlucken trank sie den Bourbon.

»Heute Abend wird Glenn nicht mehr nach Hause kommen«, erklärte Audrey ihr und setzte sich zu ihr. Sie nahm einen gierigen Schluck aus ihrem Glas. »Er wird morgen kommen, nach der Arbeit, um Vergebung flehen und dir vielleicht ein Geschenk oder irgendwelche Blumen mitbringen. Und er wird es ernst meinen, wenn er dir dann sagt, dass es ihm leidtut. Wenn er indes nach Hause kommt und feststellt, dass du dich aus dem Staub gemacht hast, wird er ausrasten. Und das willst du nicht erleben.«

Mit ihrem guten Auge bedachte Lisa ihre Schwägerin mit einem argwöhnischen Blick. »Das klingt, als würdest du aus Erfahrung sprechen.«

Audrey nickte bedrückt. »Glenn ist es gewohnt, seinen Willen durchzusetzen. Droh ihm also nicht damit, ihn zu verlassen, und stell ihm auch kein Ultimatum. Und sieh um Gottes willen zu, dass er diese Reisetasche nicht da stehen sieht.«

»Du ... du hast also schon einmal erlebt, dass so etwas passiert ist«, vermutete Lisa.

Wieder nickte Audrey und nahm einen weiteren Schluck von ihrem Bourbon. »Eigentlich ist es mit jeder Frau passiert, mit der er je zusammen war. Du wärst erstaunt, wenn du wüsstest, wie viele das geduldig ertragen haben – trotz der Blutergüsse und blau geschlagenen Augen. Selbst wenn er sie abservierte, wollten manche noch nicht gehen. Ist das nicht verrückt? Aber glaube mir, wenn Glenn eine Frau nicht mehr in seinem Leben haben will, kommt sie weg. Dafür, dass das klappt, hat er JJ.«

Lisa erinnerte sich, was Glenn über JJ gesagt hatte, nachdem der den Umzugsleuten gegenüber so ausfallend gewesen war. *Na ja, das ist JJ, der erledigt, was erledigt werden muss.* Mit hochgezogenen Augenbrauen sah sie Audrey an. »Was genau macht JJ mit diesen Verstoßenen?«

»Das weiß ich nicht, und das will ich auch gar nicht wissen. Aber jedes Mal, wenn Glenn die Sache JJ übertragen hat, sind die Mädchen sang- und klanglos weggezogen oder haben ganz einfach nie wieder Probleme gemacht.« Audrey goss den Rest ihres Bourbons in sich hinein, leerte ihr Glas bis zum letzten Tropfen. Sie stand auf und schenkte sich ein weiteres ein. »Ich dachte, bei dir wäre alles anders, Lisa. Das habe ich wirklich geglaubt. Ich meine, mein Gott, er hat dich geheiratet. Ich hatte einen guten Grund, optimistisch zu sein.« Seufzend setzte sie sich wieder. »Du kannst dir gar nicht vorstellen, wie traurig ich war, als du mich heute Abend angerufen hast ...«

Lisa legte die Tüte mit den Tiefkühlerbsen einen Moment auf den Tisch. In aller Ruhe sah sie ihre Schwägerin an. »Wenn das schon lange so geht, wie du sagst ... wie kannst du dann untätig danebenstehen und das zulassen?«

»Er ist mein Bruder. Was erwartest du da von mir?«

»Wie wäre es für den Anfang beispielsweise mit einer Familienintervention?«, schlug sie vor.

»Nicht in unserer Familie«, gab Audrey zur Antwort. »Von uns wird erwartet, dass wir alle perfekt sind. Wir halten zusammen, reden aber nicht über unsere Probleme, denn wir räumen nicht einmal ein, dass wir Probleme haben könnten.« Sie hob ihr Glas, als wolle sie ihr zuprosten, und schüttete weiteren Bourbon in sich hinein.

»Also, ich werde nicht tatenlos dabei zuschauen, dass mir so etwas passiert. Notfalls laufe ich weg.«

»Er würde dich über deinen Bruder aufspüren«, warnte Audrey sie. »Das wäre sehr einfach für ihn – oder für JJ.«

»Was, wenn ich zur Polizei ginge?«

Auf einmal wirkte Audrey verängstigt. Sie griff herüber und legte ihre Hand auf Lisas. »Das tu bitte nicht«, flüsterte sie.

»Warum nicht? Hast du Angst vor den Folgen, die das für deine Familie haben könnte? Hast du Angst davor, wie Glenns Ruf darunter leiden würde?«

»Nein, Lisa. Ich habe Angst vor dem, was dir dann passiert.«

»Nun, dann sag mir, was ich tun soll!« verlangte Lisa. »Sein Prügelopfer sein, bis er die Nase von mir voll hat? Und dann sang- und klanglos verschwinden? Ist es das? Du sagst, dass ich dies nicht tun soll und jenes nicht tun soll. Also, Audrey – dann sag mir, was ich tun soll?«

Glenns Schwester zuckte hilflos mit den Achseln. »Es besteht die Möglichkeit, dass es nur ein Einzelfall war. Ihr seid schließlich seit sechs Monaten verheiratet, und das hier ist das erste Mal, dass er ...«

»Es ist schon einmal passiert – vor vier Monaten«, fiel sie ihr ins Wort. »Damals hat er mir geschworen, dass es nie wieder vorkommen würde. Du kennst seine Vorgeschichte. Meinst du da wirklich, dass das hier ein ›Einzelfall‹ war? Also – ich frage dich noch einmal: Was soll ich tun?«

»Ich wünschte, ich wüsste es.« Sie blickte in ihr Bourbon-Glas. »Ich habe wirklich geglaubt, er hätte sich durch dich verändert. Aber ich schätze, es liegt einfach in Glenns Natur. Als er elf Jahre alt war, haben unsere Eltern ihm einen Cockerspaniel geschenkt, Skyler. Ein entzückendes Hündchen, schon stubenrein. Glenn hat das arme Tier verprügelt, sobald es ihm nicht gehorchte – und manchmal auch nur, weil er wegen irgendetwas anderem frustriert oder zornig war. Und Skyler war ihm so treu ergeben und hat so an ihm gehangen. Dieser Hund hat ihn bis zum letzten Atemzug geliebt, bis Glenn ihm das Hirn aus dem Schädel geprügelt hat …«

Lisa schwieg. Doch in diesem Moment wusste sie, dass sie irgendwie von ihm wegmusste, ganz egal, wie.

Sie würde nicht enden wie dieser arme Hund.

Megan schaltete die Herdplatte aus, auf der die Spaghettisoße mit den Fleischbällchen stand. Dann nahm sie das Knoblauchbrot aus dem Ofen.

Diese Küche hier war anders als die vor fünfzehn Jahren. Diese hier war kleiner, bescheidener – mit Elektrogeräten, die ungefähr zehn Jahre alt waren, und Linoleum auf dem Fußboden. Sie saß nicht mit Schmerzen, zusammengeschlagen und nach Hühnerbrühe stinkend an ihrem Frühstückstisch. Doch ihr Verstand sagte ihr genau das Gleiche wie damals: dass sie nicht einfach tatenlos dabeistehen und das Unvermeidbare geschehen lassen durfte. Glenn war nicht mehr im Gefängnis und suchte wahrscheinlich nach ihr. Bald würde auch die Polizei nach ihr suchen – wenn sie das nicht schon tat. Sie brauchte einen Plan.

»Mom?«

Nervös rieb Megan sich die Stirn. »Ja, Schätzchen?« antwortete sie mit lauter Stimme.

»Auf Starz bringen sie um sieben *›007 JAGT DR. NO‹*«, rief Josh aus dem Wohnzimmer. »Können wir den gucken?«

Er hatte den Film schon gesehen. Er und Darren hatten in dem Sommer nach ihrer Versetzung in die achte Klasse eine James-Bond-Phase gehabt. Sie lief ins Wohnzimmer. Josh hatte die Tabletttischchen bereits aufgestellt. Mit einem Bein auf der Sofalehne saß er auf der Coach. Auf dem Großbildfernseher liefen gerade die Abendnachrichten. Megan verschränkte die Arme vor der Brust und sah ihren Sohn an. »Willst du dir den ganzen Film anschauen?«, fragte sie. »Der dauert zwei Stunden. Wie sieht es denn mit deinen Hausaufgaben aus?«

»Hab kaum welche«, erwiderte Josh mit Blick auf den Fernsehapparat.

»Gut, dann schauen wir uns ›*007 JAGT DR. NO*‹ an«, antwortete sie und wollte wieder in die Küche gehen.

»Bevor John Flick uns gleich eine abschließende Zusammenfassung der Sportnachrichten präsentiert«, verkündete der grauhaarige Nachrichtensprecher, *»hat Debi Donahue diese erschütternde Story über eine Frau in Seattle und ihre Verbindung zu einem Mordfall in Chicago, für den ein unschuldiger Mann vierzehn Jahre ins Gefängnis geschickt wurde …«*

Megan blieb wie angewurzelt stehen. Im nächsten Moment wirbelte sie herum und starrte auf den Fernsehapparat. Sie konnte es nicht fassen. Wie konnte das sein? Sie sah kurz Josh an – und dann wieder auf den Bildschirm.

»Das hier war vor drei Wochen die grausige Szene in Seattles Discovery Park«, erläuterte die Journalistin im Hintergrundkommentar. Sie zeigten Streifenwagen der Polizei, die in der Abenddämmerung vor einem Waldstück standen. Ihre roten Signalleuchten drehten sich. Gelbes Absperrband, an mehreren Bäumen festgemacht, riegelte das Gelände vor zahlreichen Schaulustigen ab, die stehen geblieben waren, um zu glotzen. Einer der Polizeibeamten unterhielt sich mit einem Kollegen und deutete dabei auf etwas in den Büschen. Die Fernsehkamera fuhr näher heran und zeigte den Oberrand eines schwarzen Plastikmüllsacks – der aus dem Blattwerk herausragte.

Megan konnte noch immer nicht verstehen, wie das sein konnte: *»... die Verbindung zwischen einer Frau aus Seattle und einem berüchtigten Mordfall im Raum Chicago ...«* Es hatte sie heute keiner von der Polizei oder der Presse angesprochen. Daheim auf ihrem Festnetzanschluss hatte kein einziges Mal das Telefon geläutet. Wie konnten sie da in den Nachrichten darüber berichten? Das Ganze machte überhaupt keinen Sinn.

Sie wusste schon jetzt, wie sie in dem Bericht die Verbindung zu dem kürzlich verübten Müllsackmord in Seattle herstellen würden. Sie würden über Glenn sprechen und über den fünfzehn Jahre zurückliegenden Müllsackmord am Chicagoer North Shore. Würden sie ein Foto der Ehefrau zeigen, für deren Ermordung man ihn verantwortlich gemacht hatte?

Wie erstarrt stand sie da und klammerte sich mit der Hand an den Rahmen der Wohnzimmertür. Wieder schaute sie zu Josh hinüber. »Äh, ich ... ich dachte, du wolltest deinen Film sehen.«

»Der fängt erst in acht Minuten an«, gab er zur Antwort und schaute dabei konzentriert auf den Bildschirm. »Und ich will die Sportnachrichten hören.«

»Also, das Abendessen ist fertig«, sagte sie mit einem weiteren nervösen Blick auf den Fernsehapparat. »Komm in die Küche und lad dir was auf den Teller.«

»Gleich«, erwiderte er. »Ich will das da sehen.«

Megan wollte es auch sehen. Sie musste in Erfahrung bringen, wie viel sie wussten. Vielleicht hatte jemand herausgefunden, dass die als vermisst geltende Lisa Swann in Seattle war, aber noch nicht, unter welcher Identität und wo sie war. Die Story wurde wahrscheinlich auch von allen anderen lokalen Fernsehstationen gesendet. Sie konnte sich nicht in der

Hoffnung suhlen, es auf ewig vor Josh geheim halten zu können. Seine Freunde und deren Eltern würden es sehen. Ihre Arbeitskollegen, Leute, die sie aus dem Fitnessstudio und aus dem Supermarkt kannten, würden es ebenfalls sehen. Und dennoch sperrte sich etwas in ihr zuzulassen, dass Josh es *jetzt* sah.

»Komm, Schatz, das Essen wird kalt ...«

Er löste seinen Blick nicht vom Bildschirm. »Bitte, Mom, ich versuche, mir das da anzusehen.«

Unablässig fragte Megan sich, was sie ihm erzählen würde. Wie konnte sie es ihm erklären? Ihr Magen krampfte sich zusammen, und sie sagte nichts mehr, starrte auf den Fernsehapparat – und auf den Leichenfundort im Discovery Park. *»Genau hier fand man in drei separaten Müllsäcken die zerstückelte Leiche von Paula Conlon aus Magnolia, die für eine Werbeagentur gearbeitet hatte«*, fuhr die Journalistin in ihrem grausigen Hintergrundkommentar fort.

Sie zeigten ein Foto von Paula Conlon, das gleiche Bild der hübschen Brünetten, das Megan im Internet gesehen hatte.

»Während die Ermittlungsbeamten der Polizei versuchen, eine Verbindung zwischen der Ermordung Conlons und ähnlichen Fällen herzustellen, zu denen es vor über zehn Jahren in Seattle gekommen ist«, sprach die Journalistin weiter, »muss diese Szene im Discovery Park für die vor zwei Jahren nach Seattle übergesiedelte einunddreißigjährige Glasmalerin Candice Blanco auf bestürzende Weise vertraut gewesen sein.«

Jetzt sah man auf dem Bildschirm eine stämmig gebaute Frau mit zerzausten braunen Haaren – und einem spitzen Haaransatz, aus dem eine wild aussehende, gelb gefärbte Strähne spross. Sie hatte ein Nasenpiercing und dick getuschte Wimpern. Im Hintergrund erkannte Megan die viktorianische Pergola am Pioneer Square. Und trotz der vielen Jahre, die inzwischen vergangen waren und ihres leicht pseudokünstlerischen Grufti-Looks erkannte Megan in der Frau im Fernsehen Glenns Nichte.

»Das hat mich zutiefst erschüttert«, sagte Candy. *»Es hat mich natürlich automatisch an das erinnert, was passiert ist, als ich siebzehn war und mit meiner Familie in der Nähe von Chicago lebte ...«*

Das Bild, das Candy zeigte, wurde langsam überblendet. Jetzt sah man ein offizielles Foto von ihr, das in der St. Regina High School gemacht worden war und sie in voller akademischer Tracht beim Abschluss der Middle School zeigte – mit Talar und Hütchen, frisch gewaschenem Gesicht, einem Lächeln auf den Lippen und dem gleichen Haarschnitt wie Jennifer Aniston in *»FRIENDS«*. *»Im Oktober 1996«*, erklärte die Reporterin, *»besuchte Candice Blanco im wohlhabenden Chicagoer Vorort Wilmette die Highschool, als die Frau, die erst seit vierzehn Monaten mit ihrem Onkel verheiratet war, spurlos verschwand ...«*

Megan konnte kaum noch atmen. O Gott, jetzt passiert es, dachte sie und starrte dabei auf den Bildschirm – genau wie Josh. Ein Foto, das die Chicagoer Presse schon mehrmals veröffentlicht hatte und das Lisa Swann auf einer Wohltätigkeitsveranstaltung zeigte, erschien auf dem Bildschirm. Es war nur etwa eine Sekunde lang zu sehen, bevor es sich in das Negativ dieses Fotos verwandelte – ein unheimlicher künstlerischer Touch derjenigen, die diesen Bericht zusammengestellt hatten. Wieder warf Megan einen heimlichen Blick auf Josh, der von dem Bericht dermaßen hingerissen war, dass er an seinem Daumennagel kaute. Es hatte nicht den Eindruck erweckt, als habe er seine Mutter auf dem alten Foto erkannt.

Es wurde ein Ausschnitt gezeigt, bei dem am oberen Bildschirmrand die Worte *with courtesy of WGN-TV* eingeblendet waren. Das Waldstück ähnelte dem im Discovery Park, das sie zu Anfang gezeigt hatten, nur stand hier jetzt am unteren Bildrand *Turnbull Woods, Glencoe, Illinois.*

»Zwei Wochen nach Lisa Swanns Verschwinden«, berichtete die Journalistin weiter, *»fand man in den Vorstädten des Chicagoer Nordens dann an mehreren Stellen in Müllsäcken die zerstückelte Leiche einer Unbekannten. Die damals siebzehnjährige Candice las in der Zeitung, dass der Rumpf des Opfers Brandmale aufwies, die mit denen identisch waren, die sie am Oberkörper ihrer Tante gesehen hatte. Das war der Auslöser dafür, dass die Staatsanwaltschaft gegen ihren Onkel Dr. Glenn Swann, einen prominenten Chirurgen, Anklage wegen Mordes erhob …«*

Es wurde ein alter Filmausschnitt gezeigt, in dem Glenn einen Straßenanzug trug und in Handschellen zu einem Streifenwagen geführt wurde. Um ihn scharten sich unter einem Blitzlichtgewitter Polizeibeamte und Reporter.

Wieder schaute Megan zu Josh hinüber – der in diesem Moment zum ersten Mal in seinem Leben seinen Vater sah. Das Licht des Fernsehapparats flackerte auf seinem Gesicht. Gebannt starrte er auf den Bildschirm, doch so sah er immer aus, wenn er vor dem Fernseher saß, ganz so, als habe das Gerät eine hypnotische Wirkung auf ihn.

Instinktiv griff sie sich links an die Rippen. Josh hatte sie irgendwann in BH und Höschen gesehen. Sie dankte Gott dafür, dass die Brandmale nicht mehr so deutlich zu sehen waren.

»Geschichten über Gewalt in der Ehe und ein Berg an Indizienbeweisen halfen dabei, Dr. Glenn Swann für den Mord an seiner Ehefrau zu verurteilen«, sagte die Journalistin, die jetzt

auf dem Bildschirm zu sehen war. Sie war hübsch, hatte rote Haare und stand in einem Trenchcoat in der Nähe des Pioneer Square neben dem Pier am Wasser. *»Für die Nichte, die nur ungern zu seiner Verurteilung beitrug, war das ein traumatisches Erlebnis.«*

Jetzt war Candy wieder auf dem Bildschirm zu sehen, und sie stand immer noch vor der Pergola am Pioneer Square. Megan konnte nicht fassen, dass ihre Nichte in Seattle lebte – und das schon seit zwei Jahren. Wie war das möglich, dass sie sich in der langen Zeit nicht irgendwann mal über den Weg gelaufen waren? Vielleicht waren sie einander aber auch begegnet und hatten die andere nur einfach nicht erkannt.

»Ich glaube nicht, dass ich jemals darüber hinwegkommen werde«, sagte Candy. *»Ich habe immer noch Albträume. Ich musste die Brandmale am Oberkörper meiner Tante identifizieren. Ich weiß nicht, ob das Ganze ein unfassbarer Zufall war oder sie bei den neuen DNA-Tests irgendwas verpfuscht haben, denn die Brandmale sahen haargenau so aus wie die am Oberkörper meiner Tante Lisa. Dabei bleibe ich. Das habe ich bei dem Prozess vor vierzehn Jahren unter Eid geschworen, und das habe ich den Ermittlungsbeamten, die mich letzte Woche nach der Begnadigung meines Onkels befragt haben, wieder geschworen ...«*

Da sprang Josh auf einmal auf. »Gott, was ist da los? Die Nachrichten sind in vier Minuten zu Ende«, schimpfte er. »Werden die *je* zum Sport rüberschalten?« Er schob sich an ihr vorbei und hastete in die Küche. »Ruf mich, wenn sie die Spielergebnisse bekannt geben.«

»Hol du dir was zu essen«, rief Megan ihm nach. Sie fühlte sich wie benommen.

Sie hielt es für göttliche Fügung, dass Josh seine eigene Mutter auf dem Bildschirm nicht erkannt hatte. Megan hatte

Krämpfe im Magen und konnte sich gar nicht vorstellen, zu Abend zu essen – nicht jetzt. Sie würde den ganzen Abend darauf warten, dass das Telefon läutete oder jemand an ihre Haustür klopfte. Josh hatte sie im Fernsehen vielleicht nicht erkannt, aber andere konnten sie sehr wohl erkannt haben – sogar Leute, die sie selbst kaum kannte. Sie hatte heute mindestens dreißig Kunden Autos vermietet. Jeder Einzelne davon konnte sich in diesem Moment diesen Bericht hier anschauen.

Im Fernsehen zeigten sie jetzt einen Filmausschnitt, der den begnadigten Glenn dabei zeigte, wie er, flankiert von seinen Anwälten, das Gerichtsgebäude verließ. Sie hatte diese Bilder bereits im Internet gesehen. Glenn starrte mit bitterböser Miene vor sich hin, während er die Treppe hinunterlief.

Josh war nicht im Zimmer, sodass er den zornigen Gesichtsausdruck seines Vaters nicht zu sehen bekam.

Megan wusste, dass der Mann auf dem Bildschirm erst glücklich sein würde, wenn er sie gefunden hatte.

Kapitel dreizehn

PORTLAND, OREGON

Er zog seinen rollbaren Kabinenkoffer hinter sich her und lief damit vom Gate ins Hauptgebäude des Portland International Airport. Man hatte ihn instruiert, mit leichtem Gepäck zu reisen – nur für ein, zwei Nächte. Der Mann am Telefon, der ihm die Instruktionen gegeben hatte, nannte sich Danny.

Glenn hatte Dannys Anweisung befolgt und niemandem erzählt, wohin er flog. Er hatte auch elftausend Dollar von seinem Bankkonto abgehoben. Danny hatte gesagt, er solle nach seiner Ankunft in Portland keine Kreditkarten mehr benutzen, sondern alles bar bezahlen. Der Knabe wollte offenbar nicht, dass man aufgrund der Kreditkarten nachvollziehen konnte, wo Glenn gewesen war und was er getan hatte. Glenn nahm an, dass Portland nur ein Zwischenstopp auf seiner Reise an den Ort war, an dem es zu einer Wiedervereinigung zwischen ihm und seiner lange verschollenen, *toten* Ehefrau kommen würde.

Bisher hatte das Unternehmen Glenn noch nichts gekostet – wenn man von dem Ticket für den Flug nach Portland und dem bisschen Zeit absah. Eigentlich hätte er heute Abend in einem Obdachlosenasyl für Frauen arbeiten sollen, aber scheiß der Hund drauf. Er hatte diesen ehrenamtlichen Mist eh nicht machen wollen. Außerdem hatten die Chicagoer Zeitungen bereits vor drei Tagen geschrieben, dass er dort tätig geworden war, und darum ging es ja im Grunde nur.

Der Medienrummel um seine elf Tage zuvor erfolgte Begnadigung war inzwischen etwas abgeebbt. Er hatte keine

Interviews gegeben und war wie untergetaucht. Deshalb hoffte er, nach Chicago zurückkehren zu können, bevor irgendjemandem auffiel, dass er fortgewesen war – und das schloss die Polizei mit ein.

Er wusste, dass dieser Widerling Danny irgendein selbstsüchtiges Motiv verfolgte. Er war nicht nur hinter Geld her; andernfalls hätte er offener darüber gesprochen. Dieser Knabe prüfte ihn auf Herz und Nieren und hatte irgendetwas mit ihm vor. Sorgen machte Glenn sich deswegen nicht. Ihn faszinierte das Ganze. Wenn er dadurch an Lisa herankam, war ihm ganz egal, was er dafür tun oder bezahlen musste. Im Endeffekt würde sie diejenige sein, die den Preis zahlte – für die letzten vierzehn Jahre, die sie ihn im Knast hatte verrotten lassen.

Und er konnte ihr weitgehend antun, was ihm beliebte. Weil sie nicht die Möglichkeit hatte, zur Polizei zu gehen, ohne sich selbst haufenweise Probleme einzuhandeln.

Das war heute sein erster Flug gewesen, seit man ihn verhaftet hatte. Ihm war gar nicht bewusst gewesen, dass das Fliegen ein derart beschissener Albtraum geworden war. Als er vor der Sicherheitskontrolle in der Warteschlange gestanden hatte, war er überzeugt gewesen, dass die Hälfte der Leute vor ihm staatlich geprüfte Volltrottel waren. Er wusste vielleicht wegen der vielen Metalldetektoren, die es im Gefängnis gab, was ihn erwartete, aber waren diese Idioten in letzter Zeit überhaupt nicht geflogen? Er konnte gar nicht mehr sagen, wie viele der Tussis vor ihm in der Reihe nicht hatten vorhersehen können, dass der verfluchte Schmuck, den sie trugen, bei dem Gerät den Alarm auslösen würde. Wie vielen Schwachmaten wollte nicht in den Kopf, dass sie Münzen und Schlüssel aus den Jacken- und Hosentaschen nehmen mussten? Als er auf seinem Platz in der ersten Klasse saß und mitansehen musste, wie seine Mitpassagiere an ihm vorüberpilgerten und dabei Gepäckstücke schleppten, die so voluminös und sperrig waren, als enthielten sie ihre gesamte irdische Habe, hatte Glenn das Gefühl, irgendwo in der Dritten Welt zu sein. Er rechnete jeden Moment damit, dass jemand eine Schafherde durch den Gang trieb. Auch der Service war grauenhaft, und das in der ersten Klasse.

Während er ins Hauptgebäude lief, dachte Glenn die ganze Zeit: *Wehe, das lohnt sich nicht.*

Hier sollte er warten, bis jemand Kontakt zu ihm aufnahm. Er ließ seine Blicke schweifen. In der Halle waren viele Geschäfte: Made in Oregon, Powell's Books, The Nike Store, Hudson News und Fast-Food-Läden. Alle paar Sekunden ertönte eine neue Lautsprecher-Durchsage. Er erblickte niemanden, der ihn seinerseits anstarrte.

Mit finsterem Blick fingerte Glenn sein Handy aus der Seitentasche seiner Wildlederjacke und überzeugte sich davon, dass es eingeschaltet war. Dann stand er einfach nur da und wartete. Zwei scharf aussehende Weiber bedachten ihn mit Anmachblicken, was die Warterei zumindest etwas weniger langweilig machte.

Schließlich rollte er sein Köfferchen in die Herrentoilette, wo er pinkelte. Er wusch sich gerade an einem der Waschbecken die Hände, als sein Handy läutete. Rasch trocknete er sich die Hände ab und nahm das Gespräch entgegen. »Ja, hallo?«

»Hi, Glenn, herzlich willkommen in Portland. Hattest du einen angenehmen Flug?«

»Geht so, aber ich bin ja jetzt hier. Laber mich also nicht zu, sondern sag mir, was ich als Nächstes tun soll.«

Er bekam mit, wie Danny am anderen Ende der Leitung leise lachte. Er konnte auch Durchsagen im Hintergrund hören – die gleichen Durchsagen, die er über Lautsprecher hörte. Der Typ war also im Flughafengebäude.

Automatisch sah Glenn sich in der Herrentoilette um: zwei Kerle standen vor den Urinalen, und ein älterer Mann kam gerade aus einer der Kabinen. Glenn sah keine Füße in den Lücken unter den Kabinen. Hier war der Knabe also nicht.

»Okay«, sagte Danny. »Nimm ein Taxi zur Portland Amtrak Station. Dort erhältst du weitere Instruktionen.«

Am anderen Ende der Leitung ertönte ein Klicken.

Glenn ließ das Handy wieder in die Jackentasche gleiten und rollte seinen Koffer dann nach draußen auf den Korridor. Vor der Tür der Herrentoilette blieb er einen Moment stehen. Er wusste, dass er von Danny beobachtet wurde. Mit einem angedeuteten Grinsen hob er den Mittelfinger, und im nächsten Moment tat er so, als wische er sich etwas aus dem Augenwinkel.

Er saß auf Sitz 19 in Wagen 8 des Amtrak-Zuges nach Vancouver, British Columbia, und die Regentropfen perlten über die Scheibe neben seinem Fensterplatz. Sie passierten gerade die Tacoma Narrows, und er starrte auf die beiden hohen Brücken, die das bewegte graue Wasser überspannten. Glenn saß nun schon seit fast drei Stunden in diesem Zug, und es würde noch einmal weitere fünf dauern, bis sie die kanadische Grenze überquerten und British Columbia erreichten. Ein Gefühl sagte ihm, dass es dazu nicht kommen würde.

Er hatte die Eingangshalle des altmodischen Bahnhofs von Portland kaum betreten, als sein Handy läutete. Danny hatte ihm die Anweisung gegeben, eine Fahrkarte nach Vancouver zu kaufen – Touristenklasse –, bar dafür zu bezahlen und sein Gepäck mitzunehmen. Glenn hatte seinen Namen angeben und seinen Ausweis vorzeigen müssen, als sie ihm den Fahrschein ausstellten. Wer nach ihm suchte, würde wissen, dass er auf dem Weg ins kanadische Vancouver war. Dessen musste Danny sich bewusst sein. Bisher war er recht clever vorgegangen. Glenn ging davon aus, dass Danny ihn unmittelbar vor Einfahrt des Zuges in den Bahnhof von Tacoma, Seattle, Everett, Bellingham oder irgendeiner der anderen Städte anrufen und ihm sagen würde, er solle sich jetzt sofort sein Gepäck schnappen und aussteigen. Sein Bauchgefühl sagte ihm, dass es in Seattle passieren würde.

Wagen 8 war ungefähr zu drei Viertel besetzt, und was den Luxus und die Sitzbreite anging, auf einer Ebene mit der ersten Klasse der Fluglinie. Immer und immer wieder sah Glenn sich die anderen Fahrgäste an und überlegte, wer von ihnen wohl Danny sein könnte. Warum hätte der Kerl sonst darauf bestehen sollen, dass er in der Holzklasse reiste?

Glenn wusste, dass er beobachtet wurde, und es amüsierte ihn. Er hatte ein Ratespiel daraus gemacht. Ihm fiel ein hagerer Mann auf, der um die dreißig Jahre alt war und allein drei Reihen hinter ihm saß. Er trug eine Brille, hatte einen Stoppelbart, eine Tätowierung am Hals und auf dem Kopf einen Hut aus schottischem Tweed, der einen Teil seiner Glatze verdeckte. Er hatte irgendwie etwas Absonderliches, Exzentrisches an sich und stand mehrmals auf – zweimal, um zur Toilette, zweimal, um in den Speisewagen zu gehen. Jetzt nuschelte er irgendetwas in sein Mobiltelefon.

Vielleicht war Danny aber auch der schmuddelig aussehende Knabe mit dem Pferdeschwanz. Der hatte seinen Platz nicht in diesem Wagen, war aber schon mindestens fünfmal hier durchgelaufen. Und er glotzte Glenn jedes Mal an, wenn er an ihm vorbeimarschierte.

Glenn erhob sich und warf einen Blick auf Mr. Halståtowierung. Für den Bruchteil einer Sekunde starrte der Mann zurück, dann schaute er aus dem Fenster. Glenn lief durch den Gang, zog die Abteiltür auf und betrat das WC.

Er hatte vor, gegen eine ausdrückliche Anweisung zu verstoßen. Er hatte vor, jemandem zu erzählen, dass er die nächsten ein, zwei Tage vielleicht in Seattle sein würde.

Nachdem er die Tür des WCs hinter sich verriegelt hatte, bekam Glenn ein wenig Platzangst in der winzigen Zelle aus Edelstahl. Er zog sein Handy aus der Tasche und wählte eine Nummer, die seine Anwälte in der vergangenen Woche für ihn ausfindig gemacht hatten. Es läutete dreimal, bis sie endlich abnahm: »Hallo?«

Da der Zug leicht schaukelte, stützte er sich mit der freien Hand an der Wand ab. »Candy, bist du das?«

Es war still am anderen Ende der Leitung.

Er wusste, dass sie seine Stimme auch nach all diesen Jahren wiedererkannte. Und trotzdem musste er es aussprechen: »Candy, Liebes, hier spricht dein Onkel Glenn.«

»Nächster Halt King Street Station, Seattle«, verkündete der Schaffner. »In zwei Minuten sämtliche Ausgänge Seattle, King Street Station ...«

Eine Minute später läutete Glenns Handy. *Himmel, ist der Kerl berechenbar*, dachte er und griff in seine Jackentasche. Er nahm das Gespräch entgegen. »Ja?«

»Wir müssen ein bisschen umdisponieren«, behauptete Danny am anderen Ende der Leitung. »Nimm dein Gepäck und steig am Bahnhof King Street aus. Warte dort auf weitere Anweisungen. Kapiert?«

»Ja«, erwiderte er und fügte trocken hinzu: »Seattle? Wow, das ist echt eine Überraschung.«

»Die kommt erst noch, Glenn«, gab er zur Antwort. »Warte nur ab, wie überrascht du sein wirst.« Dann legte er auf.

Nachdem er eine Stunde und fünfundvierzig Minuten auf einer altmodischen langen Holzbank in der King Street Station gesessen hatte, ging Glenn davon aus, die große Überraschung bestehe darin, dass dieser Dreckskerl die ganze Operation abgeblasen hatte.

Das Bahnhofsgebäude war ein schauerlicher Kasten, ein alterschwaches, jahrhundertealtes Gemäuer, von dem irgendjemand in den Achtzigerjahren wohl gemeint hatte, es müsse billig restauriert werden, nur hatten sie mittendrin die Arbeiten eingestellt, und so war es Jahrzehnte später immer noch eine Baustelle. Abgesehen von ein paar Warenautomaten gab es nirgendwo die Möglichkeit, sich etwas zu essen, eine Zeitschrift oder einen gottverdammten Drink zu kaufen. Überfüllt war die Halle auch noch, unter anderem mit plärrenden Kindern. Von Mr. Halstätowierung und Pferdeschwanz-Knäblein war weit und breit nichts zu sehen.

Glenn warf einen Blick auf seine Armbanduhr: fast 17 Uhr. Mist. Er würde Danny noch bis Viertel nach fünf geben. Hatte er bis dahin nicht von ihm gehört, würde er Candy noch einmal anrufen und sie dazu bringen, sich irgendwo mit ihm zu treffen.

Er hatte gespürt, dass sein Anruf sie verängstigt hatte. »Ganz egal, was vor fünfzehn Jahren gelaufen ist, Schätzchen, wir sind immer noch miteinander verwandt«, hatte er ihr versichert. »Und die Familie ist das Allerwichtigste. Das habe ich dir doch schon in meinen Briefen immer geschrieben. Du bist die einzige Nichte, die ich habe. Es kann sein, dass ich bald in Seattle bin, und ich würde dich gern wiedersehen.«

»Ehrlich gesagt, weiß ich nicht, ob ich dich wiedersehen will, Onkel Glenn«, hatte sie in leicht scharfem Ton zur Antwort gegeben.

»Was, wenn ich dir Folgendes erzählen würde: Ich weiß, dass deine Tante Lisa noch am Leben ist und irgendwo im Pazifischen Nordwesten wohnt, möglicherweise sogar in Seattle?«, hatte er daraufhin erwidert. »Oder wusstest du das schon? Bist du in das Geheimnis eingeweiht?«

»In welches *Geheimnis* soll ich eingeweiht sein? Tante Lisa noch am Leben? Was redest du denn da?«

»Vielleicht können wir uns treffen, und ich kann es dir erklären«, hatte er zur Antwort gegeben. »Ich bitte dich lediglich um etwas Zeit, eine Stunde vielleicht. Ich finde, dass du mir das nach fünfzehn Jahren schuldest.«

Es hatte am anderen Ende der Leitung eine lange Pause gegeben und dann endlich: »Ich schätze, dass ich mich irgendwo mit dir treffen könnte. Wann, meinst du denn, bist du in Seattle?«

Er hatte geantwortet, er sei vielleicht morgen oder übermorgen dort, und sie gebeten, niemandem davon zu erzählen. Er nahm zwar nicht an, dass sie mit diesem Schwachkopf Danny gemeinsame Sache machte, musste das aber erst noch verifizieren. Er hoffte einfach, dass Candy über ihre Unterhaltung den Mund hielt.

Erneuter Blick auf seine Armbanduhr – 17:20 Uhr. Er hatte lange genug auf diesen Kerl gewartet. Genau in dem Moment, in dem Glenn aufstand, läutete sein Handy. Rasch nahm er das Gespräch entgegen. »Wurde allmählich Zeit«, knurrte er. »Ich habe es satt, hier an der Nase herumgeführt zu werden.«

»Nimm dir ein Taxi und fahr nach Capitol Hill«, sagte Danny. Im Hintergrund war Verkehrslärm zu hören. Danny war irgendwo draußen. »Sag dem Fahrer, dass er dich zur Ecke Harvard Avenue und Pine Street bringen soll. Verstanden?«

»Hör mir gut zu, ich habe die Schnauze so voll von diesem …«

»Harvard Avenue und Pine Street«, wiederholte er. Dann legte er auf.

Eine Viertelstunde später setzte ihn der Taxifahrer an der Ecke Pine Street/Harvard Avenue ab, und Glenn stand mit seinem rollbaren Kabinenkoffer an einem Fußgängerübergang. Immerhin hatte es aufgehört zu regnen. Die Bäume auf der Allee raschelten im Wind und ließen einige Blätter fallen. Es wurde allmählich dunkel. Weiter unten auf der Pine Street konnte er die Lichter und Wolkenkratzer des City Centers sehen.

Glenn schaute wieder auf seine Armbanduhr: 17:40 Uhr. Dieses Mal würde er nicht wieder zwei Stunden warten. Wenn Danny ihn nicht innerhalb der nächsten zehn Minuten anrief, dann war der ganze Scheiß gegessen. Er würde sich ein Taxi besorgen und sich in einem der Hotels in der Innenstadt ein Zimmer nehmen.

Hinter ihm erhob sich das Seattle Central Community College, ein riesiger Backsteinbau, der sich über einen ganzen Häuserblock erstreckte. Auf einer Anhöhe war ein Platz mit breiten Treppen und Bänken. Teenager auf Skateboards versuchten, auf den Stufen Kunststückchen zu vollführen. Die schleifenden Geräusche, die die Rollen auf dem Asphalt verursachten, waren enervierend und lauter als der Verkehrslärm – sogar lauter als die Busse. Als eines dieser Arschlöcher auf die Schnauze fiel und sie alle nach einem Doktor schrien, hätte er um nichts in der Welt auch nur einen Finger gekrümmt, um zu helfen.

Genau gegenüber, auf der anderen Straßenseite, war in einem sehr viel älteren Backsteinbau das Egyptian Theater. Ihm fiel auf, dass eines der Kinofenster offen stand und mit der Brise wehte der Duft von Popcorn zu ihm herüber. Auf der Anzeigetafel stand:

HITCHCOCK FESTIVAL
NORTH BY NORTHWEST
CARY GRANT – EVA MARIE SAINT
NUR 3 TAGE!

Glenn drehte sich nach hinten um; dort war ein Parkplatz. Er fragte sich, ob Danny vielleicht in einem der Autos saß. Grinsend winkte er in die Richtung – einfach nur, um ihn zu verarschen für den Fall, dass er wirklich dort war.

Und wieder schaute er auf seine Armbanduhr – 17:55 Uhr. *Zum Teufel mit dem Ganzen*, dachte er.

Er zog sein Handy hervor und wollte telefonisch ein Hotelzimmer reservieren. Doch just in diesem Moment läutete das Telefon in seiner Hand, und er erschrak. Glenn nahm das Gespräch entgegen. »Ja?«

Es war eine SMS ohne Text, aber mit einem Foto-Anhang. Mit hochgezogenen Augenbrauen schaute Glenn auf sein iPhone und lud das Bild herunter, das pixelweise auf seinem Bildschirm erkennbar wurde.

Es war ein Foto seiner angeblich toten Ehefrau Lisa. Sie trug einen grünen Blazer, der aussah, als gehöre er zu irgendeiner Uniform. Sie lief vor dem Kino auf der gegenüberliegenden Straßenseite über den Bürgersteig. Die Anzeigetafel über ihr war genau die gleiche, das Hitchcock-Festival, *North by Northwest*. Das Foto war genau hier geschossen worden –

genau an der Stelle, an der er jetzt stand – und zwar innerhalb der letzten drei Tage.

Glenn grinste. Ja, die Reise, die Zeit und an der Nase herumgeführt zu werden – das hatte sich alles gelohnt. Er war bereit, mit diesem Fremden am Telefon Geschäfte zu machen.

Er war bereit, dieser Schlampe Lisa alles zu geben, was sie verdiente.

Kapitel vierzehn

»So … hattest du je vor, es mir zu erzählen?«

Megan, die gerade vor einem Stapel mit Formularen an ihrem Schreibtisch saß, schaute auf.

Mit der Hand an der Hüfte stand Teresa an der Tür zu ihrem Büro. Ihre finstere, missbilligende Miene hatte eine einschüchternde Wirkung. Dieser vernichtende Teresa-Blick machte selbst die schwierigsten Kunden gefügig. »Dir was zu erzählen?«, fragte Megan.

Teresa kam herein und schloss die Tür hinter sich. »Die Versetzung, um die du gebeten hast«, sagte sie. »Was ist so toll an Sacramento, dass du eine Gehaltskürzung und eine Rückstufung zur stellvertretenden Filialleiterin hinnehmen würdest, um dorthin ziehen zu können?«

Megan lehnte sich zurück. »Wie hast du davon erfahren?«

»Ich war hier in deinem Büro an deinem Computer und habe eine E-Mail gesehen, in deren Betreffzeile »Antrag auf Versetzung« stand. Also habe ich getan, was jeder anständige Topfgucker getan hätte: sie geöffnet und gelesen. Was ist los? Warum ziehst du nach Sacramento?«

Megan schaute durch die Glasscheibe in ihrem Büro in den Verkaufsraum, in dem Teresas Kollege John gerade einen Kunden abfertigte. »Sprich bitte nicht so laut. Ich will nicht, dass alle davon erfahren. Du hast doch wohl hoffentlich mit niemandem darüber gesprochen, oder?«

Teresa ließ sich auf den Stuhl vor Megans Schreibtisch plumpsen. »Nein. Aber sie könnten vielleicht was vermuten, wenn sie sehen, dass du deinen ganzen Krempel aus diesem Büro räumst und verschwindest – *und nie wiederkommst.* Was ist in Sacramento?«

Sie zuckte mit den Achseln. »Nichts. Und es ist auch noch nichts konkret. Ich habe mich heute Morgen nur ein wenig umgeschaut. Ich dachte, ein Ortswechsel würde mir vielleicht guttun. Bitte, erzähl niemandem davon.«

Teresa starrte sie an. »Du dachtest, ›ein Ortswechsel würde dir guttun‹? Das ist doch totaler Schwachsinn. Es gefällt dir hier. Du hast hart gearbeitet, um Filialleiterin zu werden. Irgendetwas stimmt nicht, das spüre ich. Du bist schon die ganzen letzten Tage so nervös und gereizt gewesen. Du hast Leute angeblafft, und das ist sonst so gar nicht deine Art. Gestern warst du sogar mir gegenüber bissig und und kurz angebunden. Ich musste mich zusammenreißen, dir keins über die Rübe zu hauen. Also, was ist los? Ist mit Josh alles okay?«

Megan griff nach einem der Werbekugelschreiber von Destination Rent-a-Car und tippte damit nervös auf die Schreibtischplatte. »Mit Josh ist alles in Ordnung. Nichts ist los. Es ist nur jeden Tag der gleiche Trott, das ist alles. Ich habe mich lediglich umgeschaut, ob es vielleicht auch noch andere Möglichkeiten gibt. Ich wäre dir wirklich dankbar, wenn du mit niemandem darüber sprechen würdest.«

»Ist ja gut, hab's verstanden.« Teresa verdrehte die Augen. »Ein drittes Mal brauchst du mich nicht darum zu bitten. Ich soll mich niemandem gegenüber verplappern. Also werde ich es für mich behalten. Aber wenn du ein bisschen Action in deinem Leben haben willst, statt in einer anderen Stadt nach einem noch lausigeren Job zu suchen, warum schaust du dich dann nicht noch einmal bei Matefinder um? Vielleicht findest du da einen Knaben, der dir dabei helfen kann, aus deinem

Trott rauszukommen. Was ist denn eigentlich aus dem blonden Typen geworden, den du mochtest – aus dem, der dich zum Abendessen ins The Tin Table eingeladen hat, dieser Lehrer, Dan Soundso?«

»Dan Lahart. Ich hab ihm eine E-Mail geschrieben, und er hat nie darauf geantwortet«, log Megan.

»Okay, dann such weiter. Verabrede dich mit einem anderen Mann. Wer vom Pferd fällt, Mädchen, sollte gleich wieder aufsteigen. Gib nicht einfach auf und zieh in eine andere Stadt. Wie kommst du darauf, dass die Auswahl in Sacramento besser sein könnte?«

Wieder schaute Megan durch die Glasscheibe auf John, der inzwischen zwei Kunden hatte. Unentwegt tippte sie mit dem Kugelschreiber auf den Schreibtisch. »Weißt du, wir sollten mein trostloses Liebesleben vielleicht nicht während der Arbeitszeit durchdiskutieren. John wäre vorn sicher froh über deine Hilfe, Teresa. Und es sollte zwar eigentlich nicht erforderlich sein, dass ich dich darum bitten muss, aber wenn du in Zukunft an meinen Computer musst, lies bitte nicht meine privaten E-Mails. Wäre das möglich?«

Teresa schnalzte mit der Zunge, stand auf und trottete zur Tür. »Bissig und barsch«, brabbelte sie leise vor sich hin, dann begab sie sich in den Verkaufsraum.

Megan warf den Kugelschreiber auf den Schreibtisch. Seufzend rieb sie sich die Stirn. Sie konnte Teresa nicht sagen, was ihr in Wahrheit Sorgen bereitete – und warum sie umziehen musste. Sie hatte Josh gegenüber noch nichts erwähnt, und Sacramento war lediglich eine Möglichkeit. Die Firma hatte im Moment keine andere Stelle frei, mit der sie auch nur annähernd so viel verdient hätte wie jetzt. Solange Candy in Seattle wohnte, konnte Megan halt nicht wählerisch sein.

Gestern Abend, nachdem Josh nach oben und ins Bett

gegangen war, hatte sie im Internet gesucht und mehrere Kombinationen bei Google.com eingegeben – *Candice Blanco, Seattle*; *Dr. Glenn Swann, Seattle*; und *Lisa Swann, Seattle*. In sämtlichen Fällen wurde die Reportage angezeigt, die sie in der Nachrichtensendung auf KOMO-TV gesehen hatte. Ein weiteres Ergebnis bezog sich auf eine Meldung in der gestrigen Ausgabe der *CHICAGO TRIBUNE*, nach der Dr. Glenn Swann ehrenamtlich in einem Obdachlosenasyl in Chicagos Süden gearbeitet hatte, dem Lakeside Shelter für Frauen. Megan fand keine weiteren Artikel oder Videos – zumindest keine, die sie nicht schon gesehen hatte. Positiv war, dass es so aussah, als sei die Story nicht auch noch auf anderen Regionalsendern gelaufen. Dieser eine kurze Blick auf Lisa Swann war der einzige, den die Bürger von Seattle heute Abend auf sie erhascht hatten. Und da sie am Abend weder Anrufe noch E-Mails oder unangemeldete Besuche erhalten hatte, hatte sie das Schlimmste vielleicht überstanden.

Glenns Story war aber genau die Art von Geschichte, auf die die Nachrichtenmagazine, die im Hauptabendprogramm liefen, voll abfuhren. Sie fragte sich, ob die gestrige Reportage vielleicht nur der Anfang gewesen war. Es war auch vorstellbar, dass Illustrierten wie *PEOPLE* und *VANITY FAIR* die Story aufgriffen. In zwei Wochen waren unter Umständen überall Fotos von Lisa Swann. Der Einzige, der das verhindern konnte, war Glenn. Eher fror die Hölle zu, als dass Dr. Glenn Swann sich als Frauenschläger porträtieren ließ. Und dass er das war, musste erwähnt werden, wenn man seine Geschichte erzählen wollte. Seine Brutalität gegenüber seiner Ehefrau war beim Prozess ans Licht gekommen und einer der Hauptgründe für seine Verurteilung gewesen. Glenns Anwälte würden vermutlich tun, was in ihrer Macht stand, um Berichterstattungen über seine Vergangenheit zu unterbinden.

Aller Wahrscheinlichkeit nach würden sie die Presse regelmäßig mit Updates über die karitative Arbeit überfluten, die er seit seiner Haftentlassung leistete – mit Geschichten wie der, dass er ehrenamtlich für ein Frauen-Obdachlosenasyl tätig war. Das Gefühl sagte Megan, dass das nicht Glenns Idee gewesen war.

Wenn sie die nächsten paar Wochen überstand – und die neuen Ermittlungen zum Verschwinden von Lisa Swann –, war sie unter Umständen aus dem Schneider. Es gab da bloß noch ein weiteres großes Problem, von dem sie bis gestern Abend nichts gewusst hatte.

Candy lebte in Seattle. Megan hatte versucht, ihre Adresse in Erfahrung zu bringen – sowohl im Telefonbuch als auch bei der Auskunft und im Internet –, doch es gab in Seattle keinen Eintrag für eine *Candice Blanco* oder *Candice Kruger*. Es war also durchaus möglich, dass Candy nur ein paar Straßen weiter wohnte. Jeden Tag, den Megan in Seattle blieb, forderte sie ihr Glück heraus. Die Chancen, Candy in die Arme zu laufen, standen wahrscheinlich eins zu tausend, aber selbst das Risiko war ihr noch zu groß.

Also hatte sie, als sie heute Morgen zur Arbeit kam, als Allererstes Nachforschungen im Hinblick auf eine Versetzung angestellt, möglichst nach Spokane, Portland oder San Francisco. Dann würde sie sich weder eine neue Identität zulegen noch die Flucht ergreifen müssen. Sie würde lediglich umziehen müssen. Sie hatte zwar ein bisschen Geld für Joshs College-Studium zurückgelegt, aber die Ersparnisse waren dürftig. Einen großen Umzug konnten sie sich nicht leisten. Und Josh würde sich elend fühlen, weil er seine Schule verlassen und seine Freunde aufgeben musste. Da Candy jedoch in der gleichen Stadt wohnte, blieb Megan keine andere Wahl.

Sie lebte in Seattle mit einem Bein im Grab.

Mrs. Glenn Swann hatte es in ihren letzten Wochen in Chicago ganz genauso empfunden, erinnerte sie sich. Wenn sie nicht irgendetwas unternahm oder davonlief, war sie verloren. Ihr Ehemann war so unberechenbar geworden. Sie wusste nie, wann er einen seiner Wutanfälle bekam. Sie wusste nie, ob der nächste Fausthieb gegen ihren Kopf tödlich war.

Sie war zur Polizei gegangen und sich blöde vorgekommen, als sie dem Beamten hinter dem Schalter erzählt hatte, sie hätte *eine Freundin*, die von ihrem Ehemann misshandelt würde – als wollte sie dem Mann ein X für ein U vormachen. Sie erinnerte sich, während einer ihrer Besuche bei Cliff mitbekommen zu haben, wie eine Frau unten in der Eingangshalle des Krankenhauses der Dame am Empfang erklärte: »Wie ich gehört habe, gibt es hier irgendwo eine Poliklinik, die auf Geschlechtskrankheiten spezialisiert ist. Ich habe eine Freundin, die wissen muss, wo die ist ...« Lisa empfand die gleiche Art von Scham, die diese Frau vermutlich empfunden hatte, die gleiche Gewissheit, mit dieser *Ich-habe-da-eine-Freundin-Nummer* niemandem etwas vormachen zu können.

Der Beamte sah sie sogar an, als leide sie an einer Geschlechtskrankheit. Sie spürte, dass er sich fragte, was sie verbrochen hatte, um in diese missliche Lage geraten zu sein. Er erklärte ihr, ihre Freundin benötige ein paar aktuelle Fotos, die bewiesen, dass sie das Opfer häuslicher Gewalt gewesen sei. Außerdem musste sie während oder unmittelbar nach dem Vorfall die Polizei alarmieren. Dann konnten die Beamten den Ehemann oder Freund verhaften.

»Und wenn er jede Menge Geld und einen guten Anwalt hat, sind ihre Platzwunden noch nicht verheilt, wenn er schon wieder auf Kaution frei ist«, entgegnete sie. »Sehe ich das richtig?« Glenns Anwalt, Jerome Purcell, war sehr pfiffig – und äußerst skrupellos, wie sie annahm.

Der Beamte nickte. »Ja, voraussichtlich innerhalb von achtundvierzig Stunden. Dann müsste Ihre Freundin ein Kontaktverbot gegen ihren Ehemann erwirken.«

Lisa ging auf, dass die Aussicht, Glenn ließe sich von einem Dokument in die Schranken weisen, das irgendein Richter unterzeichnet hatte – der aller Wahrscheinlichkeit nach ein guter Freund seiner Eltern war –, minimal war, JJ sich davon aber nicht in die Schranken weisen ließ.

Sie dankte dem Beamten und verließ das Polizeirevier.

Abgesehen von den langen Vorträgen, die er immer darüber hielt, dass man innerhalb einer Familie zusammenhalten müsse, wusste sie nicht, warum Glenn verheiratet bleiben wollte. Glücklich schien er nur in der Öffentlichkeit mit ihr zu sein, bei offiziellen Anlässen und Benefizveranstaltungen, auf denen sie ihre Rolle der eleganten, hübschen Arztgattin bis zum Gehtnichtmehr spielte. Manchmal tauchte JJ in einem schrill und billig aussehenden Smoking auf diesen Partys auf, ohne dazu eingeladen worden zu sein. Glenns Scham war in diesen Fällen grenzenlos. JJ war ihm zwar treu ergeben, doch Glenn benutzte ihn lediglich, damit er ihm seine Drecksarbeit abnahm. JJ tauchte auch unangemeldet bei ihnen zu Hause auf. Wollte sich Geld von Glenn pumpen. Sie fragte sich oft, was JJ tun würde, wenn er je dahinterkam, dass Glenn so wenig Achtung vor ihm hatte. Und sie fragte sich, wie Glenn reagieren würde, wenn er je sah, wie JJ sich jedes Mal, wenn sie allein waren, an sie heranmachte. Er taxierte sie dann vom Scheitel bis zur Sohle, grinste dabei und leckte sich die Lippen. Dabei machte er nicht den Eindruck, als wolle er mit ihr schlafen. Es sah eher so aus, als wolle er sie vergewaltigen. Sollte Glenn ihr diesen Kerl je auf den Hals hetzen, würde JJ sich wie ein Berserker aufführen; das hatte sie im Gefühl.

Nach etwa acht Monaten Ehe war JJs sexuelles Interesse an ihr erheblich größer als das ihres Ehemannes. Das machte Lisa nichts aus. Und sie drängte Glenn auch nicht, ihr irgendwelche Erklärungen dafür zu liefern, warum er immer so spät und manche Nacht überhaupt nicht nach Hause kam. »Ich habe Nachtdienst«, reichte ihr völlig. Wenn sie ihren Bruder besuchte, bekam sie immer genug von dem mit, was das Personal redete, um zu wissen, dass Glenn fremdging. Der Name der Frau war Willow Dwyer, und sie arbeitete als Röntgenassistentin im Krankenhaus. Soweit es Lisa betraf, konnten ihr Gatte und Willow es nach Herzenslust miteinander treiben. Willow auf Glenn, Glenn auf Willow – das Ganze war einfach perfekt. Von dem Augenblick an, da Willow in ihrer beider Leben trat, bezog Lisa seltener Prügel. Sie betete darum, dass Glenn sich wegen dieser Willow von ihr trennte.

Eines Tages, als Lisa mit Cliffs Krankenschwester in der Cafeteria war, zeigte Melissa ihr die Frau. Es war seltsam zu sehen, dass Glenn einen ganz bestimmten Typ hatte. Natürlich war Willow jünger als sie, schätzungsweise einundzwanzig. Der schlanke Körperbau, der seidige Teint und das dunkle Haar waren jedoch identisch. Laut Aussage von Melissa, die nie ein Blatt vor den Mund nahm, war Willow eine komplette Idiotin. Glenn konnte nicht erwarten, sie je auf Partys als seine elegante, charmante Gattin vorführen zu können.

Nichtsdestoweniger tauchte Willow auf einer großen Benefizveranstaltung auf. Lisa wusste nicht, ob Glenn sie gebeten hatte zu kommen oder ob sich jemand vom Veranstaltungskomitee das Ganze zur persönlichen Belustigung ausgedacht hatte. Lisa ging davon aus, dass jeder von Glenns

Seitensprüngen wusste. Willow trug ein dunkelblaues, mit Pailletten besticktes, rückenfreies Kleid mit Nackenband, das auf aufdringliche Weise sexy war. Sie hatte offenbar zu viel Alkohol intus, denn irgendwann im Verlauf der Party torkelte sie auf die andere Seite des Ballsaals, wo Lisa sich gerade mit Bekannten unterhielt. Lisa trug eine schwarze, langärmelige Bluse und einen silberfarbenen Satinrock.

»Ich habe Sie mir von da drüben aus angeguckt«, erklärte Willow und warf den Kopf in Richtung der anderen Seite des Saals. »Und jetzt, wo wir uns Aug in Aug gegenüberstehen, kann ich nur sagen, dass Sie aus der Nähe sehr viel älter aussehen.«

Lisa lachte nur. Ihre bisherigen Gesprächspartner traten zurück und sahen aus, als sei ihnen unbehaglich zumute. Vielleicht erwarteten sie, dass nun ein lautstarker Disput ausbrechen würde.

»Glenn liebt mich«, tönte Willow und schwankte leicht dabei. »Und Sie finden sich besser jetzt schon damit ab, dass er sich im Endeffekt für mich entscheiden wird.«

»Herzchen, du kannst ihn haben«, flötete Lisa. »Und das Haus und das Porzellan und das Tafelsilber kannst du auch haben. Wirklich, das gebe ich dir alles sehr gern.«

Ungläubig sah Willow sie an. Sie zeigte auf ihre Perlenohrringe. »Sehen Sie die? Die habe ich von Glenn.«

Seufzend schob Lisa den Ärmel ihrer Bluse hoch, sodass ein violett verfärbter Bluterguss zum Vorschein kam. »Siehst du das? Das habe ich von Glenn. Und als Nächste bist du damit dran.«

Mit zusammengekniffenen Augen sah Willow sie an. Sie schien nicht zu verstehen.

»Betrachte das hier als meine erste und einzige Warnung an dich«, sagte Lisa. »Wenn du dein Verhältnis mit meinem Ehemann fortsetzt, garantiere ich dir, dass du das bereuen wirst. Du könntest sogar zu Tode kommen – wie diese andere beklagenswerte Hündin, von der mir jemand erzählt hat, nur war das ein Cockerspaniel.«

Lisa hörte eine Frau, die ganz in der Nähe stand, nach Luft schnappen, und dann begannen einige der anderen Partygäste, im Flüsterton miteinander zu reden. Sie hatte nicht gewollt, dass andere das mitbekamen. Schnell drehte sie Willow den Rücken zu und hielt sich den Rest des Abends von ihr fern. Doch der Schaden war angerichtet.

Bis sie und Glenn an jenem Abend nach Hause fuhren, hatte er sie beschuldigt, Willow zur Rede gestellt und ihr damit gedroht zu haben, sie umzubringen.

»Machst du Witze?«, fragte Lisa und ließ ihr Fenster herunter. Ihr wurde übel vom Rauch seiner Zigarren. Sie fand es seltsam, sich vorzustellen, dass es eine Zeit gegeben hatte, in der sie diesen Geruch regelrecht geliebt hatte. »Willow hat mich zur Rede gestellt. Und ich habe ihr im Grunde gesagt, dass sie, wenn sie Mrs. Glenn Swann sein möchte, den Job gern haben kann – mit allen Sonderzulagen. Mit Kusshand übergebe ich dieser kleinen Vollidiotin die Hausschlüssel ...«

Sie hatte nur zwei Gläser Wein auf der Party getrunken, doch die reichten, um sie aufsässig zu machen.

Es war leider nicht genug Alkohol, um den Schmerz zu dämpfen. Kaum dass sie das Haus betreten hatten, legte Glenn seine Zigarre auf einem Aschenbecher in der Diele ab und begann, sie zu verprügeln. Er riss ihr die wunderschöne Bluse vom Leib – und das Silkshirt, das sie darunter trug, auch. Dann schlug er so lange auf sie ein, bis sie zu Boden ging. Bevor sie sich wieder aufrappeln konnte, nahm er seine Zigarre, presste Lisa auf den Boden und verbrannte ihr mit der Glut die Haut über den Rippen – dreimal. Ihre gequälten

Schreie gellten durch das ganze Haus. Sie erinnerte sich, wie sie sich nach der zweiten Brandwunde vor Schmerz gekrümmt hatte – während Glenn ihr sein Knie in den Magen drückte und immer wieder an der Zigarre zog, damit die Glut für das dritte Brandmal nur ja genug Kraft hatte.

Am nächsten Tag versteckte Lisa das blaue Auge hinter einer Sonnenbrille, ging zur Bank und hob zweihundert Dollar von ihrem gemeinsamen Konto ab. Sie legte das Geld zur Seite, um sich eine geheime Reserve anzulegen, mit der sie ihren Lebensunterhalt bestreiten konnte, wenn die Zeit kam, endgültig abzuhauen.

Allem Anschein nach hatte Glenn wohl gehört, wie jemand anderer erzählte, was sich tatsächlich auf der Party zugetragen hatte, denn er schlug auch auf Willow ein. Lisa nahm zumindest an, dass er das getan hatte. Sie erfuhr von einer der Schwestern im Krankenhaus, dass Willow eine Treppe runtergefallen und für eine Weile arbeitsunfähig war. Glenn hatte die Beziehung mit ihr offenbar beendet, denn er fing an, wieder mehr Zeit zu Hause zu verbringen.

In aller Stille betete Lisa, es möge eine neue, dauerhaftere Ausgabe von Willow in sein Leben treten. Bis es so weit war, wurde sie Expertin im Überschminken blauer Flecke und in der Auswahl der dafür erforderlichen Produktkombinationen. Am schlimmsten sahen immer ihre Arme aus, weil sie die Hände hob, um die Schläge abzuwehren. Langärmelige Blusen und Shirts waren ein fester Bestandteil ihrer Garderobe und wurden selbst an Chicagos heißesten Sommertagen getragen. Die wenigen Male, die sie notärztlicher Hilfe bedurft hatte, war sie selbst zu Krankenhäusern in Highland Park, Evanston und Glenbrook gefahren. In die Notaufnahme des Evanston-Northwest ging sie nicht mehr, weil man sie, Cliff und Glenn dort kannte. Dass Glenns Kollegen erfuhren, wie er seine Frau misshandelte, hätte sie einen Dreck interessiert, die wussten das eh schon alle. Aber sie hatte Sorge, Cliff könnte es irgendwie erfahren. Er brauchte nicht zu wissen, dass der Arzt, der ihn am Leben erhielt, gnadenlos auf seine kleine Schwester einprügelte. Lisa war gelungen, ihre Wunden und Narben vor so vielen Menschen zu verbergen – unter anderem vor Glenns Nichte Candy, mit der sie sehr viel Zeit verbrachte. Doch am wichtigsten war ihr Cliff. Sie wollte nicht, dass er die Wahrheit über Glenn erfuhr.

Das eine Mal hatte sie fast eine Woche lang auf Besuche bei ihrem Bruder verzichten müssen, weil Glenn sie so übel zugerichtet hatte, dass sich dabei mehrere ihrer Zähne gelockert hatten. Sie hatte gewartet, bis die Blutergüsse verblasst waren und der Zahnarzt diverse Wunder gewirkt hatte, und war anschließend zu Cliff ins Krankenhaus gegangen. Wenn sie ihn ein paar Tage nicht besucht hatte, war es immer ein Schock für sie, ihn wiederzusehen. Er war in Verlauf des vergangenen Jahres auf vierundfünfzig Kilogramm abgemagert und hatte fast all seine Haare verloren. Der Mann, in dessen Nase der Schlauch der Magensonde steckte, hatte keine Ähnlichkeit mehr mit dem attraktiven großen Bruder mit der kastanienbraunen Mähne, für den so viele ihrer Freundinnen geschwärmt hatten.

»Ich habe Sean gesagt, dass er mich hier rausholen und in ein Hospiz verlegen lassen soll«, sagte er. »Das Personal ist fantastisch gewesen – vor allem Melissa –, aber jetzt zögern sie nur noch das Unvermeidliche hinaus.«

»Glenn sagt, es besteht nach wie vor die Chance, dass du …«

»Er lügt«, fiel Cliff ihr ins Wort. »Einer der Gründe dafür, dass ich unbedingt hier rauswill, ist der, dass du und ich diesem gewalttätigen Saukerl dann nicht mehr verpflichtet sind.«

Erstaunt starrte sie ihn an. »Seit wann weißt du das schon?«

»Du hast früher nie Foundation getragen, damit hast du erst angefangen, als du zwei Monate mit ihm verheiratet warst«, gab Cliff zur Antwort. »Ich schätze, dass ich es mir da schon dachte, wollte es aber nicht wahrhaben. Heute ist mir klar, dass er tut, was er kann, um mich am Leben zu erhalten, denn solange das klappt, hat er dich unter seiner Fuchtel.«

Lisa brach in Tränen aus. Schluchzend umklammerte sie das Bettgitter.

Cliffs knochige Hand tätschelte ihre. »Es tut mir leid, dass das Sterben bei mir so lange dauert, Schwesterchen.«

Er wollte wissen, ob sie versucht hatte, Glenn wegen der Misshandlungen bei der Polizei anzuzeigen. Lisa erklärte ihm, was sie in Erfahrung gebracht hatte, und war noch gar nicht damit fertig, als er bereits nickte – ganz so, als wüsste er schon, dass das zwecklos war. »Dann musst du weglaufen«, mahnte er sie. »Ich habe etwas Geld für dich beiseitegeschafft, auf ein Geheimkonto. Nicht mal Sean weiß davon. Es müsste genug sein, um dir irgendwo allein ein neues Leben aufzubauen.«

Lisa konnte nicht aufhören zu weinen. Dankbar drückte sie ihrem Bruder die Hand. »Ich glaube nicht, dass es so einfach sein wird«, jammerte sie. »Ich müsste mir eine neue Identität zulegen und in eine andere Stadt ziehen. Andernfalls würde er mich finden.«

»Ich habe einen Freund, der das für dich arrangieren könnte«, erwiderte Cliff.

»Du machst ja wohl Witze. Du hast einen Freund, der Leuten neue Identitäten beschafft?«

Cliff verzog den Mund zu einem schwachen Lächeln, dann seufzte er. »Du hast zwar niemals etwas gesagt, aber mir ist bewusst, dass du Seans Benehmen nicht hundertprozentig gutheißt. Und es stimmt auch – manchmal baut er totalen Mist. In den ersten Monaten meiner Krankheit ist er einfach abgehauen, und du musstest dich allein um meine Pflege kümmern …«

»So jemandem wie mir steht es nicht zu, die bessere Hälfte eines anderen zu kritisieren«, erwiderte sie.

»Nun, ich wollte nicht, dass du noch schlechter von ihm denkst, aber Sean ist von zu Hause weggelaufen, als er sechzehn …«

»Ich weiß, das hat er mir erzählt.«

»Er ist in recht raue Gesellschaft geraten. Mit einigen dieser Leute ist er befreundet geblieben, und ein paar von denen haben wir geholfen, sich ein neues Leben aufzubauen. Jeder Mensch verdient eine zweite Chance. Sean kennt da jemanden in Arlington Heights, der Leuten eine neue Identität und die erforderlichen Papiere besorgen kann. Ich kann Sean bitten, das für dich in die Wege zu leiten.«

Lisa zögerte. »Danke, aber ich glaube nicht, dass das funktionieren würde. Wenn ich verschwinde, geht Glenn auf der Stelle zu Sean und setzt ihn unter Druck. Es ist besser, wenn Sean überhaupt nichts weiß.« Sie schüttelte den Kopf. »Ich werde selbst irgendeinen Weg finden.«

Cliff strich ihr mit der Hand über den Arm. »Ich werde Kontakt zu diesem Knaben aufnehmen und alles für dich organisieren. Sean braucht gar nichts davon zu wissen.«

Der Name des Mannes war Bob Gold, und er wohnte in einem eingeschossigen Haus im Bungalowstil in einer Gegend von Arlington Heights, in der viele Familien lebten. Die Tür öffneten seine neunjährige, rothaarige Tochter Dana und ein schwarzer Labrador, als Lisa an einem Mittwochnachmittag um 17:30 Uhr zum verabredeten Termin erschien. Sie konnte riechen, dass irgendwo im Haus Spaghetti gekocht wurden. Bob war etwa fünfundvierzig Jahre alt. Er trug eine Brille und hatte schütteres Haar und eine leise Stimme. Er führte sie nach unten in seinen Keller, in dem ein ganzes Sortiment an Computern, Druckern und Kameraausrüstungen stand – die alle ans Stromnetz angeschlossen waren. Auf dem gefliesten Fußboden lagen überall Drähte, Kabel und Mehrfachsteckdosenleisten. Der Raum hatte holzgetäfelte Wände und Fensterläden vor den kleinen Kellerluken, und es sah darin aus wie in einer kleinen, unorganisierten Version des Dokument-Management-Services *Kinko's*. »Zum Glück ist die Gasuhr draußen, sonst müsste ich mir für meine Firma andere Räumlichkeiten suchen«, meinte Bob, griff unter einen langen Klapptisch und zog einen Pappkarton hervor.

Lisa sah, dass der ein Dutzend Perücken enthielt, wenn nicht mehr. Bob wies stolz darauf hin, dass sie alle aus der Kollektion von Eva Gabor stammten. Sie musste für das Führerscheinfoto, das er von ihr machen wollte, eine Blondine sein. Die fünfundzwanzigjährige blonde und blauäugige Megan Anne Keeslar aus Waukesha, Washington, war erst drei Tage zuvor an einem Aneurysma gestorben und hinterließ eine verwitwete Mutter, die in Vero Beach, Florida, lebte, sowie eine tadellose Sozialversicherungsnummer. Er hoffte, dass Lisa die Vorstellung gefiel, eine Blondine zu werden.

Es gab einen Spiegel, vor dem sie die blonden Perücken aufprobieren und nach Geschmack umfrisieren und auch mit dem Make-up experimentieren konnte. Dann schoss er vor einem blauen Hintergrund das Foto von ihr. Mehrmals ließ er sie den neuen Namen *Megan A. Keeslar* schreiben. Bob sagte, diese Unterschriften würden auf den Papieren enden, die sie benötigte, um ihr neues Leben zu beginnen. Sie verabredeten, dass sie in einer Woche wiederkommen sollte.

»Wir haben noch nicht über den Preis gesprochen«, sagte Lisa. »Ich nehme an, dass Sie Bargeld bevorzugen.«

»Das hat Ihr Bruder bereits alles geregelt«, erwiderte Bob. »Er hat mir das Geld auf ein Konto überwiesen, das aussieht, als gehöre es zu einem Internet-Geschäft. Niemand wird es je mit mir in Verbindung bringen. Ich habe ihm nur ein Drittel des Preises berechnet, den ich normalerweise nehme. Er ist ein verdammt guter Mensch, Ihr Bruder. Dass er so krank ist, tut mir aufrichtig leid.«

Lisa spürte einen Kloß in ihrer Kehle, schaffte es aber, ihn anzulächeln. »Vielen Dank, Mr. Gold.«

Er nickte. »Sehr gern geschehen, Megan.«

Weiterhin hob sie jede Woche zwei- bis dreihundert Dollar von dem gemeinsamen Konto ab. Außerdem versetzte sie heimlich einige Schmuckstücke, allesamt Geschenke von Glenn aus der Zeit, da er ihr den Hof gemacht hatte. Es war seltsam: dass er sie nicht mehr liebte, war eindeutig, doch das hielt ihn nicht davon ab, immer noch mit ihr zu schlafen. »Zu wissen, dass du mich hasst, turnt mich irgendwie an«, gab er eines Nachts zu. »Das macht es noch erregender, dich zu ficken.«

Bis zum Ende dieses Sommers 1996 hatte sie fast achttausend Dollar Bargeld beiseitegeschafft. Lisa versteckte die Scheine in einem Nordstrom-Karton und den im hintersten Winkel des Gästezimmerschranks. Ebenfalls in diesem Karton waren sämtliche Papiere für Megan A. Keeslar – und ein paar Familienfotos und Andenken, von denen sie sich nicht trennen wollte.

Mitte September erhielt sie eines Nachmittags einen Anruf von Cliffs Rechtsanwältin, Gretchen Maze, die sie bat, am nächsten Tag um Punkt zwölf Uhr mittags in ihr Büro zu kommen. Die Kanzlei von G. Maze and Associates war in der Innenstadt von Evanston, über einem Schuhgeschäft. Das kleine Vorzimmer war leer. Es saß niemand hinter dem Schreibtisch am Empfang und auch nicht im Wartebereich, in dem ein Sofa, zwei Stühle und ein Couchtisch standen, auf dem dekorativ ein paar Illustrierten lagen.

»Lisa, sind Sie das?«, schallte eine Stimme aus der offen stehenden Tür, die in einen angrenzenden Raum führte.

»Ja, hi!«, rief sie zaghaft zurück und betrat das Büro. Es verfügte über ein großes Fenster, das einen freien Blick auf das immer noch idyllische Einkaufsviertel der Innenstadt von Evanston bot. Auf einem großen Schreibtisch, auf dem sich Akten türmten, stand ein Computerbildschirm.

Gretchen lief um den Schreibtisch herum, um Lisa die Hand zu schütteln. Cliffs Rechtsanwältin war um die fünfzig, eine hübsche Frau mit sehr kurz geschnittenem, goldbraunem Haar. Sie sagte, ihren Partner habe sie zum Mittagessen geschickt, denn sie habe nicht gewollt, dass er während ihres Treffens in der Kanzlei war. »Sie werden mich vermutlich dafür hassen, aber ich habe nur etwa zwei Minuten Zeit für Sie, dann muss ich dringend zu einem Termin. Das reicht aber, um Ihnen das hier zu geben, ...«

Gretchen lief wieder hinter ihren Schreibtisch und holte einen schlichten schwarzen Aktenkoffer hervor. Den überreichte sie Lisa. »Das hier ist von Ihrem lieben Bruder. Er wollte auf Nummer sicher gehen, dass Sie ihn auch wirklich bekommen. Und ich bin heilfroh, dass ich jetzt nicht mehr dafür verantwortlich bin ...«

Der Aktenkoffer war schwer. »Was ist da drin?«

»Offiziell darf ich das nicht wissen«, erklärte Gretchen. »Fakt ist, dass dieses Treffen offiziell nie stattgefunden hat und Sie und ich einander nie begegnet sind. Cliff hat gesagt, ich soll dafür sorgen, dass niemand Sie mit dem Koffer sieht, und Sie sollen ihn im stillen Kämmerlein öffnen.«

»Sie wissen also nicht, was drin ist?«, fragte Lisa.

»Cliff hat gesagt, dass ich Ihnen sagen soll, der Koffer enthalte einen Jahresvorrat an Rice-A-Roni.«

Lisa wartete mit dem Öffnen des Koffers, bis sie wieder zu Hause war. Er enthielt zwölf Pakete Rice-A-Roni und achtundsechzigtausend Dollar Bargeld.

Eine Woche nach dem Tod ihres Bruders fing Lisa damit an, in den Tageszeitungen von Milwaukee nach einem Gebrauchtwagen zu suchen, den sie heimlich kaufen konnte. Der Fahrzeugbrief würde auf den Namen der kürzlich wiederauferstandenen Megan A. Keeslar laufen. Und der Wagen würde sie nach Portland oder Seattle bringen.

Lisa/Megan hatte nicht gewusst, dass Glenns Baby zu diesem Zeitpunkt bereits in ihr heranwuchs, als sie ihre Pläne machte.

Sie dankte dem Himmel dafür, dass Josh so ganz anders war als sein Vater. Sosehr ihr Teenager-Sohn sie manchmal auch verrückt machte, war er die Hölle, die sie mit Glenn durchgemacht hatte, doch mehr als wert.

Er würde die Vorstellung, Seattle zu verlassen, hassen. Das hier war das einzige Zuhause, das er je gehabt hatte. Und den wahren Grund für ihren Umzug konnte sie ihm natürlich nicht verraten. Der arme Junge – aufgrund des Benehmens, das sie in letzter Zeit an den Tag gelegt hatte, war er schon jetzt total verwirrt. Teresa hatte recht. Sie war nervös und reizbar gewesen, jedem – auch Josh gegenüber.

»Hey, schöner Junge!«, hörte sie Teresas Stimme. Megan drehte sich um und schaute in den Verkaufsraum. John war inzwischen mit einem anderen Kunden beschäftigt, und Josh kam gerade durch die Eingangstür. Durch die Glasscheibe sah Megan, dass er stehen blieb, um mit Teresa zu plaudern. Sie betete, dass ihre Kollegin sich ihm gegenüber nicht verplapperte und Sacramento erwähnte.

Sie sprang auf und lief in den Verkaufsraum. »Was für eine schöne Überraschung«, sagte sie und unterbrach damit die Unterhaltung der beiden mitten im Satz. »Welchem Umstand verdanke ich dieses Vergnügen? War das Basketball-Training heute früher zu Ende?«

»Genau, Coach Winter musste zum Zahnarzt.« Josh warf ein paar Münzen in den Getränkeautomaten und suchte sich aus, was er trinken wollte. Scheppernd fiel eine Dose Cola in den Auffangbehälter. Er zog sie auf. »Du, kann ich am Samstag bei Pat Hannah übernachten? Seine Eltern sind damit einverstanden.«

Megan zögerte. Pat war einer der netteren Jungen im Basketballteam. »Ich denke, das wäre in Ordnung«, meinte sie seufzend. Sie gab ihm einen flüchtigen Kuss auf die Wange. »Hör mal, könntest du in meinem Büro auf mich warten? Ich komme sofort nach.«

»Ich bin nur so vorbeigekommen«, gab Josh zurück. »Nicht, weil ich danach lechze, von dir nach Hause gefahren zu werden. Ich kann die SLUT nehmen.«

Megan lächelte. »Ich wollte mich hier heute eh früher aus dem Staub machen. Also geh und warte in meinem Büro. Ich muss nur kurz noch was mit Teresa besprechen.«

Mit der Cola in der Hand verzog Josh sich in ihr Büro. Megan trat vor den Tresen.

Teresa sah sie mit hochgezogenen Brauen an. »Früher aus dem Staub machen?«, flüsterte sie. »Diese Scheiße werden sie sich in Sacramento nicht bieten lassen.«

Megan sah kurz zu John hinüber, der immer noch mit seinem Kunden beschäftigt war. Dann lächelte sie Teresa verlegen an. »Du«, sagte sie, ebenfalls im Flüsterton, »ich wollte mich nur bei dir dafür entschuldigen, dass ich eine so schlimme Nervensäge bin. Vergibst du mir?«

Teresa nickte. »Okay, aber dann habe ich jetzt was gut bei dir …«

Das Telefon klingelte, und sie nahm das Gespräch entgegen. »Destination Rent-a-Car, Teresa am Apparat.«

Megan wollte sich gerade umdrehen.

»Nein«, sprach Teresa ins Telefon. »Hier ist niemand, der Lisa heißt. In dieser Filiale arbeitet keine Lisa.«

Megan blieb stehen und starrte sie an.

Teresa legte den Hörer auf die Gabel. »Idiot«, schimpfte sie leise. »Das war heute schon das zweite Mal. Und beide Male hat er, nachdem ich ihm sagte, dass es hier niemanden namens Lisa gibt, nur gekichert und aufgelegt.«

Megan umklammerte mit den Händen die Außenkante des Tresens. »Ist da … ist da eine Nummer auf der Anruferkennung?«

Teresa schaute nach. »Nein, die ist blockiert.«

Sie hatte gewusst, dass sie blockiert sein würde.

»He, du siehst plötzlich aus, als ginge es dir nicht gut«, hörte sie Teresa sagen. »Ist alles okay mit dir?«

»Ehrlich gesagt fühle ich mich ein bisschen schwach auf den Beinen«, gab sie zu.

»Dann fahr du jetzt nach Hause und schon dich«, sagte ihre Kollegin. »Ich vertrete dich hier.«

»Danke«, hauchte Megan.

Sie lief in ihr Büro, wo Josh auf sie wartete.

Sie spürte, dass ihre Angst mit jedem Moment größer wurde. Und sie wusste, dass diese Angst erst wieder vergehen würde, wenn sie mit Josh umgezogen war – irgendwohin, wo dieser Mann am Telefon sie nicht finden konnte. Hoffte sie jedenfalls.

Maple Hill Beach, Glencoe, Illinois

Es wurde langsam dunkel, und der elfjährige Sam Leonard konnte über dem See den Mond sehen. Außer ihm war niemand auf dem schmalen Sandstreifen des Privatstrandes. Die Wellen waren fast so hoch wie er. Sie klatschten gegen die schräg stehenden alten Zementblöcke, aus denen der Pier gebaut war.

Sam wusste, dass er zu spät zum Abendessen kommen – und sich damit jede Menge Ärger einhandeln würde, wenn er noch länger am Strand blieb. Doch er wollte einfach noch ein paar Minuten bleiben.

Mit einer kleinen Schaufel und einem Metalldetektor durchkämmte er das Waldstück, das an den Strand angrenzte. Er hatte bereits so einige interessante Sachen gefunden: eine Pistolenkugel, das Armband einer Frau, eine alte, kaputte Armbanduhr, Münzen im Wert von zwei Dollar und elf Cent – einschließlich eines Buffalo Nickels – und etwa ein Dutzend Haarklammern. Da wollte er seine Expedition noch nicht abbrechen. Stattdessen suchte Sam weiter nach verborgenen, nur oberflächlich vergrabenen Schätzen. Er sagte sich, dass er sofort nach Hause gehen würde, wenn er noch einen weiteren Gegenstand fand.

Er schwenkte das Gerät über dem Boden hinter dem Strand hin und her, über dem Dreck, dem Löwenzahn und dem Unkraut. Er schob es unter Büsche und um Baumstämme herum. Er quetschte sich an Gestrüpp vorbei und hielt es über die Rückseite des dicken Baumstammes. Da wurden die Abstände zwischen den Piepstönen noch kürzer.

Sam legte den Metalldetektor auf den Boden und fing an zu graben. Er musste mit dem Fuß fest auf den Oberrand der Schaufel treten, um in die harte Erde reinzukommen, doch fünfzehn, zwanzig Zentimeter tiefer wurde das Graben einfacher. Er testete den Metalldetektor in dem Loch – um sicherzugehen, dass er an der richtigen Stelle gebuddelt hatte. Wieder fing das Gerät an, wie verrückt zu piepsen.

Während er weitergrub, ließ Sam seiner Fantasie freien Lauf. Vielleicht hatte jemand einen ganzen Eimer Silberdollars hier vergraben – alte, seltene Silberdollars, die unheimlich viel Geld wert waren. Er schaufelte Erde, bis er plötzlich gegen etwas stieß. Er nahm nicht an, dass es sich dabei um eine Baumwurzel handelte. Vorsichtig grub er um das Etwas herum.

Das Ding hatte die Form eines riesigen Eis – und war in schwarze Plastikfolie gewickelt, die inzwischen verwittert und zu einem ascheähnlichen Film zerfallen war. Sam wischte die Erde und die getrockneten schwarzen Plastikflocken herunter – bis er begriff, dass er einen menschlichen Schädel gefunden hatte.

Entsetzt fuhr er zurück. Er war überzeugt, dass das hier ein echter Schädel war und keine Halloween-Dekoration. Ein paar Minuten hielt er sich mit der Hand an der Ulme fest. Er amtete mehrmals tief durch und spürte, dass sein Puls wieder langsamer wurde.

Dann packte Sam die Neugier. Wieder nahm er den Metalldetektor in die Hand und hielt ihn über den Schädel. Die Piepstöne erfolgten in rasend schneller Abfolge.

Silber- oder Goldfüllungen, dachte er. So etwas wie das hier hatte er mal in irgendeiner Folge dieser CSI-Staffeln gesehen.

Im nächsten Moment stieß er versehentlich mit dem Gerät gegen den menschlichen Schädel, der sich daraufhin bewegte. Das Fleisch war lange verfault und Teil der Erde geworden. Die Ohren waren verschwunden. Doch eingeklemmt unter zerbröselten Lagen schwarzer Plastikfolie waren an den Stellen, an denen sie mal gesteckt hatten, Perlenohrringe.

Ein Geschenk von Dr. Glenn Swann.

Kapitel fünfzehn

Als sie Josh an jenem Samstagnachmittag zu den Hannahs fuhr und sich im Wagen von ihm verabschiedete, hatte sie bereits eine unangenehme Vorahnung.

Nach diesen Anrufen wegen Lisa zwei Tage zuvor hatte sie um Haaresbreite ihr Wort gebrochen und ihm doch nicht erlaubt, woanders zu übernachten. Doch dann war ihr klar geworden, dass Josh, falls Glenn wusste, wo sie und der Junge wohnten, eher in Sicherheit war, wenn er die Nacht anderswo verbrachte. Überdies gab ihr das Gelegenheit, heimlich ein paar Sachen zusammenzupacken – denn sie zogen definitiv innerhalb der nächsten ein, zwei Tage um.

Als es draußen dunkel wurde, ging Megan auf, dass sich dieser Samstagabend nicht groß von den anderen unterschied, die sie allein verbrachte – nur dass sie heute all die Bücher, DVDs und alten VHS-Kassetten aussortierte, die sie beim Umzug nicht mitnehmen wollte. Außerdem hatte sie im Internet nach den jüngsten Veröffentlichungen über Dr. Glenn Swann gesucht, doch es war seit dem Vortag nichts Neues hinzugekommen – Gott sei Dank.

Sie wusch ein paar Maschinen Wäsche. Als sie den kleinen Haushaltsraum betrat, der vom Korridor im hinteren Teil des Hauses abging, stellte sie fest, dass ihr neben dem Verteilerkasten hängender Wandkalender – *»Art Of Edward Hopper«* – immer noch den August anzeigte. Megan blätterte zum September um und hängte den Kalender wieder auf. Sie wünschte, es wäre wieder August – bevor alles anders geworden war. Im vergangenen Monat hatte sie noch geglaubt, dass niemand aus ihrer Vergangenheit auch nur in der Nähe von Seattle war. Und sie hatte höchstens alle zwei Wochen das Internet nach Updates über ihren Exmann durchforstet. Sie hatte nie etwas gefunden und sich deshalb sicher gefühlt.

Das war jetzt nicht mehr der Fall.

Sie blieb noch ein paar Minuten in ihrem Haushaltsraum, stand einfach nur da und erinnerte sich an ihre Kellerwohnung mit der Gemeinschafts-Waschküche am Ende des Flurs. Sie wünschte, sie hätte wieder dort gelebt und Josh wäre wieder ein kleiner Junge gewesen. Vielleicht kam es ihr aber auch nur so vor, als seien die Zeiten damals besser gewesen, weil sie Vergangenheit waren.

Sie aß die Reste eines Hähnchenauflaufs, während einer der Filme aus ihrer DVD-Sammlung lief, *»DIE HOCHZEIT MEINES BESTEN FREUNDES«*. Dreimal hatte sie schon vor dem Bildschirm geweint, dabei war der Film, Herrgott noch mal, eine Komödie.

Um 23:15 Uhr, vor dem Zubettgehen, warf Megan einen letzten Blick ins Internet, um die Preise und Leistungen verschiedener Umzugsunternehmen miteinander zu vergleichen.

Sie stellte fest, dass zwei neue E-Mails in ihrer Mailbox eingegangen waren, und in beiden Fällen erkannte sie die E-Mailadressen nicht:

24/9/2011 teacherguy75@comc ... Einfach nur so

24/9/2011 rmembr1996@foxch ... Ich denke an Dich, Megan

Sie öffnete die erste Mail und stellte fest, dass *Teacherguy75* Dan Lahart war:

Hi, Megan,

es sind fast zwei Wochen vergangen, seit wir zum letzten Mal miteinander gesprochen haben. Schade, dass Du keine Zeit für eine zweite Verabredung hattest. Unser erstes Date habe ich sehr genossen, so sehr ... Fändest Du es ungewöhnlich, wenn ich zugeben würde, dass ich die Mail, die Du mir geschickt hast (die, in der Du geschrieben hast, dass du bei unserem Kennenlernen sehr viel Spaß hattest und Dich gern wieder mit mir treffen würdest) immer noch in meiner Mailbox habe? Ja, wahrscheinlich. Falls du Dich indes, so unwahrscheinlich das auch ist, geschmeichelt fühlst (was ich hier, ob Du es glaubst oder nicht, erreichen wollte) und Dein Terminkalender nicht mehr so ausgebucht ist, ruf mich doch bitte an oder schreib mir kurz eine Mail. Ich fände es großartig, Dich wiederzusehen, Megan. Ich hoffe, dass es Dir gut geht.

Alles Liebe,
Dan Lahart

»Ach, Scheiße«, murrte sie. Das war eine ungelenke, entzückende, brutal ehrliche Mail – mit genau dem richtigen Touch Selbstzerfleischung. Und, verdammt noch mal, sie mochte ihn. Nach fünfzehn Jahren hatte sie endlich einen netten Mann kennengelernt. Doch es würde niemals zwischen ihnen zu einer Annäherung kommen, weil sie nicht mehr da sein würde – unauffindbar, wie sie hoffte. Einen Moment schwebte ihr Finger über LÖSCHEN, doch im Endeffekt drückte sie stattdessen auf ALS UNGELESEN MARKIEREN. Vielleicht schrieb sie ihm später zurück – einfach nur, um ihm zu sagen, wie leid es ihr täte, dass es mit ihnen nicht geklappt hätte.

Sie klickte auf die E-Mail mit dem Betreff *Ich denke an Dich, Megan*. Sie enthielt keinen Text, lediglich einen Link:

http://www.thechicagotribune.com/news-
flash.crime.092511.
html

Solche Art von Mail hatte sie schon häufiger bekommen und löschte sie immer automatisch. Es handelte sich dabei entweder um Spam oder der Computer wurde durch das Anklicken des Links mit einem Virus infiziert. Hier stand aber ihr Name in der Betreffzeile. Und der Link führte zur Online-Ausgabe der *CHICAGO TRIBUNE* – der Ausgabe von morgen. Im nächsten Moment fiel ihr ein, dass in Chicago ja bereits *morgen* war.

Megan ging das Risiko ein und klickte den Link an. Die Story der *TRIBUNE* erschien auf ihrem Bildschirm. Sie starrte auf die Schlagzeile und auf ein Foto. Es zeigte eine junge, hübsche Frau mit braunen Haaren. Megan kannte die Frau. Doch das Erste, was sie beim Anblick des Fotos dachte, war, dass es in die Bildreihe der Opfer der im Raum Seattle verübten Müllsackmorde zu gehören schien.

In der Schlagzeile hieß es:

Schockierender Fund führt zu überraschender Wende im 15 Jahre zurückliegenden ›Müllsackmord‹

MENSCHLICHER SCHÄDEL AM GLENCOE BEACH

Sie kannte den Arzt, der kürzlich vom Vorwurf des Mordes an seiner Ehefrau freigesprochen wurde

Megan erkannte Glenns ehemalige Geliebte auf dem Foto, das wohl jemand auf einer Party aufgenommen hatte. Willow strahlte über das ganze Gesicht und war leger gekleidet, trug Jeans und ein dunkles T-Shirt. In der Bildunterschrift hieß es:

> Zahnärztliche Unterlagen bestätigten, dass es sich bei dem menschlichen Schädel, der am Mittwochabend an einem Glencoer Strand gefunden wurde, um den der 22-jährigen Willow Dwyer handelt, die im Oktober 1996 spurlos verschwand. DNA-Tests haben auch eine Übereinstimmung zwischen Dwyer und der zerstückelten Leiche im berüchtigten ›Müllsack-Mord‹ bewiesen.

Über die drei Brandmale am Oberkörper dieser Leiche hatte Megan sich häufig den Kopf zerbrochen. Am Abend jener Party hatte Glenn sie dreimal mit dieser grauenvollen Zigarre verbrannt. Und kurze Zeit später hatte er sich von Willow getrennt. Hatte Glenn Willow ebenfalls mit der Zigarre malträtiert? Verpasste er den Frauen in seinem Leben damit sein Brandzeichen?

Vielleicht war Willow nicht kampflos aus seinem Leben

verschwunden. Vielleicht war Glenn zornig geworden und hatte sich auch an ihr abreagiert. Megan hatte damals immer gedacht, dass ein übler Schlag gegen den Kopf oder ein Sturz ihr Ende sein könnten. Vielleicht war Willow genau das passiert. Vielleicht war es ein Unfall gewesen. Megan konnte sich vorstellen, dass JJ Glenn dabei geholfen hatte, die Leiche zu zerstückeln und die vollen Müllsäcke zu entsorgen. In den zahllosen Artikeln, die sie über den Prozess gelesen hatte, war der Name Jimmy Jordan nie erwähnt worden. Trotzdem hatte Megan im Gefühl, dass er involviert gewesen war. *Das ist JJ, der erledigt, was erledigt werden muss.*

Der Bericht in der *Tribune* verwies darauf, dass Willow in dem gleichen Krankenhaus in Evanston als Röntgenassistentin gearbeitet hatte, in dem Dr. Glenn Swann als Arzt tätig gewesen war. Eine enge Freundin Willows nahm im Hinblick auf die Beziehung, die sie zueinander unterhalten hatten, kein Blatt vor den Mund:

> »Willow hatte im Frühjahr 1996 drei Monate lang eine Affäre mit Swann«, behauptete Dwyers Freundin Elisa Middleton. Middleton, 39, war im Evanston Northwest Hospital eine Kollegin von Dwyer. »Ich weiß, dass Dr. Swann sie körperlich misshandelt hat, als sie sich getrennt haben. Trotzdem hat Willow bis zu ihrem Verschwinden im Oktober 1996 nie ganz damit aufgehört, sich mit ihm zu treffen.«

Lisa Swann wurde in dem Bericht zwar mehrmals erwähnt, doch er enthielt keine Updates über die Wiederaufnahme der Ermittlungen zu ihrem Verschwinden. Der besorgniserregendste Teil der Story waren die beiden letzten Absätze.

Die Kriminalpolizei war nicht in der Lage, Dr. Swann zu erreichen, der vor zwei Wochen aus dem Stateville Correctional Center entlassen wurde. Swann hätte am Mittwochabend damit beginnen sollen, ehrenamtlich in Chicagos Lakeside Women's Shelter zu arbeiten, doch er tauchte nie in dem Obdachlosenasyl auf. Offenbar durch Prüfung der finanziellen Bewegungen seiner Kreditkarte fanden die Behörden heraus, dass er am Mittwochmorgen nach Portland, Oregon, geflogen ist, aber über seinen seitherigen Aufenthaltsort ist nichts bekannt. Ein Mitarbeiter der Kriminalpolizei deutete an, Swann könne gegen Auflagen seiner Begnadigung verstoßen haben, indem er den Bundesstaat Illinois verlassen hat, obwohl die Ermittlungen zu dem 1996 verübten Mordfall noch nicht abgeschlossen sind.

»Mein Gott, er ist in Portland«, hauchte Megan mit starrem Blick auf den Computerbildschirm. Seit Mittwoch war Glenn gerade mal drei Stunden von ihr entfernt. Es war durchaus möglich, dass er in den Pazifischen Nordwesten gekommen war, um Jagd auf sie zu machen. Und es war sehr gut möglich, dass er in diesem Moment in Seattle war.

Sie beugte sich über ihren Schreibtisch, drückte die *TRIBUNE*-Story weg, sodass die E-Mail, die den Link enthielt, wieder den Bildschirm füllte. Sie starrte auf die Adresse der Person, die ihr diesen Link geschickt hatte: Rmembr1996@foxchat.net. Remember 1996? Ob sie sich an 1996 erinnerte? Das war das Jahr, in dem sie verschwunden und Glenn verhaftet worden war. Megans Hand zitterte, als sie auf ANTWORTEN drückte. Ihre Finger glitten über die Tastatur:

Wer sind Sie?

Sie drückte SENDEN. Nach nur wenigen Sekunden vernahm sie ein tickendes Geräusch, und das E-Mail-Symbol zeigte an, dass sie eine neue Nachricht erhalten hatte. Sie klickte auf das Zeichen und sah die Antwort auf ihre Frage:

24/9/2011 MAILER-DAEMON ... Unzustellbare E-Mail

Fast hatte sie es geahnt, dass ihre Mail nicht durchgehen würde. Die Adresse war entweder temporär oder fiktiv. Remember1996?

Megan saß auf ihrem Schreibtischstuhl und blickte aus dem großen Fenster im Wohnzimmer. Sie fragte sich, ob der Absender sie wohl in diesem Moment beobachtete.

Das Telefon läutete.

Megan zuckte zusammen und sprang so schnell auf, dass sie dabei fast den Stuhl umgeworfen hätte. Sie rannte in die Küche und bekam das schnurlose Telefon beim dritten Klingeln zu fassen. »Hallo?«, meldete sie sich leicht außer Atem. Mit einem Auge warf sie einen Blick auf die in den Mikrowellenherd eingebaute Digitalanzeige: 23:48 Uhr.

»Ist Mrs. Keeslar da?«, wollte eine Frau wissen. Ihre Stimme klang schrill – als gäbe es irgendeinen Notfall.

»Ich bin Mrs. Keeslar. Wer spricht da?«

»Angela Brinkmeyer«, gab die Frau zur Antwort – als müsse Megan diesen Namen kennen. Einen Moment war es totenstill.

»Ja?«, hakte Megan zaghaft nach.

»Meine Tochter Laney geht mit Ihrem Sohn zur Schule«,

erklärte die Frau. »Er und einige seiner Freunde haben versucht, sie – na ja, lassen Sie es mich mal so sagen: Sie können froh sein, dass ich nicht zur Polizei gehe.«

»Wie bitte?«, entgegnete Megan und rieb sich die Stirn. »Ich habe keine Ahnung, wovon Sie reden.«

»Ihr Sohn und einige seiner Freunde haben versucht, meine Laney zu einer Nacktbade-Party am Swimmingpool zu überreden. Die Leute, denen dieser Pool gehört, sind verreist. Das ist also schon mal Hausfriedensbruch, wenn nicht gar Einbruch. Rein zufällig wohnt gleich nebenan eine gute Freundin von mir …«

Megan hörte den Anklopfton in der Leitung und schaute auf die Anruferkennung. Es war Josh, der da anrief.

»Äh … entschuldigen Sie, Mrs. Brinkmeyer. Mein Sohn ruft mich gerade auf der anderen Leitung an. Tut mir leid. Könnten Sie wohl einen Moment dranbleiben?«

Am anderen Ende der Leitung war ein Klicken zu hören.

»Hallo?«, rief Megan. Sie begriff, dass die Frau aufgelegt hatte. »Auch gut«, murmelte sie. Dann nahm sie das Gespräch auf der anderen Leitung entgegen. »Josh?«

»Hi, Mom«, sagte der. »Äh …, ich habe mir da mit einigen der Jungs aus der Mannschaft ein paar Probleme eingehandelt, und Mrs. Hannah hielte es für eine gute Idee, wenn – äh …, na ja, sie meint, du solltest kommen und mich abholen …«

»Glaub mir, Mom, das war keine große Sexparty oder Orgie oder so was in der Art«, erklärte Josh. Er lehnte sich mit der Schulter gegen die Beifahrertür. Natürlich trug er seine orangefarbene Sunset-Bowl-Jacke; seine Reisetasche stand vor ihm auf dem Boden. »Ich bin die ganze Zeit in meiner Unterwäsche geschwommen. Garth hat seine Unterhose erst ausgezogen, als er sich in den Whirlpool gesetzt hat. Nackt war im Grunde niemand – außer Laney Brinkmeyer, die oben ohne herumstolziert ist. Sie hat Pat, Garth und mir immer und immer wieder gesagt, wir sollten uns nackt ausziehen. Die beiden anderen Mädchen haben ihre Büstenhalter anbehalten, aber nicht damit aufgehört, Laney anzukreischen. Ich glaube, das war der Grund dafür, dass die Nachbarin Laneys Mutter angerufen hat. Die alte Topfguckerin muss uns allerdings mit einem Fernglas oder so bespitzelt haben. Und Hausfriedensbruch war es eigentlich auch nicht, denn der Pool, in dem wir waren, gehört Pats Cousin. Seine Familie ist verreist …«

Megan schaute auf die Uhr im Armaturenbrett – es war 00:27 Uhr. Sie hatte die letzten Minuten mit starrem Blick auf die Fahrbahn geschaut, während Josh sich entschuldigt und zu erklären versucht hatte, dass er kein »totaler Perverser oder irgend so was« war. Er missdeutete ihr Schweigen vermutlich als Verärgerung. In Wahrheit hörte sie ihm nur mit halbem Ohr zu. Sie konnte nicht aufhören, an *rmembr1996*@foxchat.net zu denken und an diese Anrufe wegen Lisa.

»Ich weiß nicht, was die bekloppte Mrs. Brinkmeyer dir sonst noch alles erzählt hat«, redete Josh weiter, als sie die Eastlake Avenue hinunterfuhren. »Aber es gab nur ein lausiges Sixpack Bier – für sechs Leute. Ich habe von meinem keinen einzigen Schluck getrunken.«

Megan bog in die Zufahrtsstraße ein, die zu ihrem Haus führte. Sie schaute in den Rückspiegel, um sich zu vergewissern, dass ihnen niemand folgte.

Während der letzten Stunde hatte sie unablässig ein flaues Gefühl im Magen gehabt. Wenn Josh und sie noch heute

Nacht die Stadt verließen, konnten sie diesem Menschen, der sich Rmembr1996 nannte, vielleicht entkommen. Sie hatte die Schlüssel zur Filiale der Autovermietung. Sie konnten rasch ein paar Sachen zusammenpacken und dann dorthin fahren. Sie konnte sich selbst unter einem anderen Namen einen Wagen vermieten und die Unterlagen frisieren. Wenn sie es clever anstellte, würde es eine Weile dauern, bis sie dahinterkamen, welchen Wagen sie genommen hatte. Sie konnte zu irgendeinem Hotel außerhalb der Stadt fahren, und dort konnten sie sich eine Zeitlang versteckt halten – zumindest bis ihr eine bessere Lösung eingefallen war. Sie würde improvisieren und das Beste hoffen müssen. Leider hatte sie keine Vorstellung, wie sie Josh das alles erklären sollte.

»Mom, du hast in der letzten Viertelstunde kaum etwas gesagt«, stellte er fest. »Du musst ja total sauer auf mich sein, aber glaub mir, das Ganze tut mir aufrichtig leid ...«

Megan fiel auf, dass ein silberfarbenes SUV vor ihrer Doppelhaushälfte stand, das vorhin noch nicht dort gestanden hatte. Es parkte so dicht am Rand ihrer Auffahrt, dass sich die Vorderreifen gegen die gelbe Bordsteinkante pressten. Unwillkürlich dachte sie, das SUV könnte mit Rmembr1996 zu tun haben. Es machte nur keinen Sinn, wenn jemand so vor ihrem Haus parkte, dass man ihn sah. Nein, so ging dieser Mensch nicht vor – bisher hatte er das zumindest nicht getan. Dieser Mensch hielt sich gut versteckt, bis er wollte, dass man ihn sah.

Sie rangierte an dem dämlichen SUV vorbei und fuhr auf die Garageneinfahrt. Sie schaltete das Getriebe auf Parken und den Motor ab. Er hörte auf zu surren. In der Stille atmete sie tief durch.

»Mom, bist du okay?«

»Eine Zeit lang wirst du nirgendwo übernachten«, verkündete sie. Dann stieg sie aus dem Wagen.

Josh griff nach seiner Tasche und machte den Beifahrersitz frei. »Damit kann ich leben. Oder war das nur der Anfang?«

Sie drückte auf die automatische Türverriegelung, die an ihrer Schlüsselkette hing, und der Wagen gab ein piependes Geräusch von sich. »Das weiß ich noch nicht genau«, gab sie zu und lief auf die Stufen zu, die zu ihrer Eingangstür führten. Sie schloss auf und ging ins Haus.

In der Diele blieb Megan zögernd stehen. Sie dachte, sie hätte beim Weggehen mehr Lampen eingeschaltet gelassen. Jetzt brannten nur die in der Diele und die kleine im Wohnzimmer. Der Rest des Hauses lag im Dunkeln. Sie schaute Richtung Wohnzimmer. Die Vorhänge waren geschlossen. Sie hätte schwören können, sie offen gelassen zu haben.

Das machte keinen Sinn. Die Haustür war zugesperrt gewesen. Wer würde einbrechen, ein paar Lampen ausschalten, die Vorhänge im vorderen Bereich des Hauses schließen und dann wieder gehen – und hinter sich die Tür verriegeln?

Andererseits ... was machte sie so sicher, dass der Einbrecher fort war?

Josh schloss die Haustür. Er schob sich an ihr vorbei und stellte seine Tasche am Fuß der Treppe ab.

»Schatz, warte mal gerade«, flüsterte sie und griff dabei nach dem Handy, das in der Tasche ihrer Strickjacke steckte. In diesem Moment stand sie kurz davor, die Polizei zu alarmieren. »Ich glaube, dass jemand im Haus ist.«

Mit weit aufgerissenen Augen starrte Josh sie an. Beide standen sie wie erstarrt da und horchten auf irgendein Geräusch. Da schaltete sich plötzlich brummend der Kühlschrank ein, und beide zuckten sie zusammen.

Josh fing an zu lachen. »Du machst mir Angst, Mom.«

Sie schnappte nach Luft und tätschelte seine Schulter. »Entschuldige, Schatz.«

Leicht zögerlich machte er sich auf den Weg in die Küche.

Megan beobachtete, wie er die Deckenbeleuchtung einschaltete. Sie zog ihre Strickjacke aus und hängte sie über den Treppenpfosten. »Schatz, ich weiß, dass es schon spät ist, aber wir müssen uns unterhalten«, sagte sie. »Es ist etwas passiert, das ziemlich ernst ...«

Sie schaute wieder in seine Richtung. Er stand mit dem Rücken zu ihr im Kücheneingang und starrte nach unten auf den Fußboden.

»Josh?«

»Was ist das?«, wollte er wissen.

Megan lief zu ihm und blieb im nächsten Augenblick wie angewurzelt stehen.

Mitten in der Küche lag ausgebreitet auf dem Fußboden ein leerer schwarzer Müllsack.

Josh drehte sich zu ihr um. »Hast du das dahingelegt?«

Megan starrte ihn an. Es dauerte einen Moment, bis ihr auffiel, dass hinter Josh – in dem kleinen Korridor, der von der Küche abging – die Hintertür halb offen stand.

Da huschte plötzlich jemand aus der Toilette in den Haushaltsraum. Er trug Jeans, einen schwarzen Pullover und eine schwarze Skimaske.

»Josh!«, kreischte sie. »Raus ... lauf aus dem Haus!«

Im nächsten Moment erloschen sämtliche Lampen.

»Was ist?«, schrie Josh.

In der Finsternis zog sie ihn in die Diele. Sie hörte, dass er gegen etwas prallte und einen keuchenden Laut von sich gab. Da sie nichts sehen konnte, wedelte sie so lange mit der Hand, bis sie den Treppenpfosten und ihre Strickjacke unter den Fingern spürte. »Geh! Renn nach draußen!«, sagte sie und schob ihn auf die Haustür zu. »Renn einfach immer weiter ...«

Hysterisch klopfte sie ihre Strickjacke ab, bis sie die Tasche fand, in der ihr Handy steckte.

»Ich kann dich doch nicht einfach hier zurück ...«

Stampfende Schritte schnitten ihm das Wort im Munde ab. Jemand rannte durch das Esszimmer. Dabei warf der Einbrecher offenbar einen Stuhl um, denn es war ein lautes Knallen zu hören. Megan sah nun eine schemenhafte Gestalt im Wohnzimmer, die in ihre Richtung kam. Er hielt den Arm gehoben und etwas in der Hand. Das Etwas sah aus wie ein Schlagstock oder ein kleiner Baseballschläger.

»Nein!«, kreischte Megan. Sie versuchte, Josh aus dem Weg zu drücken, doch es war bereits zu spät. Der Einbrecher schlug ihm mit dem kleinen Schläger auf den Kopf. Sie hörte, wie ihr Sohn einen kraftlosen Schrei ausstieß und im nächsten Moment zu Boden fiel.

Sie wollte zu ihm laufen, als mit voller Wucht etwas Hartes ihre Wange traf. Die Beine gaben unter ihr nach, und sie taumelte nach hinten, prallte gegen den Treppenpfosten und sank zu Boden – nur wenige Schritte von Josh entfernt.

Mühsam rang sie nach Luft. Selbst in der Finsternis sah sie nichts weiter als einen grellweißen Lichtblitz. Es klingelte in ihrem Ohr. Sie erinnerte sich an diesen Schmerz. Vor fünfzehn Jahren hatte sie den häufiger gespürt – 1996.

Bevor Megan wusste, wie ihr geschah, beugte sich der Mann mit der Skimaske über sie. Sie spürte, wie etwas über ihren Hals strich und begriff, dass es sich dabei um die Spitze eines Springmessers handelte. So ganz allmählich konnte sie ihr Umfeld deutlicher sehen. Auf dem Fußboden, gleich neben ihrer Hand, sah sie ihr Handy – sein blaues Licht leuchtete auf.

»Gib mir das Telefon«, befahl er mit seltsam krächzender Stimme.

Da sie ihm in diesem Moment so sehr nah war, konnte Megan die Moschusnote von Glenns altem Eau de Cologne riechen.

Sie händigte ihm das Handy aus. Dann kroch sie auf Josh zu, um sich davon zu überzeugen, dass er noch am Leben war. Als sie sich so plötzlich bewegte, spürte sie, wie ihr die Spitze des Messers unter dem Kinn ins Fleisch ritzte. Megan wusste nicht, ob sie blutete, und es interessierte sie auch nicht. Sie legte ihre Hand auf Joshs Brust und spürte seinen Herzschlag. Er stöhnte vor Schmerzen. »Josh, Liebling, kannst du mich hören? Josh …«

Der Mann packte sie bei den Haaren und riss ihren Kopf nach hinten. Sie schlug gegen den Treppenpfosten und fiel neuerlich zu Boden.

Der Einbrecher baute sich vor ihr auf. »Ich übernehme jetzt das Sorgerecht für ihn«, hörte sie ihn mit dieser heiseren Stimme sagen. »Und wenn du die Polizei rufst oder irgendjemandem davon erzählst, schneide ich ihm die Kehle durch.«

Megan konnte sich nicht bewegen. Sie versuchte, etwas zu erkennen, sah aber alles verschwommen. Es erweckte den Anschein, als habe er Josh auf die Füße gezogen. Sie konnte Josh stöhnen hören. Da war ein klickendes Geräusch, und im nächsten Moment knarrte die Haustür. Als sie geöffnet wurde, fiel das Licht der Außenbeleuchtung in die Diele. Sie konnte die Umrisse ihrer Körper sehen. Der Einbrecher zerrte Josh nach draußen.

»Glenn!«, schrie sie und versuchte aufzustehen.

Die Tür schloss sich. Jetzt umhüllte sie wieder völlige Finsternis.

Megan hörte, dass ein Motor angelassen wurde, und dann

quietschten Reifen. Es klang wie ein Kreischen, das leiser und leiser wurde, bis alles um sie herum still war.

Es gelang ihr, den Treppenpfosten zu fassen zu bekommen und sich daran hochzuziehen und aufzurichten. Vom Scheitel bis zur Sohle zitternd lief sie zur Tür und öffnete sie. Das silberfarbene SUV, das gerade neben ihrer Garageneinfahrt gestanden hatte, war jetzt verschwunden.

»O Gott, bitte nicht«, hauchte sie und klammerte sich an die Türklinke, um nicht zusammenzubrechen. Tränen strömten ihr übers Gesicht und vermischten sich mit dem Blut der Schnittwunde an ihrem Hals.

Megan drehte sich um und taumelte zurück ins Haus. Das Licht reichte ihr, um den Weg in die Küche zu finden. Mit zitternder Hand hielt sie sich zunächst an der Wand fest und dann an den Unterschränken. Sie musste die Polizei rufen. Er hatte zwar gesagt, das solle sie nicht tun, aber das interessierte sie nicht. Die Polizei würde ihn wesentlich schneller finden als sie. Was danach aus ihr wurde, spielte keine Rolle – Hauptsache, sie bekam Josh zurück.

Um Haaresbreite rutschte Megan auf dem Müllsack aus, den er auf den Küchenboden gelegt hatte. Sie hielt sich an der Arbeitsplatte fest, um nicht das Gleichgewicht zu verlieren. Sie hörte, dass der Kühlschrank immer noch brummte. Er hatte vom Verteilerkasten aus sämtliche Lampen ausgeschaltet, doch für die Stromversorgung von Kühlschrank und Ofen gab es andere Schalter. Sie öffnete die Kühlschranktür und war dank der darin installierten Innenbeleuchtung in der Lage, das Telefon zu sehen.

Sie griff nach dem schnurlosen Apparat und versuchte, ihn einzuschalten. Sie hatte vergessen, dass das Telefon nur funktionierte, wenn die Ladestation Strom bekam.

Da hörte sie plötzlich wieder Schritte. Bevor sie wusste,

wie ihr geschah, ging sie zu Boden. Das Telefon flog ihr aus der Hand und schlitterte über den Küchenboden. Er packte sie im Nacken und presste ihr Gesicht auf den Müllsack, der zusammengeknüllt unter ihr lag. Sein Griff war dermaßen fest, dass Megan nicht atmen konnte.

Sie war völlig hilflos. Ihre rechte Hand klemmte unter ihrem Körper, und sein Knie presste er auf ihren linken Arm. »Ich habe dir doch gesagt, dass du die Polizei nicht rufen sollst, Lisa«, sagte er mit dieser entsetzlichen, kehligen Stimme. Seine grausamen Augen hielten sie durch die Löcher in seiner Skimaske im Visier. In dem trüben Licht konnte sie nicht sehen, welche Farbe sie hatten. »Begreifst du denn nicht, dass ich jeden deiner Schritte beobachte?«

Er lockerte seinen Klammergriff ein wenig – gerade so viel, dass sie sprechen konnte: »Ich werde alles tun, was Sie mir sagen«, wimmerte sie. »Bitte – bitte tun Sie ihm nicht weh …«

»Genau das werde ich aber tun – jedes Mal, wenn du meine Befehle nicht befolgst. Kapiert, Lisa?«

Sie konnte nur gehorsam nicken, zu mehr war sie nicht fähig.

Er ließ ihren Nacken los, griff in seine Tasche und zog sein Springmesser heraus. Mit einem Klicken ließ er es aufschnappen. »Du hast mir nicht gehorcht, und dafür muss ich dich bestrafen. Dieses eine Mal lasse ich dir die Wahl. Soll ich ihm wehtun oder dir?«

Fassungslos blickte sie zu ihm auf. Sie wusste, dass er es genauso meinte, wie er gesagt hatte. »Mir«, hörte sie sich sagen. »Tun Sie mir weh.«

Nach wie vor drückte er ihren linken Arm mit seinem Knie auf den Fußboden. Er schaute auf ihre linke Hand, und im nächsten Moment zog er an ihrem Mittelfinger. »Früher war an diesem Finger mal ein Ring. Erinnerst du dich, Lisa?«

Hilflos sah sie dabei zu, wie er die Klinge des Springmessers auf das zweite Fingergelenk presste. Er gab ein grunzendes Geräusch von sich, und das Messer durchschnitt ihren Finger und trennte ihn ab.

Megan stieß gellende Schmerzensschreie aus. Rasch schlug er ihr seine Hand vor den Mund und erstickte diese Schreie. »Tina und Brian sind zwar nicht zu Hause, aber wir können trotzdem nicht zulassen, dass die anderen Nachbarn dich hören«, sagte er. Er hielt ihr weiterhin mit der Hand den Mund zu – bis sie nur noch leise schluchzte.

»Wenn du mir das nächste Mal nicht gehorchst, wird dein kleiner Bastard den Preis dafür zahlen«, sagte er und klappte das Springmesser wieder zu. Er erhob sich und trat einen Schritt zurück, beugte sich dann aber noch einmal vor, ergriff einen Zipfel des Müllsacks und zog das Plastik so über ihren Körper, dass es sie halbwegs zudeckte. »Wenn du nicht ganz genau tust, was ich dir sage, wird er das nächste Mal, wenn du ihn siehst, in einer von denen hier stecken – in Einzelteile zerlegt.«

Er hob etwas vom Fußboden auf und warf es ihr nonchalant zu. Dabei handelte es sich um den abgetrennten Teil ihres Fingers. »Steck ihn in einen Ziplockbeutel. Lagere ihn kühl, aber leg ihn nicht auf Eis. Erzähl den Leuten im Krankenhaus eine gute Geschichte, die erklärt, wie du ihn dir abgeschnitten hast. Da du schon so häufig in der Notaufnahme warst, weißt du doch sicher noch, wie man die belügt, oder etwa nicht, Lisa?«

Sie konnte ihm nicht antworten. Sie umklammerte ihre verstümmelte Hand. Das war das Einzige, was sie davon abhielt, vor Schmerzen zu kreischen.

»Heute Nacht musst du überzeugend sein«, meinte er und entfernte sich dabei – in Richtung der Fliegengittertür, die aus dem Küchenbereich nach draußen führte. »Vielleicht können sie deinen Finger ja retten. Und du kannst dein Kind retten.«

Er öffnete die Fliegengittertür.

Zwar passte alles irgendwie nicht so richtig zusammen, aber in ihrem Kopf hatte nur noch ein Gedanke Platz.

»Glenn!«, schrie sie der schemenhaften Gestalt zu, die im Türeingang stand. »Tu ihm bitte nicht weh! Glenn, er ist dein Sohn!«

Wimmernd schloss Megan die Augen. Sie hörte, wie die Fliegengittertür zugeschlagen wurde.

Kapitel sechzehn

Der Krankenschwester, die in der Notaufnahme des Harborview Medical Centers am Empfang saß, erzählte Megan, sie habe sich ihren Finger beim Gemüseschnippeln abgehackt. Und dadurch war sie dann gemäß ihrer Geschichte dermaßen in Panik geraten, dass sie gegen einen Türrahmen gerannt war. Megan hoffte, das erkläre die Rötung und Schwellung ihrer linken Wange. Sie ging nicht davon aus, dass die Krankenschwester ihr auch nur ein Wort glaubte. Die Story passte irgendwie nicht zu der Tatsache, dass sie trotz allem über die Besonnenheit verfügt hatte, sich ein Taxi zu rufen. Sie hatte auch für ihren abgetrennten Finger alles Erforderliche getan und ihn in einen Frischhaltebeutel gesteckt, den sie in etwas kaltem Wasser in eine alte Thermoskanne von Josh gepackt hatte, die noch aus der Zeit stammte, da er ein kleiner Junge gewesen war. Sie war mit den Schlümpfen bedruckt.

Die Notaufnahme war an diesem Sonntagmorgen um 01:15 Uhr ein Ort, der einem Albtraum entsprungen zu sein schien. Das Ganze war wie eine Mischung aus einem kleinen, belebten Flughafengebäude und einem Irrenhaus. Menschen brüllten, kreischten und weinten. Wohin Megan auch blickte, sah sie jemanden, der blutete oder auf andere Weise übel zugerichtet war. Im Verlauf der kurzen Zeit, die Megan wartete, hasteten immer wieder Rettungssanitäter durch den großen Raum, die kranke, sterbende oder verletzte Menschen vor sich her schoben. Polizeibeamte eskortierten Männer in Handschellen ... Megan stellte sich vor, mit Josh dort zu sitzen, und die Stimme, die sie zu hören glaubte, war seine: *Die meisten Leute hier sehen aus, als gehörten sie in einen Krawall-Talk wie die Jerry Springer Show.*

Für den Bruchteil einer Sekunde lächelte sie, dann fing sie an zu weinen.

Zur Notiz nahm das niemand. Sie glaubte zumindest nicht, dass es irgendjemandem auffiel – dazu war um sie her viel zu viel Zirkus. Trotzdem fragte Megan sich, ob Joshs Entführer ihr vielleicht jemanden hinterhergeschickt hatte, der sie genau in diesem Moment bespitzelte. Immer und immer wieder ließ sie ihre Blicke schweifen, um zu überprüfen, ob irgendjemand sie anstarrte.

Begreifst du denn nicht, dass ich jeden deiner Schritte beobachte?, hatte er gesagt.

An dem, was in dieser Nacht passiert war, musste eine zweite Person beteiligt gewesen sein. Irgendjemand war mit Josh in dem silberfarbenen SUV weggefahren, während Glenn – sie nahm zumindest an, dass es Glenn gewesen war – zurückgekommen war, um in der Küche über sie herzufallen.

Auch als der Arzt ihr den Finger wieder annähte, starrte Megan immerzu die Krankenschwestern und Krankenwärter an, die draußen auf dem Gang vorüberschwirrten. Jeder von denen hätte Glenns Komplize sein können.

Sie verabreichten ihr für den Eingriff ein lokales Betäubungsmittel in Kombination mit einem Beruhigungs- und einem Schmerzmittel. Dadurch fühlte sie sich leicht neben der Kappe, war zugleich aber noch achtsamer im Hinblick auf das, was sie von sich gab. Genauso hatte sie sich gefühlt, als sie mit Josh in den Wehen gelegen hatte, daran erinnerte sie sich noch. Sie hatte solche Angst gehabt, irgendjemand im Krankenhaus könnte die Brandmale auf ihrer linken Seite sehen und eine Verbindung zu dem Chicagoer Mordfall Lisa Swann herstellen. Sie hatte Sorge gehabt, die Drogen könnten sie völlig enthemmen – sodass sie im Endeffekt ihren richtigen Namen genannt oder sich über das Ekel von Kindsvater geäußert hätte.

Jetzt war Josh unter Umständen tot. Sie weinte hemmungslos, während der Chirurg bemüht war, ihren Finger zu retten.

»Bitte, Megan«, meinte die Krankenschwester, die ihr einen Eisbeutel gegen die Wange hielt, um die Schwellung zu lindern. »Das Gewebe ist betäubt worden. Sie können unmöglich irgendetwas spüren ...«

Die Operation dauerte zweieinhalb Stunden. Anschließend behaupteten sie, ihr Zustand erlaube es nicht, dass sie allein nach Hause fuhr – auch nicht mit einem Taxi. Die Krankenschwester wollte, dass sie einen Freund anrief, der sie abholte und dafür sorgte, dass sie ins Bett kam. Megan erwog, Teresa zu belästigen, doch ihre Kollegin hatte in dieser Woche Sonntagsdienst und musste in dreieinhalb Stunden die Filiale öffnen. Außerdem würde Teresa wissen wollen, was passiert war – und sie würde ihr die blödsinnige Story, dass sie um ein Uhr morgens Gemüse geschnippelt und dann gegen einen Türrahmen gerannt war, nicht abkaufen.

Also fuhr Megan mit einem Taxi nach Hause. Ihre linke Hand war mit einem dicken Verband umwickelt, und ihr Arm hing in einer Schlinge. Während der gesamten Taxifahrt schaute sie immer wieder durch die Heckscheibe, um nachzusehen, ob ihnen jemand folgte.

Als sie schleppenden Schrittes die Diele betrat, erwartete Megan, dass es in ihrem Haus aussah wie auf einem Schlachtfeld. Doch eigentlich herrschte dort gar kein großes Chaos – es waren lediglich ein bisschen Blut und ein paar Schleifspuren auf den Fliesen im Eingangsbereich; im Esszimmer war einer der Stühle umgeworfen worden; und auf dem Küchenboden waren weitere Schleifspuren, weiteres Blut und der leere Müllsack. Was passiert war, war verheerend, aber der entstandene Schaden eher minimal – wie bei diesen Bomben, die nur Menschen töten, ihre Häuser indes stehen lassen.

Joshs Reisetasche stand am Fuß der Treppe. Sie hob sie vom Boden und kletterte müde in den zweiten Stock. Sie stellte die Tasche gleich hinter der Tür zu seinem Zimmer ab und drehte sich sofort wieder um, denn es machte sich eine entsetzlich schmerzhafte Leere in ihr breit, und es stiegen ihr die Tränen in die Augen. Sie hatte das Gefühl, sich übergeben zu müssen, deshalb eilte sie ins Badezimmer, wo sie sich mit ihrer guten Hand an der Wand abstützte und über die Toilettenschüssel beugte. Nichts geschah. Sie atmete einige Male tief durch, und dann begutachtete sie sich im Spiegel. Die Wange, auf die er sie zweimal geschlagen hatte, war leicht gerötet und immer noch schmerzempfindlich, doch die Schwellung war durch den Eisbeutel, den sie ihr im Krankenhaus gegeben hatten, zurückgegangen. Unter ihrem Kinn klebte ein langes Pflaster. Die Schnittwunde hatte stark geblutet, war aber nur oberflächlicher Natur gewesen.

Auf dem Weg ins Schlafzimmer zog sie sich die Bluse aus. Es fiel ihr schwer, den Ärmel über den sperrigen Verband zu ziehen, der ihre Hand vermummte. Schließlich holte sie sich eine Schere aus der Kommode und schnitt den Ärmel auf. Erst als sie die blutbefleckte Bluse auf den Boden fallen ließ, fiel ihr auf, dass etwas auf ihrem Bett lag.

Es war Joshs orangefarbene Sunset-Bowl-Jacke, die er ein paar Stunden zuvor getragen hatte. Der Mann, der ihn entführt hatte, musste noch einmal zurückgekommen sein, während sie im Krankenhaus gewesen war, und sie dort hingelegt haben.

Die Jacke lag ordentlich zusammengefaltet auf ihrem Kopfkissen.

Er stand im Wohnzimmer vor seinem antiken Schreibtisch, und aus seiner hochmodernen Stereoanlage donnerte der »Winter« aus Vivaldis *»Die Vier Jahreszeiten«*. Er schwenkte einen Bleistift, als dirigiere er eine Symphonie, und beobachtete dabei sein Spiegelbild im abgedunkelten Glas des Erkerfensters. Er liebte dieses dissonante Stakkato der Geige. Da der nächste Nachbar fast eine halbe Meile entfernt wohnte, war da niemand, der sich über die laute Musik hätte beschweren können. Das war einer der Vorteile, ein Farmhaus zu besitzen.

Er war stolz auf sich. Endlich hatte er Lisa da, wo er sie haben wollte. Sie war seine Marionette. Sie würde alles tun, was er von ihr verlangte. Er zog die Strippen, und sie würde für ihn tanzen. Davon hatte er fünfzehn Jahre lang geträumt.

Er dirigierte das unsichtbare Orchester und arbeitete sich dabei in einen rauschartigen Zustand, während die Musik zu einem Crescendo anschwoll. Das Stück endete, und plötzlich war es totenstill. Er spürte, wie ihm die Schweißtropfen über den Rücken perlten. Sein T-Shirt war völlig durchnässt. Müde war er allerdings nicht. Er hatte noch jede Menge Kraft, das nächste Stück zu dirigieren.

Während er darauf wartete, dass es begann, hörte er leise und gedämpft klingende Schreie. Was da geschrien wurde, konnte er kaum verstehen. Die flehenden Rufe des Jungen kamen von unten, aus dem Keller. Die Schreie schallten zweifellos durch die Lüftung im Badezimmer nach oben.

Der Mann, der den Dirigenten spielte, empfand die Geräusche aus der Ferne als lästig – wie man einen Nachbarn lästig fand, der sein Radio ein bisschen zu laut gestellt hatte.

Im nächsten Moment ertönten die ersten Klänge eines Händel-Konzerts, und die übertönten die Schreie des Jungen.

Der Mann schaute in die abgedunkelte Fensterscheibe, lächelte sein Spiegelbild an, und dann fing er neuerlich an zu dirigieren.

Megan wachte auf und fühlte sich entsetzlich. Sie wünschte sich, das, was in der letzten Nacht passiert war, wäre nur ein schrecklicher Traum gewesen. Doch sie wusste es besser. Es hämmerte in ihrem Schädel, und ein dumpfer, heftiger Schmerz pulsierte durch ihre gesamte linke Hand. Sie blinzelte auf den Verband, der sie umhüllte, und fing an zu weinen.

Im Krankenhaus hatten sie ihr eine doppelte Dosis Vicodin mitgegeben und ein Rezept für weitere Tabletten. Offenbar hatte sie genug Schmerzmittel im Körper gehabt, um halb angezogen auf dem Bett einzunicken und drei Stunden zu schlafen.

Megan sprang vom Bett und taumelte durch den Korridor, um Joshs Zimmer zu inspizieren. Alles war unverändert, nur er war nicht da. Verstört lief sie ins Badezimmer und spritzte sich ein bisschen kaltes Wasser ins Gesicht.

Unten nahm sie eine halbe Dosis des Vicodin – und trank einen extra starken Kaffee dazu, die stärkere Droge. Sie fühlte sich zwar körperlich völlig am Boden, musste ihre Sinne aber heute beisammenhalten. Wenn sie wegen irgendwelcher Schmerzmittel mehr oder weniger neben sich stand, würde sie ihren Sohn nicht zurückbekommen.

Sie ging ins Internet und schaute nach, ob Rmembr1996 ihr unter diesem oder einem neuen Benutzernamen eine weitere E-Mail geschickt hatte. Sie hoffte auf eine Art von Lösegeldforderung, auf irgendetwas, das ihr bestätigte, dass Josh noch am Leben war. Doch da war nichts.

In ihrer Verzweiflung googelte sie wieder einmal *Dr. Glenn Swann*, denn vielleicht gab es ja da etwas Neues. Auf WGNnews.com fand sie einen kurzen Artikel, in dem es darum ging, dass die Polizei versuchte, ihn ausfindig zu machen. Man wollte ihn im Zuge der Ermittlungen im fünfzehn Jahre zurückliegenden Mord an Willow Dwyer befragen.

In dem Artikel wurde Glenns Rechtsanwalt, Jerome Purcell, wie folgt zitiert:

»Dr. Swann wird kein Verbrechen zur Last gelegt. Er geht der Polizei nicht aus dem Weg. Ich vermute, dass er nach den langen Jahren Tortur, die er hinter sich hat, einfach nur mal allein sein möchte. Es wird jede Anstrengung unternommen, seinen derzeitigen Aufenthaltsort in Erfahrung zu bringen. Ich bin überzeugt, dass Dr. Swann sich, sobald er von den jüngsten Entwicklungen in diesem Fall erfährt, mit den entsprechenden Behörden in Verbindung setzen und ihnen im Rahmen seiner Möglichkeiten in vollem Umfang behilflich sein wird.«

Jerry Purcell hatte Glenn während des Mordprozesses nicht vor Gericht vertreten, war aber schon seit sehr, sehr langer Zeit sein Rechtsanwalt. Megan fragte sich, ob er vielleicht mehr über Glenns derzeitigen Aufenthaltsort wusste, als er zugab. Wenn sie Glenn finden und mit ihm verhandeln konnte ... vielleicht ließ er Josh dann gehen. Wusste er überhaupt, dass Josh sein Sohn war? Was Glenn ihr antat, interessierte sie nicht, solange er nur Josh nicht wehtat.

Vielleicht konnte sie durch den Rechtsanwalt an Glenn herankommen. An einem Sonntag würde Jerry nicht in seiner Kanzlei sein. Vor fünfzehn Jahren hatte er in Lake Forest gewohnt. Megan erinnerte sich an die Rückfahrt von einer Party in seiner Villa und daran, dass Glenn ihr, kaum dass sie zu Hause ankamen und die Haustür hinter ihnen ins Schloss fiel, ins Gesicht geschlagen hatte. Sie hatte beim Abendessen offenbar etwas von sich gegeben, was Glenn nicht behagt hatte. Was sie gesagt hatte, wusste sie nicht mehr genau, doch sie erinnerte sich an Jerome Purcells herrschaftliches Anwesen in Lake Forest.

Megan lief in die Küche und griff nach dem schnurlosen Telefon, dem gleichen Apparat, den er ihr in der vergangenen Nacht aus der Hand geschlagen hatte. Sie versuchte es bei der lokalen Telefonauskunft für die Ortsvorwahl 847. Die hatte in Lake Forest keinen Eintrag für einen Jerome Purcell, wohl aber in Lincolnshire. Die Städte lagen sehr dicht beieinander. Megan notierte sich die Rufnummer.

Sie wählte nur die Vorwahlnummer, dann legte sie wieder auf. Jerry würde ihr nicht sagen, wo Glenn war – selbst dann nicht, wenn er es wusste. Aller Wahrscheinlichkeit nach hatte Glenns Anwalt keine Ahnung, dass sie noch am Leben war. Er würde den Namen Megan Keeslar und die Vorwahl von Seattle auf seiner Anruferkennung sehen. Was sollte ihn davon abhalten, Glenn oder der Polizei davon zu erzählen?

Vielleicht wirkte sich das Vicodin ja doch negativ auf ihre Denkfähigkeit aus, denn plötzlich dämmerte ihr, dass sie direkt mit Glenn sprechen konnte. Der Mann, der ihren Sohn entführt hatte, hatte ihr auch ihr Handy abgenommen.

Mit zitternden Händen schenkte Megan sich eine weitere

Tasse Kaffee ein und wählte ihre eigene Handy-Nummer. Ihre Ansage schaltete sich ein: *»Hi, vielen Dank für Ihren Anruf. Hier spricht Megan, und es tut mir leid, dass Sie mich nicht persönlich erreicht haben. Hinterlassen Sie mir nach dem Piepton bitte eine Nachricht. Bye.«*

Piep.

»Ich weiß nicht, ob Sie das hier bekommen oder nicht«, sagte sie mit bebender Stimme. »Sie … scheinen eine ganze Menge über mich zu wissen, also wissen Sie vielleicht auch, wie Sie meine Nachrichten abfragen können. Glenn, wenn du das bist … er ist dein Sohn, mach dir das klar. Wenn du ihm wehtust, tust du deinem eigenen Fleisch und Blut weh. Frag ihn einfach, wann er geboren ist, und er wird es dir erzählen. Rechnen kannst du selbst. Als ich fortgelaufen bin, wusste ich nicht, dass ich ein Kind von dir erwartete. Bitte … Josh ist dein Kind. Lass mich einfach nur mit ihm reden, und ich werde alles tun, was du verlangst. Gib mir ein paar Sekunden am Telefon mit ihm, damit ich weiß, dass alles mit ihm in Ordnung ist – damit ich weiß, dass du ihn nicht umgebracht hast.« Sie brach in Tränen aus. »Bitte, bitte, mit mir kannst du machen, was du willst. Tu nur ihm nicht weh. Er ist ein guter Junge. Er – er ist ein lieber Junge. Er hat dir niemals etwas zuleide getan. Er hat niemals etwas getan, was das hier rechtfertigen würde. Wenn … wenn du einfa…«

Da war ein leises Klicken in der Leitung, dem eine Ansage folgte. *»Wenn Sie sich Ihre Nachricht noch einmal anhören möchten, drücken Sie die eins. Wenn Sie Ihre Nachricht löschen möchten, drücken Sie die zwei …«*

Megan drückte das Gespräch weg und wischte sich mit ihrer guten Hand die Tränen vom Gesicht. Sie wurde das Gefühl nicht los, dass ihr Flehen niemals ein Mensch hören würde. Sie hatte lediglich mit sich selbst gesprochen.

Am gleichen Nachmittag um 14:30 Uhr konnte Megan es nicht mehr ertragen, noch länger herumzusitzen, zu warten und zu weinen. Mehrmals hatte sie das Telefon in der Hand gehalten und kurz davorgestanden, die Polizei anzurufen. Nur hatte sie im letzten Moment immer befürchtet, dass das für Josh das Todesurteil bedeutet hätte.

Sie war sich nicht sicher, ob sie mit nur einer funktionierenden Hand und nach einer zweiten Vicodin noch fahrtüchtig sein würde. Also rief sie sich ein Taxi, das sie vor dem Haupteingang von Destination Rent-a-Car absetzte.

Ihren grünen Blazer hatte sie zu Hause gelassen, und stattdessen trug sie Jeans und einen dunkelblauen Troyer – mit weiten Ärmeln. In den linken hatte sie sich dennoch mit ihrer bandagierten Hand hineinquetschen müssen, hatte es aber geschafft. Es war Jahre her, seit sie ihr kosmetisches Können das letzte Mal hatte unter Beweis stellen müssen, doch Megan war gelungen, die Blutergüsse auf ihrem Gesicht anständig zu überschminken.

Trotzdem verschlug es Teresa, die gerade einen Kunden abfertigte, den Atem, als sie Megan hereinkommen sah. Kopfschüttelnd sah Megan sie an und trat zu ihr hinter den Tresen. Die blauen Flecke auf ihrem Gesicht hatte sie zwar abgeschminkt, doch da war immer noch das Pflaster unter ihrem Kinn. Und die Tatsache, dass ihr linker Arm in einer Schlinge lag und ihre Hand von einem aus mehreren Lagen bestehenden Verband wie mumifiziert wurde, ließ sich auch nicht kaschieren. Mit ihrer guten Hand versuchte sie, eine große Kiste mit Fundsachen hervorzuziehen, die sie unter dem Tresen aufbewahrten.

»Wenn Sie mich bitte für einen Moment entschuldigen würden«, sagte Teresa zu ihrem Kunden. Dann kam sie Megan zu Hilfe und hievte die sperrige, schwere Kiste hoch.

»Was ist denn mit dir passiert?«, flüsterte sie. »Du siehst entsetzlich aus. Und was treibst du überhaupt hier?«

Megan lief voraus zu ihrem Büro. »Ich bin gestern Abend die Treppe vor dem Haus hinuntergefallen«, log sie. »Dabei habe ich mir die Hand verletzt, und zwar richtig – das musste genäht werden, ist verstaucht, alles, was man braucht. Mein Gesicht hat auch ein bisschen was abbekommen.«

»Ja, das kann ich sehen«, gab Teresa zur Antwort und zuckte dabei leicht zusammen. Sie versuchte, die große Kiste etwas anders auf den Armen zu balancieren. »Wo möchtest du die haben?«

Megan nickte mit dem Kopf in Richtung ihres Schreibtischs. »Stell sie einfach dahin, danke. Du rettest mir hier das Leben.« Teresa stellte die Kiste auf ihren Schreibtisch. Sie wünschte, sie hätte ihr sagen können, was wirklich passiert war, doch sie hatte Angst. Ihre Freundin würde vielleicht versuchen, sie dazu zu überreden, die Polizei zu rufen – vielleicht hätte Teresa sogar von sich aus die Polizei eingeschaltet. Megan hatte große Mühe, nicht zusammen- und in Tränen auszubrechen, schaffte es aber.

»Was ist los, verdammt noch mal?«, wollte Teresa wissen.

Megan konnte ihr nicht in die Augen sehen. »Du, da draußen wartet ein Kunde auf dich. Kannst du mich eine Weile hier hinten allein lassen? Ich werde es dir später erklären, das verspreche ich dir.«

»Okay«, erwiderte Teresa und schaute sie verwirrt an. Dann verließ sie den Raum und schloss hinter sich die Tür.

Seufzend machte Megan sich daran, die Kiste mit den Fundsachen zu durchforsten. Unter den Gegenständen, auf die niemals jemand Anspruch erhoben hatte, war ein Tennisschuh der Marke Nike, ein Identifikationsarmband, auf dem *Brady* stand, ein Tennisschläger, mehrere Regenschirme, ein

Ohrring, der aussah wie Modeschmuck, eine CD mit *»The Best Of Brook Benton«*, ein paar Kugelschreiber sowie zwei Mobiltelefone – von denen eines einem Mann aus Las Vegas gehörte, der ein echter Widerling war. Vor Anmietung des Wagens hatte er um die Preise gefeilscht, und zurückgebracht hatte er das Nichtraucher-Fahrzeug mit einem Aschenbecher voller Zigarettenkippen und einem entsetzlichen Kratzer auf der Fahrerseite. Er hatte damit gedroht, sie zu verklagen, falls sie ihm das in Rechnung stellten. Daraufhin hatte Teresa beschlossen, ihm nichts von dem Handy zu sagen, das er im Becherhalter vergessen hatte. Das Telefon verfügte über jede Menge technischen Schnickschnack, und vor einigen Tagen hatte es noch funktioniert. Vielleicht hatte der Widerling es im Voraus mit Minuten beladen, denn Teresa hatte den Apparat benutzt, um ihre Schwester in Fairfax, Virginia, anzurufen, und eine halbe Stunde mit ihr telefoniert.

Wenn Megan Glenns Anwalt gegenüber anonym bleiben wollte, ging es nur so. Jerry würde sehr viel Zeit brauchen, um eine Verbindung zwischen ihr und einem Anruf herzustellen, der laut seiner Anruferkennung von jemandem in Las Vegas gekommen war.

Das Telefon funktionierte noch. Sie wählte die Nummer von Jerome Purcell in Lincolnshire, Illinois. Es läutete dreimal, dann nahm jemand ab. »Hallo?«

Megan sank auf ihren Schreibtischstuhl. Auch nach fünfzehn Jahren erkannte sie Jerrys Stimme sofort wieder. Sie hoffte, dass er ihre nicht wiedererkannte. Sie brauchte sich nicht groß anzustrengen, um anders zu klingen. Ihre Stimme war vom vielen Weinen und wenigen Schlaf heiser und brüchig. »Hallo, spreche ich mit Jerry Purcell?«

»Ja ...«

»Hi, Jerry. Ich bin eine alte Freundin von Glenn Swann.

Mein Name ist Rita. Ich war an diesem Wochenende mit Glenn verabredet, aber …«

»Warten Sie mal gerade«, fiel er ihr ins Wort. »Wie ist Ihr Name?«

Megan starrte auf das Cover der CD, die in der Kiste mit den Fundsachen auf ihrem Schreibtisch lag. »Ich heiße Rita Benton«, sagte sie. Die Hand, mit der sie das Telefon hielt, zitterte. »Sie kennen mich nicht. Glenn und ich waren an diesem Wochenende verabredet. Ich bin von Las Vegas nach Portland gefahren, um mich mit ihm zu treffen, aber er ist nicht aufgetaucht. Unter der Telefonnummer, die er mir gegeben hat, kann ich niemanden erreichen …«

»Äh … woher kennen Sie Glenn denn?«, wollte Jerry wissen.

»Ich bin ihm vor vielen, vielen Jahren begegnet – bevor er all die Scherereien bekam. Sein Freund JJ hat uns miteinander bekannt gemacht.«

»JJ?«

»Jimmy Jordan«, sagte Megan.

»Den Namen habe ich schon länger nicht mehr gehört. Also – äh, haben Sie unlängst mal mit JJ gesprochen?«

Sie zögerte. »Nein, wir haben keinen Kontakt.«

Am anderen Ende der Leitung wurde es still.

Nervös rutschte Megan auf ihrem Schreibtischstuhl hin und her. Sie schaute durch die Glasscheibe in ihrem Büro in den Verkaufsraum, in dem jetzt drei Kunden anstanden, um von Teresa bedient zu werden. Zwei davon waren Männer. Unwillkürlich studierte sie ihre Gesichtszüge. War einer von denen der zweite Mann von letzter Nacht?

»Äh, Miss Benton«, meinte Jerome schließlich. »Sie wissen vielleicht nicht, dass es 1996 zwischen JJ und Glenn zu einem Zerwürfnis gekommen ist – ›bevor er die Scherereien bekam‹, wie Sie es so taktvoll formuliert haben. Meiner Meinung nach kennen Sie Glenn überhaupt nicht. Vermutlich sind Sie irgendeine Reporterin, die nach einer Geschichte mit einem neuen Ansatz sucht ...«

Die Eröffnung im Hinblick auf JJ hatte sie völlig aus dem Konzept gebracht. Sie hatte geglaubt, JJ wäre vielleicht der zweite Mann gewesen, der letzte Nacht mit Glenn zusammengearbeitet hatte.

»Ich bin keine Reporterin«, sagte sie.

»Egal. Ich glaube, ich werde jetzt auflegen«, brummte er.

»Hören Sie ... Jerry, nur weil Glenn Ihnen nichts über mich erzählt hat, heißt das nicht, dass ich ihn nicht kenne – *intim* kenne. Ich weiß auch eine Menge über Sie und einige der zwielichtigen Sachen, die Sie für ihn unter den Teppich gekehrt haben. Ich rufe Sie hier aber nicht an, um mich darüber zu unterhalten. Glauben Sie mir, Glenn und ich kennen einander sehr gut und das bereits seit Jahren. Wenn Sie mir nicht glauben – na ja, Glenn hat früher jeden Donnerstag in der Mittagspause Racquettball mit Ihnen gespielt – mit Ausnahme der wenigen Male, die er abgesagt hat, um die Zeit mit mir zu verbringen. Sie haben ihn im Umkleideraum doch auch nackt gesehen, nicht wahr? Er hat ein großes braunes Muttermal auf dem Rücken – unmittelbar über seiner rechten Pobacke.«

Er erwiderte zwar nichts, legte aber wenigstens nicht auf.

»Schauen Sie, Jerry«, sagte sie schließlich. »Ich habe Sie nicht angerufen, um mich mit Ihnen über Glenns ... Unzulänglichkeiten auszutauschen. Wir wollten uns in Portland treffen. Er hat gesagt, er hätte geschäftlich im Pazifischen Nordwesten zu tun, und ließ durchblicken, dass Sie etwas darüber wissen. Wohlgemerkt, *er hat mich angerufen*. Er ist aber nie aufgetaucht, und unter der Telefonnummer, die er mir gegeben hat, kann ich, wie bereits erwähnt, niemanden erreichen. Also sitze ich jetzt hier den dritten Tag in meinem Zimmer im Red Lion, und so ganz allmählich nervt mich das. Wissen Sie, wo er ist?«

Megan hielt den Atem an und wartete darauf, dass Glenns Rechtsanwalt ihr antwortete.

»Ich habe nicht die geringste Ahnung, wo Glenn ist«, sagte er schließlich. »Er ist abgehauen und hat die Stadt verlassen, ohne mich davon in Kenntnis zu setzen. Ich wusste im Vorfeld nichts von dieser Reise. Offenbar hat die Polizei herausgefunden, dass er am Mittwoch nach Portland geflogen ist, das ist alles. Was danach war, weiß ich nicht.«

Megan biss sich auf die Unterlippe und umklammerte das Handy nur noch fester als bisher. »Na ja, hat er nicht eine Nichte, die in Seattle wohnt? Meinen Sie, die könnte etwas wissen? Ist es möglich, dass Glenn in Seattle ist?«

»Laut Aussage seiner Nichte ist er das nicht«, gab Jerome zur Antwort. »Und ich habe erst gestern mit ihr gesprochen.«

»Na ja, vielleicht sollte ich mal mit ihr reden ... Sie wissen schon, von Frau zu Frau«, meinte Megan. Wie sie die Sache sah, war Candy die einzige andere Verbindung, die sie zu Glenn hatte. »Wenn ich irgendetwas in Erfahrung bringe, rufe ich Sie an. Haben Sie ihre Telefonnummer oder sonst irgendwelche Kontaktdaten?«

»Das halte ich nicht unbedingt für eine gute Idee. Ich möchte Ihnen nicht zu nahe treten, aber wenn Glenn mir verheimlicht, dass es Sie gibt, ist durchaus möglich, dass er nicht möchte, dass Sie mit seiner Nichte sprechen. Wenn ich etwas höre, rufe ich Sie an. Ist das Ihre Nummer, Vorwahl siebennull-zwei ...?«

»Richtig«, erwiderte Megan. »Ich lebe in Las Vegas.«

»Sie sagten, Ihr Name sei Benton. Auf der Anruferkennung steht aber J. Knoll.«

»Ja, Rita Benson ist mein Künstlername«, fiel ihr gerade noch rechtzeitig ein. »Unter dem kennen mich die meisten Leute – so auch Glenn.«

»Ich werde Sie wissen lassen, wenn ich etwas höre, Miss Benton«, sagte er. Dann legte er auf.

Megan drückte das Gespräch weg. Viel hatte sie nicht in Erfahrung gebracht – lediglich, dass Glenn nicht mehr auf JJ zurückgreifen konnte, damit der ihm die Drecksarbeit abnahm. Sie fragte sich, was zu dem Zerwürfnis zwischen den beiden geführt hatte. War JJ endlich aufgegangen, wie sehr Glenn ihn benutzt hatte – und sich zugleich seiner geschämt hatte? Zu dem Bruch in ihrer Beziehung war es gekommen, bevor Glenn die Scherereien bekam. Als sie Chicago verlassen hatte, waren Glenn und JJ noch Kumpel gewesen. Nach ihrem Verschwinden hatte es nur zwei, drei Wochen gedauert, bis man Glenn des Müllsack-Mordes verdächtigte. Innerhalb dieser kurzen Zeitspanne hatten ihre Wege sich also getrennt. Was war passiert? Hatte das Ende ihrer Beziehung etwas mit Willows Tod zu tun gehabt?

Sie legte das Telefon neben sich auf die Schreibtischplatte, stand auf und begann, die anderen ausgeräumten Fundsachen wieder in die Kiste zu packen. Sie schaute durch die Glasscheibe in den Verkaufsraum – auf Teresa, die inzwischen nur noch einen Kunden hatte, der darauf wartete, von ihr bedient zu werden. Hinter ihnen, draußen vor der Autovermietung, erblickte sie ein silberfarbenes SUV, das auf der gegenüberliegenden Straßenseite parkte.

Megan hastete aus ihrem Büro in den Verkaufsraum. Als sie die gläserne Eingangstür erreichte, fuhr das SUV aus der Parklücke und davon. Schwer zu sagen, ob es das Fahrzeug von letzter Nacht war. Dieses Mal quietschten die Reifen nicht. Der Fahrer schien es auch gar nicht eilig damit zu haben, wegzukommen. Doch genau in dem Moment, in dem sie nach draußen trat, fuhr der Wagen um die Ecke und war verschwunden. Sie bekam keine Gelegenheit, einen Blick auf das Nummernschild zu werfen.

Megan kam langsam wieder zu Atem, als sie in die Filiale zurückkehrte und sah, dass Teresa sie besorgt anschaute. Ihre Kollegin versuchte offenbar zu ergründen, was mit ihr los war. Megan verzog sich in ihr Büro und schaffte es, die Kiste mit den Fundsachen mit einer Hand vom Schreibtisch zu ziehen und auf ihren Stuhl fallen zu lassen und dann auf den Fußboden zu stellen. Mit ein paar Fußtritten schubste sie sie aus dem Weg.

Sie fühlte sich so niedergeschlagen und machtlos. Sie hatte geglaubt, Glenns Anwalt mehr entlocken zu können. Er hatte ihr noch nicht einmal Candys Telefonnummer geben wollen. Sie hatte bereits versucht, an die heranzukommen, sowohl im Internet als auch über die Telefonauskunft. Trotzdem versuchte sie es jetzt noch einmal auf ihrem Bürocomputer und gab *Candice Blanco, Seattle* in die Google-Suchleiste ein. Das Einzige, was daraufhin angezeigt wurde, war die Reportage des KOMO-TV-Nachrichtenmagazins, die vor fünf Tagen gesendet worden war. Wieder schielte Megan durch die Glasscheibe ihres Büros. Sie reduzierte die Lautstärke des Computers und sah sich das Video noch einmal an. Sie sah, wie Candy interviewt wurde – vor dem Hintergrund der Pergola am Pioneer Square. Es wurde erwähnt, dass sie Glasmalerin war. Am Pioneer Square gab es massenhaft Kunstgalerien. Wie viele von denen waren auf Glasmalerei spezialisiert?

Ihre Suche nach *Glaskunst Galerien, Pioneer Square, Seattle* bescherte ihr sieben Ergebnisse. Von den ersten vier, die sie von Mr. Knolls Handy aus anrief, waren zwei am Sonntag geschlossen und die beiden anderen wussten nichts von einer Candice Blanco oder Candice Kruger.

Die Frau, die im *Imogene George Glassworks Studio* an den Apparat ging, erklärte indes, bei ihnen arbeite eine Candice Blanco. »Die ist heute aber nicht da«, führte sie sogleich weiter aus. »Erst morgen wieder. Soll ich ihr irgendetwas ausrichten?«

»Na ja, es ist unheimlich wichtig, dass ich mit ihr spreche«, sagte Megan. »Haben Sie eine Telefonnummer, unter der ich sie zu Hause erreichen kann, oder ihre Handy-Nummer?«

»Ich bin nicht befugt, diese Informationen herauszugeben, tut mir leid.«

»Das hier ist ein Notfall, andernfalls würde ich Sie gar nicht bitten, eine Ausnahme zu machen«, sagte Megan. »Ich muss unbedingt mit Candy reden.«

»Hat das irgendetwas damit zu tun, dass sie kürzlich im Fernsehen war?«

»Nein, es handelt sich eher um eine Familienangelegenheit«, gab Megan zur Antwort.

»Wirklich?«, meinte die Frau in süffisantem Ton. »Versuchen Sie morgen, Sie zu erreichen. Und viel Glück. Sie gibt Journalisten keine weiteren Interviews.« Die Frau legte auf.

Zumindest wusste sie jetzt, wo sie Glenns Nichte am nächsten Tag finden konnte. Dabei war sie sich gar nicht sicher, ob Candy ihr überhaupt etwas würde erzählen können. Es kam ihr so aussichtslos vor, bis morgen auf etwas warten zu müssen, das sich unter Umständen gar nicht lohnte. Diese Ungewissheit konnte sie keinen Tag länger ertragen. Sie wollte ihren Sohn zurück. Megan drehte sich mit dem Rücken zu der Glasscheibe in ihrem Büro und fing an zu weinen.

Nur wenige Sekunden später hörte sie ein klickendes Geräusch. Sie sah auf und erblickte Teresa, die im Türrahmen stand. »Verdammt noch mal, Megan, was ist los?«, flüsterte die.

Rasch wischte Megan sich die Tränen vom Gesicht. Ihr Gesicht zu berühren war schmerzhaft. Sie schaute in den Verkaufsraum – und auf den einen Kunden, der wartend vor dem Tresen stand. »Teresa, bitte«, hauchte sie. »Du hast einen Kunden …«

»Und du hast einen Anruf«, gab Teresa zurück. »Von einem Detective der Seattle Police, Leitung eins. Er sagt, es sei wichtig.«

Megan starrte zunächst sie an – und dann auf das blinkende Lämpchen ihres Telefons. Sie räusperte sich und nickte. »Danke.«

Teresa schloss die Tür und lief wieder in den Verkaufsraum.

Megan starrte immer noch auf das rot blinkende Licht auf ihrem Telefon. Hatten sie Josh gefunden? Oder hatten sie irgendwo in einem Müllsack seine zerstückelten Leichenteile gefunden?

Sie hatte das Gefühl, sich übergeben zu müssen. Nachdem sie einige Male tief durchgeatmet hatte, griff sie nach dem Telefonhörer. »Hallo, hier spricht Megan …«

Für einen kurzen Moment war es still am anderen Ende der Leitung – und dann ertönte eine kehlige Stimme. »Du Schlampe. Du bist zur Polizei gegangen.«

»Nein, das habe ich nicht getan«, wimmerte sie. »Sie haben mich angerufen! Ich habe lediglich den Hörer abgenommen. Sie haben mich angerufen, verflucht noch mal!«

Sie hörte ihn kichern. Sie schaute neuerlich in den Verkaufsraum und sah, dass Teresa und der Kunde sie nun beide besorgt ansahen. Sie senkte ihre Stimme zu einem Flüstern. »Ich habe niemandem etwas erzählt«, sagte sie. »Ich habe ganz genau getan, was Sie gesagt haben. Also – wo ist mein Sohn? Was haben Sie mit ihm gemacht? Ich will irgendeinen Beweis, dass er noch am Leben ist. Ich will mit ihm sprechen un…«

»In deiner Situation kann man keine Ansprüche stellen, Lisa. Mach weiter so, und ich schicke dir eines seiner Ohren. Das kannst du dann in die Seitentasche dieser Jacke stecken, die ich dir gestern Abend aufs Kopfkissen gelegt habe.«

Tränen des Zorns stiegen ihr in die Augen. »Glenn, ich weiß, dass du das bist…«

»Das hast du bereits in der Nachricht gesagt, die du auf der Mailbox deines Handys hinterlassen hast. Es war nicht schwierig, den Code zu knacken, mit dem sich die Nachrichten abrufen lassen – Joshs Geburtstag, sechs-null-sieben.« Sie hörte ihn glucksen. Im nächsten Moment war ein leises, schrilles Quieken am anderen Ende der Leitung zu hören. »Ich habe sie auf Band aufgenommen. Das hier ist meine Lieblingsstelle, die, an der du anfängst zu weinen. Hör dir bloß mal an, wie du dich anhörst, Lisa…«

Megan hörte ein Klicken und dann ihre eigene Stimme auf einem verkratzten Tonband. Sie hörte ihn auch im Hintergrund kichern. *»Wenn du ihm wehtust, tust du deinem eigenen Fleisch und Blut weh. Frag ihn einfach, wann er geboren ist, und er wird es dir erzählen…«*

Während der letzten paar Sekunden der Bandaufnahme sprach Megan gegen ihre eigene Stimme an. »Wenn du mir ein Tonband vorspielen kannst, kannst du Josh auch ans Telefon holen. Ich muss mit ihm sprechen. Ich muss wissen, dass er okay ist. Hörst du, was ich sage?«

Wieder war ein Klicken zu hören. Megan hatte Sorge, er

könne aufgelegt haben. »Hallo?, rief sie. »Bist du noch dran?«

»Geh nach Hause, Lisa«, sagte er schließlich. »Sag Teresa, dass du dich nicht wohlfühlst. Und dann will ich, dass du Dan Lahart anrufst ...«

»Dan Lahart?«, wiederholte sie. Warum wollte er, dass sie den Mann anrief, den sie via Matefinder kennengelernt und mit dem sie vor über zwei Wochen eine Verabredung gehabt hatte?

»Sag ihm, dass du dich heute Abend gern mit ihm treffen würdest. Lad ihn zu dir nach Hause ein. Er wird kommen.«

»Was hat denn er mit dem Ganzen hier zu tun?«, wollte sie wissen.

»Tu, was ich dir sage. Bevor er bei dir auftaucht, rufe ich dich noch einmal an. Und Lisa: Sieh zu, dass du dich heute Abend einigermaßen anständig für ihn zurechtmachst. Im Moment, wie du da an deinem Schreibtisch sitzt, siehst du beschissen aus.«

Er legte auf.

Instinktiv schaute Megan durch die große Fensterfront der Filiale. Sie sah niemanden auf dem Bürgersteig. Sie sah das SUV nicht, und die Wagen, die an der Straße parkten, schienen alle leer zu sein.

Trotzdem wusste sie, dass er irgendwo dort draußen war.

Kapitel siebzehn

Er saß im Dunkeln und konnte nicht aufhören zu zittern. Josh wünschte sich sehnlich, *irgendetwas* sehen zu können, nur einen winzigen Funken Licht. Seit mehreren Stunden – vielleicht auch bereits seit einem Tag – tastete er sich nun schon durch die kohlrabenschwarze Finsternis und versuchte, einen Weg zu finden, um aus dem übel riechenden, klaustrophobisch engen Räumchen herauszukommen. Es stank nach Feuchtigkeit und Erde, sodass er sich fühlte, als hätte man ihn in irgendeinem unterirdischen Grabgewölbe eingesperrt.

Dabei war es ein Badezimmer. Zumindest das wusste er, wegen der Toilettenschüssel. Der Deckel des Spülkastens und die Klobrille fehlten. Da war nur die Schüssel – kein Waschbecken, keine Badewanne und auch kein Medizinschrank, es waren nicht einmal Kacheln an den Wänden. Die Oberfläche der Wände war leicht uneben, und als er mit der Hand darüberstrich und sich dabei dem Fußboden näherte, spürte er, dass die Wand überdies feucht war – vielleicht sogar verschimmelt. Josh schätzte, dass der kalte, harte Fußboden aus Beton war. Es gab eine Metalltür mit einer Klinke, an der er immer und immer wieder gerüttelt und gezerrt hatte – ohne Erfolg.

Sein Oberkörper war nackt, und er war barfuß. Bevor das alles passiert war, hatte er seine Sunset-Bowl-Jacke getragen, ein langärmeliges Sweatshirt der Seattle Mariners, seine schwarzen Converse All Stars und Jeans. Jetzt war ihm davon nur noch die Jeans geblieben. Vor dem Ganzen hatte er seine

Brieftasche bei sich gehabt, sein Handy, etwas Kleingeld und sein Schlüsselbund, an dessen Kette das kleine Taschenmesser baumelte – ein billiges und irgendwie kitschiges Teil, an dem er aber sehr hing, weil es das Abschiedsgeschenk des alten Mr. Preebe gewesen war, eines ihrer Nachbarn in der Zeit, da sie in der Kellerwohnung gelebt hatten. Mr. Preebe war inzwischen gestorben, und seine Beerdigung war die einzige, auf der Josh – bislang – je gewesen war. Jetzt waren Joshs Hosentaschen leer. Und er tastete sich zwar durch die Dunkelheit, aber dabei geriet ihm von seinen Sachen und Kleidungsstücken nichts zwischen die Finger.

Seine Zähne klapperten vor Kälte, und jedes Mal, wenn er sich die nackten Arme rieb, spürte er eine Gänsehaut unter seinen Fingern. Der Hurensohn, der ihn in diese provisorische Gruft gesperrt hatte, hätte ihm zumindest eine verlauste Decke geben können.

Josh war so durstig, dass er bereits in Erwägung gezogen hatte, aus der Toilette zu trinken. Es war jedoch gut möglich, dass das Innere der Schüssel total verdreckt war, von Scheiße, Rost oder was auch immer. Ohne etwas zu sehen, konnte er, so ausgetrocknet seine Kehle auch war, das Risiko nicht eingehen, daraus zu trinken.

Hunger hatte er auch. Ihm knurrte der Magen. Er war sich nach wie vor nicht sicher, wie lange er schon in diesem kleinen Drecksloch festsaß – und wie lange er vorher bewusstlos gewesen war.

Er erinnerte sich, dass ihm in der Diele irgendjemand etwas auf den Kopf geschlagen hatte, nachdem seine Mutter ihn nach dieser unseligen Pool-Party nach Hause gefahren hatte. Obwohl es in diesem Badezimmer so übel stank, konnte er auch jetzt noch das Chlor auf seiner Haut riechen. Er dachte an die barbusige Laney Brinkmeyer, die unfassbar sexy ausgesehen hatte, als sie um den Pool herumgetollt war. Dieser Teil der Nacht, der ihn in einen Rausch aus leidenschaftlicher, schweißtreibender Erregung versetzt hatte, schien so lange zurückzuliegen. Er schien zeitlich überhaupt keine Verbindung zu dem Moment zu haben, in dem auf einmal alles schiefgelaufen war.

Das Letzte, was er gehört hatte, waren die Schreie seiner Mutter gewesen.

Unwillkürlich fragte er sich, ob sie von dem Mann, der ihn entführt hatte, ermordet worden war. Und so bekam er alle paar Minuten einen entsetzlichen Weinkrampf und schluchzte untröstlich vor sich hin. Seine Mom hatte versucht, ihn aus dem Haus zu schaffen. Ihr erster Gedanke war gewesen, ihn zu beschützen.

War das hier eine Art von Entführung? Seine Mutter hatte doch gar nicht haufenweise Geld, um ein Lösegeld zu zahlen. Mensch, hatte der Entführer gesehen, was für einen Wagen sie fuhr? Sein Kidnapper war in ihrem Haus gewesen. Er musste einfach wissen, dass sie nicht reich waren. Vielleicht war der Kerl ein psychisch kranker Perverser. Hatte er ihm deshalb sein Sweatshirt weggenommen? War das hier nur die Abkühlphase vor einer bizarren sexuellen Folterung?

Von Zeit zu Zeit schrie Josh um Hilfe – oder nach seiner Mutter. Er dachte, seine Zelle befände sich vielleicht in irgendeinem finsteren Korridor und dass sie am anderen Ende dieses Korridors ebenfalls in einer kleinen Zelle säße. Doch es reagierte niemals jemand auf seine Schreie. Trotzdem konnte er etwas hören, was so klang, als würden ein Mann und eine Frau sich unterhalten, manchmal sogar streiten. Sie waren aber zu weit weg, als dass er hätte verstehen können, was sie sagten. Vielleicht handelte es sich bei dem Redner aber auch nur um eine Person mit zwei Persönlichkeiten. Josh erschauerte bei der Vorstellung, dass da oben jemand war, der Selbstgespräche führte. Er fragte sich, ob es irgendeine Bandaufnahme war oder ob ein Fernsehapparat lief. Er hörte auch laute Musik, Symphonien mit massenhaft donnernden Bässen. Die schien wie die Unterhaltungen von oben zu kommen.

Die Musik und die gedämpften Stimmen waren in jedem Fall besser als die langen Phasen der Stille, in denen er das Gefühl hatte, ganz allein zu sein, und fürchtete, auf ewig in dieser finsteren Zelle festzusitzen, Hunger zu leiden und dahinzusiechen, bis er tot war.

Josh sank auf den kalten Fußboden und rollte sich zusammen, um sich auf diese Weise warm zu halten.

Dann hörte er plötzlich Schritte in der Ferne. Er sprang auf die Füße. Ein Schloss klickte, und dann waren wieder Schritte zu hören – dieses Mal aus dichterer Entfernung. Im nächsten Moment wurde eine Lampe eingeschaltet, die ihn blendete. Josh presste seinen Körper gegen die Wand.

Ihm taten zwar die Augen weh, doch er sah sich trotzdem um. Es dauerte ein paar Sekunden, bis er sein Umfeld deutlich erkennen konnte. Er hatte sich nicht getäuscht – er befand sich in einem winzigen Badezimmer, in dem lediglich ein Toilettentopf stand. Und ganz recht, in der Kloschüssel waren Rostflecken. Außerdem fiel ihm auf, dass die Übergänge zwischen den dreckigen, beigefarbenen Wänden und dem Fußboden braune Verfärbungen aufwiesen. Das harte, grell helle Licht kam von der Decke, an der Spinnweben hingen. Ebenfalls unter der Decke war eine kleine mit einem Gitter abgedeckte Entlüftung, die allerdings zu klein war, als dass er sich hätte hindurchquetschen können. Und sie war so weit oben, dass er sie ohnehin nicht hätte erreichen können – nicht einmal, wenn er sich auf den Toilettentopf gestellt hätte.

Ganz plötzlich hörte er ein Scheppern und dann ein zischendes Geräusch. Er schaute auf die graue Metalltür. In den unteren Teil dieser Tür war eine Schublade eingebaut, die sich jetzt öffnete. Josh zögerte einen Moment, dann lief er darauf zu. In der Schublade lag eine zusammengerollte Decke – eine verblasste violettfarbene Steppdecke. Misstrauisch griff er in die Schublade und zog sie heraus. Als er die Decke auseinanderrollte, fand er zwei Flaschen Wasser darin, ein paar Erfrischungstücher und einen von diesen Schokoriegeln, die sie im Kino für sieben Dollar verkauften.

Nestlé Crunch war sein Lieblingsriegel. Woher wussten die das hier?

Josh ließ sich von dieser Frage nicht zurückhalten. Er schraubte den Verschluss der Wasserflasche ab und trank sie in einem Zug zur Hälfte aus. Dann riss er die Verpackung von dem Schokoriegel und biss gierig einige Male davon ab. Erst dann hielt er einen Moment inne, um wieder zu Atem zu kommen – und sich vor Augen zu führen, dass vermutlich immer noch jemand auf der anderen Seite dieser Metalltür stand.

»Danke!«, rief er mit schwacher Stimme. Wenn er ein höfliches Benehmen an den Tag legte, bekam der Knabe vielleicht irgendwann Mitleid mit ihm und ging etwas nachsichtiger mit ihm um. Er erhielt aber keine Antwort.

»Ist meine Mutter okay?«, rief Josh.

Wieder keine Antwort.

Auf einmal schloss sich die in die Tür eingebaute Schublade wieder. Das hohl klingende Geräusch sorgte dafür, dass Josh zusammenzuckte. Wären seine Finger immer noch auf dem Rand der Schublade gewesen, hätte er jetzt keine mehr gehabt.

»Geht es meiner Mutter gut?«, fragte er noch einmal. Er

ließ Schokoriegel und Wasserflasche auf den Boden fallen und fing an, mit den Fäusten gegen die Tür zu schlagen. »He, ich spreche mit Ihnen! Was haben Sie mit meiner Mutter gemacht? Ist sie okay?«

Josh hörte, dass die Schritte sich entfernten, was zur Folge hatte, dass er heftig gegen die Tür trommelte. »Kommen Sie zurück und reden Sie mit mir!«, brüllte er. Er konnte die Tränen nicht mehr zurückhalten und fing an zu weinen. »Wer sind Sie? Warum tun Sie das hier?«

Er hörte, wie in der Ferne eine Tür zugeschlagen wurde. Josh wusste, dass er immer weiter schreien konnte, hören würde ihn niemand.

Er wusste, dass er wieder ganz allein war.

»Nach dieser letzten E-Mail, die ich dir geschickt habe, dachte ich, dass eher die Hölle zufriert, als dass ich eine Chance hätte, jemals wieder von dir zu hören. In jedem Fall bin ich sehr froh, dass du heute Abend Zeit hast ...«

Megan hielt sich das schnurlose Telefon ans Ohr und hörte ihm zu. Als sie sich im Dielenspiegel sah, legte sie die Stirn in Falten. Sie sah müde und krank aus. Sie hatte das Pflaster heruntergenommen, das unter ihrem Kinn geklebt hatte, sodass jetzt dort eine hässliche lilafarbene Schnittwunde zu sehen war. Im Grunde war ihr aber völlig egal, wie sie für diese arrangierte Verabredung aussah.

Warum war es so wichtig, dass sie den Abend mit Dan Lahart verbrachte?

Sie hatte ihm auf seiner Mailbox eine Nachricht hinterlassen, bevor sie das Büro verlassen und nach Hause gefahren war. Das war vor etwa einer halben Stunde gewesen. Er hatte keine Zeit verschwendet und sie sofort zurückgerufen. Und genau wie Joshs Kidnapper prophezeit hatte, hatte Dan ihre in letzter Minute erfolgte Einladung zum Abendessen angenommen.

»Ich wüsste so einige Restaurants, in dic wir gehen könnten«, redete er weiter. »Hast du heute Abend auf irgendetwas Besonderes Appetit?«

Megan seufzte. »Ich dachte, ich hätte in meiner Nachricht erwähnt, dass es mir lieb wäre, wenn wir hier bei mir essen könnten. Ausgehen möchte ich wirklich nicht.«

»Wenn das so ist, wunderbar. Ich bringe den Wein. Werde ich deinen Sohn kennenlernen?«

»Was meinst du damit?«

»Du hast mir bei unserer ersten Begegnung von ihm erzählt. Er heißt Josh, nicht wahr? Wird er heute Abend auch dabei sein?«

Megan schwieg zunächst. »Das weißt du bestimmt besser als ich«, meinte sie dann.

»Wie bitte?«

Sie räusperte sich. »Er schläft heute Nacht woanders. Ich dachte, das wüsstest du schon.«

»Nein, das wusste ich nicht«, gab er zur Antwort. »Megan, bist du sicher, dass dir der Sinn danach steht, dich mit mir zu treffen? Du klingst so ... na ja, du klingst irgendwie müde.«

»Ich glaube nicht, dass du mich gut genug kennst, um vom Klang meiner Stimme ableiten zu können, ob ich müde bin oder nicht.«

Er lachte auf, als sei er peinlich berührt. »Nun, okay, das ... das stimmt vermutlich. In Ordnung. Wann möchtest du denn, dass ich komme?«

»Das weißt du bestimmt besser als ich«, sagte sie noch einmal.

»Wäre sieben Uhr okay?«

»Sieben Uhr ist gut«, sagte sie. »Bis dann.« Sie beendete das Gespräch, marschierte in die Küche und legte den schnurlosen Apparat auf die Arbeitsplatte. Was für ein Widerling – hier den Zurückhaltenden zu spielen und zu fragen, ob Josh zu Hause ist. Er wusste ganz genau, wo Josh war. Dan – sofern das überhaupt sein richtiger Name war – war in die Sache verwickelt. Sie durfte gar nicht daran denken, dass sie sich bei ihrer ersten Begegnung so zu ihm hingezogen gefühlt hatte. Verdammt noch mal, was stimmte nicht mit ihr, wenn es um Männer ging?

Das Telefon läutete, und sie griff nach dem Apparat. Sie nahm an, dass das noch einmal Dan war, vermutlich, um ein paar letzte Instruktionen an sie weiterzuleiten. »Ja?«, meldete sie sich in ungehaltenem Ton.

Am anderen Ende der Leitung war ein leises Quietschen zu hören und dann ein klickendes Geräusch. Sie schaute auf die Anruferkennung. Die Telefonnummer war die ihres Handys. Ihr ging auf, dass die Geräusche, die sie soeben vernommen hatte, von diesem alten Tonbandgerät verursacht wurden. Sie hörte einen gedämpften Schrei auf dem verkratzten Band – und dann Joshs Stimme. Er klang so weit weg. *»Wer sind Sie?«*, schrie er. *»Warum tun Sie das hier?«*

Es zerriss ihr fast das Herz zu hören, wie verängstigt er klang. Sie konnte spüren, dass er versuchte, nicht in Tränen auszubrechen. So groß ihre körperlichen Schmerzen auch in der vergangenen Nacht und heute über Tag gewesen waren, so waren sie doch nichts im Vergleich zu den Seelenqualen, die sie in diesem Augenblick litt. Jeder Muskel, jedes Organ, sogar die Knochen taten ihr weh. Megan brach schluchzend zusammen.

Im nächsten Moment hörte sie wieder diese krächzende

Stimme: »Soll ich ihm sagen, wer ich bin, Lisa? Meinst du nicht, es wäre an der Zeit, dass er seinem Vater begegnet?«

Mit dem Rücken ihrer bandagierten Hand wischte sie sich die Tränen vom Gesicht. »Ich schwöre bei Gott, wenn du ihm wehtust ...«

»Stell dich ans Wohnzimmerfenster«, sagte er.

Mit dem schnurlosen Telefon am Ohr lief sie zum Fenster. Wieder wischte sie sich über die Augen und schaute ängstlich nach draußen auf die Straße. Sie konnte nichts Ungewöhnliches sehen. Es wurde draußen langsam dunkel. Die Straßenlaternen hatten sich eingeschaltet – und auch aus einigen Fenstern der Eigentumswohnungen auf der gegenüberliegenden Straßenseite und des mehrstöckigen Wohnhauses, das dahinterstand, schien jetzt Licht. Auf der Straße herrschte nur noch leichter Verkehr, und eine alte Frau ging mit ihrem Corgi Gassi. Sie lief gerade an ihrer Doppelhaushälfte vorbei. Megan sah sich die Autos an, die am Straßenrand parkten, und suchte dabei nach einem silberfarbenen SUV.

»Mach die Lampe an, die neben deinem Computer auf dem Schreibtisch steht«, befahl der Mann.

Sie gehorchte ihm und knipste damit die Lampe an, die dem Fenster am nächsten stand.

»Nun, ich sehe, dass du dich immer noch nicht für dein Date heute Abend zurechtgemacht hast«, sagte er.

Megan erschauerte. Ihr wurde bewusst, dass er irgendwo dort draußen war und sie anstarrte. Ihr Blick glitt über sämtliche Fenster der Gebäude auf der gegenüberliegenden Straßenseite. Und sie wusste, dass er an einem dieser Fenster stand, mit einem Fernglas, und sie im Visier hielt.

Sie durfte nicht der Hoffnung erliegen, dass Josh bei ihm war. So in der Nähe konnte er nicht sein. Wie er auf dem Tonband geschrien hatte, bedeutete, dass er irgendwo gefangen gehalten wurde, wo es im Umfeld keine Menschen gab, die ihn hätten hören können. Er war weder in einem Wohnhaus noch in einem Wohngebiet. Am wahrscheinlichsten war, dass er in irgendeinem Privathaus war, das so einsam lag, dass Nachbarn keinen Verdacht schöpften.

Megan erinnerte sich an den Artikel über die Seattler Müllsackmorde. Darin hatte es geheißen, dass der Mörder vermutlich in einer ländlichen Gegend wohnte, ganz abgeschieden und etliche Meilen entfernt von den Stadtwohnungen seiner Opfer.

Sie wollte keine Verbindung zwischen diesen grauenvollen Morden und dem herstellen, was in diesem Moment mit Josh passierte. Es ließ sich aber nicht vermeiden. Der Mann, der sie gestern Abend überfallen hatte, hatte einen Müllsack auf den Fußboden gelegt. Auf diese Weise hatte er ihr vermittelt, wer er war. Er hatte irgendeine Beziehung zu Glenn. Er hatte all diese Frauen ermordet, die ihr ähnlich gesehen hatten.

Und er beobachtete sie – in diesem Moment.

»Hast du genug gesehen?«, sagte sie ins Telefon. »Ich bin es leid, Spielchen mit dir zu spielen. Ich will mit meinem Sohn sprechen. Das da gerade war nur eine Tonbandaufnahme. Es kann sein, dass du das gestern Nacht aufgenommen hast und er inzwischen tot ist ...« Ihre Stimme begann zu zittern. »Ich will aus Joshs Mund hören, dass es ihm gut geht. Ich will mit ihm reden.«

Er ließ sie ein paar Sekunden auf seine Antwort warten, und gab sie ihr schließlich in schnarrendem Flüsterton: »Zieh deinen Pullover aus.«

Wütend starrte Megan aus dem Fenster. »Fahr zur Hölle.«

»Wenn ich dich nicht dazu bringen kann, dich nackt auszuziehen, werde ich einfach deinen Sohn dazu zwingen«, entgegnete er. »Er ist bereits ohne Shirt und ohne Schuhe. Dann hat er gar nichts mehr an. Josh wird nackt sein. Da, wo er ist, ist es ganz schön kalt. Vor ein paar Stunden hatte ich plötzlich Mitleid mit ihm und habe ihm eine Decke gegeben. Wenn du dich mir gegenüber aber so gar nicht kooperativ zeigst, werde ich diese Decke wohl wieder konfiszieren. Soll der kleine Hurensohn sich doch eine Lungenentzündung holen und verrecken ...«

»Warum tust du das?«, fragte sie. »Er ist völlig unschuldig. Er hat dir niemals etwas getan ...«

Der Mann ließ sich nicht beirren. »Zieh deinen Pullover aus«, verlangte er noch einmal.

Frustriert legte Megan das schnurlose Telefon neben den Computerbildschirm auf den Schreibtisch. Dann zog sie den blauen Seemannspullover über ihren Kopf. Der aus mehreren dicken Lagen bestehende Verband verfing sich im Ärmel. Ungeduldig zerrte sie ihre Hand heraus und ließ den Troyer dann auf den Boden fallen. Die so plötzliche und nahezu brutale Bewegung hatte zur Folge, dass ihre gesamte Hand vor Schmerzen zu pochen begann. Das hätte sie sich jedoch nie im Leben anmerken lassen. Für einen kurzen Moment stand sie dort am Fenster, in ihrem Büstenhalter und ihren Jeans. Dann griff sie neuerlich nach dem schnurlosen Telefon. Megan war dermaßen zornig und empört, dass sie sich mahnen musste, nur ja das Atmen nicht zu vergessen.

Sie starrte auf die Fenster der Eigentumswohnungen und des hohen Apartment-Hauses auf der gegenüberliegenden Straßenseite. An einem der erleuchteten Fenster stand er nicht. Er hielt sich irgendwo in der Dunkelheit versteckt.

»Und jetzt zieh deinen BH aus«, hörte sie ihn flüstern.

Jeder der Nachbarn konnte sie sehen, und sie fühlte sich in höchstem Maße gedemütigt. Trotzdem legte Megan das Telefon wieder weg und griff dann mit ihrer guten Hand nach hinten und öffnete mühsam die Schließe ihres Büstenhalters. Sie zog ihn aus und warf ihn auf den Fußboden. Beschämt stand sie vor ihrem Fenster, genau im Licht der Lampe und mit nackten Brüsten. Wieder griff sie nach dem Telefon.

»Lass sie wippen«, flüsterte er. »Ich will sie auf und nieder wippen sehen, du verfluchte Hure.«

Ihr fiel auf, dass er plötzlich nicht mehr schnarrte, die heisere Stimme also nur aufgesetzt gewesen war. Der Mann am anderen Ende der Leitung war nicht Glenn. Er klang aber auch anders als Dan. Hätte Glenn seinem Komplizen die Anweisung gegeben, sie auf diese Art und Weise zu erniedrigen? Sie konnte sich nicht vorstellen, dass er eine solche Mission einem anderen überlassen würde. Er hätte sich keine Chance entgegen lassen, sie zu demütigen.

Da legte Megan plötzlich schützend die Hände über ihre Brüste.

»Warte …«, hörte sie ihn sagen, legte das Telefon aber trotzdem wieder aus der Hand.

Sie wandte dem Fenster den Rücken zu, hob ihren Büstenhalter vom Boden und zog ihn umständlich wieder an. Ihre bandagierte Hand durch den Ärmel des Pullovers zu zwängen war ebenfalls schwierig. Und während der ganzen Zeit hörte sie seine Stimme, die sie verfluchte und beschimpfte, aber es war halt nur eine dünne Stimme, die aus dem Telefon schallte.

Schließlich nahm sie den schnurlosen Apparat wieder in die Hand. »Weiß Glenn, dass du das hier tust?«, fragte sie ihn gereizt.

Er verfiel in Schweigen.

»Ich glaube nicht, dass er das weiß«, sprach sie weiter. »Ich glaube nicht, dass dieser erzwungene Striptease zu seinem Plan gehörte.«

»Wenn dein Date heute Abend bei dir auftaucht«, erwiderte der Mann mit wieder schnarrender Stimme, »sag ihm, dass du fernsehen und eine Pizza bestellen möchtest. Lass die Vorhänge offen. Und wenn er dich vögeln will, lässt du dich im Wohnzimmer von ihm vögeln, damit ich es sehen kann. Wenn er über Nacht bleiben will, lässt du ihn bleiben. Hast du das kapiert?«

Megan gab ihm keine Antwort darauf. Sie starrte nach draußen auf die Eigentumswohnungen auf der gegenüberliegenden Straßenseite und auf das Hochhaus mit den Apartments dahinter und fragte sich zum wiederholten Mal, an welchem der Fenster er stand.

»Das werte ich als ein Ja«, sagte er schließlich. »Und, Lisa, um dir die Frage zu beantworten, die du gerade gestellt hast: Vielleicht weiß Glenn, zu was ich dich gerade verleitet habe, vielleicht weiß er es aber auch nicht. Es ist durchaus möglich, dass ich das Ganze hier für ihn auf Video aufnehme. Siehst du, Lisa, du weißt es nicht. Und deshalb musst du im Moment einfach tun, was ich sage. Das ist das Schöne an der Sache.«

Er unterbrach die Verbindung.

Megan drückte das Gespräch weg, trat ein paar Schritte vom Fenster zurück und drehte ihm den Rücken zu. Sie konnte nach wie vor körperlich spüren, dass er sie beobachtete. Und sie wusste, dass er recht hatte.

Im Moment würde sie alles tun müssen, was er sagte.

Kapitel achtzehn

Als sie so in ihrer Badewanne stand und das warme Wasser der Dusche über ihren Körper perlte, fühlte Megan sich doch tatsächlich halbwegs wie ein Mensch – wenn auch nur für wenige Augenblicke. Sie hatte ihre bandagierte Hand mit einer Plastikhülle der chemischen Reinigung umwickelt und hielt sie draußen vor den Duschvorhang.

Das Ganze währte aber nur wenige Augenblicke. Kaum dass sie in ihrem Bademantel und mit noch nassem, zotteligem Haar aus dem Bad kam, setzte sie sich in den Lesesessel in ihrem Schlafzimmer. Dort wiegte sie mindestens eine halbe Stunde Joshs orangefarbene Sunset-Bowl-Jacke in den Armen und weinte. Die Jacke roch nach ihm. Die Taschen hatte sie bereits am frühen Morgen durchsucht, tat es jetzt noch einmal und fand natürlich nichts.

Immer und immer wieder führte sie sich vor Augen, wie kalt ihm in diesem Moment und wie groß seine Angst sein musste.

Schließlich zwang sie sich aufzustehen. Sie brachte die Jacke in sein Zimmer und hängte sie vorsichtig in den Kleiderschrank.

Megan nahm an, dass das alles völlig anders gehandhabt worden wäre, wenn sie die Polizei eingeschaltet hätte. Die hätte vermutlich niemandem gestattet, die Jacke anzufassen, weil sie möglicherweise voller DNA des Täters war. Aller Wahrscheinlichkeit nach hätten sie auch in der gesamten ersten Etage nach Fingerabdrücken gesucht. Sie konnte sich nicht mehr daran erinnern, ob der Einbrecher Handschuhe getragen hatte. Sie war in dem Moment, in dem es passierte, so sicher gewesen, dass der Mann Glenn war. Er hatte zugeschlagen wie Glenn und sogar gerochen wie Glenn. Jetzt war sie sich dessen nicht mehr so sicher. Hätte sie die Angelegenheit der Polizei überlassen, hätte sie in diesem Moment gewusst, ob Glenn in der vergangenen Nacht im Haus gewesen war. Die Polizei suchte nach ihm – und seine Fingerabdrücke waren in ihrer Kartei. Sie hätte ihnen bei ihrer Suche nach ihm helfen können. Sie hätte ihnen auch ein paar wertvolle Informationen zu den im Raum Seattle verübten Müllsackmorden geben können.

Sie war sich inzwischen so gut wie sicher, dass der Tod von Becky Mae Palin, dem jungen Mädchen, das 1995 ermordet und zerstückelt worden war, nichts mit den anderen Müllsackmorden in Seattle zu tun hatte. Das erste Opfer der hier begangenen Morde war aller Wahrscheinlichkeit nach im Jahre 2001 Megans Barista-Freundin Jade gewesen. Und vor Jade war in Chicago Willow Dwyer ermordet worden. Megan glaubte jetzt, dass der Müllsackmörder aus dem Mittleren Westen nach Seattle ausgewandert war. Vielleicht war er ihr sogar hierher gefolgt.

Trotzdem kam ihr die Vorstellung irgendwie verrückt vor. Hatte jemand sie tatsächlich die ganze Zeit über beobachtet? Dieser Jemand hatte in den vergangenen fünfzehn Jahren sechs Frauen ermordet und zerstückelt, die alle ausgesehen hatten wie sie. Waren diese Frauen lediglich ein Ersatz gewesen?

Dieser Gedanke war ihr in der Vergangenheit schon mehrmals gekommen. Nur hatte Megan sich dann jedes Mal gesagt, sie leide an Verfolgungswahn.

Gestern Nacht hatte sie jedoch diesen schwarzen Müllsack

auf ihrem Küchenboden liegen sehen. Der geheimnisvolle Fremde hatte ihr seine Visitenkarte hinterlassen. Er hatte auf den gleichen Müllsack gezeigt, als er damit gedroht hatte, Josh umzubringen: *»Wenn du nicht ganz genau tust, was ich dir sage, wird er das nächste Mal, wenn du ihn siehst, in einer von denen hier stecken – in Einzelteile zerlegt.«*

Deutlicher hätte der Müllsackmörder sich gar nicht ausdrücken können. Er hatte das Sorgerecht für ihren Sohn übernommen.

Sie fragte sich indes immer noch, in welcher Beziehung er zu Glenn stand. *Remember 1996?* Das war das Jahr gewesen, in dem sie verschwunden war und man Willow ermordet und Glenn verhaftet hatte. Immer wieder kam sie auf JJ zurück. Zwischen ihm und Glenn war es kurz nach ihrem Verschwinden zum Zerwürfnis gekommen, kurz bevor Glenn des Mordes an ihr bezichtigt wurde. War JJ ihr irgendwie nach Seattle gefolgt? Hatte er Glenn während all dieser Jahre heimlich im Gefängnis Bericht erstattet, wo sie war und was sie trieb? Und vielleicht hatte er seinen Frust, seine Langeweile und seinen Zorn an diesen armen, unschuldigen Frauen ausgelassen, die so aussahen wie sie.

Jetzt, da man JJs Kumpel aus der Haft entlassen hatte, war es an der Zeit, dass sie sich wieder zusammentaten und sich an ihr rächten. Welchen anderen Grund sollte es haben, dass das Ganze ausgerechnet jetzt passierte? Glenn war in die Sache verwickelt, daran bestand kein Zweifel.

Ihr entging keineswegs, welche Ironie dem innewohnte. Die Dinge hatten sich um hundertachtzig Grad verkehrt. Jetzt war er derjenige, der verschwunden war – mit ihrem Kind.

Trotzdem fragte sie sich, ob Joshs Entführer sie nicht vielleicht belog. War er wirklich der Müllsackmörder? In der

KOMO-TV-Reportage, im Zuge deren das Interview mit Candy gelaufen war, hatten sie die Seattler Morde zu Zufällen erklärt, um zu ihrer Story über den Mord im Jahre 1996 überzuleiten. Hatte das Glenn und seinen Komplizen auf eine Idee gebracht? War diese Visitenkarte, die letzte Nacht auf ihrem Küchenboden gelegen hatte, nur ein Mittel gewesen, um sie auf die falsche Fährte zu führen? Joshs Entführer schien ja regelrecht versessen darauf zu sein, sie verrückt zu machen. Warum sollte sie irgendetwas glauben, was er sagte?

Auf dem Rückweg in ihr Schlafzimmer dachte Megan über das ihr aufgezwungene Date mit Dan Lahart nach. War das auch ein Trick, der sie auf die falsche Fährte führen sollte? Vielleicht hatte der arme Kerl überhaupt nichts mit dem Ganzen zu tun. Vielleicht hatten Glenn oder sein Komplize sich in ihren Computer eingehackt und Dans E-Mail gelesen – und wollten sie jetzt auf Herz und Nieren testen. Glenns Partner hatte sie vor einer Stunde dazu gebracht, ihren Büstenhalter auszuziehen, und heute Nacht wollte er sie noch massiver demütigen – mit einem Mann, von dem sie geglaubt hatte, sie würde ihn mögen.

Sie schluckte noch eine weitere Vicodin, dann föhnte sie sich die Haare und bürstete sie durch. Unter ihren verschwollenen Augen waren dunkle Ringe – vom vielen Weinen und vom Schlafmangel. Sie unternahm einen kläglichen Versuch, sich ein wenig zu schminken, und zog sich an. Vor zwei Wochen hätte sie sich vermutlich mehrmals umgezogen, bis sie das Outfit gefunden hätte, das sie für ein Treffen mit diesem Mann für genau das richtige gehalten hätte. Heute Abend war das alles unbedeutend. Sie trug Jeans und eine weiße Bluse, die besonders weite Ärmel hatte.

Um Schlag 19:05 Uhr stand Dan Lahart mit einer Flasche Cabernet vor ihrer Haustür. Er sah so gut aus, wie sie ihn in

Erinnerung hatte mit seinem strohblonden Haar und den Geheimratsecken, den blauen Augen, den breiten Schultern und dem nach unten schmaler werdenden, schlanken Körper. Er sah aus wie ein Surfer, der ausgesprochen gut alterte. Er trug ein weißes Hemd, Jeans und einen marineblauen Blazer – eine schöne, klassische Kombination. Er sah aus, als sei er gerade einem Katalog für Herrenmode entstiegen.

Heute Abend konnte sie mit nichts von alledem etwas anfangen. Megan konnte sich noch nicht einmal ein Lächeln abringen.

»Mein Gott, was ist denn mit dir passiert?«, fragte er, als er noch draußen auf der Matte stand.

»Das weißt du nicht?«, erwiderte sie.

Er schüttelte den Kopf. Dabei sah er aus, als sei er wirklich bestürzt.

»Sagen wir einfach, dass ich auf offener Straße überfallen wurde, okay?«

Er rührte sich nicht von der Stelle. »Hast du das der Polizei gemeldet?«

»*Rein gar nichts* habe ich der Polizei gesagt«, gab sie zur Antwort.

»Warum nicht? Schau dir an, wie du aussiehst! Was haben sie mit deiner Hand gemacht?«

Seufzend zog sie die Tür ein Stück weiter auf. »Ich denke, du solltest erst einmal hereinkommen.«

Er zögerte. »Bist du sicher, dass du heute Abend Gesellschaft haben willst? Ich meine, wenn man bedenkt, was du hinter dir hast ...«

Sie starrte ihn an. »Du hast hier das Sagen.«

»Habe ich das?« Verwirrt sah Dan sie an, dann betrat er das Haus. »Okay, na ja, wenn das so ist ... ich glaube nicht, dass du uns was zum Abendessen kochen solltest. Lass uns Pizza bestellen oder irgendetwas vom Chinesen. Und ich hoffe, dass du mir gegenüber ehrlich sein und mir sagen wirst, wenn du zu müde wirst oder sonst etwas ist.«

»Ja, lass uns ehrlich miteinander sein«, murmelte sie und schloss hinter ihm die Tür.

»Schön hast du es hier, das gefällt mir sehr«, meinte er und lief ins Wohnzimmer. Im nächsten Moment drehte er sich um und zeigte ihr die Weinflasche. »Möchtest du, dass ich sie öffne?«

»Klar, warum nicht?«, erwiderte sie. Sie schaute auf das große Fenster und fragte sich, ob Glenn oder sein Spion sie in diesem Moment beobachteten. Wusste Dan davon? Vielleicht war er derjenige gewesen, der sie heute Nachmittag hatte strippen lassen. Falls es so war, spielte er die Rolle des Unschuldslamms perfekt.

»Ich kann immer noch nicht fassen, dass man dich auf offener Straße überfallen hat und du nicht die Polizei gerufen hast«, hörte sie ihn sagen.

Megan starrte aus ihrem Wohnzimmerfenster.

»Megan?« Dan sah sie an.

Sie würdigte ihn kaum eines Blickes, drehte sich um und lief voraus in die Küche. »Da drinnen ist ein Korkenzieher.« Sie fischte das Teil aus der Schublade und legte es ihm auf die Arbeitsplatte.

Er schwieg eine Weile. »Also ... wie ist es passiert?«, fragte er dann und drehte dabei den Korkenzieher in den Korken der Weinflasche. »Haben sie irgendetwas gestohlen?«

»Ja«, erwiderte sie mit leiser Stimme, »sie haben mir etwas weggenommen, das mir sehr viel bedeutet.«

Er entkorkte die Weinflasche, hielt dann inne und sah sie an. »Ich habe den Eindruck, als würdest du nicht darüber reden wollen.«

»Sagen wir mal, dass ich nicht darüber reden darf, und belassen es dabei.« Sie nahm nur ein Glas aus dem Küchenschrank – für ihn. Sie wollte nach dem Vicodin keinen Alkohol trinken. Sie stellte das Glas auf die Arbeitsplatte. Ihre Hand zitterte.

Dan goss keinen Wein in das Glas. Er stellte die Flasche auf die Arbeitsplatte. »Warst du mit deinem Sohn zusammen, als das da passiert ist?«, fragte er.

Sie antwortete nicht.

»Wurde er verletzt?«

Megan spürte, dass ihr die Tränen kamen. Sie konnte ihm nicht in die Augen sehen.

»Moment mal. Du hast vorhin am Telefon gesagt, Josh würde heute Nacht woanders schlafen. Du hast nicht gesagt ›bei einem Freund‹. Ist er im Krankenhaus?«

Megan wandte ihm den Rücken zu und fing an zu schluchzen. War er wirklich besorgt? Oder spielte er ihr nur etwas vor? Vielleicht war das irgendeine verderbte, hinterhältige Tour, um sie quasi durch den Fleischwolf zu drehen.

»Mein Gott, genau so ist es, nicht wahr?«, meinte er schließlich. »Dein Sohn wurde ebenfalls verletzt. Ich habe mich die ganze Zeit gefragt, warum du dich heute Abend mit mir hast treffen wollen – nach dem, was du hinter dir hast. Jetzt macht das Sinn. Dein Sohn ist im Krankenhaus, und da möchtest du nicht allein sein. Das kann ich dir nicht verdenken. Ist er schwer verletzt?«

Megan spürte seine Hand auf ihrer Schulter und wich zurück. »Hör auf, so zu tun, als würde dich das interessieren«, kreischte sie. »Hör auf, so nett zu sein, okay?«

»Kein Wunder, dass du dich so benimmst«, hörte sie ihn flüstern. »Megan, das tut mir so leid. Kann ich irgendetwas tun?« Wieder griff er ihr an die Schulter, und dieses Mal zuckte sie nicht. »Pass auf, ich will zwar nicht darauf herumreiten, aber du solltest das wirklich der Polizei melden. Haben sie dir das im Krankenhaus nicht gesagt? Ich meine …«

Ruckartig drehte sie sich um. »Würdest du bitte einfach aufhören?« Mit ihrer guten Hand schubste sie ihn von sich. »Was willst du von mir? Warum – warum bist du überhaupt hier?«

Fragend blickte er ihr in die Augen. »Weil du mich gebeten hast herzukommen und – na ja … ich mag dich.«

Sie wollte sich an seiner Schulter ausweinen, aber sie konnte ihm nicht trauen. Sie durfte nicht unachtsam werden.

Schließlich füllte Dan das Glas und hielt es ihr hin. Megan wusste zwar, dass sich der Wein vermutlich nicht gut mit dem Vicodin, den drei Stunden Schlaf und dem ganzen Stress vertragen würde, aber sie nahm trotzdem einen Schluck.

Er bestellte eine Pizza. Sie ließ ihn weiterhin glauben – oder so tun, als würde er glauben – dass Josh verletzt und im Krankenhaus war. Sie überließ es ihm, Musik aus ihrer CD-Sammlung auszuwählen, und er schien ihre Stimmung richtig einzuschätzen, denn er entschied sich für Joni Mitchells *»Hits«*. Sie erlaubte ihm, im Kamin Feuer zu machen. Und sie erlaubte ihm, ihr ein zweites Glas Wein einzuschenken.

Bevor das Glas leer war, saß sie neben ihm auf dem Wohnzimmersofa und weinte sich an seiner Schulter aus. Nach wenigen Sekunden hielt sie es in seinen Armen aber schon nicht mehr aus. Sie drückte sich von ihm weg und starrte auf das Fenster. Sie wusste, dass sie Publikum hatten. Und ein Teil von ihr wartete die ganze Zeit darauf, dass Dan plötzlich auf sie losging.

Das passierte nicht. Nach einem dritten Glas Wein wurde der Rest der Nacht zu einem einzigen Nebel.

Megan erinnerte sich daran, dass der Knabe von Pagliacci

Pizza plötzlich vor der Tür gestanden und Dan ihn bezahlt hatte. Er hatte darauf bestanden, dass sie mindestens zwei Stücke von der Pizza aß. Dann war sie auf dem Sofa eingeschlafen. Das Letzte, woran sie sich erinnerte, war, dass er sie mit seinem Blazer zugedeckt hatte.

Mitten in der Nacht stand sie auf, um zur Toilette zu gehen. Dabei lief sie an Dan vorbei, der mit vor der Brust verschränkten Armen im Sessel neben dem Kamin schlief. In dem glühten nur noch wenige Holzscheite. Die Vorhänge waren geschlossen. Er musste sie zugezogen haben.

In Megans Kopf und in ihrer linken Hand hämmerte es. Sie schluckte zwei Aspirin und spülte sie mit einem Glas Wasser runter, dann legte sie sich wieder aufs Sofa und kuschelte sich unter seinen Blazer. Beim Einschlafen dachte sie, dass sie ihm am Morgen danken und sich vielleicht auch bei ihm entschuldigen sollte. Vielleicht würde sie ihm sogar die Wahrheit sagen – über alles.

Das Telefon weckte sie. Doch sie konnte sich nicht rühren, sie konnte nur quer durch den Raum auf den leeren Sessel blinzeln. Die Vorhänge waren wieder offen – und harsches Licht fiel ins Wohnzimmer. Megan schaute auf die in die Kabelfernsehbox eingebaute digitale Uhr und musste feststellen, dass es 10:27 Uhr war.

Das Telefon hörte auf zu läuten; das Gespräch war vermutlich zur Mailbox weitergeleitet worden. Sie kam zu spät zur Arbeit. Vielleicht hatte da gerade ihr Büro angerufen. Vielleicht waren es aber auch die Leute gewesen, die Josh in ihrer Gewalt hatten.

Abrupt setzte sie sich auf.

Sie erinnerte sich daran, dass Dan sie gestern Abend mit

seinem Blazer zugedeckt hatte. Dass Dan nicht mehr da war, sah sie. Sie lag aber immer noch unter einer Jacke. Aber die gehörte nicht Dan.

Es war Joshs orangefarbene Sunset-Bowl-Jacke.

Sie hatte sie gestern in Joshs Kleiderschrank gehängt. Dan musste die Jacken heute am frühen Morgen ausgetauscht haben. Sie stellte sich vor, wie der Scheißkerl systematisch ihre Zimmer und Schränke im Obergeschoss durchsucht hatte, bis er sie gefunden hatte. Vielleicht war er derjenige gewesen, der ihr die Jacke gestern Morgen auf ihr Kopfkissen gelegt hatte. Sie konnte nicht fassen, dass sie ihm um Haaresbreite vertraut hatte.

Megan spürte etwas in einer von Joshs Taschen. Ängstlich fischte sie es heraus und starrte darauf. Im nächsten Moment wurde ihr übel.

Das Etwas war ein schonungsloses Farbfoto von Josh – der kein Hemd trug. Seine Augen waren halb geschlossen. Er sah erschöpft, verängstigt und schrecklich unglücklich aus. Auf dem Foto war auch der Arm einer weiteren Person zu sehen, die Josh ein Messer an die Kehle hielt. Josh hielt eine Ausgabe der *Seattle Times* in der Hand.

Megan hatte die Zeitung an diesem Morgen zwar noch nicht gesehen, nahm aber an, dass die Schlagzeile auf der Titelseite dort die gleiche war wie die auf diesem Foto. Sie ließen sie wissen, dass ihr Sohn heute am frühen Morgen noch am Leben gewesen war.

Sie wollten, dass sie auch noch etwas anderes wusste. Megan fiel auf, dass jemand mit der Hand etwas auf die Rückseite des Fotos geschrieben hatte. *Sein Kopf wird nicht das Erste sein, was ihm abgehackt wird*, hieß es da.

Sie erkannte die krakelige, schludrige Handschrift.

Glenn hatte das geschrieben.

Kapitel neunzehn

Megan stellte den Wagen auf einem Parkplatz ab, der gleich gegenüber vom Smith Tower auf dem Pioneer Square und damit nur zwei Querstraßen vom Imogene George Glassworks Studio entfernt war. Fünfzehn Jahre waren vergangen, seit sie ihre Nichte Candy zum letzten Mal gesehen hatte. Damals hatten sie einander sehr nahegestanden. Die Freundschaft mit dem jungen Mädchen hatte ihr geholfen, diesen grauenvollen Sommer durchzustehen, in dem Cliff langsam gestorben und Glenn so brutal gewesen war wie nie zuvor.

In dem KOMO-TV-Interview hatte Candy gesagt, dass sie weiterhin bei dem bleibe, was sie der Polizei über die Brandwunden am Oberkörper ihrer Tante erzählt hatte – und dass die ganz genauso ausgesehen hatten wie die Narben am Rumpf des Müllsackmord-Opfers. Sie blieb ebenfalls bei dem, was sie bei dem Prozess ausgesagt und was zur Folge gehabt hatte, dass ihr Onkel vierzehn Jahre lang im Gefängnis gewesen war.

Die Annahme, dass Candy mit Glenn kommunizierte, war also ziemlich weit hergeholt. Im Moment war sie jedoch die einzige Verbindung, die Megan zu Glenn hatte. Was sein Rechtsanwalt Jerry gesagt hatte, war bedeutungslos. Megan kannte ihren Noch-Ehemann recht gut. Glenn hatte einen ausgeprägten Familiensinn – gleichgültig, was passierte. Falls er in Seattle war, hatte er seine einzige Nichte kontaktiert.

Der Morgen hatte zwar mit grellem Sonnenschein begonnen, doch inzwischen waren graue Wolken aufgezogen, die tristen, kalten Nieselregen mit sich führten. Megan hatte keinen Schirm, aber sie war richtig gekleidet für Regenwetter, trug Jeans und ein weites, graues Sweatshirt mit Kapuze. Als sie aus einem Ford Taurus stieg, den sie Destination Rent-a-Car verdankte, zog sie sich die Kapuze über den Kopf. In ihrer Handtasche steckten zwei Handys – das eine war einer der Apparate, die ihre Angestellten benutzten, das andere war das Telefon, das J. Knoll niemals abgeholt hatte. Sie strich einen Fünf-Dollar-Schein glatt und schob ihn in den schmalen Schlitz über der Nummer 73 des U-Pay-Automaten, der am Außenrand des Parkplatzes stand. Dann machte sie sich auf den Weg zu der Glaskunstgalerie, in der Candy arbeitete.

Der Anruf, den sie am Morgen um 10:27 Uhr erhalten hatte, war tatsächlich von Teresa gewesen, die wissen wollte, ob sie heute zur Arbeit käme. Sie rief sie auf Mr. Knolls Handy zurück und erklärte ihr, sie käme zwar nicht ins Büro, würde aber jemanden brauchen, der sie in der Gasse hinter ihrer Doppelhaushälfte abholte. Teresa erwiderte, sie würde den Neuen schicken, John. »Und vielleicht kannst du mir bald mal verraten, was bei dir los ist, Meg«, fügte sie abschließend hinzu.

»Das werde ich tun, das verspreche ich«, antwortete Megan. »Danke, Teresa.«

Während sie auf John wartete, benutzte Megan ihren Festnetzanschluss, um Dan anzurufen. Der Anruf wurde noch während des ersten Freizeichens auf seine Mailbox weitergeleitet. Sie wartete auf den Piepton, und dann legte sie los: »Ja ... hi, Dan. Du ... herzlichen Dank für gestern Abend. Richte Glenn unbedingt aus, dass ich die Nachricht bekommen habe, die er mir heute Morgen hinterlassen hat. Und sag ihm von mir, dass du das ganz fantastisch gemacht hast, mich total verrückt zu machen. Du hättest mich echt fast so weit gehabt, zu glauben, dass du ein anständiger Kerl bist – und nicht das Dreckschwein, das du in Wahrheit bist. Und wenn du Glenn im Detail über letzte Nacht Bericht erstattest, vergiss nur ja nicht zu erwähnen, dass ich mich an einem Punkt an deiner Schulter ausgeweint habe. Ich meine, das sorgt doch bestimmt für Lacher, nicht wahr?« Ihre Stimme begann zu zittern, und sie holte tief Luft. »Wenn meinem Sohn irgendetwas passiert, wirst du dafür büßen. Ich werde dich finden, du kriminelles Stück Scheiße ...«

Megan verkniff sich, noch mehr zu sagen. Warum machte sie sich überhaupt die Mühe? Der Mann hatte keinerlei Gewissen. Sie stellte sich vor, wie er sich über ihre Zornestirade amüsierte. Sie stellte sich vor, wie Glenn die Nachricht abhörte und Dan dafür auf die Schulter klopfte, so gute Arbeit geleistet zu haben.

Sie beendete das Gespräch und stellte das schnurlose Telefon wieder auf die Ladestation – mit so viel Wucht, dass es dabei fast zu Bruch ging. Dann verließ sie das Haus durch die Hintertür und wartete in der Gasse auf John. Es fing an zu nieseln.

Auf der gegenüberliegenden Seite des Gässchens waren die Garagen und Hintereingänge zu mehreren einstöckigen, im Bungalow-Stil erbauten Apartments. Dort standen auch zwei große Müllcontainer und mehrere Mülltonnen. Megan fiel auf, dass der Deckel einer der Tonnen schräg auflag, und aus einem Haufen Abfall die Ecke eines Pizza-Kartons von Pagliaggi herausragte.

Sie lief zu der Tonne. Auf dem Karton war mit Tesafilm ein Zettel befestigt:

Hi, Megan,

Ich wollte Dich nicht wecken. Also habe ich mich aus dem Haus geschlichen und Dich schlafen lassen. Ich hoffe, das macht Dir nichts aus. Ich wollte nicht zu spät zur Arbeit kommen. Wie Du siehst, habe ich im Kühlschrank Platz für die restliche Pizza geschaffen. Sie müsste ein großartiges Frühstück abgeben! Meine Jacke habe ich auch bei Dir gelassen. Das ist meine Entschuldigung, mich neuerlich mit Dir zu treffen. Halt mich über den Zustand Deines Sohnes auf dem Laufenden, & ich hoffe, dass es Dir heute schon besser geht.

Dan

»O nein«, entfuhr es Megan. Sie öffnete den Karton und sah mindestens ein Dutzend Ameisen über die verbliebene halbe Pizza krabbeln. Unter dem Karton fand sie Dans blauen Blazer.

Das Einzige, was sie in diesem Moment denken konnte, war, dass sich irgendjemand, nachdem Dan heute Morgen gegangen war, ins Haus geschlichen hatte. Nachdem er die eine Jacke weggenommen und sie mit der anderen zugedeckt hatte, musste er alles weggeworfen haben, was hätte beweisen können, dass Dan Lahart ein perfekter Gentleman gewesen war. In ihr Haus einzudringen war für Glenn oder seinen Komplizen vermutlich sehr einfach gewesen. Das hatte er ja offenbar schon häufiger getan. Jetzt war es noch einfacher, geradezu kinderleicht: Sie hatten Joshs Schlüssel.

Sie verzog zwar das Gesicht dabei, zog Dans leicht verschmutzten Blazer aber aus der Abfalltonne heraus und schüttelte ihn ordentlich aus. Im gleichen Moment erblickte sie den weißen Taurus, der gerade in die Gasse einbog, und winkte. Hinter dem Steuer des Wagens saß John, ihr schmächtiger, schwarzhaariger, etwa dreißig Jahre alter neuer Mitarbeiter. Seit drei Wochen arbeitete er jetzt bei Destination Rent-a-Car und hatte eine Vorliebe für Designer-Sonnenbrillen. Er besaß mindestens acht verschiedene.

Der Taurus kam zum Stehen, und surrend senkte sich auf der Fahrerseite das Fenster. John schaute sie an. Trotz des Nieselregens trug er auch jetzt eine Sonnenbrille, in diesem Fall eine mit schmalen Gläsern, die aus dem Film »*MATRIX*« hätte stammen können. »Wartest du schon lange?«, erkundigte er sich.

»Nein, dein Timing ist perfekt, John«, gab sie zur Antwort. Sie wollte nicht, dass Glenn oder sein Wachhund ihr zu der Galerie folgten, in der Candy arbeitete. Also hatte Megan das Ganze so geplant, dass sie ihren blauen Neon auf der Garageneinfahrt vor dem Haus stehen ließ und durch die Hintertür in ein anderes Fahrzeug kletterte.

»Kannst du hinten öffnen?«, bat sie. »Ich muss mich für den ersten Teil der Fahrt da hinten verstecken. Erklären werde ich dir das später, John.«

Trotz der Sonnenbrille vor seinen Augen sah Megan, wie sehr ihn das verwirrte. Er griff aber an den entsprechenden Schalter und entriegelte die Hintertüren.

Während der ersten zehn Minuten kauerte Megan vor den Rücksitzen auf dem Boden. Dans Blazer lag über dem Sitz. Als sie sich der Innenstadt näherten, der Verkehr dichter wurde und es nur noch im Schritttempo voranging, lugte Megan vorsichtig durch die Heckscheibe nach draußen. Sie sah kein silberfarbenes SUV, und noch ein paar Straßen weiter gelangte sie zu dem Schluss, dass ihnen niemand auf den Fersen war.

John hatte behauptet, ein bisschen Regen würde ihm nichts ausmachen. Also war er drei Querstraßen von der Autovermietung entfernt an den Straßenrand gefahren, und sie hatte sich hinter das Steuer gesetzt. Megan hatte sich bei ihm bedankt, und er war zu Fuß zur Arbeit zurückgegangen. Es war eine Herausforderung gewesen, mit einer nach wie vor nicht funktionstüchtigen Hand zu fahren, doch sie hatte es ohne Zwischenfall zum Pioneer Square geschafft.

Es gab ein paar gefährliche Ecken in dieser Gegend. Als sie auf dem Weg zum Imogene George Glassworks Studio eine Straße überquerte, verhöhnten sie zwei Furcht einflößend aussehende Obdachlose. Kurz darauf lief sie an einem Landstreicher vorbei, der vor der Tür eines geschlossenen Lebensmittelgeschäfts schlief. Durch den Regen wirkte das Ganze nur noch bedrückender.

Megan hoffte, dass sie das nicht alles umsonst auf sich genommen hatte und Candy auch wirklich in der Galerie war. Sie betete, ihre Nichte möge irgendeine Idee haben, wo er sich verstecken könnte.

Als sie um die Ecke bog, fiel ihr Blick auf eine Straße mit Kopfsteinpflaster, an der nebeneinander aufgereiht fetzige, flippige und teure Kunstgalerien standen. Eine davon war das Imogene George Glassworks Studio. Der Name prangte in klassischen schwarzen Buchstaben vor goldfarbenem Hintergrund auf einem Querbalken aus Buntglas über der Eingangstür. Grandios und aufwendig gearbeitete Glasvasen, Lampen und Skulpturen waren im Schaufenster ausgestellt. Im Innenraum der Galerie war es ein bisschen dunkel – und Strahler leuchteten die verschiedenen Glaskunstwerke aus.

Erst nachdem Megan die Galerie betreten hatte, fiel ihr der große Anbau auf, der sich jenseits der Verkaufstheke hinter einer Plexiglasscheibe auftat. Dort befand sich die Glasbläserei – in der mehrere Künstler bei der Arbeit waren. Ein paar schwenkten ihre langen Glasmacherpfeifen; dabei scharten sie sich um zwei große Brennöfen oder saßen an ihren Arbeitsplätzen. Die meisten der Künstler sahen aus, als gehörten sie einer neuen Hippie-Generation an – sie trugen Overalls und Schweißbänder und hatten Piercings und Tätowierungen. Ein Pärchen arbeitete zusammen – der Mann blies das Glas am Ende der Pfeife, während die Frau das glutrote Material an der anderen Seite in Form rollte.

Es waren ein paar Kunden in der Galerie. Megan lief auf die Verkaufstheke zu und suchte dabei mit den Augen den Raum jenseits des Plexiglases nach Candy ab.

»Kann ich Ihnen helfen?«, sprach jemand sie an.

Megan drehte sich um und musste unwillkürlich lächeln, als sie die zierliche junge Frau mit der gepiercten Augenbraue erblickte. Sie trug eine beigefarbene Schürze, und die Hälfte ihres roten Haares wurde von einem unter dem Kinn gebundenen Kopftuch verdeckt.

»Hi, ja«, sagte Megan. »Ich suche nach Candy Kruger Blanco.«

Die Augen der Frau wurden schmal wie Schlitze. »Erwartet Candy Ihren Besuch?«

Megan nickte. »Ja, ich bin eine Verwandte.«

»Ich werde nachsehen, ob Candy Zeit hat.« Die Frau bewegte sich auf eine Tür zu, die sich rechts neben der Verkaufstheke befand. Als sie diese Tür öffnete, dröhnten zum einen hämmernde Geräusch herein, zum anderen wehte ein leichter Brandgeruch in die Galerie. Megan beobachtete, wie die Frau mit dem Kopftuch hinter der Plexiglasscheibe eine andere Künstlerin ansprach, die an einem langen Tisch arbeitete. Sie war von einer Vielzahl von Werkzeugen umgeben, die alle ein wenig mittelalterlich aussahen. Ein Schweißbrenner, der mit

Propangas betrieben wurde und aus dem eine Flamme schoss, steckte am Außenrand des Tisches in einer Halterung. Sie stand mit dem Rücken zu Megan und hielt eine lange Glasmacherpfeife in der Hand.

Während die Frau mit dem Kopftuch mit ihr sprach, drehte die Künstlerin sich um, nahm ihre Schutzbrille ab und schaute in den Geschäftsraum. Megan erkannte sie von der Fernsehreportage wieder. Auch jetzt hatte Candy sich die Wimpern wieder stark getuscht, und ihr lockiges braunes Haar mit der wilden gelben Strähne war zu einem Pferdeschwanz zusammengebunden. Sie trug ein T-Shirt und einen Overall aus Jeansstoff. Misstrauisch sah sie Megan an, rollte im nächsten Moment die viel zu stark geschminkten Augen und sagte etwas zu ihrer Kollegin. Dann reichte sie der die Pfeife. Candy lief auf die Tür zu und wischte sich dabei mit dem Handrücken über die Stirn.

Megan zog die Kapuze vom Kopf, damit ihre Nichte sie besser sehen konnte.

Doch Candy machte ein mürrisches Gesicht, als sie den Geschäftsraum betrat. Sie schloss die Tür zur Glasbläserei hinter sich und lief dann auf Megan zu. »Passen Sie auf, falls Sie hergekommen sind, um sich mit mir über meinen Onkel zu unterhalten ...« Ihre Blicke trafen sich, und sie hielt abrupt inne. Sie öffnete zwar den Mund und bewegte ihn, brachte aber kein Wort heraus.

»Ja, Candy«, entgegnete Megan. »Ich bin hier, um mich mit dir über deinen Onkel zu unterhalten.«

»Tante Lisa.« Das war das Einzige, was sie von sich gab.

Im nächsten Moment verdrehte Candy die Augen und sank ohnmächtig zu Boden.

Megan sah eine Ratte hinter den großen grünen Müllcontainer hinter der Glasgalerie huschen. Ein Stück weiter unten in dem von Müll übersäten Gässchen war ein weiterer Türeingang, in dem sich ein Obdachloser in einen zerlumpten Schlafsack eingewickelt hatte. Candy schien weder ihn wahrzunehmen noch den Regen. Sie lehnte neben dem Personaleingang der Galerie mit dem Rücken an der Backsteinwand und zog nervös an einer Zigarette.

»Glenn hat gesagt, du wärst noch am Leben«, flüsterte sie. »Aber ich habe ihm nicht geglaubt. Ich dachte, er würde versuchen, mir Angst zu machen oder so.«

»Du hast also mit ihm gesprochen«, sagte Megan. Sie hockte sich unter das Vordach des Türeingangs, um trocken zu bleiben, denn sie wollte vermeiden, dass ihr Verband völlig durchnässt wurde. »Wann war das?«

»Vor ein paar Tagen«, gab Candy zur Antwort und klaubte dabei einen Tabakkrümel von ihrer Unterlippe. Ihre Hand zitterte. »Am Mittwoch, glaube ich. Er hat mich angerufen – ohne jedwede Vorwarnung, aus heiterem Himmel, nach fünfzehn Jahren. Das dir gegenüber zuzugeben macht mir nichts aus, aber das hat mir eine Heidenangst eingejagt. Ich meine, er hat mir aus dem Gefängnis geschrieben und mir erklärt, er würde mir für nichts die Schuld geben und so. Er hat mir diesen Mist mit ›Wir sind immer noch eine Familie‹ und ›Wir müssen loyal zueinander sein‹ aufgetischt, all diese altmodische Onkel-Glenn-Scheiße.«

»Ist er hier in Seattle?«, wollte Megan wissen.

Candy nickte. »Er hat mir seit dem ersten Anruf einige Male getextet, aber gesehen habe ich ihn noch nicht. Er sagt immer wieder, dass er mir einen Besuch abstatten will. Nur ist er im Hinblick auf das Wann ziemlich vage. Eine Sache hat er mir allerdings klipp und klar gesagt – und zwar, dass ich niemandem erzählen soll, mit ihm gesprochen zu haben.« Sie stieß einen leisen und traurig klingenden Lacher aus. »Und genau das habe ich dir nun gerade erzählt – so viel zum Thema *Loyalität innerhalb der Familie*. Andererseits gehörst du ja zur Familie.« Sie nahm einen letzten Zug von ihrer Zigarette und warf die Kippe dann auf den nassen Bürgersteig. »Außerdem bist du ja tot, also schätze ich mal, dass das gar nicht zählt.«

»Weißt du, wo er hier in Seattle wohnt? Hast du dahingehend irgendeine Idee?«

Candy legte die Stirn in Falten und schüttelte bedächtig den Kopf. »Warum hast du mich immer weiter in dem Glauben gelassen, du wärst tot? Du warst wie meine beste Freundin. Ich habe dich so bewundert, Tante Lisa. Du hättest mir sagen können, dass du davonlaufen würdest, statt ...« Sie sprach nicht weiter, sondern stieß einen lang gezogenen Seufzer aus. »Ich hätte es für mich behalten. Ich hätte es niemandem erzählt.«

Megan legte Candy ihre rechte Hand auf den Arm. »Ganz am Anfang ... unmittelbar nach meinem Verschwinden ... hat Glenn dich da zur Seite genommen und gefragt, ob du irgendeine Vorstellung hättest, wo ich sein könnte?«

»Klar. Und ich habe es ihm gesagt. Sie ist auf dem Grund des Mississippi. Denn ich war davon überzeugt, dass du dort warst.«

»Glaubst du ernsthaft, dass er dir das abgenommen hätte – wenn du nicht davon überzeugt gewesen wärst? Es tut mir leid, Candy. Ich konnte das Risiko nicht eingehen, dass irgendjemand davon wusste.«

»Du hättest dich stellen müssen, als sie Glenn verhaftet haben«, sagte Candy und verschränkte dabei die Arme vor der Brust. »Ich war noch ein Teenager. Meine positive Identifizierung der Brandwunden und meine Aussage haben maßgeblich zu seiner Verurteilung beigetragen. Er ist mein Onkel – er ist meine Familie, und ich habe ihm das angetan. Weißt du eigentlich, wie schwer mich das all die Jahre belastet hat? Und du lässt ihn einfach im Gefängnis verrotten. Du lässt mich mit dem Gefühl weiterleben, dafür verantwortlich zu sein. Wie konntest du nur?«

Wieder wollte Megan ihr die Hand auf den Arm legen, doch dieses Mal zögerte sie und zog sie im Endeffekt wieder zurück. »Weißt du«, flüsterte sie, »fast das Gleiche könnte ich über deine Eltern sagen. Die haben nichts unternommen, dabei wusste deine Mutter, dass er mich schlug. Ich habe über ein Jahr in meinem eigenen Gefängnis gelebt, war verheiratet mit diesem Unhold, und sie hat nie einen Finger gerührt ...«

»Das ist bei dem Prozess alles ans Licht gekommen«, erwiderte Candy und nickte nachdenklich vor sich hin. »Du musst mir glauben. Ich hatte keine Ahnung, was er dir da antat. Ich muss die Augen davor verschlossen haben. Ich habe meinen Eltern nie verziehen, dass sie einfach tatenlos dabeigesessen und es haben geschehen lassen. Meine Beziehung zu ihnen ist seither nicht mehr das, was sie mal war. Ich war immer auf deiner Seite, Lisa. Erinnerst du dich an deinen Abschiedsbrief? Nun ja, ich war einer dieser Menschen, denen du etwas bedeutet hast ...«

Megan tätschelte ihren Arm. »Das wusste ich, Kleines.«

Candy rang sich ein Lächeln ab. »Kleines ... so hast du mich früher immer genannt.«

»Du warst wie eine kleinere Schwester für mich. Wenn ich dich in dieser schrecklichen Zeit nicht gehabt hätte, wäre ich vermutlich verrückt geworden oder hätte mich umgebracht.«

»Du hast dich umgebracht, oder hast du das vergessen?«

Candy rückte kaum merklich von ihr ab. »Es tut mir leid, aber ich bin nach wie vor der Meinung, dass du dich hättest stellen müssen, als Glenns Fall vor Gericht kam. Das stand überall in den Zeitungen. Du musst darüber gelesen haben. Aber du hast einfach nichts getan.«

»Ich konnte das Risiko nicht eingehen, Glenn noch einmal in mein Leben zu lassen«, gab Megan zu. »Nach meinem Verschwinden und Umzug nach Seattle habe ich festgestellt, dass ich schwanger war. Von dem Augenblick an musste ich nicht nur mich beschützen. Ich musste auch meinen Sohn beschützen.«

Mit offenem Mund starrte Candy sie an. »Du hast ein Baby bekommen? Ist das Kind von Glenn?«

Megan nickte. »Und was meinst du wohl, was für eine Art von Vater er abgegeben hätte? Wie, meinst du, wäre er mit einem Säugling umgegangen, der Blähungen hatte, oder mit einem Zweijährigen in der Trotzphase? Er war ein dermaßen *liebevoller und fürsorglicher Gatte*. Wie hätte er sich da wohl deiner Ansicht nach einem Kind gegenüber verhalten, das Tag und Nacht versucht, seine Grenzen auszutesten? Ich konnte nicht einmal riskieren, dass Glenn *bedingtes* Sorgerecht bekam.« Sie stieß einen langen, zittrigen Seufzer aus. »Und die Ironie an dem Ganzen ist, dass er ihn jetzt entführt hat. Jetzt hat er das *Sorgerecht* für Josh. Das ist mein Sohn, Josh. Er ist vierzehn. Samstagnacht ist jemand in unser Haus eingebrochen. Mich haben sie zusammengeschlagen und sind mit Josh auf und davon ...«

Candy schüttelte den Kopf. »Nicht Glenn, der ... der würde ...«

»Sieh mich an. Verschließt du immer noch die Augen vor der Wahrheit? Kannst du die Blutergüsse auf meinem Gesicht nicht sehen? Megan wedelte mit ihrer bandagierten Hand vor ihrem Gesicht hin und her. »Nach dem hier hast du mich noch gar nicht gefragt, Candy! Er hat mir einen Finger abgeschnitten, verdammt noch mal. Sie mussten ihn mir im Krankenhaus wieder annähen. Das hat *er* mir angetan – oder er hat jemanden angeheuert, damit der mir das antat. Er hat mir meinen Sohn gestohlen und keinen Zweifel daran gelassen, dass er Josh töten wird, wenn ich zur Polizei gehe oder mit irgendjemandem darüber spreche. Schon damit, dass ich mit dir rede, setze ich das Leben meines Sohnes aufs Spiel. Ich weiß, dass Glenn jemanden hat, mit dem er zusammenarbeitet, von dem er mich beobachten lässt. Hat Glenn bei seinem Anruf oder in einer seiner Textmitteilungen angedeutet, dass er sich mit irgendjemandem trifft?«

Candy zuckte hilflos mit den Achseln. »Nein. Tut mir leid. Er – er hat am Telefon nicht erwähnt, warum er nach Seattle gekommen ist. In seiner gestrigen SMS hat er geschrieben, er wüsste, dass die Polizei nach ihm sucht, dass er das aber bald alles aufklären würde. Anschließend hat er mich noch einmal daran erinnert, niemandem zu sagen, dass er hier ist.«

»Warst du in der Lage, ihn zurückzurufen oder ihm deinerseits eine SMS zu schicken?«

»Getextet habe ich, ja. Angerufen habe ich ihn nicht. Ehrlich gesagt will ich nicht mit ihm reden, echt nicht.«

»Du kommunizierst aber mit ihm«, hakte Megan nach.

»Ja, aber in welchem Maße, das habe ich dir ja gerade erklärt.« Sie rieb sich die Augen. »Ich hatte echt keine Ahnung, was hier abgeht. Ich kapier das immer noch nicht richtig. Das ist total irre …«

Megan griff nach dem Arm ihrer Nichte. »Hör zu, Candy, du musst mir dabei helfen …«

»Jesus, nein, ich will nichts mit dieser Sache zu tun haben.«

»Bitte! Hilf mir, Glenn zu finden – und meinen Sohn. Außer dir kommt niemand an ihn heran. Du bist der einzige Mensch, der das schafft.«

»Tante Lisa, wenn das so gefährlich ist, wie du behauptest ...«

»Ich bitte dich hier lediglich, einen Anruf bei ihm zu tätigen«, fuhr sie fort. »Wir – wir müssen das einfach so organisieren, dass er bereit ist, sich irgendwo mit dir zu treffen. Du brauchst dich da gar nicht blicken zu lassen. Ich werde dort warten, bis er kommt, und ihm dann zu dem Ort folgen, an dem er wohnt. Ich muss herausfinden, wo er meinen Sohn gefangen hält.«

Candy schüttelte den Kopf. »Warum bist du so sicher, dass Glenn ihn gekidnappt hat? Ich meine, bist du hundertprozentig sicher, dass er hinter der Entführung steckt?«

»Hier«, sagte Megan und hielt Candy ihre Handtasche hin. »Könntest du mir die aufhalten? Das fällt mir irgendwie schwer mit meiner Hand.«

Candy kam der Bitte nach. Megan durchwühlte ihre Handtasche, bis sie den Umschlag fand, in den sie das Foto gesteckt hatte. »Du hast gesagt, Glenn hätte dir aus dem Gefängnis geschrieben. Erinnerst du dich an seine Handschrift?« Sie reichte Candy das Foto mit Glenns Nachricht auf der Rückseite.

»Ja, das ist seine Schrift«, hauchte sie, eindeutig verwirrt von der Nachricht. Dann drehte sie das Foto um und sah Josh, ohne Hemd, erschöpft, zu Tode verängstigt, dem jemand ein Messer an die Kehle hielt. Candy schnappte nach Luft.

»Das ist mein Sohn, das ist Josh«, sagte Megan. »Bitte, Kleines, hilf mir ... bitte!«

Candy wollte immer noch nicht mit Glenn sprechen. »Ich würde die Nerven verlieren, kein Wort mehr herausbekommen, und dann vermassele ich alles«, meinte sie. »Da texte ich ihm lieber. Und noch etwas: Du hast zwar gesagt, dass ich mich da nicht blicken lassen muss, Tante Lisa, aber noch lieber wäre mir, ihn gar nicht erst um ein Treffen zu bitten. Kannst du dir da nichts anderes einfallen lassen?«

Sie saßen im Pausenraum für die Angestellten, der von der Größe her eher ein Kämmerchen war. Der Schreibtisch war fest eingebaut. Darauf stand ein Telefon und darüber hingen Regale an der Wand, auf denen große braune Kisten standen, die mit Aufschriften wie *Weihnachtsdekorationen*, *Quittungen* und *Bürobedarf* gekennzeichnet waren. Der heiße, fensterlose Raum befand sich hinter dem Anbau, in dem das Glas geblasen wurde – und gleich neben der Personal-Toilette. Unter dem Schreibtisch standen ein alter Tresor und ein kleiner Kühlschrank; außerdem gab es zwei Stühle, auf denen sie jetzt saßen, und an der Wand waren nebeneinander einige Haken für Mäntel, Jacken und Handtaschen. Ein kleiner Ventilator, der an der rechten Außenkante des Schreibtisches stand, verschaffte nur minimale Erleichterung gegen die stehende Hitze – die von den Öfen im angrenzenden Raum verursacht wurde. Außer einem Kalender hingen ein paar Cartoons aus dem *New Yorker* an der Wand, die jemand ausgeschnitten und mit Tesafilm auf den Backstein geklebt hatte.

Sie hatten einen Kugelschreiber, etwas Papier und Candys Handy vor sich auf dem Schreibtisch liegen. Megan schrieb ihr auf, was sie texten sollte, und Candy tippte das Ganze dann in ihr Telefon:

Onkl G: 1 Mann kam i/d Laden & ht n/d gefrgt. Er sgt, Tnte Lisa lebt noch. Er ht sie gesehen & Dinge, die die Polizei interessant fände. Er wll sich m/d treffen. 0 Ktaktdten. Er wrd mich um 11:30 wg weiterer Dtails anrfen, wenn du ok bist m/d Treffen. Wenn ncht, wrd er sich heute m/d Polizei untrhltn. Wrum ght es da? Ws mache ich jtzt? CanD

Candy schickte die SMS ab, und danach warteten sie darauf, dass Glenn antwortete. Candys Handy ließen sie vor sich auf dem Schreibtisch liegen.

Megan war keine Expertin im Texten und verstand die Kurzschrift kaum, die Candy benutzt hatte. Sie fragte sich, wie Glenn nach vierzehn Jahren hinter Gittern im Hinblick auf solche Dinge auf dem neuesten Stand sein konnte. Candy beharrte jedoch darauf, dass die Texte, die er ihr geschickt hatte, von jemandem geschrieben worden seien, der dieser Sprache mächtig zu sein schien.

Candy und sie stellten fest, dass sie einander nach fünfzehn Jahren nur noch sehr wenig zu sagen hatten. Andererseits waren sie beide nervös und angespannt und warteten im Grunde nur darauf, dass das Handy klingelte. Candy erzählte, ihre Eltern seien kurz nach dem Prozess nach Scottsdale gezogen, um sich ihrer traurigen Berühmtheit und etwaigen Repressalien zu entziehen. Sie hatte in Denver die Kunstakademie besucht und war sechs Jahre mit Chad Blanco – ebenfalls ein Glasbläser – verheiratet gewesen, bevor sie sich gütlich voneinander getrennt hatten. Vor zwei Jahren war sie dann nach Seattle gezogen. Sie lebte allein in einer Mietwohnung, einer geräumigen Dachwohnung in Fremont, die keine drei Meilen von dem Haus an der Eastlake Avenue entfernt lag, in dem Megan und Josh wohnten. Sie schätzten, dass sich ihre Wege mehrmals gekreuzt, sie einander nur nicht erkannt hatten.

Es fiel Megan äußerst schwer, sich auf ihre Unterhaltung zu konzentrieren. Unentwegt schaute sie auf Candys Handy und hoffte, es würde endlich klingeln. Außerdem ging ihr durch den Kopf, dass sie außer einem uralten Sprühfläschchen mit Pfefferspray nichts in ihrer Handtasche mit sich führte, mit dem sie sich hätte zur Wehr setzen können. Selbst eine ihrer Hände war zu nichts zu gebrauchen.

»Das ist eine schöne Galerie«, sagte Megan. »Aber in dieser Gegend haben sie doch bestimmt immer Angst vor Raubüberfällen. Haben sie … haben sie vielleicht zufällig eine Waffe hinter dem Verkaufstresen oder so?«

Candy legte die Stirn in Falten. »Worauf willst du hinaus?«

Megan sah ihr fest in die Augen. »Ich frage, ob es in diesem Laden eine Waffe gibt, die ich mir ausborgen könnte.«

»Hast du je mit einer Waffe auf etwas geschossen?«

»Nein, aber ich will nicht mit leeren Händen dorthin gehen«, erwiderte Megan. »Ich würde mich erheblich besser fühlen, wenn ich heute eine bei mir hätte.«

Candy schüttelte den Kopf. »Also, wir haben keine Waffe im Laden. Und selbst wenn wir eine hätten, würde ich sie dir nicht geben – nur damit du auf meinen Onkel schießen kannst.«

Megan schaute auf die Tischplatte. »Entschuldige. Ich hätte das nicht fragen dürfen. Ich war …«

Sie verstummte, denn Candys Handy läutete. Megan schaute auf ihre Armbanduhr. Es war 11:15 Uhr; vierzig Minuten waren vergangen, seit Candy Glenn die Nachricht geschickt hatte.

Das zweite Läuten des Handys brach mittendrin ab, und

das Gerät schaltete auf ›TEXT‹. Megan schaute auf den Bildschirm des Telefons und versuchte zu entziffern, was da stand:

CanD: wie sah Dr. Mann aus? Es ist wichtig, dss ich 1 Bschrbung von ihm hbe. Wnn er anrft o txtet, lass dir seine Nr geben. Sag ihm, ich trffe mich m/ihm. Wo bist du? Texte o ruf an, sbld du von ihm hrst. Dnke. Onkl G.

»Ich bin SMS-mäßig wohl etwas behindert«, gab Megan endlich zu. »Was steht da?«

»Er will wissen, wie der Mann ausgesehen hat«, erklärte Candy. »Er braucht eine Beschreibung. Und er will die Telefonnummer des Mannes, falls er anruft. Er fragt, wo ich bin. Dann sagt er, ich soll ihn anrufen oder ihm texten, sobald ich wieder von dem Typen höre. Was sage ich ihm denn jetzt?«

Megan schaute auf den Wandkalender – er war von einem Glaskunst-Atelier in England. Das Foto für September zeigte einen attraktiven, muskulösen Schwarzen, der um die dreißig Jahre alt war und eine traumschöne tiefblaue Glasschale in Form brachte.

»Schreib Glenn, dass der Mann ein Schwarzer und um die dreißig ist – ohne Bart und athletisch gebaut«, sagte Megan. »Als du ihn gesehen hast, trug er eine Wollmütze. Schreib ihm ferner, der Typ hätte erst vor wenigen Minuten angerufen, und seine Nummer habe keine Anruferkennung. Sag ihm, dass der Mann sich um dreizehn Uhr mit ihm treffen will, an der Donut-Skulptur vor dem Asian Art Museum im Volunteer Park auf dem Capitol Hill. Wenn er nicht auftaucht oder jemand anderen losschickt, statt selbst zu kommen, wird der Mann zur Polizei gehen.«

Candy biss sich auf die Unterlippe, während ihre Daumen

die kleine Tastatur bearbeiteten, die sich aus ihrem Telefon herausziehen ließ. »Was antworte ich ihm denn auf seine Frage, wo ich bin?«, wollte sie wissen.

»Sag ihm, dass du hier in der Galerie bist und nicht wegkannst. Hier müsstest du in Sicherheit sein – solange du andere Leute um dich hast.« Sie legte ihre Hand auf Candys Arm. »Frag ihn noch einmal, was das Ganze zu bedeuten hat. Ich will ihm eintrichtern, dass du mit dieser Sache absolut nichts zu tun hast. Du leitest hier lediglich Nachrichten weiter. Je dümmer du dich stellst, desto besser.«

»Das ist mir nur recht«, murmelte Candy und trommelte neuerlich mit den Daumen auf die Tastatur ein. Endlich war sie fertig und hielt Megan das Handy hin. »Ist das so okay?«

Für Megans Augen sah das Ganze wie ein einziges Kauderwelsch aus, doch wichtig war, dass Candy den Treffpunkt nicht abgekürzt hatte: 13:00 Uhr neben der Donut-Skulptur am Asian Art Museum im Volunteer Park, Capitol Hill.

Megan nickte und klopfte ihr auf die Schulter. »Danke. Schick sie ab.«

Megan notierte sich Glenns Handynummer. Dann tauschten Candy und sie Telefonnummern aus. Megan stand auf. »Ich werde mich in etwa zwei Stunden wieder bei dir melden.«

Candy schaute zu ihr auf. »Du fährst da jetzt hin und wartest auf ihn …?«

Nickend griff Megan nach ihrer Handtasche. »Wünsch mir Glück.«

»Warte«, hielt Candy sie auf. Sie schob ihren Stuhl nach hinten und kauerte sich unter dem Schreitisch vor den alten Tresor. Sie verzog den Mund, während sie die Kombination eingab, was ein paar Sekunden dauerte. Dann zog sie am Griff der Tresortür und öffnete sie. Sie holte einen Revolver aus dem Safe und gab ihn Megan. »Du hast recht. Den nimmst du besser mit.« Sie zeigte mit dem Finger auf einen kleinen Hebel neben dem Abzug. »Das ist der Sicherungshebel. Er ist vorgelegt. Und die Waffe ist geladen. Ich glaube nicht, dass das Ding je von jemandem gereinigt oder dass je daraus geschossen wurde. Seit ich hier arbeite, liegt das Teil in diesem Tresor.«

Megan sah sich die Waffe ganz genau an. Sie spürte, wie sich ihr der Magen zusammenkrampfte. »Ich werde sie dir so schnell wie möglich zurückbringen«, flüsterte sie. Dann steckte sie den Revolver in die Seitentasche ihres Sweatshirts. Sie nahm ihre Nichte in die Arme. »Danke, Kleines.«

Candy gab ihr einen Kuss auf die Wange. »Ich hoffe, dass ich meinen Cousin Josh sehr bald kennenlernen werde.«

Zehn Minuten später kletterte Megan wieder hinter das Steuer des Ford Taurus. Auf dem waren keine Aufkleber von Destination Rent-a-Car, und er hatte Washingtoner Nummernschilder. Das Fahrzeug würde zwischen den anderen Wagen, die auf der Straße vor dem Asian Art Museum im Volunteer Park parkten, nicht auffallen.

Auf der Uhr am Armaturenbrett war es 11:44 Uhr. Sie würde etwa eine Viertelstunde brauchen, um von hier aus zum Park zu gelangen – vorausgesetzt, es herrschte normaler Verkehr. Damit blieb ihr eine Stunde fürs Sitzen und Warten, was in Ordnung war. Sie wollte früh dran sein für dieses Rendezvous mit ihrem Noch-Ehemann.

Vorsichtig zog Megan die Waffe aus der Seitentasche ihres Sweatshirts – genau genommen war es ja eine Sweatjacke, aber für Megan bestand da kein nennenswerter Unterschied – und versteckte sie unter dem Sitz.

Dann ließ sie den Motor an.

Kapitel zwanzig

Mit dem Fuß schob Candy den Türstopper aus Gummi unter den Unterrand der Tür. So blieb die Hintertür einen Spaltbreit geöffnet, während sie in der Gasse eine weitere Zigarette rauchte. Sie war immer noch ein bisschen zittrig wegen der Dinge, die sich im Verlauf der letzten Stunde herausgestellt hatten – angefangen damit, dass ihre Tante Lisa von den Toten auferstanden war. Sie fragte sich, ob Glenn tatsächlich auf ihren Trick hereingefallen war, mit dem sie ihn aus seinem Versteck locken wollte. Candy hatte allerdings vor etwa zwanzig Minuten eine SMS von ihm bekommen:

> Wn diesr Typ wiedr anrft, sg ihm, ds ich mch da m/i
> treffe, wo er ist. Ich weiß auch ncht, wrum es b/dm
> Ganzen ght. Wr wrden shen. Du hst nmandm erzhlt,
> dss ich in Seattle bin, odr? Danke f/d Hilfe.
> Ich rfe dch spter an. G.

Um ihm seine Frage zu beantworten, hatte sie ihm eine SMS geschickt, in der sie schrieb, nein, sie habe niemandem erzählt, dass er in Seattle sei und dass sie bald miteinander reden würden.

Insgeheim hoffte Candy, dass sie vorher mit Lisa sprechen würde – und dass ihr Onkel Glenn bereits wieder in Polizeigewahrsam war, wenn sie das nächste Mal miteinander korrespondierten. Seit er sie am vergangenen Mittwoch aus heiterem Himmel angerufen hatte, war sie nervös. Dass der Anruf geheim gehalten werden musste – und die Textmitteilungen, die dem Anruf gefolgt waren, in denen er immer wieder geschrieben hatte, dass er sich bald mit ihr treffen würde –, hatten sie nur noch nervöser gemacht. Sie hatte seine Vorträge über Loyalität innerhalb der Familie und dass man, gleichgültig, was geschieht, zusammenhalten müsse, glauben wollen. Ein Teil von ihr hatte gewollt, dass er ihr verzieh. Da war aber auch noch ein anderer Teil in ihr, und der traute diesem Ehefrau verprügelnden Hurensohn nicht – ob er nun zur Familie gehörte oder nicht.

Dann hatte Lisa ihr das Foto ihres Sohnes mit Glenns Botschaft auf der Rückseite gezeigt, und da hatte Candy gewusst, dass all ihre Ängste im Hinblick auf ein Wiedersehen mit ihrem Onkel berechtigt gewesen waren. Sie wollte nicht mehr, dass er ihr verzieh. Sie wollte ihn einfach nicht mehr in ihrem Leben haben. Er gehörte zurück ins Gefängnis.

Sie zündete sich ihre Zigarette an und lehnte sich mit dem Rücken gegen die Ziegel der Türnische. Falls ihre Tante anrief, wollte sie das auf keinen Fall verpassen, und so hatte Candy ihr Handy mit nach draußen genommen. Es steckte in der großen Stofftasche, die über ihrer Schulter hing. Normalerweise nahm sie ihre Handtasche nicht mit, wenn sie für eine Zigarettenpause herkam. Es trieben sich in dieser Gasse zu viele Obdachlose herum, die alle knapp bei Kasse waren. Die meisten waren harmlos, doch wenn sie die Handtasche sahen, kamen sie an und wollten Geld schnorren. Sie steckte den Kopf aus der Nische und schaute in die Gasse, zuerst nach rechts, dann nach links. Es hatte aufgehört zu regnen – einstweilen zumindest. In der Gasse sah sie niemanden, nur auf der einen Seite, so etwa zwei Geschäfte weiter unten, blockierte ein silberfarbenes SUV die Ausfahrt.

Candy zog an ihrer Zigarette und schaute auf ihre Armbanduhr. Es war gleich Viertel nach zwölf. Ihre Tante hielt sich jetzt vermutlich schon irgendwo im Volunteer Park versteckt und wartete auf ihn.

Quietschend öffnete sich die Tür hinter ihr, und Candy drehte sich um. Sie starrte in das Gesicht ihres Kollegen Ethan, eines schmerzhaft dünnen, mit Tätowierungen übersäten Jungen, der Mitte zwanzig war und aussah wie ein Möchtegern-Punk-Rockstar. Er hielt ihr die Tür auf. »He, Candy, da ist ein Anruf für dich.«

Sie hatte bisher nur zweimal an ihrer Zigarette gezogen. Widerwillig warf sie das gute Stück in eine Regenpfütze auf den Asphalt und folgte Ethan in die Galerie. »Weißt du, wer dran ist?«, fragte sie ihn.

Ethan schüttelte nur den Kopf.

Candy zupfte nervös an ihrem Pferdeschwanz herum und lief in den Pausenraum. Wenn man von den paar Anrufen absah, die sie in der vergangenen Woche nach der Nachrichtensendung erhalten hatte, riefen Leute sie nur äußerst selten auf der Arbeit an. Tante Lisa hatte sich ihre Handynummer notiert, nicht ihre Durchwahl in der Galerie. Im Pausenraum lag der Telefonhörer auf dem Schreibtisch, und die Durchwahltaste leuchtete. Sie schloss die Tür des Pausenraums hinter sich, trat an den Schreibtisch und nahm den Hörer in die Hand.

»Hallo?«

Sie erhielt keine Antwort.

»Hallo?«, meldete Candy sich noch einmal.

Immer noch nichts.

»Tante …?« Sie sprach nicht weiter. Candy lauschte der Stille am anderen Ende der Leitung.

Im nächsten Moment hörte sie ein Klicken.

Sie spürte, wie sich ihr die Nackenhaare aufstellten. Sie drückte mit dem Finger auf die Gabel und beendete damit das Gespräch; gleich darauf versuchte sie es mit Stern neunundsechzig. Nach einem Läuten ertönte die Ansage: *»Die Rufnummer des letzten Anrufers ist nicht gelistet ...«*

Candy biss sich auf die Unterlippe und legte auf. Sie verließ den Pausenraum und erblickte Ethan, der neben dem kleineren Brennofen seiner Arbeit nachging. »He, diese Person, die da gerade für mich angerufen hat«, fragte sie so laut, dass es das Dröhnen der Öfen übertönte, »war das ein Mann oder eine Frau?«

Er balancierte gerade eine Stange, erhitzte seine jüngste Kreation über dem Feuer. »Was ist passiert? Hat er aufgelegt?«

»Ja«, erwiderte Candy. »Heißt das, dass es ein Mann war?«

Ohne den Blick von seiner Arbeit zu wenden, nickte Ethan. »Mach dir keine Sorgen, der ruft wahrscheinlich wieder an. Ich wette, dass ist irgend so ein Kerl, der dich letzte Woche im Fernsehen gesehen hat.«

Ein paar Sekunden lang sagte Candy gar nichts. Der Ofen fing an, laute Klopfgeräusche von sich zu geben, was er hin und wieder gern mal tat. Manchmal ging das dann minutenlang so. Candy nahm an, dass das Ding eines schönen Tages explodieren und die Galerie und jeden, der darin war, in die Luft jagen würde.

»Du, ich gehe noch mal zum Rauchen nach draußen«, sagte sie so laut zu Ethan, dass es den Lärm übertönte. »Ich habe an der letzten Zigarette gerade zweimal gezogen. Wenn der Typ noch mal anruft, notier dir bitte seinen Namen, okay?«

Verwirrt nickte Ethan und befasste sich weiter mit dem Brennen seiner Glaskreation.

Candy verzog sich wieder nach draußen in die Gasse, doch als sie versuchte, den Türstopper unter die Tür zu schieben, rutschte er über die Türschwelle, und die Tür schlug zu. Das Schloss war so eingestellt, dass es sich automatisch verriegelte. »Scheiße«, brummte Candy.

Sie fing an, ihre Handtasche nach ihren Schlüsseln zu durchforsten, fand aber zuerst ihre Winstons. Also beschloss sie, zunächst mal eine zu rauchen und anschließend nach den Schlüsseln zu suchen. Mit dem Rücken zur Gasse kauerte sie sich in den Türeingang, um sich die Zigarette anzuzünden. Sie inhalierte den ersten, so befriedigenden Zug und atmete den Rauch langsam wieder aus. Da fiel plötzlich ein Schatten über sie. Candy drehte sich so hastig um, dass sie die Zigarette fast hätte fallen lassen.

Ein geisteskrank aussehender Obdachloser mit einem völlig verdreckten graubraunen Vollbart und einer blutigen Kratzwunde auf der knolligen Nase gaffte sie an. Blöderweise stand er so vor dem Türeingang, dass sie nicht an ihm vorbeikam. Er trug eine Wollmütze und eine zerfetzte tarnfarbengrüne Army-Jacke. »He, Mädel, hast du davon noch eine?«, fragte er und streckte dabei seine dreckige, verschwielte Hand nach ihrer Zigarette aus.

Schnell schüttelte Candy den Kopf. »Tut mir leid, das ist meine letzte«, log sie. »Und Geld habe ich auch nicht bei mir.«

Er nickte. »Gott schütze dich«, meinte er dann und trottete davon.

Candy hasste es, wenn Obdachlose oder Straßenkinder, die um Geld bettelten, »Gott schütze Sie« oder »Ich wünsche Ihnen einen schönen Tag«, sagten, nachdem sie sich geweigert hatte, ihnen Geld zu geben. Sollte das Schuldgefühle bei ihr auslösen? Das war reine Manipulation. Sie wünschte, sie würden in diesen Fällen gar nichts sagen.

Candy drehte sich wieder zur Tür, steckte die Zigarette in den Mund und fing an, in ihrer Handtasche nach den Schlüsseln zu suchen. War die Hintertür angelehnt, konnte sie immer schnell flüchten, wenn sich ihr irgendein Fiesling in der Gasse näherte. Im Moment hätte sie so viel gegen die Tür hämmern können, wie sie wollte, denn wegen dieses dämlich lauten Ofens hätte das keiner ihrer Kollegen gehört. Sie hoffte, die verdammten Schlüssel überhaupt zu finden.

Wieder huschte ein dunkler Schatten durch die schmale Gasse, und sie konnte spüren, dass lauernd jemand hinter ihr stand. Sie konnte nicht fassen, dass dieser Obdachlose noch einmal wiedergekommen war, um sie erneut zu belästigen.

Verärgert nahm sie die Zigarette aus dem Mund und drehte sich um. »Hören Sie, ich habe Ihnen doch schon gesagt, dass das hier meine letzt…«

Sie verstummte. Vor ihr stand nicht der Obdachlose. Die Zigarette rutschte ihr aus den Fingern und fiel auf den Boden.

Ihr blieb keine Zeit zu reagieren, keine Zeit zu schreien. Mit einem Griff packte er sie bei der Kehle.

Mit Wucht schubste er sie. Candy war völlig hilflos und dachte, ihr Genick würde brechen. Sie spürte, wie er sie von den Füßen hob. Er warf sie gegen die Tür. Sie schlug mit dem Hinterkopf dagegen.

Der Griff um ihren Hals wurde immer fester. Candy konnte nicht mehr atmen. Sie krallte sich an seine Hand, versuchte, sie zu kratzen, doch plötzlich hatte sie überhaupt kein Gefühl mehr in den Armen. Sie fielen an den Seiten herunter. Hilflos sah sie mit an, wie er die andere Hand hob. Darin hielt er etwas, das aussah wie ein kleiner Baseballschläger.

»Sag Onkel«, flüsterte er.

Das war das Letzte, was Candy hörte – danach hörte sie nur noch den lauten Knall, der davon verursacht wurde, dass er ihr dieses Ding auf den Schädel schlug.

In gekrümmter Haltung und mit der Kapuze ihres Sweatshirts über dem Kopf saß Megan hinter dem Steuer des Ford Taurus. Sie hatte inmitten einer Reihe anderer Wagen einen Parkplatz gefunden, gleich hinter der Donut-Skulptur im Volunteer Park. Dort sollte Glenn sich mit diesem unbekannten Mann treffen. Die tiefschwarze Donut-Skulptur hieß in Wahrheit *Black Sun*. Megan hatte das nachgelesen, als sie vor einer Stunde kurz aus dem Wagen gestiegen war, um sich die Beine zu vertreten. Die Information stand auf einer Tafel, die auf dem langen Steinpodest der Skulptur angebracht war. Ein paar Kinder rannten auf dem Podest herum, und trotz des Regens saß ein Pärchen am Rand und war in eine Unterhaltung vertieft. Der Donut befand sich etwa in der Mitte zwischen dem ausladenden und imposanten Art-déco-Bau des Asian Art Museums und einem Stausee. Hinter dem Stausee bot sich einem ein grandioser Blick auf die Skyline von Seattle, die Olympic Mountains, die Elliott Bay – und das Herzstück bildete die Space Needle.

Megan war nur wenige Minuten umherspaziert. Sie konnte nicht riskieren, dass Glenn früher kam und sie sah. Sie hatte sich nur wieder kurz mit der Anlage vertraut machen müssen, dem Umfeld, den besten Verstecken und den verschiedenen Wegen, die aus dem Park herausführten.

Es waren genug Menschen und Autos unterwegs, um darin unterzugehen. Baumgruppen auf beiden Seiten der Skulpturengärten boten Schutz für den Fall, dass sie aus dem Wagen steigen musste, um Glenn besser sehen zu können.

Als sie wieder hinter dem Steuer saß, kontrollierte Megan im Rückspiegel den Verkehrsfluss auf der Parkstraße hinter ihr. Glenn würde vermutlich nicht auffallen, dass sie ihm folgte, erst recht nicht, wenn sie sich ein, zwei Wagen hinter ihm hielt.

Es wurde ein Uhr, und nichts geschah. Immer und immer wieder suchte sie unter den Autos nach einem silberfarbenen SUV. Zweimal griff sie unter den Fahrersitz, um sich davon zu überzeugen, dass der Revolver immer noch dort lag. Nach wie vor kauerte sie hinter dem Steuer, denn sie hatte Angst, er könne sie sehen, wenn sie noch einmal aus dem Wagen stieg. Vielleicht versteckte er sich ja auch. Wenn Glenn Candys Nachricht ernst genommen hatte, würde er sich bemühen, pünktlich hier zu erscheinen.

Um 13:15 Uhr erblickte Megan einen Mann, der aus einem schwarzen Honda Accord stieg. Er trug eine Sonnenbrille und einen dunkelblauen Regenmantel mit Kapuze – genau wie sie. Versuchte er auch, unerkannt zu bleiben? Sie konnte sein Gesicht nicht richtig sehen. Es hätte Glenn sein können, aber sie war sich nicht sicher. Mit den Händen in den Manteltaschen marschierte er zu der Donut-Skulptur und wartete zehn Minuten. Megan sah dabei zu, wie die Sekunden auf ihrer Armbanduhr dahintickten. Sie wünschte, sie wäre nicht so weit von ihm entfernt gewesen, damit sie sein Gesicht hätte sehen können. Und es wäre hilfreich gewesen, sich das amtliche Kennzeichen dieses Honda Accord zu notieren. Sie nahm an, dass sie das Nummernschild besser würde sehen können, wenn sie dem Wagen aus dem Park folgte.

Megan spürte, wie sich ihr der Magen zusammenkrampfte. Sie hatte vor, sich hinter dem Accord zu halten, bis er zu seinem »Stützpunkt« zurückgekehrt war. Sie wollte das Haus auskundschaften und sich ein Urteil darüber bilden, ob man

Josh dort gefangen hielt. Gelangte sie zu dieser Schlussfolgerung, wollte sie die Polizei rufen. Obwohl sie die Waffe hatte, wollte sie Josh keinem Risiko aussetzen, indem sie einfach dort hineinstürmte. Die Polizei würde besser wissen, wie man in einem solchen Fall vorging. Die Behörden einzuschalten, bedeutete allerdings, zuzugeben, dass sie ihren Noch-Ehemann all die Jahre im Gefängnis hatte verrotten lassen. Sie würde in riesige Schwierigkeiten geraten. Aber das interessierte sie nicht – wenn sie nur Josh retten konnte.

Wieder schaute sie auf ihre Armbanduhr – es war kurz nach 13:30 Uhr. Der Mann wartete immer noch. Megan wollte gerade aus dem Wagen steigen, damit sie einen besseren Blick auf sein Gesicht bekam. Doch genau in diesem Moment lief ein untersetzter Mann mit schütter werdendem Haar auf ihn zu und sprach ihn an. Die beiden unterhielten sich eine Weile. Sie wusste nicht, ob sie Freunde waren, es um etwas Geschäftliches ging oder irgendeine Form der Anmache war. Doch was immer es war: Es hatte nichts mit ihr zu tun – und auch nicht mit Glenn. Die beiden stiegen zusammen in den Honda Accord und fuhren weg.

»Verdammt«, brummte sie. Sie stieg aus dem Wagen und schaute sich verzweifelt um. Sie musste sich davon überzeugen, dass sie Glenn nicht übersehen hatte. Fünfundvierzig Minuten nach der vereinbarten Zeit war es wohl offiziell: Er würde nicht kommen. Megan zog ihr Büro-Handy aus der Tasche und rief ihre Nichte an. Vielleicht hatte Glenn Candy eine weitere SMS geschickt.

Megan stand da, mit dem Telefon am Ohr, zählte unruhig mit, wie häufig es durchläutete, und als die Ansage ertönte, wurde ihr angst und bange: *»Hi, hier spricht Candy. Wenn du diese Ansage hörst, bin ich entweder wild damit beschäftigt, Glas zu blasen oder Dampf abzulassen! Sprich mir eine Nach-*

richt aufs Band und bitte: Keine Witze übers »Blasen«, okay?« Sie kicherte, und im nächsten Moment kam der Piepton.

»Candy, hier ist Lisa«, sagte sie. »Ruf mich bitte sofort an, wenn du diese Nachricht hier bekommst. Ich bin im Park, und er ist eine Dreiviertelstunde zu spät. Er kommt nicht. Ich glaube nicht, dass er den Köder geschluckt hat. Hat er dich angerufen oder eine SMS geschickt? Ich wäre heilfroh, wenn du abnehmen würdest, denn jetzt mache ich mir um dich Sorgen. Bleib schön in der Galerie, okay? Dahin fahre ich jetzt. Ruf mich an.«

Megan klickte das Gespräch weg, warf einen letzten Blick in Richtung *Black Sun* und stieg dann wieder in den Wagen. Auf der Rückfahrt vom Park zum Pioneer Square schaute sie immer wieder in den Rückspiegel, um sich davon zu überzeugen, dass ihr niemand folgte. Wenn Glenn wusste, dass sie ihn hatte überlisten wollen, hatte er den Spieß möglicherweise umgedreht und sich ihr an die Fersen gehängt. Ihr fiel kein einziger Wagen auf, der sich kontinuierlich hinter ihr hielt. Sie sah auch kein silberfarbenes SUV. Je mehr sie sich der Innenstadt und dem Pioneer Square näherte, desto dichter und zäher wurde der Verkehr. Megan war dermaßen frustriert, dass sie sich zurückhalten musste, nicht ständig auf die Hupe zu drücken. Sie überprüfte ihr Handy, um sicherzugehen, dass es eingeschaltet war.

Irgendetwas stimmte nicht, das spürte sie. Seit sie Candy angerufen hatte, war über eine halbe Stunde vergangen, und ihre Nichte hatte sich immer noch nicht bei ihr gemeldet.

Endlich erreichte sie den Pioneer Square und stellte den Wagen wieder auf dem gleichen Parkplatz ab, gleich gegenüber vom Smith Tower. Sie erwog zunächst, die Waffe mitzunehmen, entschied dann aber doch, sie unter ihrem Sitz liegen zu lassen. Sie sprang aus dem Wagen, verriegelte hinter sich die Tür und fing an, in ihrer Handtasche nach Geld zu suchen, mit dem sie den am Außenrand des Parkplatzes stehenden U-Pay-Automaten füttern konnte. Der Tragegurt der Handtasche hing über ihrem linken Handgelenk. Sie hatte sich immer noch nicht daran gewöhnt, alles nur mit einer Hand zu machen.

Ihr Handy läutete. Megan griff sofort danach und schaute auf den kleinen Bildschirm. Die Anruferkennung zeigte Candys Nummer an. Megan nahm das Gespräch entgegen. »Hallo? Candy?«

Am anderen Ende der Leitung vernahm sie ein schrilles Quietschen. Um trotz des Verkehrslärms etwas hören zu können, hielt Megan sich die bandagierte Hand vor das andere Ohr. »Candy? Bist du das?«, rief sie.

Als Nächstes vernahm sie ein Klicken. Megan begriff, dass das nicht Candy war, die soeben aufgelegt hatte. Es war wieder dieses kratzige alte Tonbandgerät – das Joshs Entführer benutzte. *»Tante Lisa?«*, schallte Candys Stimme vom Band. Sie klang, als habe sie geweint. *»Tante Lisa, er weiß Bescheid. Glenn ist jetzt hier, bei mir. Wir sind in meiner Wohnung – in Fremont, 1229 Leary Way. Er ... er will, dass du auf der Stelle herkommst. Er sagt, wenn du nicht bis fünfzehn Uhr hier auftauchst, wird er mich umbringen – und seinen Partner anweisen, Josh umzubringen ...«* Candy schnappte auf dem verkratzten Band nach Luft und dann schluchzte sie einige Male. *»Er meint es ernst, Lisa«*, sprach sie schließlich weiter. *»Fünfzehn Uhr, hat er gesagt, keine Minute später. Bitte, beeil dich ... 1229 Leary Way, oberste Etage, Apartment 5D. Es tut mir leid ...«*

Wieder war ein klickendes Geräusch zu hören. Was bedeutete, dass das Tonband sich abgeschaltet hatte. Es war aber immer noch jemand am anderen Ende der Leitung. »Glenn, bist du das?«, fragte sie. »Bist du noch dran? Glenn, warum tust du das? Es geht dir doch um mich, mich willst du haben …«

Sie vernahm ein zweites Klicken. Dieses Mal wusste sie, dass er aufgelegt hatte und niemand mehr am anderen Ende der Leitung war.

Megan drehte sich um und lief hastig zurück zum Wagen. Immer und immer wieder betete sie sich die Adresse vor, während sie den Motor anließ, rückwärts aus der Parklücke und mit quietschenden Reifen vom Parkplatz fuhr. Fremont war gute fünf Meilen entfernt und lag auf der anderen Seite der Stadt. Ihr blieben für die Fahrt weniger als vierzig Minuten. An einem guten Tag dauerte die Fahrt wahrscheinlich zwanzig Minuten. Das hier war bislang allerdings kein guter Tag gewesen.

Megan fuhr an der Elliott Bay entlang Richtung Western Avenue. Sie nahm an, dass das der schnellste Weg nach Fremont war. Obwohl es auf dieser Strecke sehr viele Ampelanlagen gab.

Als sie in die Western Avenue einbog, umklammerte sie das Lenkrad fest mit ihrer guten Hand. Ab und an quietschten die Scheibenwischer über die Windschutzscheibe. Die Straße, die zwischen dem Seattle-Viadukt und den Piers verlief, wurde von Touristen und Fährverkehr verstopft. Es frustrierte Megan, dass sie laut Tacho nie schneller als 25 fahren konnte, und jede verfluchte Ampel, der sie sich näherte, auf Rot sprang. Die Autos vor ihr schienen jedes Mal ewig zu brauchen, bis sie kapiert hatten, dass die jeweilige Ampel auf Grün geschaltet hatte. In einem der Wagen vor ihr saß vermutlich irgendein Idiot, der SMS-Mitteilungen verschickte, an seinem Handy hing oder sich verfahren hatte. Einen anderen Grund konnte es nicht haben, dass alle so langsam fuhren.

Als sie am Fährterminal vorbeifuhr, zeigte die Uhr auf ihrem Armaturenbrett 14:38 Uhr. Zu diesem Zeitpunkt hatte sie noch nicht einmal die Hälfte der Strecke zurückgelegt. Mit Tränen in den Augen drängte sie sich an sämtlichen Touristenecken vorbei. Als die Straße nach einer Biegung in die Elliott Avenue überging, hörte sie das *Klingelingeling* der Bahnschranke. »O Gott, nein, nicht auch das noch«, wimmerte sie. Der Bahnübergang befand sich etwa eine Querstraße vor ihr, und sie erwog, die Wagen vor ihr einfach zu überholen und sich vor Durchfahrt des Zuges an den Schranken vorbeizuschlängeln. Das war aber zu riskant. Sie konnte bereits das laute Tuten des Güterzuges hören, und die Schranken waren schon unten. Also blieb sie in ihrer Fahrspur und hielt genau wie alle anderen an. Drei Wagen standen vor ihr. Trotzdem sah sie, dass der Güterzug so lang war wie vier Häuserblocks und im Schneckentempo vorbeikroch.

Megan versuchte, sich ein wenig zu beruhigen, und atmete ein paarmal tief durch. Sie durchsuchte ihre Tasche, bis sie das Büro-Handy fand. Dann griff sie in die Seitentasche ihres Sweaters und zog den zusammengefalteten Zettel heraus, auf dem sie sich Candys und Glenns Handynummern notiert hatte.

Sie holte noch einmal tief Luft und tippte die Zahlen in das Handy ein. Zum ersten Mal nach fünfzehn Jahren rief sie ihren Ehemann an.

Megan hörte es durchklingeln und sah, dass der vorüberfahrende Zug Fahrt gewann. Die Alarmglocke des Bahnübergangs bimmelte aber immer noch. Trotzdem konnte sie deutlich ein Klicken am anderen Ende der Leitung hören, als ihr Anruf zur Mailbox weitergeleitet wurde. »Ich kann das Gespräch derzeit nicht entgegennehmen«, sagte Glenn auf dem Band. »Hinterlassen Sie eine Nachricht und Ihre Telefonnummer.«

Es war eine neutrale Ansage, und dennoch rumorte es wild in Megans Magen, ganz einfach deshalb, weil sie seine Stimme wieder hörte. Sie wartete auf den Piepton. »Glenn, ich bin's«, sagte sie in ruhigem Ton – dabei hatte sie Mühe, normal zu atmen. »Was tust du? Josh und Candy haben dir nichts getan. Sie sind völlig unschuldig. Lass sie um Himmels willen gehen. Mich willst du. Wenn du so versessen darauf bist, mir wehzutun, gut, halt dich an mir schadlos. Josh und Candy sind unschuldig. Sie sind deine Familie. Es war doch immer dein Reden, wie wichtig die Familie ist. Und jetzt drohst du damit, sie zu töten. Was ist los mit dir, verdammt noch mal? Warum kannst du nicht …«

Ein Piepton schnitt ihr das Wort im Munde ab. Hatte er versucht, das Gespräch entgegenzunehmen, sodass er sie jetzt zurückrufen würde? Sie war sich nicht sicher. Mit dem Telefon am Ohr wartete Megan einen Moment. Dann erklang eine Ansage: »*Wenn Sie einen Anruf tätigen möchten, legen Sie bitte auf und wählen Sie die entsprechende Nummer. Wenn Sie Hilfe benötigen, rufen Sie die Vermittlung an …*«

Sie drückte das Gespräch weg und sah, dass gerade die letzten Waggons des Güterzuges vorüberrollten. Sie stopfte das Handy wieder in ihre Handtasche.

Die Bahnschranken hoben sich, und die Autos setzten sich wieder in Bewegung. Megan nahm die Fifteenth Street – noch so eine lange und belebte Straße mit vier Fahrspuren und mehreren Ampelanlagen. Dieses Mal hatte sie Glück, denn die ersten drei Ampeln standen auf Grün, sodass sie mit etwa 40 m/h über die Kreuzungen preschen konnte. Doch dann geriet sie hinter einen Sattelschlepper, der ihr die Sicht auf alles versperrte, was sonst noch vor ihr war. Sie versuchte, aufs Gas zu treten, um die Fahrspur zu wechseln. Da blieb der Sattelzug plötzlich stehen. Megan stieg voll in die Bremsen.

Die Reifen quietschten auf der glitschig nassen Fahrbahn. Trotzdem schlingerte der Taurus auf die Stoßstange des Sattelschleppers zu. Ihre Handtasche flog vom Beifahrersitz auf den Boden. Nur wenige Zentimeter vom Heck des Schwerlasters entfernt brachte sie ihren Wagen schließlich zum Stehen.

Megans Herz hämmerte wie wild in ihrer Brust. Sie griff nach unten und zog ihr Handy aus dem Wust von Sachen, die aus ihrer Handtasche gefallen waren, und legte es auf den leeren Beifahrersitz. Eine Minute später war sie immer noch nicht zu Atem gekommen, stellte aber fest, dass sich die Wagen in der Fahrspur zu ihrer Rechten wieder in Bewegung setzten. Die Ampel musste umgesprungen sein, doch der Sattelzug rührte sich keinen Millimeter von der Stelle. »Herrgott noch mal, nun komm schon«, wimmerte sie, »bitte!«

Endlich rollte der Schwerlaster ein Stück nach vorn. Fast hätte Megan einem anderen Autofahrer die Vorfahrt genommen, wofür sie ein Hupkonzert und den Stinkefinger bekam, es aber schaffte, sich vor dem Sattelschlepper in den Verkehr einzufädeln. Danach trat sie noch fester aufs Gaspedal, flog förmlich über die Straße und sah, dass die Tachonadel auf über 50 schoss – um einiges mehr, als die Polizei hier erlaubte.

Sie raste über mehrere grüne Ampeln. Dann sah sie etwa einen Straßenzug vor sich das Licht der Ballard Bridge auf Gelb umschalten.

»O nein, die Brücke ...«, jammerte sie und trat noch fester aufs Gaspedal. Die Ampel schaltete in dem Moment auf Rot, in dem Megan sie passierte. Als sie mit überhöhter Geschwindigkeit über das nasse Gitter raste, war ein ohrenbetäubend lautes Dröhnen zu hören, das durch den gesamten Wagen schallte. Das Tor hinter ihr hatte sich bereits gesenkt. Sie fuhr über den Mittelteil der Brücke und sah, dass das Tor vor ihr ebenfalls begann, sich zu senken. Megan umschiffte das Teil. Als sie dabei das Lenkrad zu einer Seite riss, um den Wagen wieder in die Fahrspur zu bringen, fürchtete sie für einen Moment, der Wagen könnte auf die Seite kippen.

Kurz vor der Abzweigung zum Northwest Leary Way verlangsamte sie ihr Tempo, fuhr auf der Fifteenth Street ab und dachte, dass sie jetzt sicher jeden Moment einen Polizisten im Nacken haben würde. Auf der Uhr am Armaturenbrett war es 14:51 Uhr.

Da sie nicht wusste, wo das Haus war, hielt Megan an den Geschäften und Wohnhäusern auf dem Leary Way verzweifelt Ausschau nach Hausnummern. Sie umklammerte das Lenkrad so fest, dass ihre Fingerknöchel weiß hervortraten. Durch das von Regentropfen benetzte Beifahrerfenster erblickte sie die Nummer 1206 über einem Minimarkt. Das war nah genug. Als sie am Straßenrand eine leere Parklücke erblickte, stellte sie den Wagen sofort dort ab.

Sie schaltete den Motor ab, nahm ihr Handy und stopfte es in die Seitentasche ihres Sweatshirts. Dann griff sie unter den Sitz nach dem Revolver.

Er war nicht da. Hektisch tastete sie mit der Hand umher, bekam außer der Unterseite des Sitzes aber nichts zu fassen. Im nächsten Moment ging ihr auf, dass der Revolver vermutlich weggerutscht war, als sie um Haaresbreite mit dem Sattelschlepper kollidiert war. Sie schaute unter dem Armaturenbrett nach, und dort fand sie ihn – gleich neben der Fußbremse. Sie steckte den Revolver in den Bund ihrer Jeans und zog dann die Sweatjacke darüber, damit man ihn nicht sehen konnte.

Die Gegend war leicht exzentrisch, ein ehemaliges Industriegebiet mit neu erbauten Reihenhäusern inmitten recht heruntergekommener Bruchbuden. Megan fiel eine kleine Pizzeria auf, ein Tattoo-Laden und gleich daneben ein ungepflegtes Schaufenster, in dem antike Staubsauger, Fernsehapparate und Stehlampen ausgestellt waren. JODEE'S JUNKTEEKS & APPLIANCE REPAIR stand auf dem leicht verblassten Schild über dem Eingang – und die Hausnummer: 1229. Das Geschäft befand sich im Untergeschoss eines klassisch schmalen Backsteinhauses mit vier Wohnetagen.

Megan überquerte die Straße. Die Haustür war aus Glas und davor war ein kunstvolles Eisengitter. Sie drückte die Tür auf und betrat die Eingangshalle. Eine weitere Glastür führte zu ihrer Linken in das Geschäft, und hinter dem Glas prangte ein in Schönschrift geschriebenes Schild mit den Wörtern: GESCHLOSSEN – BIS SPÄTER – JODEE! Die in Schwarzweiß gehaltenen sechseckigen Fußbodenfliesen waren an manchen Stellen abgeplatzt. Zu ihrer Rechten fiel ihr eine Reihe mit altmodischen Messing-Briefkästen auf und daneben ein Klingelschild mit Namensschildern. *C. Blanco – 5D* stand ganz unten.

Megan beschloss, nach oben zu gehen, ohne sich vorher anzukündigen. Sie sah keine Treppen, doch nur wenige Meter vor ihr war ein alter Lastenaufzug. Sie öffnete die Tür und ging hinein. Über die eine Wand war eine alte, graue, gepolsterte Decke drapiert – die Art, die Spediteure benutzen, um Möbelstücke zu verpacken. Megan drückte auf den Knopf für die fünfte Etage. Daraufhin leuchtete der Knopf zwar auf, doch der Fahrstuhl rührte sich nicht. Megan erkannte, dass der Aufzug erst losfahren konnte, nachdem sie das Ziehharmonikagitter im Inneren des Kabine geschlossen hatte. Sie zog an dem Griff, aber das Gitter rührte sich nicht von der Stelle. Im nächsten Moment schaute sie nach unten auf den Fußboden und sah, dass ein Messer in dem Gitter steckte.

Vielleicht hatte das dort zu sein; vielleicht verhinderte es, dass irgendwelche Teile auseinanderfielen. Trotzdem ging sie das Risiko ein und zog es heraus. Sie legte das Messer in die Ecke des Fahrstuhls, dann schloss sie das Gitter. Irgendetwas klickte, und mit einem lauten Brummen begann der Fahrstuhl seine langsame und wacklige Fahrt nach oben.

Megan schaute auf ihre Armbanduhr: Sie zeigte 14:55 Uhr. Ihr blieben noch fünf Minuten. Als sie auf die an ihr vorübergleitenden Aufzugtüren blickte, die mit den Nummern der unteren Etagen gekennzeichnet waren, wurde Megan neuerlich übel. Nervös legte sie ihre Hand um den Griff des Revolvers unter ihrem Sweatshirt. Sie wusste, dass sie hier in eine Falle lief, doch sie hatte keine andere Wahl. Glenn hielt ihren Sohn als Geisel – und jetzt auch Candy.

Der Fahrstuhl hielt in der fünften Etage. Sie schob das Ziehharmonikagitter zur Seite und drückte die Außentür auf. Eine einsame Lampe warf ihr Licht von der Decke in den düsteren, fensterlosen Korridor. Der Fahrstuhl hinter ihr machte ein klickendes Geräusch, und dann fing seine Hydraulik neuerlich zu summen an, und er fuhr wieder nach unten. Megan sah, dass die Tür zu Apartment 5D einen Spaltbreit offen stand. Sie hörte, dass im Fernsehen eine Kochsendung lief. Irgendjemand erklärte, wie man Hähnchen marinierte.

Sie klopfte an die Tür, und quietschend öffnete sie sich weiter. Sie betrat die Wohnung. »Candy?«, rief sie voller Sorge. Der Ton des Fernsehapparats war laut eingestellt, und aus einem anderen Teil der Wohnung schallte Musik. Es klang, als würde irgendein Handy läuten, und der Klingelton war der Police-Hit *»Every Breath You Take«*.

Die Wohnung stank nach abgestandenem Zigarettenrauch.

Auf der Arbeitsplatte in der Kochecke stapelten sich schmutzige Teller. Im Wohnbereich stand vor dem laut eingestellten Fernsehapparat ein altes Sofa, auf dem auf der einen Seite ein Bettkissen, auf der anderen ein Haufen Wäsche lag. Die Jalousien vor dem großen Fenster waren geschlossen, sodass der Raum in trübem, grauem Licht lag. An einer Wand stand ein Bücherregal aus Ziegelsteinen und Holzregalen, auf der eine Reihe kunstvoll gearbeiteter Glasstücke standen – offenbar alles Candys Kreationen. Neben dem selbst gebauten Regal stand ein Schreibtisch mit einem Computermonitor; der Bildschirmschoner war ein Aquarium. Der Schreibtischstuhl lag umgeworfen auf dem Boden. Und die Handtasche, die Candy am Morgen bei sich gehabt hatte, lag auf der Seite, die Hälfte des Inhalts war auf dem verwitterten Holzfußboden verstreut.

»... und wenn wir damit fertig sind, geben wir das Hähnchen für vierzehn Stunden ins Räuchergerät, damit es den Geschmack der Mesquiten in sich aufsaugen kann«, sagte die Frau im Fernsehen. Das Handy hatte aufgehört zu läuten.

Ein großer auseinandergeklappter Paravent, der aussah, als habe man drei Lamellentüren mittels Türangeln aneinandermontiert, schuf hinter dem Sofa einen separaten Schlafbereich. Megan griff mit der Hand unter ihr Sweatshirt, zog den Revolver heraus und entsicherte ihn. Vorsichtig lugte sie hinter den hohen Paravent und schaute auf ein nicht gemachtes Bett. Eine klobige antike Lampe – die vermutlich auf den Nachttisch gehörte – lag vor dem Bett, und der große Lampenschirm hing schief darauf und war verbeult.

»... dadurch schmeckt es so gut und bleibt saftig«, führte die Frau im Fernsehen weiter aus. *»Dafür lohnt sich die zusätzliche Arbeit und Mühe, nicht wahr?«*

Megan richtete ihre Aufmerksamkeit auf den Fußboden

des Schlafbereichs, wo nicht nur die Lampe, sondern auch ein Aschenbecher vom Nachttisch gefallen sein musste. Überall lagen Zigarettenkippen. Einige schwammen neben der Badezimmertür in einer Blutlache.

»Nein, nein«, hauchte Megan.

Auf einmal läutete wieder das Handy, spielte seine Variante von *»Every Breath You Take«*. Candys Telefon war das nicht. Megan hatte Candys Handy läuten hören, als sie im Pausenraum der Glasgalerie gesessen hatten und Glenns SMS gekommen war. Das war nur ein ganz normaler Klingelton gewesen. Dieses Telefon hier läutete auf der anderen Seite der Badezimmertür. Sie kannte einen Teil des Liedtextes: *Every move you make … I'll be watching you …*

Einen Moment stand Megan wie erstarrt da. Schließlich drehte sie den Knauf und öffnete die Tür. Entsetzt starrte sie auf die Blutspuren auf dem gefliesten Fußboden – die zur Badewanne führten. Der Duschvorhang stand offen.

Es lag jemand verkrümmt in der Wanne – eines der Beine hing über dem Badewannenrand. Megan erkannte den Jeans-Overall, den Candy in der Galerie getragen hatte.

Sie hielt sich mit der Hand an der Wand fest. Tränen schossen ihr in die Augen. Sie passte auf, dass sie nicht in das Blut trat, und arbeitete sich vorsichtig auf die Badewanne zu. Derweil dudelte weiter diese Melodie aus dem Telefon.

Megan blickte auf ihre Nichte hinunter.

Candy erwiderte ihren starren Blick – mit toten Augen. Jedwede Farbe war aus ihrem Gesicht gewichen. Das Blut aus dem tiefen Schnitt durch ihre Kehle hatte ihren langen lockigen Pferdeschwanz und den oberen Teil ihres T-Shirts durchtränkt. Um ihre Arme herum hatten sich tiefrote Lachen gebildet und flossen Richtung Badewannenabfluss. Candys Mund stand offen und verlieh ihrem Gesicht einen erstaunten

Ausdruck, den der Tod verewigt hatte. Ihre Hände lagen gefaltet auf ihrem Oberbauch. Offenbar hatte jemand sie so hingelegt. Nur wenige Zentimeter über ihren Händen – zwischen ihren Brüsten auf dem Latz ihres Overalls – vibrierte mit aufleuchtendem Bildschirm das Telefon hin und her, spielte dabei weiterhin diese Melodie.

Wie gelähmt stand Megan da. Das Telefon hörte auf zu läuten, fing aber wenige Sekunden später wieder an. Erst da sah sie die Nummer auf dem illuminierten Bildschirm.

Es war Glenn, der dort anrief.

Schaudernd steckte Megan die Waffe zurück in den Bund ihrer Jeans. Dann klaubte sie das Telefon von der Brust ihrer ermordeten Nichte. Sie nahm das Gespräch entgegen, sagte aber nichts. Sie horchte nur. Am anderen Ende der Leitung konnte sie jemanden atmen hören.

»Nur zu, probieren Sie«, sagte die Frau im Fernsehen. *»Ist das nicht köstlich? Haben Sie je zuvor ein derart zartes, schmackhaftes Hähnchen gegessen?«*

Mit dem Telefon am Ohr drehte Megan der Badewanne den Rücken zu und lief wieder in den Schlafbereich der Wohnung. »Glenn?«, flüsterte sie, als sie das Schweigen nicht länger ertragen konnte. »Mein Gott, wie konntest du das tun? Wie konntest du das deinem eigenen Fleisch und Blut antun?«

Zunächst erhielt sie keine Antwort. Dann vernahm sie diese tiefe, krächzende Stimme: »Ich hätte sie zwingen sollen, dich um 16:30 Uhr herzubestellen. Dann hätte ich Zeit gehabt, sie zu zerlegen.«

Megan sagte nichts. Sie lehnte sich gegen den Türrahmen der Badezimmertür und tat, was sie konnte, um sich nicht übergeben zu müssen.

Einem Klicken am anderen Ende der Leitung folgte ein

quietschendes Geräusch, sodass sie wusste, dass das jetzt wieder das Tonbandgerät war. Nach einem weiteren Klicken hörte sie Candys Stimme, schrill und in Panik: *»Josie, diese blonde Frau, mit der du mich heute Morgen in der Galerie gesehen hast, die mit dem Verband um die Hand ... das war meine Tante Lisa, weißt du? Die Tante, die angeblich tot ist. Sie lebt aber noch. Sie lebt hier – in Seattle ...«*

»Warte – nun mach aber halblang, Candy«, erwiderte eine andere Stimme. *»Du ... was du da redest, macht überhaupt keinen Sinn. Willst du behaupten, dass diese Frau da heute ... dass das die Frau ist, die vor Jahren ums Leben gekommen ist, die mit deinem Onkel verheiratet war?«*

Megan hörte aufmerksam zu. Irgendwie war es ihm gelungen, ein Telefongespräch mitzuschneiden, das Candy mit einer Arbeitskollegin geführt hatte.

»Ja, genau die«, sagte Candy. *»Sie nennt sich jetzt Megan Keeslar und hat den Verstand verloren. Sie ist hinterher noch einmal in die Galerie gekommen und hat mich gezwungen, sie zu begleiten. Deshalb bin ich nach meiner Pause nicht mehr wiedergekommen ...«*

»Willst du mich hier verarschen? Komm, Candy, was hat das Ganze zu bedeuten?«

»Hör mir gut zu! Sie hat mich in meinem Badezimmer eingesperrt. Sie ist jetzt weg, aber so wahr mir Gott helfe, ich glaube, dass sie zurückkommen wird, um mich umzubringen. Ich weiß nicht, was ich tun soll ...«

»Wenn das dein Ernst ist, warum rufst du dann mich an? Warum rufst du nicht die Polizei?«

»Ich habe Angst! Oh, ich ... ich glaube, ich höre jemanden ...«

Wieder hörte Megan das Knacken einer Maschine, und dann ertönte einmal mehr seine kehlige Stimme. »Es ist fünfzehn Uhr fünfzehn. Dieses Gespräch liegt fast eine halbe Stunde zurück. Seither hat Candys Telefon unentwegt geläutet. War sie nicht überzeugend? War die schauspielerische Leistung der Kleinen nicht gut? Sie war sehr kooperativ. Sie hat alles getan, was ich von ihr verlangt habe – bis zum letzten Moment, bis ich ihr die Kehle durchgeschnitten habe.«

»Wer sind Sie?«, flüsterte Megan. »Sie sind nicht Glenn. Der hätte seine eigene Nichte nicht ermordet.«

»Kluges Mädchen«, gab er zurück. »Du hast recht. Dafür hat er mich engagiert. Und jetzt musst du etwas für Josh tun. Du musst dieses Telefon behalten, das ich da für dich deponiert habe. Von jetzt an werde ich darüber mit dir kommunizieren. Dieses Telefon ist deine einzige Verbindung zu Josh. Verlier es nicht.«

»Warum tun Sie das?«, fragte sie ihn.

»Dir bleibt keine Zeit, irgendwelche Fragen zu stellen, Lisa«, gab er zur Antwort. »Hör einfach nur zu. Erinnerst du dich, dass ich gesagt habe, ich würde Josh umbringen, wenn du zur Polizei gehst? Nun, das Gleiche gilt, wenn die Polizei zu dir kommt. Und sie sind schon auf dem Weg, um dich abzuholen, Lisa. Wenn Candys Freundin sie nicht bereits verständigt hat, werde ich das tun, sobald ich hier aufgelegt habe. ›Ich habe Schreie aus der Dachwohnung auf dem Leary Way gehört‹, werde ich behaupten. Ich werde ihnen die Adresse verraten, aber nicht meinen Namen. Hast du das Messer erkannt, das ich im Fahrstuhl für dich hinterlegt hatte? Es stammt aus deiner Küche. Wenn deine Fingerabdrücke nicht schon vorher darauf waren, sind sie es jetzt. Das Messer hat vielleicht sauber ausgesehen, als du es in die Hand genommen hast, aber jetzt ist Candys Blut daran. Ich hatte mir etwas in eine kleine Ampulle abgefüllt. Mach dir gar nicht erst die Mühe, das Messer hier im Umfeld irgendwo finden zu wollen, denn dazu bleibt dir schlichtweg keine Zeit. Die Polizei wird es schon noch früh genug finden. Nur darfst du nicht zulassen, dass sie dich finden – sonst erleidet Josh das gleiche Schicksal wie seine Cousine im Badezimmer.«

Ohne das Telefon vom Ohr zu nehmen, lief Megan zum Fenster. Sie schob die Jalousien ein Stück zur Seite und schaute nach unten auf die Straße. Wenn er erst vor wenigen Minuten mit dem Messer herumhantiert und es irgendwo im Umfeld versteckt hatte, konnte er nicht weit sein. Sie suchte nach einem Mann, der ein Handy in der Hand hielt und sich von dem Gebäude entfernte. Megan sah mehrere Fußgänger. Zwei von denen telefonierten, beides Frauen. Von den anderen sah keiner so aus, als könne er ihr Mann sein.

»Wenn ich an deiner Stelle wäre, würde ich aufhören, aus dem Fenster zu gaffen«, sagte er. »Ich würde machen, dass ich wegkomme. Ich würde abhauen, sofort. Lauf weg, lauf immer weiter und versteck dich. Wie man das macht, weißt du, Lisa. Vor fünfzehn Jahren hast du das mal eine Weile sehr gut gekonnt. Vergiss nur nicht, dass die einzige Verbindung zu deinem Sohn dieses Telefon in deiner Hand ist.«

Sie hörte ihn auflegen, und dann war die Leitung tot ...

Ängstlich beäugte Megan die Autos, die auf der gegenüberliegenden Straßenseite parkten. Sie konnte nur nicht feststellen, ob in einem dieser Fahrzeuge jemand saß; das konnte sie von der Stelle, an der sie stand, nicht sehen. Also wartete sie darauf, dass einer der Wagen mit quietschenden Reifen davonpreschte, doch keiner rührte sich von der Stelle. Und keines der Autos war ein silberfarbenes SUV.

Trotz der Lautstärke des Fernsehapparats hörte sie in der Ferne Sirenen. Dass die Polizei so schnell auf seinen Anruf reagierte, konnte nicht sein. Vielleicht stimmte aber, was er über Candys Arbeitskollegin gesagt hatte. Vielleicht hatte sie die Polizei alarmiert. Falls es so war, hatte Candys Freundin der Polizei vermutlich ihre komplette Beschreibung gegeben ... und ihre beiden Namen.

Megan stopfte das Handy in die Seitentasche ihres Sweatshirts. Sie wischte sich die Augen trocken, rannte aus der Wohnung und schloss die Tür hinter sich. Als sie die Treppen hinunterrannte, versuchte Megan gezielt, nicht an Candy zu denken, weil sie sonst einen Weinkrampf bekommen hätte. Die Polizei würde ihr bald auf den Fersen sein, also musste sie verschwinden. Sie fragte sich, ob sie allzu übereilt weggerannt war. Hatte sie in Candys Wohnung irgendetwas vergessen?

Megan rannte immer weiter durch das düstere Treppenhaus nach unten – eine Treppe nach der anderen. Sie erreichte das Erdgeschoss und ließ sich dort einen Moment Zeit, um zu Atem zu kommen, bevor sie die Tür einen Spaltbreit öffnete. Sie lugte in die leere Eingangshalle.

Als sie zur Haustür rannte, hallten ihre Schritte von den sechseckigen Fliesen wider. In dem Moment, als sie nach draußen trat, zwang sie sich, langsamer zu gehen. Als sie die Straße überquerte, um zu ihrem Auto zu gelangen, konnte sie wieder die Sirenen hören. Jetzt klangen sie nicht mehr so, als seien sie noch weit entfernt.

Mit der Fernbedienung an ihrer Schlüsselkette entriegelte Megan den Wagen. Sie stieg ein, ließ den Motor an und fädelte sich langsam in den Verkehr ein.

Sie sagte sich, dass sie in Candys Wohnung nichts zurückgelassen hatte, was ihr hätte helfen können. Dann dachte sie plötzlich an den Teenager Candy, an die Zeit damals, in der sie Freundinnen und Vertraute gewesen waren – vor allem während ihres letzten Sommers in Chicago. Candy war wie die kleine Schwester gewesen, die sie nie gehabt hatte. Wieder schossen ihr die Tränen in die Augen, Megan konnte nicht dagegen an.

Nichtsdestoweniger umklammerte sie das Lenkrad und fuhr weiter. Jetzt gab es nichts – und niemanden – mehr, der ihr noch hätte helfen können.

Kapitel einundzwanzig

Inmitten des Durcheinanders, das aus ihrer Handtasche auf den Boden vor dem Beifahrersitz gefallen war, fand Megan ihre Haarbürste sowie Puderdose und Lippenstift. Also frischte sie im Wagen auf dem Parkplatz der Eastlake-Filiale der Bank of America rasch ihr Make-up und ihre Frisur auf. Sie wollte nicht zerzaust und verzweifelt aussehen, wenn sie dort hineinging.

Sie schob die Waffe wieder unter den Fahrersitz und packte dann alles, was aus ihrer Handtasche herausgefallen war, wieder hinein. Dann stieg sie aus dem Wagen, verschloss ihn mittels der elektronischen Zentralverriegelung an ihrer Schlüsselkette und lief auf den Eingang der Bank zu. Megan atmete tief durch, bevor sie die Glastür öffnete und hineinging. Der Tragegurt ihrer Handtasche hing so über ihrer linken Schulter, dass die Tasche selbst ihre bandagierte Hand verdeckte. Wenn sie die nächsten vierundzwanzig Stunden unerkannt bleiben wollte, musste sie Wege finden, diese Hand zu verstecken.

Sie lief zu dem Tisch, der in der Mitte der Filiale stand, und schaute dabei mit kritischem Blick auf die diversen Überwachungskameras, die an den Wänden installiert waren. Links von ihr war der Schalter – mit einer Trennwand aus Glas, hinter der in vier Kabinen die Bankangestellten arbeiteten. Zu ihrer Rechten befanden sich hinter Glasscheiben drei kleine Büroräume. An jedem der Schreibtische saß jemand.

Megan nahm sich einen Auszahlungsschein und füllte ihn

aus. Sie fragte sich, wie effizient die Polizei wirklich war. Wenn sie ihren Namen kannten, hatten sie da in der kurzen Zeit auch schon ihre Adresse und Bankdaten ausfindig gemacht? Das würde sich jetzt vielleicht früher herausstellen, als ihr lieb war.

Wenn sie eine Sache von ihrem Verschwinden vor fünfzehn Jahren gelernt hatte, so war das, dass man in einem solchen Fall keine Kreditkarten benutzen durfte, damit weder die Polizei noch sonst jemand nachvollziehen konnte, wo man gewesen war und was man getan hatte. Sie musste also die nächsten ein, zwei Tage ausschließlich von Bargeld existieren. Sie betete, Josh bis dahin zurückzuhaben. Sicher war das jedoch nicht. Sie trug in den Auszahlungsschein einen Betrag von viertausendfünfhundert Dollar ein. Damit war ihr Sparkonto so gut wie leer.

Mit dem Schein, ihrer Bankkundenkarte und ihrem Führerschein in der guten Hand lief sie auf einen der Schalter zu. Der Bankangestellte lächelte sie durch die gläserne Trennwand an. Der gutaussehende Asiate mit dem etwas abgewandelten Bürstenschnitt war Mitte bis Ende zwanzig und trug ein rotes Hemd und eine sehr schmale, glänzende, schwarze Krawatte. »Hatten Sie bisher einen schönen Tag?«, erkundigte er sich, während er den Schein, die Karte und den Führerschein aus der Durchreichemulde unter der Trennwand zog.

»Ach, ein bisschen wild war er«, gab Megan zur Antwort. Sie sah, wie das Lächeln von seinen Zügen schwand, als er auf den Auszahlungsschein blickte. »Ich kaufe mir einen Gebrauchtwagen und dachte, ich könnte mit Scheck bezahlen, aber der Besitzer besteht auf Bargeld.«

»Es wäre vielleicht ratsamer, Megan, wenn Sie einen Barscheck nähmen«, meinte er.

»Ich bin überzeugt, dass das alles in Ordnung geht. Der Verkäufer ist ein enger Freund meines Bruders. Ich kenne ihn schon seit vielen Jahren. Ich glaube nicht, dass er versucht, mich übers Ohr zu hauen.« Fest sah sie ihm in die Augen. »Also ... deshalb muss ich Bargeld abheben. Macht das Probleme?«

Mit einem leichten Stirnrunzeln schaute er neuerlich auf den Auszahlungsschein, sah im nächsten Moment sie an, und dann drehte er sich nach hinten um. »Wenn Sie sich bitte eine Minute gedulden würden«, meinte er in plötzlich sehr geschäftlichem Ton. »Einen Betrag in dieser Höhe muss ich erst absegnen lassen.«

Nervös trommelte Megan mit den Fingern auf den Marmortresen. Sie sah, wie er ans Ende des Schalterbereiches ging, dort durch eine Tür nach draußen trat und in eines der Büros auf der anderen Seite lief. Dort unterhielt er sich mit einer stämmigen Frau, die kurz geschnittene braune Haare hatte und eine Designerbrille trug. Megan nahm an, dass sie die Filialleiterin war. Der Bankangestellte zeigte ihr Megans Kundenkarte und Führerschein. Die Frau schaute auf, und quer durch den Raum trafen sich ihre Blicke.

Rasch schaute Megan weg – zuerst auf die Überwachungskameras, dann auf einen Kunden, der an dem Schalter neben ihr stand, dann auf die Uhr, auf der es 16:10 Uhr war. Schließlich warf sie erneut einen verstohlenen Blick auf die Filialleiterin. Deren Hand lag inzwischen auf dem Arm des Bankangestellten, und sie stand so dicht neben ihm und redete auf ihn ein, dass es Megan so vorkam, als flüstere sie ihm etwas zu. Der Bankangestellte nickte ernst. Als er ihr Büro verließ, bedachte die Filialleiterin Megan mit einem weiteren Blick, dann griff sie zum Telefon.

Der Bankangestellte kehrte zurück an seinen Platz im

Schalterbereich. »Vielen Dank für Ihre Geduld«, sagte er. Er legte Megans Führerschein und Bankkundenkarte in die Durchreichemulde unter der Trennwand und schob ihr beides zu. »Wie hätten Sie es denn gern? Wären Hunderter und Fünfziger okay?«

Sie nickte. »Und ungefähr fünfhundert bitte in Zwanzig-Dollar-Scheinen.« Sie drehte sich wieder nach hinten um. Die Filialleiterin telefonierte immer noch, und für einen kurzen Moment trafen sich ihre Blicke erneut. Megan wandte sich wieder dem Bankangestellten zu. »Der Freund meines Bruders ... äh, der verkauft das Auto auf einem privaten Flohmarkt, der von mehreren Leuten veranstaltet wird, sodass ich im Endeffekt vielleicht auch noch ein paar andere Sachen kaufe.«

»Damit sind dann jetzt nur noch etwa siebenhundert Dollar auf ihrem Sparkonto«, sagte er und griff dabei nach einem Stapel Zwanzig-Dollar-Scheine. »Möchten Sie einen Kontoauszug?«

»Nein, vielen Dank.«

Er schien ewig dafür zu brauchen, ihr die Zwanziger vorzuzählen – und danach die Hunderter und Fünfziger. Derweil ging im Büro der Filialleiterin irgendetwas vor, denn jetzt telefonierte sie nicht mehr, war aber auch nicht mehr allein. Einer der anderen Banker und ein anderer Bankangestellter waren mit ihr im Raum und beratschlagten sich mit der Frau. Megan hätte schwören können, dass die drei immer wieder durch die Glasscheibe schauten und sie ansahen.

»... dreitausendneunhundertfünfzig ... viertausend ... viertausendfünfzig ...«, zählte der Bankangestellte.

Megan fing an, nervös mit den Fingern auf den Tresen zu trommeln – bis ihr auffiel, dass sie das tat, und damit aufhörte. Sie stellte fest, dass sich hinter ihr eine Warteschlange gebildet hatte. Sie stellte überdies fest, dass in der Ferne plötzlich eine Sirene zu hören war.

Der Bankangestellte hörte die offenbar auch, denn er hörte kurzfristig auf zu zählen und schaute durch die gläsernen Eingangstüren der Bank nach draußen. Dann trafen sich ihre Blicke für einen Moment, und er zählte ihr weiter das Geld vor. »Viertausendzweihundertfünfzig ... viertausenddreihundert ...«

Da die Sirene immer näher kam, wurde sie mit jeder Sekunde lauter. Megan war sich so gut wie sicher, dass der Wagen die Eastlake Avenue hinunterfuhr. Wenn das die Polizei war, würden sie entweder gleich die Bank umstellen, oder aber sie waren auf dem Weg zu ihrem Haus – das nur fünf Querstraßen entfernt war.

»Möchten Sie vielleicht einen großen Umschlag dafür?«, wollte der Bankangestellte wissen.

Verwirrt sah Megan einen Krankenwagen die Eastlake Avenue hinunterrasen. Sie stieß einen Seufzer aus, drehte sich dann zu ihm und nickte. »Ja, das wäre großartig, vielen Dank.«

Er stopfte die Geldstapel in einen großen Manila-Umschlag, der kaum durch die Durchreichemulde passte. »Ich hoffe, Sie haben Spaß an Ihrem neuen Wagen, Megan«, sagte er.

Sie bedankte sich bei ihm. Als sie sich zum Ausgang drehte, warf sie noch einmal wie zufällig einen Blick auf die Filialleiterin. Die Frau telefonierte wieder und starrte sie ihrerseits an. Unwillkürlich stellte sich Megan die Frage, ob die Polizei sie draußen auf dem Parkplatz der Bank erwartete. Sie stopfte den Umschlag in ihre Handtasche. Als sie auf die gläserne Doppeltür zulief, hatte Megan das Gefühl, geradewegs in eine Falle zu tappen. Sie sah nichts, das aus dem Rahmen fiel, hatte allerdings nur eine begrenzte Sicht auf den Parkplatz und die Straße. Der Verkehr auf der Eastlake Avenue bewegte sich in normalem Tempo voran.

Sie drückte die Tür auf und trat nach draußen. Es war nirgends ein Polizist oder ein Streifenwagen zu sehen.

Megan seufzte erleichtert und lief auf weichen Knien zu dem Taurus. Bis heute Abend, spätestens aber bis morgen früh, würde die Polizei in Erfahrung gebracht haben, dass sie bei Destination Rent-a-Car arbeitete, und Informationen über die Marke, das Modell und das amtliche Kennzeichen dieses Wagens haben. Sie musste ihn irgendwo abstellen – weit von dem Ort entfernt, an dem sie die Nacht zu verbringen gedachte.

Vorher galt es jedoch, weitere Hürden zu nehmen. Sie musste erst noch nach Hause und ein paar Sachen holen, bevor die Polizei dorthin kam – wenn sie nicht bereits dort war.

Als Megan fünf Minuten später die Straße vor ihrem Haus hinunterfuhr, sah sie keine Streifenwagen. Es war aber durchaus möglich, dass ihr eine ganze Flotte von Zivilfahrzeugen auflauerte. Sie fuhr an ihrer Doppelhaushälfte vorbei und sah, dass ihr blauer Neon in der Einfahrt stand und die Vorhänge im Wohnzimmer aufgezogen waren. Alles war genau so, wie sie es am Morgen zurückgelassen hatte. Das schien inzwischen eine halbe Ewigkeit her zu sein.

Bevor sie in die nächste Querstraße einbog, schaute sie in den Rückspiegel. Dort war nicht plötzlich mächtig was los. Niemand kam aus seinem Versteck; es sprangen keine Polizisten hinter Bäumen oder geparkten Fahrzeugen hervor. Alles wirkte ruhig.

Von der Seitenstraße fuhr sie in die Gasse hinter ihrer Doppelhaushälfte. Sie stellte den Wagen zwei Häuser weiter unten auf der gegenüberliegenden Seite an einer Stelle ab, wo so gut wie nie jemand parkte. Auf dem Weg durch die Gasse drehte Megan sich immer wieder nach hinten um. Dann schlich sie sich durch die Hintertür ins Haus.

Sie verschwendete keine Zeit, sondern lief sofort in den Haushaltsraum und griff nach einer großen Einkaufstüte von Macy's. Dann rannte sie schnurstracks nach oben in ihr Schlafzimmer und zu ihrem Messingbett. Die graugrüne Tagesdecke aus Brokat lag immer noch so unordentlich da wie vor zwei Tagen, nachdem sie darauf eingeschlafen war. Sie bückte sich und benutzte ihre Schulter und ihre gute Hand, um das gesamte Bett ein Stück zur Seite zu schieben. Dann griff sie unter eine bestimmte Stelle des beigefarbenen Wollteppichs, der darunterlag, und fand die Mappe, die sie dort versteckt hielt, seit sie dieses Haus bezogen hatten. Auch in der Wohnung davor hatte sie das Teil gut versteckt. Sie besaß diese Mappe, seit sie Winnetka verlassen hatte. Rasch überprüfte sie den Inhalt: eintausend Dollar Bargeld und zwei gefälschte Führerscheine, die Bob Gold für sie angefertigt hatte – für den Fall, dass sie irgendwann aufhören musste, Megan Keeslar zu sein. Sie erinnerte sich noch, dass Bob gesagt hatte, er hoffe, sie würde diese Dokumente niemals benötigen.

Sie warf die Mappe zusammen mit ein paar Anziehsachen zum Wechseln und frischer Unterwäsche in die Macy's-Tüte. So albern es auch war, stopfte sie das Fotoalbum auch noch mit hinein. Sie dachte an den Nordstrom-Karton, der ganz hinten in ihrem Kleiderschrank auf dem obersten Regal stand. Sie konnte sich nur nicht erlauben, irgendetwas aus ihrem alten Leben mitzunehmen. Fotos von Josh waren wichtiger.

Im Badezimmer nahm sie ein paar Sachen für die Nacht aus dem Medizinschränkchen.

Als sie an Joshs Zimmer vorbeikam, hielt sie einen Moment inne, schaute hinein, ging hinüber zum Bett, nahm seine orangefarbene Jacke und stopfte sie in die Tüte. An der Wand erblickte sie das gerahmte *Good Citizen Certificate*, mit dem der Bürgermeister ihn ausgezeichnet hatte. Sie ging jedoch daran vorbei und wieder zur Tür, warf noch einen letzten Blick in sein Zimmer und betete, er möge bald wieder hier sein und in seinem Bett schlafen.

Dann würde jedoch alles anders sein. Selbst im günstigsten Fall würde Josh dann die Wahrheit über seinen Vater kennen – und über sie. Wegen des Mordes an Candy würde man sie wohl nicht vor Gericht stellen, wohl aber wegen einer Reihe anderer Delikte – unter anderem Betrug, Urkundenfälschung und Justizbehinderung. Wenn sie Glück hatte, bekamen die Geschworenen und der Richter Mitleid mit ihr und die Strafe wurde zur Bewährung ausgesetzt – aber nur, wenn sie Glück hatte.

Mit der Tüte an der Hand lief Megan nach unten. Im Wohnzimmer blieb sie kurz stehen und schaute aus dem Fenster. Sie fixierte ihren Blick auf die beiden kleinen Eigentumswohnungen auf der gegenüberliegenden Straßenseite – und auf das fünfstöckige Wohnhaus aus den frühen Achtzigerjahren, das gleich dahinterstand. Der Mann, der mit Glenn zusammenarbeitete – dieser Unhold, der Candy die Kehle durchgeschnitten hatte –, hatte sich offenbar vorübergehend in einem dieser Gebäude häuslich niedergelassen. Wie hätte er sonst einen so klaren und unverbauten Blick in ihr Wohnzimmer haben sollen? Megan hätte wetten können, dass er in dem hohen Apartment-Haus wohnte. Dort gab es mehr Wohneinheiten; mithin war es dort leichter für ihn, inmitten der anderen Mieter unterzugehen und ungehindert zu kommen und zu gehen. Bei solchen Dingen kannte sie sich aus.

Megan begutachtete gerade die im Dunkel liegenden Fenster im obersten Stockwerk des Hauses, als sie aus dem Augenwinkel heraus etwas sah. Ein Streifenwagen bog in ihre Straße ein. Die Blinklichter waren eingeschaltet, nicht jedoch die Sirenen. Die Beamten wollten sich offenbar nicht ankündigen. Megan schaute rasch in die andere Richtung. Dort blockierte ein zweiter Polizeiwagen die Kreuzung. Auch dessen Blinklichter waren eingeschaltet.

Megan drehte sich auf dem Absatz um und rannte zur Hintertür, öffnete sie langsam und lugte rechts und links in die Gasse. Noch hatte die Polizei die nicht abgesperrt. Hastig lief sie zu ihrem Wagen, warf ihre Tüte und Handtasche vor dem Beifahrersitz auf den Boden und ließ den Motor an.

Während sie langsam aus der Gasse fuhr, biss sie sich unablässig auf die Unterlippe. Sie bog nach links ab und schaute in den Rückspiegel. Auf dieser Kreuzung stand jetzt auch ein Streifenwagen – mithin war nun der gesamte Häuserblock abgesperrt. Ein weiterer Polizeiwagen kam langsam dahinter zum Stehen.

Sie fuhr rechts ab in eine düstere, einspurige Straße, die am Lake Union und einer Reihe von Docks entlangführte, an denen Hausboote vor Anker lagen. Sie beschleunigte etwas und hoffte, dass die Polizei nicht sämtliche Seitenstraßen des Stadtteils abgesperrt hatte. Nach drei Querstraßen bog Megan erneut rechts ab und fuhr den Hügel Richtung Eastlake Avenue hinauf. Sie sah keine Streifenwagen, warf aber einen verstohlenen Blick in die Straße, in der sie wohnte. In der Ferne erspähte sie mehrere rote Blinklichter.

Sie schaute auch nach oben, auf dieses fünfstöckige Gebäude. Sie würde noch einmal wiederkommen und mit dem

Manager sprechen müssen, um ihn nach etwaigen neuen Mietern in den beiden obersten Etagen zu fragen. Jetzt konnte sie das nicht tun.

Jetzt musste sie so weit wie nur möglich von hier weg.

»Nun komm schon, los ... bitte, Gott!«, flüsterte er.

Josh, der vor der Badezimmertür kauerte, war es soeben gelungen, die verrostete Metallstange in die Ritze über der eingebauten Schublade zu schieben. Wenn er an den Riegel an der Außenseite herankam, konnte er die Schublade vielleicht herausziehen und durch die Öffnung nach draußen kriechen. Mit den Füßen dagegenzutreten, hatte er bereits versucht. Damit hatte er gewartet, bis sie da oben wieder eine ihrer Symphonie-Orgien feierten – damit sie den Lärm aufgrund der Musik nicht hören konnten. Wegen seiner nackten Füße hatte er allerdings nur wenige Male zutreten können, dann hatte seine Ferse wie verrückt wehgetan. Nach mehreren Versuchen – und nur einer minimalen Delle in der Schublade – hatte er aufgegeben.

Er hatte den Rest dieses großen Nestlé-Crunch-Riegels aufgefuttert – obwohl ein Teil davon auf den schmierigen Fußboden gefallen war. Er war zu dem Entschluss gelangt, dass die Fünf-Sekunden-Regel für verhungernde Gefangene und Psychopathen nicht galt. Beide Wasserflaschen hatte er auch geleert. Er wusste nicht, wie lange es her war, seit man ihm diese Sachen gebracht hatte. Es kam ihm so vor, als sei seither mindestens ein ganzer Tag vergangen. Vielleicht war es aber auch erst ein paar Stunden her. In jedem Fall hatte er schon wieder Hunger und Durst.

Immerhin hatte er jetzt eine warme Decke, in die er sich einigeln konnte, und er hatte Licht.

Das war vor einiger Zeit kurzfristig ausgegangen. Das Ganze war derart schnell passiert, dass Josh auch jetzt noch nicht richtig wusste, was sie da eigentlich getan hatten. Zuerst waren da die Schritte gewesen, die immer näher gekommen waren, und dann hatte draußen ein Schloss geklickt – im nächsten Moment war Josh von völliger Finsternis umgeben. Panik erfasste ihn. Er hörte ein Klicken, und dann wurde die Tür geöffnet. Die beiden Leute im Türrahmen waren nur Silhouetten aufgrund einer Lampe, die hinter ihnen brannte. Sie trugen beide Skimasken. Der eine hatte ein Messer. Josh wich zurück und stolperte dabei fast über die Toilettenschüssel.

»Gib ihm die Zeitung!«, brüllte der Mann, der das Messer schwang, und hielt Josh die Klinge an die Kehle.

Die andere Person drückte ihm eine Zeitung in die Hand. Nach Größe und Gestalt der anderen Person zu urteilen, handelte es sich dabei um eine Frau.

»Halt sie dir vor! Halt sie dir vor!«, kläffte der Mann.

Josh gehorchte und streckte die Arme vor der Brust aus, um die Zeitung zu zeigen. Zwei Blitzlichter knallten – in rascher Abfolge, blendeten ihn.

Er hatte noch gar nicht richtig erfasst, dass man ihn soeben fotografiert hatte, als der Mann ihm die Zeitung auch schon wieder aus der Hand riss. Im nächsten Moment hörte er, wie die Tür zugeschlagen wurde und das Schloss klickte. Er hatte immer noch kleine Punkte vor den Augen gehabt, als das Licht wieder eingeschaltet worden war.

Er wusste nicht genau, wann das passiert war – vor vier Stunden? Vor sechs Stunden? Eine Zeit lang hatte er wie betäubt auf dem Fußboden gesessen. Unter Umständen war er sogar eingedöst. An irgendeinem Punkt war er dann zu dem Schluss gelangt, dass es einfach einen Weg geben musste, hier rauszukommen. Im Spülkasten der Toilette hatte er eine verrostete, etwa fünfzehn Zentimeter lange Metallstange gefunden, an deren Enden an der einen Seite der Schwimmer hing, an der anderen eine Kette, an der der Auslösehebel befestigt war. Es war ihm gelungen, die Stange herauszumontieren, und seit einer Viertelstunde versuchte er nun, sie durch die enge Ritze am Oberrand der Schublade zu schieben. Ganz umsonst war das viele Treten nicht gewesen, denn damit hatte er die kleine Stahlklappe offenbar in ausreichendem Maße verschoben, sodass die Metallstange jetzt in die Ritze passte. Wenn er doch nur den Riegel oder sonst was finden konnte, um das verdammte Biest aufzukriegen.

Josh horchte aufmerksam, um sicherzugehen, dass niemand in der Nähe war. Oben herrschte seit mehreren Stunden Funkstille. Vielleicht schliefen sie. Vielleicht war Nacht.

Was mit seiner Mom passiert war, wusste er immer noch nicht. Selbst wenn sie okay war, konnte er sich vorstellen, dass sie sich schreckliche Sorgen um ihn machte. Er hatte nie gewusst, was es bedeutet, Heimweh zu haben. Zigmal hatte er bei Darren übernachtet, war dabei aber nie für mehr als eine Nacht von zu Hause fort gewesen. Er hatte in seinem ganzen Leben noch niemals solche Angst gehabt und er hatte sich noch nie so einsam gefühlt. Ihm war, als würde er sein Zuhause und seine Mom niemals wiedersehen.

Tränen schossen ihm in die Augen, und schnell wischte er sie mit dem Handrücken weg. Seine Finger und Handflächen waren dreckig, voller Rost und Schleim, denn er hantierte ja mit dem alten Metallstab herum, von dem Gott allein wusste, wie lange er schon in diesem Spülkasten gewesen war.

Schniefend machte er sich neuerlich daran, die Schublade zu bearbeiten – bis er hörte, dass der dünne Stab gegen etwas stieß. War das ein Schloss oder eine Sprungfeder, mit der die Schublade sich öffnen ließ? Mit ruckartigen Bewegungen schlug er das rostige Teil gegen den Mechanismus auf der anderen Seite der Tür. Mit den Fingernägeln versuchte er, am Rand der Schublade zu ziehen, während er mit der Stange noch mehr Druck ausübte. Er spürte, dass er sie gegen irgendeine Art von Riegel hielt. Er versuchte es mit Gewalt.

Die Stange zerbrach in zwei Teile.

»Scheiße!«, fluchte er und warf das kaputte Teil auf den Boden. Es knallte laut, als es von der Metalltür abprallte und gegen die Wand hinter ihm schlug.

Er konnte nicht dagegen an: Er fing wieder an zu weinen.

Da hörte er plötzlich Lärm von oben. Josh hielt sich die Hand vor den Mund und unterdrückte sein Schluchzen. Er stellte sich aufrecht hin. Einer von denen lief dort oben herum. Bodendielen knarrten, und dann hörte er etwas, das klang, als würde jemand eine Treppe hinunterlaufen. Wer immer es war, kam näher. Draußen klickte ein Schloss, aber nicht das der Badezimmertür. Josh nahm an, dass es hinter diesem Raum noch einen weiteren gab, den sein Entführer verschlossen hielt. Er konnte hören, dass sich jemand dem Badezimmer näherte. Er fragte sich, ob ihnen die Delle in der Schublade auffallen würde.

Plötzlich wurde das Licht ausgeschaltet, und er wurde einmal mehr von Finsternis umhüllt.

Josh wollte brüllen, widerstand aber dem Drang. Wenn er sich total still verhielt, meinte der Kerl vielleicht, er wäre tot und öffnete die Tür, um nach ihm zu sehen. Josh trat zurück und stieß dabei gegen die Toilettenschüssel. Er schätzte, dass er einfach auf den Kerl losgehen konnte, und ballte schon mal die Fäuste. Er brauchte nur einmal gezielt zuzuschlagen, um ihn damit auszuschalten. Er musste aber mucksmäuschenstill sein.

Er sah einen Lichtstrahl unter der Metalltür hindurchscheinen – und durch den Oberrand der eingebauten Schublade, genau an der Stelle, an der er versucht hatte, den äußeren Riegel zu fassen zu bekommen. Ein Schatten glitt darüber.

»Josh?« Ein Mann rief nach ihm.

Er antwortete nicht. Er stand da, die geballten Fäuste in die Seiten gestemmt.

»Josh? Ich habe dich da drinnen gehört«, sagte er in provokativem Ton. »Ich weiß, dass du mich hören kannst. Wirst du mir antworten? Oder soll ich einfach wieder gehen und niemals wiederkommen? Soll ich dich da drin verrotten lassen? Willst du das?«

Sein Herz raste wie wild, aber er gab keine Antwort. Keinen Laut gab er von sich.

»Josh, hoffst du etwa, dass dein Daddy kommt und dich rettet?«, fragte der Mann.

Nach einigem Zögern antwortete er schließlich: »Mein Vater ist tot.«

»Ach ja?«, entgegnete der Mann.

»Er starb vor meiner Geburt.«

»Hat deine Mutter dir das so erzählt?«

Josh schluckte. »Ja ...«

»Dann ist deine Mutter eine verlogene Schlampe.«

Was der Mann da sagte, kam gar nicht richtig bei Josh an. Seine Gedanken kreisten ausschließlich darum, dass dieser Kerl versuchte, ihn verrückt zu machen. »Wo ist sie?«, fragte Josh. »Was haben Sie ihr angetan?«

Er erhielt keine Antwort.

»Ist sie noch am Leben?«, fragte er mit bebender Stimme.

Wieder antwortete der Mann ihm nicht. Josh starrte nach unten, auf die Schatten, die sich über den schmalen Lichtstrahl über der Türschwelle bewegten. Im nächsten Moment vernahm er ein lautes Klicken – als würde ein Schloss entriegelt.

Wie erstarrt stand er da, mit dem Rücken zur Badezimmerwand und mit geballten Fäusten.

Wieder bewegten sich die Schatten unter der Tür, und dann waren sie auf einmal verschwunden und es war nur noch der Lichtstrahl zu sehen. Der Mann war gegangen. Josh vernahm ein zweites Klicken, aber das hörte sich an wie die Außentür. Er horchte und hörte Schritte auf der Treppe – und dann nichts mehr.

Da es um ihn her stockfinster war, hob er die Hand, schwenkte sie vor seinem Gesicht hin und her und bahnte sich so seinen Weg zur Tür. Hatte der Mann sie tatsächlich aufgesperrt?

Josh fand den Türknauf und drehte ihn. Er konnte es nicht fassen. Die Tür war nicht verschlossen. Unwillkürlich fragte er sich, was das wohl bedeuten mochte. War seine Zeit hier zu Ende? Befreite man ihn hier? Oder würde man ihn jetzt gleich töten? Es fühlte sich ganz so an, als locke man ihn hier in eine Falle.

Langsam zog er die Tür auf und blinzelte zaghaft ins Licht. Er stand im Türrahmen des Badezimmers und schaute auf ein Bett mit einem Kopfteil aus Messing und einer blassgrünen Tagesdecke aus Brokat. An der Wand dahinter hing der gerahmte Druck einer Palme am Strand von Nassau. Der Sessel, der mit dem gleichen salbeigrünen Brokat bezogen war, stand genau an der richtigen Stelle. Die Kommode, die Vorhänge, der beigefarbene Wollteppich und die Lampe auf dem Nachttisch waren alle exakt die gleichen.

Irgendjemand hatte das Schlafzimmer seiner Mutter kopiert.

Er lief zu den Vorhängen und schob einen davon zur Seite,

entdeckte dahinter aber lediglich eine leere, schwarze Wand, kein Fenster. Was einem solchen am ehesten nahekam, war der breite Spiegel an der Wand, in dem man das gesamte Bett im Blick hatte. Einen solchen Spiegel hatte seine Mutter nicht in ihrem Schlafzimmer. Und in der Ecke ihres Schlafzimmers gab es auch keinen Fernsehapparat, der auf einer Halterung unter die Zimmerdecke montiert war. In der gegenüberliegenden Ecke – auf der anderen Seite des Spiegels – war eine Tür. Sie sah aus, als sei sie aus dem gleichen, dicken Metall gefertigt wie die Badezimmertür.

Josh lief darauf zu und drehte am Türknauf – natürlich verriegelt. Auch in diese Tür war eine Schublade eingebaut, genau wie in die andere.

Halb nackt, wie er war, begutachtete er sich in dem Spiegel. Er sah schrecklich aus – schmutzig, blass und übermüdet. Dann schaute er noch einmal auf den Nachttisch und auf den Radiowecker – es war das gleiche Modell, das seine Mom besaß. Die roten digitalen Ziffern zeigten an, dass es 12:00 war. Bedeutete das Mittag oder Mitternacht? Josh wusste es nicht. Er lief zum Nachttisch und wollte den Wecker in die Hand nehmen, doch man hatte ihn auf dem Tisch festgeklebt – und da war kein Kabel. Er stellte fest, dass die Zahlen auf das Ziffernblatt gemalt waren.

»Was zum Teufel …?«, murmelte er. Er griff nach der Lampe, und sie rührte sich keinen Millimeter von der Stelle. Die hatte man ebenfalls auf den Tisch geleimt.

Er lief zur Kommode und versuchte, die oberste Schublade zu öffnen – zugeklebt! Frustriert zog er an der Schublade darunter. Die ließ sich nur ein Stück weit öffnen. Es lagen ein paar Sachen darin, Damenunterwäsche und Strumpfhosen. Er versuchte es mit der Schublade darunter. Sie war zugeklebt, ebenso wie alle weiteren Schubladen.

Er schaute auf den schwarzen Bildschirm des Fernsehapparats, den er, wenn er nur ein paar Zentimeter tiefer installiert gewesen wäre, hätte berühren können. Er hatte nirgendwo eine Fernbedienung gesehen. Er nahm an, dass die Stromversorgung von jemandem auf der anderen Seite dieses Spiegels gesteuert wurde. Außerdem war er ziemlich sicher, dass dieser Spiegel eines jener Einwegmodelle war, die seinem Entführer erlaubten, ihn von der anderen Seite zu beobachten.

Josh schaute noch einmal auf den Druck über dem Bett, der die Palme zeigte. Er sah genauso aus wie der, den seine Mutter hatte, nur der Rahmen war ein bisschen anders. Er konnte sehen, dass keiner der Gegenstände in diesem Raum tatsächlich aus dem Schlafzimmer seiner Mutter stammte. Allerdings hatte sich jemand wahnsinnige Mühe damit gegeben, den Raum zu kopieren. Sie hatten ihn in ein gemütliches und vertrautes kleines Gefängnis verwandelt – das jedoch nicht für ihn bestimmt war.

Josh hatte keine Ahnung, was ihm hier blühte. Ein entsetzliches Gefühl sagte ihm jedoch, dass man ihn nur für eine gewisse Zeit in dieser Zelle unterbrachte – bis seine Mutter hergeschafft wurde.

Das hier war alles für sie.

Nachdem sie das Licht in ihrem Zimmer im unweit der Space Needle gelegenen Lamplighter Inn ausgeschaltet hatte, konnte sie versuchen zu vergessen, wo sie war und was passiert war. Sie brauchte weder auf das altersschwache, im mediterranen Stil gehaltene Mobiliar zu starren noch auf das türkis-braune Paisleymuster der Tagesdecke.

Megan lag in dem breiten Bett, lauschte dem Verkehrslärm

und wusste, dass das Einschlafen ihr schwerfallen würde. Ihr Zimmer im Erdgeschoss verfügte über eine Schiebetür aus Glas, »die Ihnen bequemen Zugang von und zu Ihrem Wagen bietet«, hatte ihr der magere, etwas absonderlich wirkende Mittzwanziger an der Rezeption erklärt. Megan hatte ihren Mietwagen sieben Querstraßen weiter abgestellt – näher bei Destination Rent-a-Car als beim Motel. Die Schlüssel hatte sie behalten, weil sie hoffte, ihnen den Wagen später zurückgeben zu können.

Während sie an der Motelrezeption das Anmeldeformular ausfüllte, hatte sie dem Rezeptionisten erklärt, sie habe kein Auto, doch das war ihm offenbar schon wieder entfallen, als er ihr die Vorzüge ihres Zimmers auflistete, zu denen Kabelfernsehen, Internetzugang und ein Haartrockner gehörten. Und prompt stellte sie sich vor, wie Josh darauf reagiert und in typischer Klugscheißer-Manier *Wow, ein Haartrockner!* getönt hätte.

Dass das arme Kerlchen an der Rezeption nicht gerade eine Geistesleuchte war, kam Megan nur gelegen. Ihn schien es nicht übermäßig zu beunruhigen, dass sie bar und im Voraus bezahlte. Sie erklärte ihm, man habe ihr unlängst alle Kreditkarten gestohlen. Wäre er etwas mehr auf Draht gewesen, wäre ihm vielleicht aufgefallen, dass der im Bundesstaat Indiana ausgestellte Führerschein, der sie als Rachel Porter auswies, im April 1998 abgelaufen war.

Nachdem das mit der Anmeldung erledigt war, verließ Megan ihre türkis-braune Unterkunft nur noch einmal für einen kurzen Trip zur Apotheke. In einem nahegelegenen Drugstore kaufte sie neben einer Tube Neosporin und einem Fläschchen Wasserstoffperoxid, Wattebällchen, Pflaster und eine Schere sowie eine Packung von Clairols Nice 'n Easy.

Sie war rechtzeitig wieder in ihrem Zimmer, um die Lokalnachrichten mitzubekommen. Der Mord an Candy war eine der Top-Storys. *»Die Polizei sucht nach der in Eastlake wohnhaften Megan Keeslar, um sie zu dem Fall zu befragen«*, erklärte die hübsche, etwa vierzigjährige Nachrichtensprecherin mit den goldbraunen Haaren. Auf dem Bildschirm hinter ihr sah man das so ziemlich einzige Foto, für das Megan im Verlauf der letzten fünfzehn Jahre posiert hatte: ihr Führerschein-Foto. Es war nicht gerade schmeichelhaft. Bedeutsamer war, dass man sie darauf nicht unbedingt erkennen konnte. *»Es wird vermutet, dass Keeslar in irgendeiner Verbindung zu Candy Kruger Blancos Onkel, Dr. Glenn Swann, steht«*, fuhr die Stimme der Nachrichtensprecherin fort, während ohne den entsprechenden Ton Bilder von Candys Fernsehinterview auf dem Pioneer Square gezeigt wurden. *»Dr. Swann, ein Chicagoer Chirurg, wurde unschuldig für den Mord an seiner Frau verurteilt und kürzlich nach Verbüßung einer vierzehnjährigen Freiheitsstrafe begnadigt. Als sie noch ein Teenager war, sagte Candy Blanco im Prozess gegen ihren Onkel aus.«* Das Bild zeigte wieder die Nachrichtensprecherin, die jetzt sehr ernst in die Kamera blickte. *»Seit zwei Jahren lebte Candy Blanco in Seattle. Sie war einunddreißig Jahre alt.«*

Candys Mörder hatte Megan diese Tonbandaufnahme ihres Telefonats mit einer Kollegin vorgespielt. Sie hatte gehört, wie Candy – der man zu diesem Zeitpunkt vermutlich ein Messer an die Kehle gehalten hatte – ihrer Freundin erzählt hatte, dass Megan Keeslar ihre seit Langem totgeglaubte Tante Lisa war. Entweder die Kollegin hatte das nicht so ganz verstanden, oder aber Polizei und Presse waren noch nicht bereit, damit an die Öffentlichkeit zu gehen. Es wurde in der Nachrichtensendung nicht erwähnt, dass Megan Keeslar einen Sohn hatte. Sie fragte sich, ob die Polizei davon ausging, dass Josh mit ihr auf der Flucht war.

Megan ließ sich eine Pizza liefern, konnte aber nur anderthalb Stücke davon essen, dann wurde ihr übel. Diese Übelkeit verschlimmerte sich noch, als sie den Verband an ihrem Finger wechselte – der von der Naht bis zur Fingerspitze leicht grau aussah. Als sie ihn mit dem Peroxid und dem Neosporin desinfizierte, hatte sie überhaupt kein Gefühl in dem Finger. Der Arzt hatte gesagt, es würde eine ganze Weile dauern, bis die Nervenenden sich wieder miteinander verbunden hatten.

Nachdem Megan ihren Finger frisch bandagiert hatte, machte sie sich an ihren Haaren zu schaffen und schnitt sie von Schulterlänge auf nur wenige Zentimeter. Dann zog sie die Plastikhandschuhe über, die der Nice-'n-Easy-Packung beilagen, und machte aus ihrem blonden Haar aschbraunes. Das Ergebnis war ein paar Töne dunkler als ihre eigentliche Haarfarbe. Als sie die Frisur abschließend in Form brachte, war sie seltsamerweise wirklich froh, einen Haartrockner im Zimmer zu haben.

Im Film und im Fernsehen sahen Frauen, die sich selbst die Haare schnitten, hinterher immer großartig aus. Megan fand, dass sie mit diesem brünetten Kurzhaarschnitt scheußlich aussah – ganz so, als habe jemand wahllos an ihr herumgeschnippelt. Im Grunde scherte sie das aber nicht – das Einzige, was zählte, war, dass niemand diese Person erkannte, die die Polizei befragen wollte, Megan Keeslar.

Sie bekam die Lokalnachrichten um dreiundzwanzig Uhr mit und sah wieder ihr Führerschein-Konterfei auf dem Bildschirm. Sie fragte sich, ob der absonderliche Knabe von der Rezeption, der Junge an der Kasse vom Drugstore und der Typ, der die Pizza geliefert hatte, wohl die gleiche Nachrichtensendung sahen.

Bis sie um kurz nach Mitternacht ins Bett kroch, war

Megan zu dem Schluss gelangt, dass niemand wusste, wo sie war. Die Polizei würde nicht an ihre Tür klopfen – heute Nacht zumindest nicht. Ihre Sorge galt ausschließlich Josh.

Folglich konnte sie – natürlich – nicht schlafen, obwohl sie erschöpft war. Sie wollte unbedingt ein paar Stunden vor sich hin dämmern. Dann konnte sie vielleicht wieder klar denken und Pläne für den morgigen Tag machen. Das Einzige, was ihr dahingehend bisher vorschwebte, war, sich in diesem hohen, scheinbar in den Achtzigerjahren erbauten Apartment-Haus umzuhören, das sich unweit ihrer Doppelhaushälfte befand. Sie wünschte, sie hätte sich an den Namen des Gebäudes erinnern können. Sie wollte den Manager ausfindig machen und zu etwaigen neuen, männlichen Mietern in den oberen Etagen befragen. Und das musste sie schleunigst tun; denn der Mann, der sie die ganze Zeit über beobachtet hatte, würde in Kürze ausziehen – wenn er das nicht bereits getan hatte. Jetzt, da sie auf der Flucht war, brachte ihm die Wohnung nichts mehr. Wie sollte er sie heimlich beobachten, wenn sie nicht mehr da war?

Schon morgen in die alte Nachbarschaft zurückzukehren – das kam ihr letztlich doch viel zu riskant vor. Erst vor wenigen Stunden hatte die Polizei den gesamten Häuserblock abgesperrt. Sie würden das Gelände die nächsten paar Tage im Auge behalten.

Sie dachte an den gemieteten Ford Taurus und daran, dass sie den Wagen, sobald er zurückgebracht worden war, in der Vertragswerkstatt von Destination Rent-a-Car einer Inspektion unterziehen lassen mussten. Megan sah sich mit einem Klemmbrett vor der Brust um den Wagen spazieren, um ihn auf Kratzer und Dellen zu untersuchen. Sie sah, wie jemand den Kofferraum öffnete. Dieser Jemand war jedoch weder einer ihrer Kollegen noch der Mechaniker der Autowerkstatt. Es war Glenn, und er trug seine OP-Kleidung. »Schau dir das an«, sagte er. Dann schob er den Mundschutz vor sein Gesicht und nickte mit dem Kopf in Richtung von etwas, das in dem Kofferraum lag. Megan schaute auf drei zusammengebündelte, luftdicht verschlossene Müllsäcke. »Das ist alles, was von Josh noch übrig ist«, hörte sie Glenn sagen.

Megan schoss hoch, saß senkrecht im Bett und schnappte nach Luft. Sie schaute auf die Digitaluhr auf dem Nachttisch: 05:06 Uhr. Sie begriff, wo sie war und dass sie ein paar Stunden geschlafen hatte – obwohl sie nicht gerade selig geschlummert hatte. Hatte sie geschrien? Sie wusste es nicht. Was, wenn die Leute im Nebenzimmer einen Schrei gehört und die Polizei alarmiert hatten? Sie horchte, ob sich nebenan irgendetwas regte, hörte aber nichts.

Schließlich knipste sie das Licht an und schlurfte ins Badezimmer. Als Megan sich im Spiegel über dem Waschbecken sah, erkannte sie sich im ersten Moment gar nicht. Sie hatte vergessen gehabt, dass sie sich die Haare gefärbt und so übel verschnitten hatte.

Sie torkelte wieder ins Bett und knipste das Licht aus. Ihr Herz raste nach wie vor wegen dieses grässlichen Albtraums. Immer und immer wieder dachte sie an die Müllsackmorde und an diesen Mann mit der kehligen Stimme am Samstagabend. War das dieser Lyle gewesen, nach dem die Polizei im Zusammenhang mit dem Mord an Cheryl Hardee suchte?

Sie hatte geglaubt, Glenns Eau de Cologne an dem Mann zu riechen. Sie hatte geglaubt, in der Brutalität, mit der er sie geschlagen hatte, Glenns Hand wiederzuerkennen. Doch vielleicht hatte sie sich geirrt. Glenn war schließlich im Gefängnis gewesen, als man all diese Seattler Frauen zerstückelt und in Mülltüten gestopft hatte. Glenn hätte seiner einzigen Nichte nicht die Kehle durchgeschnitten – auch nicht, weil Candy zum Teil für seine Verhaftung verantwortlich gewesen war. Megan dachte an den Mann mit der gekünstelt heiseren Stimme, der sie dazu gebracht hatte, sich vor ihm auszuziehen. Als er angefangen hatte, sich in Verbalerotik zu ergehen, hatte er nicht mehr mit dieser rauen Stimme gesprochen, sodass ihr klar geworden war, dass er nicht Glenn war.

Auf der Digitaluhr auf dem Motelnachttisch war es jetzt 05:37 Uhr, und Megan war hellwach.

Ihr ging auf, dass ihr Noch-Ehemann unter Umständen in Joshs Entführung verwickelt war. Jetzt hatte jedoch ein anderer das Sagen, jemand, der völlig durchgedreht war. Vielleicht war das der gleiche Jemand, der für die Morde an Willow Dwyer und diesen fünf Frauen in Seattle verantwortlich war.

Und jetzt hatte dieser Schlächter ihren Sohn in seiner Gewalt!

Kapitel zweiundzwanzig

Rmembr1996.

Das war der temporäre Benutzername der Person, die ihr den Link zu dem Artikel in der *CHICAGO TRIBUNE* gemailt hatte, in dem berichtet worden war, dass man an einem der Strände von Glencoe einen menschlichen Schädel gefunden hatte. Wer immer diese Person auch war: Sie hatte gewollt, dass Megan erfuhr, dass man den Kopf von Willow Dwyer gefunden hatte.

Diese Person hatte überdies gewollt, dass sie sich an das Jahr 1996 erinnerte.

Schon früh war Megan an diesem Morgen losgegangen, um sich einen Kaffee und eine Tageszeitung zu besorgen. Im unteren Teil von Seite eins der *SEATTLE TIMES* war ein Artikel über den Mord an Candy. Gleich neben einem Bild von Candy war Megans Führerscheinfoto abgedruckt. Sie war inzwischen von einer Person, die man befragen wollte, zur mutmaßlichen Täterin avanciert.

Der Mord war auch in den lokalen Morgenmagazinen eine der Topstorys gewesen, und jetzt hatten sie die Verbindung zu Josh hergestellt. Sie hatten Filmausschnitte davon gezeigt, wie er seine Auszeichnung vom Bürgermeister erhalten hatte, und darüber referiert, dass die Seattler Polizei jetzt nach Josh und seiner Mutter suchte. Megan hatte in ihrem geschmacklos eingerichteten Motelzimmer auf dem ungemachten Bett gesessen und angefangen zu schluchzen. Dieser Filmausschnitt von Josh hatte sie schon zum Weinen gebracht, als sie ihn zum ersten Mal gesehen hatte; ihn jetzt noch einmal zu sehen war verheerend – sie war am Boden zerstört.

Jeder andere, der diesen Bericht sah, wunderte sich wahrscheinlich über diese grässliche Frau, die jemanden ermordet und anschließend ihren entzückenden, gut aussehenden »guten Bürger« von Sohn mit auf die Flucht genommen hatte.

Ihr einziger Trost war, dass die Polizei jetzt auch nach Josh suchte. Damit halfen sie ihr in gewisser Weise. Irgendjemand erinnerte sich vielleicht, Josh am frühen Sonntagmorgen gesehen zu haben, und meldete das. Vielleicht konnte die Polizei seinen derzeitigen Aufenthaltsort ausfindig machen, bevor es zu spät war. Erhoffte sie sich damit zu viel?

Megan setzte sich an den Schreibtisch, auf dem ein paar Blätter Lamplighter-Inn-Briefpapier, ein Kugelschreiber und ihr Handy lagen. Die türkis-braunen Paisley-Vorhänge blieben geschlossen, und der Fernsehapparat war stummgeschaltet. Megan versuchte, sich so gut wie eben möglich an das Jahr 1996 zu erinnern, und machte sich ein paar Notizen.

1996 – Ereignisse

- HABE GLENN GEHEIRATET – Freunde von Glenn ... JJ? Feinde von Glenn?

- CLIFF IST GESTORBEN – monatelang im Krankenhaus, Ärzte & Krankenschwestern. Cliffs erster behandelnder Arzt ... Dr. Siler? (VORNAME?) Hat JJ ihn zusammengeschlagen? Hat das Krankenhaus gewechselt ... NAME der Krankenschwester???? Konnte mich, Glenn & Cliff nicht ausstehen. Hat auch das Krankenhaus gewechselt ... (STACEY? TRACEY?) Haben JJ oder Glenn sie bedroht?

Travis … (NACHNAME?) kranke Schwester, war übel in mich verknallt, schien Glenn zu hassen … NACHNAME??????

- BIN VERSCHWUNDEN – NACH SEATTLE GEZOGEN … Wer hätte mich hier ausfindig machen können? Wie?

- MORD AN WILLOW – Wenn Glenn sie nicht umgebracht hat, hat ihm jemand den Mord angehängt? Hatte Willow Familie oder einen zweiten Boyfriend (außer Glenn)? Irgendjemand, den ich 1996 nicht gekannt habe, der mich aber gekannt hat. Vielleicht kenne ich ihn jetzt … DAN LAHART? Vielleicht jemand von der Arbeit? Jemand, den ich 1996 nicht gekannt habe, könnte mir nach Seattle gefolgt sein – und ich hätte ihn nicht erkannt …

James »JJ« Jordan
Dr. Siler (Vorname?)
Travis (Nachname?)
Dan Lahart?

Megan konnte sich vorstellen, dass Dr. Siler und der problembeladene, emotional so anstrengende Travis ihr jeden Kummer heimzahlen wollten, den sie ihnen damals vielleicht bereitet hatte. Wenn sie sich recht besann, waren beide recht abrupt von der Bildfläche verschwunden, was seltsam war angesichts der Tatsache, dass der eine im Northwest-Evanston arbeitete und der andere eine kranke Schwester dort liegen hatte. Dr. Siler hatte man böse zusammengeschlagen, und Travis hatte sie eine Abfuhr erteilt. Sie konnte sich jedoch von beiden nicht vorstellen, dass sie all diese Jahre gewartet hatten, um Rache zu üben – und dann auch noch eine derart exzessive Rache. Dass Glenn sich mit Siler oder Travis verbündet hatte, konnte sie sich auch nicht vorstellen. Und außerdem stellte sich die Frage, warum Siler oder Travis Willow Dwyer hätten umbringen wollen?

Bedachte man das Täterprofil eines sadistischen Mörders, so entsprachen diese beiden Männer dem einfach nicht so, wie das bei JJ der Fall war. Und es war durchaus möglich, dass Willow einen zweiten Boyfriend oder irgendeinen geheimen Bewunderer gehabt hatte, der sie ermordet hatte, jemanden, den Megan 1996 nicht kannte. Vielleicht hatte der sich nach Willow ein neues Objekt seiner Begierde gesucht – sie.

»Sortier mal einige von diesen Verdächtigen aus«, sagte Megan leise zu sich selbst. Mit krummem Rücken und dem Kugelschreiber im Mund hockte sie am Schreibtisch und starrte auf ihre Notizen. Der Kaffee war inzwischen kalt.

Sie fragte sich, ob es irgendeine Möglichkeit gab, Einsicht in Krankenhausunterlagen zu nehmen, um Informationen über Dr. Siler zu finden – und Travis' Nachnamen. Sie dachte an Cliffs Lieblings-Krankenschwester Melissa Gable, die ihr nach Cliffs Tod eine äußerst bewegende Beileidskarte geschickt hatte. Sie lag immer noch in Megans Nordstrom-Karton. Sie erinnerte sich, dass Melissa in Evanston gewohnt hatte, wusste aber nicht mehr, in welcher Straße. Wie wahrscheinlich war es, dass Melissa immer noch dort wohnte? Wie wahrscheinlich war es, dass sie immer noch im Northwest-Evanston tätig war?

Megan griff nach ihrem Büro-Handy und rief die Telefonauskunft für die Vorwahl 847 an. »Können Sie mir bitte die Telefonnummer der Zentrale des Northwest-Evanston Hospitals geben?«, bat sie. Sie schaute auf ihre Armbanduhr. In

Chicago war es gleich zehn Uhr. Sie mahnte sich, dass sie sich auf eine lange und vermutlich unfruchtbare Suche nach Melissa gefasst machen musste.

Sie ging nicht davon aus, dass ihr die Dame der Personalabteilung eine große Hilfe sein würde, die schlaftrunken klang, als sie das Gespräch entgegennahm. »Hi«, sagte Megan zu ihr. »Ich versuche, eine Krankenschwester ausfindig zu machen, die Ende der Neunzigerjahre bei Ihnen gearbeitet hat. Ihr Name ist Melissa Gable.«

»Mmh, bleiben Sie bitte am Apparat«, sagte die Frau.

Während sie in der Warteschleife hing, wurde ihr *»Moon River«* als Ständchen gebracht. Megan schaute auf den stumm geschalteten Fernsehapparat in ihrem Zimmer und sah einmal mehr ihr Führerschein-Foto auf dem Bildschirm – und dann Filmausschnitte des Interviews, das Candy in der vergangenen Woche gegeben hatte. Sie sendeten noch einmal den gleichen Bericht, der vorhin gelaufen war. Jetzt zeigten sie, wie der Bürgermeister Josh die Auszeichnung verlieh.

»Intensivstation, Schwesternzimmer«, beendete die Stimme die Musik von Mancini. »Melissa am Apparat. Was kann ich für Sie tun?«

»Melissa?« Sie hatte nicht damit gerechnet, zu ihr durchgestellt zu werden.

»Ja. Wie kann ich Ihnen helfen?«

»Äh, Melissa, hallo, ich ... ich bin auf der Suche nach ein paar Informationen über einen Arzt, der bei Ihnen tätig war, als ich vor so ungefähr fünfzehn Jahren Patientin bei Ihnen war ...«

»Moment mal, ich erkenne Ihre Stimme«, sagte sie im Flüsterton. »Wer spricht da?«

Megan zögerte. »Sie können doch unmöglich ...«

»Lisa?«, flüsterte sie. »Mein Gott, das bist du, nicht wahr?«

»Wie ... woher weißt du das?«

»Du warst heute Morgen in den Nachrichten«, erklärte Melissa. »Es wird auch in sämtlichen Zeitungen darüber berichtet. Es wurde behauptet, du wärst noch am Leben. Ich konnte das gar nicht glauben. Wo bist du? Seattle? Hier bist du nicht, oder?«

»Nein«, gab Lisa zur Antwort. »Ich ... na ja, es ist vermutlich am besten, wenn ich dir gar nichts sage. Ich will nicht, dass du Schwierigkeiten bekommst und ...«

»Hier im Krankenhaus wird im Moment über nichts anderes geredet.«

»Was sagen sie denn?«

»Das, was in den Nachrichten war – dass du deine Nichte umgebracht hast. Und jetzt meinen sie, du hättest vielleicht auch Willow Dwyer ermordet.«

Über Letzteres hatte Megan noch nichts gehört. Darüber hatten die Seattler Nachrichtenmagazine noch nicht berichtet. Für einen kurzen Moment war sie perplex und konnte nur mit dem Kopf schütteln. »Nun ja«, meinte sie schließlich. »Willst du ... willst du mich nicht fragen, ob das wahr ist?«

»Nein«, gab Melissa zur Antwort. »Denn ich weiß, dass du zu so etwas niemals fähig wärst.«

»Danke, Melissa«, flüsterte sie.

»Ich habe auch eine Vermutung, warum du deinen eigenen Tod fingiert hast – um von ihm wegzukommen. Der Sohn, von dem in den Nachrichten die Rede war, ist das Glenns?«

»Ja«, gab Megan zu.

»Dann kann ich dir wirklich nicht verdenken, dass du dich nie gestellt hast, um Glenn aus der Patsche zu helfen.«

»Wirklich? Das ist lieb von dir. Ich glaube aber, dass du mit dieser Meinung weitgehend allein dastehst.«

»Hey, ich habe früher in der Notaufnahme des Cook County Hospitals gearbeitet. Von den Opfern häuslicher Gewalt, die sie auf Tragen hereingerollt haben, hatten die Söhne, die versucht hatten, ihre Mütter zu beschützen, meist das Schlimmste abbekommen. Nein, ich kann dir das absolut nicht verdenken. Du hast deinen Sohn behütet. Ich weiß, dass du eine gute Mutter bist. Und du warst Cliff eine wunderbare Schwester.«

Megan spürte, dass ihr die Tränen in die Augen stiegen, doch es gelang ihr, sie zurückzuhalten. »Danke«, sagte sie mit einem Kloß im Hals. »Du … abgesehen von dem, was offensichtlich ist, kann ich dir nicht viel sagen. Ich stecke in Schwierigkeiten – und das Gleiche gilt für meinen Sohn, Josh. Ich hoffe, dass du dich vielleicht noch an das eine oder andere erinnerst, was vor fünfzehn Jahren war. Das könnte mir wirklich helfen, Melissa.«

»Ich werde mein Bestes tun«, gab sie zurück. »Nur bin ich hier im Schwesternzimmer, und es laufen ständig Leute hin und her. Lass mich mal eben jemanden holen, der mich hier vertreten kann, während ich zum Telefonieren nach hinten gehe. Ich lege dich mal gerade auf Warteschleife, okay?«

»Okay«, sagte Megan. »Danke, Melissa.«

Sie lauschte einer Instrumentalversion des Beatles-Hits *»And I Love Her«*. Im Grunde fühlte sie sich erstmals seit Joshs Entführung bestätigt. Melissa hatte Verständnis und wollte ihr helfen. Sie war doch nicht ganz allein.

Doch als sich der Beatles-Song dem Ende zuneigte, fing Megan an sich zu fragen, warum das hier alles so lange dauerte. War es möglich, dass Melissa – mit den besten Absichten – die Polizei von Evanston kontaktierte? Oder das FBI? Megan stellte sich vor, wie sie Melissa anwiesen, die mutmaßliche Mörderin am Apparat zu halten, damit sie den Anruf zurückverfolgen konnten. Würden sie in der Lage sein zu orten, wo der Anrufer mit diesem Handy telefonierte, das *Destination Rent-A-Car, Seattle, Washington* gehörte?

Dem Beatles-Hit folgte *»Memories«* aus *»CATS«*. Megan erwog aufzulegen, bevor die Polizei den Anruf zurückverfolgen konnte. Doch dann vernahm sie ein Klicken, und im nächsten Moment war Melissa wieder am Apparat. »Lisa, bist du noch dran?«

»Ja«, gab sie beklommen zur Antwort.

»Okay. Entschuldige, dass ich dich da so lange habe warten lassen. Ich bin jetzt im Stationssekretariat, und im Moment ist hier niemand. Sprich also schnell, denn es kommt sicher gleich auch hier jemand rein.«

Megan zögerte. Wenn die Polizei versuchte, den Anruf zurückzuverfolgen, hätte man Melissa instruiert, sie so lange wie nur möglich am Telefon zu halten. Stattdessen forderte Melissa sie auf, schnell zu machen. Megan hatte ein schlechtes Gewissen, weil sie ihr nicht mehr vertraute. »Erinnerst du dich noch an den ersten Arzt, der Cliff behandelt hat, Dr. Siler?«, fragte sie. »Weißt du noch, wie der mit Vornamen hieß?«

»Oh ja, Mister Personality – oder besser Doktor Personality. Das war *Joel* Siler. Der hielt sich für was ganz Besonderes. Das Letzte, was ich gehört habe, war, dass er nach St. Louis gezogen und dort in Schwierigkeiten geraten ist, weil sie ihn wegen eines Behandlungsfehlers verklagt haben. Das war kurz nach deinem Verschwinden.«

Auf ein Blatt des Briefpapiers vom Lamplighter Inn kritzelte Megan *Dr. Joel Siler, St. Louis*.

»Eine der Krankenschwestern auf Cliffs Station schien Siler sehr zu mögen«, fuhr Megan fort. »Stacey Soundso ...«

»Ach ja, die. Die hat nicht lange hier gearbeitet.«

»Erinnerst du dich noch an ihren Nachnamen?«, fragte Megan.

»Nein. Die hat in einer anderen Schicht gearbeitet als ich. Ich habe sie nie kennengelernt. Wenn es wichtig ist, kann ich mich diskret umhören, ohne deinen Namen zu erwähnen. Es gibt hier noch so einige von der alten Garde, die sich möglicherweise an sie erinnern.«

»Das ist schon in Ordnung«, erwiderte Megan tief über ihre Notizen gebeugt. »Stacey war ziemlich plötzlich weg – genau wie Siler. Ich erinnere mich, dass man Siler, nur wenige Tage bevor er im Krankenhaus gekündigt hat, auf offener Straße überfallen hat. Weißt du, ob Stacey etwas Ähnliches passiert ist?«

»Ich habe gehört, dass man sie rausgeschmissen hat, weiß aber nicht, warum.«

»Was war mit Siler und dem Überfall? Könntest du dir vorstellen, dass Glenn das arrangiert hat?«

Es folgte eine Pause am anderen Ende der Leitung. »Nun ja«, meinte Melissa schließlich, »das Gerücht kursierte damals im Schwesternzimmer. Joel und Glenn hatten nicht gerade eine hohe Meinung voneinander. Bevor du ins Spiel kamst, hatten sie sich schon mehrmals Revierkämpfe geliefert. Es ist sogar so, dass ein Jahr vorher unten auf dem Parkplatz an Glenns Wagen sämtliche Reifen aufgeschlitzt wurden, und alle haben behauptet, Siler habe das getan. In jedem Fall besteht kein Grund, dass du dich dafür verantwortlich fühlst, dass man Joel überfallen hat. Was hat das denn mit den Schwierigkeiten zu tun, in denen du im Moment steckst?«

»Das weiß ich noch nicht«, gab Megan zu und lehnte sich auf dem Motelstuhl zurück. Wenn schon so lange böses Blut zwischen Glenn und Dr. Siler geherrscht hatte, war gar nicht vorstellbar, dass Siler sich je mit Glenn zusammentun würde, um sich über sie herzumachen. Siler führte Kleinkrieg gegen Glenn, nicht gegen sie. »Weißt du irgendetwas über diese Behandlungsfehler-Klage nach seinem Umzug nach St. Louis?«, fragte sie.

»Damit kann ich dir nicht weiterhelfen, tut mir leid.«

Wieder schaute Megan auf ihre Notizen. »Erinnerst du dich noch an einen der anderen Patienten auf Cliffs Station, eine junge Frau? Sie hatte einen Bruder, der damals noch ein Teenager war und Travis hieß ...«

»Grundgütiger! Lisa, das ist fünfzehn Jahre her.«

»Sie hat sehr lange dort gelegen. Ihr Zimmer war am anderen Ende des Korridors. Ihr Bruder hat immer auf dem Flur herumgelungert ...«

»Cassie ... Cassie McClaren«, sagte Melissa. »Sie hatte ... äh, sie hatte ein Problem mit den Nieren aufgrund einer Verletzung, die man nie behandelt hatte. Sie war eine Treppe hinuntergefallen, irgend so was. Der Bruder war in dich verknallt, daran erinnere ich mich.«

»Weißt du, was aus den beiden geworden ist?«

»Also, Cassie wurde auf eine andere Station verlegt«, sagte Melissa. »Kurz darauf ist sie gestorben. Das war so ungefähr zu dem Zeitpunkt, als du Glenn geheiratet hast.«

»Das habe ich nicht gewusst«, flüsterte Megan. Sie erinnerte sich, Melissa gebeten zu haben, sie über Cassies Zustand auf dem Laufenden zu halten, nachdem man sie verlegt hatte. »Warum hast du mir nie gesagt, dass sie gestorben ist?«

»Na ja, du hast mich nicht mehr nach ihr gefragt«, antwortete Melissa.

»Ach, ich fühle mich schrecklich ...«

»Sei nicht so hart mit dir«, seufzte Melissa. »Du hattest schon so genug um die Ohren. Du hattest die Hochzeit vor der Brust, und Cliff war so krank. Außerdem hast du sie ja kaum gekannt. Du kanntest sie ausschließlich durch ihren Bruder, der verrückt nach dir war – verrückt mit ganz vielen »R«.«

Megan notierte sich *Travis McClaren ... Cassie McClaren (RIP)*.

»Ja«, hörte sie sich sagen. »Travis war emotional ziemlich anstrengend.«

»Willst du wissen, was echt bizarr an dem Ganzen ist?«, fragte Melissa. »Er hat am Ende mehrere Millionen geerbt. Und ich bringe deine Seifenblase zwar nur ungern zum Zerplatzen, aber allzu lange hat er sich nicht nach dir verzehrt. Nur wenige Monate nach deinem Verschwinden – als alle dachten, du wärst tot – hat Jung-Travis geheiratet ...«

Megan verzog den Mund zu einem Lächeln, als sie das vernahm. Sie kam sich albern vor, gedacht zu haben, Travis könne über ihre Zurückweisung so verzweifelt gewesen sein, dass er den Verstand verloren hatte oder irgendetwas in der Art. »Nun, da bin ich froh«, sagte sie. »Das freut mich für ihn.«

»Es ist aber nicht gerade ein Grund zur Freude«, entgegnete Melissa. »Er und seine junge Gattin sind bei einem Bootsunfall ertrunken. Sie waren beide noch keine zwanzig. Das stand hier überall in den Zeitungen, ganz traurige Geschichte. Sie waren erst ein halbes Jahr verheiratet gewesen.«

»Das ... das tut mir leid«, war das Einzige, was Megan über die Lippen brachte.

»Ich komme sofort. Frag Susan. Die vertritt mich gerade im Schwesternzimmer ...« Melissa sprach mit irgendjemandem im Sekretariat. »Lisa?«, flüsterte sie im nächsten Moment in den Apparat. »Was habe ich gerade erzählt?«

Mit gerunzelter Stirn strich Megan den Vermerk *Travis*

McClaren ... Cassie McClaren (RIP) durch. Sie seufzte. »Dass Travis und seine Ehefrau ums Leben gekommen sind.«

»Ja, und ihre Eltern haben wohl den größten Teil des Geldes geerbt, zumindest das, was noch übrig war nach Travis' Kauforgien und Fehlinvestitionen und dergleichen ...«

Megan hörte, dass am anderen Ende der Leitung im Hintergrund jemand sprach.

»Frag Susan danach, okay?«, sagte Melissa zu irgendjemandem im Raum. »Das müsste in der Krankenakte der Patientin stehen ...«

Wieder schaute Megan auf ihre Notizen:

- MORD AN WILLOW – WENN GLENN SIE NICHT UMGEBRACHT HAT, HAT IHM JEMAND DEN MORD ANGEHÄNGT? HATTE WILLOW FAMILIE ODER EINEN ZWEITEN BOYFRIEND (AUSSER GLENN)?

Wie Melissa gesagt hatte, glaubte die Polizei jetzt, sie könnte Willow ermordet haben. Megan konnte das gar nicht fassen. Aber vielleicht war genau dieses Ereignis des Jahres 1996 das, von dem diese Person wollte, dass sie sich daran erinnerte.

»... gib mir noch zwei Minuten, ja?«, sagte Melissa. Dann flüsterte sie wieder in die Sprechmuschel: »Jesus, mach mich stark, hier drinnen geht es plötzlich zu wie in Grand Central Station. Pass auf, Lisa, so leid es mir tut, sollten wir hier langsam zum Ende kommen. Es ist einfach nicht klug, hier weiter mit dir zu reden, wenn ständig jemand rein- und oder rausgeht. Ich gebe dir mal gerade meine Handynummer, damit du mich später noch mal anrufen kannst ...«

Megan notierte sich Melissas Telefonnummer. »Kann ich dich noch ein, zwei Sachen fragen?«, flehte sie.

»Nur zu, schieß los.«

»Wegen Willow«, sagte sie. »Weißt du, ob sie noch einen anderen Freund hatte, jemanden außer Glenn, mit dem sie was hatte? Hast du darüber mal irgendetwas gehört?«

»Nun ja, nach Willows Verschwinden gab es haufenweise Gerüchte. Ich habe gehört, dass sie sich eine Zeit lang heimlich noch mit jemand anderem getroffen hat. Zugleich hoffte sie aber wohl, Glenn an Land ziehen zu können. Laut Aussage einer der anderen Krankenschwestern hat Willow kurz nach deinem ... deinem Selbstmord zu einer Kollegin gesagt, dadurch sei das Feld jetzt frei für sie. Ich weiß nicht, wie glaubwürdig –«

Auf einmal schlug jemand gegen Megans Zimmertür. *»Aufmachen!«* brüllte eine Männerstimme. *»Wir wissen, dass Sie da drinnen sind!«*

Megan sprang so schnell auf, dass sie fast den Tisch dabei umwarf. Ihr Kaffeebecher kippte um, und der Inhalt ergoss sich über ihre Notizen. »Was ist los?«, hörte sie Melissa ins Telefon flüstern.

»Öffnen Sie auf der Stelle die Tür!«, brüllte der Mann, während er weiterhin dagegenschlug. Der Türknauf bewegte sich klappernd hin und her. »Es hat keinen Sinn, sich zu verstecken! Machen Sie auf!«

Von Panik erfasst drückte Megan das Telefongespräch weg und griff nach ihrer Handtasche. Sie sah sich im Zimmer um, um festzustellen, ob sie irgendetwas zurücklassen würde. Sie beschloss, durch die gläserne Schiebetür nach draußen auf den Parkplatz zu flüchten.

Da hörte sie plötzlich, wie im Nebenzimmer die Tür geöffnet wurde. »Gott, Larry«, sagte eine Frau. »Was tust du denn da, verdammt? Das ist nicht witzig. Du hast dich im Zimmer geirrt.«

»Oh, Scheiße, ich wollte doch bloß ein bisschen herumalbern …«

»Du Idiot, willst du, dass man uns hier rausschmeißt?«

Megan hörte, wie nebenan die Zimmertür geschlossen wurde. Sie konnte sie flüstern hören, und dann vernahm sie das leise Lachen der Frau.

Als sie den verschütteten Kaffee aufwischte, zitterte sie immer noch, und dann rief sie die Telefonnummer an, die Melissa ihr gegeben hatte. Melissa nahm das Gespräch nach dem dritten Läuten entgegen. »Ja, hallo?«

»Ich bin es noch mal«, sagte Megan und lief dabei nervös im Raum auf und ab. »Es tut mir leid, dass ich einfach aufgelegt habe. Ich hatte hier … einen falschen Alarm …«

»Hey, wie geht es dir?«, rief Melissa mit fröhlicher Stimme. »Ich habe gerade erst an dich gedacht. Weißt du, ich wollte dir sagen – diese Information, über die wir uns bei unserem letzten Gespräch unterhalten haben, ich weiß nicht, wie glaubwürdig die ist.«

»Bist du nicht allein im Raum?«, fragte Megan.

»Darauf kannst du wetten, jede Menge.«

»Du sagst, die Information sei vielleicht nicht glaubwürdig, meinst du die über Willow?«

»Das stimmt. Verlassen darf man sich darauf nicht. Pass auf, ich habe im Moment zu tun, Stephanie. Aber wenn du mich brauchst, warum rufst du mich dann nicht später noch mal an – wenn ich mit der Arbeit fertig bin?«

»Du hast mir schon genug geholfen«, gab Megan zurück. »Ich will nicht, dass du irgendwelche Schwierigkeiten bekommst, Melissa. Hab tausend Dank.«

»Ich fand das auch sehr schön, endlich mal wieder mit dir

zu plaudern«, sagte Melissa. »Wir reden später. Bis dahin mach's gut, okay?«

Megan hörte, wie sie auflegte.

Sie drückte das Gespräch weg, schaute auf ihre Notizen, die jetzt aufgrund des Missgeschicks mit dem Kaffee leicht verschmiert waren. Ein Name war aber immer noch ganz deutlich zu lesen.

James »JJ« Jordan.

Kapitel dreiundzwanzig

Wenn man im Cyber Café auf dem Capitol Hill einen der Computer benutzen wollte, musste man beim Barista seinen Führerschein hinterlegen. In einem Quittungskasten unter der Kasse lag demzufolge ungefähr ein Dutzend Führerscheine. Einer davon gehörte Rachel Porter aus Fort Wayne, Indiana.

Megan trug Jeans und einen beigefarbenen Troyer. Die Ärmel reichten ihr bis zu den Fingerknöcheln, sodass ihre bandagierte linke Hand zur Hälfte darunter verschwand. In ihrer großen Tasche war der Revolver der Galerie, in der Candy gearbeitet hatte. Megan hatte auch drei Mobiltelefone bei sich: das Büro-Handy, den Apparat, den sie sich von dem aus Las Vegas stammenden J. Knoll »ausgeborgt« hatte, und das *»Every Breath You Take«*-Telefon – ihre »einzige Verbindung zu Josh«, wie sein Entführer es formuliert hatte.

An diesem Morgen hatte sie nur einen Anruf erhalten – von Teresa auf ihrem Büro-Handy. Sie hatte um 09:20 Uhr angerufen, und zwar genau in dem Moment, in dem Megan vor dem Café aus dem Taxi gestiegen war. Megan hatte den Anruf auf die Mailbox gehen lassen: *»In Gottes Namen, Meg, was ist los? Ich kann nicht glauben, was sie in den Nachrichten über dich sagen. Ich habe gestern Abend und heute Morgen versucht, dich auf deinem privaten Handy zu erreichen, aber du nimmst nicht ab. Die Polizei ist hier in der Firma, und ich rufe dich von der Toilette aus an. Pass auf, ich mache mir Sorgen um dich und Josh. Ruf mich ausschließlich auf dieser Nummer* *hier an, auf keiner anderen. Aber ruf mich an, wenn du diese Nachricht bekommst, okay?«*

Megan hätte Teresas Unterstützung gut gebrauchen können, musste aber die ganze Zeit daran denken, was dem letzten Menschen zugestoßen war, der versucht hatte, ihr zu helfen.

Ihre Computeranlage stand auf einem Tisch in der Ecke des Cafés, wo sie mit einer Hand im Internet surfte. Megan schien sich nicht von den anderen Kunden zu unterscheiden, die mit hängenden Schultern vor ihren Rechnern hockten und Latte schlürften. Auf der anderen Seite des Cafés war das große Ladenfenster mit Blick auf den regen Straßen- und Fußgängerverkehr des Broadways, der Hauptgeschäftsstraße auf dem Capitol Hill, die nur zwei Querstraßen entfernt war. Unablässig hielt sie Ausschau nach Streifenwagen.

Sie hatten sie bereits im Visier. Dass die Polizei bei Destination Rent-A-Car war, vereitelte ihr Vorhaben, heute diesem Apartmenthaus in ihrer Nachbarschaft einen Besuch abzustatten. Persönlich konnte sie zumindest nicht dorthin gehen. Aller Wahrscheinlichkeit nach überwachten sie den gesamten Häuserblock.

Das Haus war auf der Yale Avenue, eine Querstraße von ihrer Doppelhaushälfte entfernt. Sie nippte an ihrem Kaffee und ging auf Google Street View. Dort tippte sie ihre Hausnummer ein, schrieb aber *Yale Avenue East, Seattle, WA 98102* in die Suchzeile. Sie musste einfach nur ein bisschen mit den Hausnummern herumspielen, bis sie auf eine Adresse stieß, die es tatsächlich gab – mit einer Google Street View. Dabei handelte es sich um ein Gebäude, das rechts neben dem im Stil der achtziger Jahre erbauten Hochhaus stand. Megan bewegte die Maus so lange hin und her, bis sie einen guten Blick auf die Eingangsfassade des Apartmenthauses bekam.

Die wenigen Buchstaben, die sie auf dem Schild neben der gläsernen Doppeltür ausmachen konnte, die in die Lobby führte, reichten; den Rest überließ sie ihrem Erinnerungsvermögen. Das Gebäude hieß *Vista-Eastlake Apartments*.

Wieder auf Google, gab sie *Vista-Eastlake Apartments, Seattle, Manager-Kontakt* ein, und das zweite Ergebnis war eine Anzeige vom Juni dieses Jahres, in der eine freie Wohnung angeboten wurde. Darunter stand die Telefonnummer des Managers. Megan wühlte in ihrer Handtasche, bis sie ihr Büro-Handy gefunden hatte, und rief die Nummer an.

»Hi, hier spricht Roberta«, meldete sich die Frau beim zweiten Läuten.

»Hi«, sagte sie ins Telefon und drehte sich dabei so herum, dass sie auf einen Lautrec-Druck schaute, der an der Wand des Cafés hing. »Ich versuche, den Manager der Vista-Eastlake Apartments zu erreichen.«

»Sie sprechen mit ihm. Wir haben im Moment aber nichts frei.«

»Nun, man hat mir gesagt, dass ... in einer der oberen Etagen ein Herr wohnt, der in Kürze ausziehen würde.«

»Wirklich?«, gab die Frau zurück. »Davon habe ich nichts gehört.«

»Ich glaube nicht, dass er schon lange dort wohnt. Haben Sie im Verlauf der letzten paar Monate irgendwelche neuen Mieter bekommen? Einen Mann?«

»Im Juli ist ein Ehepaar hier eingezogen – in den zweiten Stock. Das war es aber auch schon. Ich bedaure, Ihnen da nicht weiterhelf...«

»Warten Sie, nur einen Moment, bitte«, sagte Megan. Ihr kam auf einmal der Gedanke, dass dieser Mann, der sie beobachtet hatte, das vermutlich schon seit sehr langer Zeit tat – vor allem, wenn es sich dabei um den gleichen Mann handelte, der all diese Frauen ermordet und zerstückelt hatte. Er war nicht erst kürzlich eingezogen. Es konnte sogar angehen, dass er die Wohnung in den Vista-Eastlake Apartments schon angemietet hatte, als sie mit Josh in die Doppelhaushälfte gezogen war. »Könnten Sie mir sagen, ob in den beiden oberen Etagen alleinstehende Männer wohnen?«

»Schätzchen, suchen Sie nach einer Wohnung oder nach einem Lebensgefährten?«

Megan zögerte einen Moment. »Ehrlich gesagt, suche ich nach dem Mann, mit dem ich dort eine Nacht verbracht habe, in der ich ein bisschen zu viel Alkohol intus hatte«, log sie. Sie drehte sich kurz nach hinten um und schaute aus dem Fenster des Cafés. »Und ich muss ihn unbedingt ausfindig machen. Ich ... ich glaube, er hat gesagt, dass er Lyle heißt. Obwohl meine Freundin behauptet, er würde sich manchmal auch anders nennen. Könnten Sie mir da bitte behilflich sein?«

»Es tut mir leid, aber wir haben keinen Mieter, der Lyle heißt.«

»Was ist mit JJ?«, bohrte Megan weiter. »Er könnte sich James Jordan nennen oder Lyle James, oder Jordan Lyle ...«

»Nein, einen James Jordan haben wir hier auch nicht. Es tut mir wirklich leid. Ich habe Verständnis für Ihre Situation, muss aber die Privatsphäre unserer Mieter wahren. Auf Wiederhören.«

Megan hörte, dass die Frau auflegte.

Missmutig legte sie das Telefon auf den Tisch. Dann drehte sie sich zum Computer um und ging neuerlich auf Google. In die Suchleiste tippte sie: *James Jordan, JJ*.

Auf den ersten beiden Seiten fand Megan mehrere Links zu Personen dieses Namens auf Facebook sowie diverse Artikel über einen Rennfahrer, jedoch nichts über Glenns alten Kumpel JJ. Angesichts seiner brutalen Art und der Tatsache, dass er Glenn immer die Drecksarbeit abgenommen hatte, schien er durchaus fähig zu sein, einen Mord zu begehen. Glenns Schwester Audrey hatte gesagt, JJ würde immer dafür sorgen, dass Glenns ausgemusterte Freundinnen ihn nicht mehr belästigten. *JJ erledigt, was erledigt werden muss.*

Immer wieder sagte sie sich, dass Willow eines dieser Mädchen gewesen sein musste. Und Willow war tot und zerstückelt geendet.

Laut Aussage von Glenns Rechtsanwalt war es 1996 zwischen Glenn und JJ zu einem Zerwürfnis gekommen. Das musste allerdings nicht heißen, dass sie nicht heimlich immer noch zusammenarbeiteten. Vielleicht hatte JJ jetzt das Sagen. Vielleicht hatte er endlich kapiert, dass sein guter Kumpel Glenn ihn immer nur ausgenutzt hatte wie einen Pitbull, für den er nicht gerade herzliche Gefühle hegte. Megan erinnerte sich, wie anzüglich JJ sie immer angestarrt hatte. Sie fragte sich, ob es Glenns alter Kumpel gewesen war, der ihr am Telefon Obszönitäten ins Ohr geflüstert und sie gezwungen hatte, ihm ihre nackten Brüste zu zeigen. Vielleicht bestimmte JJ jetzt, wo es langging, und Glenn war unfähig gewesen, ihn davon abzuhalten, Candy die Kehle durchzuschneiden.

Auf Seite vier der Google-Ergebnisse stand immer noch nichts über JJ. Und Megan verschüttete um Haaresbreite ihren Kaffee, als plötzlich das Handy läutete. Es ertönten ein paar Takte von *»Every Breath You Take«*, bis ihr gelungen war, es aus ihrer Tasche zu fischen. Einige der anderen Gäste im Café unterbrachen, was sie gerade taten, und starrten sie an.

Sie nahm das Gespräch entgegen und drehte sich dann wieder so, dass sie auf den Toulouse-Lautrec-Druck an der Wand schaute. »Ja?«, hauchte sie ängstlich.

»Wo bist du, Lisa?«

Sie konnte nicht antworten. Sie konnte nicht einmal atmen. Der Mann am anderen Ende der Leitung war nicht der mit der heiseren Stimme. Und es war auch keine Bandaufnahme. Es war Glenn.

Fünfzehn Jahre lang hatte sie sich davor gefürchtet, diese Stimme jemals wieder zu hören – und diese Frage aus seinem Mund. Im ersten Moment war sie viel zu fassungslos, um etwas zu sagen. Sie wusste zwar, dass Glenn irgendwie hinter alldem steckte, was in den letzten Tagen passiert war, doch sie hatte angenommen, dass er sie darüber im Ungewissen lassen würde – zumindest, bis es so gut wie vorbei war.

»Wo bist du?«, fragte er noch einmal. »Vor der Polizei kannst du dich verstecken. Aber nicht vor mir – denn ich bin hier derjenige, der das Heft in der Hand hat.«

»Im Augenblick bin ich in einem Café – in der Nähe vom Broadway auf dem Capitol Hill«, gab sie schließlich zur Antwort.

»Wie heißt der Laden? Gib mir die Adresse!«

»Es ist das ... das Cyber Café auf der East John Street.«

»Wo warst du gestern? Wo hast du übernachtet?«

»In einem Motel namens Lamplighter Inn in der Nähe der Space Needle.« Megan versuchte immer noch, wieder gleichmäßig zu atmen. Sie konnte nicht fassen, dass sie mit Glenn sprach – und all seine Fragen beantwortete wie eine eingeschüchterte, unterwürfige Ehefrau. Jetzt wurde sie wütend. »Wo bist *du* denn?«, fuhr sie ihn an. »Wo hältst du meinen Sohn gefangen? Was hast du mit ihm gemacht?«

Es blieb still am anderen Ende der Leitung.

»Glenn, das war keine Lüge, als ich dir gesagt habe, dass er dein Sohn ist. Schau ihn dir nur an. Wenn du es irgendjemandem heimzahlen willst, dann vergreif dich an mir. Tu nur ihm um Gottes willen nicht weh. So sehr du mich auch hasst, lass das nicht an ihm aus. Er ist ein guter Junge. Er ist das einzig Gute, was unsere unglückliche Ehe hervorgebracht hat. Wenn du ihn kennen würdest ... Glenn, du wärst stolz auf ihn ...«

Sie konnte nicht dagegen an und fing an zu weinen. Sie drehte den anderen Gästen des Cafés noch mehr den Rücken zu und wischte sich die Tränen schnell ab. »Mit wem arbeitest du zusammen?«, fragte sie. »Ist es JJ? Ich weiß, dass es JJ ist. Wie konntest du zulassen, dass er deine Nichte ermordet? Er ist dein Komplize, nicht wahr? Nur hat er wohl jetzt das Ruder in die Hand genommen ...«

Sie wartete immer noch darauf, dass Glenn endlich etwas sagte.

»Bist du noch dran?«, fragte sie mit plötzlich sehr viel lauterer Stimme. »Glenn, hör mir gut zu. Josh ist dein Sohn, er ist deine Familie. Du musst ihn beschützen. Hörst du mich?«

Da fiel Megan plötzlich auf, dass sie viel zu laut sprach. Sie drehte sich um und stellte fest, dass einige der Gäste sie anstarrten. »Verdammt, Glenn«, zischte sie ins Telefon. »Sprich mit mir. Sag mir, dass Josh noch am Leben ist. Sag mir, dass du ihm nicht wehtun wirst.«

Sie hörte, dass er sich am anderen Ende der Leitung räusperte. »Hast du das Zimmer im Lamplighter Inn noch?«, wollte er wissen.

Sie seufzte. »Ja. Aber pass auf, bevor ich nicht irgendeine Zusicherung von dir bekomme, dass Josh noch am Lebe...«

»Welche Zimmernummer?«, fiel er ihr ins Wort.

»Ich muss mit Josh reden, ich ...«

»Sag mir die verfluchte Zimmernummer«, brüllte er.

Sie zuckte zusammen und die Hand, in der sie das Telefon

hielt, begann zu zittern. »Hundertsiebenundzwanzig«, sagte sie.

»Sei heute Abend um zwanzig Uhr in deinem Hotelzimmer«, sagte er. »Ich will mich mit dir treffen.«

»Lass mich mit Josh reden«, forderte sie beharrlich. »Wenn du mir nicht ermöglichst, mit ihm persönlich zu sprechen, kann ich für nichts mehr garantieren. Dann gehe ich zur Polizei. Es interessiert mich nicht, ob ...«

Megan hörte das Klicken am anderen Ende der Leitung. Er hatte aufgelegt. Sie begriff, dass Glenn mit ihr Schluss gemacht hatte – zumindest fürs Erste.

»Gut gemacht, Glenn«, sagte er und hielt Megans Handy nicht länger vor Dr. Glenn Swanns Gesicht.

Glenn konnte das Telefon nicht selbst halten, weil man ihm die Hände auf dem Rücken gefesselt hatte. Das Seil um seine Handgelenke schnitt so tief ins Fleisch ein, dass es die Durchblutung beeinträchtigte. Er konnte seine Hände schon gar nicht mehr spüren. Seine Arme schmerzten.

Nur mit seiner Unterhose bekleidet, war er an einen Holzstuhl gefesselt. Schweißperlen bildeten sich auf seiner Stirn, die von einer schmerzhaften Beule und einer verkrusteten Wunde entstellt war. Trotzdem konnte er nicht aufhören zu zittern. In diesem Keller war es dunkel und zugig, und sein fast nackter Körper war von einer Gänsehaut überzogen.

Halb rechts hinter sich konnte Glenn ein schmieriges altes Badezimmer sehen, in der eine frei stehende Badewanne auf Löwenfüßchen stand, und darüber war ein Gestell, das von der Decke herabhing. Es erinnerte ihn an das Regal für Töpfe, Pfannen und Kochutensilien, das in dem alten Haus in Winnetka, in dem er mit Lisa gewohnt hatte, über der Kücheninsel gehangen hatte. Nur lagerten auf diesem Gestell hier Schneideinstrumente – Hackbeile, Metzgermesser und Sägen verschiedener Größen.

Ebenfalls zu seiner Rechten, aber eher vor ihm, stand eine Konsole mit vier kleinen Fernsehmonitoren und anderen audiovisuellen Geräten. Glenn schätzte, dass drei dieser Bildschirme an Überwachungskameras auf dem Grundstück angeschlossen waren. Einer der Fernsehapparate zeigte den Anfang einer Auffahrt, die von irgendeiner Landstraße abging. Nach dem Blickwinkel zu urteilen, war die Kamera entweder auf einem Baum oder auf einem hohen Mast installiert. Der zweite Bildschirm zeigte einen anderen Außenbereich. Glenn sah darauf Teile eines alten, von Büschen umgebenen Farmhauses und ein Gebäude im Hintergrund, das aussah wie eine Scheune.

Mehr als vertraut war Glenn der karge, fast leere Raum, der auf dem vierten Monitor zu sehen war. Dort hatte er die letzten qualvollen Tage verbracht. Aufgrund der Wellblechwände, der fehlenden Fenster und der Größe war er so gut wie sicher, dass man ihn im Laderaum eines kleinen Möbelwagens eingesperrt hatte. An einer der Wände – so weit oben, dass er nicht darangekommen war – hatte jemand zwei Lampen und eine Kamera installiert. Er hatte während der letzten Tage gewusst, dass irgendjemand jede seiner Bewegungen in diesem stickigen Schwitzkasten aus Blech beobachtete.

Und jetzt war er an diesen Stuhl gefesselt und wurde gezwungen, den Voyeur zu spielen.

Direkt vor ihm war ein großes Fenster, durch das man in ein Schlafzimmer schaute, in dem ein drahtig gebauter Teenager mit nacktem Oberkörper rastlos auf und ab tigerte. Der Junge sah müde und hungrig aus und hatte sich eine Decke über die Schultern gehängt. Von Zeit zu Zeit ließ er sich aufs

Bett fallen und starrte mit finsterer Miene durch das Fenster, von dem Glenn annahm, dass es ein Einwegspiegel war.

Er war ein hübscher Kerl. Er sah seiner Mutter sehr ähnlich.

Der Mann, den er unter dem Namen Danny kannte, hatte ihm – erst vor wenigen Stunden – erzählt, der Junge sei sein Sohn. Glenn hatte ihm aber nicht geglaubt, bis Lisa ihm das in ihrem Telefonat vor wenigen Minuten bestätigt hatte. Sie hatte ferner gesagt, Candy sei von diesem Mann, mit dem er »zusammenarbeite«, ermordet worden. Jetzt ging ihm auf, dass die Frau, deren Bild sie in den stummgeschalteten Fernsehnachrichten immer neben dem Führerscheinfoto einer blonden Lisa zeigten, seine Nichte war.

Glenn hatte kooperiert und alles gesagt, was er Lisa am Telefon hatte sagen sollen. Etwas anderes war ihm nicht übrig geblieben. Der Mann hatte sich vor ihm aufgebaut, Glenn das Handy unter die Nase und ein Messer an die Kehle gehalten. Seit Mittwochabend war er der Gefangene dieses Kerls. Glenn war sich nicht sicher, wie viele Tage seither vergangen waren. Ihm kam es vor wie eine Ewigkeit.

Die Schuld dafür gab er sich selbst. Er war zu übermütig geworden – und hatte sich viel zu sehr damit befasst, was er Lisa alles antun wollte, wenn sie erst mal wieder vereint waren. Er hatte sich damit einverstanden erklärt, »Danny« um halb eins in der Nacht in Fremont unter der Aurora Bridge zu treffen. Für Glenns Ohren hatte dieser Treffpunkt recht vage geklungen. Doch Danny hatte erklärt: »Wink dir einfach ein Taxi heran und sag dem Fahrer, er soll dich vor dem Fremont-Troll unter der Aurora Bridge absetzen.«

In dem Moment, in dem er unter den nördlichen Pfeilern der Brücke aus dem Taxi stieg, sah Glenn die monumentale Betonstatue des einäugigen Ungeheuers, das darunter kauerte. Die Kreatur hielt einen echten Volkswagen, einen Käfer, in den Klauen, als habe er ihn gerade von der Straße über sich geklaubt. Glenn hatte geglaubt, ein Rendezvous unter einer Brücke um halb eins in der Nacht sei etwas Unheimliches und Heimliches. Es kletterten jedoch drei Teenager auf der Troll-Plastik herum und teilten sich dabei einen Joint. Außerdem war da ein Pärchen, beide Anfang dreißig, die sich gegen den VW gelehnt hatten, einander küssten und wahrscheinlich Intimitäten zuflüsterten.

Einmal mehr ließ Danny ihn warten. Ungeduldig schaute Glenn sich die Autos an, die in der Nähe parkten. Es waren nur zwei: ein dunkelgrüner Saturn und ein silberfarbenes SUV. Beide schienen leer zu sein. Nach zwanzig Minuten quetschten sich die Teenager, die zusehends unerträglich wurden, in den Saturn und fuhren weg. Glenn sah, dass das Pärchen daraufhin nur noch heftiger zu knutschen begann. Zwischendurch ertappte er die Frau immer mal wieder dabei, wie sie ihn beäugte. Sie war nicht sein Typ. Sie war ihm zu dürr, hatte welliges bräunliches Haar und irgendwie etwas Schlampiges an sich.

Schließlich löste sie sich von ihrem Boyfriend und lief auf Glenn zu. Sie zog ein Handy aus ihrer Manteltasche. »Sagen Sie, könnten Sie wohl ein Foto von uns schießen?«, fragte sie. »Vor dem Troll? Würde Ihnen das was ausmachen?«

»Lass ihn das bloß nicht mit deinem Telefon machen«, protestierte der Boyfriend. »Deine Handy-Kamera ist Scheiße – vor allem bei Nachtaufnahmen. Hier, nehmen Sie meine …« Er trabte auf ihn zu und griff dabei in seine Jackentasche.

Glenn streckte ihm die Hand entgegen.

Im nächsten Moment sah er, dass der Boyfriend einen kleinen Baseballschläger aus der Jacke zog, die Art von Schläger, die in Stadien als Souvenirs verkauft wurden. Urplötzlich holte der Mann aus und prügelte mit dem Schläger auf ihn ein. Das Ganze ging so schnell, dass Glenn keine Zeit blieb sich zu ducken.

Als er wieder aufwachte, lag er im Laderaum dieses Möbelwagens – nur dass der sich nicht von der Stelle rührte. Er schlug gegen die Wellblechwände und schrie um Hilfe, doch es reagierte niemand darauf. Allzu lange hielt er das nicht durch. Es hämmerte dermaßen brutal in seinem Schädel, dass ihm übel war. Aufgestapelt an der Wand standen ein paar Sachen, die sein Entführer ihm dort gelassen hatte: einige Plastikflaschen, die Wasser enthielten, ein paar Dosen Katzenfutter, damit er nicht verhungerte, und ein Eimer, in den er seine Notdurft verrichten sollte. Zugleich entdeckte Glenn die Kamera in der Ecke unter der Decke, die offenbar jede seiner Bewegungen beobachtete und aufzeichnete.

Er konnte nicht sagen, wie lange man ihn in dieser klaustrophobisch engen Blechzelle gefangen gehalten hatte. Da er Nahrung brauchte, hatte er jedoch mehrmals nach dem ekelerregenden Katzenfutter gegriffen. Fakt war, dass nur noch drei Dosen davon übrig waren und eine Flasche Wasser. Er hatte seine Geschäfte so häufig in dem Eimer verrichtet, dass es in dem kleinen fensterlosen Raum ordentlich stank. Und nachdem er mehrere Tage in Folge die gleichen Sachen getragen hatte, stank er selbst auch.

Vor ungefähr zwei Stunden hatte dann jemand gegen die Seitenwand des Möbelwagens geklopft. Der Mann hatte ihn angewiesen, sich vor die Wand zu stellen und dort mit dem Rücken zur Kamera auf den Boden zu knien. Glenn hatte gehört, dass er sich leise mit jemandem unterhielt. Es klang, als telefoniere er – vermutlich mit der schlampig aussehenden

Brünetten. Glenn schätzte, dass sie ganz in der Nähe war, ihn über diese Kamera beobachtete und ihrem Boyfriend Bericht erstattete, ob der Gefangene kooperierte oder nicht.

Glenn war gehorsam. Er kniete sich genau so hin, wie man ihm befohlen hatte. Er hörte zunächst ein Schloss klicken und dann ein rasselndes Geräusch, das klang, als würde sich hinter ihm eine schwere Tür heben. Als Nächstes vernahm er ein Quietschen und nahm an, dass das die Rampe war, über die normalerweise Möbel in den Laderaum transportiert wurden. Glenn genoss es, nach Tagen erstmals wieder frische Luft zu atmen. Die Freude war allerdings nicht von langer Dauer. Er hörte die Schritte – und dann glitt ein Schatten über ihn. »Rühr dich nicht von der Stelle, Glenn«, hörte er den Mann sagen. »Ich habe eine Waffe. Außerdem habe ich hier einen mit Chloroform getränkten Lappen. Du bist Arzt. Du weißt, wie das funktioniert. Einfach schön einatmen. Wehr dich nicht, oder es kann üble Verätzungen verursachen ...«

Doch Glenn drehte sich nach hinten um. Der Mann schlug ihm den Lappen vor den Mund. »Halt still«, hörte er ihn sagen. Instinktiv hob Glenn die Hände, um die Hand des Mannes von seinem Gesicht zu ziehen und sich daran festzukrallen. Er wollte sich wehren, hatte aber Dämpfe des Chloroforms inhaliert und spürte, wie seine Motorik versagte. Derweil redete der Mann auf ihn ein: »Diese Idee mit dem Chloroform verdanke ich einem Pädophilen, dem ich vor so etwa zehn Jahren begegnet bin. Der bewahrte dieses Zeug in seinem Handschuhfach auf. Am Ende habe ich es an ihm benutzt, nachdem er versucht hatte, sich mit deinem Sohn davonzustehle...«

Das war das Letzte gewesen, was Glenn gehört hatte, bevor er wieder zu sich kam – durchgefroren und verwirrt, bis auf seine Boxershorts nackt und an einen Stuhl gefesselt.

»Ich nehme an, dass du inzwischen weißt, wer ich bin«, hatte der Mann zu ihm gesagt. »Danny ist nur einer der Namen, die ich benutze. Manche Leute haben mich auch unter dem Namen Lyle gekannt. Aber du weißt, wer ich wirklich bin.«

»Klar, du bist Superman«, hatte Glenn entgegnet. Er hatte den geisteskranken Scheißkerl keineswegs erkannt. Und ihm war absolut schleierhaft gewesen, worüber der Kerl geredet hatte, als er einen Sohn erwähnte.

Der Junge, den man in dem Schlafzimmer jenseits der Glasscheibe gefangen hielt, war sein Kind. Sein Name war Josh.

Glenn starrte ihn an. Vierzehn Jahre Gefängnis hatten Glenn noch mehr verhärtet. Diesen Heranwachsenden zu sehen, das ließ ihn innerlich etwas weicher werden. Er hatte einen Sohn, und sie waren beide Geiseln dieses Geisteskranken.

»Du weißt immer noch nicht, wer ich bin, oder?«, fragte der Mann. »Das sollte ich eigentlich als Beleidigung empfinden. Ich kenne dich – du bist mir regelrecht vertraut, Glenn. Ich habe einen Liebesbrief gestohlen, den du geschrieben hast, und mir beigebracht, deine krakelige Handschrift zu kopieren. Gestern habe ich eine Anmerkung auf die Rückseite eines Fotos geschrieben, auf dem dein Sohn da drinnen abgebildet war. Du hättest jeden Eid geschworen, dass du das selbst geschrieben hast.«

So schwer es ihm auch fiel, versuchte Glenn sich umzudrehen, um den Kerl zu beobachten, der zu einem Tischchen lief, das links hinter ihnen stand. Er legte das Handy und das Messer darauf. Glenn konnte nur einen der Gegenstände erkennen, die auf dem Tischchen lagen: den kleinen Baseballschläger, mit dem der Kerl vor Tagen auf ihn eingeschlagen hatte.

»Als Chirurg«, sagte er und strich dabei über den Schläger, als streichele er ihn, »weißt du mit Sicherheit, wie viel Schaden man mit nur einem richtig platzierten Schlag oder Tritt an inneren Organen anrichten kann – oder mit einem Hieb mit einer kleinen Waffe. Das wirst du gleich am eigenen Leib erfahren, Glenn, schon sehr, sehr bald.«

Er stellte sich so vor das Tischchen, dass Glenn ein paar Sekunden lang nicht sehen konnte, was er dort tat. Dann drehte der Mann sich wieder zu ihm um.

Mit einer einzigen Daumenbewegung entzündete er ein Streichholz und steckte sich alsdann eine Zigarre an. Er paffte daran und schlenderte auf Glenn zu. »Schau dir dein Kind da drinnen an«, sagte der Mann. »Er kann uns reden hören. Er kann zwar nicht verstehen, was wir sagen, aber er weiß, dass wir hier draußen sind, ihn beobachten.«

Nach wie vor tigerte der Junge mit der Decke über den Schultern durch den Raum – und blitzte sie zornig durch den Spiegel an. An einem Punkt trommelte er sogar mit den Fäusten gegen das Fenster und brüllte etwas. Glenn konnte ihn aber nicht hören.

»Er glaubt, du wärst tot«, sagte der Mann und lief neuerlich zu seinem Tischchen. »Und so ganz falsch liegt er damit im Grunde nicht.«

Glenn drehte sich nach hinten um und sah, dass sein Peiniger die Zigarre auf die Tischkante legte. Er wünschte, der Kerl würde sie ausmachen. Der Gestank des billigen Tabaks löste Brechreiz bei ihm aus. Er drehte den Kopf weg.

Da packte der Mann plötzlich seinen Kiefer und begann, ihm einen Lappen in den Mund zu stopfen. Glenn versuchte, sich dagegen zu wehren, indem er auf dem Stuhl von einer Seite zur anderen ruckte. Dadurch schlug der Kerl ihm fast die Nase ein, als er den Lappen an seinen Zähnen vorbeipresste. Glenn versuchte zu schreien, aber das war aussichtslos. Er konnte kaum atmen.

»Ich will nicht, dass dein Sohn dich schreien hört«, erklärte ihm der Mann und griff wieder nach seiner Zigarre. Er zog daran. »Also, eines muss ich dir sagen, Glenn ... ich habe das seit vierzehn Jahren nicht mehr gemacht, nicht mehr, seit ich es an deiner alten Freundin Willow ausprobiert habe. Willow und ich hatten ein Techtelmechtel. Und es ist sicher müßig zu erwähnen, dass meine Zigarrennummer unserer Beziehung ein Ende bereitet hat. Dämliche, jämmerliche Schlampe. Willow wäre zur Polizei gegangen, wenn sie offener über unsere Affäre hätte reden können. Ich wollte aber auch nicht, dass jemand von uns erfuhr – aus anderen, rein persönlichen Gründen.«

Der Mann hatte sich vor ihm aufgebaut und paffte an dieser widerlich stinkenden Zigarre. Glenn erstickte fast an dem Lappen in seinem Mund. Er versuchte zu schreien. Immer und immer wieder schaute er zu dem Jungen hinter der Glasscheibe.

»Also, das erste Mal gesehen habe ich diese Zigarrennummer ein paar Monate bevor ich sie an Willow ausprobiert habe«, redete der Mann weiter. Inzwischen war der ganze Raum voller Zigarrenrauch. »Ich bin dir und Lisa von einer Party nach Hause gefolgt. Ich habe mitangesehen, wie du sie in der Diele zusammengeschlagen hast. Du hast ihr die Kleider vom Leib gerissen. Jedes Detail habe ich gesehen, denn ihr hattet draußen vor dem Dielenfenster diese Büsche, in denen man sich gut verstecken konnte. Ich habe gesehen, wie du ihr die Brandwunden beigebracht hast. Also, wenn ich hier jetzt etwas falsch mache, musst du mir das bitte sagen. Denn ich will nicht, dass die Zigarre gleich beim ersten Mal ausgeht ...«

Er zog noch einmal daran und beugte sich dann dicht über ihn.

Mit panischem Blick starrte Glenn auf die orange glühende Asche der Zigarre. Er versuchte zu schreien, doch der Stoff in seinem Mund ließ nur ein gedämpftes Wimmern passieren. Verängstigt schüttelte er immer und immer wieder den Kopf.

Der Mann drückte die Glut der Zigarre gegen Glenns Rippen.

Der Schmerz war unerträglich. Die heiße Asche schien sich durch die Hautschichten zu fressen und den Knochen zu versengen.

So gedämpft sie auch klangen, sorgten seine Schmerzensschreie dafür, dass der Junge sich dichter vor seine Seite des Einwegspiegels stellte. Er klopfte gegen die Scheibe. Er wirkte verängstigt und verwirrt. Er brüllte irgendetwas, aber Glenn konnte nur seine Lippen lesen. *Was ist los?*, schien er zu fragen. *Was geht da draußen vor?*

Glenn rollten die Tränen über die Wangen. Jetzt stank es nicht mehr nach Zigarre im Raum, sondern nach verbranntem Fleisch. Vor Schmerz zitterte er wie wild.

Und das war erst die erste Brandwunde. Er wusste nur zu gut, dass er es noch nicht hinter sich hatte.

Trotzdem dachte er an seinen Sohn jenseits der Glasscheibe. Er versuchte, dem Mann, der sich über ihn beugte, etwas zu sagen, doch der Lappen in seinem Mund verzerrte die Worte. Er wusste, dass es klang, als flehe er den Kerl an aufzuhören. Aber das sagte Glenn nicht.

Als der Mann sich bereitmachte, ihn erneut zu verbrennen, fiel sein leises Flehen auf taube Ohren.

Er flehte ihn an, seinem Kind nicht wehzutun.

Kapitel vierundzwanzig

Wie benommen saß Megan an ihrem kleinen Tisch in der Ecke des Cyber Cafés. Es war dermaßen grotesk gewesen, nach fünfzehn Jahren wieder mit Glenn zu sprechen. War sie zu ihm durchgedrungen? Würde er dafür sorgen, dass JJ – oder wer immer sein Komplize war – Josh kein Leid antat?

Falls Glenn wirklich die Absicht hatte, sich heute Abend im Motel mit ihr zu treffen, fand dieses entsetzliche Martyrium vielleicht irgendwie ein Ende. Was er ihr antat, scherte sie nicht. Sie wollte nur Josh gesund zurückhaben.

Das plötzliche Aufheulen einer Sirene ließ sie zusammenzucken. Es hörte sich an, als habe ein Streifen- oder Krankenwagen direkt vor dem Café sein schrilles Warnsignal eingeschaltet. Instinktiv sprang Megan auf und warf dabei fast den Stuhl um. Sie starrte quer durch das Café aus dem Fenster – auf den Verkehr auf der Straße. Hatte Glenn, nachdem er von ihr erfahren hatte, wo sie war, der Polizei einen anonymen Hinweis gegeben? Bislang hatten er und sein Partner wohl Spaß daran gehabt, sie in die Zange zu nehmen und dabei zuzusehen, wie sie sich wand. War das eine weitere Prüfung?

Es waren erst zwanzig Minuten vergangen, seit sie Glenn gesagt hatte, wo sie war. Offenbar hatte er keine Zeit verschwendet, die Polizei zu benachrichtigen. Und der musste sie jetzt entkommen – wenn sie nicht wollte, dass Josh starb.

Das Heulen der Sirene wurde lauter. Megan sah, wie die Wagen an den Straßenrand fuhren und anhielten. Die Passanten auf den Bürgersteigen verlangsamten ihre Schritte, um sich anzusehen, was da vorging. Ein Streifenwagen raste vorbei. *Fahr weiter, fahr weiter*, dachte sie. Sie sah, dass die anderen Fahrzeuge sich wieder in Bewegung setzten, und auch alle anderen draußen schienen fortzusetzen, was sie für einen kurzen Moment unterbrochen hatten. Sie hörte, wie das Kreischen der Sirene leiser wurde.

Megan sank wieder auf ihren Stuhl. Auf der anderen Seite des Cafés saß ein junges Mädchen mit roten Haaren, das aussah wie eine College-Studentin, und starrte sie über den Rand ihres Computerbildschirms an. Megan machte sich klar, dass ihre Reaktion auf die Sirene vermutlich übermäßig heftig gewesen war. Oder hatte das Mädchen sie von diesem Führerscheinfoto aus den Zeitungen und dem Fernsehen wiedererkannt? Vielleicht las die junge Frau in diesem Moment im Internet über den Mord an Candy.

Megan riskierte, ihr geradewegs in die Augen zu blicken. Die Rothaarige schaute weg und nahm einen Schluck von ihrem Kaffee.

Megan drehte sich wieder zu ihrem Computer und starrte auf die Seite sechs ihrer Google-Ergebnisse zu *James Jordan, JJ*. In einem der Links schien es doch tatsächlich um den JJ zu gehen, den sie kannte:

Strafvollzugssystem von Illinois Gegenstand einer Untersuchung – *CHICAGO TRIBUNE*
... nachdem kürzlich ein weiterer Häftling erstochen wurde, James »JJ« Jordan, 34, der wegen Drogenhandels und Körperverletzung das dritte Jahr einer insgesamt achtjährigen Haftstrafe ...
www.thechicagotribune.com/news/090399/illinois-prison.html

JJ war seit 1999 tot! Um auch die letzten Zweifel auszuräumen, dass es hier um den richtigen James Jordan ging, war in dem Artikel ein Foto von Glenns kahlköpfigem, großspurigem, attraktivem, verrückt-anstrengendem Freund. Es war gleich neben einem der Verhaftungsfotos des dunkelhäutigen, bedrohlich aussehenden Mithäftlings abgedruckt, der ihn in der Sporthalle des Pontiac Correctional Centers erstochen hatte.

Aus dem Artikel ging nicht hervor, wann genau man JJ wegen dieses Drogenhandels und der Körperverletzung verhaftet hatte. Es war aber 1996 gewesen. Megan nahm an, dass es so ungefähr zu der Zeit passiert war, als Lisa Swann auf so mysteriöse Weise verschwunden war. Sie konnte sich vorstellen, dass das vermutlich der Grund dafür gewesen war, dass es zwischen Glenn und JJ zu dem gekommen war, was der Anwalt ihr »Zerwürfnis« genannt hatte. Erst jetzt verstand sie, warum dieser Jerry sie am Telefon regelrecht verhört hatte, als sie JJ erwähnte. Er hatte sie auf die Probe gestellt. *Den Namen habe ich schon länger nicht mehr gehört. Also – äh, haben Sie unlängst mal mit JJ gesprochen?*

Nur … wenn JJ die Müllsackmorde nicht begangen und Glenn nicht dabei geholfen hatte, ihren Sohn zu entführen … wer dann? Der Täter hatte sie mehr oder weniger dazu aufgefordert zu erraten, wer er war. *Remember 1996?* Er nannte sie Lisa. Er hatte sie gekannt, als sie noch Mrs. Glenn Swann gewesen war, vielleicht sogar schon vorher. Und er musste frühzeitig dahintergekommen sein, dass sie nach Seattle geflüchtet war.

Megan hatte sich immer und immer wieder eingeredet, dass niemand aus ihrer Vergangenheit wusste, wo sie war.

Das entsprach aber nicht der Wahrheit.

Seit fünfzehn Jahren schaute sie tagaus, tagein auf das

gerahmte Foto eines Mannes aus ihrer Vergangenheit, von dem sie immer behauptete, dass er tot sei. Es war durchaus möglich, dass Sean Hurley die ganze Zeit gewusst hatte, wer sie war und wo sie sich aufhielt. Er war ein Freund des Mannes gewesen, der ihr eine neue Identität beschafft hatte. Sie hatte niemandem von ihrem Umzug nach Seattle erzählt. Sean hätte sich ihren neuen Namen und die Sozialversicherungsnummer aber von seinem Kumpel geben lassen können. Wie schwierig hätte es sein können, sie ausfindig zu machen, wenn man über diese Informationen verfügte?

Nichtsdestoweniger fragte sie sich, welchen Grund es um alles in der Welt haben sollte, dass Sean es so auf sie abgesehen hatte. Spannungen hatte es zwar ab und an in ihrer Beziehung gegeben, aber sie hatten ihren Bruder beide geliebt. Auf Cliffs Beerdigung hatten sie einander in den Armen gelegen und sich an der Schulter des anderen ausgeweint. Sean hatte eine zwielichtige Vergangenheit gehabt, war aber nicht gewalttätig. Selbst wenn er von den achtundsechzigtausend Dollar erfahren haben sollte, die Cliff ihr überlassen hatte, konnte sie sich nicht vorstellen, dass er deshalb diesen irrsinnigen Rachefeldzug gegen sie führte.

Sie nahm einen Schluck von ihrem Kaffee, der inzwischen kalt geworden war. Dann bearbeitete sie neuerlich mit einer Hand die Tastatur und startete eine neue Google-Suche: *Sean Hurley, Chicago*. Nach zwölf Seiten mit Links – das Gros bezog sich auf einen berühmten Bassisten, einen Baseball- und einen Eishockeyspieler – stand sie kurz davor, aufgeben zu wollen. Sie hatte geglaubt, Sean wäre auf Facebook oder so gewesen.

Auf der Seite dreizehn der Ergebnisse stieß Megan dann schließlich doch noch auf einen Link zu einem Artikel. Bei diesem handelte es sich um einen Nachruf auf Cliff Densmore aus dem Jahr 1996 – in dem Sean und sie beide als Hinterbliebene genannt wurden. In dem Artikel war ein Foto von Cliff und Sean, auf dem sie sich für eine Party in Schale geworfen hatten. Cliff hatte den Arm um Sean gelegt. In der Bildunterschrift hieß es: *Cliff Densmore (1966 – 1996) hinterlässt nach sechs glücklichen Jahren seinen Lebensgefährten Sean Hurley (links).* Es war schon lange her, seit sie den Nachruf auf ihren Bruder zum letzten Mal gelesen hatte. Er war eher sachlich als sentimental gehalten, beinhaltete, was er in seinem Leben alles geleistet hatte und wen er hinterließ, und regte an, keine Blumen zu schicken, sondern stattdessen der AmfAR – The Foundation for Aids Research – und der American Cancer Society Geld zu spenden. Vielleicht war es die Erinnerung an das, was sie verloren hatte – und die Angst, was sie zu verlieren drohte, wenn sie Josh nicht zurückbekam. Vielleicht war es Candys Tod oder der Umstand, nach so vielen Jahren wieder mit Glenn gesprochen zu haben. Es war im Grunde egal. Sicher war, dass sie den Nachruf auf Cliff in diesem Moment vermutlich nicht hätte lesen sollen, denn sie fing an zu weinen. Und sie konnte nicht mehr aufhören.

Mit gesenktem Kopf griff Megan nach ihrer Handtasche, hastete in die Damentoilette und verriegelte die Tür hinter sich. Sie ließ am Waschbecken das Wasser laufen in der Hoffnung, dass das ihr Schluchzen übertönte. Die ganze Zeit stellte sie sich vor, wie verängstigt Josh in diesem Moment sein musste – wenn er noch am Leben war. Sie fühlte sich dermaßen hilflos und frustriert. Um sich die Tränen vom Gesicht zu wischen und die Nase zu schnäuzen, benötigte sie drei der extrem saugfähigen Papierhandtücher.

Sie spritzte sich kaltes Wasser ins Gesicht. Sie hatte sich immer noch nicht an die blasse Brünette mit dem kurzen verschnittenen Haar gewöhnt, die ihr im Spiegel entgegenblickte. Während sie sich das Gesicht mit einem weiteren Papierhandtuch abtrocknete, hörte Megan, wie jemand versuchte, den Knauf der Toilettentür zu drehen.

Sie warf das benutzte Handtuch in den Papierkorb, nahm ihre Handtasche und schlang sie sich über die Schulter, dann entriegelte sie die Tür. Als sie die Tür öffnete, erblickte sie die rothaarige College-Studentin, die direkt vor ihr stand und ihr damit den Weg versperrte. »Pardon«, murmelte das Mädchen und schob sich an Megan vorbei in die Toilette. Als sie zu ihrem Tisch zurücklief, hörte Megan, wie die Tür verriegelt wurde.

Im nächsten Moment blieb sie wie angewurzelt stehen. Da stand jemand vor dem Stuhl, auf dem sie bis gerade gesessen hatte.

Dan Lahart starrte sie seinerseits an, und zwar mit einem derart verwirrten und erstaunten Gesichtsausdruck, dass es Megan wie einstudiert vorkam. Der Gedanke, dass man ihm genauestens erklärt hatte, wo er sie finden konnte, drängte sich ihr einfach auf.

Die dumpfen Schreie hatten vor etwa einer Stunde aufgehört.

Josh hatte zwar keine Ahnung, was da vorgegangen war, doch es hatte sich angehört, als würde draußen irgendwo ein verwundeter Hund jaulen. Mindestens eine Stunde lang war das so gegangen, und es waren so traurige, furchterregende, gequälte Laute gewesen.

Er fragte sich, ob ein Mensch sie von sich gegeben hatte – und ob er als Nächster dran war.

Vor einigen Minuten hatte sich die Schublade in der Stahltür seines Schlafzimmers geöffnet. Josh hatte eine kalte Dosa Cola darin gefunden sowie eine Tüte von McDonald's mit zwei Egg McMuffins. Er hatte sich auf die Bettkante gehockt und einen davon verschlungen. Die Cola hatte dermaßen gut geschmeckt, dass er nach den ersten Schlucken gerülpst hatte und ihm die Tränen in die Augen gestiegen waren. Das Essen war kalt gewesen, aber das hatte ihm nicht das Geringste ausgemacht.

Er schätzte, dass Vormittag war. Nur dann gab es McMuffins bei McDonald's. Er wusste nicht, ob er den zweiten McMuffin auch gleich essen oder besser für später aufheben sollte. Ihm kam der Gedanke, dass das hier unter Umständen seine Henkersmahlzeit war.

Er zuckte zusammen, denn die in die Tür eingebaute Schublade öffnete sich schon wieder. Josh legte den zweiten McMuffin aus der Hand und bewegte sich unsicher auf die Tür zu. Als er sich neben der Lade auf den Fußboden hockte, entdeckte er darin ein Handtuch, ein Stück Seife der Marke Irish Spring in der Größe, wie man sie in Hotels fand, und eine Flasche Mineralwasser. Er brauchte dringend eine Dusche. Sie wollten offenbar auch, dass er sauber war. Wofür?

Da schnappte die Schublade plötzlich wieder zu – wie das Maul eines Alligators. Josh, der immer noch auf dem Fußboden hockte, war froh, dass seine Hand nicht mehr in der Schublade gesteckt hatte. Er schaute nach oben auf den Spiegel und machte sich klar, dass auf der anderen Seite jemand stand und jeden seiner Schritte beobachtete. Handelte es sich dabei um den Mann oder um die Frau? Er richtete sich auf und legte das Handtuch und die anderen Sachen am Fußende des Bettes ab. Dann drehte er sich wieder zum Spiegel und schlug dagegen. »Wer sind Sie?«, brüllte er. »Was wollen Sie? Los, reden Sie mit mir!«

Immer und immer wieder schlug er auf den Spiegel ein, den man in die Wand eingelassen hatte. Er war nicht nur ziemlich dick, er war auch zu hoch, als dass er hätte dagegentreten können. Von seinen Faustschlägen war er noch nicht zerbrochen. Und er konnte mit nichts gegen den Spiegel schlagen, weil alles in diesem Raum festgeklebt war. Josh nahm an, dass man deshalb den Deckel des Spülkastens und die Toilettenbrille entfernt hatte.

»Wo ist meine Mutter?«, schrie er, ohne damit aufzuhören, gegen den Spiegel zu hämmern.

Da öffnete sich plötzlich wieder die Schublade in der Tür. Josh ließ vom Spiegel ab und fand sein Mariners-Shirt, eine Leinenhose, Unterhosen und weiße Socken in dem Stahlbehälter – alles ordentlich zusammengefaltet. Der schnappte, kaum dass er die Sachen herausgenommen hatte, wieder zu.

Er erkannte, dass die Kleidungsstücke ihm gehörten; man hatte sie aus seinem Zimmer geholt.

Auf einmal schaltete sich der Fernsehapparat ein.

Josh ließ seine Sachen zusammengefaltet vor der Tür auf dem Fußboden liegen und lief auf den Fernsehapparat zu, der unter der Zimmerdecke auf einem an die Wand montierten Gestell stand. Zuerst kam der Ton und dann das Bild. Er wusste nicht, was hier vorging. Auf einmal ging es hier zu wie am Weihnachtsmorgen. Er bekam etwas zu essen, Kleidung, Sachen, mit denen er sich sauber machen konnte, und jetzt funktionierte auch noch der Fernsehapparat. Es lief ein Werbespot für einen WC-Reiniger – in dem irgendeine Schauspielerin eine abgespannte Hausfrau mimte, die mit einem Zeichentrick-Scheuerschwamm posierte, der reden konnte. Der Werbespot endete, und eine Kabel-Talkshow begann. Josh runzelte die Stirn beim Anblick der mindestens schon fünfzig Jahre alten, viel zu aufgedonnerten Frau mit den langen, glatten, blond gebleichten Haaren. Sie trug einen roten Blazer und saß an einem Tisch einem Mann mit grauen Schläfen gegenüber. Der trug ein Jackett mit Flicken an den Ellbogen. Er sah aus wie einer dieser gelackten, Pfeife rauchenden Englisch-Professoren, die alle Mädchen so cool fanden. *»Noch einmal herzlich willkommen bei The Sally Justice Show«*, sagte die Frau. *»Meine Name ist Sally Justice, und ich spreche aus, was ich denke.«*

Joshs Mom hatte ihn darauf hingewiesen, dass Sallys immer gleich geschwungene Augenbrauen das Resultat einer missglückten Botox-Behandlung waren. Das hatte Teresa ihr im Büro zumindest erzählt. Seine Mutter hasste Sally Justice. »Warum belastet sich dieses Land überhaupt mit einem Justizwesen, wo wir doch Sally Justice haben«, sagte sie immer in bissigem Ton, wenn im Fernsehen Werbung für die Talkshow gemacht wurde. Josh schenkte Sally kaum Beachtung. Er starrte auf den unteren Bildschirmrand, über den neben dem Logo des Senders die letzten Meldungen flimmerten – zusammen mit der Uhrzeit, dem Tag und dem Datum. Es war Dienstag, 16:16. Das war aller Wahrscheinlichkeit Ostküstenzeit, drei Stunden voraus. So oder so: Man hatte ihn noch vor dem Morgengrauen am Sonntag hier eingesperrt – er war also seit zweieinhalb Tagen hier.

»Herzlich willkommen zum zweiten Teil unserer Sendung. Mein heutiger Gast ist Dr. John Martin, bekannter Kriminologe der University of Chicago und Autor mehrerer Bücher über Strafrecht und kriminelles Verhalten.« Sie drehte sich zu ihm hin und begann übertrieben mit den Händen zu gestikulieren. Sie hatte extrem lange, rote Fingernägel. *»Dr. Martin, was ist hier schiefgelaufen? Wie konnte die Chicagoer Polizei das so vermasseln? Diese Frau hat einen Mord begangen und ist ungeschoren davongekommen! Und jetzt hat sie wieder getötet …«*

Es lag nirgendwo eine Fernbedienung, mit der man den Kanal hätte wechseln oder den recht lauten Ton hätte leiser schalten können. Josh fragte sich, ob dieses Ding von jetzt an Tag und Nacht laufen würde. Vielleicht würden sie ihn am Ende dazu zwingen, sich so lange die Ansprachen irgendeines protestantischen Fernsehpredigers anzuhören, bis er dem Wahnsinn verfiel.

»Sally, Sie müssen bei dem Ganzen bedenken, dass das Testen von DNA 1996 noch in den Kinderschuhen steckte«, erwiderte der Professor. *»Die Polizei hatte Swanns Nichte, die die Brandmale am Oberkörper der zerstückelten Leiche als die gleichen Narben identifiziert hat, die ihre Tante hatte. Die Blutgruppen stimmten überein …«*

»Es war aber eine ganz andere Frau, die man zerstückelt in diesen Müllsäcken entsorgt hatte«, fiel Sally ihm ins Wort. Das Bild einer hübschen Brünetten füllte die eine Hälfte des Bildschirms, während Sally die andere Hälfte für sich in Anspruch nahm und mit einem Kugelschreiber herumwedelte, als sie auf den eigentlichen Punkt kam. *»Diese Frau war Willow Dwyer, die Röntgenassistentin, die eine Affäre mit Dr. Swann hatte. Nur wenige Monate bevor Lisa Swann verschwand und Willow in diesen Müllsäcken endete, hörten mehrere Gäste mit an, wie Lisa Swann Willow auf einer Wohltätigkeitsveranstaltung bedrohte. Laut Aussage einer der Gäste sagte sie zu Willow, sie würde – ich zitiere »wie ein toter Cockerspaniel enden« – Zitat Ende. Also, ich hatte in meiner Kindheit einen Pudel namens Rickie, und als sie starb – möge sie in Frieden ruhen – haben wir sie im Garten beerdigt und vorher … ja, in einen Müllsack eingewickelt, vielen Dank. Lisa Swann hat ihre Drohung eindeutig wahr gemacht. Sie hat die Geliebte ihres Mannes ermordet. Sie hat ihren Selbstmord fingiert, sich verdrückt und*

dabei zugeschaut, wie ihr Mann des Mordes angeklagt wurde.«

»Das ist reine Spekulation, Sally«, entgegnete der Mann. *»Und es liefert keine Erklärung für die Brandwunden am Torso des Opfers. Die Geschichte über diesen Vorfall bei der Party ist lediglich ein Gerücht und schwerlich glaubwürdig …«*

Josh ließ sich aufs Bett plumpsen und griff nach dem zweiten Egg McMuffin. Er sah keinen Sinn darin, den für später aufzuheben. Er würde nur noch kälter und schlecht werden. Als er den ersten Bissen nahm, schaute er Richtung Spiegel und fragte sich, ob sie ihn in diesem Moment auch beobachteten.

»Es ist zu früh, um mit absoluter Sicherheit sagen zu können, ob Lisa Swann noch am Leben ist«, fuhr der Kriminologe fort. *»Die Polizei hat zwar die Ermittlungen zu ihrem Verschwinden wieder aufgenommen, konnte bislang aber noch zu keiner zuverlässigen Schlussfolgerung im Hinblick au…«*

»Wollen Sie behaupten, die Polizei ist sich nach dem brutalen Mord, zu dem es gestern in Seattle gekommen ist, immer noch nicht sicher?«, fiel Sally ihm mit verstörter Miene ins Wort. Ihre Augenbrauen waren wirklich arg geschwungen. *»Ich kann nicht begreifen, weshalb die Polizei sich immer noch nicht sicher ist, dass Lisa Swann noch am Leben ist! Ich möchte unseren Zuschauern zu Hause gern zeigen, was ich damit meine. Hier ist ein Foto von Lisa Swann aus dem Jahr 1996, das unmittelbar vor ihrem ›Verschwinden‹ aufgenommen wurde …«* Wieder teilte sich der Bildschirm in der Mitte, und auf Sallys Hälfte war plötzlich das Farbfoto einer anderen hübschen Frau mit braunen Haaren zu sehen. Die Frau sah aus, als habe sie sich für einen formellen Anlass elegant gekleidet.

Josh starrte auf das Foto. Die Frau sah genauso aus wie seine Mutter!

Wie mechanisch legte er seinen McMuffin ab und stand auf. Er starrte auf den Bildschirm unter der Decke.

»Und das ist das zu einem vom Bundesstaat Washington ausgestellten Führerschein gehörige Foto der Tatverdächtigen, nach der die Seattler Polizei in Verbindung mit dem gestrigen Mord an Swanns Nichte Candice Blanco fahndet«, sagte Sally und räumte ihre Hälfte des Bildschirms, damit die beiden Fotos zu Vergleichszwecken nebeneinander gezeigt werden konnten. *»Das ist Megan Keeslar, und laut den Angaben zur Person auf ihrem Führerschein ist sie neununddreißig und wäre damit ein Jahr jünger als Lisa Swann. Ich habe gehört, welche Verrücktheiten manche Frauen begehen, um sich ein Jährchen jünger zu machen, aber das hier? Ich bitte Sie!«*

Josh starrte auf das Foto seiner Mutter. Es war, als habe ihm jemand einen Fausthieb in seine Eingeweide versetzt. Er konnte nicht atmen. Unablässig schüttelte er den Kopf.

»Die Bilder, die wir hier sehen, zeigen eindeutig die gleiche Person«, plapperte Sally aus dem Off weiter. Während auf der einen Bildhälfte weiterhin das Führerscheinfoto seiner Mutter zu sehen war, zeigten sie auf der anderen immer neue Bilder dieser Lisa Swann. Seine Mutter hatte es nicht gern, fotografiert zu werden. Josh erinnerte sich, dass sie zwar als Geschäftsführerin der Innenstadt-Filiale von Destination Rent-A-Car geführt wurde, aber die Einzige war, neben deren Mini-Lebenslauf unter »Unser Team« kein Foto verfügbar war. Und er konnte sich daran erinnern, dass sie ein altes Foto von sich sofort aus dem Matefinder-Profil entfernt hatte, das er für sie erstellt hatte. Über die andere Hälfte des Bildschirms flimmerten nun zahlreiche Aufnahmen der braun-

haarigen Lisa Swann. Auf einigen der Fotos war sie mit einem attraktiven, dunkelhaarigen Mann abgebildet, der aussah, als gehöre er in eine dieser *Bachelorette*-Shows. Und auf einem dieser Bilder trug Lisa Swann ein ärmelloses, lavendelfarbenes Kleid, das Josh ins Auge stach.

Es war das gleiche Kleid, das seine Mutter auf dem gerahmten Foto trug, das sie zusammen mit seinem toten Vater auf einer Kreuzfahrt zeigte. Josh schüttelte nach wie vor den Kopf. Das machte alles keinen Sinn.

»Am vergangenen Mittwoch ist Dr. Swann nach Portland, Oregon, geflogen und dann verschwunden«, fuhr Sally fort. *»Gestern wurde seine Nichte Candice Blanco, die vor fünfzehn Jahren das Opfer des Müllsackmordes als ihre Tante Lisa Swann identifiziert hatte, in Seattle ermordet. Und in Seattle lebt seit fünfzehn Jahren diese Frau, Megan Keeslar. Die Seattler Polizei fahndet jetzt nach ihr. Und da behaupten Sie, dass das nicht die gleiche Frau ist …«*

Josh starrte auf den Fernsehapparat unter der Decke und konnte nichts von dem glauben, was er da hörte. Trotzdem erinnerte er sich an diesen Mann, der gestern – vielleicht war es auch vorgestern gewesen – auf der anderen Seite der Badezimmertür gestanden und mit ihm gesprochen hatte. Er hatte dem Kerl gesagt, sein Vater sei vor seiner Geburt gestorben. *»Hat deine Mutter dir das so erzählt?«*, hatte der Mann daraufhin gsagt. *»Dann ist deine Mutter eine verlogene Schlampe.«*

Josh schaute zum Spiegel. Die Frau im Fernsehen ließ sich die ganze Zeit darüber aus, dass seine Mutter früher jemand anderer gewesen wäre, dass sie ihrem Ehemann einen Mord angehängt und erst gestern einer anderen Frau die Kehle durchgeschnitten hätte.

Er stürzte sich auf den Spiegel und fing neuerlich an, dagegenzuhämmern. »Was soll das?«, brüllte er. »Die lügen! Was geht hier vor? Was hat das mit meiner Mutter zu bedeuten? Verdammt noch mal, ich will das wissen …«

Josh hörte nicht auf, mit den Fäusten auf sein Spiegelbild einzuschlagen. Dabei strömten ihm die Tränen über das Gesicht. Er wusste nicht, ob auf der anderen Seite des Spiegels überhaupt noch jemand war. Trotzdem hörte er nicht auf, dagegenzutrommeln und zu schreien.

Wenn es sonst vielleicht auch nichts bewirkte, würde es immerhin verhindern, dass er sich weiterhin anhören musste, was diese grässliche Frau im Fernsehen redete.

»Was tust du hier?«, fragte Megan mit gedämpfter Stimme. Sie wollte in dem Café keine Szene machen. »Stellst du mir nach?«

»Ich wollte hier einen Kaffee trinken«, gab Dan zur Antwort. Er trug eine Leinenhose und einen schwarzen Pullover mit V-Ausschnitt und starrte sie an, als sei sie verrückt.

Und vielleicht war sie das ja auch. Was ihn anging, war Megan gefühlsmäßig hin- und hergerissen. Einerseits schien er ein absolut netter Mann zu sein. Andererseits kam es ihr schrecklich suspekt vor, dass noch keine Stunde vergangen war, seit sie Glenn gesagt hatte, wo sie war, und jetzt plötzlich Dan Lahart hier auftauchte. Der gleiche Mann, mit dem sie sich am Sonntagabend hatte treffen müssen, weil Joshs Entführer mit der kehligen Stimme es so verlangt hatte.

Dan hatte sich allerdings an dem Abend die ganze Zeit wie ein perfekter Gentleman verhalten – trotz ihres schizoiden Benehmens. Sie hatte befürchtet, er würde sie auf irgendeine schreckliche Weise hereinlegen. Doch am Ende war er derjenige gewesen, den man hereingelegt hatte – indem man seinen Blazer und das reizende Briefchen, das er ihr geschrieben hatte, in den Müll geworfen hatte. Trotzdem war Megan immer noch nicht bereit, ihm zu trauen.

»Es tut mir leid«, flüsterte sie und schob sich an ihm vorbei an den Tisch. »Das ist einfach ein zu großer Zufall – dass du ausgerechnet jetzt hier hereinspazierst.«

»Na ja, Megan, ich komme dienstags und donnerstags immer um diese Zeit her. Wenn du mir nicht glaubst, kannst du Bill hinter der Theke danach fragen. Dienstags und donnerstags unterrichte ich am Community College oben an der Ecke englische Literatur. Den Rest der Woche halte ich Vorlesungen an der Uni. Und ich stelle dir auf keinen Fall nach. Ich habe es mir zur Regel gemacht, eine Frau nicht mehr für mich gewinnen zu wollen, wenn sie mir auf meinem Anrufbeantworter eine Nachricht hinterlässt, in der sie mich mit ›Dreckschwein‹ und ›kriminelles Stück Scheiße‹ tituliert. Manch einer mag das für übersensibel halten, aber so bin ich nun mal. Und was den Rest deiner Nachricht von gestern Morgen angeht, so habe ich keine Ahnung, wer *Glenn* ist, aber es hört sich so an, als stecke dein Sohn in irgendwelchen Schwierigkeiten. Und das tut mir leid.«

Megan öffnete den Mund, um sich bei ihm zu entschuldigen, brachte es aber nicht fertig. Sie war sich im Hinblick auf ihn immer noch sehr unsicher.

»Als ich gerade hier hereinkam, habe ich dich in der Damentoilette verschwinden sehen. Ich wusste gar nicht, ob du das wirklich warst – weil deine Haare so anders aussehen.« Er machte mit dem Kopf eine Bewegung in Richtung des Computerbildschirms. »Dann habe ich das Foto deines verstorbenen Ehemannes gesehen – und seines Lebensgefährten, mit dem er ›sechs Jahre lang so glücklich war‹. Der Mann da sieht zumindest ganz genauso aus wie der auf diesem Foto in deinem Wohnzimmer. Nur laut diesem Nachruf heißt er Hurley und nicht Keeslar.«

Kopfschüttelnd stieß er einen entnervten Seufzer aus. »Ich weiß nicht, was da bei dir los ist – ob es um Gewalt in der Ehe geht oder um einen Sorgerechtsstreit oder sonst was. Das Einzige, was ich weiß, ist, dass ich dir nicht helfen kann. Und das bedaure ich zutiefst, denn ich mochte dich wirklich sehr, Megan.«

Sie war nicht in der Lage, ihm in die Augen zu blicken. »Ich mochte dich auch, Dan«, gab sie zu. »Und deine ... deine Diagnose meiner Probleme kommt der Wahrheit recht nahe. *Wie* nahe, ist geradezu erschreckend. Außerdem ist es nur richtig, dass du mir nicht helfen willst. Der letzte Mensch, der das versucht hat, musste einen hohen Preis dafür zahlen.« Sie drehte sich zur Tastatur des Computers und loggte sich aus. Dann griff sie nach ihrer Handtasche. »Ich glaube, dass du wirklich ein netter Mensch bist. Sollte ich die nächsten Tage überstehen, werde ich deinen Blazer herbringen und ihn bei deinem Freund hinter der Theke hinterlassen.« Sie lief Richtung Ausgang. Er kam der Wahrheit mit seinen vielen Fragen zu nah. Sie konnte keine Sekunde länger bleiben. »Es tut mir leid, Dan«, sagte sie. »Alles ...«

Als sie die Tür des Cafés aufstieß, hörte sie, wie er ihr nachrief: »Warte! Warte doch mal ...«

Sie ließ die Tür hinter sich zufallen, blieb draußen aber erst noch mal stehen. Megan meinte nämlich, der Barista habe ihr auch etwas hinterhergerufen. Sie drehte sich zum Fenster um und sah Dan mit der Brieftasche in der Hand vor der Theke stehen. Hastig gab er dem Mann dahinter ein paar Geldscheine, steckte seine Brieftasche ein, hielt aber nach wie vor etwas in der anderen Hand, als er draußen zu ihr stieß.

»Du hast vergessen, für die Computernutzung zu bezahlen«, sagte er. Dann reichte er ihr den Führerschein. »Und den hättest du beinahe liegen lassen … *Rachel.*«

»Danke«, hauchte Megan. Sie steckte den Führerschein in dic Seitentasche ihrer Jeans und lief los.

»Du … du stammst also aus Fort Wayne, Indiana?«, fragte er.

Sie blieb stehen und drehte sich wieder zu ihm um. »Nein, das ist ein gefälschter Führerschein«, seufzte sie. »Die letzten fünfzehn Jahre habe ich hier in Seattle als Megan Keeslar gelebt, aber das ist auch nicht mein wirklicher Name …«

Ein Mann mittleren Alters lief auf dem Bürgersteig an ihr vorbei und starrte sie an. Megan fiel auf, dass sie sehr laut sprach, um gegen den Verkehrslärm anzukommen. Sie trat einen Schritt auf Dan zu, der sie sichtlich verwirrt anschaute.

»Sag mal, was redest du da?«, wollte er wissen.

»Da du das fragst, hast du dir offenbar noch keine Nachrichten angeschaut«, gab sie zur Antwort. »Die heutige Ausgabe der *SEATTLE TIMES* kannst du auch noch nicht gesehen haben. Ich bin auf der Titelseite, fast unten – oder besser gesagt, *Megan Keeslar* ist auf der Titelseite. Die Frau, von der sie behaupten, dass ich sie ermordet habe, war meine Nichte. Ich habe sie aber nicht umgebracht. Sie hat versucht, mir dabei zu helfen, meinen Sohn von meinem Ehemann zurückzubekommen. Das habe ich gemeint, als ich sagte, dass du nicht versuchen solltest, mir zu helfen. Das ist der Grund, warum ich dir nicht erklären kann …«

Das Handy in ihrer Tasche läutete. »Verdammt«, zischte sie. Sie kramte es aus ihrer Handtasche heraus und schaute auf die Anruferkennung: *Johnson, Teresa.* Megan ließ den Anruf zur Mailbox gehen und das Handy wieder in ihre Handtasche fallen.

Kopfschüttelnd sah sie Dan an. »Es tut mir leid. Lies die

Zeitung, und du wirst sehen. Ich bedeute mehr Probleme, als ich wert bin.«

Megan wandte ihm den Rücken zu und lief schnellen Schrittes von dannen. Sie drehte sich nicht noch einmal um. Sie lief einfach weiter den Bürgersteig hinunter – Richtung Broadway. Dabei wollte sie dort gar nicht hin, zu viele Leute. Dan hatte sie trotz der kurz geschnittenen, gefärbten Haare wiedererkannt, anderen könnte es also ebenso ergehen. Sie bog in eine Seitenstraße ein, die Harvard Avenue. Die lief sie erst ein ganzes Stück hinauf, bevor sie das Firmen-Handy aus ihrer Tasche zog. Sie konnte sehen, dass Teresa ihr eine Nachricht hinterlassen hatte.

Megan lief weiter, ohne zu wissen, wohin sie eigentlich lief, und hörte dabei Teresas Nachricht ab: *»Hi, Meg, ich rufe dich wie gewünscht zurück.«* Es hörte sich an, als sei sie im Auto. Teresa trug immer ihr Bluetooth-Headset auf dem Kopf, wenn sie am Steuer saß, heißt: Wenn sie Auto fuhr, telefonierte sie auch. *»Du hast auf deinem privaten Handy nicht abgenommen. Also versuche ich, dich hier auf diesem Apparat zu erreichen. Das ist seltsam. Du hast mir bisher noch nie getextet. Ich wusste gar nicht, dass du weißt, wie man eine SMS schreibt, aber andererseits, Süße, scheint es ja so einiges zu geben, was ich nicht über dich weiß. Wie auch immer, ich habe deine Nachricht erhalten. Und ich glaube, dass ich die Polizei abgeschüttelt habe – zumindest für den Moment. Ich bin jetzt auf dem Weg zum Lake View Cemetery. Ich werde den Wagen parken und am Eingang auf dich warten – genau, wie du gesagt hast …«*

»Nein!«, schrie Megan ins Telefon – obwohl am anderen Ende der Leitung ja nur eine aufgezeichnete Nachricht lief. Panik erfasste sie, und sie fing an, schneller zu laufen. »O Gott, nein …«

»Warum ich nicht einfach im Wagen auf dich warten kann, ist mir schleierhaft«, fuhr Teresa fort. *»Du kennst meine Klapperkiste doch. Aber egal, ich komme zu Fuß und werde um Punkt vierzehn Uhr am Friedhofstor sein, das verspreche ich. Vielleicht kannst du mir dann ja erklären, was los ist. Du steckst bis zum Hals in Schwierigkeiten, Mädchen. Wie ich dir schon in meiner letzten Nachricht erzählt habe, war die Polizei heute Morgen bei uns in der Firma. Ich mache jetzt besser Schluss, bevor diese Maschine mich abwürgt. Wir sehen uns in ein paar Minuten auf dem Friedhof, Meg.«*

Megan versuchte, sie zurückzurufen, und schaute dabei auf ihre Armbanduhr: 13:50 Uhr. Der Friedhof war fast eine Meile entfernt. Ihr blieben zehn Minuten für den Weg. Teresas Telefon läutete einmal durch, bevor der Anruf zur Mailbox weitergeleitet wurde. Sie telefonierte wahrscheinlich auf ihrem Bluetooth. Und wenn sie erst einmal angefangen hatte, sich beim Autofahren mit jemandem zu unterhalten, ignorierte sie hereinkommende Anrufe.

»Hi, es tut mir leid, dass Sie mich nicht persönlich erreicht haben«, sagte Teresa in ihrer Begrüßung. *»Sie können mir aber eine Nachricht hinterlassen. Wie das geht, wissen Sie. Warten Sie auf den Piepton. Ich rufe zurück.«*

Während sie zunehmend schnelleren Schrittes Richtung Broadway lief, hörte Megan sich ungeduldig an, wie die Stimme der Ansage ihr erklärte, welche Optionen sie jetzt hatte: *»... wenn Sie den Teilnehmer anfunken möchten, drücken Sie bitte die Fünf ...«* Endlich ertönte der Piepton. »Hi, ich bin's«, sagte sie außer Atem. »Teresa, ich habe dir diese SMS nicht geschickt. Jemand anderer hat mein Handy. Geh nicht zu diesem Friedhof. Das ist eine Falle, verstehst du? Tu es nicht. Man will dich irgendwie hereinlegen. Verdammt, ich wünschte, du würdest im Moment nicht telefonieren. Ruf mich auf dem Büro-Handy an, wenn du diese Nachricht hier bekommen hast, okay?«

Mit den Nerven so gut wie am Ende, drückte Megan das Gespräch weg, stopfte das Telefon wieder in ihre Handtasche und fing an zu rennen. Sie hoffte, auf dem Broadway ein Taxi ergattern zu können. Doch als sie vor der Filiale von Urban Outfitters an der belebten Ecke Broadway und Harrison Street ankam, war dort weit und breit kein Taxi in Sicht.

Also drehte sie sich vor dem Bekleidungsgeschäft um und lief so schnell los, wie sie eben konnte – ohne zu rennen. Wer den Broadway hinunterrannte, wurde zumeist von jemandem gejagt. Sie konnte sich nicht erlauben, Aufmerksamkeit zu erregen. Also wand sie sich an den langsam dahinschlendernden Fußgängern vorbei und suchte dabei weiter nach einem Taxi. Sie hatte vier große Kreuzungen zu überqueren – und dabei ging es die ganze Zeit bergauf – und dann noch einmal sechs oder sieben. Sie würde nicht rechtzeitig zu Teresa stoßen, nicht zu Fuß.

Vor einer Filiale der Ladenkette Broadway Video standen zwei Fahrrad-Cops, und so verlangsamte sie ihren Schritt. Einer der beiden Beamten, eine Polizistin, starrte sie durch ihre Sonnenbrille an. Megan richtete den Blick nach oben, auf die Ampelanlage über der Kreuzung. In der einen Richtung stand sie auf Rot, in der anderen blinkten die Worte *Don't Walk*. Also blieb sie einfach stehen, wartete inmitten einiger anderer Fußgänger und versuchte dabei, wieder etwas zu Atem zu kommen. Verstohlen blickte sie neuerlich auf die beiden Cops. Die Frau beugte sich zu ihrem Partner vor und sagte etwas zu ihm. Daraufhin nickte er und sprach etwas in das kleine Mikrofon auf seiner Schulter.

Endlich sprang die Ampel um, und Megan fing an, die Straße zu überqueren. Als sie dabei nach rechts schaute, sah sie plötzlich, dass hintereinander zwei Streifenwagen mit eingeschalteten Warnleuchten näher kamen. Die Sirenen, die plötzlich auch noch eingeschaltet wurden, stießen schrille Heultöne aus. Der Verkehr kam zum Stillstand. Die Streifenwagen waren nur noch eine Querstraße von ihr entfernt und fuhren geradewegs auf sie zu. Hastig überquerte Megan die Straße. Ihr Herz schlug wie wild.

»Bleiben Sie stehen!«, hörte sie jemanden brüllen. Im nächsten Moment ertönte das laute Kreischen einer Polizeipfeife – das offenbar mit dem Sirenengeheul konkurrieren wollte.

Megan stieg auf den Bürgersteig und blieb automatisch wie angewurzelt stehen. Sie hielt sich mit ihrer guten Hand an einem Lichtmast fest, um ihre Kräfte zu sammeln. Sie sah, wie die beiden Fahrrad-Cops mit rasantem Tempo die Straße überquerten und geradewegs auf sie zuradelten. Die Streifenwagen kamen mit quietschenden Reifen zum Stehen – und im nächsten Moment verstummten die Sirenen.

»Ich habe gesagt, Sie sollen stehen bleiben!«, keifte die Polizistin. »Rühren Sie sich nicht von der Stelle!«

Das Einzige, was Megan denken konnte, war, *Aber ich bin doch stehen geblieben*. Erst dann entdeckte sie den ungewaschen aussehenden jungen Mann in der tarngrünen Army-Jacke, der gleich neben ihr stand. Auf einmal rannte er los und den Bürgersteig hinunter. Ein paar Fußgänger kreischten, als er sie aus dem Weg stieß.

Der männliche Fahrrad-Cop benutzte erneut seine Pfeife, während seine Partnerin dem jungen Mann wiederholt zubrüllte, er solle stehen bleiben. Ein weiterer Polizist sprang aus dem Streifenwagen und warf sich dem jungen Mann in den Weg.

Megan versuchte durchzuatmen. Sie wandte dem Tumult

den Rücken zu und bog in eine Seitenstraße ein, weg vom Broadway.

Und obwohl ihr Herz wie verrückt in ihrer Brust hämmerte, fing sie an zu rennen.

»Ich kann nicht darüber reden, Evie«, beteuerte Teresa in ihr Bluetooth und hielt dabei die Straße im Blick, die sich vor ihr auftat. Sie hatte gerade eine der großen Kreuzungen auf dem Capitol Hill hinter sich gelassen. Evie Caletti war eine gute Freundin, der sie vertraute, doch Teresa konnte das Risiko nicht eingehen, irgendetwas am Telefon zu sagen, was die Polizei möglicherweise mithörte. Sie wollte Megan nicht in noch größere Schwierigkeiten bringen; davon hatte sie bereits genug. »Ich kann dir nur sagen, dass die Cops mir seit gestern Abend in den Ohren liegen. Ich saß gerade beim Abendessen und wollte mir *»BACHELO PAD«* anschauen, als die plötzlich bei mir vor der Tür standen. Und als ich heute Morgen zur Arbeit kam, waren sie bei mir im Büro. Die jagen Meg und Josh so richtig herum. Die Armen, ich mache mir wahnsinnige Sorgen um die beiden ...«

»Nun, dann hättest du dir vielleicht die heutige Ausgabe von *»SALLY JUSTICE SHOW«* ansehen sollen«, meinte Evie am anderen Ende der Leitung. »Sally hat wie ein Wasserfall geredet und sie dargestellt wie eine totale Psychopathin. Sie fordert die Meute da draußen mehr oder weniger auf, sie zu lynchen ...«

Teresa vernahm einen Piepton in der Leitung – ein weiterer Anruf, der zweite innerhalb weniger Minuten, vielleicht aber auch der gleiche Anrufer, der nur nicht aufgab.

»War das ein anderer Anruf ?, fragte Evie. »Musst du den annehmen ?«

»Nein, die können eine Nachricht hinterlassen«, gab Teresa zur Antwort und suchte im Rückspiegel nach Zivilfahrzeugen der Polizei. Sie nahm an, dass die Anrufe von der Polizei waren. Denen war sie in ihrer Mittagspause entwischt. Sie wunderten sich wahrscheinlich, warum sie immer noch nicht an ihren Arbeitsplatz zurückgekehrt war.

Evie ließ sich weiter über *»THE SALLY JUSTICE SHOW«* aus. Teresa erreichte den Gipfel der Anhöhe und bog vor dem Safeway-Supermarkt in die Fifteenth Street ein. Der Friedhof befand sich etwa acht Querstraßen vor ihr.

»Hat Meg je etwas getan, das dich zu der Vermutung veranlasst hat, dass sie nicht die war, die sie vorgab zu sein?«, wollte Evie wissen. »Ich meine, du arbeitest jetzt schon so lange mit ihr zusammen ...«

»Nein, ich hatte keinen blassen Schimmer«, gab Teresa zu. »Und ich bin mir auch überhaupt nicht sicher, ob das alles so stimmt, Evie. Ich bin überzeugt, dass Meg mir irgendeine Erklärung ...« Sie konnte ihrer Freundin nicht erzählen, dass sie sich in weniger als fünf Minuten mit Megan treffen und dann vielleicht die Erklärung bekommen würde, auf die sie so versessen war.

Sie fuhr am Volunteer Park vorbei, der sich zu ihrer Linken auftat. Der Haupteingang zum Friedhof befand sich gleich dahinter. Auf der anderen Straßenseite, den hohen offen stehenden Toren gegenüber, fand Teresa eine Parklücke. Bevor sie den Motor abstellte, schaute sie auf die Digitaluhr am Armaturenbrett: 14:03. Teresa griff nach ihrer Handtasche, stieg aus dem Wagen und überquerte die Straße. Sie sah Megan nicht am Friedhofseingang stehen. »Du, pass auf, Evie, ich muss Schluss machen. Wir reden später, okay?«

»Lass mich wissen, wenn du irgendetwas hörst«, sagte ihre Freundin. »Bis dann, Teresa.« Sie legte auf.

Teresa behielt das Bluetooth-Headset auf. Sie blieb an der Einfahrt zum Friedhof stehen und ließ ihre Blicke über die ausladende, hügelige Anlage schweifen. Die Blätter der majestätischen alten Bäume hatten sich rot, orange und golden verfärbt. Krähen kreisten durch die Lüfte, einige, um im Sturzflug niederzugehen und irgendetwas aus dem makellosen Rasen herauszupicken, andere, um sich auf einem der Grabsteine aus Marmor niederzulassen. Teresa fiel eine kleine Gruppe auf, die sich in der Nähe der höchsten Stelle des Friedhofs im Schatten eines großen Baumes versammelt hatte. Vermutlich Touristen. Wenn sie es richtig in Erinnerung hatte, war das die Stelle, an der Bruce und Brandon Lee beigesetzt waren.

Megan verspätete sich. Teresa wusste nicht, wie ihre Freundin herkommen würde. Einen fahrbaren Untersatz hatte sie ja nicht mehr. Teresa hatte John gebeten, der Polizei nichts von dem weißen Taurus zu sagen, den sie Megan geliehen hatten. Sie hatten John aber nicht danach gefragt. Sie hatten einen der Automechaniker danach gefragt, und der hatte es ihnen erzählt. Die Polizei hatte den Taurus am Morgen gefunden, der nur wenige Querstraßen von der Autovermietung entfernt abgestellt worden war. Das war so typisch für Megan; sie hatte ihn nicht zurückbringen können, ihn aber so gut wie zurückgebracht, damit andere ihretwegen nicht in Schwierigkeiten gerieten.

Das einzige Fahrzeug, das Teresa auf dem Friedhofsgelände sah, war ein silberfarbenes SUV, das etwa zweihundert Meter weiter oben parkte – an einer Stelle, an der der Weg nach rechts abging. Dort stand es hinter einem Grabstein, den ein großer, einsam wirkender Engel zierte. Sie hatte Mühe zu erkennen, wer hinter dem Steuer saß. Es schien ein Mann zu sein.

Teresa war plötzlich kalt, und so stellte sie den Kragen ihres grünen Blazers hoch. Wieder schaute sie Richtung Straße. In der Ferne hörte sie Kinder kreischen und lachen. Sie nahm ihr Handy aus der Tasche ihres Blazers, um nachzusehen, wer sie da gerade angerufen hatte. Beide Anrufe waren von dem Büro-Handy getätigt worden, das Megan sich ausgeliehen hatte. Teresa gab den Code ein, der vonnöten war, um ihre Nachrichten abhören zu können.

Sie hörte, wie das SUV hinter ihr den Motor anließ. Sie drehte sich um und sah, dass das Fahrzeug im Schritttempo in ihre Richtung fuhr. Teresa trat zur Seite, um dem SUV Platz zu machen.

Gerade wollte sie die erste Nachricht abhören, als zwei kleine Jungen mit ihren Fahrrädern auf die Auffahrt preschten und sie um Haaresbreite ummähten. Teresa wich im letzten Moment aus und sprang aufs Gras. Dabei stolperte sie, und das Handy flog ihr aus der Hand.

»Piep, piep!«, brüllte einer der Bengel und schoss auf seinem Fahrrad durch die Lücke zwischen ihr und dem SUV. Der andere Junge betätigte unaufhörlich seine Fahrradklingel. Sie trugen beide Schutzhelme.

Das SUV blieb an der Friedhofseinfahrt stehen. Teresa beachtete den Wagen kaum. Ihr fiel indes auf, dass das Fenster auf der Beifahrerseite heruntergelassen war.

»Cooper … Taylor … hört auf damit!«, rief eine Frau, die hinter ihnen auf die Auffahrt einbog. Sie saß ebenfalls auf einem Fahrrad und radelte langsamer, als sie durch die Lücke zwischen Teresa und dem SUV fuhr. Sie trug schwarze Shorts aus Spandex, und ihr blondes Haar wehte im Nacken aus dem Helm heraus. »Passt auf die Autos auf!«

»Sagen Sie ihnen auch, dass sie gefälligst auf die Fußgänger achten sollen, Schwester!«, brüllte Teresa ihr nach.

Die Frau hielt an und starrte sie an. »Wie bitte?«

Hinter der blonden Radfahrerin schlingerte das SUV ein Stück nach vorn, bog dann langsam ab und fädelte sich in den Verkehr auf der Straße ein.

»Die haben mich fast überfahren«, schimpfte Teresa. »Wissen Sie, ich wollte hier nur jemanden besuchen – nicht für immer bleiben.«

Die Frau bedachte sie mit einem gleichermaßen hochmütigen wie entrüsteten Blick und trat dann wieder in die Pedale. Sie holte ihre beiden Bälger ein. Gemeinsam fuhren die drei den Berg hinauf. Teresa konnte hören, wie die Kinder kicherten und einander anschrien.

»Idiotin!«, murmelte sie. Sie schaute nach unten ins Gras und suchte nach der Stelle, an der sie ihr Handy hatte fallen lassen. Sie fand es gleich neben der Kurve der Auffahrt. Sie überprüfte es gerade auf etwaige Schäden, als sie hörte, dass ein Wagen auf das Friedhofsgelände fuhr. Ängstlich blickte Teresa auf, weil sie dachte, das könnte Megan sein.

Doch es war wieder dieses silberfarbene SUV …

Es war zurückgekommen.

Megan nahm die Abkürzung durch den Volunteer Park. Obwohl ihr der Schweiß von der Stirn tropfte, rannte sie einen der Seitenwege des Parkes hinauf, vorbei an den Tennisplätzen, dem Konservatorium und dem Kleinkinder-Park, in den sie immer mit Josh gegangen war, als der noch ein Baby gewesen war. Ihre Lungen brannten. Ihre Handtasche schien mit jedem Meter schwerer zu werden, und der Tragegurt grub sich so tief in ihre Schulter, als schleppe sie einen Haufen Ziegelsteine mit sich herum. Aus irgendeinem Grund tat ihr von dem vielen Rennen auch der Finger noch weher als sonst, so, als hätten sich sämtliche Nähte gelöst. Vielleicht war aber auch nur Schweiß unter den Verband geraten und brannte jetzt auf der Wunde. Megan war erschöpft, rannte aber trotzdem weiter.

Sie kam schon jetzt zu spät. Es war 14:05 Uhr. Sie betete, Teresa möge sich verspäten. Sie hatte ein paar Minuten zuvor noch einmal versucht, sie anzurufen, war aber wieder zur Mailbox weitergeleitet worden und hatte deshalb aufgelegt. Es konnte durchaus sein, dass Teresa schon tot war!

Megan gab ihr Letztes, und als sie den Parkweg verließ, lief sie noch schneller als bisher. Sie überquerte die Straße, indem sie mitten durch den Verkehr rannte. Sie hörte, wie ein Wagen quietschend bremste und dann wie verrückt gehupt wurde. Sie konnte nur entschuldigend winken und weiter über den Bürgersteig rennen. Sie hatte noch zwei Querstraßen vor sich.

Glenn und sein Partner hatten sie so gut gedrillt, dass sie bis jetzt nicht einmal in Erwägung gezogen hatte, die Polizei zu rufen – und jetzt war es zu spät. Sie hätte behaupten können, dass am Eingang zum Lake View Cemetery jemand überfallen wurde, und die Polizei wäre rechtzeitig eingetroffen, um das Ganze zu verhindern. Damit hätte sie dann nicht nur Teresa das Leben retten, sondern vermutlich auch dazu beitragen können, dass einer von Joshs Entführern gefasst wurde. In diesem Fall hätte jedoch der zweite Mann – Glenn oder sein Partner – Josh getötet. Schließlich hatte sie gesehen, was sie Candy angetan hatten, oder?

Jetzt, da sie nur noch eine Querstraße entfernt war, kam der Friedhof in Sicht. Vor sich konnte Megan auf der gegenüberliegenden Straßenseite die Tore der Einfahrt sehen. Und sie sah ein silberfarbenes SUV, das in die Einfahrt einbog. Als es durch die offen stehenden Tore fuhr, erblickte Megan

Teresa in ihrem grünen Blazer, die neben ein paar Grabsteinen auf dem Rasen stand. Sie hatte ihr Handy am Ohr.

Das SUV war an ihr vorbeigefahren. Megan fragte sich, ob sie sich im Hinblick auf das Fahrzeug vielleicht geirrt hatte. War es irgendein anderes silberfarbenes SUV gewesen? Dann ging ihr auf, dass sie sich Teresa nicht beim Hineinfahren schnappen würden. Sie würden erst wenden und sie entführen, wenn sie wieder herausfuhren.

»Teresa!«, schrie sie – mit der wenigen Luft, die noch in ihren Lungen war.

Doch sie war nach wie vor zu weit weg. Ihre Freundin konnte sie nicht hören. Teresa schaute in die andere Richtung – auf das SUV.

Megan rannte über den Bürgersteig. Wieder winkte und brüllte sie, versuchte verzweifelt, ihre Aufmerksamkeit zu erregen.

Teresa nahm das Telefon vom Ohr und ließ ihre Blicke über das Friedhofsgelände schweifen. Im nächsten Moment schaute sie wieder auf das Handy in ihrer Hand und glitt mit dem Finger über die Tastatur, bevor sie es wieder ans Ohr hielt.

Megan hörte, dass das Telefon in ihrer Handtasche läutete. Sie begriff, dass das Teresa war, die da anrief. Während sie taumelnd auf die Friedhofstore zulief, griff sie in ihre Handtasche und wühlte hysterisch darin herum, bis sie das Gerät endlich fand. »Teresa«, keuchte sie. »Das SUV ... pass auf ... Das ist eine Falle ...«

»Was?«, entgegnete ihre Freundin.

Megan hörte das Heulen eines Motors und im nächsten Moment Reifen quietschen. Auf einmal scherte das SUV vor Teresa aus. Megan konnte ihre Freundin nicht mehr sehen. »Pass auf!«, kreischte sie ins Telefon.

Da hörte Megan plötzlich Schüsse und blieb wie angewurzelt stehen. Mit quietschenden Reifen fuhr das SUV durch die Friedhofstore, auf die Straße und weg.

Teresa lag neben einem der Grabsteine bäuchlings im Gras.

Megan drückte das Gespräch für eine Sekunde weg und alarmierte dann 911. Sie rannte zu ihrer Freundin.

»Nine-one-one Operator«, meldete sich der Mann.

»Es ist auf jemanden geschossen worden«, keuchte Megan. »Am Eingang zum Lake View Cemetery, Capitol Hill. Ich … ich glaube, sie wird einen Krankenwagen benötigen …«

»Ma'am, sind Sie jetzt bei dem Opfer?«

»Beeilen Sie sich bitte!« Das war das Einzige, was Megan sagte, dann beendete sie das Gespräch. In dem Moment, in dem sie den Eingang zum Friedhof erreichte, erstarrte sie. Verdutzt sah sie mit an, wie Teresa sich auf die Seite rollte. Megan sah nirgendwo Blut. »Teresa?«

Ihre Freundin setzte sich auf. »Verdammt noch mal«, fluchte sie und rieb sich ihren Ellbogen. »Hast du das gesehen? Irgendein Scheißkerl hat da gerade auf mich geschossen.«

»Bist du okay?«, fragte Megan völlig außer Atem. Sie hockte sich vor ihr auf den Boden.

Teresa nickte, rieb sich neuerlich den Ellbogen und zuckte dabei zusammen. »Er war ein lausiger Schütze, Gott sei Dank. Ich hatte deine Nachricht gerade erst erhalten, als der anfing loszuballern …« Sie kam wieder zu Atem und schob sich ihr Haar aus dem Gesicht. »Schau sich einer an, wie du aussiehst«, sagte sie und gaffte Megan an. »Ich hätte dich ja fast nicht erkannt. Megan, was ist los, verdammt noch mal?«

Megan half ihr beim Aufstehen. Sie schaute auf die Anhöhe in der Ferne, wo ein Menschengrüppchen stand und sie anzustarren schien. Sie hatten die Schüsse offenbar gehört. Ein Mann kam den abschüssigen Rasen heruntergerannt und quatschte dabei in sein Handy. Irgendein anderer sprang in einen Kombi und kam ihnen über die kurvige Straße entgegengefahren.

»Was ist los?« Teresa ließ nicht locker und schüttelte sich dabei das Gras von ihrem Blazer und ihrer Hose. »Man hat gerade auf mich geschossen, also verdiene ich es, eine Antwort zu bekommen. Wer war das?«

»Das hat zu tun mit einem – mit einem früheren Ehemann von mir«, erklärte Megan. »Ich war vor langer Zeit mal verheiratet.«

»Ja, das weiß ich – und wie es sich anhört, muss das ein echter Mistkerl gewesen sein.« Teresa bückte sich, um ein paar Sachen aufzuheben, die ihr aus der Handtasche gefallen waren. »Es wird in sämtlichen Nachrichtensendungen über dich berichtet, Meg. Also ... wer sind diese Leute?«

»Mein Mann und noch jemand«, antwortete sie und bückte sich, um ihr zu helfen. Sie reichte Teresa ihren Lippenstift und ihre Sonnenbrille. »Sie sind in der Nacht von Samstag auf Sonntag in mein Haus eingebrochen. Mich haben sie verprügelt, Josh haben sie niedergeschlagen und entführt. Wenn ich nicht tue, was sie sagen – oder zur Polizei gehe –, töten sie ihn. Für sie ist das wie ein Spiel. Ich habe Candy Blanco kein Haar gekrümmt. Um Gottes willen, sie hat versucht, mir zu helfen. Aber sie haben dafür gesorgt, dass es jetzt so aussieht, als hätte ich sie ermordet ...«

Megan erhob sich und half Teresa beim Aufstehen. »Darüber darfst du aber mit niemandem sprechen, Teresa, mit keiner Menschenseele. Wenn sich herumspricht, dass Josh entführt wurde, werden sie ihn umbringen. Es mag zwar ein Spiel für sie sein, aber sie meinen es todernst; das sind Geisteskranke. Ich sage dir das alles nur für den Fall, dass sie zuerst mich umbringen. Es muss jemand von Josh wissen ...«

»Mein Gott«, hauchte Teresa. »Was machst du denn jetzt?«

Sie schüttelte den Kopf. »Weiß ich noch nicht. Im Moment muss ich erst mal nur hier weg. Ich habe vor ein paar Minuten Nine-One-One angerufen.« Sie bewegte den Kopf in Richtung des Mannes und des Wagens, die immer näher kamen. »Ich nehme an, dass von denen auch gerade einer die Polizei alarmiert hat. Hast du sehen können, wie der Mann, der den Wagen fuhr, aussah?«

»Das war ein Weißer, so um die dreißig«, antwortete Teresa. »Seine Haare konnte ich nicht sehen. Er trug eine Mütze. Außer der Waffe in seiner Hand habe ich eh nicht viel gesehen. Eines kann ich dir aber sagen: Sie haben in den Nachrichten Fotos von deinem Ehemann gezeigt, sodass ich weiß, wie der aussieht, und ich glaube nicht, dass er das war.«

»Alles in Ordnung mit Ihnen?«, rief der Mann schon von Weitem.

Nickend winkte Teresa ihm zu.

Daraufhin verlangsamte er seinen Schritt ein wenig und blieb schließlich sogar stehen, um sich mit demjenigen zu unterhalten, der den Kombi fuhr.

Megan wusste, dass sie verschwinden musste. Sie konnte eine Sirene in der Ferne hören.

»Die Polizei hat den Taurus gefunden«, sagte Teresa. »Wie bist du hergekommen?«

»Nachdem ich deine Nachricht abgehört hatte, bin ich den ganzen Weg vom Broadway hergerannt.« Sie griff nach Teresas Arm und hielt ihn ganz fest. »Erzähl der Polizei genau, was hier passiert ist. Lass mich dabei nur aus dem Spiel. Sag ihnen, ich sei irgendeine Fremde gewesen, die stehen geblieben wäre, um zu helfen. Okay?« Sie zögerte einen Moment, bevor sie sich umdrehte. Sie fühlte sich schrecklich, weil sie Teresa nach all der Zeit, die sie einander kannten, nicht die Wahrheit gesagt hatte. Bedauernd sah sie Teresa an. »Ich kann mir vorstellen, dass ich dir nach allem, was du jetzt über mich erfährst, wie eine Fremde vorkomme.«

Teresa schüttelte den Kopf. »Das ist nicht wahr, Meg. Du bist immer noch meine Freundin.« Sie drückte ihr etwas in die Hand. Megan stellte fest, dass es Autoschlüssel waren. »Nimm meinen Mazda«, flüsterte Teresa. »Er steht gleich gegenüber an der Straße. Die nächsten paar Stunden kannst du getrost damit fahren, bis die Polizei das schnallt. Sieh zu, dass du ihn nicht verbeulst. Er ist noch nicht ganz abbezahlt ...«

Wieder zögerte Megan. »Teresa, ich kann das nicht annehmen. Ich ...«

Sie redete nicht weiter. Der Mann war inzwischen so nah, dass sie sein Gesicht sehen konnte. Eine Frau und zwei Kinder auf Fahrrädern radelten auf sie zu. Die Sirene wurde immer lauter.

Teresa tätschelte ihr die Schulter. »Geh!«, sagte sie leise. »Mach, dass du hier wegkommst, solange das noch möglich ist.«

»Danke«, flüsterte Megan. Dann machte sie sich auf den Weg zu dem roten Mazda 3 mit der Heckklappe, der gegenüber vom Friedhof in einer Parklücke stand. Sie lief forschen Schrittes, rannte aber nicht.

»He, bleiben Sie stehen!«, hörte sie den Mann brüllen. »Die Polizei wird Zeugen brauchen! He, Sie da ...«

Megan drehte sich nicht um. Sie öffnete den Wagen mittels der Zentralverrieglung und stieg ganz schnell ein. Ihre Hand zitterte so sehr, dass sie Mühe hatte, den Schlüssel ins Zündschloss zu stecken. Endlich ließ sie den Motor an.

Die Polizeisirene wurde lauter, kam näher.

Megan fuhr aus der Parklücke heraus und fädelte sich mit gemäßigtem Tempo in den Verkehr ein. Als sie in den Rückspiegel schaute, sah sie den Streifenwagen mit blinkenden Warnsignalen. Er schien geradewegs auf sie zuzusteuern. Megan umklammerte das Lenkrad und drosselte weder das Tempo, noch hielt sie am Straßenrand an. Sie sah, wie der Streifenwagen auf das Friedhofsgelände fuhr. Im nächsten Moment verstummte die Sirene.

Megan fuhr weiter. Sie konzentrierte sich auf den Weg, der vor ihr lag.

Kapitel fünfundzwanzig

»Verdammt«, fluchte er und versteckte die Pistole, eine Glock 17, unter dem Vordersitz des SUV. Er wartete gerade vor einer Ampel an einem Ende einer Unterführung, durch die man auf die Interstate 5 gelangte.

Dreimal hatte er auf sie geschossen und sie nicht einmal gestreift.

Wären diese dämliche Schlampe und ihre beiden Kinder nicht genau in dem Moment vorbeigeradelt, hätte er Lisas Freundin vielleicht beim ersten Versuch erwischt. Stattdessen hatte er das Friedhofsgelände verlassen, gedreht und war wieder zurückgefahren. Das hatte ihn aus dem Konzept gebracht.

Als er vom Friedhofsgelände gefahren war, hatte er Lisa im Rückspiegel erblickt. Sie war zu diesem Zeitpunkt noch auf der anderen Straßenseite gewesen, gegenüber vom Friedhofstor.

Dass sie auf dem Weg zum Friedhof war, hatte er schon vorher gewusst. Teresa musste sie angerufen und ihr eine Nachricht hinterlassen haben, nachdem sie seine SMS erhalten hatte. Es war offenkundig, dass Teresa auf den Text hereingefallen war – zumindest im Großen und Ganzen. Und Lisa war losgerast und die ganze Strecke von dem Café am Broadway bergauf gerannt, um sie zu warnen.

Während er auf dem Friedhof parkte, hatte er auf seinem Smartphone verfolgt, wie Lisa vorankam. Einige Stunden vorher hatte er Glenn gezwungen, sie zu fragen, wo sie sich gerade aufhielt, dabei hatte er das bereits gewusst. Er hatte ebenfalls gewusst, wo sie gestern übernachtet hatte. Er hatte einem Elektronik-Experten eintausendsechshundert Dollar dafür gezahlt, das Werk eines Peilsenders, eines Spark Nano 2.0 Real Time GPS Trackers, in dieses Mobiltelefon einzubauen – und der gleiche Mann hatte ihm auch den Klingelton »Every Breath You Take« einprogrammiert. Was den Knaben dann doch sehr verdutzt hatte, war seine Bitte gewesen, ihm in sein eigenes Smartphone einen geigerzählerartigen Piepton einzuprogrammieren. Den konnte man stummschalten, doch er schaltete sich automatisch ein, sodass er immer wusste, wann Lisa in seiner Nähe war. Er hatte sie ständig im Auge gehabt, seit sie ihrer toten Nichte dieses Handy aus den Händen genommen hatte. Lisas somit einzige Verbindung zu Josh zeigte ihm kontinuierlich an, wo sie sich gerade aufhielt.

Während er dort auf dem Friedhof gewartet hatte, hatte er den immer schneller werdenden stakkatoartigen Piepsignalen gelauscht. Und das Gleiche tat er jetzt. Er schaute noch einmal auf die Straßenkarte, die auf dem Bildschirm seines Smartphones zu sehen war. Der Anblick dieses ausgeleuchteten weißen Punktes über dem Kartengitter entlockte ihm ein Lächeln. Es war, als wäre Lisa die ganze Zeit an seiner Seite. Im Moment war sie ungefähr gut eine halbe Meile hinter ihm – auf einer Straße, die hinter dem Friedhof durch eine Wohngegend führte. Sie steuerte recht zügig auf ihn zu. Die Piepsignale ertönten in immer schnellerer Abfolge. So schnell konnte sie unmöglich rennen. Teresa musste ihr ihren Wagen geliehen haben.

Die Ampel sprang auf Grün, und er bog links ab und nahm die Straße, die ihn letztendlich zur südlichen Auffahrt der Interstate 5 bringen würde. Dabei sagte er sich, dass das mit Teresa nur auf Anhieb nicht geklappt hatte. Eine Schlappe war es nicht. Er würde einen anderen Weg finden, um sie zu töten.

Sein Plan war, Lisa jeden zu nehmen – außer ihm. Seit vielen, vielen Jahren stellte er sich vor, dass Lisa allein ihm gehörte: in ihrem Zimmer in seinem Keller wohnte, für jedes Fitzelchen dankbar war, das er ihr gab, und für jede Minute, die er mit ihr verbrachte. Es würde so sehr viel einfacher sein, sie dort zu halten, wenn sie draußen niemanden mehr hatte, der sie haben wollte – außer vielleicht der Polizei. Sie würde völlig abhängig von ihm werden, genau wie die anderen es gewesen waren. Diese anderen Frauen – diese Surrogate – hatten allerdings darum gebettelt, zu ihren Freunden und Familien zurückkehren zu dürfen. Aber Lisa würde ja niemanden mehr haben.

Nur ihn.

Ihre Freundin konnte Lisa im Moment nicht um Hilfe bitten. Die nächsten paar Stunden würde Teresa mit der Polizei beschäftigt sein, und danach würde sie die Detectives auf den Fersen haben.

Vor sich sah er die Auffahrt zur Interstate. Der kleine, leuchtende, weiße Punkt auf dem Bildschirm seines Smartphones rührte sich an der Ecke Roanoke Street und Boylston Avenue nicht von der Stelle, was hieß, dass Lisa jetzt an der gleichen Ampel wartete, an der er vor wenigen Minuten gestanden hatte. Verfolgte sie ihn? Versuchte sie, ihn aufzuspüren?

Es war drollig, dass sie nach all den Jahren jetzt ihm nachstellte.

Er erwog, für ein paar Sekunden an den Straßenrand zu fahren – nur um sie ein bisschen irre zu machen. Er konnte dafür sorgen, dass sie sein SUV erspähte, und ein Spiel daraus machen, ein bisschen Spaß haben.

Er entschied sich jedoch dagegen. Er fuhr auf die Auffahrt, trat fester aufs Gaspedal und fädelte sich in den Verkehr der Interstate ein. Lisa war scheint's auf der Straße geblieben, die unterhalb der Autobahn verlief, und jetzt wahrscheinlich auf dem Rückweg zum Capitol Hill – oder zu ihrem Zimmer im Lamplighter Inn.

Es war gut, dass er sich entschieden hatte, keine Zeit damit zu verplempern, sich von ihr herumjagen zu lassen. Er musste zurück zum Farmhaus. Dort wartete Arbeit auf ihn.

Er hatte eine Leiche zu zerstückeln.

Megan hielt das Handy in ihrer bandagierten Hand, hatte aber noch keine Nummer in die Tastatur eingegeben.

Innerhalb der letzten zehn Minuten hatte das Telefon zweimal geläutet. Beide Male war die Polizei am Apparat gewesen, vermutlich aufgrund des Umstands, dass sie 911 alarmiert hatte. Sie hatte die Anrufe auf die Mailbox gehen lassen. Die dortige Ansage war neutral, aber die Anruferkennung zeigte *Destination Rent-A-Car* an. Falls der 911-Operator über die derzeitigen Aktivitäten der Seattler Polizei Bescheid wusste, hatten sie wahrscheinlich schon herausgefunden, dass sie diejenige gewesen war, die sie angerufen hatte.

Auf dem Lakeview Drive war sie an den Straßenrand gefahren. Durch das Beifahrerfenster von Teresas Mazda bot sich ihr ein grandioser Blick auf den Lake Union, die Space Needle, die Aurora Bridge und den Queen Anne Hill. Obwohl sie mit heruntergelassenem Fenster gefahren war, fühlte Megan sich nach dem langen und verzweifelten Bergauf-Sprint zum Friedhof immer noch total verschwitzt.

Sie wusste überhaupt nicht, wohin sie fuhr. Sie hatte erst

mal nur vom Friedhof weggemusst – und von der Polizei – und das so schnell wie möglich. Zumindest war Teresa jetzt in Sicherheit. Die Polizei würde ihr den Rest des Tages vermutlich kaum von der Seite weichen.

Sie fragte sich, an wem Glenn und sein Partner sich als Nächstes vergreifen würden.

Dan Lahart kam ihr in den Sinn. Was ihn anging, war sie nach wie voller Zweifel. Megan mochte ihn, konnte ihm im Grunde aber nicht vertrauen. Trotzdem wählte sie seine Telefonnummer. Es läutete nur einmal, bevor der Anruf zur Mailbox weitergeleitet wurde. »Hi, Dan, ich bin's, Megan … Lisa … Rachel, such dir einen Namen aus«, meldete sie sich. »In der Zwischenzeit hast du sicher über mich in der *Seattle Times* oder im Internet gelesen. Wie ich dir vorhin schon sagte, habe ich meine Nichte nicht umgebracht. Sie wurde ermordet, weil sie versucht hat, mir zu helfen. Deshalb bist du besser beraten, dich nicht mit mir einzulassen. Pass auf: Solltest du eine E-Mail oder eine SMS bekommen, die so aussieht, als käme sie von mir, in der ich dich bitte, dich irgendwo mit mir zu treffen, glaub das bitte nicht. Es wäre eine Falle! Von jemandem, der dir irgendetwas antun oder anhängen würde. Wenn ich Kontakt zu dir aufnehmen muss, werde ich dich anrufen und persönlich mit dir sprechen – allerdings nicht von diesem Telefon aus. Diesen Apparat entsorge ich jetzt gleich. Keine E-Mails oder Textmitteilungen. Bitte, sei die nächsten ein, zwei Tage vorsichtig. Die Leute, die mich in diese Lage gebracht haben, kennen dich. Sei also wachsam. Was du meinetwegen alles durchmachen musst, tut mir aufrichtig leid. Trotzdem, bis bald, okay?«

Sie drückte das Gespräch weg. Ein Teil von ihr hatte das Gefühl, als habe sie soeben ihrem Peiniger eine Nachricht hinterlassen. Der andere Teil von ihr machte sich Sorgen, sie könnten ihn sich schnappen, bevor er auch nur ein Wort dieser Nachricht gehört hatte.

Sie öffnete die Wagentür, stieg aus und legte das Handy vor den linken Vorderreifen. Die Polizei rief sie jetzt auf diesem Apparat an. Wie lange konnte es da noch dauern, bis sie anfingen, irgendein Programm zu benutzen, mit dem sich Mobiltelefone orten ließen, um herauszufinden, wo sie war?

Sie setzte sich wieder hinter das Steuer. Unablässig musste sie an Dan denken. Falls er dem Internet-Dating nach dieser Erfahrung für alle Zeiten entsagte, konnte sie ihm das nicht verdenken. Er hatte gesagt, dass er heute im Seattle Central Community College englische Literatur unterrichtete. Dort war er also im Moment. Ihre Nachricht würde er somit erst später bekommen. Sie wollte sich aber davon überzeugen, dass bei ihm alles in Ordnung war. Und es war ja nicht so, dass er sie zurückrufen konnte – nicht nach dem, was jetzt gleich mit diesem Handy passieren würde.

Sie konnte innerhalb weniger Minuten in diesem Community College sein.

Megan ließ den Motor an. Als sie auf die Straße ausscherte, hörte sie, wie das Handy unter dem Reifen zerbrach.

Sieben Minuten später stellte sie Teresas Mazda auf einem kleinen Parkplatz ab, der sich neben einem Beerdigungsinstitut und gleich gegenüber vom Community College befand – einem düsteren, vierstöckigen Backsteinbau, der aussah wie eine Irrenanstalt und sich beinahe über den halben Häuserblock erstreckte. Das Innere des Gebäudes war für Megans Begriffe fast ebenso trostlos wie die Fassade. Da momentan Vorlesungen abgehalten wurden, streifte nur eine Handvoll Studenten über den Korridor im Erdgeschoss. Sie sah, dass das Sekretariat gegenüber von den Fahrstühlen war. Vor einem Fenster mit einer Schiebeglasscheibe war eine Theke, auf der jemand stapelweise Broschüren ausgelegt hatte.

Megan stellte sich vor das Fenster und sah auf der anderen Seite der Schiebeglasscheibe eine Tastatur und einen Monitor auf der Theke stehen. Dahinter tat sich ein kleiner Büroraum auf, in dem nebeneinander zwei Schreibtische standen. Auf beiden standen Computerbildschirme. Am Posteingangs-Korb auf einem der Schreibtische hing an einem gelben Band ein wild gemusterter Folienballon mit der Aufschrift *Happy Birthday*, der mehr Helium gebraucht hätte. Vor der Rückwand standen nebeneinander mehrere Aktenschränke, auf denen ein paar verstaubt aussehende Pflanzen standen.

Die Frau mit dem Geburtstagsballon an ihrem Schreibtisch war Mitte zwanzig und drall gebaut. Sie schaute von ihrem Computer auf und sah Megan an. Sie hatte ein hübsches Lächeln und goldbraun gefärbte Korkenzieherlocken. Sie zupfte ihren eisblauen Pullover in Form, als sie sich erhob und an das Fenster trat. »Kann ich Ihnen helfen?«

»Hi, ja, bitte!«, erwiderte Megan. »Professor Dan Lahart hat mich eingeladen, mir heute seine Vorlesung anzuhören. Könnten Sie mir wohl bitte sagen, in welchem Raum das ist?«

Die Finger der Frau flogen nur so über die Tasten, dann schaute sie mit gerunzelter Stirn auf den Bildschirm. »Wie buchstabiert man das?«

»L-A-H-A-R-T, da bin ich mir ziemlich sicher«, gab Megan zur Antwort und verrenkte sich den Hals, um einen Blick auf das zu erhaschen, was die Frau dort eingab. Es sah aus, als versuche sie es mit mehreren verschiedenen Schreibweisen.

Die Frau seufzte. »Tut mir leid. Wir haben keinen Professor dieses Namens.«

Megan spürte, wie sich ihr die Eingeweide zusammenkrampften. »Sind Sie sicher?«

Die Frau schaute erneut auf den Monitor. »Ich habe die Liste hier vor mir. Sie reicht von Laird bis Lundgren – kein Lahart.«

»Er unterrichtet dienstags und donnerstags hier englische Literatur«, sagte Megan leise. Sie konnte nicht fassen, dass sie hergerast und so besorgt gewesen war – während er ihr die ganze Zeit nur etwas vorgemacht hatte.

Wieder bearbeitete die Frau die Tastatur und schaute dann auf den Bildschirm. »Unser Professor für englische Literatur ist Cornel Dean. Dessen Vorlesung läuft im Moment in Raum dreihundertsiebzehn.«

»Vielen Dank«, sagte Megan und wandte dem Fenster dann den Rücken zu.

Sie kam sich so dumm vor – und so, als müsse sie sich geschlagen geben. Sie hatte ihm diese »Ich-bin-ein-anständiger-Kerl«-Nummer total abgekauft. Sie nahm an, dass Dan Lahart genau in diesem Moment hinter dem Steuer dieses silberfarbenen SUV saß. Nichtsdestoweniger musste sie diesen Vorlesungssaal finden und sich davon überzeugen, dass er nicht doch dort war. Warum war er kein anständiger Kerl? Warum entpuppten sich so viele Männer in ihrem Leben als Mistkerle? Dieser Widerling war ja noch schlimmer als Glenn. Sie stapfte durch das Treppenhaus aus Schalenbeton nach oben und marschierte dann durch einen von Neonröhren illuminierten Korridor und suchte nach Raum 317.

Sie fand ihn. Die Tür war geschlossen, verfügte aber über ein kleines Sichtfenster. Megan erspähte einen Raum mit etwa fünfundzwanzig Studenten, vorwiegend Frauen – und die meisten davon schienen fasziniert zu sein von dem, was ihr Professor gerade von sich gab. Diesen Professor konnte

Megan weder sehen noch hören. Doch als sie einen Schritt zur Seite trat, sah sie ihn auf der Außenkante seines Pultes vor der Klasse sitzen. Sie sah den Mann, den sie unter dem Namen Dan Lahart kannte.

Das machte keinen Sinn. Er hatte im Hinblick auf seinen Namen gelogen, ihr aber wahrheitsgetreu erzählt, wo er arbeitete. Was war los mit diesem Namen, dass er ihn verheimlichen musste? Megan fragte sich, was wohl dabei herauskommen würde, wenn sie *Cornel Dean* und *Willow Dwyer* googelte. Würde sie dann vielleicht Beweise dafür finden, dass die beiden einander gekannt hatten?

Lautes Gelächter drang aus dem Raum nach draußen. Er musste irgendetwas Lustiges gesagt haben. Megan sah ihn grinsen. Dann wandte er den Kopf Richtung Tür.

Sie duckte sich und flüchtete ins Treppenhaus.

Während sie schnellen Schrittes die Stufen hinunterlief, fragte sie sich, welche Rolle er in dem Ganzen hier spielte. Das silberfarbene SUV konnte er vor zwanzig Minuten nicht gefahren haben, denn er hielt ja die Vorlesung. Glenn hatte aber auch nicht hinter dem Steuer gesessen – das hatte Teresa ihr gesagt. Hatte Glenn zwei Komplizen?

Als Megan im Erdgeschoss ankam und auf den Ausgang zulief, erblickte sie das Geburtstagskind aus dem Sekretariat. Sie stand draußen vor den gläsernen Eingangstüren und rauchte eine Zigarette.

Megan warf einen kurzen Blick nach hinten auf das Schiebeglasfenster des Sekretariats. Dort schob jetzt ein anderer Dienst. Ein etwa zwanzig Jahre alter, großer, magerer Mann mit kurz geschorenem schwarzem Haar stand hinter der Scheibe. Er blickte nach unten, auf etwas, das auf seiner Seite auf der Theke lag.

Zielstrebig durchwühlte Megan ihre Handtasche. Die verschiedenen gefälschten Führerscheine, die sie mit sich führte, befanden sich in einem neutralen weißen Umschlag.

Sie lief zum Ausgang und drückte die Glastür auf.

»Hey, vielen Dank für Ihre Hilfe vorhin!«, sagte Megan und hielt die Tür dabei auf. »Ich habe das mit Cornel alles geklärt ...«

Die junge Frau mit dem goldbraun gefärbten Haar bedachte sie mit einem leicht verwunderten Blick und einem gequälten Lächeln. »Wie schön«, meinte sie und blies eine Rauchwolke aus.

»In jedem Fall vielen Dank«, fügte Megan hinzu, wenn auch vielleicht etwas zu begeistert. »Tut mir leid, wie war noch gleich Ihr Name ...?«

»Rebecca«, erwiderte sie mit leicht argwöhnischem Seitenblick.

»Danke, Rebecca«, sagte Megan. Sie bewegte den Kopf in Richtung der offen stehenden Tür. »Sagen Sie, gibt es hier irgendwo ein WC?«

»Ja, gehen Sie da drüben nach rechts und an der Cafeteria vorbei. Da sehen Sie es dann auf der linken Seite.«

»Nochmals danke, Rebecca«, sagte sie und marschierte wieder ins Gebäude.

Als sie auf die Schiebeglasscheibe des Sekretariats zulief, zog Megan den Umschlag mit den Führerscheinen aus ihrer Handtasche. Der junge Mann mit dem Bürstenschnitt stand immer noch auf der anderen Seite der Theke und las etwas. Megan sah, wie er eine zusammengefaltete Zeitung hob und umdrehte. Im nächsten Moment sah sie ihr Gesicht auf der Titelseite und blieb wie angewurzelt stehen. Sein Blick klebte förmlich auf dem Artikel, den er las.

Megan atmete tief durch und trat vor das Fenster. »Hey, hi«, sagte sie. »Ist Rebecca da?«

Er schaute von seiner Zeitung auf. »Die hat gerade Pause. Kann ich Ihnen helfen?«

Megan zwang sich, nicht auf ihr Gesicht in der Zeitung zu schauen. »Also ... Rebecca sollte mir die Adresse eines Ihrer Professoren geben, Cornel Dean.« Sie hielt den Briefumschlag hoch. »Mr. Dean muss das hier unbedingt morgen auf dem Postweg bekommen ...«

Der junge Mann starrte sie an. Megan hoffte, dass er sie von dem Foto in der Zeitung, die er gerade gelesen hatte, nicht wiedererkannte. »Davon hat Rebecca mir nichts gesagt«, erwiderte er.

»Mist«, schimpfte sie leise. »Mir wurde gesagt, sie hätte seine Adresse und würde sie mir geben. Könnten Sie die wohl eben heraussuchen? Bitte! Mr. Dean, *Cornel Dean*. Er hält im Moment eine Vorlesung, aber ich muss ihm das hier per Einschreiben mit Rückantwort schicken ...«

Mit zusammengekniffenen Augen sah er sie an. »Ich kenne Sie irgendwoher«, sagte er. »Studieren Sie hier?«

»Äh, ja, na ja, habe ich mal – im Frühjahr«, log Megan. »Ich glaube, ich muss das bis sechzehn Uhr soundso viel bei der Post aufgeben, sonst geht das nicht mehr raus. Können Sie mir helfen?«

Er nickte, dann drehte er sich zu seiner Tastatur um und fing an zu tippen.

J. Knolls Mobiltelefon verfügte über Internetfunktionen, aber der Akku hatte nur noch wenig Saft. Megan schaffte es gerade noch, ein paar Minuten Mapquest.com zu befragen, dann machte das Teil schlapp. Aufgrund von Cornel Deans Hausnummer auf der Hamlin Street nahm sie an, dass er an der Portage Bay und damit am nördlichen Außenrand vom

Capitol Hill wohnte. Auf dem Weg dorthin schaute Megan regelmäßig in den Rückspiegel, um sich davon zu überzeugen, dass ihr niemand folgte.

Sie erinnerte sich, dass Dan – oder wie immer sein richtiger Name war – bei ihrer allerersten Verabredung erwähnt hatte, dass er am Wasser wohne. Was das anging, hatte er also zumindest nicht gelogen. Auf den Schildern dieses Teils der Hamlin Street stand: PARKEN NUR FÜR HAUSBOOTANWOHNER.

»Und ihre Gäste«, brummte Megan und fuhr in eine leere Parklücke.

Sie stieg aus dem Wagen und lief ein paar Stufen hinunter, die auf einen Holzsteg führten – an dem auf der einen Seite Boote und auf der anderen schwimmende Häuser vor Anker lagen. Geradeaus tat sich die Bucht vor ihr auf, und durch das herbstlich gefärbte Laub der Bäume, die das Wasser umsäumten, konnte sie die Montlake Bridge sehen. Die Hausboote an diesem Steg waren nicht mit dem 3,5-Millionen-Dollar-Anwesen zu vergleichen, das Tom Hanks in *»SCHLAFLOS IN SEATTLE«* sein Eigen genannt hatte. Sie sah jedoch, dass zwischen den bezaubernden, gut gepflegten Hütten auch ein paar schnittige, moderne schwimmende Häuser standen, die vermutlich nicht unter einer Million zu haben waren.

Cornel Deans Hausboot zählte zu den gut gepflegten Hütten. Megan klopfte an die Eingangstür des grauen Bungalows mit den weiß gestrichenen Balken. Sie schaute sich um und stellte fest, dass außer ihr niemand auf dem Steg oder an Bord eines der Boote war. Es lugten auch keine Nachbarn aus den Fenstern.

Neben der Haustür, über einer blühenden Azalee in einem alten Milchfass, war ein Briefkasten. Megan öffnete ihn und zog seine Post heraus: Rechnungen von Visa und On-Star sowie Werbung – alle an Daniel Lahart adressiert. Noch einmal öffnete sie die Klappe des Briefkastens und entdeckte ein Schildchen, das man in den Kasten geklebt hatte: *D. Lahart – C. Dean*.

Megan zögerte nur den Bruchteil einer Sekunde, dann riss sie die Visa-Rechnung auf. Vielleicht hatte er ja irgendwelche Ausgaben getätigt, die ihr sein wahres Gesicht zeigten. Er hatte offenbar Anfang des Monats noch ein paar andere Matefinder.com-Verabredungen gehabt, denn einige der Rechnungsbeträge waren in kostspieligen Restaurants angefallen. Überdies hatte er in diversen lokalen Buchhandlungen Geld gelassen und im Billig-Supermarkt Trader Joe's, und fünfzig Dollar waren an das Amerikanische Rote Kreuz gegangen.

Vielleicht zeigte das sein wahres Gesicht. Vielleicht war er ja doch ein anständiger Kerl.

Das bedeutete, dass es eigentlich moralisch nicht vertretbar war, in sein Haus einzubrechen. Trotzdem versuchte sie, den Türknauf zu drehen. Die Tür war verriegelt, klar. Sie tastete über der Tür nach einem Schlüssel. Nichts. Sie hob die Azalee in dem Milchfass leicht an, aber auch darunter war nichts versteckt. Er hatte einen kleinen Garten am Außenrand des Decks – mit einer leicht kitschigen Pelikan-Figur inmitten einiger Topfpflanzen. Der Schlüssel war unter dem fünften Topf, unter dem sie nachschaute.

Megan probierte aus, ob er ins Schloss der Haustür passte, und verschaffte sich Zutritt. Sie ließ den Schlüssel in die Vordertasche ihrer Jeans gleiten und blieb dann erst einmal eine Minute an der Tür stehen, um abzuwarten, ob irgendeine Alarmanlage zu schrillen begann. Es war dermaßen still, dass sie hören konnte, wie draußen das Wasser gegen die Boote und Holzpfeiler klatschte.

Sein Haus war sauber, gemütlich und hübsch eingerichtet.

Es roch darin ein wenig nach Zimttoast. Im Wohnzimmer stand in der Ecke ein Kanonenofen – und aus einem großen Panoramafenster schaute man auf die Bucht. Die Sonne ging allmählich unter, und alles draußen sah golden aus. Hinter einer Kücheninsel hatte er eine kombüsenartige Küche. An einer Wand des Wohnzimmers stand ein Regal neben dem anderen, und alle waren sie voller Bücher – mit ein paar gerahmten Fotos dazwischen. Eine Leiter führte in einen darüberliegenden Dachbereich, in dem er vermutlich schlief. Sie konnte dort oben ein Fenster sehen, das aussah wie ein Bullauge – neben einer hohen Kommode.

Megan gelangte zu dem Schluss, dass sie inzwischen gewusst hätte, wenn der Alarm aktiviert worden wäre. Sie nahm einige der Fotos auf den Bücherregalen in Augenschein. Bei ihrem Date hatte er erzählt, er habe zwei ältere Geschwister, einen Bruder und eine Schwester. Nach den Familienfotos zu urteilen, hatte er sie dahingehend nicht belogen. Er war überdies ein entzückender kleiner Junge gewesen.

Sie legte seine Post neben den Computer auf den Schreibtisch und sah, dass an der Ladestation seines schnurlosen Telefons ein Lämpchen blinkte. Daneben stand ein kleiner Kasten, der die Telefonnummern der zuletzt eingegangenen Anrufe speicherte. Es waren fünf an der Zahl: alle von ihrem Handy – das einer von Joshs Entführern konfisziert hatte.

Drei dieser Anrufe waren von gestern Abend, die beiden anderen von heute. Kommunizierte er mit Joshs Entführern? Andererseits konnte natürlich sein, dass der Anrufer jedes Mal sofort wieder aufgelegt oder ihm eine SMS geschickt hatte, um ihn irgendwohin zu locken. Die SMS, die Teresa heute erhalten hatte, war schließlich auch von dieser Telefonnummer gekommen.

Vielleicht versuchte sie hier aber auch nur Entschuldigungen zu finden, weil seine Familie so nett aussah und er dem Amerikanischen Roten Kreuz Geld spendete. Sie konnte ihm nach wie vor nicht vertrauen. Warum hatte er zwei Namen, verdammt noch mal?

Sie stand am Schreibtisch vor seinem Computer und betätigte die Maus. Sein Monitor ging an – und offenbarte einen Bildschirmschoner, der *The Three Stooges* zeigte. Megan starrte darauf und stieß kopfschüttelnd einen perplexen, leisen Lacher aus. Wieder wollte sie nach der Maus greifen, im nächsten Moment erstarrte sie.

Sie hörte Schritte. Es lief jemand über den Holzsteg vor dem Haus.

Sie hastete zu einem kleinen Fenster, das sich gleich neben der Tür befand. Durch die Ritze in der Jalousie sah sie Dan – oder Cornel – forschen Schrittes näher kommen. Er schaute auf seine Armbanduhr und lief geradewegs auf die Haustür zu.

In Panik drehte Megan sich um und starrte auf die vier verschiedenen Türen, die vom Wohnzimmer und vom Küchenbereich abgingen. Die einzige, die offen stand, führte ins Badezimmer, alle anderen waren geschlossen. Sie entschied sich für die, die der Küche am nächsten war. Als Megan sie öffnete, wusste sie jedoch sofort, dass dies die falsche Entscheidung gewesen war. In dem Schrank standen übereinander eine Waschmaschine und ein Trockner – sodass darüber hinaus nur wenig Platz war. Sie hatte aber keine Zeit mehr, sich ein anderes Versteck zu suchen, denn schon hörte sie, wie die Haustür geöffnet wurde.

Also presste sie ihren Körper fest gegen die Waschmaschine und den Trockner und zog die Lamellentür so dicht vor ihre Brust, wie es ihr möglich war. Ganz schließen konnte sie die Tür nicht; durch den Spalt sah sie Dan ins Haus kommen.

Megan umklammerte den Türgriff mit aller Kraft, damit es so aussah, als sei die Tür geschlossen. Sie zitterte aber, und deshalb fragte sie sich, ob die Tür ebenfalls zitterte.

Er blieb ein paar Sekunden im Türrahmen stehen und schaute zunächst argwöhnisch ins Wohnzimmer und dann in Richtung der Kochecke. Mit der einen Hand hielt er nach wie vor den Türknauf fest. Er spürte offenbar, dass irgendetwas nicht stimmte, und er suchte mit den Augen den Raum ab – bis er in ihre Richtung schaute.

Sie versuchte, sich nicht zu rühren, wagte nicht einmal zu atmen.

Er griff in seine Jackentasche und zog sein Handy heraus. Schnell gab er drei Ziffern ein.

Megan fragte sich, ob er 911 anrief. Sie drückte die Tür auf. »Warte …«

»Jesus!« Taumelnd wich er zurück. »Du hast mich zu Tode erschreckt …«

»Das tut mir leid«, hauchte sie.

Im nächsten Moment war er plötzlich abgelenkt und hielt sich das Telefon ans Ohr. »Oh, hallo … hi … ja, tut mir leid, ich hatte einen Fehlalarm … Ja, da bin ich mir ganz sicher … Es ist alles in Ordnung. Entschuldigen Sie bitte, dass ich Sie belästigt habe. Vielen Dank.« Er drückte das Gespräch weg und starrte sie mit offenem Mund an. »Zuerst hinterlässt du mir eine Nachricht, in der du mich warnst und mir rätst, wachsam zu sein. Dann komme ich nach Hause und muss feststellen, dass meine Haustür nicht zugesperrt ist und sich jemand in meinem Wäscheschrank versteckt. Ich habe deinetwegen fast einen Herzinfarkt bekommen …«

»Das tut mir leid«, sagte Megan noch einmal. Es fiel ihr schwer, ihn anzusehen.

Er schloss die Haustür hinter sich. »Habe ich mir das nur

eingebildet, oder habe ich dich vor etwa einer Stunde im Community College gesehen?«

Endlich sah sie ihm in die Augen und nickte. »Ja, das war ich. Wer ist Cornel Dean?«

Er seufzte. »Cornel Dean ist der neunundzwanzigjährige Verfasser eines wirklich schlechten Romans.« Er ging zu seiner Bücherwand, klaubte einen dicken, gebundenen Schinken von einem der Regale und hielt ihn ihr hin.

Megan schaute auf das Cover – auf dem leicht verschwommen eine Gerstenähre vor einem wolkenvergangenen Himmel abgebildet war. »VOR DER ERNTE VON CORNEL DEAN« stand kleingedruckt im linken unteren Eck der Schutzhülle. Sie warf einen Blick auf die Umschlagklappe, auf der das Foto eines unausgegoren und unreif wirkenden Dan zu sehen war. In der Bildunterschrift hieß es:

> Cornel Dean wurde für seine in *THE ATLANTIC* veröffentlichte Kurzgeschichte »Der Kettenraucher« mit dem begehrten J and B Church Fellowship Award ausgezeichnet. Er schloss sein Studium an der Cornell University mit einem Master in Fine Arts ab. »VOR DER ERNTE« ist sein erster Roman.

»Warum hast du mir nicht gesagt, dass du einen Roman veröffentlicht hast?«, fragte sie.

»Weil ich Angst hatte, dass du dir das Buch irgendwo besorgst, liest und mich dann niemals wiedersehen willst.« Er setzte sich auf einen der Barhocker vor der Kücheninsel. »Von einigen wenigen Szenen abgesehen, ist es ein miserables Buch.«

Sie sah sich neuerlich das Cover an. »Warum Cornel Dean?«

»Na ja, in dem Buch gibt es massenhaft Sexszenen, und da ich nicht wollte, dass meine Eltern sich schämen mussten, habe ich mir den Namen Cornel Dean zugelegt – nach meinem College und der Schildkröte, die ich hatte, als ich zehn Jahre alt war. In jedem Fall hat mich die ganze Erfahrung davon abgehalten, mich jemals wieder an einem Roman zu versuchen.«

Megan schüttelte den Kopf. »Ich verstehe nicht. Wenn du dich wegen dieses Buches so genierst, warum hältst du dann Vorlesungen unter dem Namen Cornel Dean?«

»Na ja, das Buch war sozusagen ein prestigeträchtiger Misserfolg. In der Welt der Akademia hat es mir einen gewissen Status verschafft. Deshalb unterrichte ich unter diesem Namen.« Er zuckte mit den Achseln. »Außerdem ... ob du es glaubst oder nicht, bekommt Cornel Dean ab und an immer noch Tantiemen aus dem Ausland. Der letzte Scheck belief sich über einhundertsechs Dollar und kam aus Frankreich.«

Er nahm ihr das Buch wieder ab und legte es auf die Kücheninsel. »Also, das bin ich, der gescheiterte Schriftsteller. Damit kennst du jetzt mein Geheimnis, meine beschämende, tragische Vergangenheit.«

Megan lachte leise auf; es war ein trauriges Lachen. »Ich tausche sofort mit dir.«

»Nein, vielen Dank«, flüsterte er und sah sie lächelnd dabei an. Mitgefühl lag in seinem Blick. »Ich hatte vor der Vorlesung eine halbe Stunde Zeit, um ein bisschen was über Lisa Swann und Megan Keeslar zu lesen. Mithin habe ich nur eine vage Vorstellung von dem, was du hinter dir hast. Und – nein, ich würde nicht mit dir tauschen wollen. Nach dem zu urteilen, was du mir erzählt hast und was ich im Internet gelesen habe, denke ich mir, dass dein Ehemann nach Seattle gekommen ist und sich mit irgendjemandem zusammengetan hat. In der Nacht von Samstag auf Sonntag haben sie dich zusammengeschlagen und deinen Sohn entführt. Und es geht dabei nicht um einen Sorgerechtsstreit, sondern um etwas viel Schlimmeres. Habe ich recht?«

Megan nickte. »Sie haben mir damit gedroht, ihn umzubringen, wenn ich zur Polizei gehe.«

»Dein Handy haben sie dir auch weggenommen, stimmt's?«, fragte er.

Blinzelnd sah sie ihn an. »Woher weißt du das?«

»Ich habe seit gestern Abend ungefähr ein Dutzend Anrufe erhalten, alle von deiner Handynummer, und jedes Mal hat der Anrufer sofort aufgelegt. Ich habe versucht zurückzurufen, aber es hat niemand abgenommen. Auch der Anrufbeantworter schaltet sich nicht ein. Heute Morgen bekam ich dann von der gleichen Handynummer eine SMS – und wusste, dass die nicht von dir sein konnte.«

»Hat jemand vorgegeben, ich zu sein, und dich aufgefordert, dich irgendwo mit mir zu treffen?«

Er hob die Augenbrauen und schüttelte den Kopf. »Nein, es war jemand, der vorgegeben hat, du zu sein, und mich aufgefordert hat ... na ja, es war ziemlich obszön. Es war nicht nur unzüchtiges Gerede, sondern zum Teil richtig krankes Zeug.«

Megan konnte ihm nicht ins Gesicht schauen. »Ich bin froh, weil du gewusst hast, dass das nicht von mir war«, murmelte sie.

»Dass du mich am Sonntag zum Abendessen zu dir nach Hause eingeladen hast ... war das etwas, was sie von dir verlangt haben?«

Sie nickte. »Deshalb habe ich mich so irre aufgeführt. Zwölf Stunden zuvor hatten sie Josh entführt, und ich wusste nicht, ob du mit ihnen unter einer Decke steckst. Man hatte mir gesagt, falls du mit mir würdest schlafen wollen, sollte ich dich lassen. Ich musste es aber im Wohnzimmer mit dir treiben – und die Vorhänge offen lassen, damit sie uns von der gegenüberliegenden Straßenseite aus beobachten konnten.«

»Jesus«, rief er und schüttelte ungläubig den Kopf. »Du willst mir hier sagen, ich hätte nur fragen müssen, und …«

Wieder nickte sie. »Ja, und tu mir bitte einen Gefallen: Reiß keine Witze darüber.«

»Werde ich nicht«, versprach er ihr. »Warum, meinst du, haben sie ausgerechnet mich auserkoren?«

»Ich glaube, sie haben versucht, mich zu demütigen«, gab Megan zu. »Sie haben dich auserkoren, weil sie irgendwie in Erfahrung gebracht hatten, dass ich dich wirklich gern hatte. Sie haben sich wahrscheinlich in meinen Computer eingeloggt und die E-Mail gefunden, die ich dir geschrieben hatte.«

Er seufzte. »Megan, du siehst hundemüde aus. Warum setzt du dich, um Himmels willen, nicht hin?«

»Weil ich Angst habe, dann innerhalb von zwei Sekunden einzuschlafen«, gab sie leicht schwankend zur Antwort.

»Und? Ich habe dich doch schon einmal schlafen sehen.«

Mit zusammengekniffenen Augen sah sie ihn an. »Gott, wie könntest du nach allem, was du meinetwegen durchmachen musstest, noch etwas mit mir zu tun haben wollen?«

»Weil ich finde, dass du eine tolle Frau bist«, erwiderte er und kletterte von seinem Barhocker. »Und wenn ich kann, würde ich dir gern helfen. Du hättest schon längst mal eine anständige Pause verdient.«

Beim Sprechen griff Dan nach ihrer Hand und hielt sie fest in seiner. Sie erinnerte sich, dass Glenn das auch immer getan hatte, damals, als sie angefangen hatte, sich in ihn zu verlieben.

»Ich muss dich aber noch etwas fragen«, sagte er. »Du erwähntest heute Vormittag, dass du dir nicht sicher seist, ob ich mit ihnen unter einer Decke stecke. Bist du dir dahingehend immer noch nicht sicher?«

Megan konnte ihm diese Frage nicht beantworten. Stattdessen fing sie an zu weinen.

Er zog sie an sich und nahm sie in die Arme.

»Schschsch«, flüsterte er. »Du brauchst mir nicht zu antworten. Wenn ich an deiner Stelle wäre, würde ich im Moment auch niemandem trauen. Du musst dich aber für ein, zwei Stunden hinlegen. Und wenn du danach wieder aufwachst, mache ich dir ein Omelett, und wir überlegen uns, wie wir deinen Sohn zurückbekommen können ...«

Das waren die letzten Worte, die sie ihn sagen hörte. Nur wenige Minuten später lag sie in seinem Wohnzimmer auf dem Sofa und schaute auf die silbern schimmernden Wellen der Portage Bay. Die Sonne ging gerade unter. Und Dan gab ihr einen Kuss auf die Stirn.

Was sie tun würde, wenn sie wieder aufwachte, wusste sie noch nicht. Um zwanzig Uhr sollte sie sich mit Glenn in ihrem Motel treffen. Doch bis dahin blieben ihr noch drei Stunden Zeit.

Und so ergab sie sich ihrer Müdigkeit und schlief ein.

»In der SMS stand, dass ich mich am Eingang zum Friedhof mit ihr treffen sollte.« Teresa sprach in drei Handmikrofone, die man ihr zeitgleich unter die Nase hielt. Ihr Haar war leicht zerzaust, und im Hintergrund waren Grabsteine zu sehen. »Obwohl der Text laut Anruferkennung von ihrer Handynummer kam, hätte ich wissen müssen, dass die Nachricht nicht von Megan war. Die weiß nämlich gar nicht, wie man eine SMS schreibt. Außerdem hat sie mir auf die SMS, die ich ihr daraufhin geschrieben habe, nicht geantwortet. Also habe ich sie auf dem Büro-Handy angerufen, das sie manchmal benutzt, und ihr da auf der Mailbox die Nachricht hinterlassen, dass ich mich mit ihr treffen würde ...«

»Hatten Sie keine Sorge, sich durch ein Treffen mit der unter Mordverdacht stehenden Megan Keeslar der Beihilfe schuldig zu machen?«, wollte einer der Reporter wissen.

Teresa bedachte den Mann mit einem ihrer typischen »Leg-dich-ja-nicht-mit-mir-an«-Blicke. »Ich dachte, ich könnte sie überreden, sich den Behörden zu stellen. Ich kenne Megan. Sie ist keine Mörderin. Irgendjemand wollte ihr diesen Mord anhängen – vermutlich der gleiche Jemand, der versucht hat, mich umzubringen. Ich habe die Person gesehen, die auf mich geschossen hat, und es war nicht Megan Keeslar ...«

»Ich danke dir, Teresa«, flüsterte Megan, die in der Ecke des Wohnzimmers fernsah.

Sie saß auf Dans Sofa. Gleich neben ihr lag eine zusammengeknüllte Wolldecke. Sie knabberte an einer Scheibe Toast von der Platte, die vor ihr auf dem Sofatisch stand. Sie hatte nur die Hälfte des Omeletts gegessen, das er für sie zubereitet hatte. Das Essen und eine Cola hatten sie erwartet, als sie von ihrem Schläfchen aufgewacht war.

Dan, der ebenfalls fernsah, hockte auf der Armlehne des Sofas.

Die Schießerei am Lake View Cemetery war eine der Topstorys der Lokalnachrichten. Als das Segment angekündigt wurde, zeigten sie Megans Führerscheinfoto in einem Kästchen über der Schulter der hübschen Nachrichtensprecherin. Für Megans Begriffe sah das Bild allmählich aus wie ein Verhaftungsfoto. Sie hatten behauptet, sie habe ihre Arbeitskollegin in eine Falle gelockt, damit man sie erschoss. Während der Reporter geschildert hatte, was passiert war, hatten sie zwei ausgebrochene Stellen an einem Grabstein gezeigt, in die Kugeln eingeschlagen waren. Dann hatten sie zu dem Interview mit Teresa geschwenkt.

Megan hatte das Gefühl, als fielen Teresas Bemühungen, sie zu verteidigen, auf taube Ohren.

Irgendjemand schob eines der Handmikrofone noch dichter vor Teresas Gesicht. Sein ganzer Arm war auf dem Bildschirm zu sehen. »Bei der Polizei ist ein anonymer 911-Anruf eingegangen«, sagte der gleiche Reporter. »Zeugen, die auf dem Friedhof waren, haben ausgesagt, dass Ihnen eine Frau zu Hilfe gekommen, dann aber ganz schnell weggelaufen ist. Wie man hört, sagen Sie nicht, wer diese Frau war.«

Teresa blickte geradewegs in die Fernsehkamera und schüttelte gezielt den Kopf. »Ich kenne ihren Namen nicht. *Das ist die Wahrheit*. Sie hat aber etwas gut bei mir. Ich hoffe, dass ich sie recht bald wiedersehe – eines Tages, und dass ich mich dann vielleicht persönlich bei ihr bedanken kann.«

Megan ging auf, dass Teresa nicht log. Ihre Freundin wusste im Moment wirklich nicht, wie ihr richtiger Name war.

Die hübsche Nachrichtensprecherin füllte wieder den Bildschirm. Jetzt lächelte sie. »Als Nächstes ... steht uns Regen ins Haus? Unsere stellare Meteorologin Rosean Stella hat den Wetterbericht ...«

Dan schaltete den Fernsehapparat mit der Fernbedienung ab. »Ich muss Teresa recht geben«, sagte er. »Meiner Meinung nach solltest du zur Polizei gehen und denen genau das Gleiche erzählen, was du mir erzählt hast. Mit deren Hilfe hast du bessere Aussichten, deinen Sohn zurückzubekommen.«

Megan schaute kurz aus dem Fenster auf die Lichter der Boote; dann stand sie auf. »In dem Moment, in dem sie herausfinden, dass ich zur Polizei gegangen bin, töten sie Josh.«

Seufzend trug sie ihren Teller in die Küche. »Daran haben sie keinen Zweifel gelassen. Nein, ich muss zurück zum Lamplighter Inn. Glenn hat gesagt, er würde sich dort um zwanzig Uhr mit mir treffen. Ich will schon etwas früher da sein …«

»Dir ist aber doch hoffentlich klar, dass er dir da irgendeine Falle stellen wird.« Dan nahm ihr den Teller ab und stellte ihn in die Spüle. Er drehte sich zu ihr um. »Wie er deiner Freundin Teresa eine Falle gestellt hat – und deiner Nichte. Du gehst ihm geradewegs ins Netz. Ich werde dich nicht gehen lassen – zumindest nicht allein.«

»Wenn sie mitbekommen, dass ich nicht allein bin oder von jemandem beobachtet werde, lassen sie das an Josh aus. Und dich kennen sie, Dan. Sie kennen wahrscheinlich dein Auto.« Sie schüttelte den Kopf. »Ich muss allein gehen und frühzeitig dort ankommen. Ich will schon dort sein, wenn er kommt. Dann kann ich mir das amtliche Kennzeichen dieses SUV notieren, das sein Kumpan fährt. Hast du ein Fernglas, das ich mir von dir leihen könnte?«

»Ja, ich halte es aber nicht für sicher, wenn du …«

»Das ist schon okay, ich habe eine Waffe bei mir«, fiel sie ihm ins Wort.

»Das beruhigt mich irgendwie nicht.«

Megan griff nach seiner Hand. »Ich würde mich erheblich besser fühlen, wenn ich wüsste, dass ich hinterher hierher zurückkehren kann. Wenn ich mich bis zwanzig Uhr dreißig nicht bei dir gemeldet habe, kannst du die Polizei anrufen und ihnen alles erzählen.«

»Die Polizei dürfte inzwischen herausgefunden haben, dass du Teresas Wagen fährst«, warnte Dan sie. »Nach dem werden sie suchen.«

Sie zuckte mit den Achseln. »Das Risiko muss ich eingehen.«

»Und ich soll einfach hier herumsitzen und warten, während du dich mit diesen Mördern triffst?«

»Na ja, du könntest im Internet etwas für mich recherchieren«, sagte Megan.

Er verdrehte die Augen.

»Glaub mir, Dan«, fuhr sie fort, »damit würdest du mir einen großen Gefallen tun. Ich muss in Erfahrung bringen, was aus einem Dr. Joel Siler aus Evanston, Illinois – oder St. Louis – geworden ist. Wenn du irgendwelche Informationen über ihn finden kannst, wäre das sehr hilfreich. Außerdem muss ich wissen, ob Willow Dwyer einen festen Freund oder einen Bruder hatte. Wenn nicht Siler für das Ganze hier verantwortlich ist, muss es jemand sein, der Willow nahegestanden hat.«

Stirnrunzelnd seufzte Dan – ganz so, als begnüge er sich damit, hinter den feindlichen Linien langweilige Routinearbeiten zu verrichten, obwohl er an der Front der große Held hätte sein können. »Wie werden diese Namen buchstabiert?« Megan schrieb sie ihm auf.

Im Badezimmer spritzte sie sich kaltes Wasser ins Gesicht. Dann gab Dan ihr ein Fernglas und begleitete sie über den Steg zu der Stelle, an der sie Teresas Wagen abgestellt hatte. Sie erlaubte ihm, sie zu küssen, bevor sie sich hinter das Steuer setzte, und das fühlte sich gut und richtig an.

Als Megan losfuhr, schaute sie in den Rückspiegel. Er hob die Hand – ein ambivalentes Winken.

Als sie am Ende der Straße um die Ecke bog, fragte sie sich unwillkürlich, ob sie ihn jemals wiedersehen würde.

Sie stellte den Wagen auf dem Parkplatz der Sunny Noodle ab, eines chinesischen Restaurants gegenüber vom Lamplighter Inn. Das Essen konnte dort nicht allzu gut sein, denn es gab massenhaft freie Parkplätze. Megan entschied sich für einen, der weit von den Straßenlaternen entfernt und neben einem Schild war, auf dem geschrieben stand: NUR FÜR RESTAURANT-GÄSTE! WIDERRECHTLICH PARKENDE FAHRZEUGE WERDEN ABGESCHLEPPT.

Dort saß sie auf dem Fahrersitz von Teresas Mazda und beobachtete die Eingangsfassade des Lamplighter Inn. Dans Fernglas erlaubte ihr sogar, durch die Glastüren in die Lobby zu schauen. An der Rezeption arbeitete der etwas absonderlich wirkende Mittzwanziger. Ein schwarzer Lieferwagen stand so auf dem Motelparkplatz, dass er den Blick auf ihr Zimmer zum Teil versperrte, sie aber trotzdem sehen konnte, ob jemand an der Schiebetür aus Glas vorbeiging. Die Vorhänge waren zugezogen – wie Megan sie am Vormittag zurückgelassen hatte.

Im Verlauf der letzten halben Stunde hatte sie sieben verschiedene Personen gezählt: Zwei Paare waren in das Motel hineingegangen, und drei Einzelpersonen waren herausgekommen. Sie hatte sich ihre Gesichter im Fernglas ganz genau angeschaut. Keiner der Leute hatte wie Glenn ausgesehen oder sie an jemanden erinnert, den sie 1996 gekannt hatte.

Megan hielt verbissen Ausschau nach dem silberfarbenen SUV – und nach Einsatzwagen der Polizei. Um 19:35 Uhr fuhr ein Streifenwagen durch die Straße – und damit geradewegs an Restaurant und Motel vorbei. Megan rutschte tief in den Sitz. Ihr klang in den Ohren, wie Dan sie davor gewarnt hatte, dass die Polizei nach Teresas Mazda suchen würde. Als der Streifenwagen vor dem Parkplatz der Sunny Noodle sein Tempo verlangsamte, hielt sie mehr oder weniger die Luft an. »Fahr weiter, fahr weiter«, beschwor sie ihn.

Im nächsten Moment beschleunigte der Einsatzwagen wieder und fuhr weiter.

Seufzend streckte Megan sich durch und beobachtete weiter das Motel. Sie zog in Erwägung, einfach nicht zu diesem Treffen zu erscheinen. Vielleicht konnte sie ja hier jetzt die Strategie zur Anwendung bringen, die ihr für das geplatzte Rendezvous mit Glenn im Volunteer Park vorgeschwebt hatte. Sie würde ihn bei seiner Ankunft im Motel beobachten, warten, bis er wieder wegfuhr, und ihm zu seinem Stützpunkt folgen, wo sie Josh als Geisel hielten. Oder war das Risiko zu groß? Was, wenn Glenn wütend wurde und beschloss, Josh zu bestrafen? Er brauchte seinen Partner nur anzurufen und ihm zu sagen, den Jungen zu holen und ihm einen Finger oder ein Ohr abzuschneiden.

Da schepperte es plötzlich laut hinter ihr. Megan zuckte zusammen, drehte sich ruckartig um und starrte durch die Heckscheibe. Einer der Köche der Sunny Noodle entsorgte den Inhalt eines Abfalleimers in den großen Müllcontainer, der gleich neben dem Restaurant stand. Zweimal schlug er den Blecheimer gegen den Container – damit auch nur ja nichts in dem Eimer zurückblieb. Dann warf er den Deckel des Containers zu und lief zurück zu der Tür, die in die Küche führte, zog den Abfalleimer dabei hinter sich her.

Megan atmete tief durch. Sie richtete ihre Aufmerksamkeit wieder auf das Lamplighter Inn. Es war 19:55 Uhr. Glenn musste nun jede Minute hier eintreffen. Megan sah einen alten, ramponierten VW durch die Straße und auf den Parkplatz fahren. Dem entstieg eine Frau, die unter Umständen eine Prostituierte war, und schlenderte in die Lobby.

Megan zupfte nervös an ihrem Verband, als sie sich in Erinnerung rief, wie unnachgiebig Glenn im Hinblick auf diese Verabredung um Punkt 20:00 Uhr gewesen war. Um sich hier mit ihr zu treffen, hatte er das Schweigen vieler Jahre gebrochen – und zugegeben, dass er für Joshs Entführung verantwortlich war.

Sie hatte gehofft, das silberfarbene SUV wäre inzwischen vor dem Hotel vorgefahren.

Megan wusste zwar, dass man sie in eine Falle lockte, aber trotzdem musste sie jetzt in das Motel gehen und in ihrem Zimmer auf ihn warten – wie er ihr befohlen hatte. Glenn hatte hier das Sagen. Solange er und sein Partner Josh in Gewahrsam hatten, blieb ihr keine andere Wahl.

Megan ließ den Motor an und fuhr vom Parkplatz des Restaurants auf den des Lamplighter Inn auf der gegenüberliegenden Straßenseite. Sie parkte in der Nähe ihres Zimmers und brauchte dann einen Moment, um ihren Zimmerschlüssel und die Waffe in ihrer Handtasche zu finden. Sie erinnerte sich daran, dass Candy ihr gezeigt hatte, wie man sie entsicherte, also überzeugte sie sich davon, dass die Sicherung jetzt vorgelegt war, steckte den Revolver in den Bund ihrer Jeans und zog den unteren Teil ihres Pullovers darüber.

Wachsam suchte ihr Blick den Parkplatz ab, sah aber in keinem der anderen Fahrzeuge jemanden sitzen. Auf den Bürgersteigen waren keine Passanten. Aus der Ferne hörte sie gedämpften Verkehrslärm, einen Rap-Song, der aus irgendeinem Autoradio schallte, und einen Autobus, der ratternd zum Stehen kam. Mit dem Schlüssel im Anschlag, schlich Megan auf die gläserne Schiebetür zu, die in ihr Zimmer führte. Im nächsten Moment blieb sie wie angewurzelt stehen.

Der Türgriff war verbogen. Irgendjemand hatte das Schloss aufgebrochen.

Megan drehte sich nach hinten um und griff dann nach der Waffe unter ihrem Pullover. Vorsichtig drückte sie mit ihrer schlimmen Hand gegen den verbogenen Türgriff. Die Tür quietschte, als Megan sie aufzog. Die schweren Vorhänge schaukelten leicht. Sie schob sie zur Seite und schaute in den im Dunkeln liegenden Raum.

Sie zog die Vorhänge ganz auf. Die Lampen des Parkplatzes tauchten das Zimmer in bläuliches Licht. Die Schiebetür hinter ihr stand nach wie vor offen. Megan griff nach der Stehlampe neben dem Schreibtisch und knipste sie an. Nach dem zu urteilen, was sie auf den ersten Blick sehen konnte, war außer ihr niemand im Zimmer. Sie sah niemanden auf der anderen Seite des Bettes oder in der Schranknische. Die Badezimmertür stand zu etwa einem Viertel offen. Im Bad brannte kein Licht.

Megan schaute noch einmal hinter sich. Dabei fiel ihr ein großer dunkler Fleck auf dem hellbraunen Wollteppich auf – gleich neben der Leiste der Schiebetür. Ein Stück schwarze Plastikfolie hatte sich in einem Teil der Leiste verfangen. Es flatterte in der Brise.

Sie bückte sich und strich über den Fleck auf dem Teppich. Er war feucht und kalt. Dann starrte sie auf ihre blutverschmierten Fingerspitzen.

Als Megan sich daraufhin wieder umdrehte, sah sie eine breite, dunkle Linie, die quer über den Teppich zum Badezimmer führte. Sofort dachte sie an Candy und daran, wie sie deren Leiche in der Badewanne gefunden hatte.

Megan fing an, am ganzen Leib zu zittern. Verängstigt folgte sie der Blutspur zur Badezimmertür.

Sie konnte sich vorstellen, was passiert war. Die schwarze Plastiktüte hatte sich wahrscheinlich irgendwo verhakt, als er sie über die Schiebetürleiste ins Zimmer gezogen hatte – und dadurch war sie an einer Stelle undicht geworden. Nach dem zu urteilen, was sie sehen konnte, hatte er sein Versprechen gehalten und ihr Josh geliefert – in Einzelteile zerlegt. Ihr Albtraum wurde Wirklichkeit.

Sie schaltete das Licht im Badezimmer ein und erblickte den blutroten Streifen auf dem beige gefliesten Fußboden. Er führte zur Badewanne. Der weiße Duschvorhang war vorgezogen; an einer Stelle war er blutdurchtränkt und klebte an der Außenseite der Wanne.

Megan brach in Tränen aus. Ihre Hand zitterte so heftig, als sie nach dem Duschvorhang griff, dass die Haken zu rappeln begannen, bevor sie den Vorhang überhaupt aufzog. Im Endeffekt riss sie ihn regelrecht auf und starrte alsdann auf den schwarzen Müllsack aus Plastik in der Badewanne. Eine Blutspur wand sich darunter her Richtung Abfluss.

Der Verstand sagte ihr, dass dieser Müllsack für seinen ganzen Körper nicht groß genug war.

Sie konnte nicht aufhören zu weinen. Ihr herzergreifendes, hemmungsloses Schluchzen schallte von den gekachelten Wänden wider.

Megan beugte sich über die Badewanne und drehte den Drahtverschluss auf, mit dem der Oberrand des Müllsacks zusammengebunden war. Sie hörte, wie sich in dem Plastiksack etwas bewegte. Es war völlig egal, wie grauenvoll es war, sie musste ihn sehen. Sie musste wissen, ob das wirklich Josh war.

Schließlich öffnete sie den Sack und schaute auf das, was er enthielt. Sie starrte auf das Profil eines abgetrennten Kopfes – dessen schwarzes Haar an den Schläfen ergraut war. Es war zwar nur ein Teil des Gesichts zu sehen, aber ihr fielen die schwarz-grauen Bartstoppeln auf.

Das war nicht Josh. Sie schluchzte ein letztes Mal auf und hörte auf zu weinen. Sie wusste, wer das hier war. Fassen konnte sie das allerdings nicht.

Der Sack enthielt auch einen der Unterarme des Mannes. Getrocknetes Blut hatte die schwarzen Härchen auf diesem

Arm verklebt, aber die Tätowierung war immer noch deutlich zu sehen.

Megan kannte das Symbol recht gut.

Es war das medizinische Symbol der Ärztezunft – eine Schlange, die sich um einen Stab wand.

Kapitel sechsundzwanzig

Als er aufwachte, lag er auf dem Bett seiner Mutter.

Das glaubte Josh zumindest, als er die Augen öffnete. Nach ein paar Sekunden fielen ihm dann die vielen Federn auf ihrer zerknautschten, blassgrünen Tagesdecke auf. Er blies darauf und sah blinzelnd dabei zu, wie die winzigen Teile durch die Luft schwebten.

Er hatte im Schlaf so unglücklich auf einem Arm gelegen, dass er ihn jetzt nicht bewegen konnte.

Wie lange er wie im Koma gelegen hatte, wusste er nicht. Jetzt erinnerte er sich aber wieder und wusste, dass das hier nicht das Schlafzimmer seiner Mutter war. Es war eine Gefängniszelle.

Bevor er sich auf dieses Bett hatte fallen lassen und aus purer Erschöpfung in eine Art von Tiefschlaf gefallen war, hatte er durchgedreht. Er hatte nicht fassen können, was er im Fernsehen sah und was diese dämliche Sally Justice über seine Mutter sagte. Zugleich hatten so viele Dinge, die viele, viele Jahre an ihm gezehrt hatten, plötzlich Sinn gemacht.

Trotzdem war das Ganze ein Schock.

Er erinnerte sich, dass sie damals in dieser Kellerwohnung, als er noch ein kleiner Junge gewesen war, mal schreckliche Probleme mit Ameisen gehabt hatten. Nach ein paar Tagen hatte er die Ursache dafür gefunden. Ein Vogel war irgendwie hereingeflogen und in einer kleinen Ritze zwischen Bücherschrank und Wand gestorben. Er hatte das tote, von Ameisen übersäte Tier entdeckt. Das war eines der ersten Male gewesen, dass er mit dem Tod konfrontiert worden war. Noch heute erinnerte er sich, dass der Vogelkadaver aufgrund der vielen schimmernden schwarzen Insekten, die ihn gierig verschlangen, zu glitzern und sich zu bewegen schien.

»Also, Schätzchen, jetzt wissen wir wenigstens, warum wir die vielen Ameisen hatten«, hatte seine Mutter gesagt. »Mach dir keine Sorgen, Josh, ich werde das Vögelchen anständig beerdigen.«

Jetzt kannte er die Antwort auf so viele der düsteren Fragen, die er im Hinblick auf seine Vergangenheit hatte. Doch diese Antwort – wie logisch alles durch sie wurde – war grausam und niederträchtig. Noch schlimmer war, dass seine Mutter nicht hier war, um sich aus allem herauszureden, sodass er sich irgendwie besser fühlte.

Sie hatte ihm die ganzen Jahre Lügen erzählt, über seinen Vater, darüber, wer sie war – und darüber, wer *er* war. Das war ihm durch diese Fernsehsendung sonnenklar geworden, in der diese Sally Justice sich darüber ausgelassen hatte, wie bösartig und hinterhältig seine Mutter war. Er hätte sich gewünscht, ihr sagen zu können, dass sie nur Scheiße laberte. Und er hätte sich gewünscht, sie würde die Klappe halten. Er hatte die ganze Zeit an diesen Mann mit den blonden Haaren denken müssen, der mit seiner Mom auf dem gerahmten Foto zu sehen war, das sie zu Hause stehen hatten, und aus irgendeinem Grund hatte ihn das wütend gemacht. Kein Wunder, dass er sich diesem Typen niemals verbunden gefühlt hatte.

Josh hatte angefangen, mit den Fäusten gegen den Einwegspiegel zu hämmern. Er war davon ausgegangen, dass auf der anderen Seite jemand stand, der sehen wollte, wie er auf die Fernsehsendung reagierte. Diesem Jemand wollte er auf den Pelz rücken, mehr nicht. Also hatte er wie ein Wahnsinniger im Zimmer herumgewütet, weil er nach etwas suchte, womit er den Spiegel hätte einschlagen können. Die Möbel und der ganze sonstige Schnickschnack waren aber alle festgeleimt. Selbst die Bilderrahmen hingen nicht an den Wänden, sondern waren mit Schraubbolzen gesichert. In seinem Frust hatte er die Laken vom Bett gezurrt. Er hatte geschrien und gekreischt und eines der Kopfkissen zerrissen. Daraufhin hatte es in der kleinen Zelle Federn geregnet, und er hatte die Tagesdecke über die nackte Matratze gezogen und war darauf kollabiert. Schluchzend war er eingeschlafen.

Und jetzt war er wieder wach und fühlte sich, als hätte ihn ein Lastwagen überrollt. Ihm tat jeder einzelne Muskel im Leib weh, und seine Kehle war völlig ausgetrocknet. Josh quälte sich vom Bett und versuchte, seinen gefühllosen Arm zu schütteln, damit er wieder durchblutet wurde. Er taumelte zur Tür. Bei jedem seiner Schritte flogen die Federn hoch, die auf dem Boden lagen, und umschwebten seine Füße. Er fand die Flasche mit Wasser, die sie ihm vor Stunden durch diese Stahlklappe geschoben hatten. Gierig öffnete er sie und nahm ein paar große Schlucke. Dann zog er sein Shirt aus, begoss es mit ein wenig Wasser und rieb es danach mit dem kleinen Stück Irish Spring-Seife ein. Damit fuhr er sich über das Gesicht und seine Achselhöhlen. Anschließend wischte er mit dem feuchten Hemd über den Fußboden, um die Federn aufzulesen. Aus irgendeinem Grund war es wichtig für ihn, dass seine Zelle sauber war. Es war auch wichtig, sich beschäftigt zu halten.

Der Fernsehapparat lief jetzt nicht mehr, doch in seinem Kopf hörte er immer noch die vielen Beschuldigungen, die gegen seine Mutter vorgebracht wurden. Ihm wurde klar, dass der dunkelhaarige Mann, der im Fernsehen mit Lisa Swann auf diesen Fotos abgebildet war, sein Vater war. Dr. Glenn Swann hatte sie misshandelt und betrogen. Nach ihrem Verschwinden war er für den Mord an ihr im Gefängnis gelandet. War sein Vater wirklich so furchtbar, dass sie es für gerechtfertigt gehalten hatte, ihn vierzehn Jahre lang in einem Gefängnis für ein Verbrechen büßen zu lassen, das er nie begangen hatte?

Seine Mutter war auf einmal wie eine Fremde für ihn. Trotzdem wusste er, dass sie es niemals fertiggebracht hätte, einen Menschen zu ermorden. Und hatte sie es doch getan, hatte es gute Gründe dafür gegeben – wie Notwehr oder Nothilfe. Vielleicht hatte sie ja eine dritte Person beschützt. Vielleicht hatte sie ja ihn beschützt.

Er stopfte das feuchte Hemd mitsamt Federn in den leeren Kopfkissenbezug und legte ihn in eine Ecke des Schlafzimmers. Danach ging er ins Bad und zog sich die frischen Sachen an, die sie ihm gegeben hatten – sein Shirt von den Mariners und die Leinenhose, eine saubere Unterhose und weiße Socken. Er hatte keine Lust darauf, eine Show vor ihnen abzuziehen, indem er sich vor diesem Spiegel umzog.

Josh trank noch einen Schluck von seinem Wasser, und damit war die Flasche leer. Dann hob er die Laken vom Boden und fing an, das Bett zu machen. Immer und immer wieder schaute er Richtung Spiegel. Die Leute auf der anderen Seite hatten wahrscheinlich ihre helle Freude daran zu beobachten, wie er auf diese Neuigkeiten über seine Mutter reagierte. Sie waren in sein Haus eingebrochen, hatten seine Mom überfallen und ihn entführt. Er hatte keine Ahnung, was sie vorhatten, traute ihnen aber durchaus zu, dass sie diese Frau aus Fremont ermordet hatten – und das Ganze so inszeniert hatten, dass seine Mom jetzt dafür den Kopf hinhalten musste.

Es war seltsam, sich vorzustellen, dass diese tote Frau seine Cousine war. Hatte er da draußen noch mehr Familie?

In der Talkshow hatten sie behauptet, sein Vater sei ein vorbildlicher Häftling gewesen. Also – wie der Vater, so der Sohn. Vielleicht wurden sie ja unachtsamer, wenn er sich manierlich benahm. Vielleicht kam dann jemand zu ihm und redete mit ihm – sagte ihm, was zum Teufel hier vorging.

Ein paar Minuten später hörte Josh das Zischen der sich öffnenden Schublade. Er schaute zur Tür und stand auf. Er fand eine kalte Dose Cola und ein eingeschweißtes Sandwich, auf dessen Etikett stand:

Mother's Cupboard Pantry
Maple Valley, WA
Sandwich – Schinken & Schweizer Käse

Maple Valley lag etwa eine Autostunde entfernt im Südosten von Seattle. War das sein derzeitiger Aufenthaltsort?

Das auf dem Sandwich angegebene Mindesthaltbarkeitsdatum war der 21. September – der lag, wenn er sich denn halbwegs richtig erinnerte, weit mehr als eine Woche zurück. Er fragte sich, ob man das Sandwich noch bedenkenlos verzehren konnte. Aber allzu wählerisch durfte er nicht sein, außerdem hatte er einen Bärenhunger.

Josh setzte sich aufs Bett, öffnete die Coladose und hob sie alsdann hoch, als proste er der Person auf der anderen Seite des Spiegels zu. Er nahm einen großen Schluck, und dann begann er, das Sandwich auszupacken.

Der vorbildliche Häftling würde essen, was sie ihm vorsetzten.

Monica hatte nicht die Anweisung erhalten, ihm etwas zu essen zu geben, aber das Sandwich lag im Kühlschrank und verdarb da nur. Außerdem hatte er gerade sein Zimmer sauber gemacht – wie ein artiger Junge. Also verdiente er ihres Erachtens eine Belohnung. Es fiel Monica schwer, ihn anzusehen und nicht an ihren eigenen Sohn zu denken, der nur wenige Jahre jünger war. Die Mutter ihres Exfreundes hatte sie verklagt und das alleinige Sorgerecht für den Jungen erwirkt, als er noch ganz klein gewesen war. Obwohl die gegen sie erhobenen Vorwürfe, sie habe den Jungen missbraucht, allesamt erdichtet waren, hatte Monica sich bereit erklärt, einen Entzug zu machen und sich einer Psychotherapie zu unterziehen, um dem Gefängnis zu entgehen. Sie hatte beschränktes Besuchsrecht, hatte Jimmy jedoch seit sechs, sieben Jahren nicht mehr gesehen.

Sie stellte sich vor, dass er inzwischen so ähnlich aussah wie der Junge auf der anderen Seite dieses Fensters.

Wenn es Lyle nicht gefiel, dass sie dem Jungen ein Sandwich und eine Cola gegeben hatte, na ja ... dann hatte er Pech gehabt. Ihm gefiel ja auch nicht, dass sie im Haus rauchte, und das hielt sie auch nicht davon ab, sich hier jetzt eine Zigarette anzuzünden. Und überhaupt, es stank im Keller immer noch nach dieser Zigarre, die er vor ein paar Stunden geraucht hatte. Wieso erdreistete er sich also, ihr das Rauchen im Haus zu verbieten?

Sie saß auf einem Holzstuhl im Keller – mit dem Gesicht zu dem Fenster, durch das man in die Schlafzimmerzelle des Jungen und zugleich auf die Fernsehmonitore schauen konnte. Sie trug ihre alte schwarze Strickjacke mit den beiden Seitentaschen; in der einen steckten ihre Zigaretten, in der anderen war ihr Handy. In einem dunklen Teil der Glasscheibe sah sie ihr eigenes Spiegelbild. Sie hatte lockiges, schwarzes Haar und eine elfenbeinfarbene Haut. Und während Lyle behauptete, sie sei so dünn wie eine Magersüchtige, und wollte, dass sie mehr aß, fand sie, dass sie noch gar nicht dünn genug war.

Sie schaute sich abwechselnd ihren Gefangenen und eine Episode von *DANCING WITH THE STARS* auf dem uralten Fernsehapparat an. Oben hatten sie ein Flachbildgerät mit HD-Auflösung. Dort hätte sie auch wesentlich bequemer gesessen.

Lyle hatte sie aber heute Abend in diesem unheimlichen, einsam gelegenen Farmhaus allein gelassen. Ihre heimlichen Drogenvorräte hatte er auch weggesperrt, in einen alten Tresor, der im Flurschrank stand. Diesen Tresor musste jemand dort vergessen haben, als er das Anwesen kaufte. Lyle sagte, er würde ihr nicht zutrauen, die alleinige Verantwortung für den Jungen zu tragen, wenn sie high war. Nur fühlte sie sich schrecklich einsam und bekam fürchterliche Angst, wenn in der Nacht außer ihr niemand im Haus war. Die einzige Gesellschaft, die sie hatte, war dieser Teenager, der in diesem Zimmer eingesperrt war. Also war sie nach unten in den etwas unheimlichen Keller gekommen und sah sich nun dort ihre Sendung an – und alles, was die in den Außenbereichen installierten Überwachungskameras an Bildern übertrugen. Ein zweites menschliches Wesen auf der anderen Seite dieser Fensterscheibe zu sehen rief ihr in Erinnerung, dass sie nicht allein im Haus war – und diejenige war, die hier die Verantwortung trug.

Der Teenager setzte sich ans Fußende des Bettes und öffnete seine Cola. Er schaute auf das, was auf seiner Seite ein Spiegel war, und hob die Coladose, als proste er ihr zu. Ein kleiner Klugscheißer. Sie mochte ihn aber trotzdem irgendwie.

Sie zog an ihrer Marlboro und fläzte sich auf ihrem Stuhl. Bequem war der nicht gerade. Sie brauchten hier unten unbedingt einen Sitzsack. Das wollte sie Lyle mal sagen. Außerdem brauchten sie einen Hund oder irgendein anderes Tier, das ihr Gesellschaft leistete, wenn er fort war. Sie glaubte nicht, dass sie noch viele Nächte dieser Art durchstehen konnte. Er hatte ihr versprochen, dass das Ganze bald vorbei sein würde. Dass sie diesen Jungen noch sehr viel länger behielten, war nicht vorgesehen. Geplant war, dass sie ihn heute oder morgen töteten.

Sie wusste allerdings nicht, ob Lyle ihr dahingehend die Wahrheit sagte. Wie die meisten Männer in ihrem Leben entpuppte er sich als totaler Lügner. Kennengelernt hatte sie ihn vor sieben Wochen in dem Laden für Gebraucht-CDs, in dem sie gearbeitet hatte. Ihr Arschloch von Boss hatte sie gerade angeschnauzt und rausgeschmissen, weil sie einige seiner Bestände gestohlen hatte, um sie zu verscherbeln und von dem Geld Drogen zu kaufen. Lyle trat vor den Ladentisch und erklärte ihrem Boss, er habe nicht das Recht, so mit einer Angestellten zu sprechen. Und als sie kurz darauf aus dem Laden kam, fing er sie an der Tür ab. Er erklärte ihr, er sei Rechtsanwalt und dass sie unter Umständen die Möglichkeit hätte, ihren Arbeitgeber zu verklagen – oder zumindest Arbeitslosengeld zu beziehen. Das hing davon ab, ob sie einen Arbeitsvertrag unterzeichnet hatte, bevor sie ihre Tätigkeit in dem Laden aufgenommen hatte. Er lud sie zum Mittagessen ein, um mit ihr zu bereden, welche Rechte sie hatte. So hatte das alles angefangen.

Merkwürdig war, dass er nie wieder behauptete, Rechtsanwalt zu sein. Als sie dahinterkam, dass er gelogen hatte, spielte das keine Rolle mehr. Da waren sie bereits ein Paar. Er war charmant, sah einigermaßen gut aus, und er versuchte nicht, sie zu resozialisieren. Statt ihr ihre Drogen zu stehlen, wie ihre Verflossenen das zumeist getan hatten, ging Lyle los und kaufte sie ihr. Er dröhnte sich indes nie zu. Monica fand, dass er das mal hätte tun sollen, weil er im Allgemeinen so schrecklich verkrampft war.

Als ihr Vermieter ihr drohte, sie auf die Straße zu setzen, nahm Monica Lyles Angebot an, zu ihm in sein Farmhaus in der Nähe von Maple Valley zu ziehen, obwohl sie Lyle zu diesem Zeitpunkt gerade mal zwei Wochen kannte und das Haus mehr oder weniger am Arsch der Welt war. Die einsame Lage machte sie manchmal verrückt, die war so stumpfsinnig.

Dann weihte Lyle sie in seinen Plan ein, mit dem sie viel Geld machen konnten. Er wollte den Sohn eines erfolgreichen Arztes entführen. Sie brauchte lediglich den Fluchtwagen zu fahren und ab und zu der Mutter des Jungen zu folgen, um sicherzustellen, dass sie nicht die Polizei einschaltete. Die Hälfte der Überwachungsarbeit hatte man ihr bereits abgenommen, weil Lyle der Mutter ein Mobiltelefon gegeben hatte, in das ein Ortungsgerät eingebaut war. Sie wussten immer, wo sie gerade war.

In der Zwischenzeit wusste Monica aber, dass er sie im Hinblick auf sein Motiv für die Entführung des Jungen angelogen hatte. Um ein Lösegeld ging es hier nicht – hier ging es ausschließlich um eine groteske Hassliebe, die er für die Mutter des Jungen hegte. Diese Frau war wie eine Sucht für ihn. In seinem Wohnzimmer und im Esszimmer – und in der Dunkelkammer unter der Treppe – hortete er haufenweise Fotos von ihr und ihrem Sohn. Lyle hatte ihr gegenüber behauptet, die seien alle für Recherchezwecke, damit er sich mit ihren Gewohnheiten vertraut machen und herausfinden konnte, wann es am günstigsten war, das Kind zu entführen. Einige dieser Fotos waren aber schon viele Jahre alt und stammten aus einer Zeit, da der Junge noch gar nicht auf der Welt gewesen war.

Er hatte ihr gesagt, dass sie ihn, sobald sie das Geld bekommen hatten, töten und verscharren würden. Doch dann beschloss er, auch den Vater zu entführen. Etwa zehntausend Dollar hatte ihnen das eingebracht, die hatte der Kerl bei sich gehabt, aber das war alles gewesen. Sie fragte sich, wie sie an Geld kommen wollten, wenn sie die Gans entführten, die die goldenen Eier legen sollte. Wer sollte das dicke, fette Lösegeld abdrücken?

Heute am frühen Morgen hatte Lyle sie dann total überrascht, als er den Vater plötzlich aus dem Möbelwagen in der Scheune gezerrt und im Keller gefesselt hatte. Sie hatte oben gesessen und gelauscht, als Lyle den Kerl mit dem kleinen Baseballschläger totgeschlagen hatte. Das hatte er alles auf diesem krächzenden alten Tonbandgerät, das er da hatte, mitgeschnitten. Danach hatte er den Knaben in der Badewanne im Keller zerstückelt und ihn am Spätnachmittag auf vier Müllsäcke verteilt, die er in sein SUV geladen hatte.

Das war so gegen siebzehn Uhr gewesen. Lyle hatte ihr aufgetragen, hin und wieder nach dem Jungen zu sehen. Er hatte vorgehabt, bis zweiundzwanzig Uhr wieder zu Hause zu sein.

Monica erwog, ihre Sachen zu packen und abzuhauen – einfach zu verschwinden. Sie hatte aber kein Geld. Die zehntausend Dollar lagen in dem gleichen Tresor, in dem auch ihre Drogen waren. Außerdem würde Lyle sie ja doch finden, wenn sie versuchte wegzukommen. Bisher hatte er sie nur selten mal geschlagen. Sie hatte keine Lust, mit dem Baseballschläger Bekanntschaft zu machen.

Folglich würde sie erst einmal bleiben, wo sie war, und tun, was man ihr sagte.

Sie drückte ihre Zigarette in dem Aschenbecher aus, in dem auch sein Zigarrenstummel lag. *»DANCING WITH THE*

STARS« ging in Werbepause, und der Junge saß am Fußende des Bettes und aß sein Sandwich.

Monica wollte sich gerade eine weitere Zigarette anzünden, als der Junge plötzlich aufsprang. Er ließ das Sandwich fallen. Die Coladose kippte auf dem Bett um. Mit weit aufgerissenen Augen griff er sich an den Hals. Es sah aus, als würde er ersticken.

Monica lachte auf. Wie er da in Panik mit diesem hilflosen Gesichtsausdruck durch den kleinen Raum torkelte, sah irgendwie drollig aus. Er fing an, sich immer und immer wieder mit der Faust in den Magen zu boxen. Er lief blutrot an.

Im nächsten Moment begriff sie, dass er vielleicht in dem Zimmer starb, und da hörte sie auf zu lachen. Diese Sache war ernst. Lyle würde stinksauer sein, wenn der Junge in ihrer Obhut erstickte – und das auch noch an einem alten Sandwich, das sie ihm gegeben hatte. Sie sprang vom Stuhl und drückte auf den Knopf der Gegensprechanlage neben dem Fenster. »Bist du okay?«, brüllte sie. »Junge? Ist alles in Ordnung mit dir?«

Er reagierte nicht auf ihre Fragen – er schaute nicht einmal in ihre Richtung. Sie wusste nicht, ob die Gegensprechanlage funktionierte. Sie hatte bisher niemals einen Grund gehabt, sie zu benutzen.

Der Junge sank auf die Knie und fing an, Zuckungen zu bekommen.

»Scheiße!«, entfuhr es Monica. Sie rannte zur Tür, zog den Riegel zurück und riss die Tür auf. Der Junge keuchte und würgte. Entsetzliche Geräusche waren das, die sie von draußen gar nicht gehört hatte. Er lag auf dem Boden, klammerte sich mit den Händen an die Tagesdecke und strampelte mit den Beinen.

»Himmel, halt durch!«, schrie Monica und kniete sich

neben ihn. Bevor sie ihm auf den Rücken klopfen oder sonst etwas hätte tun können, drehte er sich auf den Bauch. Ganz plötzlich sprang er auf die Füße, holte mit dem Arm aus und schlug sie nieder.

Monica prallte gegen das Bett und fiel auf den Fußboden. Das ging so schnell, dass sie ihn nicht einmal aus dem Zimmer rennen sah. Sie hörte aber, wie er die Tür zuschlug.

Und im nächsten Moment vernahm sie das Klicken des Riegels … Sie war eingesperrt!

Die brünette Frau auf der anderen Seite der Glasscheibe kam ihm bekannt vor. Josh konnte sich allerdings nicht erinnern, wo er sie schon mal gesehen haben könnte. Sie sah irgendwie billig und verbraucht aus. Und das lag nicht nur daran, dass sie gerade versuchte, vom Fußboden aufzustehen, und dabei vor sich hin fluchte. Er nahm zumindest an, dass das, was sie da von sich gab, eine Schimpftirade war. Was sie sagte, konnte er nämlich nicht hören.

Josh atmete tief durch und sah sich um. Er stellte fest, dass er im Hinblick auf den Ort, an dem man ihn gefangen hielt, richtiggelegen hatte. Er war im Keller irgendeines Hauses. Er schaute auf vier Fernsehbildschirme, die rechts neben dem Einwegspiegel des Schlafzimmers auf einer großen Konsole standen. Unter den Fernsehapparaten waren noch andere Audio- und Video-Geräte und ein Durcheinander aus Kabeln und Drähten. Auf einem der Bildschirme lief etwas zu laut *»DANCING WITH THE STARS«*. Das hatte er in dem anderen Zimmer nicht gehört. Die eher unscharfen Bilder, die auf den drei anderen Monitoren zu sehen waren, hatten alle einen grünen Stich. Josh schätzte, dass sie die Bilder draußen installierter Nachtsichtkameras übertrugen. Ein Bildschirm zeigte die Seite eines Hauses; der zweite nahezu aus der Vogelperspektive den Anfang einer Auffahrt und der dritte das Innere eines kastenartigen Raumes, in dem ein paar Dosen und Plastikflaschen auf dem Boden verstreut lagen. Das sah aus wie eine weitere Zelle – für einen anderen Gefangenen, der nicht mehr dort war. Hatten sie dort seine Mutter gefangen gehalten?

Josh fand an dem TV-Apparat, auf dem *»DANCING WITH THE STARS«* lief, den Lautstärkeregler. Er stellte das Gerät leiser, damit er hören konnte, ob in der Etage über ihm jemand herumlief.

Das Einzige, was er hörte, war ein gedämpftes Brabbeln aus dem angrenzenden Raum. Die Frau schrie in ein Handy und wählte dann immer und immer wieder neu. Es sah ganz so aus, als habe sie Probleme, eine Verbindung zu bekommen.

Josh wandte ihr den Rücken zu und suchte nach weiteren Nischen oder Türen im Raum. Bevor er abhaute, musste er sicherstellen, dass seine Mutter hier nicht auch irgendwo gefangen gehalten wurde. Zu seiner Rechten war ein Badezimmer – mit einer alten, auf Löwenfüßchen stehenden Badewanne, über der ein Regal hing, auf dem alle möglichen Messer und Sägen lagen. Er knipste das Licht an und entdeckte Wassertropfen in der Badewanne – als sei sie erst vor wenigen Stunden von jemandem benutzt worden. Auf der Rundung am oberen Rand der Wanne hatten die Tröpfchen eine hellrosa Farbe.

Im nächsten Moment zuckte er zusammen, weil irgendeine Maschine zu dröhnen begann. Er stellte fest, dass das der Heizkessel war. Bewaffnet mit einem der Fleischerbeile, die auf dem Regal über der Badewanne lagen, lief Josh in den Heizungsraum, um sich darin umzusehen. Die Tür stand offen, sodass das Licht ausreichte, um das riesige Monstrum von Ofen zu sehen, das grau ummantelt war und deshalb wie mumifiziert aussah. Auf dem ungestrichenen Betonboden zählte er vier Mäusefallen; in einer lag ein toter, schon leicht verwester Gefangener.

Neben dem Heizungsraum war ein großer Wandschrank, in dem ein paar alte verrostete Gartengeräte lagerten. Gleich gegenüber befand sich ein Waschküchenbereich – in dem eine Waschmaschine und ein Trockner standen. Auf dem Trockner stand ein Korb voller Wäsche. Neben diesem Bereich waren noch zwei weitere Räume – bei beiden waren die Türen geschlossen. Hinter der ersten verbarg sich ein kleiner Schrank, in dem auf Bügeln unter Klarsichthüllen Damenblusen und -kleider hingen. Die Sachen sahen alle genauso aus wie die, die seine Mutter trug …

Josh öffnete die zweite Tür und fand dahinter einen alten *Deepfreeze*. Er hatte diese Teile schon mal in Filmen aus den Fünfziger- und Sechzigerjahren gesehen. Dieser hier sah aus wie ein großer waagerecht liegender Kühlschrank, in dem man ein ganzes Rind oder um die hundert tiefgekühlte Fertiggerichte hätte lagern können. Das Biest war eingeschaltet. Er konnte es brummen hören. Unwillkürlich dachte er, dass es aussah wie ein Sarg. Mit zitternder Hand zog Josh an der Schnur, die von einer Deckenlampe herunterhing. Um den Deckel der Gefriertruhe heben zu können, musste er das Hackbeil aus der Hand legen. Er hatte Angst vor dem Anblick dessen, was in der Truhe lag. Sie war aber leer. Der Innenraum war von einer etwa zweieinhalb Zentimeter dicken, weißen Eisschicht überzogen – nur der Boden nicht, auf dem hatte die Eisschicht eine rostbraune Farbe.

Für Joshs Augen waren das alte Blutflecken – genau wie diese zartrosafarbenen Wassertropfen auf der Badewanne wie frisches Blut aussahen, das man nicht komplett heruntergewaschen hatte. Vor einiger Zeit musste eine Leiche in der Gefriertruhe gelegen haben, die zu diesem Zeitpunkt noch geblutet hatte. Und in dieser Badewanne musste erst vor kurzer Zeit eine gelegen haben – erst vor wenigen Stunden.

Wenn man seine Mom hier gefangen gehalten hatte, betete er, dass es noch nicht zu spät war.

Auf einmal hörte er einen lauten, dumpfen Schlag. Josh wirbelte herum und sah, dass die Frau auf der anderen Seite des Fensters durch das Schlafzimmer tigerte und dabei in ihr Handy sprach. Wütend schlug sie mit der Faust gegen den Spiegel, sodass Josh wieder einen dumpfen Schlag hörte. Sie hatte offenbar doch eine Verbindung bekommen und telefonierte mit jemandem.

Josh begriff, dass ihm nicht mehr viel Zeit blieb. Er bewaffnete sich neuerlich mit dem Fleischerbeil und schlich auf Zehenspitzen über die knarzende Holztreppe nach oben ins Erdgeschoss. Dort fand er sich in einer hässlichen Küche wieder, in der die Elektrogeräte senfgelb waren und die Tapeten sich von den Wänden lösten. Er suchte nach einem Telefon. Zwar fand er an der Wand neben der Küchentür eine Buchse, aber keinen Apparat.

Er lief zum Spülbecken und lugte aus dem Fenster. Außer seinem eigenen Spiegelbild konnte er aber nichts sehen – keine Lichter von Nachbarhäusern, nur Finsternis.

Er schlich ins Esszimmer – einen Raum mit eingebauten, dunkel gebeizten Holzregalen und -schränken. Bücher, Teller, Krüge und Gläser füllten die Regale, doch er starrte nur auf die beiden langen Regale in der Mitte. Auf dem oberen standen etwa ein Dutzend gerahmte Fotos seiner Mutter. Für keines hatte sie posiert. Sie sahen aus wie Überwachungsbilder. Auf einem Bild saß sie im Wohnzimmer ihrer ehemaligen Kellerwohnung und las ein Buch – und derjenige, der die Aufnahme gemacht hatte, hatte offenbar vor dem Fenster gekauert und sie bespitzelt. Auch Josh war auf einigen der Aufnahmen zu sehen. Die eigentliche Aufmerksamkeit hatte jedoch bei jedem Foto seiner ahnungslosen Mutter gegolten.

Auf dem Regal darunter erkannte er diverse Nippsachen, die er seit Jahren nicht mehr gesehen hatte, Kleinigkeiten, die irgendwann einmal auf mysteriöse Weise verschwunden waren. Er sah einen alten Coca-Cola-Becher, einen anderen, der mit Spielkarten bedruckt war, und ein mattes Weinglas, das zu einem Satz gehörte, den seine Mutter früher einmal besessen hatte. Josh erinnerte sich, dass er als kleiner Junge aus diesen Weingläsern *7up* getrunken und dabei so getan hatte, als schlürfe er einen Cocktail. Dann waren da Teller und Tassen, die aus einem Service stammten, das er nicht mehr gesehen hatte, seit sie aus der Kellerwohnung ausgezogen waren. Er erkannte Christbaumkugeln wieder, Kühlschrank-Magnete und Ohrringe, die seine Mutter früher gern schon mal getragen hatte. In der Mitte des Regals stand eine Schneekugel von Seattle, von der seine Mutter vor Jahren behauptet hatte, er habe sie zerbrochen und die Scherben dann einfach weggeworfen. Josh erinnerte sich, wie wütend er darüber gewesen war, dass sie ihn wegen etwas angebrüllt hatte, das er gar nicht getan hatte.

Jetzt starrte er auf diese Sammlung und schüttelte ungläubig den Kopf. Seit vielen, vielen Jahren war regelmäßig jemand bei ihnen eingebrochen und hatte aus den verschiedenen Wohnungen, in denen er und seine Mutter gelebt hatten, Sachen gestohlen.

Er lief weiter ins Wohnzimmer, wo er auch nirgendwo ein Telefon sah. Neben dem Erkerfenster war ein großer, alter

Schreibtisch, auf dem ein eingeschalteter Computer samt Monitor stand. Der Bildschirmschoner war ein Foto seiner Mutter, auf dem sie noch sehr viel jünger war – und dunkle Haare hatte. Er legte das Hackbeil aus der Hand und klickte auf die Maus. Man bekam aber nur Zugang zum Computer, wenn man das korrekte Passwort eingab. Da dieser Kerl so auf seine Mom fixiert zu sein schien, versuchte Josh es mit *Megan* und *Lisa*, doch die funktionierten beide nicht.

Er drehte sich zum Fenster. Außer ein paar Büschen vor dem Haus sah er dort draußen nichts in der Finsternis. Er nahm an, dass dieses Haus wirklich einsam gelegen war.

Dann zog er die Schreibtischschubladen auf, weil er hoffte, ein Handy darin zu finden – vielleicht sogar sein eigenes Handy und seine Schlüssel mit dem Anhänger, den Mr. Preebe ihm geschenkt hatte. Das Einzige, was er fand, waren stapelweise Bilder, die seine Mutter zeigten, vornehmlich Schwarzweiß-Aufnahmen auf verzogenem Fotopapier – als habe ein Amateur sie selbst entwickelt.

Zwischen diesen Bildern entdeckte er einen Teil einer kürzlichen Ausgabe der *Seattle Times*, die genau auf der Seite zusammengefaltet war, auf der das Foto abgebildet war, das ihn mit dem Bürgermeister zeigte, der ihm gerade die Auszeichnung verlieh. »Was, verflucht …?«, murmelte Josh.

Er schloss die Schreibtischschubladen wieder und begutachtete die Bilder an der Wand, weil er hoffte, es sei vielleicht eines darunter, das die braunhaarige Frau unten zeigte – zusammen mit ihrem Komplizen. Es waren aber alles Gemälde und Drucke. Allerdings entdeckte er auf dem Kaminsims ein Porträtfoto in einem Silberrahmen. Josh erkannte die hübsche blonde Frau auf dem Foto nicht. Sie hatte aufgeplustertes Haar und trug eine blaue Bluse, die aussah, als sei sie an den Schultern gepolstert. Josh erinnerte sich, dass im Wohnzimmer der Willinghams ein Foto von Darrens Mom stand, auf dem sie eine dieser seltsamen Blusen mit Schulterpolstern trug. Sie hatte gesagt, die wären vor etwa zwanzig Jahren hochmodern gewesen. War dieses Foto schon so alt? *Geliebte Schwester* war in den Unterrand des Rahmens eingraviert.

Josh hörte in der Ferne einen dumpfen Schlag und nahm an, dass das wieder die Frau unten war.

Er konnte es nicht riskieren, noch länger hierzubleiben. Gerade wollte er nach dem Fleischerbeil greifen, als er aus dem Augenwinkel heraus jemanden hinter sich stehen sah.

Für den Bruchteil einer Sekunde erstarrte er, dann begriff er, dass er im dunklen Glas des Fensters sein eigenes Spiegelbild gesehen hatte.

Während er versuchte, wieder zu Atem zu kommen, machte er sich klar, dass er einen Wagen anhalten und sich von dem zum nächsten Telefon oder zum nächstgelegenen Polizeirevier bringen lassen musste. Doch welcher geistig gesunde Mensch würde bereit sein, einen Jugendlichen mitzunehmen, der nur ein T-Shirt und keine Schuhe trug, durchgeknallt aussah und ein Hackebeil schwenkte? Er gelangte zu dem Schluss, dass er besser beraten war, sich mit einem der Schürhaken aus der Kamingarnitur zu bewaffnen. Damit durch die Gegend zu laufen war weniger gefährlich, und er ließ sich auch leichter verstecken – neben dem Bein oder hinter dem Rücken.

Mit dem Schürhaken in der Hand lugte er aus dem Fenster neben der Haustür. Die Außenbeleuchtung war eingeschaltet, und er sah eine Scheune am anderen Ende der Auffahrt. Er erinnerte sich an einen Spielfilm, in dem man jemanden unter einer Scheune in einem unterirdischen Bunker gefangen gehalten hatte. War seine Mutter irgendwo in dieser Scheune?

Er drehte sich um und schaute auf die im Dunkel liegende Treppe, die in den zweiten Stock führte. Er brauchte Schuhe und einen Pullover oder eine Jacke. War es das Risiko wert, hinaufzugehen und dort dann unter Umständen festzusitzen? Was, wenn der Kerl innerhalb der nächsten Minuten zurückkam?

Josh ging das Risiko ein und rannte nach oben. Zwei der Schlafzimmer lagen im Dunkel und waren so gut wie leer. Im dritten, dem größten, herrschte indes ein einziges Chaos mit einem ungemachten Bett und überall verstreut herumliegenden Kleidungsstücken, Männer- und Frauensachen. Im begehbaren Kleiderschrank probierte Josh hastig einige Schuhe an. Sie waren ihm alle zu klein. Er riss einen Pullover von einem der Bügel. Er war blau und irgendwie schrecklich auffällig mit einem schwarz-weiß karierten Muster auf der Vorderseite. Das interessierte Josh nicht. Der Pulli sah warm aus.

Im Moment hätte er für seine orangefarbene Sunset-Bowl-Jacke alles gegeben.

Er zog sich den hässlichen Pullover über und suchte alsdann im Schlafzimmer nach einem Telefon. Wieder kein Glück. Er sah aber eine Taschenlampe auf dem Nachttisch neben dem Bett liegen. Josh grabschte sie sich, dann rannte er in den Korridor und die Treppe hinunter.

Als er nach draußen trat, fühlte sich die kühle Nachtluft erfrischend an. Es war so ruhig und still. Er hatte den Schürhaken in der Hand und die Taschenlampe unter den Arm geklemmt. Motten umkreisten die Lampe unter dem Vordach über ihm. Direkt vor ihm sah er eine verdammt lange Auffahrt. Er konnte ein paar Lichter in der Ferne sehen, wusste aber, dass er einen langen Fußweg vor sich hatte. Auf der anderen Seite, im Umfeld der leicht verfallenen Scheune, waren überhaupt keine Lichter.

Als er nur mit Socken an den Füßen über die mit kleinen Kieselsteinen belegte Auffahrt Richtung Scheune lief, wünschte Josh sich nichts so sehr wie Schuhe. Kurz darauf kam er an einer Ulme vorbei, die schon fast keine Blätter mehr hatte, und da wusste er plötzlich, wo er war. Er hatte das Haus und die Scheune aus genau diesem Winkel auf einem der Bildschirme im Keller gesehen. Josh blinzelte und erkannte das Kabel, das um den Stamm der Ulme geschlungen war. Er schaltete die Taschenlampe ein, leuchtete in das Astwerk – und fand die Kamera; sie war auf einen der unteren Zweige montiert. Gleich darüber starrte ihm ein Augenpaar entgegen.

Vor Schreck japsend hielt Josh die Taschenlampe etwas schräger. Ein Waschbär starrte ihn an und kletterte im nächsten Moment mit trägen Bewegungen höher in den Baum.

Als er sich der Scheune näherte, verwandelte sich der mit Kieselsteinen belegte Pfad unter seinen Füßen in einen Feldweg. Er legte Taschenlampe und Schürhaken aus der Hand, um an der alten Scheunentür zu ziehen. Krächzend schabte sie über den Boden, als er sie öffnete. Ein Möbelwagen der Firma U-Haul nahm fast den ganzen Platz in der Scheune in Anspruch. An einer Seite des Wagens war ein Gewirr aus Kabeln und Drähten zu sehen. Josh fand den Riegel, mit dem sich die Hintertür öffnen ließ. Ächzend zog er die Tür hoch, die lauten Krach dabei machte. Der Geruch, der ihm aus dem Inneren des Laderaums entgegenschlug, brachte ihn zum Würgen.

Taumelnd trat er ein paar Schritte zurück, hob die Taschenlampe vom Boden und leuchtete damit in den Laderaum. Er erkannte die kahlen Wellblechwände wieder – und die offenen Dosen und Flaschen, die überall verstreut lagen. Unter der Decke hatte man eine Kamera installiert – mit einem winzigen grünen Lichtpunkt unter der Linse. Er nahm an, dass die Kamera über einen Infrarotsensor verfügte. Es war auch eine Lampe unter der Decke, aber die war nicht eingeschaltet.

Josh ging davon aus, dass noch vor einigen Stunden jemand in diesem Raum gewesen war – oder zumindest vor so kurzer Zeit, dass sie noch nicht dazu gekommen waren, die Überwachungskamera abzuschalten. Und es hatte auch erst unlängst jemand in dieser Löwenfüßchen-Wanne geblutet.

Wieder dachte Josh an seine Mutter.

Er nahm sich vor, nicht zu weinen. Mit gemischten Gefühlen zog er die Tür des U-Hauls wieder zu. Dann atmete er tief durch, verließ die Scheune und schloss hinter sich das Tor. Er hob den Schürhaken vom Boden und lief auf die Auffahrt zu. Die Taschenlampe ließ er eingeschaltet.

Das Einzige, was sich vor ihm auftat, war Finsternis.

Kapitel siebenundzwanzig

Megan widerstand dem inneren Drang, einfach loszurasen, und fuhr ganz langsam vom Parkplatz des Lamplighter Inn. Sie konnte nicht aufhören zu zittern. Neben ihr auf dem Beifahrersitz standen ihre Handtasche und die Einkaufstüte von Macy's, die ihre Sachen enthielt.

Den absonderlichen Knaben an der Rezeption hätte es gefreut zu erfahren, dass sie die Glasschiebetür benutzt hatte, um ihren Wagen zu beladen. Jetzt sah Megan das Motel nur noch im Rückspiegel und ging im Geist durch, ob sie auch alles mitgenommen hatte. Ja, sie hatte alles. Sie hatte das Fotoalbum unter einer zusammengefalteten Wolldecke in der Kommode versteckt gehabt, und jetzt war es in der Macy's-Tüte zusammen mit etwas Kleidung zum Wechseln, ihrem Kulturbeutel und Joshs Jacke. Ihr gesamtes Geld, ihre gefälschten Ausweispapiere, die Waffe aus Candys Glasgalerie und die beiden Mobiltelefone – das *»Every Breath You Take«*-Handy und der Apparat, der J. Knoll gehörte – waren in ihrer Handtasche.

Sie hatte nichts zurückgelassen – nur die zerstückelte Leiche ihres Exmannes. Sie wurde dieses Bild nicht los, wie sein Kopf und sein rechter Arm in diesem leckenden Müllsack in der Badewanne gelegen hatten. Sie fragte sich, wo sie wohl den Rest von ihm finden würden.

Sie wünschte, es wäre von ihrer Beziehung noch irgendetwas übrig gewesen, um das sie hätte weinen können, doch sie konnte nur an ihren Sohn denken.

Jetzt wusste sie, dass nicht Glenn der Drahtzieher von Joshs Entführung war. Josh war nicht in der Obhut seines Vaters. Sie konnte nicht mehr darauf hoffen, Glenn würde sich – aufgrund seines ausgeprägten *Familiensinns* – vor Augen führen, dass Josh sein Kind war und er ihn deshalb beschützte. Der Geisteskranke, der Josh in seiner Gewalt hatte, hatte ihr einmal mehr gezeigt, zu was er fähig war.

Megan hörte Sirenen und sah einen Streifenwagen mit rot blinkenden Signalleuchten. Er raste auf der entgegenkommenden Fahrbahn auf sie zu. Sie fuhr langsam an den Straßenrand und ließ ihn passieren. Als sie in den Rückspiegel schaute, sah sie in der Ferne zwei weitere Streifenwagen mit Blinklicht, die gerade in die Straße einbogen. Beide waren auf dem Weg zum Lamplighter Inn.

Sie fragte sich, ob ein anonymer Anrufer ihnen den Tipp gegeben hatte, in Zimmer 127 des Lamplighter Inn nach Leichenteilen zu suchen. Er hatte den Anruf zum genau richtigen Zeitpunkt getätigt. Es war, als habe er präzise gewusst, wann sie dort vom Parkplatz gefahren war.

Das war das Ende ihrer Existenz als Rachel Porter. Dank der Beschreibung des Rezeptionisten würde die Polizei dahinterkommen, wer in diesem Zimmer übernachtet hatte – spätestens nachdem sie Glenns Leiche identifiziert hatten. Jetzt würden sie davon ausgehen, dass sie auch für diesen Mord verantwortlich war.

Ein Teil von ihr wollte sich der Polizei stellen. Das konnte sie nur nicht tun – zuerst musste sie Josh finden. Sie setzte sich aufrecht hinter das Steuer und fädelte sich langsam wieder in den Straßenverkehr ein.

Zehn Minuten später fuhr Megan auf den Parkplatz in der Nähe des Steges, an dem Dans Hausboot lag. Sie hoffte, heute auf seinem Sofa übernachten zu können. Und sie betete, ihn damit keiner Gefahr auszusetzen. Mit ihrer Handtasche und der Macy's-Tüte lief sie über den Steg. Dans Hausboot war das einzige, in dem noch Licht brannte. Alles war so still. Silbern glitzernde Wellen tanzten auf dem dunklen Wasser, das sachte gegen den Pier plätscherte.

Megan erreichte die Haustür und blieb ruckartig stehen. Sie stand einen Spaltbreit offen. Misstrauisch drückte sie die Tür mit ihrer Schulter etwas weiter auf. Ein Stuhl, der gleich neben dem Eingang gestanden hatte, lag umgeworfen auf dem Boden, und auf dem Holzfußboden waren Blut- und Schleifspuren zu sehen. Sie erinnerte sich, dass der Fußboden ihrer Diele bei ihrer Rückkehr aus dem Krankenhaus nach Joshs Entführung genauso ausgesehen hatte.

»Dan?«, rief sie zaghaft.

Sie bekam keine Antwort. Sie nahm die Waffe aus ihrer Handtasche und stellte sie dann zusammen mit der Macy's-Tüte ab. Sie folgte der Blutspur. Sie stand bereits zwischen Haustür und Küchenbereich, als sie feststellte, dass die rote Spur ins Badezimmer führte.

Megan schossen die Tränen in die Augen, und sie musste schlucken.

»Wieder im Bad«, sagte sie leise zu sich selbst. Die Tür stand halb offen, und die Lampe war eingeschaltet. Mit der Waffe im Anschlag stieß sie die Tür ganz auf. Das Badezimmer stank penetrant nach einem würzigen Eau de Cologne. Der geflieste Fußboden und das Waschbecken waren mit Blut bespritzt. Eine Zahnbürste, ein umgekippter Tiegel mit Rasiercreme und die Scherben einer Flasche Rasierwasser lagen auf der Ablage. Das Rasierwasser selbst war ins Waschbecken geflossen und hatte sich dort mit dem Blut vermischt. Der Medizinschrank stand offen, und ihr fiel auf, dass auf einem Regal freie Stellen waren, an denen diese Sachen vermutlich vorher gestanden hatten.

Megan drehte sich um und schaute auf die Badewanne – und den mit dem Motiv einer Weltkarte bedruckten Duschvorhang. Er war vorgezogen. Ihr war zwar angst und bange, doch sie zog ihn auf. Die Metallhaken klapperten laut. Sie starrte nach unten in eine leere Badewanne.

Dankbar seufzte sie, verließ das Badezimmer und sah sich neuerlich im Wohn- und Küchenbereich um. Hier schien alles in Ordnung zu sein. Sein Computer war eingeschaltet – zeigte den Bildschirmschoner und damit *The Three Stooges*. Sie lief zurück zur Haustür und trat nach draußen. Sie schaute ans Ende des Steges, wo die Autos parkten. Im nächsten Moment wurde Megan bewusst, dass sie gar nicht wusste, wie sein Wagen aussah.

»Idiotin«, beschimpfte sie sich. Als sie sich wieder zum Hausboot umdrehte, erblickte sie zwei Müllsäcke in seinem Gartenbereich – neben der Pelikan-Statue und den Topfpflanzen. Vor Stunden hatten die nicht dort gestanden.

Sie presste ihre Hand fest auf ihre Herzgegend und lief in den Garten, beugte sich über den ersten Sack, öffnete nervös den Bindedrahtverschluss und lugte hinein. Nur Abfall. Als sie mit dem Schuh gegen den anderen Müllsack trat, hörte sie Dosen klappern.

Sie lief wieder ins Haus und holte sich das schnurlose Telefon, das auf seinem Schreibtisch stand. Sie rief seine Handynummer an. Als es zum zweiten Mal durchklingelte, betete sie, dass der Anruf nicht zur Mailbox weitergeleitet wurde. Beim dritten Läuten vernahm sie ein Klicken. »Hallo? Meg?«

Das war er. Erleichtert sank sie auf seinen Schreibtischstuhl. »Gott sei Dank. Ist alles okay bei dir?«

»Ich schätze schon«, sagte er. »Ich hatte ungebetenen Besuch. Ein Kerl mit einer Skimaske über dem Gesicht ist um etwa neunzehn Uhr fünfzehn eingebrochen. Er ist mit einem

Messer und mit einem kleinen Baseballschläger auf mich losgegangen. Dem Schläger konnte ich ausweichen, mit dem Messer hatte ich weniger Glück. Er hat mir die Hand verletzt …«

»Ich habe das Blut gesehen«, sagte sie. »Bist du okay? Wo bist du?«

»Ich bin im Farm Country, irgendwo in der Nähe von Maple Valley am Highway 169.«

»Was machst du denn da? Bist du sicher, dass du nicht ernsthaft verletzt bist?«

»Die Schnittwunde habe ich, glaube ich, in den Griff bekommen«, erwiderte Dan. Er hörte sich an, als sei er leicht außer Atem. »Du wärst stolz auf mich gewesen, wenn du das gesehen hättest. Bevor er abgehauen ist, habe ich ihm ein paar gut platzierte Faustschläge verpasst. Dann habe ich mir für meine Hand ein paar Handtücher und Desinfektionsmittel geschnappt und bin ihm hinterher. Er fährt ein silberfarbenes SUV. Leider ist er mir entwischt. Der hat angefangen auf mich zu schießen, jetzt habe ich einen platten Reifen. Meine Windschutzscheibe hat er auch übel zugerichtet. Also sitze ich jetzt hier am Straßenrand und komme erst mal nicht weiter …«

»Willst du, dass ich komme und dich abhole?«, fragte Megan.

»Nein, bleib du, wo du bist, und sieh zu, dass die Haustür verriegelt ist«, entgegnete er. »Ich habe mir das Kennzeichen des SUV notiert und einen Freund von mir angerufen, der bei der Polizei ist, und ihn gebeten zu überprüfen, wem der Wagen gehört. Das Nummernschild wurde vor zehn Tagen als gestohlen gemeldet. Dass der Scheißkerl mir durch die Lappen gegangen ist, tut mir leid. Ich wünschte, ich hätte mehr tun können …«

»Mein Gott, sei nicht albern«, flüsterte sie. »Mir tut leid, was dir da passiert ist. Lass mich dich abholen.«

»Nein, ich bin okay. Ich bin auch schon halb damit fertig, das Reservcrad zu montieren. Damit bin ich vermutlich ganz fertig, wenn der Automobilclub endlich hier aufkreuzt. Es wird aber trotzdem noch ungefähr eine Stunde dauern, bis ich wieder bei dir bin.«

Im Hintergrund hörte sie ein klapperndes Geräusch. Es klang, als habe er etwas auf den Asphalt fallen lassen. »Bist du sicher, dass du das schaffst?« fragte sie. »Was, wenn er zurückkommt?«

»Nun ja, er hat mich vor etwa zwanzig Minuten abgehängt. Wenn er das vorgehabt hätte, wäre er schon längst wieder hier aufgetaucht. Ich sollte das also eigentlich hinbekommen.« Dan schwieg einen Moment. »Was ist mit dir?« fragte er dann. »Wie ist das Treffen mit deinem Exmann gelaufen? Ist er aufgetaucht?«

»Also … äh …« Das war das Einzige, was Megan hervorbrachte, bevor sich ihr die Kehle zusammenschnürte und sie hemmungslos zu weinen begann. Zwischen den einzelnen Schluchzern gelang es ihr, ihm zu berichten, dass sie Teile von Glenns zerstückelter Leiche in der Motelbadewanne gefunden hatte. Vielleicht hatte sie also doch noch ein paar Tränen für Glenn übrig.

»Pass auf«, sagte Dan. »Erlaube mir, meinen Polizistenfreund zu dir zu schicken, damit jemand bei dir ist – zumindest, bis ich zurückkomme …«

»Nein«, gab sie zur Antwort und wischte sich mit der bandagierten Hand über die Augen. »Nein, ich möchte die Polizei lieber nicht einschalten. Du hast ihm doch wohl hoffentlich nichts über mich erzählt, oder?«

»Das würde ich ohne deine Zustimmung niemals tun«, versicherte er ihr. »Ich habe ihm nur erzählt, dass mich hier irgendein Typ von der Straße gedrängt hat und ich einen Platten habe. Ich habe ihn gebeten, das Nummernschild zu überprüfen. Also – jetzt weiß die Polizei, dass die gestohlenen Nummernschilder irgendwo hier draußen im Farm-Country auf einem silberfarbenen SUV sind.«

Es folgte eine Pause am anderen Ende der Leitung.

»Dan?«, fragte sie.

»Ja, ich bin noch dran. Pass mal auf, Megan. Ich halte es für sehr gut möglich, dass dieser Kerl deinen Sohn hier draußen in einem dieser Farmhäuser gefangen hält. Einige dieser Gehöfte liegen ganz einsam. Wenn ich jemanden für ein Lösegeld gefangen halten wollte, hielte ich das hier für einen äußerst geeigneten Ort. Andererseits wusste der Kerl, dass ich ihm hinterherjagte. Also könnte er diese Strecke nur genommen haben, um mich in die Irre zu führen. So oder so: Je schneller wir die Polizei einschalten, desto besser sind deine Chancen, deinen Sohn zurückzubekommen.«

»Aber bekomme ich ihn dann in lebendigem Zustand zurück?«, parierte Megan mit vom Weinen krächzender Stimme. »Wenn ich Kontakt zur Polizei aufnehme, erfährt er das. Ich weiß nicht, wie er das anstellt, aber er scheint über jeden meiner Schritte informiert zu sein. Er ist offenbar dahintergekommen, dass ich einen Teil des heutigen Tages hier bei dir verbracht habe. Warum hätte er sonst heute Abend versuchen sollen, dich umzubringen?«

»Na ja, wenn er wirklich so viel weiß«, erwiderte Dan, »bestärkt mich das nur noch in meinem Wunsch, dir meinen Polizistenfreund zu schicken, damit du im Moment nicht allein bist.«

Megan seufzte. »Lass mich darüber nachdenken und dich zurückrufen, okay?«

»In Ordnung, aber denk erst darüber nach, nachdem du die Haustür verriegelt hast«, sagte er. »Nimm dir aus dem Kühlschrank, was immer du willst. Wenn du aus irgendeinem Grund den Computer neu starten musst, ist mein Passwort Moelarrycurly, ohne Leerzeichen dazwischen. Und wenn du das Bad benutzt, sei vorsichtig mit dem Glas. Ich habe da etwas zerbrochen, als ich nach dem Desinfektionsmittel suchte.«

Megan stellte fest, dass sie lächelte. »Danke, Dan.«

»Übrigens, bevor es zu der ganzen Aufregung kam, habe ich das Internet befragt. Ich habe Recherchen über deinen Dr. Joel Siler angestellt. Nachdem er Chicago verlassen hat und nach St. Louis gezogen ist, hat man ihn wegen eines Behandlungsfehlers verklagt. Dabei ist man aber zu einem außergerichtlichen Vergleich gekommen. Vor Jahren hat er dem *St. Louis Post Dispatch* ein langes Interview gegeben, in dem er sich im weitesten Sinne dazu bekannt hat, früher ein arrogantes Arschloch gewesen zu sein. Also hat er sich 2003 Ärzte ohne Grenzen angeschlossen. Er arbeitet seit dem Erdbeben im Januar 2010 auf Haiti. Ich habe dir den Artikel gemailt. In jedem Fall glaube ich nicht, dass dieser Dr. Siler auf meinen Reifen geschossen hat.«

»Davon gehe ich auch nicht aus«, sagte sie leise. Damit hatte sie nur keine Verdächtigen mehr. JJ und Travis waren tot, und Joel Siler hatte ein neues Leben begonnen – und das auch noch in einem anderen Land. »Danke, Dan, dass du das für mich recherchiert hast.«

»Ich habe mich auch mit Willow Dwyer befasst«, erwiderte er. »Ihre Eltern leben nicht mehr, einen Bruder hat sie nicht, nur eine Schwester in Terre Haute, Indiana. Ich habe aber einen Bericht in der *Chicago Tribune* gefunden, der erst vor wenigen Tage erschienen ist. In dem wurde eine ihrer

Freundinnen zitiert, die sich über Willows Affäre mit Glenn ausgelassen hat. Sie war im Krankenhaus eine Kollegin von Willow und schien sie recht gut zu kennen. Ihr Name ist Elisa Middleton ...«

»Ja, den Bericht habe ich gelesen«, gab sie zur Antwort und hoffte, dass er nicht hörte, wie enttäuscht sie war. Bei diesem Bericht handelte es sich um die *TRIBUNE*-Story, die Rmembr1996 ihr in der gleichen Nacht gemailt hatte, in der er in ihr Haus eingebrochen war und ihr Josh gestohlen hatte.

»Na ja, ich dachte, es wäre vielleicht hilfreich, wenn du dich mit dieser Middleton mal unterhalten würdest«, meinte Dan. »Also habe ich noch ein bisschen weitergegraben und ihre Telefonnummer in Erfahrung gebracht. Du findest sie an meinem Kühlschrank – neben dem Menü von Azteca. In Chicago ist es zweiundzwanzig Uhr dreißig. Wenn du sie jetzt sofort anrufst, erwischst du sie vielleicht noch vor dem Schlafengehen. Meiner Meinung nach wäre das einen Versuch wert, findest du nicht?«

»Da hast du recht«, gab Megan zur Antwort und stand auf. »Dan, ich ...«

Sie wollte ihm gerade sagen, was für ein toller Kerl er sei, doch er fiel ihr ins Wort. »Pass auf, ich muss dieses Reserverad aufziehen. Ruf mich bitte an und lass mich wissen, ob ich dir meinen Freund schicken darf. Er heißt Chuck Bracken und wohnt gleich nördlich der Uni. Er kann innerhalb von zehn Minuten bei dir sein – wenn du das willst.«

»Danke.« Sie lief zu seiner Haustür und schob den Riegel vor. »Ich rufe dich in Kürze wieder an. Übrigens, Dan, ich finde, dass du ein toller Kerl bist.«

»Wurde auch langsam Zeit, dass du das sagst«, witzelte er. »Pass gut auf dich auf.«

Sie lief in den Küchenbereich. Megan schaute auf die Haftnotiz an seinem Kühlschrank – gleich neben dem kleinen Menü eines mexikanischen Restaurants:

Elisa Middleton – 773-555-4159

»Bye, Meg«, flüsterte er. Und dann hörte sie, wie er auflegte.

Das verunsicherte sie. Sie hätte sich gewünscht, er wäre noch einen Moment länger am Apparat geblieben.

Sie hatte keine Gelegenheit gehabt, sich von ihm zu verabschieden.

Mit eingeschalteter Warnblinkanlage kauerte Dan auf der Beifahrerseite seines Honda Accord auf dem Boden. Er war an den Straßenrand gefahren. Die Taschenlampe hatte er auf die Erde gelegt; ihr Licht schien auf die Vorderachse, während er sich damit abmühte, das Reserverad aufzuziehen. Motten und andere Insekten umschwirrten den Lichtstrahl. Es war nicht einfach, mit beiden Händen zu arbeiten, wenn eine davon in ein kleines Handtuch gewickelt war; immerhin hatte die Wunde aufgehört zu bluten.

Alle paar Sekunden schaute er auf, um nachzusehen, ob ein anderer Wagen kam. Dan nahm zwar an, dass er in Maple Valley war, doch die Gegend sah eher aus wie das Ende der Welt. Hie und da konnte er an der hügeligen, zweispurigen Landstraße ein paar Lichter ausmachen – ansonsten nichts als Finsternis. Zu seiner Linken, gleich hinter dem Asphalt, ragten hohe Bäume über ihm auf. Zu seiner Rechten war eine Lichtung, auf der er in der Ferne ein Farmhaus und die Ruine einer Scheune stehen sah. Beide Gebäude wirkten verlassen.

Endlich bugsierte Dan den Reservereifen auf die Radachse, und danach war das Handtuch um seine Hand nicht nur blutbefleckt, sondern zudem auch noch völlig verdreckt. Er schaute auf die Straße und sah ein Paar Scheinwerfer am Horizont. Vielleicht war das der Einsatzwagen des Automobilclubs – gerade rechtzeitig, um ihm dabei zu helfen, die Radmuttern festzuziehen. Er hoffte, dass der Knabe auch einen Erste-Hilfe-Kasten mitführte.

Dan erhob sich und sah, dass die Scheinwerfer beim Näherkommen immer heller wurden. Noch konnte er das Fahrzeug selbst nicht sehen. Er wischte sich mit dem Handrücken über die Stirn. Da scherten die Scheinwerfer plötzlich zur Seite aus – als würde der Wagen abbiegen. Und bereits im nächsten Moment waren gar keine Scheinwerfer mehr zu sehen. Es war, als sei der Wagen verschwunden. Dan nahm an, dass die Straße sich auf diesem Teilstück an irgendwelchen Baumreihen entlangwand. Er wartete ein paar Sekunden, doch die Scheinwerfer tauchten nicht wieder auf.

Seufzend hockte er sich wieder neben seinen Wagen. Bevor er mit der Arbeit begann, hatte er die Radkappe umgedreht und so auf den Schotter gelegt, dass er sie wie eine große Schale benutzen und die Radmuttern hineinlegen konnte. Er fing an, die Muttern mit der Hand aufzudrehen, um den Ersatzreifen damit zu sichern.

Er meinte, in der Ferne Motorengeräusche zu hören, und fragte sich, ob der verschwundene Wagen vielleicht wieder aufgetaucht war. Also drehte er sich nach hinten um, sah aber nichts, nur Finsternis. Es war seltsam, wie die Bäume und Wasserläufe, die es hier überall gab, die Geräusche von weither schallen ließen. Das war nicht sein erster Fehlalarm. Er machte sich wieder an die Arbeit und drehte die Radmuttern so fest, wie er eben konnte.

Dan wollte gerade nach dem Montierhebel greifen, als er erstarrte, weil er plötzlich hinter sich Schotter knirschen hörte. Das kam so plötzlich.

Ruckartig drehte er sich um, gerade noch rechtzeitig, um den Mann zu sehen, der sich vor ihm aufgebaut hatte und den kleinen Baseballschläger in der erhobenen Hand hielt.

Danach sah Dan nichts mehr.

An der linken oberen Ecke des Blattes, auf dem Lisas Boyfriend sich das amtliche Kennzeichen des SUV notiert hatte, klebte etwas Blut. Das Stück Papier lag auf dem Beifahrersitz seines Wagens – zusammen mit einem Notizblock, einem Kugelschreiber, einer Flasche mit Desinfektionsmittel und seinem Mobiltelefon.

Der Mann überprüfte gerade, welche Anrufe zuletzt auf diesem Handy getätigt worden waren, als sein eigenes Mobiltelefon klingelte. Er legte Laharts Telefon auf die Motorhaube des nicht fahrtüchtigen Honda Accord und schaute dann auf seine Anruferkennung. Das war wieder Monica, schon zum zweiten Mal innerhalb von zehn Minuten. Wieder ließ er den Anruf auf seine Mailbox gehen. Er hatte keine Zeit, hier herumzustehen und sich mit ihr zu unterhalten. Es konnte jeden Moment ein anderer Wagen kommen.

Sie wollte vermutlich, dass er ihr auf dem Heimweg Zigaretten mitbrachte. Monica war ihm nicht mehr nützlich; er war ihrer überdrüssig geworden.

Er stopfte sein Handy wieder in seine Jacke und griff nach Laharts Telefon, um herauszufinden, mit wem Lisas Boyfriend telefoniert hatte. Unter den eingehenden Anrufen fand er einen von *Lahart, Daniel*, der eine Viertelstunde zurücklag. Das war offenbar Lisa gewesen, die ihn von seinem Hausboot an der Portage Bay angerufen hatte. Dort war sie im Moment.

Das wusste er natürlich schon – weil das Ortungsgerät es ihm verraten hatte. Sie war um etwa zwanzig Uhr zehn vom Lamplighter Inn dorthin gefahren – nur wenige Minuten nachdem er der Polizei den anonymen Hinweis gegeben hatte, dass sie in Zimmer 127 eine Leiche finden würden.

Seinen letzten Anruf getätigt hatte Lahart vor zwanzig Minuten und einen *Det. Bracken, Charles*, angerufen, offensichtlich ein Cop. War dieser Charles Bracken ein Cop, den Lahart kannte? Er fragte sich, was Lahart ihm erzählt hatte.

Er wählte die Nummer. Irgendjemand nahm den Anruf nach dem zweiten Läuten entgegen. »Bist du das, Dan?«

»Hi, nein. Ich bin ein Freund von Dan. Mein Name ist Glenn. Du bist der Typ, den Danny vor ein paar Minuten angerufen hat, nicht wahr? Bist du bei der Polizei?«

»Ja. Wer spricht da bitte?«

»Glenn, ich bin ein Freund von Danny. Ich würde Danny an den Apparat holen, aber der liegt so gut wie im Koma, so besoffen ist der …«

»Wirklich?«, meinte Bracken. »Als ich vor etwa zwanzig Minuten mit ihm sprach, klang er okay.«

»Na ja, dann hat er dich schön zum Narren gehalten, denn er ist voll wie eine Haubitze. Aber mach dir keine Sorgen. Ich habe ihm die Wagenschlüssel abgenommen. Habe ich das richtig gehört, dass Danny versucht hat, dir irgendeine irre Story über eine Entführung unterzujubeln?«

»Nein«, gab der Polizeibeamte zur Antwort, und dabei hatte seine Stimme einen misstrauischen Unterton. »Er hat mir erzählt, dass ihn jemand auf einer Landstraße in der Nähe des Highway 169 in Maple Valley von der Fahrbahn gedrängt hat, und mich gebeten, das amtliche Kennzeichen eines SUV zu überprüfen.«

»Ja, der Scheißkerl hat uns um Haaresbreite umgebracht«, entgcgnete er. »Der muss noch besoffener gewesen sein als Danny. Ich schwöre es beim Heiland, hundertfünfzig ist der gefahren. Ein weißes SUV war das mit dem amtlichen Kennzeichen EMK903 …«

»Dan hat mir gesagt, es sei ein silberfarbenes SUV gewesen mit dem amtlichen Kennzeichen EMJ503«, entgegnete der Polizist.

»Womit es amtlich ist. Er ist stockbesoffen. Es ist ein weißes SUV, EMK903, das in nördlicher Richtung gleich hinter Renton auf der 169 fährt. Wir sind hier ja nicht einmal in der Nähe von Maple Valley. Solltest du also bei der Polizei von Renton jemanden kennen, ruf da vielleicht an und rette da jemandem heute Nacht das Leben. Ich würde Danny an den Apparat holen, aber wie ich schon sagte, liegt der im Koma. Ich sitze am Steuer, kein Problem. Ich sorge dafür, dass Danny dich anruft, wenn er wieder zu sich kommt.«

»Ja, dafür wäre ich sehr dankbar«, erwiderte Bracken. »Und ich melde das mit diesem weißen SUV. Wie war noch mal dein Name?«

»Glenn Davenport. Ich unterrichte mit Danny an der Uni«, sagte er. »Vielen Dank. Und mach dir keine Sorgen um Danny. Du darfst versichert sein, dass ich mich um ihn kümmere.«

Der Mann, der sich Glenn nannte, legte auf.

Lächelnd drehte er sich um und blickte nieder auf Lisas Boyfriend. Er lag neben der Radkappe, dem Montierhebel und der Taschenlampe bäuchlings auf dem Schotter.

»Ja«, sagte er, »ich werde mich um ihn kümmern.«

»Nur damit ich das richtig verstehe«, bat Elisa Middleton am anderen Ende der Leitung. »Sie leben in Seattle und schreiben über wahre Kriminalfälle – wie Ann Rule?«

»So kann man das sagen«, gab Megan zur Antwort und tigerte dabei mit dem schnurlosen Telefon durch Dans Wohnzimmer auf dem Hausboot. J. Knolls Mobiltelefon steckte gerade in Dans Ladegerät auf der Kücheninsel. »Was wir hier zusammenstellen, ist aber eher ein Schnellschuss und auch nur ein kleines Taschenbuch«, log sie. »Es soll so bald wie möglich in den Handel. Deshalb rufe ich Sie so spät noch an. Ich habe einen Abgabetermin.«

»Würden Sie meinen Namen in dem Buch erwähnen?«

»Das würden wir nur zu gern tun«, behauptete Megan. »Das verleiht dem Ganzen mehr Glaubwürdigkeit. Wenn Sie aber lieber anonym bleiben möchten, nennen wir Sie einfach ›eine enge Freundin von Willow‹. Die Sache ist die: Was ihr Verhältnis mit Glenn Swann angeht, haben wir durch den Prozess genug Material. Wir interessieren uns mehr dafür, ob Willow kurz vor ihrem Verschwinden noch zu einem anderen Mann eine Beziehung unterhielt. Ich habe mich mit einer der anderen Krankenschwestern vom Evanston-Northwest unterhalten, und die deutete an, dass Willow zwar auf einen Neuanfang mit Swann hoffte, zeitgleich aber noch ein heimliches Verhältnis mit einem anderen hatte.«

»Wer hat Ihnen das erzählt?«, wollte Elisa wissen.

Das hatte Melissa ihr am Morgen am Telefon erzählt.

Megan hörte auf, durch den Raum zu tigern. Sie stellte sich vor Dans Wohnzimmerfenster und schaute nach draußen auf den dunklen See. »Nun, das kann ich Ihnen nicht sagen«, gab sie zur Antwort. »Die Krankenschwester, mit der ich gesprochen habe, möchte, dass wir sie ›eine Arbeitskollegin von Willow‹ nennen. Wissen Sie etwas über diesen mysteriösen Mann?«

»Ich weiß, dass Willow ein großes Geheimnis um ihn gemacht hat, denn sie wollte nicht einmal mit mir über ihn sprechen. Sie hatte Angst, dass die Sache herauskam ...«

»Warum?«, fragte Megan. »War dieser Mann verheiratet?«

»Glenn war verheiratet. Und das hat Willow nie davon abgehalten, über ihn zu sprechen. Nein, mir hat ihr Verhalten den Eindruck vermittelt, als würde sie in ernsthafte Schwierigkeiten geraten, wenn herauskam, dass sie und dieser andere Mann etwas miteinander hatten. Es wäre ihr recht gewesen, wenn niemand gewusst hätte, dass sie eine Beziehung hatte. Ich glaube, dieser Typ wollte das auch geheim halten. Nehmen Sie das alles auf Band auf?«

»Nein«, erwiderte Megan, »ich mache mir Notizen. »Wissen Sie, wie lange Willows Affäre mit diesem Mann gedauert hat?«

»Nur so etwa einen Monat, glaube ich«, gab Elisa zur Antwort. »Ich dachte, sie hätte sich nach der ersten Trennung von Glenn mit dem Typen getröstet. Danach habe ich sie gefragt, aber sie hat mir nur wortkarge Antworten gegeben. Ich bin ziemlich sicher, dass sie mit dem nur ein paar Wochen zusammen war, bevor sie verschwand. Ich dachte immer, dass er sie vielleicht verprügelt hat oder so. Was da war, weiß ich nicht, aber es muss ihr unheimliche Angst gemacht haben, weil sie nicht darüber sprechen wollte. Ich erinnere mich aber, dass sie sich auf der Arbeit mal ausgeweint und gesagt hat, sie hoffe, ihn nie im Leben wiederzusehen.«

»Haben Sie der Polizei davon erzählt?«, wollte Megan wissen.

»Ja, ich habe es ihnen erzählt, als sie mich am Samstagmorgen befragt haben – nachdem sich herausgestellt hatte, dass der Schädel, den sie gefunden hatten, Willows war.«

»Ich habe in keinem einzigen der Zeitungsberichte etwas über diesen Mann gelesen.«

»Die Reporter haben mich alle nicht nach ihm gefragt«, sagte Elisa. »Die waren mehr an ihrer Beziehung zu Glenn interessiert. Ich weiß, dass sie sich vor ihrem Verschwinden einige Male mit Glenn getroffen hat. Der hat sie auch oft verprügelt. Die arme Willow, was die Männer in ihrem Leben anging, hatte sie einen echt beschissenen Geschmack. Aber – zitieren Sie mich da bitte nicht. Ich will nicht gemein klingen.«

»Haben Sie irgendeine Vorstellung, wo sie diesen geheimnisvollen Mann kennengelernt haben könnte?«, bedrängte Megan sie weiter.

Sie wandte dem Fenster den Rücken zu und fing wieder an, durch den Raum zu tigern.

»Ich bin mir zwar nicht sicher, könnte mir aber denken, dass sie einander im Krankenhaus begegnet sind.«

»Hätte er einer der anderen Ärzte sein können?«

»Nein, wenn es von denen einer gewesen wäre, hätten sie die Beziehung nicht geheim halten können. Ich nehme an, dass es der Angehörige irgendeines Patienten war, so was.«

Unvermittelt hörte Megan auf, durch den Raum zu tigern.

»Ich will nicht unverschämt erscheinen, aber bekomme ich das hier irgendwie bezahlt?«, fragte Elisa.

»Äh, Sie ... man wird Sie in den Danksagungen namentlich erwähnen, und wir werden Ihnen zwei Freiexemplare des Buches zukommen lassen.«

»Also, damit kommt ihr ja sehr billig weg«, murrte Elisa.

»Ja, es tut mir leid, dass es nicht mehr ist, Mrs. Middleton«, entgegnete Megan. »Ich glaube aber, dass ich fürs Erste genug Informationen habe. Sollte ich noch weitere Fragen haben, werde ich Sie noch einmal anrufen. Der Verlag wird sich in den nächsten Tagen bei Ihnen melden. Vielen Dank für Ihre Hilfe. Auf Wiederhören.«

Megan drückte das Gespräch weg und stellte das Gerät wieder auf die Ladestation auf Dans Schreibtisch. Sie ließ sich auf den Stuhl vor seinem Computer fallen.

Sie hatte jetzt etwas, womit sie weiterkam – das silberfarbene SUV mit den gestohlenen Nummernschildern. Und Dan hatte recht. Es war sehr gut möglich, dass sie Josh in irgendeinem abgelegenen Farmhaus am Highway 169 gefangen hielten. Sie hatte heute Abend noch etwas in Erfahrung gebracht. Joshs Kidnapper musste Glenn ebenso gehasst haben, wie er sie hasste. Er hatte Willow ermordet und dafür gesorgt, dass Glenn für die Tat den Kopf hinhalten musste. Und in Seattle hatte er fünf weitere Frauen umgebracht, Frauen, die alle ausgesehen hatten wie sie. Waren diese armen Frauen nur ein Ersatz gewesen, bis er an sie herankommen konnte – und an Glenn? Hatte er die ganzen Jahre auf Glenns Haftentlassung gewartet, um mit seinem Rachefeldzug gegen sie beide beginnen zu können?

Immer wieder führte sie sich vor Augen, dass Willow diesen mysteriösen zweiten Mann in ihrem Leben – ihren mutmaßlichen Mörder – im Krankenhaus kennengelernt hatte. Das hieß nicht zwangsläufig, dass er verheiratet oder Arzt gewesen war. Willow hatte ihre Beziehung aber geheim halten müssen. Wäre je herausgekommen, dass sie mit diesem Mann etwas hatte, hätte sie in ernsthaften Schwierigkeiten gesteckt.

Warum? Weil sie mit dem, was sie taten, gegen das Gesetz verstießen?

Megan fragte sich, ob Willow Dwyer ein Verhältnis mit einem siebzehnjährigen Jungen eingegangen war, der gerade seine Schwester verloren hatte.

Ihre Handtasche stand auf einem der Barhocker vor der Kücheninsel. Sie stand auf und durchforstete sie, bis sie die Notizen fand, die sie sich am Morgen gemacht hatte. Trotz der Kaffeeflecken waren sie nach wie vor lesbar:

Travis … (NACHNAME?) kranke Schwester, war übel in dich verknallt, schien Glenn zu hassen … NACHNAME??????

Melissa hatte ihr seinen Nachnamen genannt. Megan hatte ihn auf dem gleichen Zettel des Lamplighter Inn notiert: *Travis McClaren … Cassie McClaren (RIP).*

Laut Melissa war Cassie ungefähr zu der Zeit verstorben, da Mr. und Mrs. Glenn Swann einander in der Krankenhauskapelle das Jawort gegeben hatten. Welche Gefühle hatte das in Cassies Bruder ausgelöst? Nur zwei Wochen zuvor hatte Travis ihr seine Liebe gestanden – und er hatte sie davor gewarnt, dass Glenn ihr wehtun würde. Er war wütend auf seine Schwester Cassie gewesen, weil sie krank geworden war.

Was, hatte Melissa gesagt, hatte ihr gefehlt?

Sie hatte … äh, sie hatte ein Problem mit den Nieren aufgrund einer Verletzung, die man nie behandelt hatte. Sie war eine Treppe hinuntergefallen, irgend so was.

Megan erinnerte sich, am Sonntag zur Arbeit gekommen zu sein – nachdem Joshs Entführer sie verprügelt und verstümmelt hatte. *Ich bin gestern Abend die Treppe vor dem Haus hinuntergefallen.* Mit dieser Ausrede hatte sie Teresa ihr Aussehen erklärt. Die gleiche Lüge hatte sie unzählige Male von sich gegeben, wenn sie eine Notaufnahme aufsuchen musste, weil Glenn sie wieder mal verprügelt hatte.

Travis hatte Glenn einen Scheißkerl genannt und prophezeit, dass es ihr noch leidtun würde, sich jemals mit ihm eingelassen zu haben. Hatte er das gesagt, weil er erlebt hatte, was der gute Herr Doktor seiner Schwester angetan hatte?

Kopfschüttelnd sank Megan wieder auf den Stuhl vor Dans Computer. »Er ist tot«, sagte sie leise zu sich selbst. »Du hast doch gehört, was Melissa gesagt hat, er ist tot ...«

Sie ging auf Google und tippte in die Suchzeile: *Travis McClaren, Tod, Bootsunfall.* Sie drückte die Eingabetaste und das oberste Ergebnis war ein Artikel in der *CHICAGO TRIBUNE*:

> ***Jungvermählte kommen bei Segel-Unfall ums Leben*** –
> The *CHICAGO TRIBUNE*
> Die Opfer Travis McClaren, 18, und seine Ehefrau Selena Cummings McClaren, 19, waren seit drei Monaten verheiratet ... Ihre Jacht, ein Catalina Cruiser ... die Zahl der Todesopfer auf dem Michigansee ...
> *www.thechicagotribune.com/news/063097/newlyweds-perish-sailing-accident.html*

Megan klickte auf den Link, und der Artikel wurde auf ihren Bildschirm geladen. Wieder starrte sie auf die Schlagzeile – und die Untertitel:

> **JUNGVERMÄHLTE KOMMEN BEI SEGEL-UNFALL UMS LEBEN**
>
> ---
>
> TRAGÖDIE AUF DEM MICHIGANSEE
>
> ---
>
> Tödliches Ende einer Vergnügungsfahrt: Junges Ehepaar ertrinkt

Der Artikel enthielt ein Foto von Travis und seiner jungen Frau, einer unscheinbaren Blondine, das in einem Jachthafen aufgenommen worden war. Laut Bildunterschrift war es der Chicago Jacht Club. Megan hatte vergessen, wie gut Travis ausgesehen hatte. Obwohl er auf dem Foto lächelte, hatte er diesen rastlosen, schmollenden Gesichtsausdruck à la James Dean. Sie fragte sich, wie er wohl heute aussehen würde, wenn er noch am Leben gewesen wäre. Wäre er immer noch so attraktiv, wie er es damals gewesen war? Das Mädchen wirkte so jung und naiv. Sie waren beide noch Kinder. Wie die Schlagzeile richtig sagte: Es war eine Tragödie.

»Er ist tot«, sagte Megan noch einmal im Flüsterton zu sich selbst.

Ihre brillanten Einfälle, Travis könne der Drahtzieher eines Rachefeldzuges gegen Glenn und sie sein, waren nichts als Blödsinn. Der arme Junge war zu Tode gekommen. »Er ist ertrunken«, sprach Megan es laut aus.

Sie bewegte die Maus auf das ›x‹ in der rechten oberen Ecke zu, um das Browserfenster zu schließen. Dann zögerte sie jedoch und starrte auf das Foto von Travis und seiner Ehefrau. Sie fragte sich, ob sie seine Leiche je gefunden hatten.

Megan beugte sich dicht vor den Monitor und überflog den Artikel mit einem bangen Gefühl im Magen. Das junge Ehepaar war leidenschaftlich gern segeln gegangen. Ihr Catalina Cruiser war auf den Namen *Cassidy II* getauft. Die Küstenwache hatte die gekenterte Jacht auf dem Michigansee geortet – siebzehn Meilen vor der Küste. Selenas Leiche hatten Rettungsmannschaften geborgen, Travis aber auch nach weiteren achtundvierzig Stunden flächendeckender Suche nicht finden können.

Als Lisa Swann damals verschwunden war, hatte man ihre Leiche auch nie gefunden.

»Mein Gott«, flüsterte Megan. »Ganz sicher ist er ertrunken – genau wie ich.«

Kapitel achtundzwanzig

Nur zwei Autos waren im Verlauf der letzten Viertelstunde auf dem dunklen und einsamen Highway an Josh vorbeigefahren. Er hatte versucht, sie mit der Taschenlampe zum Anhalten zu bewegen und sogar den Schürhaken an den Straßenrand geworfen, sobald er ihre Scheinwerfer erblickte. Es hatte jedoch den Anschein, als sähe er selbst in *unbewaffnetem* Zustand derart irre aus, dass beide Fahrzeuge auf die linke Fahrspur geschwenkt waren und Gas gegeben hatten, um nur ja nichts mit ihm zu tun zu bekommen. Sie hatten sich wahrscheinlich gefragt, was dieser verzweifelt aussehende Junge in Socken und einem hässlichen Pullover, der ihm zwei Nummern zu groß war, mitten in der Nacht am Arsch der Welt tat.

Er versuchte, nicht zu weinen – das tat er dort. Er fühlte sich so zum Scheitern verurteilt. Es war ihm zwar gelungen, aus dieser grauenhaften Kellerzelle auszubrechen, aber er war immer noch allein und wusste nicht, wo er war. Und es konnte durchaus passieren, dass der Typ, der ihn gefangen gehalten hatte, in dem nächsten Wagen saß, der ihm begegnete.

Er war von Bäumen und Finsternis umgeben. Die letzte Straßenlaterne hatte er vor etwa zehn Minuten gesehen. Sie war wie eine Oase für ihn gewesen – und das Letzte, was auf Zivilisation hingedeutet hatte. Er betete um eine weitere Laterne – oder um ein Straßenschild, aus dem hervorging, wo er, verflucht noch mal, war.

An einigen Schotterwegen war er vorbeigelaufen, die sich

durch Waldstücke wanden. Vermutlich führten sie zu anderen einsam gelegenen Häusern oder Farmen wie der, von der er gerade geflüchtet war. Er hatte Ausschau nach Lichtern am Ende dieser schmalen Pfade gehalten und nichts gesehen. Also war er weitergelaufen.

Seine Füße waren nass, eiskalt, und sie taten ihm weh. An den Fersen hatte er bereits Löcher in den Socken. Zwar hatte er sich bemüht, möglichst auf dem Asphalt zu laufen, aber auch auf dem lagen überall Steine und Kiesel, die er nicht immer sah – nicht einmal mit der Taschenlampe. Außerdem hatte er beide Male, als er sich den weggeworfenen Schürhaken wiedergeholt hatte, über den feuchten Boden und Schotter laufen müssen. Er hätte aus der Schublade von Mr. Winzfuß ein Paar Ersatzsocken nehmen sollen – auch wenn die ein bisschen zu klein gewesen wären.

Josh versuchte, nicht an seine Mom zu denken, denn jedes Mal, wenn er das tat, heulte er los wie ein Baby. Er hatte das entsetzliche, quälende Gefühl, dass sie tot war. Und selbst wenn sie noch lebte, war etwas gestorben. Alles, was er über seine Mom zu wissen geglaubt hatte, war eine Lüge gewesen. Trotzdem konnte er im Moment nicht wütend auf sie sein. Dazu hatte er viel zu große Angst, sie niemals wiederzusehen.

Hin und wieder hörte er ein Rascheln in den Bäumen und wusste, dass das irgendein Waldbewohner war. Wahrscheinlich waren die alle harmlos. Dennoch fröstelte er, wenn er hörte, welche Geräusche sie machten, sobald sie durch die Baumreihen und Büsche huschten.

Die Straße ging in der Ferne offenbar schnurgerade weiter, denn er konnte am Horizont zwischen den Umrissen der Bäume ein schmales, flaches Stück erkennen. Dieses flache Stück schien plötzlich matt zu glänzen. Er fragte sich, ob das ein Auto war, das in seine Richtung fuhr. Josh lief weiter und stellte fest, dass das Licht heller wurde. Er deponierte seinen Schürhaken am Straßenrand. Dieses Mal würde er sich nicht in die Büsche schlagen, um ihn wiederzufinden. Und vielleicht würde das dieses Mal ja auch nicht erforderlich sein. Vielleicht würde ihn ja dieses Mal jemand mitnehmen.

Jetzt sah er die beiden Scheinwerfer, die ihm entgegenkamen. Der Wagen war immer noch zu weit weg, als dass er hätte sehen können, um was für eine Art von Fahrzeug es sich handelte. Erwartete er zu viel, wenn er hoffte, dass es ein Streifenwagen war? Josh fing an, die Taschenlampe über dem Kopf hin und her zu schwenken.

Die Scheinwerfer kamen näher. Er konnte sehen, dass der Wagen ein SUV war. »Helfen Sie mir!«, rief Josh. Er leuchtete mit der Taschenlampe auf sich selbst und winkte – damit der Fahrer des Wagens ihn möglichst gut sehen konnte. »Halten Sie bitte an! Helfen Sie mir, ich habe mich verirrt!«

Das Fernlicht des SUV wurde eingeschaltet und blendete ihn. Josh gab weiter Zeichen. »Ich wurde hier festgehalten! Rufen Sie die Polizei!«

Er hörte, wie der Motor des Wagens aufheulte, weil der Fahrer Gas gab und in die andere Fahrspur ausscherte, um möglichst weit und schnell von ihm wegzukommen.

»Himmel, nein, bitte, stehen bleiben!« Josh heulte, dann wirbelte er herum und versuchte weiterhin, den Fahrer mit Zeichen zum Anhalten zu bewegen. Da sah er die Bremsleuchten des Wagens aufleuchten. Wunderbar sah das aus. Das silberfarbene SUV hielt langsam an, und Josh rannte darauf zu.

Ein Mann steckte auf der Fahrerseite den Kopf aus dem Fenster. »He, Junge, bist du okay?«

»Danke!« Josh keuchte außer Atem. »Vielen Dank. Wenn

Sie mich nur zu einem Telefon bringen könnten, ich muss die Polizei anrufen ...«

Der Mann war schätzungsweise Ende dreißig, hatte welliges, dunkles Haar und einen dunklen Bartschatten. Er nickte. »Das kann ich tun. Los, spring rein.«

Schnellen Schrittes lief Josh um die Motorhaube herum und kletterte auf den Beifahrersitz. Im Wagen roch es ein bisschen nach abgestandenem Zigarettenrauch, und auf dem Rücksitz lag neben Teilen einer Campingausrüstung irgendetwas unter einer Wolldecke. »Schnall dich an«, verlangte der Mann.

Josh nickte und gehorchte. Sein Herz raste, und er versuchte, wieder zu Atem zu kommen. »Wo sind wir hier eigentlich? Wissen Sie das?«

»Wir sind kurz hinter Maple Valley«, gab der Mann zur Antwort. Die Brise, die durch das offene Fenster hereinwehte, zerzauste ihm das Haar. Er bedachte Josh mit einem besorgten Blick. »Was ist mit dir passiert? Du siehst ziemlich verstört aus ...«

»Ja, das bin ich auch«, gab Josh zur Antwort. »Wir müssen die Polizei anrufen. Die suchen wahrscheinlich nach mir. Irgendein Verrückter und seine Freundin haben mich in einem Farmhaus als Geisel gehalten, etwa 1,5 Meilen weiter die Straße rauf. Mir ist zwar die Flucht gelungen, aber es würde mich nicht wundern, wenn die versuchen würden, mich wieder einzufangen ...«

»Kennst du die Adresse oder die Namen dieser Leute, irgendetwas, das wir der Polizei erzählen können?«, fragte der Mann. Während er mit der einen Hand das Steuer hielt, griff er mit der anderen in seine Jacke und zog ein Mobiltelefon heraus.

»Nein, aber am Ende der Auffahrt ist ein hoher Mast mit

einer dieser Wetterfahnen. Es ist ein Huhn oder ein Hahn, Sie werden es gleich sehen. Wir fahren in zwei, drei Minuten daran vorbei.« Er war völlig erschöpft und lehnte sich seufzend zurück. »Den Kerl habe ich nie zu Gesicht bekommen, wohl aber die Freundin. Ich glaube, der bin ich schon mal begegnet – irgendwo. Sie kam mir bekannt vor ...«

Mit dem Daumen drückte der Mann ein paar Tasten auf seinem Handy. »Wie heißt du?«

»Josh Keeslar«, antwortete er und schaute nach hinten durch die Heckscheibe, um zu sehen, ob ihnen irgendwelche Fahrzeuge folgten. Diese Frau mit den braunen Haaren hatte vor mindestens zwanzig Minuten mit jemandem telefoniert. Josh sah hinter ihnen nichts, nur Finsternis. Doch was immer unter der Wolldecke lag, schien sich für einen kurzen Moment zu bewegen. Vielleicht hatte es wegen einer Unebenheit auf der Straße aber auch nur so ausgesehen.

»Keeslar«, wiederholte der Mann. »Von wegen bekannt vorkommen. Wo habe ich den Namen denn kürzlich gehört? Bist du ...« Er hielt einen Moment inne und sprach dann in sein Telefon. »Ja, hallo, ich sitze hier in meinem Wagen und fahre in südlicher Richtung, gleich hinter Maple Valley, auf Landstraße 3, Meilenstein 7, und ich habe einen jungen Anhalter aufgelesen ...« Wieder hielt er einen Moment inne. »Oh, entschuldigen Sie. Ja, ich heiße Lyle Cassidy. Und der junge Mann, der mich an den Straßenrand gewunken hat, sagt, Sie würden nach ihm suchen. Sein Name ist ...« Er sah Josh an und hob die Brauen. »Tut mir leid, ich weiß, du hast es mir gerade erst gesagt ...«

»Keeslar, Josh Keeslar«, sagte Josh und fing endlich an, wieder normal zu atmen.

Der Mann wiederholte den Namen ins Telefon. Josh blickte nieder auf die Mittelkonsole zwischen ihnen. Im Licht des Armaturenbrettes konnte er einige der CDs erkennen, die der Mann dort liegen hatte: Vivaldis *»Die Vier Jahreszeiten«*, *»Das Boston Pops Orchestra spielt Händel«*, *»Das Beste von Bach«*, *»Konzerte für Kenner: Hits der Barockmusik«*. Er war offenbar ein Fan barocker Musik.

»Wie bitte?«, meinte der Mann mit dem Telefon am Ohr. »Nein, er sagt, es habe ihn jemand in einem der Häuser weiter unten an der Straße als Geisel gehalten. Es ist ihm gelungen, zu entkommen ...«

Josh fragte sich, warum der Mann ihm nicht das Handy gab, damit er der Polizei das alles selbst erzählen konnte. Er schaute noch einmal auf die CDs, und im nächsten Moment runzelte er die Stirn. In einem der Becherhalter lagen Schlüssel. *Von wegen bekannt vorkommen.* An der Schlüsselkette hing ein kleines Taschenmesser.

Es war ein Geschenk gewesen. Von ihrem alten Nachbarn Mr. Preebe.

Plötzlich bekam Josh wieder keine Luft mehr.

Sie mussten seine Taschen geleert haben, nachdem sie ihn entführt hatten. Das hatten sie wahrscheinlich getan, als er noch bewusstlos im Fond ihres Wagens gelegen hatte. Er drehte sich nach hinten um und schaute auf die Wolldecke, mit der auf dem Rücksitz irgendetwas zugedeckt war.

»Du hast gesagt, es seien ein Mann und eine Frau gewesen, die dich gefangen gehalten haben?«, wollte der Fahrer von ihm wissen.

Josh nickte nur. Auf einmal erinnerte er sich, wo er diese Frau mit den braunen Haaren schon mal gesehen hatte. Sie war vor etwa zwei Wochen auf dem Lehrerparkplatz der Schule gewesen. Sie hatte ihn gebeten, ihr dabei zu helfen, etwas aus ihrem SUV zu heben. Einem silberfarbenen SUV!

»Eine Sekunde, ich werde ihn fragen«, nuschelte der Mann

in sein Handy. Er sah Josh kurz an. »Ist deine Mutter Megan Keeslar?«

Wieder nickte Josh.

Ganz aufmerksam horchte er auf die leise Stimme am anderen Ende der Leitung und konnte die Ansage hören: *»Wenn Sie einen Anruf tätigen möchten, legen Sie bitte auf und wählen Sie die entsprechende Nummer …«*

Er wünschte sich sehnlich, immer noch den Schürhaken bei sich zu haben. Nahezu unmerklich griff er nach dem Knopf, mit dem der Sitzgurt sich lösen ließ.

Der Mann laberte weiter in das Telefon, als führe er mit jemandem eine Unterhaltung: »Ja, er ist etwa einen Meter achtundsiebzig groß, wiegt ungefähr achtundsechzig Kilo, ein gut aussehender Junge …« Er grinste Josh an. »Nur mein Pullover steht ihm nicht …«

Mit geballter Faust schlug Josh dem Mann ins Gesicht. Daraufhin flog ihm das Handy aus der Hand, und der Wagen kam von der Fahrspur ab. Josh streifte ihn aber nur an der Schläfe. Er hörte den Mann fluchen und die Reifen quietschen. Alles in dem Wagen schien ins Schlingern zu geraten, als das SUV auf die Bäume zuraste. Steine und Schotter prallten gegen die Bodenwanne. Josh fürchtete, sie würden sich überschlagen. Er umklammerte den Türgriff und zog daran, doch die Tür ließ sich nicht öffnen!

Mit quietschenden Reifen kam das SUV zum Stehen. Josh spürte, wie der Mann ihn bei den Haaren packte und seinen Kopf nach hinten riss. Er wehrte sich, doch der Mann schlug ihm ins Gesicht.

Benommen prallte Josh gegen die Wagentür. Für einen Moment konnte er sich nicht rühren.

Der Mann griff nach etwas zwischen Fahrersitz und Tür. Das Etwas sah aus wie eine kleine Tupperdose. »Ich werde dich nicht töten, Josh, noch nicht«, sagte der Mann und holte mehrmals hintereinander tief Luft. Dann zog er einen Lappen aus dem kleinen Behälter.

Josh versuchte, sich gegen ihn zu wehren. Doch der Mann drückte ihn gegen die Wagentür und hielt ihm den Lappen plötzlich auf Mund und Nase. Josh versuchte, nicht zu atmen. Er hörte nicht auf, sich zu wehren. Er schlug so lange mit den Armen und Beinen um sich, bis kein Leben mehr in ihnen war und er spürte, dass er das Bewusstsein verlor.

»Sei unbesorgt, Josh«, hörte er den Mann sagen. »Im Moment brauche ich dich noch lebendig – zumindest bis ich deine Mutter habe.«

»Ich mache mir jetzt ernsthaft Sorgen, weil du nicht abnimmst«, sagte Megan ins Telefon. Ihr Anruf war gerade auf Dans Mailbox weitergeleitet worden. Er hatte gesagt, er würde in fünfundvierzig Minuten zurück sein – und das war nun schon über eine Stunde her. Dan hätte sie angerufen, wenn er im Verkehr stecken geblieben oder sonst etwas in der Art gewesen wäre.

»Ich bin hier bei dir – was ja offensichtlich ist«, fuhr sie fort und schaute dabei aus dem Fenster auf das Wasser und die Lichter auf der Montlake Bridge. »Ruf mich bitte sofort an, wenn du diese Nachricht hier bekommst. Ich muss wissen, ob bei dir alles okay ist. Ich glaube, ich weiß jetzt, wer hinter dem Ganzen steckt. Ruf mich also an, Dan, okay?«

Mit einem nervösen Seufzer drückte sie das Gespräch weg.

Sie hatte gar nicht mitbekommen, wie spät es schon war, nachdem sie zunächst mit Willows Freundin telefoniert und dann nachgelesen hatte, was im Internet über das »Ertrinken« von Travis McClaren zu finden war. Sie hatten seine Leiche nie gefunden. Und laut einem anderen Zeitungsartikel, den sie gefunden hatte, waren von den 4,8 Millionen Dollar, die Travis geerbt hatte, bei seinem Tod nur noch 2,2 Millionen übrig gewesen. Melissa hatte gesagt, er habe große Summen durch »Kauforgien und Fehlinvestitionen« verloren. Oder hatte Travis das Geld die ganze Zeit gehortet – damit er welches hatte, von dem er nach seinem Verschwinden leben konnte?

Lisa Swann hatte in erheblich kleinerem Rahmen genau das Gleiche getan, indem sie jede Woche zwei- bis dreihundert Dollar von dem gemeinsamen Konto von Dr. und Mrs. Swann abgehoben und beiseitegeschafft hatte.

Das Gefühl sagte Megan, dass Travis sie schon lange vor ihrem fingierten Selbstmord beobachtet hatte. Er war ihr offenbar vor fünfzehn Jahren nach Seattle gefolgt. Wie er sie im Auge behalten hatte, war ihr völlig rätselhaft. Während der Monate, in denen sie schwanger gewesen war – und so gut wie nie die Wohnung verlassen hatte –, musste Travis recht häufig nach Chicago und wieder zurück nach Seattle gefahren sein – häufig genug, um sich mit diesem beklagenswerten Mädchen zu verloben und sie zu heiraten. Hatte er von Anfang an geplant, wie seine junge Ehefrau enden und er verschwinden würde? Oder hatte er versucht, sich ein eigenes Leben aufzubauen? Gleichgültig, was seine Motive gewesen waren, hatte er an irgendeinem Punkt beschlossen, als jemand anderer nach Seattle zurückzukehren.

Er hatte gesehen, wie sie das gemacht hatte. Also hatte er vermutlich, nachdem die *Cassidy II* gekentert war, jeden einzelnen ihrer Schritte kopiert – alle alten Brücken hinter sich abgebrochen und mit einer neuen Identität in der Smaragdstadt ein neues Leben begonnen.

Sie war in der ersten Zeit in Seattle verängstigt und einsam gewesen und hatte keine Menschenseele gekannt. Er hatte indes sie gekannt. Er hatte auch über erheblich mehr Geld verfügt als sie. Er hatte sich wahrscheinlich nie eine Stelle suchen müssen. Megan konnte sich vorstellen, dass sie zu beobachten, sein Vollzeitjob geworden war.

Aber fünfzehn Jahre lang? Das machte keinen Sinn. Wäre er ihrer nicht überdrüssig geworden? Hätte ihn das Ganze nicht frustriert?

Vielleicht war das der Grund dafür, dass er all diese Frauen ermordet hatte, die ihr ähnlich sahen, um sie anschließend zu zerstückeln. Er war ihrer überdrüssig und frustriert. Also hatte er sich einen Ersatz gesucht. Das machte auf verderbte, perverse Art Sinn.

Hatte er Willow aus dem gleichen Grund umgebracht? War sie nur ein Ersatz gewesen, ein Double? An irgendeinem Punkt musste er geplant haben, es so zu machen, dass Glenn für Willows Tod den Kopf hinhalten musste. So ganz blickte Megan da aber immer noch nicht durch. Und sie wusste immer noch nicht, ob Glenn oder Travis Willow die Brandmale am Oberkörper beigebracht hatte.

Sie starrte aus dem Fenster auf die Boote, die gleich gegenüber am Steg vor Anker lagen. Sie hatte herausgefunden, was *Cassidy II* bedeutete. Cassie McClarens offizieller Name war Cassidy gewesen. So hatte es in ihrer Todesanzeige in der *Chicago Tribune* gestanden, die Megan erst vor wenigen Minuten im Internet gefunden hatte. Dort war als einziger Hinterbliebener ihr Bruder Travis genannt worden.

Megan wandte dem Fenster den Rücken zu und lief wieder zu Dans Schreibtisch, setzte sich auf seinen Stuhl. Sie stellte das schnurlose Telefon zurück auf die Ladestation und wünschte sich so sehr, dass es läutete, dass Dan am anderen Ende der Leitung war und ihr sagte, wo er war – und dass mit ihm alles in Ordnung war.

Sie befragte neuerlich den Computer und ging dazu noch einmal auf die Seite mit dem *CHICAGO TRIBUNE*-Artikel über die Jungvermählten, die ertrunken waren. In aller Ruhe studierte sie das Foto, das Travis und Selena McClaren im Chicago Jacht Club zeigte. Einmal mehr fragte sie sich, wie er wohl heute aussehen mochte. Hatte er einen Teil seiner vielen Haare inzwischen verloren? Hatte er vielleicht dreißig Pfund zugenommen? Der Körper eines Menschen veränderte sich sehr zwischen dem achtzehnten und dem dreiunddreißigsten Lebensjahr. Wenn sie ihn heute wiedersähe – ohne diese jugendliche Ausstrahlung und die Mähne auf dem Kopf –, würde sie ihn erkennen? Es war durchaus möglich, dass sie Travis gesehen und ihn einfach nicht wiedererkannt hatte.

Vielleicht hatte er deshalb nur eine Straße von ihr entfernt eine Wohnung mieten können, ohne dass er ihr je aufgefallen war. Es konnte sogar sein, dass er einer ihrer Stammkunden bei Destination Rent-a-Car war. Unter Umständen war er sogar einer der Matefinder.com-Männer gewesen, mit denen sie ausgegangen war, und sie hatte ihn nur nicht erkannt.

»Bei unserem zweiten Date würde ich gern mit dir segeln gehen. Ich bin ein erfahrener Segler. Falls Dir nicht nach nautischen Vergnügungen zumute sein sollte ...«

»Mein Gott, natürlich«, sagte sie leise zu sich selbst. *»Duncan Cassidy.«*

Sie erinnerte sich, dass er ihr immer wieder erklärt hatte, sie sei nicht wie andere Frauen. Dieser selbstgefällige, arrogante Schnösel mit der Brille und dem Bartschatten hatte für ihre Augen keinerlei Ähnlichkeit mehr mit dem siebzehnjährigen, gepeinigten und schmollenden Travis gehabt. Dieser Kerl hier war übermäßig beflissen und widerlich gewesen.

Nur fragte sie sich, warum er fünfzehn Jahre gewartet hatte, um sie zum Abendessen einzuladen. Hatte er durch

Matefinder.com erstmals Gelegenheit dazu bekommen? So konnte es gewesen sein. Und sie hatte ihm eine Abfuhr erteilt – zum zweiten Mal.

Die Finger ihrer rechten Hand flogen förmlich über die Tastatur, als Megan neuerlich auf Google ging und dieses Mal *Duncan Cassidy, Seattle* eingab. Die Suche lieferte keine Ergebnisse, die dem Ganzen auch nur nahe kamen. Sie hatte gehofft, einen Adresseintrag zu finden, aus dem hervorging, dass er auf der Yale Avenue in den Vista-Eastlake Apartments wohnte. Sie fand aber nichts dergleichen.

Dan hatte gesagt, er halte für möglich, dass Joshs Entführer in der Nähe von Maple Valley ein Gehöft besaß. In diese Gegend war er dem silberfarbenen SUV zumindest nachgejagt. Sie versuchte es auf Google mit *Duncan Cassidy, Maple Valley, WA*. Aber auch dabei kam nichts heraus. »Verdammt«, fluchte sie leise vor sich hin und rutschte dabei rastlos auf Dans Stuhl hin und her.

Jetzt leuchtete ihr ein, warum *Duncan-Travis-Lyle* oder wie immer er sich nannte, so sehr viel daran lag, ihre Beziehung zu Dan zu sabotieren. Dan war das Matefinder.com-Date, das ihr lieber gewesen war, der Mann, für den sie sich entschieden hatte. Gestern Abend und heute Morgen hatte er Dan mehrmals mit ihrem Handy angerufen – und ihm sogar eine obszöne SMS geschickt. Und heute Abend hatte er dann versucht, ihn umzubringen.

Megan schaute auf die Uhr in der rechten unteren Ecke seines Computerbildschirms: 22:02 Uhr.

Inzwischen waren anderthalb Stunden vergangen, seit sie mit Dan gesprochen hatte. Wo war er? Sie griff nach dem schnurlosen Telefon und wählte die Nummer seines Mobiltelefons. Wieder wurde der Anruf auf seine Mailbox weitergeleitet. »Okay, jetzt bin ich offiziell in Panik«, sagte sie ins

Telefon. »Sitzt du immer noch irgendwo in Maple Valley fest? Bitte, ruf mich so bald wie möglich an. Okay, Dan? Bis gleich.«

Sie drückte das Gespräch weg. Vor ihr auf dem Schreibtisch lag die Post, die sie am Nachmittag heimlich durchgesehen hatte – unter anderem die Visa-Rechnung und irgendein Schreiben von OnStar. Bei Destination Rent-A-Car benutzten sie ein ähnliches Kommunikationssystem, um ihre Wagen orten zu können, falls ein Kunde einen Unfall hatte oder das Fahrzeug gestohlen wurde. Auf dem Umschlag stand *Abrechnung*.

Megan riss ihn auf. Die Abrechnung enthielt sämtliche Informationen zu seinem Fahrzeug sowie seine Kundennummer. Sie drehte sich wieder zum Bildschirm und ging auf die Website von OnStar. Sie bat um Informationen zum derzeitigen Standort des Wagens, tippte Dans Kundennummer ein und drückte die Eingabetaste. Statt einer Antwort bekam sie eine blinkende Mitteilung: *Bitte geben Sie Ihr Passwort ein.*

Megan zögerte zunächst und biss sich auf die Unterlippe. Dann versuchte sie es mit *Moelarrycurly.*

Eine Straßenkarte wurde auf dem Bildschirm sichtbar, und darüber stand:

Fahrzeug geortet: Landstraße 3, Meilenstein 4. Maple Valley, WA 98038

Wie es sich ihr darstellte, hatte er sich nicht von der Stelle gerührt, seit sie vor anderthalb Stunden mit ihm telefoniert hatte. Megan druckte sich die Straßenkarte und den Anfahrtsweg aus.

Dann stand sie auf und begann ein paar Sachen zusammenzupacken – J. Knolls Mobiltelefon, die Fahrtroute und einen leichten Pullover, den sie aus Dans Kleiderschrank nahm. Sie vergewisserte sich, dass der Revolver und das zweite Handy – ihre einzige Verbindung zu Josh – immer noch in ihrer Handtasche steckten. Und dann schrieb sie ihm noch einen Zettel:

Lieber Dan,

bin unterwegs, um in Maple Valley nach dir und deinem Wagen zu suchen. Wenn du das hier liest, ruf mich an unter 702-555-6352. Ich werde vom Auto aus immer mal wieder versuchen, dich zu erreichen.

Sie zögerte einen Moment und kritzelte dann:
Alles Liebe, Meg.

Sie ließ den Zettel auf seinem Schreibtisch liegen und lief schnellen Schrittes aus dem Haus, schloss die Tür zweimal hinter sich ab. Ihr Blick fiel auf die beiden schwarzen Müllsäcke, die neben dem Hausboot in seinem Gärtchen standen. Das Plastik raschelte leicht in der sachten Brise, die vom See herüberwehte. Da das Wasser unablässig gegen die Pfeiler plätscherte, war das Geräusch kaum wahrzunehmen.

Und dennoch: Als Megan über den Steg zum Auto lief, meinte sie immer noch, diese Säcke rascheln zu hören.

Kapitel neunundzwanzig

Lyle Duncan Cassidy schloss die Hecktür des U-Hauls und legte den Riegel vor.

Er hatte das SUV rückwärts dicht vor die Scheune gefahren und anschließend den bewusstlosen Teenager vom Beifahrersitz gezogen und in den Möbelwagen geschleppt. Lisas Sohn war nichts als Ballast.

Es hatte mal eine Zeit gegeben, in der Lyle zärtliche Gefühle für Josh Keeslar gehegt hatte. Immerhin passte er ja schon auf Josh auf, seit der ein Baby gewesen war. Vor Jahren hatte er ihn vor diesem Perversen gerettet. Josh war herangewachsen, und Lyle hatte jeden der kleinen Meilensteine mit Lisa geteilt. Als Josh diese Auszeichnung vom Bürgermeister erhalten hatte, war er sogar stolz auf den Jungen gewesen.

Bloß ... nachdem Lyle ihn nun drei Tage in seiner Obhut gehabt hatte, war er Joshs überdrüssig geworden. Mehr noch, der Junge langweilte ihn nicht nur – er war ihm lästig.

Tief in seinem Inneren schlummerte die Angst, dass Lisa, wenn er sie endlich hatte, nicht die Lisa seiner Träume sein würde. Dass sie sich als eine dicke, fette Enttäuschung entpuppte. Vielleicht war das der Grund dafür gewesen, dass er bisher kein einziges Mal versucht hatte, sie zu berühren. Er hatte sich die Illusion nicht rauben lassen wollen, hatte Angst gehabt, die echte Lisa könne ebenso durchschnittlich und gewöhnlich sein, wie die anderen es gewesen waren. Und was hatte er dann? Nichts.

Doch dann hatte er gehört, dass man Glenn aus der Haft

entließ. Und da war ihm bewusst geworden, dass das jetzt unter Umständen seine letzte Chance war, je mit ihr zusammen zu sein, bevor sie neuerlich flüchtete oder Glenn sie von irgendwelchen Privatdetektiven aufspüren ließ. Er hatte auf dem Computer, den sie zu Hause stehen hatte, gesehen, dass sie sich bei Matefinder.com ein Profil eingerichtet hatte. Und er hatte sie angeschrieben und zum Essen eingeladen. Fünfzehn Jahre nachdem er im Evanston-Northwest Hospital versucht hatte, sie mit Blumen, Kaugummi und Bonbons für sich zu gewinnen, hatte er seine zweite Chance bei Lisa gehabt.

Und sie hatte ihm eine Abfuhr erteilt.

Er war außer sich vor Wut gewesen. Andererseits hatte die Abfuhr ihm den Antrieb gegeben, den er gebraucht hatte, um sie zu seinem Eigentum zu machen – endlich. Er hatte entdeckt, dass es ihm gefiel, Lisa betteln zu hören. Es war berauschend, so große Macht über sie zu haben. Er hielt sämtliche Fäden in der Hand. Und da Joshs Leben auf dem Spiel stand, würde sie so ziemlich alles für ihn tun.

Die nächsten paar Tage wollte er den Jungen noch behalten. Im Laderaum des U-Hauls war er bestens untergebracht.

Als sich die große Hintertür des Möbelwagens lärmend schloss, hatte der Junge leise aufgestöhnt. Lyle hatte dem U-Haul den Rücken zugedreht, war weggegangen und hatte das Stöhnen nicht mehr gehört.

Laharts Handy, das in seiner Jackentasche steckte, fing an zu läuten. Lyle schaute auf die Anruferkennung. Das war Lisa, die schon wieder vom Hausboot aus anrief, weil sie sich offenbar nach wie vor Sorgen um ihren Boyfriend machte. Er wollte, dass sie sich Sorgen machte, und wo sie im Moment war, war genau, wo er sie haben wollte!

Laharts Mobiltelefon hatte im Verlauf der letzten Stunde eine regelrechte Flut eingehender Anrufe erlebt. Zweimal hatte sein Polizistenfreund Detective Bracken angerufen und beide Male eine Nachricht hinterlassen. Ein Weilchen musste Lyle diesen Lahart noch am Leben lassen – nur so ein, zwei Stunden, damit er den Cop vom Hals bekam. Das Letzte, was er brauchte, waren Polizisten, die hier herumschnüffelten und nach irgendeinem Trottel oder seinem Wagen suchten. Er würde sich irgendeine Geschichte ausdenken, die Lahart seinem Freund erzählen konnte, damit der Kerl sich keine weiteren Gedanken um ihn machte. Wie sowohl der Fall Candy als auch der Fall Glenn bewiesen hatten, konnten Menschen am Telefon äußerst überzeugend sein, wenn man ihnen ein Messer an die Kehle hielt.

Der Automobilclub und OnStar hatten sich ebenfalls gemeldet. Diese Anrufe hatte Lyle entgegengenommen und so getan, als wäre er Lahart. Er hatte ihnen erklärt, nun doch keine Hilfe zu benötigen.

Quietschend schabte die Scheunentür über die Erde, als er sie schloss. Er lief zu seinem SUV und öffnete die Heckklappe. Viele Dinge waren im Inneren des Wagens durcheinandergerutscht, als er ihn vorhin mit quietschenden Reifen zum Stehen gebracht hatte. Die dicke, alte Wolldecke lag aber immer noch über Lisas Boyfriend. Lyle hob die Decke ein Stück und sah ihn an. Er schlief zwar wie ein Toter – war aber noch nicht richtig tot. Seine Stirn hatte aufgehört zu bluten. Hier war er im Moment am besten untergebracht. Selbst wenn er aufwachte, konnte er nirgendwohin entkommen. Seine Hand- und Fußgelenke waren mit mehreren Lagen Gewebeband gefesselt, und den Mund hatte er ihm zugeklebt.

Lyle musste ins Haus und sich um Monica kümmern. Bis er mit der fertig war, würde Lisas Boyfriend aufgewacht sein. Er würde ihn neben die Scheune bringen, an eine Stelle hinter den Büschen, wo der Boden etwas weicher war. Er würde ihm das Telefon in die Hand drücken und ihn zwingen, seinem Polizistenfreund irgendeine Mär zu erzählen. Dann würde er dem Kerl eine Schaufel geben und ihn ein Grab ausheben lassen – eines, in dem auch noch für Monica Raum war. Die war so mager. Sie würde nicht viel Platz brauchen. Dann würde er Lisas Boyfriend mit einem Kopfschuss töten.

Die Vorstellung, dass seine Ex-Freundin und Lisas Ex-Freund im gleichen Grab liegen würden, während er und Lisa miteinander lebten, gefiel ihm irgendwie. Das hatte Symmetrie.

Lyle öffnete die Fahrertür und kletterte hinter das Steuer. Obwohl er mit offenem Fenster gefahren war, hing immer noch ein Hauch dieses auf seltsame Weise angenehmen Chloroform-Geruchs in der Luft. Er fuhr den Wagen dicht vor das Haus und parkte so, dass die Kamera auf einem der Äste der Ulme das Fahrzeug im Blick hatte. Zugleich verdeckten der Baum und ein paar Büsche das SUV, sodass niemand, der die Auffahrt hinaufkam, es sehen konnte.

Dann lief Lyle ins Haus. In der Küche machte er halt, um sich Gesicht und Hände zu waschen. Dann schenkte er sich ein Glas Merlot ein und nahm es mit nach unten in den Keller. Vor seinen Fernsehbildschirmen und dem Fenster zu Lisas Schlafzimmer blieb er stehen. Monica sah so mitleiderregend aus! Wie sie da auf und ab tigerte und dabei an ihrer Zigarette zog. Doch so bemitleidenswert sie auch war, änderte das nichts an der grenzenlosen Verachtung, die er in diesem Moment für sie empfand.

Er schaute auf die Bildschirme. Josh, der auf dem Fußboden des Möbelwagens lag, bewegte sich und setzte sich schließlich auf. Auf dem zweiten Bildschirm sah Lyle niemanden am anderen Ende seiner Auffahrt – nicht einmal einen vorüberfahrenden Wagen. Auf dem dritten Monitor lief stummgeschaltet irgendeine Fernsehsendung. Und der letzte Bildschirm zeigte das SUV, das dicht vor dem Haus geparkt war.

Lyle griff in seine Jackentasche, um sein Smartphone herauszuholen, und stellte fest, dass er es im SUV hatte liegen lassen. Er hatte noch einmal nachschauen wollen, wo Lisa war. Zuletzt hatte er vor fünfundzwanzig Minuten, auf der Rückfahrt mit Josh, nachgeschaut, und da war sie laut dem kleinen weißen Punkt auf dem Kartengitter auf dem Hausboot auf der Hamlin Street an der Portage Bay gewesen.

Er nahm ein paar kleine Schlucke von seinem Merlot und stellte das Glas dann neben den Aschenbecher auf das Tischchen. Monica hatte er gesagt, dass das Rauchen im Haus nicht erlaubt war. Und da lagen sechs Zigarettenkippen in dem Aschenbecher – und der Stummel seiner Zigarre. Gott allein wusste, wie viele Zigaretten sie im Verlauf der letzten anderthalb Stunden in Lisas Schlafzimmer gequalmt hatte.

Er wollte, dass das Zimmer morgen Nachmittag für Lisa fertig war. Wie sollte er den Zigarettengestank aus der Tagesdecke bekommen?

Seufzend trottete er zur Schlafzimmertür und zog den Riegel zurück. Als er die Tür öffnete, schlug ihm der Zigarettenrauch wie eine Wolke entgegen.

»Lyle?«, schrie sie. Hastig warf sie die Zigarette auf den Boden und stellte den Schuh darauf. »Liebling, es tut mir so leid! Der kleine Scheißkerl hat mich gelinkt!«

Er breitete die Arme aus und brachte es fertig, sie wohlwollend anzulächeln. »Das ist schon in Ordnung …«

Sie schlang ihre Arme um ihn und begann, an seiner Schulter zu weinen. »Ich habe die ganze Zeit gedacht, du würdest niemals wiederkommen. Ich dachte, ich wäre auf ewig hier eingesperrt. Ich dachte, ich werde verrückt …«

Er tätschelte ihren knochigen Rücken. »Hör auf, einen solchen Wirbel zu machen. Ich hatte dir doch gesagt, dass ich auf dem Heimweg war. Ich musste zuerst den Jungen auflesen. Er ist im U-Haul. Ich wollte ihn heute Nacht eh hier herausholen. Es ist also gar nichts passiert.«

Monica wollte sich aus seiner Umarmung lösen und wischte sich dabei mit dem Ärmel ihres Pullovers die Nase trocken. Sie wand sich in seinen Armen. »Gott, ich kann das keine Sekunde länger hier drin aushalten«, jammerte sie.

Doch Lyle hielt sie weiterhin fest. Er hasste, wie ihr Atem nach Zigaretten stank, trotzdem hörte er nicht auf, sie anzulächeln.

Hilflos schaute sie ihn an – und dann auf die offen stehende Tür. »Bitte, Liebling, ich will hier raus. Können wir nicht gehen?«

»Sprichst du über dieses Zimmer oder über das Haus?«, fragte er sie in sanftem Ton.

»Über beides!«, gab sie mit Tränen in den Augen zur Antwort. »Diese ganze Farm macht mir Gänsehaut. Es ist so unheimlich und so einsam hier, und du bist die meiste Zeit nicht da – lässt mich hier allein mit diesen – diesen *Gefangenen*. Ich habe Glück gehabt, dass dieser Junge heute Abend nicht versucht hat, mir die Kehle durchzuschneiden. Ich werde noch wahnsinnig. Ich hasse das hier alles.«

Er gab ihr einen Kuss auf die Stirn. »Nun, dann trifft es sich gut, dass ich dieses Haus auch irgendwie leid bin. Es gibt keinen Grund, warum wir auch nur noch eine weitere Nacht hier verbringen sollten. Der Junge kommt aus dem U-Haul nicht raus. Ich werde morgen wiederkommen, nach ihm sehen und meine Arbeit hier zum Abschluss bringen. Bis dahin haben wir zehntausend Dollar, die wir ausgeben können. Was meinst du? Sollen wir diesen alten Tresor knacken, alles herausnehmen, was drin ist – einschließlich deiner Drogenvorräte –, und uns in einem dieser Luxushotels in der Innenstadt einmieten? Wir können in Nachtclubs gehen oder in unserem Zimmer unsere eigene kleine Party veranstalten – nur du und ich. Was meinst du?«

»Ist das dein Ernst? Das klingt total geil!«, kreischte Monica und bedeckte sein gesamtes Gesicht mit Küssen. »Echt? Tun wir das wirklich?«

Er nickte. »Geh nach oben und fang an, all deine Sachen zusammenzupacken. Ich mache hier unten Ordnung. Und wenn ich fertig bin, verabschieden du und ich uns in aller Form von diesem Haus. Ich habe gestern ein Paket Erdbeereis von Ben und Jerry's gekauft und es oben in der Küche ganz hinten im Eisfach versteckt. Außerdem habe ich diese Flasche Champagner im Kühlschrank stehen. Wir können auf einen Neubeginn anstoßen …«

Dankbar küsste Monica ihn. »Du bist so süß.«

Er lachte. »Danach werfen wir die Champagnergläser in den Kamin und machen, dass wir hier wegkommen.«

»Gott, das ist so toll. Das Packen erledige ich im Handumdrehen.« Sie trippelte aus dem kleinen Schlafzimmer.

Er drehte sich zum Spiegel und hörte, wie sie aufgeregt vor sich hin kicherte, als sie die Kellertreppe hinaufraste.

Das Lächeln in seinem Gesicht war dann auch schnell weg.

Megan beobachtete, wie das Licht der Autoscheinwerfer die Dunkelheit der Straße durchbohrte, die sich vor ihr auftat. Obwohl sie das Fernlicht eingeschaltet hatte, konnte sie nur das jeweilige Stückchen Asphalt sehen, das vor ihr war – dahinter war alles ein einziges trübes Dunkelgrau. Der Mond musste hinter den hohen, nur schemenhaft erkennbaren Bäumen zu ihrer Linken sein. Zu ihrer Rechten war hin und wieder schon mal eine Lücke zwischen den Baumreihen, wo dann ein Feldweg abging – und in der Ferne ein Gehöft zu sehen war.

Sie hatte das kleine Schild, das auf die Abfahrt zur Landstraße 3 hinwies, um Haaresbreite übersehen. Seit zehn Minuten war ihr kein Fahrzeug mehr begegnet. Sie saß aufrecht hinter dem Steuer und suchte mit den Augen den Straßenrand nach den Meilensteinen ab. Dans Wagen stand angeblich in der Nähe von Meilenstein 4, und sie hatte bisher noch keinen einzigen dieser Meilensteine gesehen. »Gott, bitte lass mit ihm alles in Ordnung sein«, flüsterte sie.

Sie hatte das Haus vor etwa vierzig Minuten verlassen, und er hatte sie immer noch nicht zurückgerufen.

Da strahlten die Scheinwerfer plötzlich etwas an, das am Straßenrand lag. Megan scherte aus, um das geschundene tote Reh nicht zu überfahren. Mit rasendem Herzen fuhr sie wieder auf ihre Fahrspur. Sie schaute in den Rückspiegel und sah das leblose Häufchen am Straßenrand liegen – eingetaucht in den roten Glanz ihrer Rückleuchten. Megan zuckte zusammen und gab Gas, und schon im nächsten Moment war hinter ihr erneut nichts als Dunkelheit.

Es war so finster und einsam, dass sie sich einfach nicht vorstellen konnte, wo Dan hier irgendwo sein sollte. Und wenn er hier noch irgendwo war, lebte er vermutlich nicht mehr.

Sie erblickte ein kleines grünes Schild am Straßenrand, auf dem lediglich eine Zahl stand: 4. Also trat sie nicht mehr ganz so fest aufs Gaspedal, und der Tacho ging von 50 auf 30 m/h runter. Zu ihrer Rechten fielen ihr ein Farmhaus und eine alte Scheune hinter einem unbestellten Feld auf. Das Gehöft wirkte verlassen.

Im nächsten Moment sah sie das Auto, das schräg auf dem

Seitenstreifen stand. Die Warnblinkanlage war nicht eingeschaltet. Wenn sie nicht danach gesucht hätte, wäre sie an dem Wagen vorbeigefahren, ohne dass er ihr überhaupt aufgefallen wäre. Von Dan war weit und breit nichts zu sehen.

Der Schotter knirschte unter ihren Reifen, als sie auf den Seitenstreifen fuhr und hinter Dans Accord zum Stehen kam. Sie ließ die Scheinwerfer eingeschaltet und den Motor laufen. Dann griff sie in ihre Handtasche, nahm den Revolver heraus und öffnete die Wagentür. Nach den vielen Meilen Finsternis kam ihr das Licht der Innenbeleuchtung grell vor. Sie stieg aus dem Wagen, ließ die Wagentür offen und lief auf Dans verwaisten, leicht schief stehenden Honda zu. Die Fahrertür war abgeschlossen. Sie lugte durch das Fenster und sah, dass auf dem Beifahrersitz eine Flasche Desinfektionsmittel und ein Notizblock lagen. Mit der Waffe in der Hand lief sie um den Wagen herum zur Beifahrertür. Der Wagenheber war noch unter dem Auto, und das Ersatzrad war montiert. Ein Stück weiter weg lagen ein Montiereisen, eine Radkappe und ein blutiges, dreckiges Handtuch.

Megan schnappte nach Luft. Doch dann erinnerte sie sich, dass man ihm ja erst vor wenigen Stunden in die Hand geschnitten hatte.

Trotzdem – sie wusste, dass ihm hier irgendetwas passiert sein musste. Er hätte sie angerufen, wenn jemand ihn mitgenommen hätte. Der Wind fuhr ihr durchs Haar, als sie auf die nur schemenhaft erkennbaren Wälder auf der gegenüberliegenden Straßenseite blickte. Megan fragte sich, ob man seine Leiche irgendwo zwischen diesen Bäumen versteckt hatte.

Ihr kamen die Tränen. Sie fühlte sich völlig verloren und hatte so gar keine Hoffnung mehr. Was hatte sie damit zu erreichen versucht, hierher zu fahren?

Sie zog J. Knolls Handy hervor und wählte Dans Nummer.

Der Anruf wurde zur Mailbox weitergeleitet. Dieses Mal hinterließ sie keine Nachricht.

Megan drehte sich um und starrte auf das alte, verlassene Farmhaus und dic Ruine der Scheune hinter dem Feld. Sie fragte sich, ob Dans Vermutung richtig war. Konnte es angehen, dass Travis sich in einem dieser Gehöfte hier verkrochen hatte? Vielleicht kannte einer der Anwohner jemanden, der ein silberfarbenes SUV fuhr. Vielleicht hatte einer vor denen Dan bei sich aufgenommen.

Schnellen Schrittes lief Megan zurück zu ihrem Wagen und setzte sich hinter das Steuer. Sie schlug die Tür zu und drehte den Zündschlüssel. Der Motor gab ein entsetzliches, kratzendes Geräusch von sich. Sie hatte vergessen, dass er ja bereits lief.

Mit zitternder Hand legte sie den Gang ein und fuhr wieder auf die Straße. Sie würde anfangen müssen, an Türen zu klopfen – um 22:50 Uhr, mitten in der Nacht.

Das Ganze hatte zwar nur wenig Aussicht auf Erfolg, aber versuchen musste sie es.

Dan Laharts Handy läutete schon wieder. Lyle hörte es, weil es sogar das Dröhnen des Staubsaugers übertönte. Er schaltete den Dyson ab und zog Laharts Mobiltelefon aus seiner Tasche, um einen Blick auf die Anruferkennung zu werfen. Danach war der Anrufer ein J. Knoll mit der Ortsvorwahl 702. Er hinterließ keine Nachricht.

Er schaute nach oben auf den Fernsehapparat, der auf dem Gestell stand, das an die Wand montiert war. Vorhin hatte er das Gerät eingeschaltet und es so eingerichtet, dass die Bilder seiner vierten Überwachungskamera jetzt auf diesem Bildschirm zu sehen waren. Er wollte das SUV im Auge behalten, während er Lisas Zimmer für ihre Ankunft herrichtete. Zwar bezweifelte er mittlerweile, dass Lahart in absehbarer Zeit aufwachen oder einen Fluchtversuch unternehmen würde, doch er wollte auf Nummer sicher gehen. Draußen sah alles ruhig aus.

Hier drinnen war es allem Anschein nach nicht ruhig zugegangen. Lisas Sohn hatte einen mordsmäßigen Tobsuchtsanfall erlitten und ein Kissen zerfetzt. Lyle hatte die Vorstellung verpasst. Er saugte aber immer noch die losen Federn auf. Die Tagesdecke hatte er in die Waschmaschine gesteckt. Außerdem hatte er den Spiegel mit Glasreiniger bearbeitet. Er wollte, dass für Lisa morgen alles in Ordnung war.

Er würde sie zwingen, sich um Schlag 16:00 Uhr mit ihm zu treffen. Ihren Wagen musste sie in Mount Baker in der Nähe des South Day Street Parks auf der Thirty-first Street abstellen. Darunter war der Tunnel der Interstate 90. Lisa würde die Aussicht auffallen, die sie von dort hatte, dieser dramatische Blick auf die Innenstadt von Seattle, den Puget Sound und die olympischen Stätten. Er würde ihr die Anweisung geben, nach unten zur Thirty-second Street zu laufen, wo sich ihr ein fast ebenso beeindruckender Blick auf die Innenstadt von Bellevue bot, auf den Lake Washington, die I-90 Bridge und – sofern morgen ein klarer Tag war – auf die Kaskadenkette. Er wollte, dass sie das alles ein letztes Mal sah – bevor er sie in seinen Wagen zerrte und chloroformierte.

War sie erst einmal hier bei ihm, würde sie dieses Zimmer niemals wieder verlassen.

Deshalb war es so wichtig, dass der Raum im ersten Moment ansprechend auf sie wirkte. Vielleicht konnte er ein paar Blumen ins Zimmer stellen, um das Ganze ein wenig aufzulockern.

Er erinnerte sich, beobachtet zu haben, dass Glenn ihr in

der Flitterwochenphase ihrer Ehe alle paar Tage Blumen mitgebracht hatte. Der junge Travis hatte vor ihrem Haus in Winnetka diverse Stellen gehabt, an denen er sich versteckt und sie durch die Fenster beobachtet hatte. Wenn er in den Baum kletterte, der an das Nachbargrundstück angrenzte, konnte er sogar in ihr Schlafzimmer lugen. Aufgrund des leistungsstarken Fernglases, das er benutzte, hatte er das Gefühl, mit ihnen im Bett zu sein. Dann stellte er sich vor, er wäre Glenn und hätte Sex mit Lisa. Es gefiel ihm auch, so zu tun, als wäre er Swann, wenn Glenn wie verrückt auf sie einschlug. Die Vorstellung, ihr sowohl Schmerz als auch Lustgefühle zu bescheren, war so erregend. Er wollte diese Art von Macht über sie haben.

Wahrscheinlich hatte der tolle Glenn seine Schwester Cassie genauso behandelt. Nachdem Travis die Blutergüsse am Körper seiner Schwester zum ersten Mal gesehen hatte, versuchte er, sie dazu zu bringen, ihre Beziehung mit diesem Dreckskerl zu beenden. Doch Cassie hörte nicht auf ihn. Lisa auch nicht.

Er zahlte einen hohen Preis dafür, versucht zu haben, Lisa vor Swann zu warnen. Noch am gleichen Abend, nachdem er auf dem Krankenhausflur mit ihr gesprochen hatte, überfiel ihn jemand vor dem Wohnhaus seiner Schwester. Es passierte draußen, an der Hintertreppe, Travis hatte gerade den Müll entsorgen wollen. Er bekam den Kerl nie zu Gesicht, hörte nur seine Stimme: »He, Arschloch, machst du dich etwa an das Mädel meines Kumpels ran? Erzählst du ihr Scheiße über ihn?« Urplötzlich trat jemand mit erhobener Faust aus der Dunkelheit.

Das Ganze ging so schnell, dass Travis gar keine Zeit blieb zu reagieren. Der erste Fausthieb traf ihn wie aus heiterem Himmel. Er fiel in die Mülltonnen, die daraufhin so laut schepperten, dass die Hunde in der Nachbarschaft zu bellen begannen. Im nächsten Moment lag er zwischen dem widerlichen Abfall auf dem Boden, wo er hilflos mit den Armen wedelte und mit den Beinen strampelte. Nur Sekunden später trat sein Angreifer ihm mit Wucht in den Magen. Er konnte nicht mehr atmen. Er dachte, er würde sterben.

»Halt dich fern vom Evanston-Northwest Hospital – es sei denn, du willst da auf der Intensivstation enden. Wenn du der Polizei oder sonst jemandem von dem hier erzählst, bist du tot. Kapiert, Arschloch?«

Travis nickte artig.

Was den Kerl jedoch nicht davon abhielt, einen der Mülltonnendeckel aufzuheben und ihm damit gegen den Kopf zu schlagen – zweimal hintereinander. Nach dem zweiten Schlag auf den Schädel musste Travis das Bewusstsein verloren haben.

Das Nächste, woran er sich erinnern konnte, war, dass Cassies Nachbarin, die eine Etage unter ihr wohnte – eine alte Frau, die über ihrem Nachthemd einen Straßenmantel trug –, am Fuß der Hintertreppe stand und immerzu kreischte: »Was ist passiert? Was ist passiert?«

Automatisch benutzte Travis die gleiche Lüge, mit der seine Schwester immer ihre blauen Flecke erklärt hatte: »Ich bin die Treppe runtergefallen«, sagte er. »Ich bin aber okay ...«

Tatsache war, dass er nicht okay war. Zwei Wochen später, als Cassie starb, pisste er immer noch Blut.

Zur gleichen Zeit heiratete Lisa Dr. Swann. Die Anzeige, mit der das glückliche Paar seine Vermählung bekannt gab, war auf der gleichen Seite der *Chicago Tribune*, auf der nur einen Tag zuvor Cassidy McClarens Todesanzeige gewesen war.

Das war der Augenblick, in dem er begann, sie zu bespitzeln. Er konnte nicht umhin, eine gewisse Genugtuung zu empfinden, als er sah, dass Glenn seine junge Frau nach nur wenigen Wochen Ehe zu misshandeln begann. Er wusste, dass Glenn andere Weiber vögelte – lange bevor Lisa oder sonst jemand davon wusste. Dass seine Wahl ausgerechnet auf Willow fiel, fand er befremdlich, da sie Lisa so sehr ähnlich sah. Warum wollte Glenn eine billige Imitation, wenn er ein einzigartiges Original zu Hause hatte?

Nachdem der gute Herr Doktor Willow den Laufpass gegeben hatte, erschien Travis auf der Bildfläche, um sie über ihn hinwegzutrösten. Er hatte nach Cassies Tod wieder damit angefangen, sich im Krankenhaus herumzudrücken – damit er Lisa beobachten konnte, wenn die ihren Bruder besuchte. Dort hatte er Willow kennengelernt. Ein Siebzehnjähriger, der sie anbetete und jeden Monat ein erkleckliches Taschengeld bezog, war vermutlich genau das, was Willow damals brauchte. Logischerweise mussten sie ihre Beziehung nur geheim halten. Travis konnte so tun, als wäre er Glenn, wenn er mit Willow zusammen war, und sich vorstellen, sie wäre Lisa. Deshalb hatte er sie das eine Mal mit der Zigarre verbrannt. Er hatte ja gesehen, wie Glenn das bei Lisa gemacht hatte.

Dieser kleine Zwischenfall bedeutete für seine Beziehung mit Willow das Ende, was aber auch in Ordnung war. Die Imitation hatte ihn bereits gelangweilt. Erregender war für ihn, das Original zu bespitzeln.

Travis wusste, dass Lisa mit dem Weglaufen warten musste, bis ihr Bruder gestorben war. Er hatte vor Cliff Densmores Krankenzimmer auf dem Korridor gestanden und belauscht, wie sie sich im Flüsterton darüber unterhalten hatten. Als der Bruder endlich starb, begann Travis, sie verstärkt zu überwachen, sodass er täglich viele Stunden damit zubrachte, sie zu beobachten. Es hatte so viele Situationen gegeben, in denen Lisa ihn um Haaresbreite erwischt hatte – er war überzeugt, sie wusste, dass sie beschattet wurde.

Als er sah, wie sie in der Stadtbibliothek von Winnetka nach einer Ausgabe des *Milwaukee Journal* griff, wusste er, dass sie etwas im Schilde führte. Er hatte sich hinter den Regalen mit den Zeitschriften und Magazinen versteckt und sie dabei beobachtet, wie sie irgendetwas in der Tageszeitung mit einem Bleistift angestrichen hatte – und er war ziemlich sicher, dass sie nicht versucht hatte, das Kreuzworträtsel zu lösen. Er wartete, bis sie gegangen war, und dann sah er sich diese Zeitung an. Travis fielen die kleinen Haken auf, mit denen einige der Anzeigen markiert waren. Sie hatte nach einem Auto gesucht, das oben in Wisconsin von einer Privatperson zum Verkauf angeboten wurde. Da sie einen funkelnagelneuen smaragdgrünen Honda Civic fuhr, ging Travis davon aus, dass dieser Kauf eines Gebrauchtwagens in einem anderen Bundesstaat zu Lisas Fluchtplan gehörte.

Er rief die gleichen acht Verkäufer an, an deren Anzeigen sie ein Häkchen gemacht hatte. Er erklärte ihnen: »Ich kann erst morgen kommen, um mir den Wagen anzusehen. Gibt es im Moment noch weitere Interessenten?« Ein potenzieller Verkäufer in Oak Creek meinte daraufhin, er habe soeben den Anruf einer Frau erhalten, die am nächsten Morgen käme, um sich das Auto anzuschauen. Todd, wie er sich nannte, fragte nach der Adresse und versprach zu versuchen, noch am gleichen Abend vorbeizukommen.

Er fuhr aber erst am nächsten Tag nach Oak Creek, sehr früh am Morgen. Er fand das Haus des Autoverkäufers, parkte ein Stück weiter unten am Straßenrand und wartete in seinem Toyota Corolla. Lisa war offenbar mit dem Bus oder mit dem Zug nach Milwaukee gekommen, denn sie traf mit einem Taxi vor dem Haus ein. Travis hatte sie fast nicht erkannt. Sie trug eine pechschwarze Kurzhaarperücke und eine Sonnenbrille.

Lisa fuhr mit ihrer Neuanschaffung weg, einem dunkelgrünen 1992er Chevrolet Celebrity. Da sie die Mühe auf sich genommen hatte, sich zu maskieren, nahm Travis an, dass sie die dreitausendsechshundert Dollar Kaufpreis bar bezahlt und sich mit einem gefälschten Führerschein ausgewiesen hatte.

Fast zwei Stunden lang folgte er ihr zu einer Raststätte außerhalb von Rockford, Illinois. Obwohl auch er zur Toilette musste, ging Travis das Risiko nicht ein, aus dem Wagen zu steigen. Er wollte sie nicht aus den Augen verlieren. Er pinkelte in einen alten, leeren Halbliter-McDonald's-Becher und warf ihn anschließend einfach auf den Parkplatz.

Er hielt sich ein paar Wagen hinter Lisa, als sie sich wieder in Bewegung setzte und noch einmal gute zwei Stunden fuhr, dieses Mal bis zu einer Stelle kurz vor Clinton, Iowa. Sie fuhr auf die Wendeschleife am Ende einer hohen, einsam gelegenen Brücke über dem Mississippi. Sie stieg aus dem Wagen, trat ans Geländer der Brücke und blickte nieder auf die Stromschnellen unter ihr. Travis, der sie vom anderen Ende der Brücke beobachtete, dachte, sie würde jeden Moment hinunterspringen.

Stattdessen stieg Lisa wieder in ihren Celebrity und fuhr zu einem knapp eine Meile entfernt liegenden Hotel, dem Holiday Inn Express. Während sie auf dem Hotelparkplatz parkte, fuhr Travis vor das Hotel und blieb im Wagen sitzen. Die schwarzhaarige Lisa ging hinein, um einzuchecken, und kam ungefähr fünfzehn Minuten später wieder heraus. Als sie den Shuttle-Bus des Hotels bestieg, sah er, dass sie einen Zimmerschlüssel in ihre Handtasche gleiten ließ.

Travis folgte dem Shuttle zu einem Busbahnhof der Greyhound Lines, wo sie sich in einen Bus setzte, der sie wieder nach Chicago zurückbrachte. Irgendwo im Chicagoer Busbahnhof entledigte sie sich der schwarzen Perücke. Travis stellte sich vor, wie sie sich in die Kabine einer Damentoilette verzog, um rasch die Transformation vorzunehmen.

Sie war an jenem Abend wieder rechtzeitig zu Hause, um Glenn das Abendessen zu kochen.

Travis hatte im Gefühl, das hier war das letzte Mal, dass sie diesem Scheißkerl etwas kochte.

Am nächsten Morgen parkte er bereits schräg gegenüber von ihrem Haus, als Glenn zur Arbeit ging. Er fühlte sich wie ein Kind, das darauf wartete, auf eine aufregende Reise zu gehen. Sein Corolla war gut bestückt, er hatte sowohl Proviant als auch Kleidung zum Wechseln dabei. Alle zwei Stunden fuhr er um ihren Häuserblock und parkte danach an einer anderen Stelle. Er wusste, dass dieser Mittwoch der Tag war, an dem sie weglaufen würde, und er wollte das nicht verpassen.

Um 13:15 Uhr schlich Megan aus dem Haus und lud einen Koffer und eine große Einkaufstüte des Kaufhauses Marshall Field's in ihren Civic. Sie ging aber sofort ins Haus zurück und kam erst um 17:20 Uhr wieder heraus. Sie schlich nicht, und sie hatte sich auch nicht maskiert. Sie trug einen Trenchcoat und ihre Handtasche. Sie stieg in den Wagen und fuhr los.

Travis wusste nicht genau, was sie vorhatte. Er folgte ihr durch den Berufsverkehr über den Highway 88 nach Rock Falls, wo sie in einem der Schnellrestaurants von Hardee's haltmachte und zu Abend aß. Er blieb auf dem Parkplatz. Sie ließ sich mit dem Essen alle Zeit der Welt. Travis dachte, dass sie vielleicht die schwarze Perücke tragen würde, wenn sie aus dem Restaurant kam, doch sie war nach wie vor Lisa, als sie sich um 20:10 Uhr wieder in Bewegung setzte.

Um 21:20 Uhr erreichte Lisa das Holiday Inn Express. Immer und immer wieder suchte sie mit den Augen den Parkplatz ab, während sie den Koffer aus ihrem Civic in den Kofferraum des Chevrolet lud, den sie tags zuvor gekauft hatte.

Sie ging nicht ins Hotel. Stattdessen stieg sie wieder in ihren Civic und fuhr zu Fareway, einem Lebensmittelgeschäft. Einmal mehr blieb Travis auf dem Parkplatz zurück, während sie in den Laden ging. Vielleicht lag es daran, dass er zu wenig geschlafen hatte, vielleicht war die viele Fahrerei daran schuld, aber so ganz allmählich machte sich Frust in ihm breit, und er fing an, die Geduld zu verlieren. Verdammt noch mal, er wünschte, er hätte gewusst, was sie vorhatte.

Zehn Minuten später kam Lisa mit einer kleinen braunen Tüte aus dem Laden, die aussah, als enthalte sie irgendein alkoholisches Getränk. Sie kletterte wieder in den Civic und fuhr zu der hohen Brücke, der sie am Vortag einen Besuch abgestattet hatte.

Travis ging vom Gas, schaltete seine Scheinwerfer aus und hielt am Straßenrand an. Er beobachtete, wie sie über die Brücke fuhr und wieder im Bereich der Wendeschleife parkte. Etwa fünf Minuten blieb sie im Wagen sitzen. Als sie endlich ausstieg und über die Straße zum Geländer der Brücke lief, war sie zu weit weg, als dass er genau hätte sehen können, was sie tat. Die Brücke war auch nicht gerade gut beleuchtet. Travis holte sein Fernglas hervor.

Er sah, dass sie eine Flasche Bourbon der Marke Wild Turkey in der Hand hielt und etwa die Hälfte des Inhalts in den Mississippi zu ihren Füßen goss. Sie zog ihren Trenchcoat aus und drapierte ihn über dem Brückengeländer. Dann trat sie sich ihre Schuhe von den Füßen und ließ sie unter dem Mantel stehen. Die halb leere Flasche stellte sie wieder in den Wagen, zog sich rasch Turnschuhe an und nahm die Marshall-Field's-Tüte vom Beifahrersitz.

Durch das Fernglas schaute Travis auf den Mantel und die Schuhe am Brückengeländer, und endlich ging ihm auf, was Lisa im Schilde führte. »Kluges Mädchen«, murmelte er.

In der einen Minute, in der er sie aus den Augen gelassen hatte, musste Lisa hinter ihrem Civic verschwunden und in die Baumreihen auf der anderen Seite der Brücke gerannt sein. Er konnte sie weit und breit nicht sehen. Nachdem ein paar Minuten vergangen und drei Autos vorbeigefahren waren, begann Travis, in Panik zu geraten. Er ließ den Motor an und überquerte die Brücke. Er hielt neben dem verlassenen Civic, sprang aus seinem Wagen und warf einen Blick in ihren. Lisa hatte den perfekten Selbstmord inszeniert. Auf dem Beifahrersitz lagen ihre Handtasche, ein Paket mit irgendwelchen verschreibungspflichtigen Medikamenten, die halb leere Dreiviertelliter-Flasche Wild Turkey und ein Blatt Papier, auf dem etwas stand, das er nicht entziffern konnte.

Travis setzte sich wieder hinter das Steuer seines Corolla und machte sich langsam auf den Weg. Für den Bruchteil einer Sekunde erfasste das Licht seiner Scheinwerfer eine schwarzhaarige Frau, die mit einer Einkaufstüte an der Hand die Straße entlangmarschierte. Sie trug einen langen grauen Pullover. Sie drehte sich aber sofort um und sprang zur Seite, wo die Dunkelheit sie umhüllte.

Mit einem Lächeln auf den Lippen stellte Travis sich vor, wie Lisa mit den Scheinwerfern der vorbeifahrenden Autos Katz und Maus spielen würde – auf dem ganzen Weg zum Holiday Inn Express.

Er fuhr zum Hotel zurück und kaufte sich im gleich nebenan gelegenen Schnellimbiss etwas zu essen. Die sanitären Anlagen suchte er auch auf. Dann setzte er sich mit Muße und seinem Abendessen wieder in seinen Wagen und wartete geduldig auf sie. Er wusste ja, dass sie unterwegs war.

Travis führte sich vor Augen, dass Lisa soeben ihrem alten Leben ein Ende gemacht hatte. Und er war hier, er erlebte, wie sie ihr neues Leben begann. Sonst war niemand da, nur er.

Er erinnerte sich an das, was er im vergangenen Jahr auf dem Krankenhausflur zu ihr gesagt hatte, nachdem er ihr seine Liebe gestanden hatte. Er hatte gesagt, dass seine Schwester und ihr Bruder bald tot sein würden. »Dann wird es nur noch dich und mich geben«, hatte er zu ihr gesagt.

Jetzt hatte Jung-Travis endlich bekommen, was er sich so sehr gewünscht hatte.

Lyle war fertig damit, in Lisas Zimmer staubzusaugen, und blieb kurz stehen, um sich das leicht körnige, grünstichige Bild auf dem Fernsehapparat unter der Decke anzuschauen. Sein Blick ruhte auf dem SUV, das genau zwischen dem Haus und der Scheune stand. Hatte es sich gerade ein bisschen bewegt? War Lisas Boyfriend aufgewacht? Er starrte noch ein paar Sekunden lang auf den Bildschirm, doch nichts regte sich. Er wusste, wie still es hier in den Nächten war. Es gab hier nichts, was ihn aufwecken würde.

Lyle zog den Stecker des Staubsaugers aus der Buchse. Jetzt, da er das Zimmer für Lisa herrichtete, fühlte er sich unwillkürlich wie dieser aufgeregte Teenager von damals. Er und Lisa standen kurz davor, gemeinsam ihren Lebensweg zu gehen. Endlich würde sie ihm gehören. Sonst würde es niemanden mehr geben, nur ihn.

Lyle bekam endlich, was er sich so sehr gewünscht hatte.

Kapitel dreißig

Der erste Piepston war so leise, dass er ihn kaum hörte. Er nahm ihn lediglich als Hintergrundgeräusch wahr. Doch jetzt wurden die Abstände zwischen den einzelnen Signalen immer kürzer – wie bei einem Geigerzähler, der sich einem Objekt näherte. Dan schätzte, dass sie im Abstand von etwa zehn Sekunden erfolgten.

Der kontinuierliche Geräuschpegel hatte jedoch ausgereicht und ihn aus seinem lähmenden Dornröschenschlaf gerissen. Er konnte sich nicht bewegen – und richtig atmen konnte er auch nicht. Dan öffnete die Augen, sah aber nichts; um ihn her war alles schwarz. Er spürte seine Arme nicht. Es dauerte einen Moment, bis er begriff, dass seine Hände auf seinem Rücken lagen und die Handgelenke mit irgendeinem Klebeband zusammengebunden waren. Die Fußgelenke hatte man ihm ebenfalls gefesselt. Er konnte nicht anständig durchatmen, weil ihm irgendjemand ein Stück Tape auf den Mund geklebt hatte. Er lag unter einer schweren, kratzigen Wolldecke, und der Boden unter ihm war hart.

Die Abstände zwischen den einzelnen Piepstönen wurden immer kürzer. Dan fragte sich, wem oder was er sich näherte – oder wer oder was sich ihm näherte. Die pochenden Schmerzen in seinem Schädel linderten die Geräusche nicht gerade. Direkt über seiner rechten Schläfe war der Schmerz so arg, dass ihm übel davon wurde. Er hatte Angst, sich übergeben zu müssen und zu ersticken.

Dan fing an, sich hin und her zu bewegen, wand sich wie

ein Aal, sodass ihm schließlich gelang, sich von der Wolldecke zu befreien. Er lag zwischen einem eingeklappten Zelt und einem Angelkasten auf der Rückbank eines SUV. War es das gleiche silberfarbene SUV, dem er vor einigen Stunden nachgejagt war?

Auf einmal erinnerte er sich an den Kerl, der ihn am Straßenrand überfallen hatte. Er fragte sich, wie weit er jetzt von dieser Stelle entfernt war – und wie viel Zeit inzwischen vergangen sein mochte.

Er versuchte, sich aufrecht hinzusetzen, doch dadurch wurden die Schmerzen in seinem Schädel nur noch schlimmer. Was da so laut piepste, war entweder im Armaturenbrett oder auf dem Beifahrersitz. Dan schaute aus dem Fenster zu seiner Linken und sah eine dicke Ulme und dahinter eine Scheune, die einer Renovierung bedurft hätte. Durch das Fenster zu seiner Rechten blickte er in die Küche eines alten, baufälligen Hauses. Ein mit Rüschen besetzter Vorhang rahmte das Fenster ein, und er sah den oberen Teil eines senfgelben Kühlschranks vor einer Wand, deren karierte Tapete ausgebleicht war. Nichts deutete darauf hin, dass irgendjemand in der Küche war, keine huschenden Schatten, nichts rührte sich.

Er hatte Megan gegenüber die Vermutung geäußert, dass man Josh auf einem der einsam gelegenen Gehöfte in der Nähe von Maple Valley gefangen hielt. War Megans Sohn hier?

Dan schaute auf die Rückseite des Angelkastens und fragte sich, ob der vielleicht irgendetwas enthielt, was er benutzen konnte, um das Klebeband zu zerschneiden, mit dem seine Handgelenke gefesselt waren. Mit einem Ruck setzte er sich auf und beugte sich so über den Kasten, dass er den Verschluss auf der Vorderseite sehen konnte. Der war aber mit einem Vorhängeschloss gesichert.

An den Stangen des eingeklappten Zeltes entdeckte er weder scharfe Kanten noch vorstehende Schrauben. Es lag auch nirgendwo eine Glasflasche, die er hätte zerbrechen können, um das Klebeband mit einer der Scherben zu bearbeiten. Wenn er doch nur etwas Spitzes oder Gezacktes finden würde! Dann konnte er sich vielleicht befreien.

Dan schlängelte sich auf die vorderen Sitze zu und schabte dabei mit den Händen über den rauen Teppich, mit dem der Wagen ausgelegt war. Das reichte, um neuerlich die Wunde aufzureißen, die das Messer ihm beigebracht hatte. Jetzt blutete er wieder.

Er horchte auf dieses seltsame, nicht enden wollende Piepsen. Jetzt ertönte es in noch kürzeren Abständen – es lagen nur noch vier oder fünf Sekunden zwischen den einzelnen Tönen.

Sie kamen ihm vor wie ein Warnsignal – was bedeutete, dass ihm nicht mehr viel Zeit blieb.

Privatweg
Durchfahrt verboten

Megan sah das Schild, das neben dem Briefkasten hing, als sie auf die lange, unbeleuchtete Auffahrt fuhr. Sie konnte ganz am Ende des Weges ein bescheidenes Farmhaus ausmachen, in dem ein paar Lichter brannten. Ohne groß Gas zu geben, steuerte sie den Wagen über den mit Schlaglöchern gespickten Schotterpfad. Ein Hund fing an zu bellen.

Auch auf der letzten Farm, auf der sie ihr Glück versucht hatte – was zugleich ihr erster Versuch gewesen war –, hatte es einen Hund gegeben. Sie war noch gar nicht aus dem Wagen gestiegen, als bereits jemand in einer Lautstärke, die das unablässige Kläffen des Hundes übertönte, gebrüllt hatte: »Machen Sie auf der Stelle kehrt! Das ist hier keine Meth-Farm!«

Megan hatte auf das Haus geschaut und hinter dem Fliegengitter der Eingangstür die Silhouette eines großgewachsenen Mannes erblickt. Sie hatte ihr Fenster heruntergelassen. »Entschuldigen Sie bitte, dass ich Sie belästige«, hatte sie ihm zugerufen. »Ein Freund von mir hatte eine Autopanne und ...«

»Verflucht noch mal!«, hatte er geschnauzt. »Machen Sie, dass Sie von meinem Grund und Boden verschwinden! Ich habe Sie hier im Fadenkreuz, und ich schwöre Ihnen bei allem, was mir heilig ist, dass ich Sie erschießen werde, wenn Sie nicht sofort abhauen!«

Das hatte Megan dermaßen verunsichert, dass sie nicht einmal in Erwägung zog, den Wendekreis zu benutzen. Stattdessen hatte sie hastig den Rückwärtsgang eingelegt und war so schnell, wie sie eben konnte, rückwärts zur Straße zurückgefahren. Der Motor ihres Wagens hatte die ganze Zeit kreischende Geräusche von sich gegeben.

Folglich machten sich bange Gefühle in ihr breit, als sie auch jetzt wieder einen Hund bellen hörte. Was sie gerade erlebt hatte, saß ihr immer noch in den Knochen. Als sie sich dem Haus näherte, stimmten noch mindestens zwei, drei weitere Hunde in das wütende Gebell und Geknurre ein. Über der Eingangstür des im Bungalow-Stil erbauten Farmhauses wurde eine Lampe eingeschaltet. In einem mit einem Drahtzaun gesicherten Gehege, das an den Hof angrenzte, sah Megan drei unruhige Hunde. Ein Schäferhund und ein schwarzer Retriever liefen jedoch frei herum. Zähnefletschend jagten beide Tiere auf ihren Wagen zu, sprangen an ihrem Fenster hoch und kratzten mit ihren Krallen an der

Scheibe. Megan wich verängstigt zurück. Sie betätigte die Hupe in der Hoffnung, sie damit zu verscheuchen, aber die Hunde kläfften laut und wild weiter. Im Hintergrund hörte sie jemanden rufen: *»Doris ... Daisy ... nicht aufregen, Mädels! Immer mit der Ruhe ...«*

Beide Hunde schlugen ein letztes Mal an, dann verzogen sie sich, und ihr glitschiger Speichel troff vom Wagenfenster. Die erregten Tiere hinter der Einzäunung knurrten und schnappten derweil immer noch in ihre Richtung. Megan kam wieder zu Atem und sah, wie der Retriever und der Schäferhund zur Haustür liefen. Im Türrahmen stand ein Mann. Er war schlank, Anfang bis Mitte dreißig, hatte einen etwas abgewandelten Vokuhila-Haarschnitt und ein Gewehr in der Hand. Sein Hemd stand offen, und der Hosenstall seiner Jeans war nicht zugeknöpft. Er schützte seine Augen vor dem blendenden Licht der Scheinwerfer. »Sagen Sie, was Sie wollen!«, rief er mit dem Gewehr im Anschlag.

Megan schaltete das Standlicht ein und ließ das Fenster herunter. »Es tut mir leid, dass ich Sie so spät noch störe«, rief sie ihm mit zitternder Stimme zu. »Ein Freund von mir hat mich angerufen und gesagt, dass er nicht weit von hier mit seinem Wagen eine Panne hatte. Ich habe versucht, ihn zurückzurufen, aber er geht nicht ans Telefon. Ich mache mir Sorgen um ihn. Sein Wagen steht immer noch am Straßenrand, aber er ist nicht mehr da. Ist bei Ihnen jemand vorbeigekommen?«

Der Mann schüttelte den Kopf. Die beiden Hunde tänzelten unruhig um ihn herum. Der Retriever bellte. »Ruhig, Doris«, sagte er und schlenderte auf den Wagen zu. Er hatte ein schmales, schönes Gesicht und über der Oberlippe einen Bartschatten. Er schulterte sein Gewehr, lehnte sich gegen die Motorhaube des Wagens und grinste sie verschlafen an. »Die Mädels sind ein bisschen nervös«, erklärte er und knöpfte sich den Hosenstall seiner Jeans zu. »Ganz in der Nähe sind heute Abend Schüsse gefallen.«

Megan nickte nur. Sie mahnte sich, nicht in Panik zu geraten. Dan hatte ihr erzählt, dass der Mann aus dem SUV auf ihn geschossen hatte.

»Wie auch immer, hier ist niemand vorbeigekommen«, sagte der Farmer zu ihr. »Andererseits bin ich aber auch erst um zwanzig Uhr nach Hause gekommen. Ich könnte Ihren Freund verpasst haben. Haben Sie es schon nebenan versucht?«

Wieder nickte Megan. »Ihr Nachbar hat mich mit einer Waffe davongejagt. Ich glaube, er hat mich für eine Methamphetamin-Süchtige gehalten oder so.«

Der Farmer lachte. »Typisch Ned, der ist verrückt. Nein, ich meine die nächste Farm auf der anderen Straßenseite, gut eine halbe Meile von hier entfernt. Die gehört einem Typen namens Lyle Cassidy.«

Megans Herz setzte für einen Schlag aus. Sie starrte ihn an. »Fährt der – fährt er ein silberfarbenes SUV?«

Der Farmer nickte. »Ja, das ist er. Sind Sie da schon gewesen?«

Sie schüttelte den Kopf. »Noch nicht. Sagen Sie, darf ich hier wenden?«

»Ja, ich sehe zu, dass die Hunde Ihnen nicht in die Quere kommen.« Er pfiff, und der Labrador und der Deutsche Schäferhund liefen sofort zu ihm und machten es sich zu seinen Füßen bequem.

Megan wendete und steckte den Kopf aus dem Fenster. »Sie sagen, die Farm ist nur rund eine halbe Meile entfernt auf dieser Straße da?«

Er nickte und stellte sich neuerlich neben ihren Wagen. »Ja, biegen Sie am Ende meiner Einfahrt rechts ab und halten Sie dann Ausschau nach einem hohen Mast mit einem Wetterhahn, der am Anfang eines Schotterweges steht. Das ist sein Gehöft.«

»Danke«, sagte sie. »Vielen Dank.«

»Sagen Sie mal … wenn Sie nicht schon bei ihm waren, woher wissen Sie dann, dass er mit dieser silbernen Spritschleuder durch die Gegend gurkt? Kennen Sie den Typen etwa?«

Megan schüttelte den Kopf. »Nein, aber er hat etwas, das mir gehört. Nochmals vielen Dank.«

Sie umklammerte das Lenkrad fest mit beiden Händen und fuhr die Auffahrt hinunter.

Er schaute auf das körnige, grünstichige Bild auf dem Fernsehapparat. Draußen, wo das SUV parkte, war alles ruhig. Vor etwa fünfzehn Minuten war er nach oben gegangen und hatte frische Laken und ein neues Kopfkissen für das Bett geholt. Monica war fast damit fertig, ihren Mist zusammenzupacken. Dadurch würde er hinterher sehr viel weniger Zeit für das Beseitigen ihrer Hinterlassenschaften benötigen.

Er hatte sich umgezogen und trug jetzt einen teuren grauen Pullover, in dessen Vorderteil blaue und weiße heraldische Lilien eingearbeitet waren. Somit glaubte Monica, sie würden später wirklich ausgehen.

Jetzt war er wieder im Keller und richtete das Bett für Lisa her. Die Tagesdecke war im Trockner. Schade war, dass er keine Schokolade hatte, die er ihr aufs Kopfkissen legen konnte.

Damit hätte er sie an die im Grunde letzte Reise erinnern können, die sie unternommen hatte – vor fünfzehn Jahren. Andererseits waren die Hotels, in denen sie damals abgestiegen war, nicht gerade Etablissements gewesen, in denen man den Gästen abends Schokolade aufs Kopfkissen legte.

Er erinnerte sich daran, wie er auf dem Parkplatz des Holiday Inn Express außerhalb von Clinton, Iowa, auf sie gewartet hatte. Zwanzig Minuten hatte sie für den Weg von der Brücke gebraucht, auf der sie ihren Selbstmord inszeniert hatte. Während er in seinem Corolla mit Käse überbackene Makkaroni futterte, sah er die mit der schwarzen Perücke maskierte Lisa über den Parkplatz trotten. Sie betrat das Hotel durch einen Seiteneingang.

Die Perücke trug sie immer noch, als sie das Hotel eine halbe Stunde später durch den Haupteingang wieder verließ. Er nahm an, dass sie entweder rasch geduscht oder ein sehr kurzes Nickerchen gemacht hatte. Sie stieg in ihren neuen gebrauchten Celebrity, und wieder waren sie unterwegs. An diesem Abend fuhren sie nur noch zwei Stunden in nördlicher Richtung nach Waterloo, wo Lisa in eine Spelunke eincheckte, die Three Bears Inn hieß – und deren Slogan unter dem stillosen Neonzeichen über dem Eingang lautete: *Wer hier schläft, schläft gut – also schlaf gut!* Travis blieb gegenüber vom Hotel in seinem Wagen sitzen und döste zwischendurch immer mal wieder kurz ein.

Am Donnerstag fuhr sie fast zwölf Stunden bis Rapid City. Nachdem sie in einem Best-Western-Hotel eingecheckt hatte, fuhr Travis zu einem Gebrauchtwarenhändler und tauschte seinen Toyota Corolla gegen einen weißen Ford Taurus ein. Der Händler zog ihn im Grunde über den Leisten, aber Travis wollte Lisa mit einem einerseits weniger auffälligen, andererseits aber vielleicht doch seltsam vertrauten Fahrzeug verfolgen.

Der Wagen fuhr am nächsten Tag ohne Probleme dreizehn Stunden bis Missoula, Montana.

Am Freitagabend traf Lisa in Seattle ein. Die Nacht verbrachte sie im Best Western Loyal Inn unweit der Space Needle. Bis Samstag hatte sie sich der Perücke entledigt und die Haare blond gefärbt. Er folgte ihr an jenem Nachmittag zum Pike Place Market. Dort erstand sie am Zeitschriftenstand eine *Chicago Tribune* und eine *Seattle Times*. Er konnte sich vorstellen, dass sie in der *Tribune* nach Berichten über Lisa Swanns Selbstmord suchte – und in der Seattler Zeitung nach Anzeigen, in denen billige Mietwohnungen angeboten wurden.

Sie verschwendete keine Zeit. Schon am Montag bezog sie eine Wohnung in einem eher unscheinbaren Gebäude an der Einschienenbahn. Travis schlich sich am Dienstagmorgen in die Eingangshalle des Hauses und sah den neuen Namen an den Briefkästen: M. Keeslar – 4-C. Er erkannte ihre Handschrift.

Es hatte ihn genau 2.068 Meilen und sechs nahezu schlaflose Nächte gekostet, doch Travis hatte jede Meile und jede Minute genossen, denn er hatte sie mit ihr geteilt. Mehr noch, er war der einzige Mensch, der Lisas neuen Namen und ihre neue Adresse kannte.

Bis er am Dienstagabend nach Chicago zurückflog, berichtete die Lokalpresse, dass Lisas Verschwinden einen neuen Aspekt bekommen hatte. Einer der in Iowa mit dem Fall betrauten Detectives hatte den Kommentar fallen lassen, der Selbstmord habe »inszeniert« gewirkt. Das war der Augenblick, in dem Travis die Idee kam, Willow zu ermorden. Er hatte sie häufig nach ihrer Beziehung zu Glenn gefragt. Dabei erwähnte sie, dass Glenn Witze über sie und seine Ehefrau riss und behauptete, sie seien beide der Persönlichkeitstyp 0-Positiv. Travis hatte keine Ahnung, was das bedeutete, vergaß die Bemerkung aber nie. Willow und Lisa hatten die gleiche Haarfarbe, den gleichen Körperbau, die gleiche Blutgruppe – und genau die gleichen Brandmale. Wenn es keinen Kopf und keine Fingerabdrücke gab … war man dann noch in der Lage, die beiden voneinander zu unterscheiden?

Am frühen Abend dieses Donnerstags tauchte er unangemeldet vor Willows Wohnungstür auf. Er hatte eine Flasche Champagner mitgebracht und ein Paket Erdbeereis von Ben & Jerry's. Die Sägen und Messer hatte er in einer Tasche in seinem gemieteten Transporter gelassen.

Nachdem er sie erwürgt hatte, zerstückelte er ihre Leiche in der Badewanne und ließ das Blut ablaufen.

Keiner ihrer Nachbarn sah ihn, als er die Müllsäcke aus ihrer Wohnung in der dritten Etage durch das Treppenhaus nach unten trug. Viermal musste er laufen – zwischen 02:00 und 03:00 Uhr morgens. Bis zum Morgengrauen hatte er die Säcke an verschiedenen Stellen in den Vorstädten des North Shore District entsorgt – wobei einige besser versteckt waren als andere. Den Kopf behielt er ein paar Tage – bis er eine gute Stelle fand, an der man ihn unter Umständen erst in vielen Jahren entdecken würde.

Am Montagmorgen schmuggelte er ein paar blutverschmierte Fetzen der Müllsäcke in den Kofferraum von Swanns BMW, der in der Tiefgarage des Krankenhauses parkte. Er brauchte den Kofferraum nicht einmal zu öffnen. Er benötigte lediglich ein paar feuchte Überreste des blutigen Plastikmaterials und eine diese Spraydosen mit Druckluft, die manche Leute benutzten, um damit ihre Computertastatur zu reinigen. Wenn er sie korrekt platzierte, blieben einige der Fetzen im Gummirand des Kofferraums hängen. Die Polizei würde denken, dass Swann den Kofferraum sorgsam gereinigt – diese Stellen lediglich übersehen hatte.

Das waren Travis' Abschiedsworte an den Mann, der seine Schwester umgebracht hatte: *Fahr zur Hölle!*

Er war regelrecht stolz auf sich. Als sie die Müllsäcke mit den zerstückelten Leichenteilen im Verlauf der nächsten zwei Wochen fanden, sagte einer der Polizeibeamten, die Schnitte seien von jemandem vorgenommen worden, der über chirurgisches Können verfüge.

Dreimal pendelte Travis in jener Zeit zwischen Chicago und Seattle. Immer wohnte er im gleichen Hotel – gleich gegenüber von Lisas Haus auf der anderen Seite der Einschienenbahn.

Als der Prozess begann, wurden einige von Glenns alten Freundinnen vorgeladen und sagten aus, wie er sie körperlich misshandelt hatte. Willow Dwyer wurde nie erwähnt. In den Zeitungen war nie über sie berichtet worden, wenn man von der kurzen Meldung absah, dass man sie eine Woche, nachdem Travis sie ermordet hatte, als vermisst gemeldet hatte. Dass Cassie während der Verhandlung nie zur Sprache kam, stimmte Travis traurig. Zumal seine Schwester durch Glenns Brutalität sehr viel mehr gelitten hatte als irgendeine dieser Tussis, die jetzt in den Zeugenstand traten. Vielleicht war es aber auch nur gut, dass die Staatsanwaltschaft Cassies Fall nicht aufrollte. Andernfalls hätten sie ihren kleinen Bruder sicher vorgeladen, damit er aussagte. Und je weniger er mit Glenns Prozess zu tun bekam, desto besser war das für ihn.

Ihm stand frei, zu kommen und zu gehen, wie es ihm beliebte. Er verbrachte immer mehr Zeit in Seattle und damit, Lisa zu beschatten. Doch als er dann achtzehn wurde und Lisa unverkennbar schwanger war, redete Travis sich ein, dass er sich sein eigenes Leben aufbauen musste. Außerdem war er plötzlich Millionär. Das war der Moment, in dem er nach Chicago zurückkehrte und eine stürmische Romanze mit Selena Cummings begann. Er hatte wirklich geglaubt, in sie verliebt zu sein. Erst drei Wochen nach der Hochzeit, als er die *Cassidy II* kaufte, wurde ihm bewusst, dass Selena ihn langweilte.

Sie war nicht Lisa.

Als er und Selena zum zweiten Mal allein mit dem Boot auf dem Wasser waren, entschied er, wie sie zu Tode kommen und er verschwinden würde. Er wollte zurück nach Seattle. Und genau wie Lisa wollte er nicht, dass irgendjemand wusste, wo er war. Er hatte einen Mord begangen und war bisher zwar ungestraft davongekommen, doch die Möglichkeit, dass man ihn schnappte, bestand immer noch.

Er rechnete sich bessere Chancen aus, wenn alle dachten, er wäre tot.

Beim Packen für die letzte Fahrt der *Cassidy II* hatte Travis an jenem Morgen Ende Juni an Willow gedacht. Und so hatte er auf der Fahrt zum Jachthafen beim Supermarkt Jewel haltgemacht und für seine junge Ehefrau eine Flasche Champagner und Erdbeereis gekauft.

Vierzehn Jahre waren seit damals vergangen. Und eine Sache hatte sich nicht verändert: Lyle war immer noch genauso sentimental, wie der junge Travis es gewesen war.

Er zog die Tagesdecke aus dem Trockner, schüttelte sie gut aus und legte sie auf das Bett. Lyle ließ die Tür zum Keller-Schlafzimmer offen stehen, damit der Raum lüften konnte. Dann schleppte er den Staubsauger nach oben und stellte ihn in den Besenschrank neben der Küche. Er schaute aus dem Fenster über der Spüle auf das SUV. Es war alles ruhig.

Lyle öffnete den Kühlschrank und nahm den Champagner heraus. Er hörte, wie Monica im Obergeschoss hin und her rannte, um die letzten Sachen für ihren Umzug in die Stadt zusammenzupacken.

Das arme, jämmerliche Ding – sie ahnte nicht, dass sie diese Farm nie verlassen würde.

Und für Lisa würde nach dem morgigen Tag das Gleiche gelten.

Er hielt den Atem an, als er sah, dass der Mann ans Küchenfenster trat. Dan hatte sich so lange wie eine Schlange gewunden, bis er zwischen den beiden Vordersitzen lag, doch jetzt rührte er sich überhaupt nicht. Er wusste, dass das SUV bei jeder Bewegung leicht schaukelte.

Der Kerl schien ihm geradewegs ins Gesicht zu schauen. Da die Innenbeleuchtung des Wagens nicht eingeschaltet war, konnte er aber vermutlich nur das in den verdunkelten Scheiben des SUV sehen, was sich darin spiegelte. Trotzdem rührte Dan sich keinen Millimeter von der Stelle. Derweil piepste das Smartphone auf dem Beifahrersitz unablässig weiter, wie es das schon die ganze Zeit tat, nur kamen die Töne jetzt in rasend schneller Abfolge. Der Bildschirm war hell, doch da das Gerät auf dem Bauch lag, konnte er nicht sehen, welche Art von Nachricht oder Bild darauf zu sehen war.

Der Mann am Fenster war der gleiche, der ihn am Straßenrand überfallen hatte: Anfang dreißig, blasse Gesichtsfarbe, dunkles, welliges Haar und Bartschatten. Er starrte noch ein paar Sekunden nach draußen. Dann lächelte er, drehte dem Fenster den Rücken zu und ging.

Dan musste an dieses Telefon. Denn wenn er 911 anrief, konnte der Operator den Anruf sicher zurückverfolgen und die Polizei herschicken. Dazu musste er nur zuerst seine Hände frei bekommen. Er erwog, den Zigarettenanzünder zu benutzen, um das Tape von seinen Handgelenken herunterzubrennen, doch als er auf die Mittelkonsole schaute, musste er feststellen, dass es dort keinen Zigarettenanzünder mehr gab.

Aber er fand etwas anderes – im Becherhalter. Irgendjemand hatte eine Schlüsselkette liegen lassen, an der ein kleines Taschenmesser hing.

Er legte sich auf die Seite und wand sich wieder wie ein Aal, bis er auf dem Fahrersitz lag. Dann drehte er sich so, dass er an die Decke des SUV starrte, während er versuchte, mit seinen hinter dem Rücken gefesselten Händen zu arbeiten. Da er versuchte, in den Becherhalter zu greifen, ohne sehen zu können, was er da tat, dauerte es nicht lange, und die Mittelkonsole war nass von seinem Blut. Er konnte spüren, dass das SUV leicht hin und her schaukelte. Er betete, dass der Kerl sich die nächsten paar Minuten vom Fenster fernhielt. Endlich bekamen seine Fingerspitzen die Schlüsselkette zu fassen. Es gelang ihm nach einigen Versuchen, das Taschenmesser aufzuklappen. Die Klinge war nicht gerade scharf wie ein Rasiermesser, hatte aber eine Spitze, mit der sich das Tape möglicherweise zerreißen ließ.

Dan rutschte etwas tiefer in den Sitz und schaffte es, seine Stellung so zu verändern, dass sein Körper nicht mehr ganz so verdreht war. Er fing an, mit dem Messer auf das Klebeband an seinen Handgelenken einzustechen.

»Monica? Bist du schon fertig, Häschen?« Da die Stimme des Mannes aus dem Inneren des Hauses drang, klang sie leicht gedämpft. Was er danach sagte, konnte Dan nicht genau verstehen – irgendetwas über Eiscreme, die schmolz.

Immer und immer wieder stach er mit dem kleinen Messer auf das Klebeband ein. Einige Male erwischte er dabei seinen Arm. Das blutete aber nur minimal im Vergleich zu dem, was er ein paar Stunden zuvor hatte ertragen müssen. Er spürte, dass ein Teil des Klebebandes zu zerfasern begann. Er konnte seine Hände plötzlich etwas besser bewegen.

Trotz der Piepstöne, die wie die Signale eines Geigerzählers aus dem Smartphone schallten, hörte Dan, wie jemand im Haus dem Mann etwas zurief. Es war eine Frau, doch was sie sagte, konnte er nicht verstehen. Unablässig beobachtete er das Küchenfenster. Er wusste, dass der Kerl alle paar Minuten nach draußen auf das SUV schaute, wie er auch wusste, dass die leichteste Bewegung ihn verraten konnte.

Dan sah, dass zwei Schatten über die kariert tapezierte Wand der Küche huschten. Er hörte eine geflüsterte Unterhaltung und das Kichern der Frau. Derweil bearbeitete er das Klebeband weiter mit der Messerspitze. Sobald er die Hände frei hatte, würde er als Allererstes dieses verfluchte Tape von seinem Mund reißen. Er konnte immer noch nicht anständig durchatmen, und das Hämmern in seinem Schädel hörte auch nicht auf.

Plötzlich fiel ein lauter Schuss, und dann war ein Schrei zu hören.

Dan erschrak und starrte auf das Küchenfenster. Er hörte die Frau hysterisch lachen. Sie trat ans Fenster. Er sah die bleiche Brünette nur flüchtig, denn sie drehte sich gleich wieder um und wedelte mit einem Geschirrtuch herum. Sie kicherte immer noch. Sekunden später trat sie neuerlich ans Fenster, und dieses Mal hielt sie in der einen Hand das Geschirrtuch und in der anderen ein Champagnerglas.

Dan nahm an, dass irgendjemand gerade eine Flasche Champagner geöffnet hatte. Und unter dem Fenster war vermutlich eine Spüle, weil sie das Geschirrtuch in diese Richtung warf. Dann drehte sie sich wieder um.

Die Piepstöne schallten mittlerweile in derart schneller Abfolge aus dem Telefon, dass kaum noch eine Pause dazwischen war. Dan wusste immer noch nicht, was da überwacht wurde. Und das würde er unter Umständen auch niemals erfahren, denn irgendetwas passierte mit dem Telefon. Die

Piepstöne waren nicht mehr so laut wie bisher. Ging der Batterie der Saft aus? Das Programm, auf das es geschaltet war, verbrauchte vermutlich jede Menge Saft. Er betete, das Telefon möge den Geist erst aufgeben, nachdem er die Polizei alarmiert hatte.

»Gott, nein, warte!«, kreischte die Frau.

Dan schaute nach oben auf das Küchenfenster und sah Schatten über die Wand huschen. Plötzlich trat die Frau ans Fenster. Sie sah aus, als habe sie Todesangst und als greife sie nach etwas. Der Mann trat hinter sie – mit versteinerter Miene. Er griff nach der Kordel, mit der die Jalousie geöffnet und geschlossen wurde, und schlang sie mit flinken Bewegungen um ihren Hals. Die Jalousien fielen ein Stück herunter, sodass sie jetzt etwa zu einem Viertel geschlossen waren, und sie hingen auch leicht schief. Verzweifelt versuchte die Frau, sich die Kordel vom Hals zu reißen.

Hilflos kämpfte Dan seinen eigenen Kampf. Er zog und riss an dem Klebeband um seine Handgelenke. Er wollte ihr etwas zurufen, brachte durch das Tape auf seinem Mund aber keinen einzigen Laut hervor. Entsetzt musste er mitansehen, wie das bleiche Gesicht der Brünetten blutrot anlief.

Der Mann, der hinter ihr stand, machte einen völlig gelassenen Eindruck.

Die Frau fing an, wie verrückt zu zucken – bis ihr die Zunge aus dem Mund und über die Lippen rutschte und ihre Arme an den Seiten herunterfielen. Da bewegte sie sich plötzlich gar nicht mehr. Ihre toten Augen standen offen.

Dan beobachtete den Mann. Er schien zu seufzen, und dann rollte er die Kordel vorsichtig von ihrem Hals. Sie hatte ihr so tief ins Fleisch geschnitten, dass um ihren Hals ein roter, blutiger Ring lief. Der Mann trat zurück und ließ den toten Körper auf den Küchenboden fallen.

Obwohl Dan in dem SUV war, konnte er den Aufprall deutlich hören.

Er selbst rührte sich nicht. Der Mann stand immer noch am Fenster und schaute nach draußen. Er zog an der Kordel, um die Jalousien wieder zu richten, und hörte erst damit auf, als sie wieder gerade und ganz aufgezogen waren. Dann griff er nach dem Geschirrtuch und wischte irgendetwas von der Fensterscheibe.

Schließlich drehte er dem Küchenfenster den Rücken zu und ging.

Um ihn her war alles tiefschwarz. Josh konnte nicht einmal die eigene Hand vor Augen sehen. Trotzdem wusste er genau, wo er war. Nachdem er aufgewacht war, hatte er sich zunächst von dem Chloroform, oder was immer das gewesen war, leicht benebelt gefühlt. Doch dann hatte er den schauerlichen Gestank wiedererkannt, der ihm aus dem Laderaum dieses U-Haul-Möbelwagens in der Scheune entgegengeschlagen war. Er tastete mit den Händen über die Wellblechwände. Und inmitten der völligen Finsternis machte er über sich den grün leuchtenden Punkt aus, den er ein paar Stunden zuvor gesehen hatte. Der gehörte zu dieser Infrarot-Kamera. Obwohl er absolut nichts sehen konnte, beobachtete man ihn jetzt sicher auf einem dieser Bildschirme, die unten im Keller standen.

Trotz des hässlichen Pullovers bibberte Josh vor Kälte. Die Füße taten ihm weh, und dass es hier so schlimm nach Scheiße stank, war mehr als gewöhnungsbedürftig. Unentwegt dachte er, dass der letzte Mensch, der in dieser fensterlosen Blechzelle gesessen hatte, heute wahrscheinlich in dieser Badewanne mit den Löwenfüßchen sein Ende gefunden hatte. Er erinnerte sich an die dumpfen Schmerzensschreie und an die rosafarbenen Wassertröpfchen, die er später am Oberrand der Badewanne entdeckt hatte.

Josh schaute nach oben auf das winzige grüne Lämpchen. Er wollte nicht, dass sie sahen, wie verängstigt und verwirrt er war. Also wurde er wütend. Er fing an, mit den Fäusten gegen die Tür des U-Hauls zu trommeln. »Lasst mich hier raus!«, brüllte er. »Kann mich jemand hören? Wenn da draußen jemand ist, Hilfe ...«

Er hatte das Grundstück gesehen. Er wusste, dass hier weit und breit niemand war außer dem Mann, der ihn hier eingesperrt hatte. Trotzdem hämmerte Josh weiter gegen die Tür und schrie. Er hörte erst damit auf, als seine Kehle ganz ausgetrocknet war und die Hände ihm wehtaten. Erschöpft sank er schließlich vor der Tür auf den Boden. Er war sogar zu müde, um zu weinen. Er konnte nur noch wimmern.

Nachdem er diesen ohrenbetäubenden Krach veranstaltet hatte, schien plötzlich alles so ruhig und still zu sein.

Und inmitten dieser Stille hörte er plötzlich in der Ferne den Motor eines Wagens summen.

Megan sah den klapprigen alten Wetterhahn auf dem Mast am Anfang der Auffahrt. Sie schaltete die Scheinwerfer aus und bog in den schmalen Feldweg ein. Der Schotter knirschte unter ihren Reifen, als wolle er ihre Ankunft verkünden. Sie war aber noch weit vom Haus entfernt. Sie konnte kaum die Lichter in dem zweistöckigen, im Verfall begriffenen Farmhaus in der Ferne ausmachen. Megan beschloss, ein Stück weiter vorn an den Wegrand zu fahren und den Wagen zwischen ein paar Sträuchern und Büschen stehen zu lassen. Sie wollte ihn so nah wie möglich am Haus parken, um eine schnelle Flucht zu ermöglichen.

Ihr Magen krampfte sich zusammen, als Megan sich fragte, ob es nicht vielleicht ratsamer war, die Polizei zu alarmieren. Sie hatte die Adresse und konnte ihnen den Namen geben, Lyle Cassidy. Doch was sollte die Gesetzeshüter davon abhalten, mit heulenden Sirenen und blinkenden Warnleuchten auf dieses Gehöft zu fahren? Wie konnte die Polizei Josh retten, falls er hier war – und es sah so aus, als könnte das sein. Sie stellte sich vor, wie sie das Haus umstellten und ein in die Enge getriebener Lyle beschloss, dem Ganzen ein Ende zu machen – und damit auch dem Leben ihres Sohnes.

Ganz langsam ließ Megan den Wagen weiterrollen und griff dabei in ihre Handtasche. Sie zog den Revolver und das Handy heraus.

Sie starrte auf das Haus und die unheimlich aussehende Scheune am Ende der Auffahrt. Unwillkürlich fragte sie sich, wo Lyle die Leichen wohl zerstückelt hatte. Hatte er Dan nur aus diesem Grund hergeschafft? Und wenn es so war: War Dan noch am Leben?

Sobald sie sich auf dem Grundstück umgesehen und herausgefunden hatte, wo Josh und Dan waren, würde sie die Polizei anrufen und ihnen alles erklären.

»Ruf sie jetzt an«, sagte sie im Flüsterton zu sich selbst. Sie würden schon für den Weg mindestens zehn Minuten brauchen. Innerhalb von zehn Minuten konnte sehr viel passieren.

Sie trat auf die Bremse und nahm J. Knolls Mobiltelefon in die Hand.

Megan zögerte und schaute noch einmal ans Ende der Auffahrt. Sie sah, dass ein Licht eingeschaltet wurde – hinter einer hohen Ulme, zwischen dem Haus und der Scheune. Das Licht war die Innenbeleuchtung eines Wagens – eines silberfarbenen SUV.

Das winzige Messer brach auseinander, als Dan versuchte, das Klebeband zu zerschneiden, mit dem seine Füße gefesselt waren. Er hatte aber zumindest schon mal die Hände frei und konnte auch wieder durch den Mund atmen. Außerdem hatte er so häufig in das dicke Klebeband hineingeschnitten, dass er jetzt an mehreren Stellen anfangen konnte, es mit den Fingern herunterzureißen.

Noch kauerte er auf der Rückbank des SUV, doch da er jetzt wieder mobil war, wollte er nur noch so schnell wie möglich hier raus. In der Küche hatte sich seit etwa zehn Minuten nichts mehr geregt. Da hatte Dan den Mann zum letzten Mal gesehen, und nach dem zu urteilen, wie er sich da nach vorn gebückt hatte, hatte es ausgesehen, als habe er die Leiche der Frau an einen anderen Ort im Hauses gezerrt.

Seither war er noch nicht wieder in der Küche gewesen.

Die Lautstärke des unentwegt in rasend schneller Abfolge piepsenden Smartphones schwankte. Dan schaute auf den kleinen Bildschirm. Auf dem war eine Straßenkarte mit einem blinkenden weißen Punkt zu sehen. Der Standort dieses Punktes war eine Seitenstraße der Landstraße 3 in der Nähe von Meilenstein sechs in Maple Valley. Dan rechnete aus, dass das nicht allzu weit von der Stelle entfernt war, an der dieser Kerl ihm den Reifen zerschossen und ihn später überfallen hatte.

Er schaltete das Handy auf Telefonfunktion und gab die Ziffern 911 ein. Es rauschte im Hintergrund, als eine Frau sich meldete: »Nine-one-one, was für einen Notfall haben Sie?«

»Ich muss einen Mord melden«, flüsterte Dan ängstlich. Er schaute weiterhin mit starrem Blick auf das Küchenfenster und die Eingangsfassade des Hauses. »Eine Frau ist erwürgt worden. Ich bin in – ich bin vor einem Farmhaus in der Nähe von Meilenstein sechs. Landstraße drei ...«

»Würden Sie das bitte wiederholen? Ich kann Sie nur schwer verstehen.«

»Ich bin vor einem Farmhaus in Maple Valley, Meilenstein sechs, Landstraße drei«, sagte er, und flüsterte auch dieses Mal, obwohl er es lieber laut in den Apparat gebrüllt hätte. »Hier ist eine Frau ermordet worden, und ich glaube, dass eine weitere Person auf dem Grundstück als Geisel gehalten wird. Die genaue Adresse ist mir nicht bekannt, aber das Haus ist in einer Art von Zuckerbäckerstil erbaut worden, und es steht eine Scheune auf dem Grundstück, und vor dem Haus parkt ein SUV ...«

»Kann i...« Danach war nichts mehr.

»Können Sie mich hören?«, flüsterte Dan. »Haben Sie überhaupt gehört, was ich gesagt habe?«

Keine Antwort. Die Leitung war tot.

Er hoffte, dass die Batterie nicht am Ende war. Vielleicht war es die Verbindung. Wenn er erst einmal aus dem verdammten SUV heraus war, hatte er vielleicht einen besseren Empfang, sodass sie ihn auch verstehen konnten.

Wieder schaute Dan auf das Farmhaus. Dann öffnete er leise die Heckklappe des SUV. Er stieg aus dem Wagen und blieb bereits im nächsten Moment wie angewurzelt stehen. Er hörte ein Geräusch, das wie ein Trommeln klang, und die gedämpften Schreie eines Jungen, die aus der Scheune kamen.

Das Gefühl sagte Dan, dass er soeben Megans Sohn gefunden hatte.

Er sah hinunter auf Monica, die nackt in der sargartigen Gefriertruhe lag. Wie dürr sie war, wie ein totes Vögelchen! Ihre Leiche zu entkleiden hatte nichts Frivoles an sich gehabt. Es war erheblich einfacher gewesen, sie jetzt auszuziehen, statt später, wenn ihre Kleidungsstücke durch das Abtauen völlig durchnässt waren.

Auch schon mal auf die Palme brachte ihn, wenn ihre Augen in geöffnetem Zustand einfroren. Also hatte er Monicas Augen zugeklebt. Er hatte ihr sogar die Hände über der Brust gefaltet.

Lyle klappte den Deckel der Gefriertruhe zu. Er zog an der Schnur, mit der sich die Deckenbeleuchtung ausschalten ließ, und dann schloss er die Tür des Raums, in dem die Gefriertruhe stand.

Im gleichen Moment stellte er fest, dass es auf einem der Bildschirme, die vor Lisas Schlafzimmer standen, schwer rund ging. Er lief zu der Konsole mit den Fernsehapparaten und sah sich die Bilder an, die die Infrarotkamera aus dem Laderaum des U-Hauls übertrug. Umflutet von diesem gespenstischen grünen Licht hämmerte Lisas Sohnemann mit den Fäusten gegen die schwere Tür des Möbelwagens. Es sah ganz so aus, als schreie er auch.

Lyle grinste. Hier unten im Keller hörte er keinen einzigen Mucks. Er fragte sich allerdings, ob die Mätzchen des Jungen vielleicht das Dornröschen im SUV aus seinem Tiefschlaf erweckt hatten.

Er schaute auf den anderen Bildschirm – dessen Bild ebenso körnig und grün getönt war. Das SUV bewegte sich nicht. Doch rechts daneben, gleich neben der Ulme, erblickte er eine verschwommene Gestalt, die Richtung Scheune schlich.

Lyle verging das Grinsen.

Mit einem Ruck drehte er sich um und rannte zur Treppe. »Verdammt«, schimpfte er, als er die knarzenden Stufen hinaufraste. Er hatte seine halbautomatische Glock in der Küche versteckt, ganz hinten in einem der Schränke. »Verdammt«, fluchte er noch einmal. »Verdammt noch mal ...«

Erst als er oben war und die Waffe in der Hand hielt, erst da fing er wieder an zu grinsen.

Megan schnappte nach Luft, denn sie sah plötzlich eine nur schemenhaft erkennbare Person Richtung Scheune rennen. Sie beugte sich weit über das Lenkrad und sah, dass die Gestalt plötzlich mitten auf der Auffahrt stehen blieb. Sie schien sich zu ihr umzudrehen.

Aus der Entfernung konnte sie nicht sehen, wer dieser Mensch war. Wie Josh sah er allerdings nicht aus.

Plötzlich lief er ihr entgegen.

Nervös umklammerte Megan den Revolver. Sie vergewisserte sich, dass die Waffe entsichert war. Als sie wieder aufblickte, war der Mann zwar näher gekommen – aber immer noch nicht mehr als eine Silhouette. Es sah so aus, als halte er irgendetwas in der Hand. Megan schaltete die Scheinwerfer ein.

»Mein Gott, Dan«, hauchte sie dankbar.

Er war noch etwa dreißig Meter von ihr entfernt und kam schnellen Schrittes auf sie zu. Jetzt konnte sie sehen, dass er ein Mobiltelefon in der Hand hielt. Er winkte und schüttelte zugleich mit dem Kopf. Er wollte offenbar, dass sie die Scheinwerfer wieder ausschaltete. Megan tat es sofort.

Sie steckte den Revolver in die Seitentasche ihrer Sweatjacke, öffnete die Wagentür und stieg aus. Als er ihr in die Augen blickte, glitt ein Strahlen über Dans Gesicht. Jetzt, da er dicht vor ihr stand, sah sie die klaffende Wunde auf seiner Stirn. Seine Hand blutete ebenfalls. »Megan, ich … ich glaube, er hat Josh in die Scheune gesperrt«, sagte er außer Atem. »Da ist eindeutig jemand drin. Wir müssen …«

Ein Schuss fiel, dann ein zweiter.

Dan taumelte nach hinten und fiel in die Büsche neben der Auffahrt.

Megan schrie auf. Instinktiv wollte sie zu ihm laufen.

»Bleib stehen, Lisa«, hörte sic ihn sagen. Es war die Stimme ihres Matefinder-Dates, Duncan Cassidy. Sie konnte ihn in der Dunkelheit nur nicht sehen. Und das Einzige, was sie hörte, war das Knirschen des Schotters unter seinen Füßen. »Rühr dich nicht von der Stelle.«

Megan hatte den Revolver in die Seitentasche ihres Sweatshirts gesteckt. Er würde sie niederschießen, wenn sie jetzt danach griff. Sie wusste, dass er auf sie zielte. Und hatte er sie erst getötet, gab es keinen Grund mehr für ihn, Josh am Leben zu lassen. Megan holte tief Luft und tat, was er verlangte. Sie ließ die Arme an den Seiten herunterfallen und stand regungslos da. Aus den Augenwinkeln schaute sie auf Dan, der vor den Büschen auf der Seite lag. Sie konnte nicht sehen, ob er atmete. Vor ihrem geistigen Auge sah sie dieses tote Reh, das sie kurz zuvor am Straßenrand hatte liegen sehen. Sie hatte das Gefühl, sich übergeben zu müssen. Sie konnte nicht aufhören zu zittern.

Travis trat aus den Schatten der hohen Büsche neben der Auffahrt. Er hatte den gleichen Pullover an, den er am Abend ihrer Verabredung getragen hatte. Er war grau, und in das Vorderteil waren blaue und weiße Wappen eingearbeitet, die aussahen wie Lilien. Er zielte mit einer Waffe auf sie. »Schalt den Motor ab!«, befahl er. »Lass deine Tasche im Wagen liegen. Ich werde ihn später umparken.«

Wieder gehorchte Megan.

»Gib mir die Schlüssel, Lisa«, sagte er.

Wortlos händigte sie ihm die Wagenschlüssel aus.

Ein Lächeln flackerte über sein Gesicht. »Weißt du jetzt, wer ich bin? Erinnerst du dich an mich?«

Sie nickte. »Ja, Travis.«

»Gut. Dann lass uns ins Haus gehen. Los …«

Megan lief auf das Farmhaus zu, während er sich rechts hinter ihr hielt. Nur einmal hörte er zwischendurch damit auf, mit seiner Waffe auf sie zu zielen – für den einen kurzen Moment, in dem er auf den verkrümmt neben den Büschen liegenden Dan schoss.

Megan blieb stehen und schrie entsetzt auf. »Nicht, hör auf! Um Gottes willen …« Sie fing an zu schluchzen.

»Lauf weiter, Lisa«, wisperte er.

Sie drehte sich ein letztes Mal nach hinten um, blickte auf Dan und verzog das Gesicht. »Bitte, Travis«, flehte sie ihn an. »Du hast mich doch jetzt. Mach dem Ganzen also ein Ende. Lass meinen Sohn frei. Er hat dir niemals etwas getan. Bitte …«

Er schubste sie mit solcher Wucht, dass sie um Haaresbreite gefallen wäre. »Lauf weiter.«

Megan wischte sich die Tränen vom Gesicht und stapfte weiter – auf das Farmhaus zu. Sie blickte auf die verfallene alte Scheune. Sie konnte hören, dass darin gehämmert und geklopft wurde. Es klang, als würde jemand mit der Faust auf die Motorhaube eines Wagens einschlagen. »Hör mich bitte an«, sagte sie mit gepresster Stimme. »Du … du weißt, dass Josh ein guter Junge ist. Du hast ihn aufwachsen sehen, nicht wahr? Das verbindet dich und mich miteinander, Travis. Du hast uns beide all die Jahre behütet. Wir drei sind wie eine Familie. Wenn ich dir irgendetwas bedeute, lässt du ihn frei …«

»Mom?« Seine dumpf klingende Stimme kam von der anderen Seite der Scheunentür.

Megan blieb stehen. »Josh?«, schrie sie. Auf einmal verzehrte sie sich danach, ihn in die Arme zu schließen. »Liebling, bist du okay?«

Sie wollte zu ihm rennen. Doch sie spürte, wie Travis ihr den Lauf der Waffe in den Nacken rammte. »Ins Haus«, knurrte er.

Josh rief weiter nach ihr: »Mom? Mom, bist du okay? Was ist los? Mom, bist du da?«

Ruckartig drehte sie sich um. »Gott«, flehte sie, »lass mich zu ihm, bitte, ich muss ihn sehen.«.

»Ins Haus«, schnauzte er, »auf der Stelle.« Dann schlug er ihr mitten ins Gesicht.

Megan taumelte nach hinten. Nach wie vor konnte sie hören, dass Josh nach ihr rief und auf irgendetwas einschlug. Es brach ihr fast das Herz, in die andere Richtung gehen zu müssen – auf das Haus zu. Sie spürte, wie Travis ihr mit dem Lauf der Waffe über das Ohrläppchen strich.

»Lauf einfach weiter, *Mom*, immer schön weiterlaufen«, verhöhnte er sie.

Als sie das Haus durch die Eingangstür betrat, legte sie die Hand über die ausgebeulte Stelle an ihrem Sweatshirt.

»Das Gros meiner Gäste hat diesen Teil des Hauses nie zu sehen bekommen«, erklärte er und dirigierte sie ins Wohnzimmer. »Lauf gerade durch ins Esszimmer. Da steht gleich rechts von dir ein Schrank mit Sachen, die dir bekannt vorkommen werden ...«

Megan zögerte zunächst und schaute im nächsten Moment staunend auf ein ganzes Regal voller gerahmter Fotos. Sie zeigten Josh und sie über die Jahre, Bilder, die sie noch niemals gesehen hatte. Er hatte sie aufgenommen, ohne dass sie es bemerkt hatte. In gewisser Hinsicht war diese Sammlung vollständiger als die Familienfoto-Kollektion, die sie zu Hause hatte, weil sie sich ja niemals hatte fotografieren lassen wollen. Sie hatte noch nie so viele Schnappschüsse gesehen, auf denen Josh und sie zusammen abgebildet waren. Die letzten fünfzehn Jahre mit ihrem Sohn rollten wie ein Film an ihr vorbei.

»Dieses da, das Bild, auf dem du ihn oben auf der Rutsche festhältst, ist mein Lieblingsfoto«, hörte sie ihn sagen. »Siehst du, Lisa, auch ich habe ein empfindsames Gemüt.«

Sie starrte auf das Foto des dreijährigen Josh, dessen Haar im Licht der Sonne wie Gold erstrahlte. »Wie konntest du all diese Bilder machen und – und uns dann so behandeln? Wie ist das möglich?«

Er antwortete ihr nicht.

Auf dem Regal unter dem mit den Fotos erkannte Megan sehr viele Sachen wieder, die sie seit Jahren nicht mehr gesehen hatte: Krimskrams wie Teller, einzelne Ohrringe, Becher, Bücher und so viele andere Gegenstände, von denen sie irgendwann geglaubt hatte, sie verlegt zu haben.

»Du wolltest mich nicht in dein Leben lassen, Lisa«, sagte er schließlich. »Also musste ich einbrechen und mir alles stehlen – von der Schneekugel auf dem Regal bis hin zu diesen Augenblicken, die ich auf meinen Bildern festgehalten habe. Fünfzehn Jahre lang habe ich mich mit Ausschuss, mit Surrogaten begnügt – angefangen mit Willow ...«

»Die Müllsackmorde«, flüsterte sie.

»Sie waren alle nur Imitationen«, sagte er. »Aber jetzt begnüge ich mich *nicht* mehr, Lisa. Los, lauf weiter. In der Küche sei vorsichtig. Der Fußboden könnte glitschig sein. Ich habe vorhin Champagner verschüttet.«

Megan sah sich in der schäbigen Küche um. Sie konnte nirgendwo ein Telefon entdecken. Auf einer der Herdplatten des senfgelben Ofens standen zwei Figürchen, die aussahen wie Lucy und Desi aus der Sitcom *»I LOVE LUCY«* – ein Salz- und ein Pfefferstreuer, die ihr in ihrer ersten Wohnung in Seattle abhandengekommen waren.

»Die Treppe runter«, befahl er. Der Lauf der Waffe berührte ihren Hinterkopf.

Megan lief durch die Tür, die in den Keller führte, und alsdann eine knarrende Stufe nach der anderen die Treppe hinunter. Sie hielt die Hand immer noch über der Seitentasche, in der die Waffe steckte. Sie konnte nicht danach greifen, noch nicht. Er zielte mit seiner Waffe auf sie, seit er willkürlich auf Dan geschossen hatte. Sie fragte sich, ob überhaupt eine Chance bestand, dass Dan noch am Leben war.

Am Fuß der Kellertreppe blieb sie stehen und klammerte sich nervös an das Geländer. Es roch in dem feuchten Keller ein wenig nach schalem Zigaretten- und Zigarrenrauch. »Ich weiß jetzt, was mit Glenn und Cassie war«, sagte sie. Dann räusperte sie sich. »Travis, ich weiß, was er deiner Schwester angetan hat. Ich weiß es, weil ich es ja auch am eigenen Leib erfahren habe. Du hast versucht, mich zu warnen, und ich habe nicht auf dich gehört. Das tut mir unendlich leid. Ich glaube aber nicht, dass ich, was das anging, schlimmer war als deine Schwester. Hat Cassie auf dich gehört? Ich bin überzeugt, dass du versucht hast, auch sie zu warnen – irgendwann, als dir aufging, was Glenn ihr antat. Hat sie auf dich gehört?«

Sie drehte sich zu ihm um. Travis starrte sie an. Für einen kurzen Moment senkte er die Waffe.

»Ich erinnere mich, dass du im Krankenhaus zu mir gesagt hast, du würdest sie hassen«, sagte sie. »Ich könnte mir vorstellen, dass du dir das vielleicht nie hast verzeihen können …« Sie ließ ihre Hand in die Seitentasche ihres Sweaters gleiten. »Vielleicht ist das der Grund dafür, dass …«

Er zielte mit der Waffe auf ihr Gesicht. »Nicht«, sagte er.

Megan erstarrte.

»Wage es nicht, mich hier wie eine Psychotante zu analysieren«, sagte er. »Dreh dich um. Lauf weiter. Ich habe hier unten ein Zimmer für dich ...«

Megan wandte ihm wieder den Rücken zu und spürte den Lauf der Waffe im Rücken. Vor ihr tat sich hinter einem breiten Fenster ein im Dunkeln liegender Raum auf. Es sah so aus, als stehe darin ein Bett, aber mehr konnte sie nicht erkennen. In der Ecke des Zimmers war ein grünes Lämpchen, das schwach flackerte. Sie wusste nicht, was das war. Hier draußen stand neben dem Fenster eine Konsole mit allen möglichen Audio- und Video-Geräten, Kabeln, Drähten und vier Bildschirmen. Megan blieb stehen und starrte darauf. Der eine Fernsehapparat war stummgeschaltet, und dort liefen gerade die Lokalnachrichten. Die drei anderen Geräte schienen indes körnige, smaragdgrüne Bilder zu übertragen, die von auf dem Grundstück installierten Überwachungskameras aufgefangen wurden. Sie erkannte den Anfang der Auffahrt wieder mit dem Wetterhahn auf dem Mast an der Straße. Sie sah das SUV, das draußen vor dem Haus neben einer Ulme parkte. Und ihr brach fast das Herz, als sie Josh erblickte, der in einem fensterlosen Raum eingesperrt war – irgendwo in dieser schäbigen Scheune. Er trommelte mit den Fäusten gegen die Wand und schrie irgendetwas, doch sie konnte ihn nicht hören.

»Travis, bitte, lass mich zu meinem Sohn«, flehte sie. »Ich werde alles tun, was du verlangst ...«

»Wunderbar, ich verlange, dass du in dieses Zimmer da gehst.« Er deutete mit einer Kopfbewegung auf eine Tür neben dem Fenster, die nur wenige Schritte entfernt war. Links neben dem Fenster fiel ihr etwas auf, das aussah wie eine Gegensprechanlage. Er drückte ihr immer noch die Waffe in den Rücken.

Megan wusste, dass sie nicht die geringste Chance hatte,

jetzt den Revolver hervorzuholen. ›Hast du je mit einer Waffe auf etwas geschossen?‹, hatte Candy sie gefragt. Die Antwort lautete: noch nie.

Er schubste sie in den Rahmen der offen stehenden Tür – die in diesen im Dunkel liegenden Raum führte, in dessen einer Ecke dieses unheimliche grüne Lämpchen flackerte. Megan hatte das Gefühl, dass sie diesen Raum, wenn sie ihn erst einmal betreten hatte, niemals wieder verlassen würde. Sie machte sich steif, doch er schob sie mit Gewalt über die Türschwelle. Noch bevor sie nach dem Revolver greifen konnte, hörte sie, wie die Tür hinter ihr zugeschlagen wurde. Dann klickte das Schloss.

Es war ein entsetzliches, endgültig klingendes Geräusch.

Sie lief in den Raum hinein und entdeckte einen Fernsehapparat, der in einer Ecke unter der Zimmerdecke auf einem Gestell stand. Das flackernde grüne Lämpchen war die Nachtsicht-Kamera, die Bilder des SUV einfing, das zwischen dem Haus und der Scheune parkte.

Urplötzlich wurden im Zimmer die Lampen eingeschaltet. Sie stellte fest, dass er sich enorme Mühe gegeben hatte, die kleine Zelle ebenso herzurichten wie ihr Schlafzimmer zu Hause – das Messingbett, die salbeigrüne Tagesdecke aus Brokat, der gerahmte Druck der Palme an der Wand. Hatte er das getan, damit sie sich behaglicher – mehr wie zu Hause fühlte?

Megan drehte sich um und schaute auf den breiten Spiegel an der Wand. So etwas hatte sie zu Hause nicht in ihrem Zimmer. Hier gab es den aber, und sie hatte die andere Seite dieses Spiegels gesehen und durch ihn in dieses Zimmer geschaut. Sie wusste, dass er sie in diesem Moment beobachtete.

»Willkommen daheim, Megan«, sagte er über die Gegensprechanlage zu ihr.

Im nächsten Moment vernahm sie ein Geräusch, das zum

Teil wie ein Zischen, zum Teil wie ein Klappern klang. Megan schaute auf die Tür, an deren Unterrand sich eine Schublade geöffnet hatte.

»Zieh deine Sachen aus und leg sie in die Schublade«, hörte sie ihn sagen.

»Was?«, hauchte Megan.

»Ich habe vergessen, dich einer Leibesvisitation zu unterziehen. Und der Besitz von Mobiltelefonen ist meinen Gästen nicht gestattet. Zieh deine Sachen aus – vor dem Spiegel, damit ich dich sehen kann. Du wirst sie in Kürze zurückbekommen.«

In dem Bewusstsein, dass er auf der anderen Seite stand, starrte Megan in den Spiegel.

Doch im nächsten Moment erregte irgendetwas auf dem Fernsehbildschirm unter der Decke ihre Aufmerksamkeit – etwas auf diesem körnigen, grün leuchtenden Bild des SUV, das zwischen Farmhaus und Scheune stand. Eine Gestalt, die kaum auszumachen war, humpelte an der Ulme vorbei zur Scheune. Sie wusste, dass das Dan sein musste. Er war am Leben, und er holte Josh jetzt dort heraus.

Rasch drehte sie sich wieder zum Spiegel. »Ich werde mich nicht vor dir ausziehen«, erklärte sie ihm. »Vor einigen Tagen hast du mich um Haaresbreite dazu verleitet, aber im Endeffekt hat es dann doch nicht geklappt. Und es wird auch jetzt nicht klappen ...«

Wieder schaute sie heimlich auf den Fernsehapparat. Die Scheunentür stand inzwischen offen.

Travis hatte das gleiche Bild auf einem der Monitore, die draußen vor dem Zimmer standen. War ihm schon aufgefallen, was da vorging?

Einmal mehr schaute Megan in den Spiegel. »Schaust du mich an?«, fragte sie ihn.

»Selbstverständlich«, hörte sie ihn antworten. »Ich beobachte dich immer, Lisa.«

Sie fing an zu zittern. »Ich ... ich werde dir zuliebe meinen Pullover ausziehen, sonst aber nichts.« Sie streifte sich den Pullover über den Kopf und griff mit der Hand in die Seitentasche. Fest umklammerte sie den Griff des Revolvers. Im Geist hörte sie immer noch, wie Candy sie gefragt hatte, ob sie schon je mit einer Waffe auf etwas geschossen hätte.

»Du zitterst«, bemerkte er. »Du brauchst nicht nervös zu sein, Lisa. Du hast dich schon so oft vor mir ausgezogen. Du wusstest es nur nicht.«

Wieder erhaschte Megan einen Blick auf den Bildschirm. Die Tür stand immer noch offen, und sie sah zwei körnige Gestalten aus der Scheune kommen. Die eine schien die andere zu stützen.

»Schaust du mich immer noch an?«, fragte sie ihn mit banger Stimme. Der zusammengeknüllte Pullover verdeckte den Revolver in ihrer Hand. Sie zielte auf den Spiegel. »Travis?«

»Ich beobachte dich«, hob er an, »und ich wer ...«

Er brachte den Satz nie zu Ende.

Megan schauderte zwar, doch sie drückte den Abzug. Der Arm wurde ihr mit Wucht nach hinten gerissen, und ein ohrenbetäubend lauter Schuss hallte durch den kleinen Raum. Die Kugel durchschlug den Spiegel, der um die Einschussstelle herum riss. Das Muster sah aus wie ein Spinnennetz, allerdings nur eine Sekunde lang. Megan feuerte weiter, immer und immer wieder. Bei jedem der lauten Schüsse schrie sie auf, sie konnte nicht dagegen an. Das Glas explodierte förmlich, als der Spiegel zerbrach. Danach schoss sie noch einmal und hörte, wie er einen Laut ausstieß, der an ein verwundetes Tier erinnerte.

Sie starrte auf das klaffende Loch, in dem noch vor Sekunden der Spiegel gewesen war. Scharfkantige Silbersplitter umsäumten nach wie vor Teile des Rahmens. Sie zitterte unkontrolliert. Tränen strömten ihr übers Gesicht.

Als sie einen Schritt vortrat, erblickte sie Travis auf der anderen Seite des Fensters. Er wand sich inmitten von zertrümmertem Spiegelglas auf dem Kellerboden. Ganze Fluten der Splitter mussten ihm ins Gesicht geflogen sein, denn es war übersät von blutenden Stellen. Auf der linken Seite seines Brustkorbs war der graue Pullover mit den blauen und weißen Lilien dunkelrot. Die Waffe war ihm aus der Hand gefallen, und er schnappte nach Luft. Sein Atem rasselte, als sei er dem Tode nahe.

Trotzdem wäre Megan liebend gern in den angrenzenden Raum gegangen, um die Waffe aufzuheben und an sich zu nehmen. Sie war aber hilflos. Der Rahmen des Spiegels war zu hoch, als dass sie hätte darüberklettern können.

Sie schaute nach oben auf den Bildschirm des Fernsehapparats und sah, dass plötzlich in der Nähe des SUV zwei Streifenwagen auf der Auffahrt parkten. Irgendjemand musste die Polizei gerufen haben. Sie sah mehrere verschwommene Gestalten, die in dieses smaragdgrüne Licht getaucht waren. Sie liefen auf das Farmhaus zu. Eine der Gestalten schien die Führung übernehmen zu wollen, während andere immer und immer wieder versuchten, sie zurückzuhalten. Sie war ziemlich sicher, dass das Josh war.

Megan zog sich ihr Sweatshirt wieder an. Mit der Waffe im Anschlag stand sie neben dem Loch in der Wand – für den Fall, dass Travis irgendetwas versuchte. Sie wusste nicht, wie viele Kugeln sie noch hatte, aber das wusste er auch nicht.

Sie wollte nach ihnen rufen, sobald sie die erste Bodendiele knarren hörte. Die Polizei war auf dem Weg zu ihr. Damit endeten fünfzehn Jahre Leben, Jahre, in denen sie davongelaufen, sich versteckt und Angst gehabt hatte. Sie hatte mehrere Gesetze gebrochen, als sie nach Seattle gezogen war, und dafür würde sie sich jetzt bestrafen lassen müssen.

Im Moment spielte das keine Rolle. Dan ging es gut. Und über sich hörte sie die donnernden Schritte ihres Sohnes.

Josh würde jeden Moment hier sein.

Dan lag im Notarztwagen auf einer Trage, hob den Kopf und lächelte sie an. Im nächsten Moment winkte er ihr kraftlos zu. Er hatte eine Kugel im Rücken und eine im linken Oberschenkel. Er war zwar angeschlagen, weil er viel Blut verloren hatte, aber dennoch bei Bewusstsein, als sie ihn in den Krankenwagen luden.

Megan stand neben der Tür des Notarztwagens und versuchte, den Sanitätern nicht ins Gehege zu kommen. Lächelnd winkte sie ihm ihrerseits zu. Mit den Lippen formte sie die Worte *Danke, Dan*. Im nächsten Moment schloss einer der Sanitäter die Tür.

Sie trat zurück, als das Fahrzeug wendete und die Auffahrt hinunterfuhr, an der auf der einen Seite acht Streifenwagen parkten. Bei allen waren die roten Warnleuchten und Scheinwerfer eingeschaltet, sie illuminierten die Fassade von Travis' Farmhaus. Zwei weitere Krankenwagen parkten dicht vor dem Haus. Alle paar Sekunden kamen von Rauschstörungen untermalte Durchsagen aus den Funkgeräten. Megan schätzte, dass mindestens zwanzig Polizeibeamte und Rettungssanitäter vor Ort waren.

Eine blonde Polizistin mit Pferdeschwanz und ernster Miene war nicht mehr groß von Megans Seite gewichen, seit sie gemeinsam aus dem Keller gekommen waren. Ein weiterer Beamter, ein großgewachsener Mann mit dunklen Augen und schwarzen Locken, hatte Megan bereits im Hinblick auf das, was passiert war, in die Zange genommen. Sie wusste, dass das nur das erste vieler polizeilicher Verhöre gewesen war, die heute Nacht noch folgen würden. Josh hatte ganz in der Nähe gestanden und das meiste gehört. Allerdings schienen viele Dinge ihn nach wie vor ziemlich zu verwirren.

»Hey, Detective Goldschmidt!«, brüllte einer der Polizeibeamten. Er stand an der Haustür des Farmhauses. Der Beamte mit dem schwarzen Lockenkopf schaute auf – und das Gleiche taten auch noch ein paar andere. »Unten im Keller«, verkündete der Beamte. »Wir haben in der Gefriertruhe etwas gefunden.«

Der Detective und drei uniformierte Beamte liefen schnellen Schrittes zur Haustür.

Megan drehte sich um und sah, wie der Krankenwagen den Staub des Schotterwegs aufwirbelte, als er die lange Auffahrt hinunterfuhr. Dann sah sie Josh an. Mit ernster Miene und vor der Brust verschränkten Armen lehnte er sich gegen Teresas Wagen. Einer der Beamten hatte den Mazda dichter vor das Haus gefahren, um die Auffahrt zu räumen. Josh trug einen viel zu großen, etwas aufdringlichen Pullover, den Megan noch nie an ihm gesehen hatte, und er hatte keine Schuhe an.

Er war bereits von einem anderen Polizeibeamten in die Mangel genommen worden. Diese polizeilichen Verhöre hatten ihre Freude über die Wiedervereinigung ein wenig getrübt – das galt vor allem für Josh. Megan wusste, dass sie ihm nach allem, was er gehört hatte, wie eine Fremde vorkommen musste. Erschwerend kam noch hinzu, dass sie aufgrund ihrer bandagierten Hand und wegen des kurz geschnittenen, gefärbten Haars sogar anders aussah.

Die Polizistin folgte ihr wie ein Schatten, als Megan sich neben Josh stellte und sich genau wie er gegen den Wagen lehnte. »Wie fühlst du dich?«, fragte sie ihn, nachdem sie einmal tief Luft geholt hatte.

Er zuckte mit den Achseln und blickte auf die Auffahrt und den Krankenwagen in der Ferne. »Also – dieser Dan, der mich aus dem U-Haul geholt hat«, hob er an, »woher kennst du den?«

»Dass ich den kennengelernt habe, verdanke ich dir«, gab Megan zur Antwort und stupste ihn liebevoll in die Seite. »Er war der einzige Matefinder-Mann, den ich auf Anhieb mochte. Dan ist mir bei der ganzen Sache hier eine sehr große Hilfe gewesen. Er hat uns beiden das Leben gerettet.«

Josh nickte nur. Mit gerunzelter Stirn beobachtete er die Rettungssanitäter, die den bewusstlosen Travis zu einem bereitstehenden Krankenwagen transportierten. Einer der Sanitäter hielt Travis eine Sauerstoffmaske vor das Gesicht.

»Ich kapiere immer noch nicht, wer der Typ war«, brummte Josh. »Mein Vater ist er nicht, oder?«

»Nein, er ist jemand, der deinen Vater kannte und hasste – und einen guten Grund dafür hatte, das muss ich leider sagen. Er … er hat deinen Vater irgendwann im Verlauf der letzten paar Tage umgebracht.« Langsam schüttelte sie den Kopf. »Josh, es tut mir leid, dass ich dir über deinen – über deinen Vater nichts erzählen konnte, und über so viele andere Dinge auch nicht. Ich hoffe, dass du mich nicht hasst.«

Er rückte ein kleines Stück von ihr ab und stieß einen lang gezogenen Seufzer aus. »Ich weiß einfach nicht mehr, wer wer ist.«

Megan spürte, dass ihr die Tränen kamen. »Na ja, weißt du, wer ich bin?«

Er schwieg.

Megan wischte sich über die Augen und schaute nach unten auf den Boden – und auf die dreckigen, durchlöcherten Socken an seinen Füßen. »Ach, Schatz«, flüsterte sie. »Wir sollten dir unbedingt ein Paar Schuhe organisieren. Vielleicht hat einer der Polizeibeamten ein Paar zum Wechseln dabei. Deine Füße müssen durchgefroren sein. Nicht, dass du dir einen Schnupfen holst …«

Sie schaute zu ihm auf.

So etwas wie ein Lächeln huschte über Joshs Gesicht. »Um die Frage zu beantworten, die du mir gerade gestellt hast«, sagte er. »Du bist meine Mom, ja, das bist du.«

Epilog

Seine Mom hatte versucht, es ihm auszureden, aber Josh wollte sich trotzdem in ihrem Haus mit ihr treffen. Er schätzte, dass es so etwa eine Stunde vor Sonnenuntergang war an diesem kühlen, klaren Samstagnachmittag Anfang November – und dass er hier vermutlich zum letzten Mal Gelegenheit hatte, mit dem Fahrrad zu fahren, ohne nassgeregnet zu werden oder sich den Arsch abzufrieren. Nach dem heutigen Tag würde er auch seine Winterjacke tragen müssen. Für seine orangefarbene Orange-Bowl-Jacke war es jetzt zu kalt. Da seine Mom die Jacke im Grunde hässlich fand, musste er immer lächeln, wenn er sich vor Augen führte, dass sie zwei Tage vor der Polizei geflüchtet war und das Teil dabei die ganze Zeit mit sich herumgeschleppt hatte.

Er war diese Strecke zwischen Darrens Haus in Wallingford und ihrer Doppelhaushälfte schon mindestens fünfhundert Mal geradelt. Wenn sich die University Bridge nicht gerade hob, brauchte er nur fünfzehn Minuten dafür. Heute schien die Fahrt sehr viel länger zu dauern als sonst – vielleicht, weil er sie zum letzten Mal machte.

Josh versuchte, nicht daran zu denken, als er die Eastlake Avenue hinunterradelte und der Wind ihm dabei das Haar zerzauste. Seine Finger röteten sich auf der Lenkstange, und er spürte, wie die kalte Luft, die vom See herüberwehte, seine Wangen küsste.

Die letzten Wochen waren ziemlich schräg und irre gewesen. Was passiert war, hatte sie regelrecht berühmt gemacht.

Seine Mom und er waren überall, im Internet, im Fernsehen, in den Zeitungen. Himmel, sogar das *People*-Magazin hatte eine Reportage über sie veröffentlicht.

In der Schule kam er sich vor wie ein totaler Freak. Plötzlich wusste jeder, wer er war – auch die Jungen aus den oberen Klassen, die er überhaupt nicht kannte. Josh verspürte das dringende Bedürfnis, dem nächsten namenlosen Knaben, der ihn auf dem Korridor anquatschte und fragte, ob sein Entführer ihn sexuell belästigt habe, einen Kinnhaken zu verpassen. Die andere Frage, die ihm ständig gestellt wurde, lautete: »Du, muss deine Mom ins Gefängnis?« Josh beantwortete das immer, indem er mit den Achseln zuckte und erklärte, das wüsste er nicht.

Während er sich im Krankenhaus von dem Schuss in die Lunge erholt hatte, durch den es zu einem Pneumothorax gekommen war, hatte Travis McClaren – alias Lyle Duncan Cassidy – vor der Polizei ein vollständiges Geständnis abgelegt. Er hatte zugegeben, elf Menschen ermordet zu haben: zwei Frauen in Chicago – Willow Dwyer und Selena Cummings McClaren; Glenn und Candy, den Vater und die Cousine, von denen Josh nie etwas gewusst hatte; fünf Frauen aus dem Raum Seattle, die Lisa Swann ähnlich gesehen hatten; Monica Zayle, die Frau mit den brünetten Haaren, die Polizeibeamte in seiner Gefriertruhe gefunden hatten; und einen pädophilen Kindermörder namens Lionel Schreiber.

Josh konnte sich kaum noch an den Vorfall im Westlake Center erinnern, der inzwischen zehn Jahre zurücklag und bei dcm Lyle Cassidy ihm das Leben gerettet hatte. Cassidy schilderte sich als den großen Helden der Geschichte. Josh konnte nur nicht verstehen, wie der gleiche Kerl all diese

Menschen hatte ermorden und ihn drei Tage lang hatte einsperren können.

Nach seinem detaillierten Geständnis hatte Cassidy sich umentschieden und bei der Anklageverlesung auf nicht schuldig plädiert. Damit war Joshs Meinung nach geklärt, dass er ein totaler Psychopath war. Einer der Anwälte von Joshs Mom sagte, Cassidy habe nicht die geringste Chance, freigesprochen zu werden, und dass man ihn aller Wahrscheinlichkeit nach zu zweimal lebenslänglicher Haft verurteilen würde – nacheinander zu verbüßen.

»Er will einfach seinen großen Auftritt vor Gericht«, hatte Josh den Anwalt seiner Mom sagen hören, als er sie kürzlich in ihrem Haus aufgesucht hatte.

Die Anwälte sprachen jeden Tag mit ihr – und manchmal kamen sie dazu auch zu ihnen ins Haus. In diesen Fällen verließ Josh in aller Regel das Wohnzimmer, in dem sie Kriegsrat hielten; allzu weit entfernte er sich aber nie. Ob er sich auf den oberen Treppenabsatz hockte oder vor die Kücheninsel setzte und so tat, als würde er seine Hausaufgaben machen – er belauschte sie immer. Obwohl er jetzt verstand, warum seine Mutter ihm all die Jahre so vieles verschwiegen hatte, konnte ein Teil von ihm ihr das immer noch nicht ganz verzeihen. Er war bisher nie ein Mensch gewesen, der umherschlich und Unterhaltungen belauschte. Er konnte sich jetzt aber einfach nicht darauf verlassen, dass seine Mutter ihm gegenüber offen und ehrlich war – vor allem nicht, wenn es um schlechte Nachrichten ging. Also versuchte Josh zu lauschen, wenn die Anwälte ins Haus kamen.

»Ich glaube, Lyle möchte Sie einfach noch einmal sehen – auch wenn es nur aus der Ferne in einem Gerichtssaal ist«, sagte einer der Anwälte zu seiner Mom. »Außerdem brennt er vermutlich darauf, mit seiner Aussage aktenkundig zu machen, dass Glenn seine Schwester Cassie mehr oder weniger ermordet hat. Auf lange Sicht ist das für Sie nur gut, Megan. Wir können damit aufzeigen, dass Glenn auch Sie umgebracht hätte. Es erklärt, warum Sie getan haben, was Sie getan haben. Wir werden das nutzen, um mit der Staatsanwaltschaft einen Deal auszuhandeln …«

Josh hatte längst den Überblick über die vielen Verbrechen verloren, die seiner Mutter zur Last gelegt wurden, unter anderem schwerer Identitätsdiebstahl, Sozialversicherungsbetrug, Einkommensteuerbetrug und Urkundenfälschung. Der Bundesstaat Illinois hatte sie zudem noch wegen Justizbehinderung belangen wollen, hatte aber wegen »berücksichtigungswürdiger Umstände« Abstand davon genommen.

Josh nahm an, genau diese *Umstände* hatten etwas damit zu tun, dass sein Dad ein totales Arschloch gewesen war. Dieser Tatsache ins Auge zu sehen war ungemein schwer für ihn. Seine Mom versuchte, ihn davon zu überzeugen, dass sein Dad nicht in jeder Hinsicht ein Fiesling gewesen war. Er war ein hervorragender Chirurg gewesen, der sehr vielen Menschen das Leben gerettet hatte und bla-bla-bla. Sie behauptete, der Mann, in den sie sich verliebt hatte, sei ein attraktiver, charmanter und mitfühlender Mensch gewesen. Er hatte aber auch eine dunkle Seite gehabt, und wenn sie nicht fortgelaufen wäre, hätte er sie unter Umständen umgebracht.

Josh sah nur die dunkle Seite. Niemand hatte irgendetwas Nettes über seinen toten Vater zu sagen. Doch dann fand die Polizei ein Tonband, auf dem Lyle Cassidy aufgenommen hatte, wie er mit einem kleinen Baseballschläger auf Dr. Glenn Swann eingeschlagen hatte. Die meiste Zeit war sein Vater dabei offenbar geknebelt gewesen, aber zwischendurch hatte Cassidy den Knebel immer mal wieder herausgenommen, um ihn betteln und wimmern zu hören. Josh erinnerte sich noch bestens an diese Laute, die geklungen hatten wie das Winseln eines verwundeten Tieres, die nur wenige Stunden vor seinem Ausbruch aus dem verriegelten Zimmer von der anderen Seite des Spiegels zu ihm hereingedrungen waren. Jetzt ging ihm auf, dass diese dumpfen Laute die Schmerzensschreie gewesen waren, die sein Vater während der Prügelorgie ausgestoßen hatte. Josh hatte die Bandaufnahme nie gehört, aber einer der Anwälte seiner Mutter hatte es getan. Er hatte erzählt, Dr. Glenn Swann habe seinen Angreifer angefleht, seinen Sohn am Leben zu lassen. Der Anwalt hatte gezählt – und Joshs Dad hatte vierzehnmal das Gleiche gesagt: »Bitte, tu dem Jungen nicht weh!«

Folglich nahm Josh an, dass sein Dad ganz so scheußlich doch nicht gewesen war. Es musste auch gute Seiten gehabt haben – das redete er sich zumindest ein.

Er radelte auf der Eastlake Avenue an der Stelle vorbei, an der er dem Mann mit dem Schlaganfall das Leben gerettet hatte, Dr. Hewitt. Jetzt verstand er, warum seine Mom nicht in der Lage gewesen war, der Zeremonie mit dem Bürgermeister, der Presse und all diesen Polizisten beizuwohnen. Er hatte geglaubt, sie sei nicht mitgekommen, weil sie das Ganze nicht interessierte. Das schien irgendwie alles so lange her zu sein. Josh bog in die Seitenstraße ein und schaute auf seine Armbanduhr. Es war 16:20 Uhr. Seine Mom war vermutlich schon im Haus und wartete auf ihn.

Die letzte Nacht hatten sie in einem Hotel verbracht. Er war seit gestern Nachmittag, seit die Leute von der Einlagerungsfirma gekommen waren und alles abgeholt hatten, nicht mehr zu Hause gewesen. Seine Mom hatte ihm erklärt, dass er alles haben könnte, was er haben wollte – all ihre DVDs, Bücher, gerahmte Fotos, seinen Lieblings-Kaffeebecher, alles. Er hatte seinen Schreibtischstuhl und noch ein paar andere

Sachen aus seinem Zimmer geholt – für die in Dans Kellerraum so einigermaßen Platz war. Er würde eine Zeit lang bei den Willinghams wohnen. Die gingen recht cool mit dem Ganzen um. Er hatte seine Sachen schon fast alle zu ihren gebracht.

Seine Mom hatte gewollt, dass sie sich bei den Willinghams voneinander verabschiedeten. Da sie jedoch eh in ihr altes Zuhause ging, hatte Josh darauf bestanden, dass sie es dort taten – wo kein Dritter dabei war. Mrs. Willingham hatte ihn am Morgen in den Double Tree Suites abgeholt, damit er den Tag mit Darren verbringen konnte. Derweil hatte seine Mom die letzten Details mit ihren Anwälten besprochen, die dafür, dass sie an einem Samstag arbeiteten, vermutlich ein Vermögen in Rechnung stellten.

Bezahlt wurden die Anwälte vom Freund seines Onkels. Dabei hatte Josh bisher nicht einmal gewusst, dass er mal einen Onkel gehabt hatte. Andererseits hatte er dadurch nichts verpasst, denn dieser Mann war ja bereits tot gewesen, als er zur Welt gekommen war. Es war merkwürdig, sich all diese Fotos anzusehen, die seine Mom versteckt hatte – Fotos, die sie mit ihrem Bruder zeigten. Das war dieser attraktive Homosexuelle namens Cliff. Und Cliffs Lebensgefährte, Sean Hurley, war der Mann mit den blonden Haaren auf den gerahmten Fotos, die seine Mutter in ihren Wohnungen immer aufgestellt hatte, der Mann, den sie als seinen Vater ausgegeben hatte. Josh hatte nie eine innere Bindung zu dem Mann auf diesen Bildern gehabt. Allem Anschein nach hatte Sean Hurley Ende der Neunzigerjahre genau zum richtigen Zeitpunkt eine Internetfirma verkauft und damit unheimlich viel Geld gemacht, nachdem er nach Onkel Cliffs Tod bereits einen riesigen Batzen geerbt hatte. Als dieser Sean erfuhr, dass seine Mom noch am Leben war – und in Schwierigkeiten steckte –, hatte er sofort dieses Anwaltsteam für sie engagiert. Wenn die nicht gewesen wären, hätte seine Mom erheblich schlechtere Karten gehabt, als es jetzt der Fall war.

Persönlich kennengelernt hatte er ihn zwar immer noch nicht, doch wenn Josh jetzt auf den blonden Mann schaute, der mit seiner Mutter auf diesen Fotos abgebildet war, hatte er eine innere Bindung zu ihm. Gestern hatte Josh im allerletzten Moment dieses Foto requiriert, das seine Mom mit Sean Hurley auf dem Deck eines Kreuzfahrtschiffes zeigte, und heute Morgen hatte er es in Darrens Haus gebracht.

Seine Mutter musste die Wohnungsschlüssel abgeben und ein paar Papiere unterzeichnen, die der Vermieter ihr auf die unterste Stufe der Treppe gelegt hatte, welche in ihre Doppelhaushälfte führte. Dabei ging es um die Kaution oder so. Josh wusste es nicht genau.

Er wusste nur, dass das der letzte Punkt auf ihrer Liste war, auf der stand, was sie heute noch alles zu erledigen hatte. Um achtzehn Uhr heute Abend hatte sie sich im Federal Detention Center in SeaTac einzufinden. Im Rahmen des Deals, den ihre Anwälte mit der Staatsanwaltschaft ausgehandelt hatten, war sie zu einer Freiheitsstrafe von einem Jahr und einem Tag verurteilt worden. Bei guter Führung würde man sie in etwa neun Monaten vorzeitig aus der Haft entlassen.

Als er in ihre Straße einbog, hatte Josh einen Kloß im Hals. Deshalb hatte er keine anderen Leute dabeihaben wollen, wenn sie sich voneinander verabschiedeten. Er hatte Angst, dass er anfangen würde zu weinen, und wollte dabei kein Publikum haben. Er konnte sehen, dass in allen Zimmern ihres alten Hauses Licht brannte. Seine Mom war da und wartete auf ihn.

Josh ließ sein Fahrrad, ohne es abzuschließen, am Fuß der Treppe stehen, die zur Haustür führte. Er stellte fest, dass die

Tür einen Spaltbreit offen stand, und drückte sie weiter auf. Auf der Türschwelle blieb er stehen.

Seine Mutter saß mit der Handtasche auf dem Schoß auf der Treppe und hielt ein zusammengeknülltes Papiertaschentuch in der linken Hand. Vor zwei Wochen hatten sie ihr endlich die Schiene und den Verband vom Finger genommen. Der Finger war zwar vernarbt, aber voll funktionstüchtig. Sie versuchte zu lächeln. Sie sah aus, als habe sie geweint. Sie trug einen schwarzen Pullover und eine graue Hose. So ganz allmählich sah sie wieder aus wie sie selbst. Ihr Haar wuchs nach, und die Farbe verwandelte sich in ein helles Haselnussbraun.

»Hey«, sagte Josh und versuchte, so zu tun, als sehe er die Tränen in ihren Augen nicht. »Hast du die Papiere unterschrieben?«

Sie nickte und räusperte sich. »Ich habe sie zusammen mit den Schlüsseln in der Küche auf die Ablage gelegt. Liebling, für diese Jacke wird es langsam zu kalt.«

»Ich weiß, Mom«, sagte er. »Ab morgen trage ich die andere.«

Er schlenderte in das ausgeräumte Wohnzimmer. Die Regale, auf denen einst ihre Bücher und DVDs und die Fotos von ihm gestanden hatten, waren jetzt leer. Die nackten Wände sahen irgendwie dreckig aus. Er zwang sich, durch jeden einzelnen der leeren Räume zu gehen – genauso, wie er vor Jahren bei Mr. Preebes Beerdigung vor den offenen Sarg getreten war. Er hatte eine morbide Neugier verspürt und war zugleich rührselig gewesen – und gesehen hatte er nichts weiter als die leere Hülle seines lieben, alten Nachbarn.

In sein eigenes Zimmer zu gehen, war das Schlimmste, weil er nichts mehr darin sehen konnte, was mit ihm zu tun hatte. Josh hielt sich nicht lange auf. Er hatte alle Mühe, nicht loszuheulen wie ein Baby. Eilig schlich er ins Bad und spritzte sich etwas Wasser ins Gesicht. Jetzt wusste er, warum seine Mutter ihm hatte ausreden wollen, sich hier mit ihr zu treffen. Es war eine unglaublich blöde Idee gewesen. Das hier war nicht mehr ihr Zuhause. Es war nur noch eine leere Hülle.

Er benutzte etwas zusammengeknülltes Toilettenpapier, um sich das Gesicht abzutrocknen. Dann stapfte er die Treppe hinunter. Seine Mutter rutschte ein Stück zur Seite, und er setzte sich neben sie auf eine Stufe in der Nähe des unteren Absatzes.

»Alles okay?« Sie tätschelte ihm den Rücken.

Er schüttelte den Kopf. Er wusste, dass er anfangen würde zu weinen, wenn er versuchte, etwas zu sagen.

»Liebling«, sagte sie und streichelte weiter seinen Rücken, »wie ich dir schon sagte, ist es nur für neun oder zehn Monate. Dann liegt das alles hinter uns, und wir suchen uns eine schöne neue Bleibe. Betrachte das hier einfach als eine Generalprobe für den Moment, wenn du zum College gehst. Du bist schon ein großer Junge, alles wird gut. Du übernachtest gern bei den Willinghams. Also – ist das Ganze im Grunde wie ein übermäßig langer …«

»Sie ist eine nette Frau, aber was Mrs. Willingham kocht, ist ungenießbar«, sagte er halb lachend und halb weinend. »Als ich das letzte Mal dort war, gab es mit Käse überbackene Makkaroni, nur hatte sie vergessen, das Käsepulver darüberzustreuen. Sie hat uns gekochte Nudeln in warmer Milch serviert. Und Darren hat das gefuttert, als wäre alles in bester Ordnung! Ich konnte es nicht fassen. Ich schwöre, Mom, ich werde längst verhungert sein, bevor du aus dem Gefängnis …« Er sah sie an, und im nächsten Moment vergrub er sein Gesicht an ihrer Schulter. Er konnte nicht dagegen an. Er hatte aufgehört zu lachen und weinte jetzt nur noch. »Was wird da drinnen aus dir?«

»Hör mir zu – hör mir ganz gut zu«, hörte er sie sagen. »Alles wird gut, bei dir und bei mir. Wir können einander täglich mailen, und solange ich in dieser Einrichtung in SeaTac bin, kannst du mich alle zwei Wochen besuchen. Sie haben mir bereits gesagt, dass ich als Lehrerin arbeiten und Förderkurse für Erwachsene unterrichten kann. Das Unterrichten war meine erste Liebe, weißt du? Das konnte ich hier nur nie tun. Ich hatte Angst, falls sie je nach mir suchten, würden sie bei den Lehrern anfangen. Das … das wird sehr erfüllend werden. Ich werde beschäftigt sein. Ich habe auch schon länger nicht mehr gelesen, da habe ich Nachholbedarf. Und sportlich werde ich mich betätigen …«

»Nun hör aber auf, Mom«, knurrte er. »Du tust gerade so, als wäre das der Club Med.«

»Okay, einfach wird es nicht werden«, gab sie mit leicht angespannt klingender Stimme zu. »Wie im Gefängnis von Shawshank in *»DIE VERURTEILTEN«* wird es aber auch nicht sein. Ich schaffe das. Okay?«

Mit zweifelndem Blick sah Josh sie an. Es war so typisch für seine Mom, Dinge immer besser darstellen zu wollen, als sie in Wahrheit waren. Das Gleiche hatte sie während der letzten Wochen getan, wenn sie immer wieder nett über seinen Dad gesprochen hatte, der sie fast zu Tode geprügelt hatte. Vierzehn Jahre lang hatte sie ihm die nackte, harsche Wahrheit über ihre Vergangenheit verschwiegen. Allerdings nicht, um sich selbst zu schützen. Sie hatte es getan, um ihn zu schützen.

Josh rang sich ein Lächeln ab und nickte. »Okay, Mom«, flüsterte er.

Er hörte, dass draußen ein Wagen auf ihre Garageneinfahrt fuhr. Er stand auf und lief zur Haustür.

»Das muss Dan sein«, sagte seine Mutter und tupfte sich mit dem Papiertaschentuch über die Augen.

Gemeinsam gingen sie nach draußen. Das klickende Geräusch, das das Schloss von sich gab, als sie die Tür hinter ihnen absperrte, hatte etwas so Endgültiges.

Auf der obersten Treppenstufe blieb sie noch einmal kurz stehen. »Sieh zu, dass du dir zwischendurch immer mal wieder ein bisschen Zeit nimmst, um dich mit Dan zu treffen, ja?«, bat sie ihn.

Josh nickte. »Ich sehe ihn nächste Woche. Wir gehen bei ihm am Steg fischen. Mach dir darum keine Gedanken, Mom. Ich mag ihn.«

Das meinte er ernst. Wie hätte er den Mann, der ihn aus dem Laderaum dieses stinkenden U-Hauls befreit hatte, nicht mögen können? Trotzdem, Dan war einer der Gründe dafür, dass es nie wieder sein würde wie früher. Seine Mom hatte jemanden gefunden. Dan war über zwei Wochen im Krankenhaus gewesen, um sich von diesen zwei Schusswunden zu erholen – die in seinem Oberschenkel war schuld daran, dass er immer noch leicht hinkte. Seit seiner Entlassung aus dem Krankenhaus hatte Dan immer mehr Zeit mit ihnen verbracht.

Josh beobachtete, wie er aus dem Accord stieg. Dan schaute zu ihnen hoch, und Josh winkte ihm vom obersten Treppenabsatz zu.

»Dan, mein Lieber, gibst du uns noch einen Moment?«, rief seine Mom ihm zu.

»Lass dir Zeit«, erwiderte er. »Wir sehen uns nächsten Samstag, Josh!« Er stieg wieder in den Wagen.

Seine Mutter drückte seinen Arm, als sie die Stufen hinunterstiegen und auf die Garageneinfahrt liefen. »Ich werde dich so sehr vermissen, mein Liebling«, sagte sie. Dann umarmte sie ihn. »Ich liebe dich ...«

»Ich liebe dich auch, Mom«, gab er mit heiser klingender Stimme zur Antwort. Er wollte nicht wieder vor ihr weinen und das Ganze damit nur noch schlimmer für sie machen. »Schön auch, dass wir die Sache mit der verschwundenen Schneekugel von Seattle endlich klären konnten…« Er zwang sich zu einem fröhlichen Lächeln, löste sich von ihr und öffnete die Beifahrertür, damit sie einsteigen konnte. »Du – du machst dich besser auf den Weg. Du willst doch bestimmt nicht, dass die sauer werden, weil du gleich am ersten Tag zu spät kommst.«

Unter Tränen lachte seine Mom leise auf. Sie küsste ihn ein letztes Mal, dann stieg sie in den Wagen.

Josh schloss die Tür und trat zur Seite. Er hielt sich am Lenkrad seines Fahrrads fest und sah dabei zu, wie der Wagen rückwärts von der Auffahrt rollte. Langsam fuhr er die Straße hinauf.

Und Josh gelangte zu dem Schluss, dass es jetzt okay war zu weinen.

Dan hatte alles richtig gemacht. Er hatte kein einziges Wort gesagt. Während sie schluchzend neben ihm saß, schaute er mit starrem Blick auf die Straße. Er griff aber hin und wieder zu ihr rüber und strich ihr beruhigend über den Arm.

Sie fuhren die Eastlake Avenue hinunter. Megan wischte sich die Augen mit einem weiteren Papiertaschentuch trocken, ließ das Fenster herunter und atmete tief durch. »Danke, Dan«, sagte sie mit krächzender Stimme. »Ich bin froh, dass du dich nächste Woche mit Josh triffst. Das bedeutet mir sehr viel, nur … ich hoffe, du empfindest das nicht als Verpflichtung.«

»Nein, ich will das tun«, entgegnete er und warf ihr einen kurzen Blick zu. »Mach dir darum keine Gedanken. Ich mag ihn.«

»Das Gleiche hat er gerade über dich gesagt«, gab sie zur Antwort. Die kalte Luft, die durch das offene Fenster in den Wagen strömte, fühlte sich auf ihrem Gesicht so gut an. Sie lehnte sich zurück und begutachtete Dans schönes Profil. Sie erinnerte sich, dass einige der Männer, die sie zu Anfang auf Matefinder angeschrieben hatten, Häftlinge gewesen waren. Sie hatten gefragt, ob sie in Kontakt bleiben könnten, solange sie noch im Gefängnis waren, und wollten, dass sie auf sie wartete. Die Ironie, die dem Ganzen innewohnte, entging ihr nicht.

Megan stieß einen nervösen Seufzer aus. »Also, Schatz – es wird neun Monate dauern, wenn nicht gar ein ganzes Jahr. Willst du wirklich auf mich warten?«

Sie mussten gerade vor einer roten Ampel halten. Dan sah sie an. »Darauf darfst du wetten.« Er küsste sie auf den Mund, und für den Moment schien das alles zu richten.

Megan lächelte. »Das ist gut, denn ich habe mein Leben lang auf dich gewartet.«

Als sie sich wieder in Bewegung setzten, sah sie plötzlich etwas im Außenspiegel. Ungefähr zwei Querstraßen hinter ihnen trat Josh auf dem Seitenstreifen wie verrückt in die Pedale.

Sie griff mit der Hand an Dans Schulter. »Warte, könntest du mal gerade etwas langsamer fahren?«

Die Nadel des Tachometers in seinem Wagen fiel auf dreißig. Megan streckte den Kopf aus dem Fenster und drehte sich zu Josh um.

Er blieb am Bordstein stehen und winkte ihr zu. Auch aus der Entfernung konnte sie sehen, dass er lächelte. Sie begriff, dass er nur das gewollt hatte – einen letzten Blick und ein letztes Winken.

Megan winkte zurück.

»Soll ich an den Straßenrand fahren?«, hörte sie Dan fragen.

»Nein, jetzt ist alles in Ordnung, fahr ruhig weiter«, gab sie zur Antwort.

Die Straße machte eine Kurve, und danach konnte sie Josh nicht mehr sehen. Megan lehnte sich wieder zurück und starrte auf die Straße, die sich vor ihr auftat. Sie erinnerte sich an die Zeit, in der sie in der Anwaltskanzlei gearbeitet hatte und Josh noch ein Baby und tagsüber in der Kindertagesstätte gewesen war. Kreuzunglücklich hatte es sie damals gemacht, all diese erstaunlichen Meilensteine seines jungen Lebens zu verpassen – seine ersten Schritte und das *Wie groß ist Josh?*

Es war hart, sich vor Augen zu führen, dass das vierzehn Jahre her war.

Sie senkte den Blick und schaute auf die Narbe an ihrem Finger, die aussah wie ein rosafarbener Ring. Es heilte aber und tat auch nicht mehr weh.

Megan wusste, dass es eine Weile dauern würde, aber sie würden es überstehen, und es würde alles wieder gut werden.

Und ob sie das wusste! Sie hatte wahrlich Schlimmeres hinter sich.

Danksagungen

Ein riesiges Dankeschön verdient mein grandioser Lektor John Scognamiglio für seine großartigen Ideen, seine Geduld, seinen Humor und seine Freundschaft. Ich danke jedem bei Kensington Books, ganz besonders meinem großherzigen Kollegen Doug Mendini. An alle in der Herstellung, der PR- und der Grafik-Abteilung: Ihr seid das Dreamteam eines jeden Autors! Danke, Kensington!

Ein dicker Schmatzer und ein Danke an meine brillanten Agentinnen Meg Ruley und Christina Hogrebe und all meine Freunde bei der Jane Rotrosen Agency.

Außerdem danke ich Open Road Media, allen voran Jeff, Jane, Rachel, Lauren und meinen Kumpels Danny Monico und Luke Parker-Bowles. Ihr seid die Besten!

Zu großem Dank verpflichtet bin ich meiner Writers Group, die mir mit diesem Buch geholfen und mir bei allen Fassungen und sämtlichen Anlaufschwierigkeiten beigestanden hat. John Flick, Cate Goethals, Soyon Im, David Massengill und Garth Stein (wieder!): ich danke euch, liebe Freunde! Beim nächsten Treffen bezahle ich die Pizza!

Danke auch für die Unterstützung durch meine Autorenfreunde bei den Seattle 7 Writers. Finge ich an, sie aufzulisten, würde ich mich eines schamlosen Name-Droppings schuldig machen! Ich fühle mich geehrt, einer Gruppe aus derart großartigen Autoren anzugehören. Neben Garth (was – schon wieder?) muss ich die entzückende und talentierte Jennie Shortridge erwähnen, die ich schlichtweg vergöttere. Danke,

Kinder, dass Ihr die Seattle 7 Writers ins Leben gerufen habt!

Dir, Chris Kerkering, danke ich für die Informationen über die diversen Strafanzeigen und Strafmaße, die einigen meiner Figuren in diesem Buch drohen.

Mein herzlicher Dank geht ebenfalls an die fantastische Mannschaft von Levy Home Entertainment.

Zutiefst verbunden bin ich den folgenden Menschen, die mich ermutigt und inspiriert und meinen Büchern zu ihrem Erfolg verholfen haben! Ich danke Nancy Abbe, Dan Annear und Chuck Rank, Pam Binder und der gesamten Belegschaft von PNWA, Marlys Bourm, Amanda Brooks, Terry und Judine Brooks, Kyle Bryan und Dan Monda, George Camper und Shane White, Barbara und John Cegielski, Jim und Barbara Church, Anna Cottle und Mary Alice Kier, Tommy Dreiling, Paul Dwoskin und meinen Freunden bei Broadway Video, Matt Gani, Tom Goodwin, Dennis und Debbie Gottlieb, Cathy Johnson, Bill Kenower, Elizabeth Kinsella, David Korabik, Stafford Lombard, Roberta Miner, Jim Munchel, Meghan O'Neill, Midge Ortiz, Eva Marie Saint, John Saul und Mike Sack, der Gang vom Seattle Mystery Bookshop, John Simmons, Rosean Stella, Dan, Doug und Ann Stutesman, George und Sheila Stydahar, Marc Von Borstel und Michael Wells.

Und zum guten Schluss danke ich meiner Familie, die immer für mich da ist.